prépaBAC

W0363354

Toute la Tle STMG

MANAGEMENT, SCIENCES DE GESTION ET NUMÉRIQUE
Laurent Izard
Laurence Nouger
Nathalie et Alain Gomez
Christine Malarmey

GESTION ET FINANCE
Nathalie et Alain Gomez

MERCATIQUE
Laurence Nouger

RESSOURCES HUMAINES ET COMMUNICATION
Christine Malarmey

SYSTÈMES D'INFORMATION DE GESTION
Christine Malarmey

DROIT ET ÉCONOMIE
Frédéric Ginoux

MATHÉMATIQUES
Bernard Verlant

PHILOSOPHIE
Audrey Bebert-Mion

HISTOIRE-GÉOGRAPHIE
Stéphane Leteuré

ANGLAIS
Frédérique Le Graverend
Annie Goulvent

GRAND ORAL
Stéphane Leteuré

FOUCHER

Les ressources numériques

Au fil des pages, des QR codes à flasher vous renvoient à de nombreuses ressources : quiz, corrigés, schémas, presse, documents, vidéos, cartes, exercices...

Mode d'emploi

foucherconnect.fr

Votre Prépabac Foucher s'enrichit de ressources numériques

Lorsque je rencontre un pictogramme ressource au fil des pages :

 # info
Le crowdfunding
foucherconnect.fr/ 23terstmg03

Des FLASHCODES permettent aussi d'accéder aux ressources depuis un smartphone

1. Je vais sur **www.foucherconnect.fr**
J'enregistre cette page dans mes favoris pour les prochaines fois.
2. Je saisis **le code de la ressource** indiqué dans le pictogramme.
3. **Je visualise** ma ressource.

À la fin de chaque section de cours, un QR code vous permet de tester vos connaissances de manière interactive. Bonnes révisions !

 # quiz
Des questions pour réviser
foucherconnect.fr/ 23terstmg47

Maquette intérieure : Frédéric Jély
Mise en page, infographies et cartographie : STDI

ISBN 978-2-216-16999-3

SOMMAIRE

MANAGEMENT, SCIENCES DE GESTION ET NUMÉRIQUE

L'évaluation du Management, Sciences de gestion et numérique au bac 6

ENSEIGNEMENT COMMUN

COURS

THÈME 1 – LES ORGANISATIONS ET L'ACTIVITÉ DE PRODUCTION DE BIENS ET DE SERVICES ... 8

THÈME 2 – LES ORGANISATIONS ET LES ACTEURS 29

THÈME 3 – LES ORGANISATIONS ET LA SOCIÉTÉ 43

ENTRAINEMENT 60

GESTION ET FINANCE

COURS

THÈME 1 – APPLIQUER LES RÈGLES COMPTABLES 66

THÈME 2 – ANALYSER LA SITUATION DE L'ENTREPRISE 79

THÈME 3 – ACCOMPAGNER LA PRISE DE DÉCISION 86

ENTRAINEMENT 96

MERCATIQUE

COURS

THÈME 1 – LA DÉFINITION DE L'OFFRE 102

THÈME 2 – LA DISTRIBUTION DE L'OFFRE 125

THÈME 3 – LA COMMUNICATION DE L'OFFRE . 141

ENTRAINEMENT 146

RESSOURCES HUMAINES ET COMMUNICATION

COURS

THÈME 1 – LES COMPÉTENCES AU SERVICE DE L'ORGANISATION ET L'ORGANISATION AU SERVICE DU DÉVELOPPEMENT DES COMPÉTENCES 148

THÈME 2 – DES FACTEURS DE MOTIVATION ET DE SATISFACTION : QUALITÉ DE VIE AU TRAVAIL ET RÉMUNÉRATION 157

THÈME 3 – LA RECHERCHE DE COHÉSION, UN LEVIER D'AMÉLIORATION DES RELATIONS DE TRAVAIL ET DU CLIMAT SOCIAL 165

ENTRAINEMENT 174

SYSTÈMES D'INFORMATION DE GESTION

COURS

THÈME 1 – ORGANISATION ET NUMÉRISATION 182

THÈME 2 – MANAGEMENT DU SYSTÈME D'INFORMATION ET PERFORMANCE 190

THÈME 3 – INFORMATION, ACTION ET DÉCISION 196

THÈME 4 – SYSTÈME D'INFORMATION ET ÉCHANGE 204

ENTRAINEMENT 212

DROIT ET ÉCONOMIE

L'évaluation du Droit et de l'Économie au bac . 222

DROIT

COURS 223
ENTRAINEMENT 245

ÉCONOMIE

COURS 249
ENTRAINEMENT 287

MATHÉMATIQUES

L'évaluation des Mathématiques au bac 292
COURS 293
ENTRAINEMENT 326

PHILOSOPHIE

L'évaluation de la Philosophie au bac 342
COURS 343
ENTRAINEMENT 382

HISTOIRE-GÉOGRAPHIE

L'évaluation de l'Histoire-Géographie au bac .. 388

HISTOIRE

COURS 389
TOTALITARISMES ET SECONDE GUERRE MONDIALE 389
DU MONDE BIPOLAIRE AU MONDE MULTIPOLAIRE 398
LA FRANCE DE 1945 À NOS JOURS : UNE DÉMOCRATIE 409

GÉOGRAPHIE

COURS 418
MERS ET OCÉANS : AU CŒUR DE LA MONDIALISATION 418
DES TERRITOIRES INÉGALEMENT INTÉGRÉS DANS LA MONDIALISATION 424
LA FRANCE ET SES RÉGIONS DANS L'UNION EUROPÉENNE ET DANS LA MONDIALISATION . 433
ENTRAINEMENT 441

ANGLAIS

L'évaluation de l'Anglais au bac 448
COURS 453
ENTRAINEMENT 481

GRAND ORAL

Présentation de l'épreuve du Grand Oral 496

MANAGEMENT, SCIENCES DE GESTION ET NUMÉRIQUE

L'évaluation du Management, Sciences de gestion et numérique au bac ... 6

THÈME 1 – LES ORGANISATIONS ET L'ACTIVITÉ DE PRODUCTION DE BIENS ET DE SERVICES

1 Quels produits ou quels services pour quels besoins ? ... 8

2 Quelles ressources pour produire ? ... 13

3 Quels choix d'organisation de la production ? ... 16

4 Les transformations numériques, une chance pour la production ? ... 20

5 Comment assurer un fonctionnement cohérent des organisations ? ... 23

THÈME 2 – LES ORGANISATIONS ET LES ACTEURS

6 Comment fédérer les acteurs de l'organisation ? ... 29

7 Les transformations numériques, vecteur d'amélioration de la relation avec les clients et usagers ? ... 34

8 Communique-t-on de la même manière avec tous les acteurs ? ... 40

THÈME 3 – LES ORGANISATIONS ET LA SOCIÉTÉ

9 Les organisations peuvent-elles s'affranchir des questions de société ? ... 43

10 Les changements de modes de vie s'imposent-ils aux organisations ? ... 47

11 Les transformations numériques, de nouvelles responsabilités pour les organisations ? ... 52

12 Quelles relations entre les organisations et leur écosystème ? ... 56

ENTRAÎNEMENT À L'ÉPREUVE FINALE ... 60

L'évaluation du Management, Sciences de gestion et numérique au bac

L'enseignement de Management, Sciences de gestion et numérique prolonge les enseignements de première, de management d'une part et de sciences de gestion et numérique d'autre part. L'enseignement commun du programme apporte des éléments pour comprendre le fonctionnement de tout type d'organisation sous différents aspects : la gestion et la finance, la mercatique, les ressources humaines et la communication ainsi que les systèmes d'information de gestion. L'enseignement spécifique choisi par le candidat permet d'approfondir l'un de ces domaines liés aux sciences de gestion.

1 Le programme

A L'enseignement commun

■ L'enseignement commun est organisé en **3 thèmes qui permettent de découvrir un large panorama du fonctionnement des organisations** :
– thème 1 : Les organisations et l'activité de production de biens et de services ;
– thème 2 : Les organisations et les acteurs ;
– thème 3 : Les organisations et la société.

■ Comme tous les enseignements, cette spécialité contribue au **développement des compétences de communication orale et écrite, d'écoute, d'organisation de sa pensée,** d'expression des idées et d'échange avec les autres à travers notamment la **pratique de l'argumentation**. Celle-ci conduit à **préciser sa pensée** et à **expliciter son raisonnement de manière à convaincre**. Elle prend un relief particulier pour ceux qui choisiront de préparer l'épreuve orale terminale du baccalauréat en l'adossant à cet enseignement de spécialité.

À SAVOIR
La répartition indicative du temps est de 60 % pour l'enseignement commun et 40 % pour l'enseignement spécifique.

B Les enseignements spécifiques

■ L'élève a le choix entre **4 enseignements spécifiques** :
– **la gestion et finance**, qui s'appuie sur l'étude du système d'information comptable. Il est très utile pour comprendre comment l'information financière et de gestion est produite, comment elle circule, comment elle est stockée et mise à disposition. Ce programme vise l'acquisition de mécanismes et principes comptables de base ; il privilégie l'analyse de la situation financière de l'entreprise et l'étude de décisions de gestion dans des contextes variés ;
– **la mercatique**, dont le programme vise à ouvrir la réflexion des élèves sur un large champ d'outils et de pratiques qui structurent leur environnement quotidien de consommateurs et de citoyens, et à développer leur esprit critique. La mercatique y est abordée à partir de différents points de vue, permettant ainsi aux élèves de découvrir une pluralité d'approches, à la fois concurrentes et complémentaires ;

– **les ressources humaines et la communication**, qui a pour principal objectif l'étude des démarches de gestion mises en œuvre dans tout type d'organisation en matière de ressources humaines. Ces démarches visent à concilier la recherche de la performance économique avec la performance sociale en prenant appui sur l'action individuelle et collective ;

– **les systèmes d'information de gestion**, qui privilégie une approche dynamique et concrète de la mobilisation des systèmes d'information au service de la gestion des organisations, en apportant une culture technologique centrée sur les aspects fondamentaux des technologies de l'information et de la communication.

CONSEILS

Il est recommandé de bien prendre connaissance de tous les exemples présentés par les auteurs dans ces différents enseignements spécifiques. Les Foucher connect sélectionnés illustrent de nombreux concepts et permettent de faire le lien entre des situations concrètes et les notions du programme.

2 Les modalités d'évaluation

A L'épreuve finale

■ L'épreuve finale de management, sciences de gestion et numérique est une **épreuve écrite de 4 heures** dotée d'un **coefficient 16**. Elle est notée sur **20 points** et prend appui sur les programmes de la classe de première et sur la partie « enseignement commun » du programme de terminale. Elle vise à évaluer la capacité du candidat **à analyser une ou plusieurs situations liées au fonctionnement et au management d'une ou plusieurs organisations réelles**, c'est-à-dire :
– exploiter une documentation concernant ces organisations ;
– caractériser les situations managériales et/ou de gestion proposées ;
– proposer, présenter et justifier une solution ;
– mettre en œuvre les méthodes, techniques et outils appropriés ;
– montrer l'intérêt et les limites des méthodes, techniques et outils employés.

■ Le sujet remis au candidat se présente sous la forme de **plusieurs dossiers composés de documents accompagnés de questions** portant sur un ou plusieurs des thèmes abordés dans les programmes de première et de terminale. Il comporte un nombre de pages limité (15 pages maximum), comprend une partie introductive, plusieurs dossiers (trois à quatre) et la documentation associée aux dossiers.

■ Les candidats sont évalués sur leur capacité à produire un raisonnement cohérent à partir d'une situation observée et analysée et des informations de contexte fournies.

B L'épreuve orale de contrôle

■ D'une **durée de 20 minutes**, l'épreuve orale de contrôle poursuit les mêmes objectifs d'évaluation que l'épreuve écrite.

■ Pendant le temps de préparation (40 minutes), le candidat dispose d'un sujet proposant un questionnement construit à partir d'une situation liée au fonctionnement et au management d'une ou plusieurs organisations réelles, et portant sur les programmes de management et de sciences de gestion et numérique de la classe de première, et de l'enseignement commun du programme de management, sciences de gestion et numérique de la classe de terminale.

■ Le candidat dispose de 10 minutes pour présenter les réponses aux questions posées dans le sujet ; puis pendant 10 minutes, l'examinateur lui demande d'expliciter, d'approfondir et de justifier ses réponses.

1 Quels produits ou quels services pour quels besoins ?

Toute organisation propose sur le marché des biens et/ou des services. Pour assurer la vente de ses produits, l'organisation doit mettre en place une démarche marketing structurée.

1 La démarche marketing

L'organisation, dès sa création, détermine ses **finalités** et met en place une **stratégie globale**. La déclinaison opérationnelle de ces orientations stratégiques se concrétise dans le **plan de marchéage**. Ce plan de marchéage est l'aboutissement de la démarche marketing.

A Le principe

■ La démarche marketing a pour point de départ **l'étude des besoins du consommateur**. Celle-ci permet d'adapter le produit, le prix, la communication et la distribution (= plan de marchéage).

■ Elle est traditionnellement opposée à une **politique de l'offre** (politique consistant à partir du produit pour trouver ensuite les meilleurs moyens « d'imposer » le produit aux consommateurs).

B Les étapes de la démarche marketing

■ Les étapes de la démarche marketing sont schématisées ci-dessous :

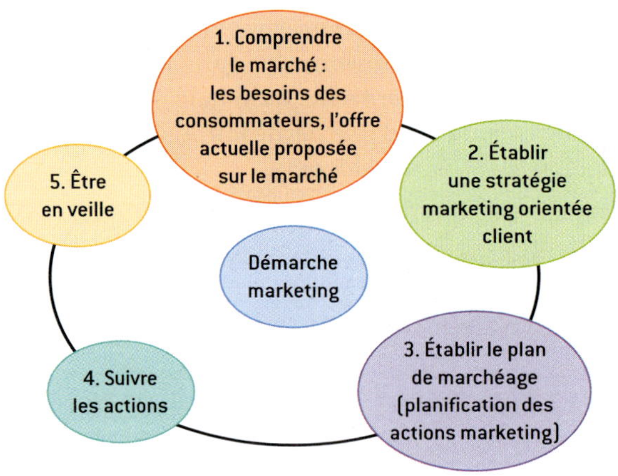

■ La compréhension du marché est fondamentale. L'organisation doit, en effet :
- **connaître parfaitement ses clients actuels et potentiels** ainsi qu'anticiper l'évolution de leurs besoins et attentes ;
- **identifier ses concurrents actuels et potentiels**, leurs poids…

■ Pour ce faire, elle met en place une recherche d'informations. Selon la conception de l'organisation et son rôle dans la création des besoins, quatre approches marketing sont possibles : l'approche réactive, anticipative, proactive ou médiatrice.

	Approche	Définition de l'approche
Besoin exprimé	Réactive	L'organisation réagit au marché. **Elle ne crée pas et n'anticipe pas le besoin**. Elle satisfait le besoin déjà exprimé.
Besoin latent	Anticipative (ou anticipatrice)	◗ **L'organisation anticipe le marché** en favorisant l'émergence d'un besoin latent. ◗ Les moyens technologiques actuels (exemple : big data) permettent d'obtenir une masse de données considérable sur le comportement du consommateur. De ces informations émergent les **tendances du marché** et les **besoins latents** des consommateurs. ◗ Une fois détectés, ces besoins latents sont transformés – grâce à une stratégie commerciale efficace – en des besoins exprimés.
Création d'un nouveau besoin	Proactive (créative)	**L'organisation crée un marché** en révélant à la fois un problème non perçu par le consommateur et sa solution.
Co-création avec le client	Médiatrice (co-créative)	◗ **L'organisation favorise la collaboration** avec le consommateur pour co-créer le produit. ◗ Le consommateur participe à la **création de l'offre** : - **directement**, en récoltant des informations sur des blogs, des réseaux sociaux, des plateformes collaboratives de clients ; - ou **indirectement**, en menant des études quantitatives ou qualitatives sur le comportement des consommateurs. ◗ Cette approche permet une relation privilégiée avec les clients mais est coûteuse.

C La collecte d'informations pour comprendre le marché

Pour comprendre le marché, l'organisation met en place une **démarche de veille** et une **étude du marché**. Ces méthodes permettent de recueillir des informations nécessaires à la **prise de décision**.

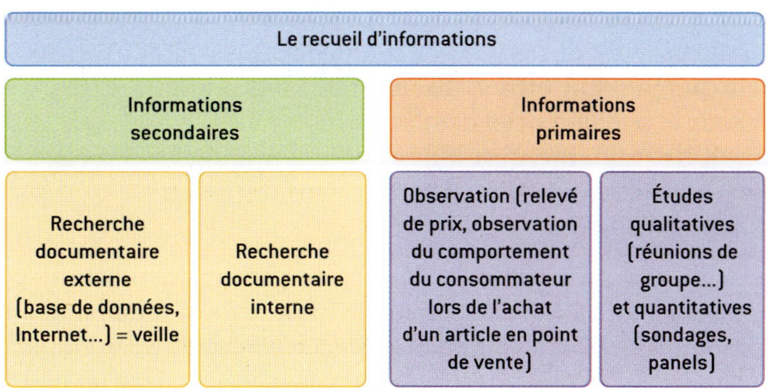

À SAVOIR

Selon les professionnels, 40 % à 50 % du coût d'une étude sont consacrés à la collecte de l'information et seulement 10 à 15 % au traitement des données. (e-marketing.fr)

■ Aujourd'hui, le **recueil** et le **traitement d'informations** nécessitent l'utilisation des **technologies numériques**. En effet, face à l'accroissement du volume de données collectées, les outils numériques permettent de détecter, d'organiser, de structurer et de diffuser l'information pertinente et constituent une aide à la décision du dirigeant.

■ Deux familles d'outils facilitent la gestion de ce processus :
- **la veille** : démarche organisée de collecte, de traitement d'informations et de diffusion de connaissances utiles à la maîtrise de son environnement (menaces et opportunités) et à la prise de décision. Différents types de veille sont identifiés (voir schéma) ;

Veille active	Surveillance de l'environnement centrée sur un objet ou un domaine identifiés.
Veille passive	Surveillance de l'environnement sans but et objet précisément définis.
Veille concurrentielle	Méthode d'analyse systématique et permanente des actions de la concurrence.

- le ***knowledge management*** : organisation des données collectées, des connaissances, des savoir-faire afin de mieux les interpréter, les analyser, les diffuser, les partager.

D L'analyse des données collectées

Les informations collectées sont nombreuses. Il faut donc les transformer en informations exploitables pour la prise de décision. C'est la fonction du ***datamining***.

MOT-CLÉ

Le **datamining** est la technologie permettant l'exploration d'importants volumes de données pour les transformer en informations exploitables, utiles à l'action marketing.

2 L'offre, créatrice de valeur

■ Le succès de la proposition offerte par l'organisation dépend de la **création de valeur perçue** par le client.

■ Ainsi, une organisation décidera de commercialiser l'offre en respectant deux contraintes :
- **la valeur perçue doit être suffisante** pour rencontrer une demande et se différencier des concurrents ;
- **l'offre doit être rentable**, c'est-à-dire que le coût d'innovation ou d'adaptation de l'offre doit être couvert (notion de seuil de rentabilité).

INFO

Voir programme de 1re STMG – Sciences de gestion et numérique.

■ Pour évaluer la **rentabilité de l'offre**, l'organisation utilise des **outils comptables** (compte de résultat, bilan). Cependant, la mesure de la rentabilité financière n'est pas le seul indicateur pour évaluer la valeur créée. En effet, à titre d'exemple, peut-on se référer à la notion de rentabilité pour un soin apporté à un usager dans un hôpital public ?

3 Innovation de produits ou adaptation du modèle économique ?

Une fois l'analyse des caractéristiques du marché effectuée, deux politiques peuvent être mises en place pour créer de la valeur :
- l'**innovation de produits** ;
- l'**adaptation du modèle économique** (*business model*).

A L'innovation de produits

■ Selon l'Insee, l'innovation désigne l'**introduction sur le marché d'un produit ou d'un procédé nouveau ou significativement amélioré** par rapport à ceux précédemment élaborés par l'unité légale.

■ Deux types d'innovation sont ainsi caractérisés :
- l'**innovation de produits (biens ou services)**, qui inclut les changements significatifs de design et les biens ou services numériques ;
- l'**innovation de procédés** (incluant les innovations d'organisation et de marketing) : elle concerne la production et les méthodes de développement, la logistique et la distribution, le système d'information et de communication, les tâches administratives et la comptabilité, l'organisation des procédures, la gestion des relations avec les fournisseurs, l'organisation du travail, les processus de décision, les ressources humaines, le marketing, l'emballage, la tarification et le service après-vente.

 # exemple
10 innovations marketing
foucherconnect.fr/23terstmg01

EXEMPLES

Innovations marketing

1. Afin de séduire le consommateur, les organisations s'appuient sur les technologies pour mettre en place des innovations : écrans interactifs et dynamiques, marketing olfactif…

2. Le groupe Ferrero a lancé deux innovations produits : les glaces Kinder ; Nutella Biscuits.

3. Mercedes anticipe et propose le concept car de voiture autonome : la Smart Vision EQ For Two.

 # vidéo
Smart Vision EQ ForTwo | 2030 Autonomous Concept Car
foucherconnect.fr/23terstmg02

B L'adaptation du modèle économique

■ Le *business model* ou modèle économique est initialement un **document synthétique qui décrit la situation d'une société sur un marché donné**. Il apporte des précisions sur le positionnement de l'entreprise et sur ses activités. Il décrit également les **principes de fonctionnement** ainsi que les **règles d'organisation** d'une entreprise.

■ Confrontées d'une part à une concurrence accrue, parfois nouvelle (notamment avec les GAFAM), et d'autre part à l'utilisation croissante des technologies dans le quotidien des consommateurs, les organisations repensent leur modèle d'organisation.

INFO
Voir sous-partie Mercatique - chapitre 4.

■ Ainsi, la distribution des produits évolue : création de plateformes, développement de la distribution collaborative...

INFO
Voir sous-partie Mercatique - chapitre 5.

■ De même, de nouveaux modèles économiques, modifiant la perception du prix du produit et la valeur perçue, ont été créés puis se sont développés :
- le **low cost** (EXEMPLE : Ryanair) ;
- le **freemium**.

INFO
Voir sous-partie Mercatique - chapitre 6.

2 Quelles ressources pour produire ?

Après avoir défini sa stratégie, il appartient à l'organisation de mettre en place sa production, qu'il s'agisse d'une production de biens ou de services, matérielle ou immatérielle, marchande ou non marchande. Dans un premier temps, l'organisation doit identifier les ressources financières, matérielles ou humaines qu'elle devra mobiliser. Les arbitrages réalisés vont avoir des conséquences en matière de compétitivité et de réactivité.

1 Les ressources tangibles et intangibles

■ Les **ressources tangibles** sont les actifs (matériels ou non) que possède l'organisation. Ces ressources tangibles figurent à l'actif du bilan de l'organisation. On trouve ces ressources dans :
- l'**actif immobilisé** (machines, entrepôts, véhicules...) ;
- l'**actif circulant** (stocks, disponibilités...).

■ Les **ressources intangibles** sont des ressources qui ne figurent pas à l'actif du bilan mais qui représentent une véritable richesse pour l'organisation.

EXEMPLE : le savoir-faire des salariés, l'image de marque, la capacité de l'entreprise à s'adapter à son environnement...

2 Les ressources financières

A Les ressources internes et externes

■ Les **ressources financières internes** : il s'agit de l'**autofinancement** (utilisation des ressources que l'organisation possède déjà) et de l'**augmentation de capital** (demande aux propriétaires de l'organisation d'investir à nouveau pour son développement).

■ Les **ressources financières externes** : il s'agit de l'**emprunt bancaire**, du **crédit-bail** (un contrat de location avec une promesse d'achat à la fin du contrat), des **subventions** (accordées par l'État ou les collectivités locales) et du **crowdfunding** (financement participatif).

 # info
Le crowdfunding
foucherconnect.fr/23terstmg03

B Les besoins financiers d'une organisation

Pour apprécier les besoins de financement d'une organisation, on peut établir un **bilan fonctionnel** qui met en évidence les **cycles d'investissement**, de **financement** et d'**exploitation**. À partir de ce bilan fonctionnel, on peut calculer des indicateurs tels que le **FRNG (fonds de roulement net global)**, le **BFR (besoin en fonds de roulement)** et la **trésorerie nette**.

INFO
Le bilan fonctionnel et les indicateurs sont détaillés dans le chapitre 5 de l'enseignement spécifique gestion et finance.

3 Les ressources humaines

A Les objectifs de la gestion prévisionnelle de l'emploi et des compétences (GPEC)

■ Les choix de production ont des conséquences sur les **besoins en ressources humaines**. La première décision est de nature **stratégique** : l'organisation assure-t-elle elle-même la production ou la confie-t-elle à un partenaire *via* l'**externalisation** ou la **sous-traitance** ? Dans le cas d'une production en interne, les organisations doivent prévoir les **qualifications** et les **compétences individuelles** dont elles auront besoin pour produire.

■ C'est le rôle de la gestion prévisionnelle de l'emploi et des compétences (GPEC) que d'**adapter les ressources humaines aux besoins immédiats et futurs** de l'organisation tant au niveau quantitatif que qualitatif.

 # vidéo
Travailler dans les ressources humaines
foucherconnect.fr/23terstmg04

■ Il s'agit pour l'organisation de disposer de façon continue des **ressources humaines** et des **compétences requises**, tout en évitant les situations de sureffectif ou sous-effectif, les changements trop brutaux, etc.

B Les moyens de la GPEC

■ Après avoir identifié ses besoins futurs nécessaires à la production, l'organisation recherche une **adéquation entre les besoins en compétences et les ressources humaines effectivement disponibles**. Cette adéquation suppose une **approche quantitative** et **qualitative** incluant les compétences de chaque salarié, l'efficacité organisationnelle, le climat social, l'aptitude au changement…

 # exemple
Comment et pourquoi la GEPC donne de la lisibilité dans les parcours professionnels ?
foucherconnect.fr/23terstmg05

■ Pour ajuster les ressources aux besoins identifiés, l'organisation peut rechercher des compétences en interne, réaliser des actions de formation, des opérations de mobilité interne, planifier des recrutements ou prévoir des compressions de personnel.

1re phase : Bilan	Analyse des ressources humaines actuelles et identification des compétences (pyramide des âges, qualifications…).
2e phase : Anticipation	Anticipation sur trois à cinq ans des besoins futurs en tenant compte des départs, des orientations stratégiques de l'organisation et de l'environnement.
3e phase : Action	Mise en œuvre d'une politique d'adéquation progressive des ressources aux besoins (mobilité interne, recrutement…).

C La recherche de flexibilité

Afin de **répondre aux évolutions de l'environnement** et d'**accroître la flexibilité**, les organisations mobilisent **différentes techniques juridiques** pour redéfinir la relation de travail. Par exemple, dans certaines situations, une organisation peut faire appel à des saisonniers, multiplier les contrats à durée déterminée de très courte durée (parfois une journée...) ou organiser et mobiliser un réseau de partenaires indépendants (ex. : livreurs de plats cuisinés...).

À SAVOIR

La mise à disposition de salariés est un outil de gestion des ressources humaines de plus en plus usité qui s'inscrit dans une tendance naturelle du marché de l'emploi allant vers plus de flexibilité et de mobilité. Cette technique, encadrée par la loi Cherpion du 28 juillet 2011, permet de pallier des difficultés de recrutement dans certains secteurs en tension et d'éviter le chômage partiel en cas de baisse d'activité.

La flexibilité résulte aussi de choix en matière d'organisation du travail (horaires flexibles, équipes autonomes, équipes polyvalentes, etc.).

ZOOM SUR...

Le nouveau mode de management chez Décathlon

Le nouveau mode de management mis en œuvre chez Décathlon permet à chacun d'exercer ses talents dans des zones plus étendues, de proposer des idées de business très variées. Cela favorise les multi rôles, permet à chacun de postuler à des postes en interne sur la base d'un profil rédigé par le collectif et plus forcément par la direction.

Chaque salarié dispose de l'opportunité de faire valoir ses compétences, ses motivations et ses nouvelles idées, sans pour autant être passé par l'ensemble des fonctions. Chacun est ressource pour une activité, sur laquelle il crée de la valeur et/ou il continue à se développer. Il est possible d'exercer une autre fonction en dehors de son périmètre de rattachement. Un bon moyen donc pour accroître la flexibilité, favoriser les mouvements entre filières et faciliter les passerelles.

Les transformations numériques de la société s'imposent comme un levier incontournable d'accompagnement des **nouvelles formes de relations de travail**. La relation commerciale se réalise de plus en plus *via* les outils numériques (achats *via* Internet...). Il en est de même pour l'organisation matérielle du travail (planning de mission de chauffeurs ou de livreurs...).

La flexibilité de la main d'œuvre, sa formation et sa polyvalence peuvent apporter une réponse aux difficultés de recrutement des organisations : selon le ministère du Travail, plus de 350 000 offres d'emploi restent insatisfaites (premier trimestre 2023).

3 Quels choix d'organisation de la production ?

Les décisions stratégiques et opérationnelles relatives aux choix de la production, à l'organisation de la production et du travail, ainsi qu'à son évaluation, sont déterminantes. Elles sont étroitement corrélées aux questions logistiques, aux impératifs de maîtrise des coûts ainsi qu'à la prise en compte du cycle de vie du produit.

1 Les arbitrages en matière de production et de logistique

A Quel mode de production choisir ?

■ Avant de déterminer les modes de production à mettre en œuvre, les organisations doivent s'interroger sur leurs **capacités d'innovation**. L'innovation est une démarche indispensable pour tenter d'**améliorer la productivité** et la **qualité des produits** tout en préservant celle de l'environnement. Elle doit s'inscrire dans une politique de développement durable, c'est-à-dire de croissance maîtrisée, capable de permettre une **amélioration des modes de vie** tout en respectant les équilibres naturels de la planète.

ZOOM SUR...

L'innovation de procédé chez Michelin

L'innovation de procédé est un principe de base de la production. C'est en effet grâce à elle qu'une entreprise comme Michelin peut garder une position dominante sur le marché. L'innovation de procédé correspond à la mise au point de nouveaux processus de production et de nouvelles méthodes qui optimisent la production. Si Michelin a su garder sa position dominante sur le marché, c'est en partie grâce à l'évolution continue de son processus de production qui permet de répondre aux exigences de qualité de la clientèle. Le processus de fabrication de Michelin est au service de la performance car chaque étape de la production est rigoureusement contrôlée en qualité. L'entreprise met tout en œuvre pour accroître sa productivité (efficacité des facteurs de production) notamment en instaurant un processus méthodique et strict dans la production des pneus.

■ Un autre enjeu majeur consiste à adopter des **méthodes de production plus flexibles**, afin de mieux adapter l'offre aux besoins, et des **méthodes de distribution nouvelles** ou considérablement améliorées, pour accroître la performance.

■ L'organisation traditionnelle de la production conduit à fabriquer et stocker avant de vendre. La gestion en flux tendus, d'origine japonaise, organise la **production en temps réel** en fonction des commandes de produits enregistrées (production en « juste-à-temps » ou « JAT »). Il s'agit de répondre plus facilement aux modifications de la demande des consommateurs.

 # vidéo
Qu'est-ce que l'industrie 4.0 ?
foucherconnect.fr/23terstmg06

■ Les choix stratégiques portent aussi sur les modes de production de biens ou de services et les méthodes à mettre en œuvre.

Décisions liées à la personnalisation du produit	Deux types de produits : - **standardisé** : un même produit pour chaque client ; - **personnalisé** : chaque produit est unique (structure du produit ou finition...).
Décisions liées au processus de production	Trois types de production : - **en continu**, réalisée sans interruption pour des quantités importantes de produits ; - **en discontinu**, quantités relativement faibles de produits ; - **en projet**, qui ne concerne qu'un seul produit.
Décisions liées au processus commercial	Deux types de production : - **à la commande** : réalisée après une commande ferme d'un client ; - **sur stock** : produit fabriqué en grande quantité ou délais de livraison réduits.

■ La production de services présente des particularités : participation du client à la production de services, automatisation des flux d'informations et de travaux (*workflow*), mode projet dans certains secteurs d'activité et certaines organisations.

À SAVOIR

Le ***workflow*** (littéralement flux de travail) sert à décrire et contrôler le circuit des traitements, les tâches à répartir entre les différents acteurs d'un processus, les délais, les contrôles et modes de validation, et à fournir à chacun des acteurs les informations nécessaires à l'exécution de sa tâche. Le ***workflow*** identifie les acteurs en précisant leur rôle et la manière de le remplir au mieux. Les acteurs peuvent être « humains » ou des automates présents dans le système de production.

B Comment maîtriser les flux logistiques ?

■ Le terme logistique, emprunté au vocabulaire militaire, désigne aujourd'hui la **gestion des flux au sein de l'entreprise**. Limitée dans un premier temps à l'organisation des transports et du stockage, la logistique intervient aujourd'hui dans toutes les phases de la vie du produit, depuis la conception jusqu'à l'après-vente. Dans une approche élargie du concept, on y inclut également les flux d'informations.

■ La logistique est source de création de valeur dans la mesure où elle vise à optimiser de façon continue tous les processus de la chaîne d'approvisionnement.

■ La notion de **gestion de la chaîne logistique** (*supply chain management*) complète celle de la logistique proprement dite dans sa dimension de pilotage.

À SAVOIR

La *supply chain*, ou chaîne logistique, désigne l'ensemble des flux physiques ou d'informations et les processus de mise à disposition des produits de la conception au client final.

 # vidéo
Le métier de responsable *supply chain*
foucherconnect.fr/23terstmg07

C Pourquoi la question de la qualité est-elle centrale ?

■ **La qualité est un enjeu concurrentiel crucial.** Elle ne se limite pas à la qualité de production des biens mais concerne également la production de services.

■ De plus en plus, la qualité est au centre des préoccupations des organisations, depuis la conception du produit jusqu'à l'après-vente. L'objectif est d'**intégrer toutes les améliorations de produits ou de processus** pour satisfaire au mieux les clients.

■ La démarche qualité concerne également la production des services publics pour lesquels on recherche une **meilleure satisfaction de l'usager** : qualité de l'information du public, personnalisation des relations entre l'usager et l'agent, simplification des démarches et formalités administratives, réduction des délais.

EXEMPLE

Placer l'usager au cœur du service public et améliorer la qualité du service rendu à la population : tels sont les objectifs principaux de la démarche Qualiville dans laquelle Sceaux est engagée depuis mars 2010. Le 24 juillet 2019, la ville de Sceaux a obtenu la nouvelle certification Qualiville. Les pratiques et modes de fonctionnement sont audités afin d'intégrer les services engagés dans une qualité de service et d'amélioration continue. Cette méthode s'appuie sur un référentiel reconnu et validé à la fois par des professionnels et par des usagers.

2 La maîtrise des coûts de production

Pour maîtriser ses coûts, l'organisation peut faire appel à deux méthodes :
- la **méthode des coûts complets** : elle permet de déterminer le coût de revient de chacun des produits en distinguant les coûts entre les **charges directes** (celles qu'on peut directement affecter à un coût ou à un produit) et les **charges indirectes** (celles qu'il faut retraiter afin de les affecter aux différents coûts) ;
- la **méthode des coûts spécifiques** : elle consiste à prendre en compte les **charges variables** qui concernent un produit et les **charges fixes directes** de ce produit.

INFO

Ces deux méthodes sont détaillées dans le chapitre 8 de l'enseignement spécifique gestion et finance.

3 La gestion du cycle de vie du produit

■ La vie d'un produit est rythmée par des moments où les ventes décollent et d'autres où elles se tassent, voire s'effondrent. S'il est difficile de déterminer avec précision ces délais, l'entreprise a tout intérêt à voir les phases ascendantes durer (le **développement**, l'**introduction** ou le **lancement**, la **croissance**) et à retarder au maximum les phases de dégradation des ventes : la **maturité**, le **déclin**.

INFO

Le cycle de vie du produit a été abordé dans le programme de 1re STMG en sciences et gestion et numérique.

■ Face à une concurrence de plus en plus forte, l'industrie est en **recherche de solutions** pour réduire les coûts et les délais de mise sur le marché des produits devenus, eux, de plus en plus complexes (multicompétences technologiques). Plusieurs moyens ou méthodes visent à **optimiser certaines phases du cycle de vie d'un produit**. La **gestion du cycle de vie des produits** ou ***product lifestyle management*** (**PLM**) tend à optimiser les échanges, notamment en phase de conception.

 # vidéo
Le cycle de vie d'un produit
foucherconnect.fr/23terstmg08

■ Pour développer un produit, différents métiers interviennent : la R&D, le bureau d'études, la qualité, le bureau des méthodes, la production, le marketing, la maintenance, etc. Alors qu'il y a encore quelques années, ces interventions étaient successives et séparées, aujourd'hui, la tendance est de toutes les considérer dans leur ensemble. Les données et les processus générés au cours de ces différentes étapes sont centralisés dans un espace virtuel auquel tous les partenaires associés à la conception du produit sont interconnectés. Le PLM fédère l'ensemble des données et des processus liés au produit, en y intégrant la dimension du temps.

À RETENIR

Le *product lifecycle management*, littéralement « gestion du cycle de vie des produits », est une approche stratégique visant à optimiser les processus de création, fabrication et maintenance des produits industriels. En effet, le PLM permet le pilotage d'un produit et de ses évolutions, de la conception jusqu'à son retrait.

 # vidéo
Comprendre le PLM en 5 minutes
foucherconnect.fr/23terstmg09

4 Les transformations numériques, une chance pour la production ?

Afin de gagner en efficacité et en compétitivité, les entreprises cherchent à exploiter les transformations digitales dans leur système de production (automatisation), de distribution mais aussi dans la conception et la présentation de leurs produits.

1 L'automatisation des systèmes de production

MOT-CLÉ

L'**automatisation de la production** consiste à transférer des tâches de coordination, auparavant exécutées par des opérateurs humains, dans un ensemble d'objets techniques appelé partie commande (PC).

L'automatisation des processus comporte **plusieurs avantages** :
- **améliorer la productivité** et les cadences ;
- **réaliser un meilleur suivi de production** ;
- **optimiser les tâches** : supervision, contrôle, remontée des données à la hiérarchie ;
- **réduire la pénibilité** au travail ;
- **faciliter le suivi des KPI** : c'est-à-dire des **indicateurs clés** qui remontent par les systèmes informatiques tels que le temps de fonctionnement d'une machine, son rendement, etc. ;
- **améliorer ses connaissances des machines** afin d'en perfectionner la supervision ;
- **individualiser l'offre** grâce, par exemple, à l'impression en 3D.

 # vidéo
Reportage dans l'usine Lego
foucherconnect.fr/23terstmg10

MOT-CLÉ

L'**impression en 3D** regroupe les procédés de fabrication de pièces en volume par ajout ou agglomération de matière, par empilement de couches successives. L'impression 3D permet de réaliser un objet réel grâce à un outil de CAO (conception assistée par ordinateur).

 # article
20 start-up françaises qui misent sur l'impression 3D
foucherconnect.fr/23terstmg11

 # vidéo
Valenciennes : une maison imprimée en 3D
foucherconnect.fr/23terstmg12

2 La dématérialisation des données

■ Les entreprises automatisent, depuis plusieurs années, les échanges d'informations avec leurs fournisseurs. Ainsi, l'**échange de données informatisé (EDI)** permet d'**améliorer l'efficacité des échanges** entre fournisseurs et distributeurs et rend les organisations plus **flexibles**. Plus particulièrement, l'EDI :
- **améliore l'efficacité de la chaîne d'approvisionnement** et la **satisfaction du client** par l'échange d'informations actualisées et complètes (réduction des ruptures de stocks,

amélioration de la qualité des produits, raccourcissement des délais de livraison) ;
- **réduit les coûts de gestion de l'information** dans les processus marchandises ;
- **accélère les flux de communication** intra et inter-entreprises ;
- **diminue les erreurs humaines** ;
- **réduit les litiges** avec les partenaires commerciaux.

MOT-CLÉ

L'échange de données informatisé (EDI), ou en anglais *electronic data interchange*, est le terme générique définissant un échange d'informations automatique entre deux entités à l'aide de messages standardisés, de machine à machine.

3 Les produits connectés et intelligents

■ Le développement des objets connectés et intelligents permet de **collecter des données** (sur le comportement des consommateurs, sur leur utilisation du produit), d'**améliorer les produits** et **les processus de production**.

À SAVOIR

Les objets connectés ou encore l'IoT (*Internet of things*) sont en plein essor. Selon la définition du cabinet de conseil McKinsey & Company, l'Internet des objets consiste à intégrer et embarquer des capteurs et systèmes intelligents dans les machines ou divers produits afin que ceux-ci communiquent entre eux. L'Internet des objets, ou IoT, et le Big Data (son corollaire) sont des tendances en passe de transformer le monde et l'industrie.

■ De nombreux industriels imaginent leur prochain produit connecté, intelligent (machine de fabrication connectée, chaussure connectée, etc.). L'Internet des objets permet ainsi aux entreprises de gérer des biens et équipements, d'en optimiser les performances et même de créer de nouveaux services à valeur ajoutée.

ZOOM SUR...

Deux exemples innovants

▸ **Exemple 1 : la maximisation de l'utilisation des machines de production.** Selon les analyses réalisées par la banque centrale américaine (FED), les industriels utilisent les machines de production à hauteur seulement de 52 % de leur capacité. L'autre partie du temps, les machines industrielles sont considérées en maintenance, hors service ou sont tout simplement non utilisées. Dans ce contexte, l'entreprise OptimData a développé une solution innovante pour améliorer l'utilisation des machines en communiquant avec elles grâce à l'utilisation de l'Internet des objets et du Big Data. L'application ProductInUse d'OptimData permet de faire évoluer le business model actuel des fabricants en les orientant vers une vente de services complémentaires, pour aller à terme vers une vente à l'usage. Cette (r)évolution du marché permet d'adapter l'utilisation des machines et donc d'améliorer considérablement la productivité de ces dernières en fonction de la demande.

▸ **Exemple 2 : Poséidon, le miroir connecté qui permet de se lever de bonne humeur tous les matins.** Il est doté d'un haut-parleur à utiliser comme une tablette géante. Le verre du miroir se transforme en écran géant (comme dans des films de science-fiction !). Avec ce miroir, il sera par exemple possible de consulter son agenda tout en se brossant les dents ou de chauffer l'eau de la douche en se rasant. Le prix est d'environ 5 000 euros.

4 Les outils de la transformation numérique

Afin de mettre en place et d'exploiter l'ensemble des possibilités de ces nouvelles technologies, l'entreprise doit organiser son flux de travaux (*workflow*) et optimiser la circulation d'informations (*cloud computing*).

A Le *workflow*

■ Dans le contexte marketing, le concept de *workflow* est le plus souvent associé à un **processus d'automatisation des tâches** permettant un **enchaînement automatisé des différentes opérations et étapes de validation d'une tâche** plus ou moins complexe (procédure de commande, suivi de projet, campagne email...). La mise en place du *workflow* automatisé permet de traiter plus rapidement et à moindres coûts les opérations marketing ou les demandes d'un client.

> **MOT-CLÉ**
> Un *workflow* est généralement la représentation ou la structuration d'une série ou flux de tâches constitutive d'un même process.

■ Utiliser un moteur de *workflow* permet plusieurs avantages :
– la **clarté** : les processus deviennent explicites et peuvent être modifiés beaucoup plus facilement et dynamiquement sans relancer l'application ;
– la **visibilité** : la modélisation graphique peut être utilisée pour discuter du processus entre les personnes du métier et les développeurs, ainsi qu'entre les développeurs et les administrateurs informatiques (OPS) ;
– la **gestion des erreurs** : dès qu'une erreur survient dans un processus, il est possible de spécifier le comportement à avoir. Il est aussi possible de relancer et de visualiser les instances en erreurs.

B L'informatique en nuage (*cloud computing*)

Le *cloud computing* est un terme général employé pour désigner la **livraison de ressources et de services à la demande** par Internet. Il désigne le **stockage** et l'**accès aux données** par l'intermédiaire d'Internet plutôt que *via* le disque dur d'un ordinateur. Plus simplement, le *cloud computing* est le fait de pouvoir utiliser des ressources informatiques sans les posséder.

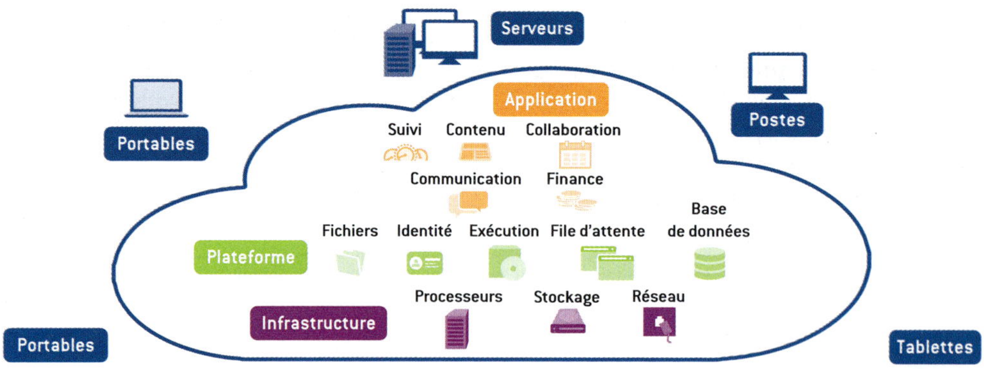

 # vidéo
60 secondes pour comprendre : le *cloud computing*
foucherconnect.fr/23terstmg13

 # article
Le *cloud computing* expliqué simplement
foucherconnect.fr/23terstmg14

5 Comment assurer un fonctionnement cohérent des organisations ?

L'instabilité de l'environnement et l'élévation du niveau de compétences des salariés entraînent une adaptation des organisations. De même, le degré d'exigence des consommateurs (délai de livraison raccourci, qualité…) nécessite une grande réactivité de la part des entreprises. Ces facteurs de contingence entraînent une modification indispensable de l'organisation du travail.

1 Les modes d'organisation du travail

Les entreprises peuvent mettre en place une organisation du travail rigide ou souple. Cependant, les modes de production de biens et services actuels requièrent une **organisation du travail adaptée à l'environnement, au secteur d'activité**…

A Une organisation rigide du travail

■ Les organisations rigides ont été mises en place pour permettre l'application du **taylorisme (organisation scientifique du travail – OST, en 1911)** et du **fordisme**, deux méthodes de travail nées aux États-Unis puis étendues à l'ensemble des pays industriels. L'objectif du **taylorisme** est d'obtenir la **meilleure productivité possible**. L'organisation taylorienne se caractérise par :
- une **intervention forte de la hiérarchie** ;
- un **travail divisé en tâches** élémentaires, simples et répétitives (parcellisation des tâches), confiées à des **travailleurs spécialisés** ;
- une **division verticale du travail**. L'organisation repose sur une séparation de la conception et de l'exécution, et sur le contrôle des exécutants par la présence de chronométreurs.

■ Le **taylorisme** est l'une des composantes du **travail à la chaîne** mis en place dans l'industrie automobile par **Henry Ford (fordisme)**. Des problèmes induits par le taylorisme comme la démotivation des travailleurs sont apparus. Le **post taylorisme** a alors été initié.

■ Le terme **post-taylorisme** désigne une organisation de travail qui, sous diverses formes, permet aux travailleurs de **participer aux décisions relatives à la production** :
- rotation des postes de travail ;
- élargissement et enrichissement des tâches ;
- groupes semi-autonomes ;
- cercles de qualité.

B Une flexibilité croissante de l'organisation du travail

Plus l'environnement est instable et incertain, plus l'organisation doit être **réactive** et **flexible**.

a La flexibilité

■ **La flexibilité** se définit comme la souplesse de l'organisation et de ses moyens de production pour répondre aux fluctuations rapides de la demande et aux évolutions de l'environnement technico-économique. Elle est l'une des composantes de la réactivité industrielle. C'est un **élément essentiel de l'économie numérique**.

■ La **flexibilité du travail** est l'une des composantes de la flexibilité globale. Elle peut prendre plusieurs formes :

Flexibilité quantitative externe	Consiste à faire varier le volume de main-d'œuvre en recourant au marché du travail précaire (contrat à durée déterminée, personnel intérimaire) ou à des licenciements.
Sous-traitance ou externalisation	Permet de faire appel à d'autres entreprises pour la réalisation d'une partie de la production ou d'activités annexes (exemple : gardiennage, restauration, entretien).
Flexibilité quantitative interne	Consiste à faire varier le temps de travail annuel des salariés de l'entreprise. Elle peut entraîner des périodes irrégulières de travail à l'intérieur d'une journée (exemple : hôte de caisse dans la grande distribution).
Flexibilité fonctionnelle	Permet de faire changer les salariés de poste de travail, sans coûts supplémentaires, par le développement de la polyvalence.
Flexibilité salariale	Fait varier les rémunérations en fonction de la performance.

b Les modèles d'organisation flexible

■ Le modèle taylorien étant devenu progressivement obsolète, d'autres types d'organisation, plus souples, ont vu le jour. Elles se sont accompagnées d'une **plus grande polyvalence** des salariés :
- une **polyvalence horizontale** ou élargissement des tâches, qui consiste à confier d'autres tâches de même niveau de complexité afin de rendre le travail moins monotone ;
- une **polyvalence verticale** ou enrichissement des tâches, qui a pour objectif d'octroyer davantage de responsabilités, donc de qualification.

■ Divers modèles d'organisation flexible ont été proposés :

	Présentation	Principes
Le toyotisme	Modèle d'organisation du travail et de production proposé par un ingénieur de Toyota, Taiichi Ono, au début des années 1950, pour améliorer la productivité. Il consiste à planifier la production en fonction de la demande et à développer diverses formes de flexibilité.	▸ Niveau de production déterminé par le carnet de commandes afin de diminuer les invendus. ▸ Travail en équipe. ▸ Principe du juste-à-temps pour minimiser les stocks. ▸ Management participatif afin de mieux considérer le facteur humain. ▸ Flexibilité : sous-traitance, polyvalence, objectifs par équipes… **À noter** : le toyotisme est source de stress : - la quasi-absence de stock nécessite une réactivité permanente ; - les objectifs collectifs se traduisent par un contrôle du groupe sur l'individu ; - si la rotation des postes permet d'améliorer la motivation, elle peut aussi provoquer l'effet inverse lorsqu'elle est trop poussée.
L'organisation apprenante	Ce type de structure est assimilable à un être vivant qui se nourrit d'informations pour adapter son comportement. Son enjeu principal est d'utiliser ses compétences, de savoir les actualiser, les renouveler ou d'en acquérir de nouvelles pour apporter des réponses adaptées aux diverses situations rencontrées.	▸ Pratiques organisationnelle et managériale participatives : décentralisation, travail en équipe, enrichissement du travail, participation à la fixation et l'évaluation des objectifs… ▸ Forte autonomie procédurale, dans les méthodes et dans le rythme de travail. ▸ Mise en place de processus permettant au salarié d'acquérir des connaissances : apprentissage au travail, résolution de problème. ▸ Tâches souvent polyvalentes et peu de tâches répétitives. ▸ Règle du partage : l'apprentissage au niveau de l'organisation n'est pas le fait d'un individu, mais d'un processus de co-construction qui développe de nouvelles connaissances pour aboutir à de nouveaux savoir-faire.
L'organisation Lean	Elle vise à améliorer la qualité et à rentabiliser la production d'une entreprise en évitant au maximum le gaspillage de ses ressources.	▸ Diffusion importante des normes et outils de type management par la qualité et le juste à temps (zéro délai, zéro défaut, zéro gaspillage…) au niveau de l'ensemble du processus de production. ▸ Recherche de résolution des problèmes survenant dans la confection, le transport et le stockage de la marchandise. ▸ Incitation des employés à développer constamment leurs compétences professionnelles, dans le même souci de ne pas gâcher les ressources de la société.

C Quelle évolution de ces modes d'organisation ?

Selon certaines prospectives, les modèles d'organisation pourraient évoluer sous l'influence de différents facteurs :

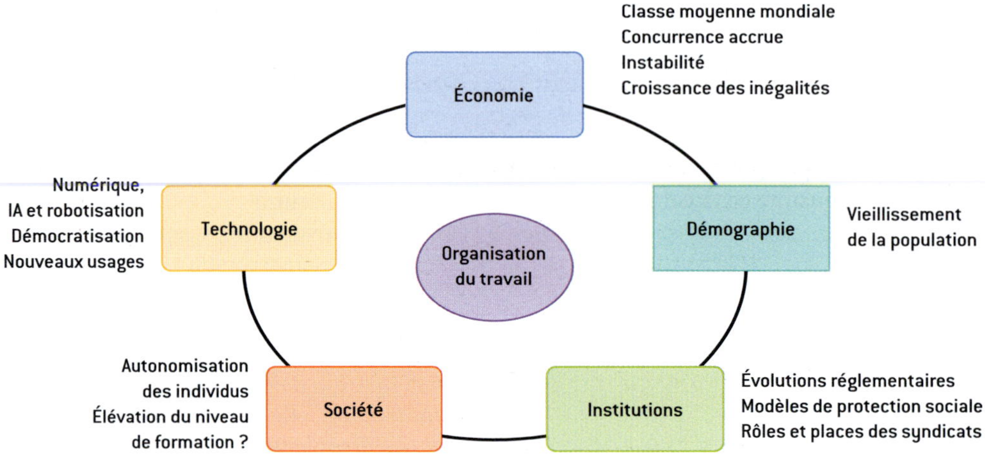

■ Les principaux facteurs d'évolution devraient être les suivants :
- l'**instabilité de l'environnement économique** ;
- les **évolutions sociales et sociétales** ;
- l'**évolution des qualifications** ;
- les **facteurs institutionnels** (baisse de la syndicalisation, variation du temps de travail, évolution des statuts comme la remise en cause du CDD...).

■ Parmi ces facteurs, l'un est particulièrement significatif : la **numérisation de l'économie et du travail** (nommée aussi **digitalisation**).

EXEMPLE : le concept d'économie de plateforme dont l'ubérisation n'est qu'une variante de cette numérisation.

2 La coordination du travail

Le **nombre** et la **complexité des tâches** et la **division du travail** (spécialisation) requièrent une **coordination** pour que les actions de chacun tendent vers l'objectif commun de l'organisation. En outre, la **flexibilité** nécessite de repenser la coordination au sein des organisations. **Henry Mintzberg** est à l'origine des modes de coordination suivants.

A L'ajustement mutuel

Il consiste à **coordonner les tâches par de simples discussions informelles** basées sur la négociation et le compromis. Chacun, dans la discussion, est sur le même plan. Il n'existe pas de rapport hiérarchique dans ce mode de coordination. Il convient pour les organisations composées d'un petit nombre de salariés.

B La supervision directe

Elle consiste à **coordonner les tâches par des ordres du supérieur hiérarchique** à ses subordonnés. Elle convient pour des tâches simples.

C La standardisation des procédés de travail

Elle consiste à **spécifier le contenu du travail dans des manuels de procédure**.

EXEMPLE : le travail à la chaîne. Les ingénieurs, dans les bureaux des méthodes, définissent, pour chaque poste de travail, les tâches que l'opérateur doit effectuer. Les opérateurs suivent ensuite ces instructions.

D La standardisation des résultats

Elle **repose sur les résultats à obtenir** et non sur la façon de travailler.

EXEMPLES : le chiffre d'affaires, la rentabilité, le bénéfice.

E La standardisation des qualifications

La **possession de diplômes et de formations** certifie la maîtrise de savoirs et de compétences partagés par les membres d'une même profession.

EXEMPLE : les professions médicales dans un hôpital. Les qualifications requises déterminent des niveaux de recrutement et d'exercice hiérarchisés dans la profession.

À RETENIR

Avec la complexification des tâches, il est logique qu'une organisation passe de l'ajustement mutuel ou la supervision directe à une standardisation des procédés de travail, des résultats ou des qualifications.

3 Le choix d'une organisation hiérarchique

La coordination dans une organisation nécessite une réflexion sur :
- le **degré de centralisation** du pouvoir ;
- le **degré d'autonomie** à attribuer aux salariés ;
- le **système de contrôle** à mettre en place.

A Centralisation ou décentralisation du pouvoir ?

La centralisation et la décentralisation sont deux possibilités de transfert du pouvoir de décision. Dans une organisation hiérarchisée :
- la **centralisation** consiste à attribuer le pouvoir de décision à un niveau plus élevé ;
- la **décentralisation** consiste à transférer le pouvoir de décision à des niveaux hiérarchiques inférieurs.

B Le système de contrôle

■ Plus l'organisation décentralise, moins le contrôle direct sur les opérations est possible. Le dirigeant ne contrôle alors plus que les aspects essentiels.

■ Cependant, le dirigeant doit **garder une maîtrise des activités déléguées** en mettant en place des **outils de contrôle** pour pouvoir prendre des **décisions stratégiques**. Ainsi, le développement du **management par projets** a donné lieu à l'adaptation du système de contrôle des résultats.

■ Le ***reporting*** est utilisé pour connaître la situation de chaque fonction ou projet et pour contrôler son résultat.

MOT-CLÉ

Le ***reporting*** est un système d'information permettant des échanges entre les différentes fonctions de l'entreprise. Chaque salarié et chaque service peuvent ainsi faire progresser leurs projets en connaissance de la situation générale. Les outils de *reporting* sont des tableaux de bord intégrant des indicateurs de performance adaptés à chaque service/fonction.

6 Comment fédérer les acteurs de l'organisation ?

Au sein des organisations, il existe une diversité d'acteurs, notamment des salariés et des actionnaires, auxquels le management doit porter une attention constante. En particulier, les managers ont un rôle de motivation, de coopération et de dynamisation des différents individus ou des groupes qui composent l'organisation.

1 Les différents acteurs de l'organisation

A Des attentes à satisfaire selon le statut des acteurs

■ Toute organisation doit satisfaire les **attentes** de ses **différents acteurs :**
– les **salariés** attendent en premier lieu une **rémunération en contrepartie de leur travail**. Mais ils aspirent également à **accroître leur autonomie** ou leurs responsabilités et souhaitent disposer de **conditions de travail satisfaisantes** ;
– les **propriétaires des organisations à but lucratif** recherchent une **rentabilité acceptable** par rapport à leur investissement, en **limitant la prise de risque** ;
– les **dirigeants de l'organisation** sont les mandataires des propriétaires et doivent de ce fait répondre à leurs attentes. Mais ils peuvent avoir des objectifs propres (carrière, rémunération satisfaction personnelle…).

■ Il appartient au management, en respectant les **finalités de l'organisation** (finalité lucrative, recherche de l'intérêt général…), de prendre en compte la **spécificité des différents statuts de ses membres** (salariat, fonctionnariat, bénévolat…). Il doit également s'adapter aux **différentes formes de relations de travail** (prestataires, intérimaires, etc.).

■ Certains **objectifs généraux** (pérennité et croissance d'une entreprise, missions de service public d'une administration, respect des statuts d'une association…) sont normalement partagés par les différents acteurs de l'organisation. Néanmoins, propriétaires, dirigeants ou salariés peuvent avoir des **intérêts contradictoires**. Par exemple, **les salariés souhaitent augmenter leur rémunération**, alors que **les actionnaires cherchent à maximiser leur profit**. La diversité des objectifs poursuivis par les différents acteurs peut donc être source de **tensions** et de **conflits** au sein de l'organisation.

B Des conflits à identifier

Les conflits les plus graves ont souvent une ou plusieurs causes clairement identifiées. On distingue plusieurs types de conflits :

Types de conflits

- Les conflits salariaux (liés à l'évolution des salaires, ou à des inégalités catégorielles ou individuelles…)
- Les conflits liés aux évolutions économiques de l'organisation (fusions, délocalisation de l'activité, réorientations stratégiques)
- Les conflits liés à l'exercice du pouvoir (conflits d'associés, relations des salariés avec les dirigeants…)
- Les conflits liés aux conditions de travail (horaires, cadence, hygiène, sécurité…).

ZOOM SUR...

Deux conceptions du conflit

◗ Henri Fayol a inspiré l'enseignement du management pendant une grande partie du XXe siècle. Il range « les grèves et tous les obstacles d'ordre social » parmi les accidents et catastrophes naturelles ne relevant pas de la « fonction administrative », mais de la « fonction de sécurité », au même titre que « le vol, l'incendie, l'inondation ». Et il les réprime durement, notamment par des licenciements systématiques...

◗ Pour Mary Parker Follett, le conflit n'est ni bon ni mauvais, c'est la manifestation d'une différence, l'expression naturelle de la diversité indispensable à la vie. Il faut simplement chercher à en tirer le meilleur parti. On doit sortir du conflit « par le haut », en cherchant ce qui peut satisfaire les intérêts légitimes des deux parties.

C Une culture d'entreprise à cultiver

■ Une culture d'entreprise est un **ensemble de valeurs, symboles, rituels ou croyances**, partagés par les différents acteurs d'une organisation. Ces éléments constituent en interne d'importants **facteurs de cohésion et de motivation** du groupe. En externe, ils sont également **vecteurs de l'identité et de l'image** de l'organisation et contribuent ainsi à **renforcer sa légitimité**.

 # vidéo
La culture d'entreprise chez Nespresso
foucherconnect.fr/23terstmg15

■ Il est donc logique que la culture soit instrumentalisée par la direction d'une organisation pour en faire un **véritable outil de management**. Néanmoins, une culture d'entreprise imposée et trop artificielle peut s'avérer contre-productive en générant des conflits et en limitant la créativité et l'adaptabilité de l'organisation.

■ Une culture d'entreprise partagée par l'ensemble des salariés permet au contraire de **créer des conditions favorables à leur implication**. Affichant des **valeurs communes**, elle crée une **cohésion** dans le groupe, propice au **développement de la motivation**, qui elle-même contribue à la **performance de l'entreprise**.

ZOOM SUR...

Criteo : une culture mondiale qui conserve son cachet local

Une croissance rapide synonyme d'opportunités

L'enthousiasme lié au fait de travailler dans une entreprise leader dans le commerce marketing vient en partie de l'impact que l'on peut avoir sur la stratégie et la croissance de l'entreprise. Nous valorisons l'autonomie et la prise d'initiative et croyons que ces valeurs sont essentielles à toutes les étapes du développement professionnel.

Mobilité et collaboration internationale

Nous considérons que nos équipes sont à la base de notre succès, de par leur culture globale et leur ancrage local, et pour cette raison nous encourageons les interactions directes et nous offrons des opportunités de vivre et travailler à partir de nos bureaux partout dans le monde.

S'amuser sérieusement et garder la communauté à cœur

Des salles de jeux aux salles zen en passant par les bureaux de marche, nos équipes ont la volonté de mettre en place un environnement où il fait bon travailler.

 # exemple
Une société technologique au service de l'innovation publicitaire
foucherconnect.fr/23terstmg16

2 Dynamique de groupe et coopération

A Les styles de management

■ Toute organisation est composée d'**individus** mais également de **groupes formalisés ou non**. Les dirigeants se doivent de mettre en œuvre un **style de management** permettant de **fédérer les différents acteurs** autour des **objectifs à atteindre**.

■ Entre le dirigeant de style taylorien, rigide et autoritaire, et le « nouveau manager » du XXIe siècle, capable de mobiliser les salariés autour d'un projet, de déléguer son pouvoir et d'être un véritable animateur, on peut identifier de **multiples styles de comportement**. L'évolution de la gestion des ressources humaines traduit néanmoins une **mutation des mentalités et des pratiques** qui conduit à davantage prendre en compte les **aspirations des salariés**.

À SAVOIR

Pour Rensis Likert, à l'origine du concept de « **gouvernement participatif dans l'entreprise** », il convient de distinguer **quatre styles de direction** :
- le style I : despotique ou exploiteur (approche taylorienne) ;
- le style II : bienveillant (approche relations humaines) ;
- le style III : consultatif (il faut déléguer et communiquer) ;
- le style IV : participatif.

C'est ce quatrième type de gouvernement qui a la faveur de R. Likert : il est partisan de la responsabilité de groupe, de la décision par consensus et de la fixation d'objectifs par le groupe.

■ Le management est en pratique exercé avec un certain style qui résulte de la combinaison de la **personnalité des dirigeants** et des **composantes propres à l'organisation** qu'ils conduisent. Si plusieurs facteurs influencent le style de direction (type d'organisation, culture et environnement de l'organisation, personnalité des dirigeants), il est pour autant **très difficile de définir un style de direction idéal**. Le style de direction doit être adapté à une organisation donnée et tenir compte du contexte.

 # vidéo
Étude de cas : Favi
foucherconnect.fr/23terstmg17

B Les styles de leadership

■ Parallèlement au(x) style(s) de direction adopté(s) par les dirigeants, existent des **styles de leadership** au sein des groupes d'acteurs dans l'organisation. Le **leadership** se définit par la capacité à entraîner les personnes. Il traduit l'**influence d'un individu** ou d'un groupe d'individus sur un groupe ou un autre groupe. Le leader a des compétences personnelles qui lui confèrent une différence et qui lui permettent d'être écouté et suivi par un groupe de personnes.

■ Plusieurs auteurs ont proposé des **typologies complémentaires de leadership** fondées sur les **qualités spécifiques des différents leaders**.

À SAVOIR

Selon Daniel Goleman, expert en psychologie, il existe **six types de leadership**, qui sont plus ou moins bien adaptés en fonction de la situation de l'organisation : coercitif (ou autoritaire), démocratique, affiliatif, missionnaire (ou orientatif), pilote ou coach. Ces types de leadership ne sont par ailleurs pas incompatibles. Au contraire, les meilleurs leaders sont capables de prendre des éléments de chacun d'entre eux pour s'adapter aux exigences du moment.

■ Même avec un leadership performant, le travail en groupe n'est pas, en lui-même, une garantie de plus grande efficacité ni même de cohésion. La qualité du groupe se construit à partir de la dynamique et des relations qui s'y développent. La prise en charge du groupe, le traitement des phénomènes d'influence et la prise de décision collective sont autant de variables conduisant, ou ne conduisant pas, à la cohésion.

3 Coopération, facteurs de motivation et qualité de vie au travail

A La mise en œuvre de la coopération entre les acteurs

■ Toute action collective suppose une **coopération entre les différents acteurs** de l'organisation qui travaillent de façon interdépendante. Mais la coopération ne se décrète pas et n'est pas toujours spontanée ; ce sont les processus qui créent naturellement des **interdépendances dans le travail**.

■ Il est possible d'identifier **plusieurs modes d'action coopératifs** : groupes de projet, réunions, techniques de créativité, outils collaboratifs, réseaux sociaux d'entreprise, communautés de pratiques.

ZOOM SUR...

Le concept de communauté de pratiques

Pourquoi, dans un contexte économique de plus en plus compétitif, les membres de différentes entreprises auraient-ils avantage à partager leurs connaissances ? D'après Etienne Wenger, « *Quand un membre d'une communauté rencontre un problème vraiment difficile, les autres s'y intéressent non seulement parce que ça pourrait éventuellement être un de leurs problèmes, mais aussi parce que ça ajoute à leur réputation.* » On raconte que le concept de communauté de pratiques a été imaginé par les réparateurs de photocopieuses de la société Xerox. Et ce n'est pas lors de formations de techniciens que se développait leur efficacité mais bien au travers de discussions que ces techniciens avaient, en dehors du travail, lors d'échanges informels autour d'un café ou au cours d'un repas.

#exemple
La communauté de pratiques
foucherconnect.fr/23terstmg18

■ La mise en œuvre de la coopération peut être accompagnée par des **dispositifs numériques** (plateformes collaboratives, agendas partagés, messagerie instantanée interne, intranet, extranet, gestion informatisée des flux de travail, réseaux sociaux d'entreprise, communautés de pratiques).

■ La mobilisation des ressources humaines consiste, pour l'organisation, à rassembler ses membres afin qu'ils conjuguent leurs énergies pour atteindre des objectifs dans une **logique de performance**.

B L'influence des facteurs de motivation dans la performance

■ Mobiliser ne suffit pas, encore faut-il que chacun soit motivé. Or, la motivation ne se décrète pas non plus ; elle dépend de **facteurs internes et externes** à l'individu qui influencent son comportement. Le cadre et les conditions de travail, la rémunération, la communication interne, le contenu du travail sont autant de facteurs qui peuvent **renforcer la mobilisation, la motivation et la satisfaction**.

À SAVOIR

Au début du XXe siècle, on considérait que la motivation des salariés ne reposait que sur des stimulations financières (Ford) ou sur une amélioration des conditions matérielles de travail. Mais les dirigeants des organisations ont peu à peu compris qu'il ne s'agissait pas des seuls facteurs de motivation. Elton Mayo a été l'un des premiers à le démontrer à la suite d'une célèbre expérience menée dans l'usine d'Hawthorne de la Western Electric. Il a notamment mis en évidence l'importance du groupe de travail et des relations avec l'encadrement. La prise en compte de ces facteurs psychosociaux a conduit au développement du mouvement dit des « relations humaines ».

■ Ainsi, il appartient à l'équipe dirigeante d'une organisation d'**analyser le degré d'implication et de motivation** des différentes catégories de salariés et de mettre en œuvre, le cas échéant, une **politique de motivation** qui peut comporter des **éléments financiers** (primes, participation…) et **non financiers** (évolution de la communication interne, système de promotion, formation, services aux salariés, etc.).

C La qualité de vie au travail, un déterminant du bien-être au travail

■ La **qualité de vie au travail** (amélioration des conditions de travail, prévention des risques majeurs, des risques psychosociaux, hygiène, sécurité) est un **élément déterminant du bien-être au travail** et une **source de performance**. Or, les différentes études menées par les organismes spécialisés montrent un **accroissement des risques psychosociaux (RPS)** qui créent une vraie **souffrance au travail**.

■ La réglementation contraint aujourd'hui les entreprises à anticiper les RPS et à mettre en œuvre des actions destinées à les réduire. Mais, au-delà des contraintes juridiques, les entreprises ont pris conscience des risques financiers et humains liés aux accidents du travail, maladies professionnelles et autres RPS. Elles sont de plus en plus nombreuses à **rechercher les facteurs de stress** et à mettre en œuvre des **stratégies préventives** ou des **actions correctrices** : évolution de l'organisation du travail, concertation sur les objectifs opérationnels, meilleure information des salariés, etc.

 # vidéo
Qualité de vie au travail en entreprises de transport
foucherconnect.fr/23terstmg19

7 Les transformations numériques, vecteur d'amélioration de la relation avec les clients et usagers ?

La révolution numérique a considérablement modifié les attentes des consommateurs et des usagers. En effet, ces derniers ont conscience que chaque acteur de la sphère économique possède une multitude d'informations sur leur comportement. Ils exigent donc, de la part des organisations et des administrations, une réponse rapide et précise à leurs questions, ce qui nécessite une connaissance parfaite de l'évolution de leurs besoins. Afin de s'adapter, organisations et administrations cherchent à instaurer une relation de plus en plus personnalisée avec leurs clients et usagers.

1 Une connaissance affinée du client et de l'usager

Les technologies permettent désormais :
- une connaissance parfaite du comportement du consommateur et de l'usager ;
- une identification précise du processus d'achat du client, de son parcours client et usager.

A Les notions de consommateur, client et usager

■ Le **consommateur** est l'utilisateur final du produit.

■ Le **client** désigne une personne morale ou physique susceptible ou non d'acquérir un bien proposé par une entreprise. On distingue le client du consommateur, car la personne qui achète un bien n'est pas forcément celle qui le consomme ou l'utilise.

■ L'**usager** est une personne qui utilise un service public.

B Le processus d'achat du consommateur

■ Grâce aux technologies numériques, les organisations maîtrisent le processus d'achat du client. Ce processus d'achat est schématisé page suivante.

■ Ce processus d'achat a été fortement touché par le **développement des technologies**. Les consommateurs sont aujourd'hui suréquipés technologiquement et ultra-connectés : ordinateur, smartphone, tablette. Parallèlement, l'émergence des **médias sociaux** et l'importance de certains d'entre eux dans la vie quotidienne influencent fortement la façon de consommer.

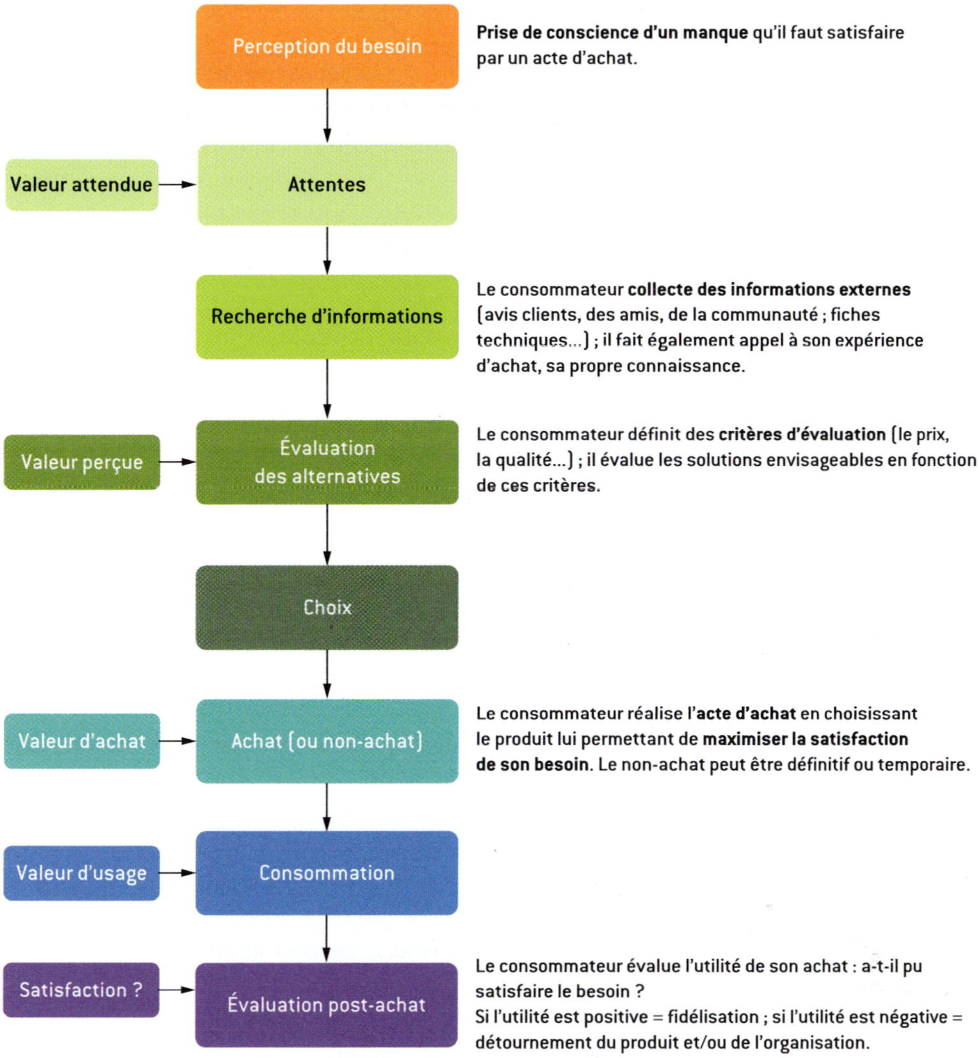

■ En effet, les médias sociaux font partie des habitudes quotidiennes de certains consommateurs et permettent de garder le contact avec un réseau d'amis, malgré les contraintes de temps et d'espace. Ces amis constituent une **source d'avis influents** pour chacun des achats effectués, tout simplement parce qu'ils sont émis par des proches.

C Les facteurs explicatifs du comportement du consommateur

Le processus d'achat dépend de **facteurs individuels** ainsi que de **facteurs liés à son environnement**.

a Les facteurs individuels

Facteurs individuels	Caractéristiques
Le besoin	◗ Le **besoin** est un **état de tension ou de désir**. Lorsqu'un individu éprouvant un besoin est capable de décrire l'élément ou la prestation pouvant y répondre, on parle alors d'**attente**. ◗ Une hiérarchie classique des besoins est proposée par la **pyramide de Maslow** (voir ci-dessous). ◗ Un individu éprouve de nombreux **besoins qui sont hiérarchisés.** Une fois un besoin satisfait, l'individu éprouve des besoins d'un niveau supérieur.
La motivation	◗ La **motivation** est la **raison subjective** poussant à un certain comportement (d'achat, de consommation, etc.) pour satisfaire un besoin non satisfait. ◗ Il existe plusieurs typologies de motivation suivant les auteurs : **Henri Joannis**, par exemple, les classe en motivations hédoniste, oblative et d'auto-expression.
La personnalité	La **personnalité** est l'ensemble des traits relativement stables qui caractérisent un individu.
L'image de soi	L'**image de soi** est la représentation mentale qu'un individu se fait de lui-même, décrivant sa personnalité physique (taille, genre...) et psychologique (caractère, comportement...). C'est tout à la fois la façon dont nous nous voyons, ce que nous voulons être, ce que nous croyons être...
Le style de vie	Le **style de vie** se caractérise par une typologie d'individus fondée sur des opinions, des comportements et des valeurs qu'ils partagent et qui permettent d'expliquer en partie ce comportement.
L'attitude	L'**attitude** d'un individu à l'égard d'un produit, d'une marque, est l'ensemble des connaissances, croyances, opinions et sentiments qu'il a sur ce produit, cette marque.
Le frein	Le **frein** est une force psychologique négative qui empêche un individu de consommer un produit.

La pyramide de Maslow

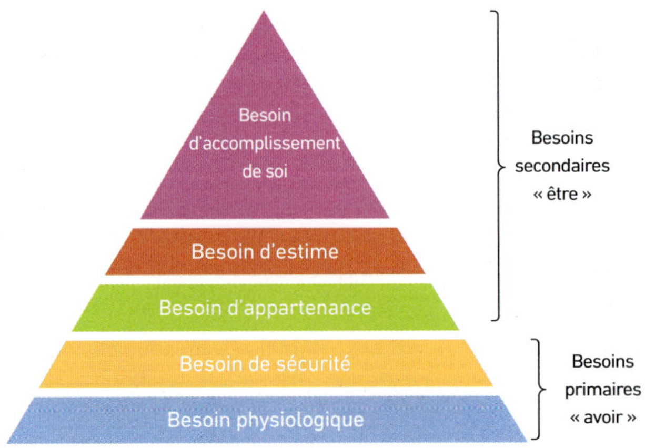

b Les facteurs liés à l'environnement de l'individu

Des éléments extérieurs influencent le comportement d'achat :
- la **culture** : c'est l'ensemble organisé et évolutif des éléments acquis (connaissances, idées, croyances et superstitions, valeurs, symboles, normes et lois, réalisations artistiques, folklore, coutumes, mythes et traditions) qui permettent aux membres d'un groupe ou d'une société de se comprendre, de vivre ensemble, de partager et de transmettre un certain savoir ;
- les **groupes sociaux** : toute personne appartient à plusieurs groupes (amis, collègues, relations sportives) et rêve d'appartenir à d'autres groupes de personnes qu'elle admire. Ces groupes influencent ses achats notamment par le bouche-à-oreille ;
- la **classe sociale** : dans une société, les individus peuvent être classés selon leur niveau social. Les individus d'une même classe ont des conditions matérielles de vie, des comportements, des intérêts similaires. Par exemple, des consommateurs appartenant aux classes sociales supérieures choisissent plutôt un hébergement dans un hôtel 4 étoiles que dans un 2 étoiles ;
- la **famille** : l'acheteur est influencé par les membres de sa famille. Par exemple, la présence d'un jeune enfant peut influencer la réservation de vacances dans un hôtel avec des services spécifiques, comme un club bébé.

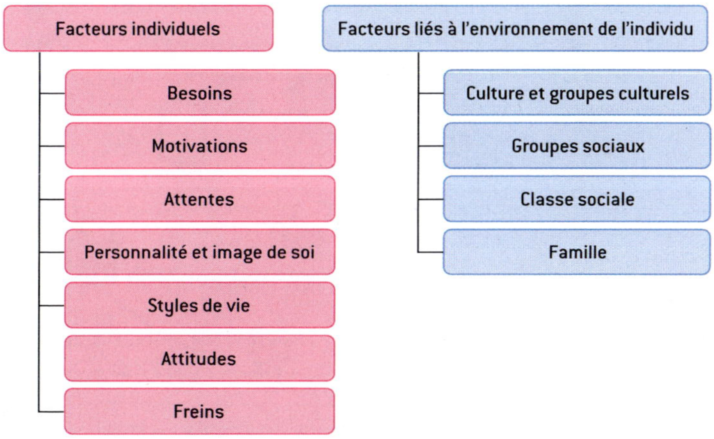

D L'influence croissante des technologies sur la connaissance des clients et son parcours

■ Pour conquérir et fidéliser son client, l'organisation doit davantage le connaître ainsi que son parcours. Or, celui-ci s'est digitalisé.

■ La **digitalisation du parcours d'achat** est le phénomène par lequel, même pour des achats réalisés en points de vente physiques, la recherche d'informations et de conseils préalables à l'achat commence sur Internet. En effet, le site internet des organisations ne suffit plus : le consommateur se renseigne désormais auprès de son réseau et effectue des recherches en ligne sur les différents produits qu'il souhaiterait acheter. Il devient ainsi plus **volatile**, **indécis** et **exigeant**.

■ L'acronyme **ROPO** (*Research Online, Purchase Offline*) qualifie la phase de recherche et de collecte d'avis sur Internet qui précède un acte d'achat réalisé en magasin. Au départ, la recherche d'information et d'avis concernait essentiellement l'e-commerce.

■ Le smartphone accentue ce phénomène. Selon la FEVAD, **42 % des consommateurs font désormais des recherches en ligne** sur le point de vente depuis leur mobile, et 65 % des répondants déclarent reporter leur achat ou changer de magasin en fonction de ces recherches.

■ La **digitalisation du parcours client** est notamment liée aux notions de ROPO et de digitalisation du point de vente. Ce phénomène provoque l'apparition de **nouvelles attentes chez le consommateur** et de **nouveaux défis organisationnels** au sein des organisations. Parallèlement, toute organisation parvenant à détecter ce parcours client peut collecter un nombre croissant d'informations très précises sur son client donc améliorer la relation qu'elle entretient avec ce dernier.

■ La digitalisation du parcours client peut se schématiser de la manière suivante :

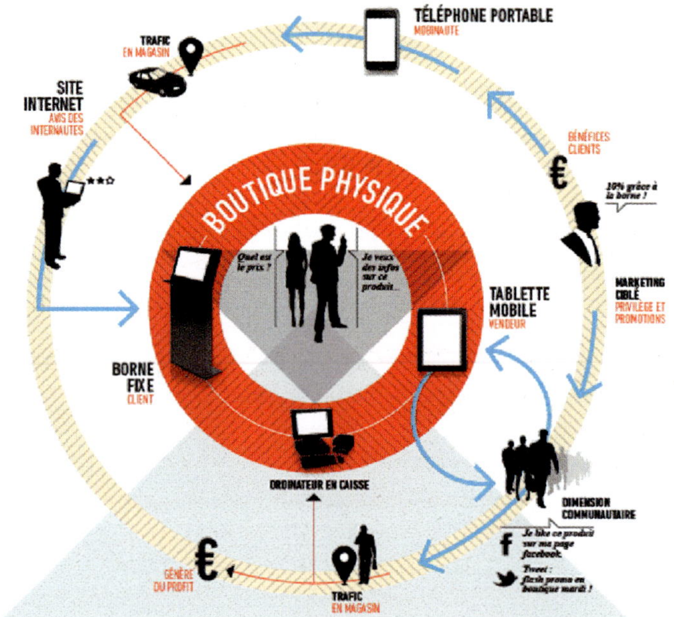

Source : schéma paru sur www.g1site.com/nouvelles-technologies-processus-achat/© DR

EXEMPLE

Le parcours d'achat automobile, pour lequel plus de 90 % des acheteurs de véhicules neufs commencent leur parcours en ligne et dans le cadre duquel le nombre moyen de concessions visitées avant l'achat, est désormais inférieur à deux alors qu'il était de quatre ou cinq vingt ans auparavant.

2 Une utilisation croissante des technologies par les administrations

■ La transformation numérique a **révolutionné le secteur public**. En effet, à l'image des prestataires de services, la sphère publique a entamé sa mutation afin de s'adapter aux évolutions de la société, aux attentes des usagers et des agents publics ainsi qu'aux opportunités qu'apportent les nouvelles technologies.

■ Le gouvernement a ainsi lancé en 2017 le **programme Action Publique 2022** qui vise à améliorer la qualité des services publics. L'objectif de cette démarche est de **répondre aux habitudes de consommation des citoyens** de plus en plus nombreux et actifs sur la toile.

À SAVOIR

Selon le baromètre du numérique 2017, 76 % des citoyens se connectent quotidiennement. En matière de service public, deux personnes sur trois (67 %) ont effectué une démarche administrative en ligne.

■ Pour s'adapter, les administrations doivent donc :
- **assurer un accès aux documents administratifs** (loi sur la liberté d'accès aux documents administratifs de 1978) ;
- **simplifier les démarches administratives** ;
- **améliorer les échanges** entre administrations et la **relation** entre les usagers et les administrations.

■ Pour atteindre ces objectifs, les établissements publics doivent développer des **solutions innovantes et économiques**, c'est-à-dire :
- **intégrer le multicanal** dans leurs communications (e-mail, messagerie instantanée, réseaux sociaux, SMS, téléphonie, télécopie...) ;
- **interagir en temps réel** avec les ressources internes et les citoyens ;
- **s'équiper d'outils évolutifs** tout en maîtrisant ses dépenses.

ZOOM SUR...

Quelques repères de la transformation numérique de l'État

- En 2000, le portail de l'administration, service-public.fr, est créé. L'objectif est d'être plus efficace en mettant en place « une administration à accès pluriel » pour les usagers (guichets physiques, courriers, services en ligne ou téléphonie).
- Le plan « France numérique 2012 » a pour but d'accroître l'accessibilité des sites internet publics, de développer le paiement en ligne, d'améliorer l'interopérabilité entre administrations et d'ouvrir les données publiques (open data).
- En 2015, les usagers se voient proposer la dématérialisation de 9 démarches de saisine administrative sur 10.
- En 2016, France Connect est déployé. Cet outil permet d'utiliser un compte, un identifiant et un mot de passe uniques pour tous les services publics en ligne (impôts, caisse d'allocations familiales, mairie, etc.).
- Lancé en 2018, le programme Action publique 2022 avait pour objectif la dématérialisation de 100 % des démarches administratives d'ici 2022.
- Le 9 mars 2023, la Direction Interministérielle du Numérique (DiNum) a présenté sa nouvelle feuille de route, co-construite avec l'écosystème du numérique public. Son objectif est de mettre le numérique au service des politiques prioritaires du gouvernement en utilisant tous les ressorts de l'innovation, afin de renforcer leur impact, la souveraineté, et d'avoir une meilleure gestion des données publiques.

8 Communique-t-on de la même manière avec tous les acteurs ?

La communication joue un rôle dans la prise de décision, coordonne l'action de l'ensemble des acteurs, contribue au dialogue social et améliore l'image de l'organisation. Mais quelle stratégie de communication adopter ? Convient-il d'adapter la communication au public visé ou doit-on concevoir une stratégie de communication plus globale ? Et pourquoi la communication financière a-t-elle pris tant d'importance pour les organisations ?

1 La stratégie de communication

A Pourquoi la communication est-elle importante ?

■ Au niveau interne, la communication vise à **développer la participation et l'adhésion du personnel aux objectifs de l'organisation**. L'affirmation de valeurs communes ou la cohésion de ses membres sont autant de raisons qui donnent une dimension stratégique à la communication.

■ Vis-à-vis de son environnement, la communication participe au **renforcement de l'image** de l'organisation auprès de ses partenaires, de ses clients et du grand public.

■ La communication permet ainsi à l'entreprise d'**affirmer son identité** tout en veillant à sa **réputation**. Chaque organisation a en effet une personnalité représentée par son identité et sa culture. Cette personnalité est composée d'éléments constitutifs de sa spécificité et constitue le fondement de son développement.

À SAVOIR

La **marque employeur** désigne l'ensemble des problématiques d'image de l'organisation liées à la gestion des ressources humaines et au recrutement d'une entreprise. Elle est de plus en plus valorisée par les entreprises, des startups aux grands groupes en passant par les TPE-PME, qui ont pris conscience de la nécessité d'investir pour mettre en œuvre une communication adaptée pour attirer et conserver les talents. « C'est de la communication externe auprès des candidats potentiels et interne auprès des salariés de l'entreprise », précise Aurore Berlingard, chargée de recrutement de Proximedia (Groupe Publicis).

 # vidéo
La marque employeur de Transavia
foucherconnect.fr/23terstmg20

■ La stratégie de communication de l'organisation constitue donc un **facteur de succès** et fait l'objet d'une démarche de plus en plus rigoureuse, notamment dans les grands groupes. Mais il peut arriver qu'un événement inattendu vienne perturber cette stratégie de communication. Il convient alors de développer dans l'urgence une **communication de crise** pour **limiter le risque de détérioration de l'image** de l'organisation.

ZOOM SUR...

Un scandale alimentaire

Il y a quelques années, un lot de steaks hachés vendu par les supermarchés Leclerc déclenche une vague d'intoxication alimentaire causée par la bactérie Escherichia coli. Une quinzaine d'enfants sont dans un état grave. Les médias s'emparent massivement de l'affaire et le distributeur est sur la sellette. Très vite, la direction de Leclerc constitue une cellule de crise qui réunit le responsable qualité, l'acheteur produit, le chef de marché, le docteur vétérinaire conseil, la spécialiste logistique industrielle, le service de communication interne et externe. Sans tarder, ils décident le retrait de tous les produits potentiellement incriminés des points de vente. [...] La réactivité de Leclerc et sa pro-activité auprès des pouvoirs publics face à cette situation fournissent des réponses concrètes et argumentées aux médias. Plus encore, l'enseigne ne minimise pas ses responsabilités et affiche son empathie pour les victimes. La stratégie de communication s'avère payante et l'enseigne préserve l'image de son label.

https://www.dynamique-mag.com/article/exemples-de-boites-qui-gerer-communication-crise.

B Quelles sont les différentes modalités de la communication des organisations ?

- La communication de l'organisation présente plusieurs modalités et s'appuie sur diverses techniques. Traditionnellement, on oppose la **communication interne** et la **communication externe**.

- La **communication interne** est le processus par lequel les différentes composantes de l'entreprise transmettent des informations entre elles. Les personnes qui doivent collaborer pour mener à bien les multiples tâches peuvent, grâce à ce processus, se coordonner et créer des **situations de synergie**.

- Selon ses objectifs, la communication interne prend des formes différentes (ascendante, descendante ou horizontale). Plusieurs canaux de communication peuvent être mobilisés : (Intranet, journal d'entreprise, réunions d'information, rapports...). La communication interne tend parfois à se confondre avec la communication externe en considérant les salariés comme des citoyens et des consommateurs à part entière.

 # vidéo
La communication interne chez Cimeo Construction
foucherconnect.fr/23terstmg21

- La **communication externe** regroupe l'**ensemble des actions de communication entreprises à destination des publics externes** à l'organisation considérée. La communication externe doit ainsi s'adapter à des publics spécifiques extérieurs à l'organisation : clients, fournisseurs, associés, banques, collectivités locales ou encore associations. Il convient de distinguer la **communication institutionnelle** destinée à promouvoir l'organisation dans son ensemble de la **communication commerciale** tournée vers le marché (publicité, actions promotionnelles...).

 # vidéo
La stratégie de communication
foucherconnect.fr/23terstmg22

- De plus en plus d'organisations considèrent que, pour des raisons de cohérence, il est préférable de développer une **communication globale** qui vise les acteurs internes comme les partenaires externes ou le grand public. Il s'agit alors d'harmoniser la communication interne avec la communication externe.

■ Les possibilités offertes par les technologies numériques ont profondément modifié la manière dont les organisations appréhendent la communication. En combinant la communication sur **divers médias numériques** (LinkedIn, Instagram, Facebook...), l'organisation cherche à marquer sa présence et son identité tout en veillant à sa réputation.

 # vidéo
Pourquoi les entreprises ont intégré la communication mobile dans leur stratégie ?
foucherconnect.fr/23terstmg23

2 La communication financière

■ La communication financière regroupe l'ensemble des actions de communication mises en place par l'entreprise lui permettant de **présenter sa santé financière**, ses **capacités** et ses **perspectives de développement**.

■ S'il s'agit avant tout d'un **outil d'aide à la prise de décision** pour le dirigeant, **la communication des informations financières de l'entreprise est une obligation légale**. En effet, les entreprises sont tenues de tenir une comptabilité et d'établir une fois par an les **comptes annuels** en réalisant le **compte de résultat**, le **bilan** et les **différents documents annexes**.

■ Par ailleurs, il est important pour l'entreprise de communiquer ses informations financières aux différentes **parties prenantes** qu'elles soient **internes** (actionnaires, salariés) ou **externes** (clients, fournisseurs, partenaires, grand public).

ZOOM SUR...

L'intelligence artificielle bouleverse la communication des entreprises. Nombre d'entre elles utilisent déjà un « chatbot » : ce logiciel permet de simuler une conversation humaine. Bien qu'il soit automatisé, il peut assurer le service clientèle d'une entreprise de manière naturelle et agréable 24 h/24 et 7 J/7. Il permet d'interagir rapidement avec les clients souhaitant des réponses immédiates à leurs questions.

L'IA est également de plus en plus répandue sur les réseaux sociaux, par exemple pour diffuser des publicités personnalisées. Dans ce contexte, l'IA peut être utilisée tant pour la création de contenus que pour l'analyse et le ciblage des actions de communication. Une entreprise peut donc diffuser des messages ou publicités précisément adaptés aux intérêts du destinataire.

9 Les organisations peuvent-elles s'affranchir des questions de société ?

Les organisations évoluent dans un environnement économique, écologique, socioculturel, politique, numérique et institutionnel dont elles doivent tenir compte. C'est la raison pour laquelle de nombreuses entreprises, administrations publiques ou associations ont adopté des règles de conduite et des valeurs qu'elles s'efforcent de respecter. Au-delà de ses propres buts, une organisation peut ainsi intégrer des préoccupations civiques dont bénéficient ses partenaires et l'ensemble de la société.

1 Éthique et management

A L'éthique au sein des organisations

- Dans son sens général, **l'éthique est une réflexion sur la conduite responsable de sa vie** au regard des **règles morales.** Appliquée au management, l'éthique invite à **promouvoir des règles**, **des pratiques**, **des normes** en vue de la **satisfaction de l'intérêt général** et des différentes parties prenantes.
- Pour une entreprise par exemple, il s'agit de **concilier sa finalité de recherche de profit et son impératif d'efficacité** avec le **respect de ses salariés, fournisseurs ou autres partenaires**. Il s'agit également d'avoir un **impact positif sur son environnement** : lutte contre la pollution, respect de la concurrence, etc.

 # vidéo
D'où viennent les jouets en bois Encore ! ?
foucherconnect.fr/23terstmg24

- Ce respect de soi et des autres suppose avant tout un **strict respect des règles morales universelles** (prohibition du vol, de la violence, du mensonge…) et de la **légalité**. Mais l'éthique des affaires va bien au-delà car elle vise à promouvoir des **valeurs positives** comme la **tolérance**, la **loyauté**, le **partage** ou la **transparence des pratiques**.

ZOOM SUR…

L'entreprise Artelia

Artelia est un groupe indépendant qui exerce dans le monde une large gamme de métiers (management de projet, ingénierie, conseils et audits, ensemblier). Artelia promeut des valeurs fortes et engage ses collaborateurs à les partager, de manière à ce qu'Artelia soit :
- un **groupe durable** qui met l'accent sur la maîtrise de ses risques et privilégie une gestion rigoureuse pour garantir une relation durable avec ses clients et ses collaborateurs, et qui intègre les dimensions du développement durable dans ses missions ;
- un **groupe proche** qui veille à la satisfaction de ses clients par une relation privilégiée d'écoute et de conseil adaptée à leurs besoins et leurs attentes ;
- un **groupe humain** qui veille à la sécurité et la sûreté des personnes, qui s'engage dans le développement de l'employabilité de ses collaborateurs, qui favorise une relation franche et positive entre les personnes et un travail en équipe efficace, enfin qui prend pleinement ses responsabilités en matière sociale et sociétale […]

 # exemple
La charte éthique du groupe Artelia
foucherconnect.fr/23terstmg25

■ Le questionnement généralisé sur l'éthique dans les organisations trouve son origine dans la dénonciation et la médiatisation de certaines pratiques de corruption, de fraude fiscale, de destruction de l'écosystème ou du travail des enfants, à partir des années 1980. Ce questionnement a notamment permis de mettre en lumière la **finalité sociale des entreprises**, l'**impératif de transparence et d'intégrité des administrations publiques** ou encore l'**importance du rôle sociétal** des organisations à but non lucratif (aide humanitaire, médicale, banque alimentaire…).

■ L'éthique des affaires repose ainsi sur quelques principes fondamentaux :

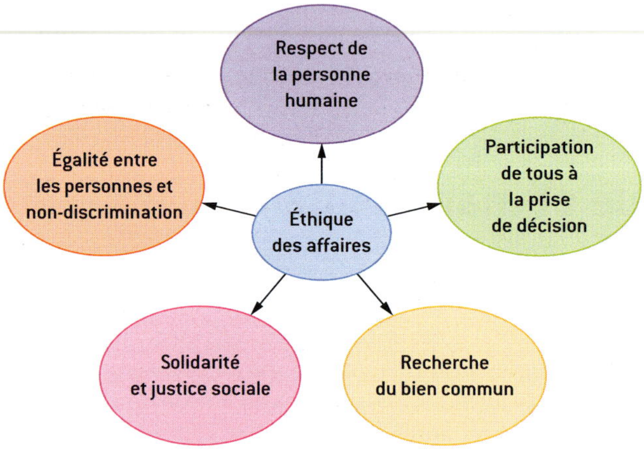

B Éthique et déontologie

On confond parfois **éthique** et **déontologie.** La déontologie s'applique au monde professionnel en établissant une **série de règles et de devoirs** auxquels sont obligatoirement soumis les membres d'une même activité professionnelle ou d'un corps de métier. Ainsi, à la différence de l'éthique professionnelle, qui définit ce qu'un individu particulier estime comme moralement correct dans sa profession, la déontologie professionnelle est un **code de conduite qui s'applique à tous les membres d'une même profession**.

EXEMPLE

Quelques règles déontologiques

- Le **secret médical** dans les professions de la santé et l'interdiction de dévoiler des informations sur leurs patients.
- Le **secret professionnel** pour les avocats et l'interdiction de dévoiler des informations sur leurs clients.
- L'**interdiction** pour un policier de profiter de sa fonction afin d'obtenir des avantages en sa faveur.

 # vidéo

L'éthique, une bonne pratique pour toutes les entreprises

foucherconnect.fr/23terstmg26

2 La mise en œuvre de comportements éthiques dans les organisations

A Des comportements parfois contraires aux règles éthiques

De nos jours, la plupart des entreprises affichent des **préoccupations éthiques**, mais les actions sont parfois en décalage avec les principes revendiqués. Ainsi, plusieurs pratiques **contraires aux règles éthiques** ont été observées, principalement dans des grandes organisations :

– la **pratique d'un *lobbying* agressif** constitue l'une d'entre elles. Le *lobbying* est un ensemble d'actions d'influence menées par un **groupe de pression** pour défendre ses intérêts face à des institutions ou individus pouvant prendre des décisions qui pourraient l'affecter. Les actions de *lobbying* sont surtout menées à destination des **décideurs politiques** et particulièrement auprès des **institutions européennes** à Bruxelles. Mais, parfois, elles peuvent viser des autorités locales ou des établissements publics ;

EXEMPLE

Alors que l'Europe travaille à se donner des objectifs climatiques ambitieux pour 2030 et 2050, l'influence des industries dites « fossiles » sur les décideurs bruxellois s'intensifie. Plusieurs associations de défense de l'environnement pointent du doigt des pratiques « sournoises » de *lobbying* : rendez-vous privés, « pantouflage », sponsoring et collaborations avec les institutions de l'Union européenne… les moyens d'influence sont nombreux.

– le ***green washing***, ou en français l'**écoblanchiment**, consiste pour une entreprise à orienter ses actions marketing et sa communication vers un **positionnement écologique**. Cette entreprise se présente comme écoresponsable alors qu'elle pollue excessivement la nature et l'environnement. Un produit peut aussi être abusivement vanté comme « écologique » ou « protégeant l'environnement ». Fort heureusement, de plus en plus d'entreprises intègrent dans leurs pratiques de véritables préoccupations écologiques ;

 # vidéo
L'éthique chez ECT
foucherconnect.fr/23terstmg27

– dans le même ordre d'idées, le ***social washing*** consiste à **masquer de mauvaises pratiques internes managériales** et des **conditions de travail pénibles**, par des services aux salariés sur lesquels l'entreprise s'appuie pour **développer une politique de communication valorisante**.

B Un contrôle plus rigoureux des pratiques

■ De nombreuses règles juridiques ont pour but d'éliminer certaines pratiques contraires à l'éthique. Il s'agit de **protéger la vie privée de salariés**, de **lutter contre les discriminations sexistes**, **raciales** ou **sociales**, et de prendre en compte les **situations de handicap**.

■ L'éthique incite également les organisations publiques ou privées à **diffuser une image transparente de leur activité**, notamment par une information financière fiable. L'évolution des normes comptables permet de mieux encadrer cette communication financière et de garantir une **meilleure transparence des informations** destinées aux investisseurs, aux marchés financiers et aux autorités de contrôle.

3 Une organisation peut-elle intégrer des préoccupations civiques ?

■ Le concept de **civisme** fait référence aux qualités d'un bon citoyen, zélé et montrant un réel **dévouement pour le bien commun et l'intérêt public**.

EXEMPLES

- Pendant la crise sanitaire de mars 2020, le groupe de luxe LVMH a fabriqué « en grande quantité » du gel hydroalcoolique sur trois de ses sites de production français dédiés normalement à ses parfums et cosmétiques (Dior, Guerlain et Givenchy), pour l'offrir aux hôpitaux de l'Assistance Publique-Hôpitaux de Paris.
- Dans le même temps, Thomas Huriez, fondateur de la marque « 1083 », a modifié sa ligne de production de jeans pour fabriquer des masques et aider les professionnels de santé à se protéger.

■ Une organisation doit concilier des préoccupations civiques avec ses propres objectifs :

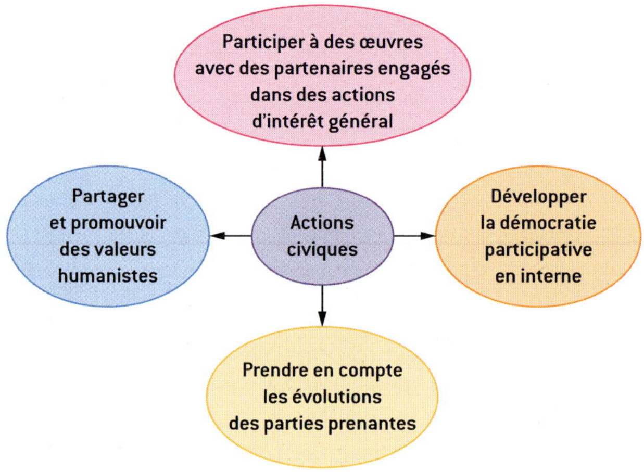

■ Pour mieux s'ancrer dans son environnement local, soigner son image et concrétiser ses préoccupations sociétales, une entreprise peut avoir recours au mécénat, au sponsoring ou à des partenariats avec certaines associations culturelles ou caritatives. Les salariés peuvent utilement être associés à la réflexion et à la mise en œuvre des « bonnes pratiques » au sein de l'organisation.

EXEMPLE

Sous-traitant d'Airbus, Team Plastique habille les sièges des pilotes. La société a créé des groupes où les salariés réfléchissent à la manière de mieux travailler ensemble. Un groupe de réflexion et d'action de huit salariés travaille sur l'innovation (clients, matières, nouvelles technologies...). Pendant deux jours, l'entreprise a réuni tous ses salariés. L'objectif était de faire émerger ce qui constituait les fondements de l'entreprise et de réfléchir à la manière dont chacun voyait son avenir.

À SAVOIR

Le **mécénat d'entreprise** se définit comme un soutien financier ou matériel, sans contrepartie directe, apporté par une entreprise au profit d'une cause d'intérêt général. Il peut concerner des domaines divers tels que l'éducation, la recherche, l'humanitaire, la culture, l'art, la protection de l'environnement... Le **sponsoring** se différencie du mécénat : le sponsoring est une action publicitaire tandis que le mécénat correspond à une préoccupation civique.

10 Les changements de modes de vie s'imposent-ils aux organisations ?

La prise en compte des interactions de l'organisation et de la société conduit à analyser les évolutions des modes de vie et de consommation qui peuvent avoir une influence sur le management des organisations. Il convient notamment d'apprécier les incidences de l'ancrage sociétal et territorial de chaque organisation.

1 L'évolution de la relation individu/travail

A Un travail de plus en plus oppressant pour le salarié

■ Le travail peut être source d'épanouissement personnel. Mais l'intensification de la concurrence interentreprises, la recherche constante d'amélioration de la productivité ou la perte de sens du travail génèrent une **souffrance** pour le salarié dont les managers doivent tenir compte.

■ Les enquêtes statistiques montrent que la **pénibilité physique du travail** reste une réalité malgré l'évolution des technologies : la très grande majorité des maladies professionnelles reconnues sont logiquement des troubles musculo-squelettiques (TMS).

À SAVOIR

D'après les statistiques du ministère du Travail, 34 % des salariés sont exposés à des postures pénibles ou fatigantes dans le cadre de leur travail et 40 % doivent porter ou déplacer des charges lourdes. La proportion de travailleurs déclarant subir des rythmes contraints (cadence imposée, objectifs de productivité oppressants, contrôle permanent d'un supérieur hiérarchique, etc.) est passée, en dix ans, de 31,6 % à 35,2 %.

■ De nombreux salariés développent d'autre part des pathologies liées à la **pression psychologique** qu'ils subissent ou à un **excès de stress** (dépressions...) d'où l'apparition du concept de « **risques psychosociaux** » (RPS).

À SAVOIR

Le psychologue Christophe Dejours montre que le travail participe à la structuration psychologique de la personne. La souffrance au travail ne vient pas des difficultés rencontrées mais de l'impossibilité de les résoudre. Il écrit : « Il existe une souffrance pathogène qui survient si, alors que j'ai mobilisé toutes les ressources à ma disposition, je suis toujours en échec. Soit parce que je suis à la limite de mes talents, soit parce que l'on m'empêche de travailler comme je le devrais. »

■ Pour l'organisation, ces risques sont **générateurs de coûts** : outre les arrêts de travail répétés, les conséquences d'une mauvaise ambiance affectent l'efficacité collective du travail (baisse de la productivité, non-respect des horaires ou des exigences de qualité...), la dégradation du climat social, les coûts de *turn over* et d'intégration de nouveaux salariés ou les risques juridiques... Il convient également de gérer le déficit d'image qui peut avoir des conséquences directes sur les résultats.

B Les nouvelles aspirations des salariés

■ Le management des organisations doit tenir compte des attentes et aspirations de leurs membres. Ces aspirations dépendent de différents facteurs : type d'organisation considérée, implantation géographique, niveau d'études et catégorie socioprofessionnelle des salariés...

■ Le facteur le plus clivant concerne l'**âge des salariés** : les plus anciens (baby-boomers et génération X) sont souvent **les plus engagés dans leur poste** : ils se sentent concernés par l'organisation ou le client pour lesquels ils travaillent. Ils sont **fidèles** à leur entreprise et sont habitués à être jugés sur les résultats. Par ailleurs, le stress de la hiérarchie est bien moins important que celui de l'utilisation des nouvelles technologies.

ZOOM SUR...

Les générations de salariés

◗ Les générations qui composent la société actuelle peuvent être regroupées en 4 catégories, selon leurs dates de naissance :
- les baby-boomers : individus nés entre 1946 et 1964 ;
- la génération X : entre 1965 et 1979 ;
- la génération Y : entre 1980 et 2000 ;
- la génération Z : à partir de l'an 2000.

◗ Ces générations X Y Z sont différentes mais également complémentaires. Il est essentiel que le management s'appuie sur les caractéristiques de chacun, en prenant en compte leur style de vie et leur productivité, sans quoi une baisse de leur engagement est à prévoir.

■ À l'inverse, les nouvelles générations (Y et Z) recherchent avant tout la **nouveauté**, en changeant fréquemment de poste, d'employeur ou de région. La notion de groupe est essentielle, avec une envie de collaborer au sein d'une équipe. Le travail devient alors un outil de socialisation et de rencontres. Mais le **développement personnel** occupe également une place très importante chez les jeunes (opportunité de formation, travail à l'étranger...).

■ Il existe toutefois des tendances fortes communes à la plupart des salariés (recherche d'un meilleur équilibre vie privée/vie professionnelle, recherche de sens dans le travail, etc.).

 # vidéo
La fonction RH en 2025 : axes de transformation
foucherconnect.fr/23terstmg28

C La recherche de nouveaux modes d'organisation du travail

■ Pour répondre aux attentes des salariés et aux nouveaux modes de vie tout en tenant compte des impératifs économiques, les organisations expérimentent de **nouvelles formes d'organisation du travail**. Plusieurs tendances semblent se dessiner, qui transforment peu à peu le rapport de l'individu au travail.

■ Le rapport à la hiérarchie évolue : les nouveaux organigrammes et espaces de travail s'efforcent de **réduire les échelons hiérarchiques** et de **rapprocher les salariés des dirigeants**.

■ Le **travail en équipes autonomes** est favorisé et permet aux organisations de libérer la créativité des salariés tout en donnant du sens à leur travail, ce qui accroît leur implication. Le recours systématique aux outils numériques a rendu possible le **développement du télétravail** et a amélioré la **communication au sein des organisations**.

ZOOM SUR...

Une étude de l'Institut Montaigne (février 2023) met en exergue un développement massif du télétravail. Une évolution significative surtout illustrée par le télétravail régulier (au moins une fois par semaine) désormais pratiqué par 33 % des travailleurs contre 3 % en 2017. En plus d'une généralisation, l'étude pointe une intensification du télétravail : « On observe une plus grande intensité, avec une moyenne de 2,7 jours par semaine pour ceux qui pratiquent un télétravail régulier contre environ 2,2 jours en 2017. » L'auteur identifie également un « optimum qui serait compris entre 2 et 3 jours, ce qui correspond d'ailleurs à l'intensité moyenne du télétravail régulier observé ». Un rythme favorable au bien-être des actifs. Néanmoins, un télétravail prolongé augmenterait l'absentéisme et comporte des risques pour la santé mentale et physique des travailleurs.

L'étude fait aussi apparaître une importante inégalité face au télétravail en fonction des secteurs d'activité ; 60 % des travailleurs n'ayant pas accès au télétravail.

« Une étude déconstruit les "idées reçues" sur le rapport des Français au travail », *Public Sénat*, 2 février 2023

- L'**anticipation** et la **prise en compte des risques psychosociaux** permettent de mieux gérer les situations de souffrance au travail.
- L'évolution de la société conduit à inventer de **nouvelles formes de travail** qui s'éloignent du salariat : chaque année, le nombre d'autoentrepreneurs augmente et l'« ubérisation » du travail préfigure de nouveaux modèles d'organisation dans lesquels le travailleur gagne une certaine indépendance mais abandonne la protection liée au contrat de travail.

 # vidéo
Uber Eats, Deliveroo : à Dijon, la livraison à vélo de repas est en plein boom
foucherconnect.fr/23terstmg29

2 Les nouveaux modes de consommation

Le consommateur actuel a bouleversé, depuis les années 2000, son comportement. En effet, **hyperconnecté** (smartphone, tablette), il a accès à un large choix de marchandises produites en masse, disponibles rapidement, dans le monde entier. Cependant, certains consommateurs s'interrogent et cherchent à adopter d'autres modes de consommation dits **alternatifs**, voire rejettent la consommation, dans son schéma actuel.

A Une consommation *via* les plateformes d'intermédiation et à la demande (ubérisation)

Les consommateurs actuels utilisent de plus en plus les **plateformes « collaboratives » numériques** (comme Uber, Airbnb, etc.) qui se développent, d'ailleurs, de manière fulgurante. En effet, le consommateur veut gagner du temps et privilégier les relations CtoC (*consumer to consumer*, du consommateur au consommateur). L'**ubérisation** répond à cette demande : elle consiste à mettre en **contact direct** particuliers et sociétés de services (livraison de repas, par exemple) grâce à des applications pour que cette mise en relation soit quasi instantanée.

INFO
Voir spécialité marketing, chapitre 2.

B Une consommation plus responsable

- Face aux dérives de la consommation de masse (standardisation, impact sur le développement durable...), les consommateurs cherchent **à développer ou à réactiver des modes de consommation plus directs**, plus citoyens.

■ Différents schémas sont ainsi offerts à ce « nouveau » consommateur :

L'économie de la fonctionnalité	◗ Système privilégiant l'usage plutôt que la vente d'un produit. ◗ L'échange économique ne repose plus sur le transfert de propriété de biens, qui reste la propriété du producteur tout au long de son cycle de vie, mais sur le consentement du client à payer une valeur d'usage. **EXEMPLE :** voir spécialité marketing, chapitre 2
L'économie du partage = l'économie collaborative **# vidéo** Économie collaborative : le partage à l'ère d'Internet **foucherconnect.fr/**23terstmg30	Nouveau mode de consommation permettant de partager entre consommateurs l'usage ou la consommation de produits, équipements ou services. **EXEMPLE 1** : les sites d'hébergement entre particuliers, les sites de covoiturage ou de location entre particuliers (bateau, camping-car, etc.). **EXEMPLE 2** : voir spécialité marketing, chapitre 5
Le locavorisme **# vidéo** Les ventes directes La Famille Locavore **foucherconnect.fr/**23terstmg31	◗ Le locavorisme ou mouvement locavore prône la consommation de nourriture produite dans un rayon allant de 100 à 250 kilomètres maximum autour de son domicile. ◗ De nombreux consommateurs sont de plus en plus adeptes du locavorisme. Cependant, chaque locavore a le droit de choisir une « exception », un petit privilège comme consommer du chocolat, conserver sel, poivre et épices dans ses menus ; c'est « l'exception Marco Polo ».
Le glanage **# vidéo** Les nouveaux glaneurs au secours des aliments perdus et gaspillés **foucherconnect.fr/**23terstmg32 **# vidéo** Démonstration de l'application Too good to go **foucherconnect.fr/**23terstmg34	◗ La pratique du glanage est historique : à l'origine, elle désigne le ramassage des fruits, légumes et céréales restés ou tombés au sol dans un champ ou un verger après une récolte. ◗ Aujourd'hui, le glanage, plus particulièrement alimentaire, répond à des motivations diverses et prend des formes multiples : seul ou à plusieurs, de façon spontanée ou dans un cadre organisé, ponctuellement ou fréquemment, à la campagne ou en ville… **EXEMPLE 1** : en ville où les glaneurs récupèrent des aliments comestibles abandonnés à la fin des marchés ou jetés dans les poubelles des supermarchés. **EXEMPLE 2** : l'application Too good To go est une application permettant aux inscrits d'acheter à un prix réduit les invendus des commerçants

C Un rejet du système de consommation de masse : l'anticonsumérisme

■ L'anticonsumérisme est un mouvement **consumériste activiste** parfois délibérément **hostile** à la publicité et au marketing en général, car jugés trompeurs et manipulateurs de la conscience humaine. Il se rapproche dans certains cas du **mouvement antimondialiste** (ou altermondialiste).

■ Ses adeptes mènent des **actions de contestation** à des niveaux divers :
- **appel à résister à la publicité** par des pratiques de non-attention : ne pas regarder les affiches et zapper pendant les pubs TV ;
- **appel à la non-participation** : retourner les sacs publicitaires, arracher les publicités dans les journaux.

■ Leurs actions militantes peuvent aller jusqu'à la détérioration physique ou la destruction de produits et/ou de supports de communication publicitaire.

 # info
L'anticonsumérisme, un mode de consommation comme les autres ?
foucherconnect.fr/23terstmg33

11 Les transformations numériques, de nouvelles responsabilités pour les organisations ?

Les technologiques numériques modifient les relations entre les acteurs : organisation – consommateur ; organisation – citoyen. En effet, grâce à celles-ci, l'organisation collecte de nombreuses données sur les parties prenantes qu'elle peut analyser, revendre, échanger. L'information devient alors stratégique. Cependant, comment concilier nécessité de connaître de manière de plus en plus approfondie le citoyen et respect de l'éthique ?

1 Les données personnelles : un patrimoine à protéger

La collecte d'informations sur le citoyen est **stratégique**. Cependant, elle doit s'effectuer dans le **respect de la législation**.

A Les données personnelles : un outil stratégique pour l'organisation

- Les traces que chaque individu laisse sur le Net – préférences idéologiques, culinaires ou sportives, achats, soucis de santé… – sont devenues une **industrie extrêmement lucrative**. Selon le cabinet IDC, le marché des données des citoyens de l'Europe des 28 s'élevait à 60 milliards d'euros en 2016, et devait atteindre 80 milliards en 2020.

- Ainsi, citoyens, consommateurs, organisations sont plongés dans l'ère du **Big Data**, de l'**interconnexion des données** et de leur **valorisation**. Dans ce contexte, les modes de production, de collecte et d'analyse des données personnelles ont explosé ces dernières années et offrent des potentiels de valorisation gigantesques, mettant notamment l'**expérience client au cœur des stratégies.** La relation client devient de plus en plus proactive, ce qui permet d'anticiper les besoins, d'adapter les stratégies, les opérations, le retail, etc.

- De nombreuses entreprises ont élaboré les premiers modèles fondés sur l'analyse et/ou la revente des données personnelles pour développer leur service.

- Le **business des données personnelles** sur Internet est donc en **pleine expansion**. La situation de **quasi-monopole des GAFA** sur ce marché des données (elles trustent 95 % du marché) rend complexe la régulation du secteur pour protéger la vie privée des citoyens. De même, le développement de l'intelligence artificielle (IA) pose des questions éthiques.

- En réponse à ces dangers, la législation s'adapte.

> **MOT-CLÉ**
> **GAFA** : acronyme pour Google, Apple, Facebook, Amazon. On parle aujourd'hui de GAFAM car on a ajouté Microsoft.

B Le respect de la législation

a La loi RGPD

■ Depuis mai 2018, les organisations doivent respecter le **règlement général sur la protection des données (RGPD).**

INFO
Voir programme de 1re STMG – Sciences de gestion et numérique.

■ Le RGPD s'inscrit dans la continuité de la **loi française informatique et libertés** de 1978 et renforce le contrôle par les citoyens de l'utilisation qui peut être faite des données les concernant.

 # info
RGPD : de quoi parle-t-on ?
foucherconnect.fr/23terstmg35

■ Le RGPD harmonise les règles en Europe en offrant un **cadre juridique unique** aux professionnels. Il permet de **développer leurs activités numériques** au sein de l'UE en se fondant sur **la confiance** des utilisateurs.

 # info
Chat GPT face au RGPD européen
foucherconnect.fr/23terstmg102

■ Le RGPD s'applique à **tout organisme** quels que soient sa taille, son pays d'implantation et son activité.

EXEMPLES
- **Exemple 1** : une société établie en France qui exporte l'ensemble de ses produits au Maroc pour ses clients moyen-orientaux doit respecter le RGPD.
- **Exemple 2** : une société établie en Chine proposant un site d'e-commerce en français livrant des produits en France doit respecter le RGPD.
- **Exemple 3** : le RGPD concerne aussi les sous-traitants qui traitent des données personnelles pour le compte d'autres organismes. Ainsi, une organisation de collecte et traitement des données travaillant pour le compte d'une autre entité (entreprise, collectivité, association) doit garantir la protection des données confiées.

■ Le RGPD accroît le **degré de responsabilité** et les **obligations de transparence** des acteurs économiques et institutionnels. En effet, ceux-ci sont contraints de **communiquer exhaustivement et clairement**, à tous les individus concernés, la **nature** et les **modalités de traitement des données.**

b La loi pour une République numérique (loi Lemaire)

■ Elle a été promulguée le 7 octobre 2016. Elle vise à **encourager l'innovation et l'économie numérique**, à **promouvoir une société numérique protectrice**, à **garantir l'accès de tous au numérique**.

■ Parmi l'ensemble des mesures, deux sont énoncées ici :
– les **administrations** au sens large (l'État, les collectivités locales de plus de 3 500 habitants, les établissements publics et les organismes privés chargés d'un service public) doivent **publier en ligne leurs principaux documents**, ainsi que leurs bases de données et les données qui présentent un intérêt économique, social, sanitaire ou environnemental ;
– la **transparence des algorithmes**. À l'heure de l'intelligence artificielle, les algorithmes occupent dans nos vies une place importante. Ainsi, dans de nombreux domaines, ils sont utili-

MOT-CLÉ
Un **algorithme** est un calcul informatique qui s'appuie sur des données – personnelles ou pas – pour réaliser des prévisions ou prendre des décisions.

sés pour **faciliter les prises de décision** : résultats de requêtes sur un moteur de recherche, ordres financiers passés par des robots sur les marchés, diagnostics médicaux automatiques, affectation des étudiants à l'université.

■ Face à une utilisation des algorithmes risquant de se systématiser, de nombreuses réflexions sont à mener :
- les algorithmes sont-ils les nouveaux décideurs ?
- ont-ils pour effet de mettre en danger l'ouverture culturelle et le pluralisme démocratique ?

■ En effet, des problèmes ont été révélés.

ZOOM SUR…

Les limites des algorithmes

◗ Comme sa prédécesseure APB, la plateforme Parcoursup, créée en 2018, fait l'objet de critiques portant sur l'outil utilisé pour classer les candidats. Si l'algorithme centralisé est désormais bien connu, le ministère ayant fait œuvre de transparence sur sa conception, les fameux « algorithmes locaux », qui ne sont en fait « *que de braves formules Excel permettant de calculer les moyennes pondérées des candidats en fonction de leur dossier* », restent « *très opaques* » (*Le Monde campus*, janvier 2023).

◗ Par ailleurs, des biais existent : les algorithmes peuvent conduire à exclure des consommateurs de la possibilité d'achat auprès d'un commerçant en ligne, sur le simple critère de leur adresse, qui les associe à une zone de clients non solvables.

■ La **transparence des procédés** et la **réalité des actions** menées par les entreprises et institutions sont devenues des critères essentiels aux yeux des consommateurs.

■ Pour s'adapter aux nouvelles situations et au risque d'abus, la **loi Lemaire** édicte de **nouvelles obligations**. En effet, depuis le 1er janvier 2018, toute personne dont l'activité consiste à collecter et diffuser des avis de consommateurs en ligne doit **assurer une « information loyale, claire et transparente » sur les modalités de publication et de traitement de ces avis**. Cette information porte notamment sur la date de publication des avis en ligne ainsi que sur les critères de classement et l'existence d'une procédure de contrôle de ces avis. Les conditions de référencement, de suppression et la logique de remontée de ces contenus doivent, en outre, être clairement notifiées sur le site.

EXEMPLE

Bazaarvoice, le plus gros gestionnaire d'avis clients pour les organisations qui externalisent cette tâche, est directement concerné par cette disposition.

2 Le développement des *blockchains* : une modification des rapports de force

■ Pour contrer le problème de **sécurisation des données** et la **perte de confiance** dans les systèmes financiers, bancaires, administratifs (crises, corruption, fraude), les chaînes de blocs (*blockchains*) se développent.

MOT-CLÉ

La ***blockchain*** est une technologie de stockage et de transmission d'informations, transparente, sécurisée, et fonctionnant sans organe central de contrôle. Par extension, une *blockchain* est une base de données qui contient l'historique de tous les échanges effectués entre ses utilisateurs depuis sa création. Cette base de données est sécurisée et distribuée : elle est partagée par ses différents utilisateurs, sans intermédiaire, ce qui permet à chacun de vérifier la validité de la chaîne d'informations.

■ Les *blockchains* modifient donc la sécurisation des échanges car le registre des données est distribué sur tous les ordinateurs du réseau. Elles permettent la médiation des contrats (exemple : suppression de l'intermédiaire des banques pour effectuer une transaction dans le cas du Bitcoin).

 # vidéo
La *blockchain* expliquée simplement
foucherconnect.fr/23terstmg36

■ La première *blockchain* a été créée en réponse à la crise financière de 2008 et à la défiance à l'égard du système bancaire. Elle s'appelle ***bitcoin*** et repose sur trois principes :
– c'est un logiciel libre ;
– c'est un logiciel participatif (chacun peut participer à l'amélioration de son fonctionnement) ;
– le système est décentralisé.

■ Par extension, d'autres *blockchains* ont été créées.

ZOOM SUR...

Des exemples de *blockchains*

Exemple 1 : au Honduras, le premier cadastre numérique adossé à une *blockchain* a été créé pour lutter contre la corruption et l'attribution aux élites des terrains les mieux localisés.

Exemple 2 : pour éviter la falsification des diplômes et garantir la sécurisation des documents, le diplômé inscrit, dans son CV ou dans son profil LinkedIn, le lien d'une transaction de la *blockchain*. Dans cette transaction envoyée par l'école, une empreinte digitale du diplôme est intégrée afin de sécuriser la légitimité de l'information. Le service RH de telle ou telle organisation peut alors utiliser n'importe quel explorateur de la *blockchain* pour s'assurer de la validité du diplôme du postulant.

Exemple 3 : la start-up Zooz propose un service de covoiturage entièrement repensé car décentralisé : le service n'est pas détenu par ses fondateurs ou par un quelconque investisseur extérieur, mais par la communauté de ses utilisateurs. Ce service permet aux conducteurs et aux passagers de se connecter en temps réel pour remplir les sièges vides des conducteurs, sans avoir à s'appuyer sur un acteur intermédiaire pour la mise en relation : tout passe par une plateforme autogérée. La Zooz rémunère ses conducteurs en jetons appelés « Zooz » (une monnaie basée sur le bitcoin) stockés sur une *blockchain*. La valeur des jetons diminue avec l'augmentation du nombre d'utilisateurs inscrits : le but est de favoriser les « early-adopters » afin d'accélérer le développement de l'application.

12 Quelles relations entre les organisations et leur écosystème ?

Les organisations sont implantées sur un territoire et intégrées dans un écosystème qui peut leur fournir des ressources nécessaires à leur fonctionnement. Réciproquement, l'action des organisations produit de multiples effets sur cet écosystème dont elles doivent tenir compte. La révolution numérique a d'autre part permis de développer les relations de partenariat et la création de réseaux d'acteurs.

1 Les interactions entre les organisations et leur écosystème

A Un écosystème d'affaires

■ Les organisations s'intègrent dans leur **environnement local** et font partie d'un **écosystème** qui leur fournit certaines **ressources nécessaires à leur fonctionnement** : ressources humaines, financières et fiscales, infrastructures de transport et numériques, services publics, pépinières d'entreprises, supports techniques (centre technique industriel, laboratoire de recherche, etc.), organismes de formation, organismes consulaires.

À SAVOIR

La notion « d'écosystème d'affaires » a été popularisée par l'économiste James F. Moore dans les années 1990. L'écosystème est alors défini comme « une communauté économique supportée par l'interaction entre des entreprises et des individus. Cette communauté va produire des biens et des services en apportant de la valeur aux clients, eux-mêmes au cœur de cet écosystème ».

■ Une organisation doit pouvoir **saisir les opportunités** que lui offre son ancrage territorial. Il s'agit par exemple de profiter de la présence d'une technopole, de développer l'activité au sein d'une pépinière d'entreprises ou encore d'obtenir des subventions ou une aide matérielle de la part de la collectivité d'accueil.

ZOOM SUR...

L'association Castres-Mazamet Technopole

La communauté d'agglomération de Castres-Mazamet, les laboratoires Pierre Fabre, la chambre de commerce et d'industrie du Tarn et la chambre des métiers et de l'artisanat du Tarn ont fait émerger il y a plus de 10 ans l'association Castres-Mazamet Technopole afin de doter le territoire d'un outil spécifique de soutien à l'innovation. La Technopole développe son expertise autour de 3 missions :

- l'animation et la mise en réseau des compétences scientifiques et industrielles ;
- l'ingénierie de l'innovation et l'incubation ;
- le marketing territorial et l'accueil d'entreprises innovantes.

#exemple
L'association Castres-Mazamet Technopole
foucherconnect.fr/23terstmg37

B La responsabilité des organisations

■ L'action des organisations produit simultanément de **multiples effets sur son écosystème territorial**, d'ordre économique, social, culturel ou encore en matière de développement d'infrastructures. La prise en compte de ces effets dans le processus de décision est l'une des dimensions de la **responsabilité des organisations**.

EXEMPLE

En 2001, Bernard Arnault, président du groupe LVMH, confie à l'architecte Franck Gehry la conception d'un grand vaisseau de verre dédié à la culture, à Paris, dans le bois de Boulogne : la fondation Louis Vuitton. Cinq ans plus tard, une convention d'occupation de 55 ans est conclue avec la Ville de Paris, et permet d'engager les travaux de ce lieu d'exception pour l'art et la culture. L'édifice s'est inscrit dans le paysage culturel français et international. Il accueille chaque année plus d'un million de visiteurs venus de tous les horizons.

■ Les organisations peuvent ainsi **façonner leur environnement local** et **participer activement à la vie économique, culturelle et sociale** de leur commune, département ou région. Elles peuvent réaliser des actions de mécénat, participer à des aménagements locaux concertés (transports en commun…) et créer des emplois.

EXEMPLE

Photonis est une société de haute technologie, avec 80 ans d'expérience dans la conception, la fabrication de composants électro-optiques et de capteurs de haute précision. Première entreprise du secteur privé de la Corrèze, Photonis France est implantée dans la commune de Brive-la-Gaillarde et emploie 450 collaborateurs.

2 Les stratégies d'implantation des firmes

■ Le **bon choix d'implantation** d'une entreprise peut rapidement s'avérer **décisif** pour l'activité de cette dernière. Une bonne implantation permet une **meilleure interaction** à la fois avec ses fournisseurs, ses clients mais aussi ses salariés.

■ Les décideurs de l'organisation recherchent d'abord un lieu d'implantation qui permet de **minimiser les coûts** (coûts d'installation, d'approvisionnement, de fabrication ou de distribution…).

À SAVOIR

Une **zone franche urbaine (ZHU)** est un quartier de plus de 10 000 habitants, situé dans des zones dites « sensibles » ou « défavorisées ». Elles ont été définies à partir des critères suivants :
- taux de chômage ;
- proportion de personnes sorties du système scolaire sans diplôme ;
- proportion de jeunes ;
- potentiel fiscal par habitant.

■ Les entreprises implantées ou devant s'implanter dans ces quartiers bénéficient d'un **dispositif complet d'exonérations de charges fiscales et sociales** durant cinq ans ; un compromis idéal pour l'implantation des entreprises en processus de création.

■ La localisation d'une entreprise reflète aussi son image. C'est une composante importante à prendre en compte, à la fois pour les salariés, mais aussi pour les différentes parties prenantes : prospects, clients, investisseurs, intervenants extérieurs…

ZOOM SUR...

La filière textile peut-elle parier sur un mouvement de relocalisation d'ampleur ? Les sites de production se déploient, les manufactures investissent dans leur appareil industriel. Plus de 780 projets de relocalisation et de développement d'activités sont d'ailleurs déjà soutenus par le plan Relance du gouvernement, parmi lesquelles ceux de Petit Bateau (Aube), Tricot Saint-James (Manche), Safilin (Pas-de-Calais) ou Velcorex (Haut-Rhin).

Tissages de Charlieu prévoit ainsi la production de sacs cabas fabriqués à partir de textiles recyclés grâce à un contrat avec Auchan. Ses enjeux sont ceux du secteur : produire en France avec des articles textiles « créateurs d'emplois » ; soutenir une activité locale dans une perspective durable et circulaire. Mais le « nerf de la guerre » demeure les commandes, reconnaît son patron Éric Boël. Au-delà du soutien de l'État, c'est la grande distribution qui permet à la PME tricolore d'envisager le doublement des effectifs et un plan de réindustrialisation sur cinq ans.

Les Échos, 6 avril 2022.

 # article
La relocalisation du textile en France gagne du terrain
foucherconnect.fr/23terstmg38

■ Plusieurs stratégies d'implantation sont donc envisageables en fonction des objectifs prioritaires de l'organisation :

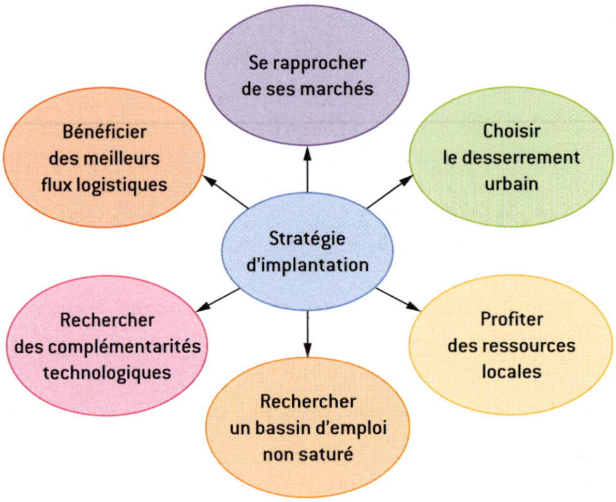

 # vidéo
Comment réussir à relocaliser la production en France ?
foucherconnect.fr/23terstmg39

3 L'organisation au cœur de réseaux d'acteurs

■ Le développement du numérique permet aujourd'hui de rapprocher les organisations et d'appréhender différemment la notion d'écosystème, débordant la stricte dimension territoriale.

ZOOM SUR...

La création de réseaux

Elle permet d'envisager une activité de recherche en dehors du processus d'innovation de l'entreprise *via* un écosystème d'innovation. Il y est fait appel lorsque les idées de produits souhaités par l'entreprise imposent des contraintes technologiques qu'elle ne peut pas résoudre elle-même. Lorsque c'est le cas (l'entreprise ne « sait pas faire » le produit qu'elle a imaginé correspondre aux besoins de ses clients), elle se rapproche de partenaires ou de prestataires qui ont plus de compétences ou de connaissances sur le sujet et qui, eux, « savent peut-être faire » (exemple : centres techniques). Si l'état de la technologie directement accessible ne permet pas de fabriquer ces produits imaginés par l'entreprise, alors il peut être envisagé de faire appel à des centres de recherche pour augmenter les connaissances dans le domaine et, peut-être, résoudre les problèmes techniques qui empêchaient l'entreprise de fabriquer les produits qu'elle avait imaginés.

 # info
Écosystème d'innovation
foucherconnect.fr/23terstmg40

■ Les organisations n'agissent pas seules et les **relations de partenariat** qu'elles tissent se traduisent par la **création de réseaux d'acteurs** (pôles de compétitivité, écosystèmes d'affaires, campus des métiers et des qualifications, etc.) qui structurent les territoires et améliorent leur attractivité.

ZOOM SUR...

Les clusters

Les clusters sont des réseaux d'entreprises constitués majoritairement de PME et de TPE, fortement ancrés localement, souvent sur un même créneau de production et issus d'une même filière. Dans une économie mondialisée, les clusters permettent, en fédérant les énergies, de conquérir des marchés qui n'auraient pas été accessibles par des entreprises seules. Par raccourci, on désigne également par cluster la structure chargée du fonctionnement du réseau. En bref, le cluster regroupe : des PME en réseau, une activité dominante, un territoire de proximité, des coopérations, des liens avec le territoire.

 # vidéo
La Ruche Numérique : un dispositif de la CCI Le Mans Sarthe
foucherconnect.fr/23terstmg41

■ Les **pouvoirs publics locaux** jouent un rôle déterminant dans la recherche de **compétitivité des territoires** (valorisation des ressources locales, plans d'accompagnement, ruches d'entreprises, etc.). Dans ce cadre, les inégalités d'accès au numérique ont des incidences sur la localisation des acteurs économiques.

À SAVOIR

Un **pôle de compétitivité** rassemble dans un territoire bien identifié et une thématique donnée des entreprises petites et grandes, des laboratoires de recherche et des établissements de formation. D'autres partenaires, dont les pouvoirs publics nationaux et locaux, sont associés à cette dynamique. Il a vocation à soutenir l'innovation, favoriser le développement des projets collaboratifs de recherche et développement (R & D) particulièrement innovants. Il crée ainsi de la croissance et de l'emploi.

 # quiz
Des questions pour réviser
foucherconnect.fr/23terstmg47

CAS PRATIQUE 1

Le cas Lucibel

Lucibel, entreprise française fondée en 2008, produit des luminaires et systèmes d'éclairage. La société est spécialisée dans l'éclairage professionnel à LED. Depuis plusieurs années, Frédéric Granotier, son fondateur et président, a pris la décision de relocaliser la production en France, qui était auparavant réalisée en Chine. Après avoir lu l'annexe ci-dessous, vous répondrez aux questions suivantes :

1. Montrer l'importance de la décision de réimplanter la production de Lucibel en France.
2. Identifier les implications organisationnelles, techniques et humaines de cette décision.
3. Repérer les problèmes de management qu'entraîne la relocalisation de l'entreprise.

ANNEXE

Lucibel faisait face à de nombreuses problématiques dans son usine de production chinoise à Shenzhen : de la revente de copies de brevets aux concurrents à du vol de matériel ou encore à du chantage des fournisseurs aux rétrocommissions. Le PDG estime alors perdre la moitié de son temps à gérer les déconvenues de l'usine chinoise.

En 2014, une opportunité permet à Lucibel de prendre le chemin de la relocalisation. L'usine Schneider Electric, située à Barentin en Normandie, est vouée à la fermeture et revend son site de production. Lucibel s'engage alors à réembaucher une partie des salariés pour pouvoir, en contrepartie, occuper le site. Ainsi, pendant trois ans, Lucibel occupe les locaux gratuitement et rapatrie progressivement la conception et l'assemblage de ses produits à forte valeur ajoutée, la gamme courante étant, dans un premier temps, maintenue chez le sous-traitant chinois. Frédéric Granotier précise : « *Sans cette opportunité que Schneider nous a offerte, je pense que nous aurions mis notre usine en Europe de l'Est ou au Maghreb. Proche de l'Europe pour pouvoir fournir nos clients en camion, mais pas en France.* »

Petit à petit, ce sont toutes les étapes de production qui seront rapatriées, de la petite R&D aux produits finis. Pour ce faire, c'est tout le process qui est revu et corrigé. En optimisant la conception et la fabrication, Lucibel fait alors passer le temps moyen d'assemblage de son produit phare, le Tubular Lucibel, de 30 min en Chine, à 10 min lorsqu'il est fabriqué en Normandie ! Les sous-traitants européens qui fournissent les composants sont désormais choisis avec soin, et les coûts de transports ont quasiment disparu. C'est grâce à ces optimisations industrielles progressives que Lucibel produit désormais sa gamme Tubular à un prix de revient quasiment équivalent à celui du « made in China ». Le groupe a même étendu sa gamme avec de nouveaux produits et propose désormais des solutions sur mesure à ses clients, ce qui aurait été impossible en produisant à plusieurs milliers de kilomètres.

https://perspectives-industrie.fr/relocalisation-en-france-le-succes-est-possible-3-4-lucibel-relocalisation-reussie-de-la-chine-vers-la-france/ 13 février 2020

CAS PRATIQUE 2

La diversité des modes de production

À partir des deux documents ci-dessous :

1. Qualifier le mode de production de chacun des deux documents ci-dessous.
2. Commenter les différentes étapes du système de production de Color Foods.
3. Identifier des pistes possibles d'optimisation de l'efficacité des facteurs de production dans chacun de ces types de production.

ANNEXE 1

Découvrez les coulisses du site de production de fruits secs chez Color Foods en accédant au schéma interactif accessible *via* le flashcode suivant :

Schéma interactif

Dans les coulisses du site de production à Marseille

foucherconnect.fr/23terstmg42

ANNEXE 2

Le travail du pâtissier

EXERCICE

Flashez ce QR code et observez ce schéma :

 # doc
La théorie du leadership situationnel
foucherconnect.fr/23terstmg43

1. Que pensez-vous de chacun des 4 types de leaders décrits dans le document ci-dessus ?
2. Comment ces différents leaders peuvent-ils motiver leurs subordonnés et assurer la cohésion du groupe ?

CAS PRATIQUE

Ovicloud

Ovicloud est une société de conseil en informatique spécialisée dans le développement des solutions de stockage des données. Elle jouit d'une excellente réputation et sa croissance implique de recruter chaque année plusieurs dizaines d'ingénieurs et de techniciens.

Les candidatures sont nombreuses, mais le climat social ne semble pas très bon et le taux de *turn over*, 35 % sur les trois dernières années, inquiète les dirigeants. Une enquête a mis en lumière la déception des jeunes diplômés face à leur travail chez Ovicloud : ils se plaignent d'être mal informés et de ne pas disposer de suffisamment d'autonomie dans leurs fonctions. Pourtant, un intranet existe et permet d'affirmer les valeurs de l'entreprise. Il est régulièrement mis à jour par la direction qui souhaite maintenant réfléchir au positionnement de sa « marque employeur ».

1. Rechercher une définition de la marque employeur.
2. Proposer des solutions d'évolution de la communication de l'entreprise en interne.
3. Montrer qu'une évolution de la communication externe peut permettre d'améliorer le recrutement chez Ovicloud et de réduire le taux de *turn over*.

THÈME 3 – LES ORGANISATIONS ET LA SOCIÉTÉ

EXERCICE 1

Éthique et travail des enfants

L'Organisation internationale du travail définit le travail des enfants comme l'ensemble des activités qui les privent de leur enfance, de leur potentiel et de leur dignité. Elles les empêchent de poursuivre un parcours scolaire typique, nuisent à leur santé ainsi qu'à leur développement physique et psychique. Les Nations unies ont élaboré une première convention internationale qui a été signée en 1989 pour justement assurer les droits de l'enfant. [...]

Nestlé, multinationale suisse dans l'industrie de l'agroalimentaire, va chercher son cacao au plus près des agriculteurs en Côte d'Ivoire et au Ghana. Très vite, elle s'est rendue compte que pour sa chaîne d'approvisionnement, le travail des enfants était sollicité. Si elle souhaite continuer à grandir et à étaler ses produits à travers la planète, c'est avec éthiques et valeurs qu'elle veut s'y prendre : jusqu'en 2020, l'entreprise prévoit plus de la moitié de son approvisionnement mondial total par le biais d'un plan qu'elle a mis en œuvre avec la Fondation International Cocoa Initiative (ICI) afin de combattre le travail des enfants qui, dans ce domaine, constitue un véritable défi.

Ceci-dit, pour trouver ou créer les solutions adaptées à ce problème, il faut en comprendre les raisons. Les études de cas que l'entreprise a alors menées en distinguent trois :
- la pauvreté dont souffrent les producteurs de cacao et qui poussent les jeunes adultes à devoir et vouloir quitter leurs communautés pour justement ne pas en pâtir ;
- dans ces zones-là, le nombre d'écoles est minime et la distance à parcourir pour s'y rendre décourage les parents et leurs enfants ;
- le travail des enfants découle aussi de la culture et de la tradition. Le métier de cultivateur s'hérite, et est donc enseigné aux jeunes depuis petits. Puisque la vie dans ces régions est difficile, une croyance en Côte d'Ivoire par exemple dit qu'il faut endurcir les enfants pour qu'ils puissent y faire face lorsqu'ils grandiront.

Nestlé a alors voulu cibler le changement à travers l'amélioration des conditions de vie des cultivateurs. Avec ICI, ils ont mis en place le « système de suivi et de remédiation du travail des enfants » pour identifier, surveiller et arrêter cette pratique.

Source : Margaretta El Khoury/changethework/5.07.2018

1. À partir du texte ci-dessus et de vos connaissances, vous montrerez pourquoi le travail des enfants constitue une question éthique complexe.

2. Imaginez quels pourraient être les grands axes du « système de suivi et de remédiation du travail des enfants » de Nestlé.

EXERCICE 2

Le choix de localisation de l'entreprise

Document 1

La crise énergétique en Europe représente un risque majeur pour l'industrie selon Louis Gallois. « *Aux États-Unis, le gaz est quatre fois moins cher. Et globalement, l'énergie est entre cinq et dix fois moins chère,* » rappelle l'ancien capitaine d'industrie.

Pour l'ancien président d'Airbus et de la SNCF, l'*Inflation Act* de Joe Biden n'arrange rien. « *Vous ajoutez à cela ce plan massif de 370 milliards de dollars de Joe Biden qui va financer très largement l'industrie verte. Aujourd'hui, un chef d'entreprise va forcément regarder où il localise son activité.* » Le groupe Safran a d'ailleurs annoncé récemment qu'il renonçait pour l'instant à la construction d'une usine près de Lyon.

« Crise énergétique : "Pour l'industrie, le risque est majeur", selon Louis Gallois, co-président de la Fabrique de l'industrie », francetvinfo.fr, 5 janvier 2023

Document 2

Pour produire du lithium bas carbone destiné aux batteries des futurs véhicules électriques, l'entreprise Voriridian Lithium a choisi de s'implanter « au cœur de l'Europe » à Lauterbourg, qui appartient à Ports de Strasbourg. Ce choix vaut pour l'aspect multimodal du site, avec l'accès au transport fluvial sur le Rhin, au rail et pour la proximité avec les axes routiers. Mais également parce que la Région Grand-Est est un centre d'excellence en matière de chimie et de physique des matériaux et particulièrement dynamique quant à l'accompagnement des entreprises dans leurs projets.

TÉMA | TRANSPORT & LOGISTIQUE

« Viridian va implanter sa première usine de lithium pour batteries aux Ports de Strasbourg », *Actu-Transport-Logistique.fr*, 9 juin 2022

Document 3

L'entreprise **Bellatrix**, qui fabrique depuis 2020 le vélo électrique Iweech, un vélo doté d'intelligence artificielle, envisage de **relocaliser** la production de vélos dans les Bouches-du-Rhône. Au total, l'investissement envisagé par l'entreprise a été évalué à 5,7 millions d'euros. La subvention allouée par le plan France 2030 va permettre de financer près de 30 % des investissements engagés par **Bellatrix** dans son projet d'usine 2024. Un soutien financier qui vient accélérer la relocalisation de la production du vélo, ainsi que la création d'emplois, que le chef d'entreprise estime à 15 nouveaux collaborateurs à l'ouverture de la nouvelle usine. « L'investissement envisagé permettrait de produire près de 15 000 cadres en 2/8 ou 30 000 cadres en 3/8. 800 000 vélos sont assemblés chaque année dans l'Hexagone, mais il n'y a plus de filière industrielle. » Depuis les années 1990, on ne fabrique plus de vélo en France. Une opération rendue possible par la nature Premium des vélos de **Bellatrix**, dont les deux modèles sont vendus 3 490 et 4 190 euros. Une relocalisation qui permettrait également de limiter le recours au transport et réduirait ainsi l'impact environnemental de l'entreprise.

« Bellatrix envisage de relocaliser la production de vélos dans les Bouches-du-Rhône », *Le Journal des Entreprises* – Région Sud (bingj.com), 23 février 2023

1. Identifiez les principaux facteurs de choix d'implantation des entreprises.
2. Identifiez les motifs qui conduisent les organisations à délocaliser à l'étranger leur production ou leurs activités de services.
3. Montrez comment les organisations ont longtemps façonné les territoires et les ont modelés tant sur le plan économique que sur les plans culturel, démographique, éducatif et social.

quiz
Des questions pour réviser
foucherconnect.fr/23terstmg47

corrigés
foucherconnect.fr/23terstmg44

GESTION ET FINANCE

THÈME 1 – APPLIQUER LES RÈGLES COMPTABLES

1 Qu'est-ce qu'un système d'information comptable et que lui apportent les technologies numériques ? 66

2 Acheter, vendre, investir et contrôler : quelle traduction comptable ? 69

3 Quelles sont les conditions pour communiquer une information comptable fidèle ? 74

THÈME 2 – ANALYSER LA SITUATION DE L'ENTREPRISE

4 Mesurer la performance, des approches multiples ? 79

5 Quelle structure financière pour assurer la pérennité de l'entreprise ? 82

THÈME 3 – ACCOMPAGNER LA PRISE DE DÉCISION

6 Quels modes de financement choisir ? Comment optimiser la trésorerie ? 86

7 L'affectation du résultat, un choix qui engage l'avenir ? 89

8 Qu'apporte l'analyse des coûts à la prise de décision ? 91

ENTRAÎNEMENT À L'ÉPREUVE FINALE 96

1 Qu'est-ce qu'un système d'information comptable et que lui apportent les technologies numériques ?

Le système d'information comptable a été profondément modifié par les technologies numériques. Comment fonctionne le système d'information comptable ? Quelles sont les conséquences des nouvelles technologies sur la comptabilité ?

1 Le système d'information comptable et le PGI

■ Le système d'information comptable (SIC) peut être défini comme l'**ensemble des informations comptables qui circulent dans l'organisation**. Les SIC ont fortement évolué avec le développement des technologies numériques. L'utilisation par les entreprises des **progiciels de gestion intégrés (PGI)** a fortement modifié les traitements comptables.

■ Un PGI est un logiciel qui fonctionne avec une **base de données commune à toute l'entreprise** (nécessité de travailler en réseau). Tous les services ont accès à cette base commune (comptable, commercial, ressources humaines…).

SIGLES

PGI : progiciel de gestion intégré (ou **ERP** : *Enterprise Ressource Planning*)

Avantages et inconvénients d'un PGI

Avantages	Inconvénients
◗ Un seul outil sert à toutes les fonctions de l'entreprise ◗ L'information est mise à jour en temps réel ◗ Moins de redondance d'informations (répétitions)	◗ Le coût du PGI est élevé ◗ Le coût de formation du personnel est important ◗ On doit réorganiser la façon de travailler au sein de l'entreprise

2 Les conséquences des technologies sur le processus comptable

■ L'une des principales conséquences des technologies numériques sur le processus comptable est la **dématérialisation** croissante des documents comptables. En effet, de nombreux documents peuvent désormais être dématérialisés : **factures, bulletins de salaires, déclarations fiscales**…

MOT-CLÉ

Dématérialisation : produire un document sous forme numérique plutôt que sous forme papier.

■ Avec des documents dématérialisés, il est nécessaire de **garantir la sécurité des traitements**. Pour cela, on peut utiliser des techniques telles que la **signature électronique** ou l'**horodatage** des documents.

■ Même avec des documents dématérialisés, l'entreprise doit être capable de les conserver. Il est indispensable d'utiliser des **techniques de sauvegarde multiples**. On peut citer les sauvegardes sur un serveur, sur une clé USB, sur un DVD ou sur le ***cloud***.

MOT-CLÉ

Cloud computing : sauvegarde et stockage d'informations sur des serveurs distants.

3 L'organisation du système comptable

A Le principe de la partie double

■ À chaque enregistrement comptable, on retrouve au moins un compte au **débit** et un compte au **crédit**.

■ À la fin d'un enregistrement, le **total des débits doit être égal au total des crédits**. C'est le principe de la **partie double**.

MOTS-CLÉS

- **Débits** : flux entrants.
- **Crédits** : flux sortants.

B Le plan comptable général (PCG)

Pour enregistrer des flux comptables, on doit utiliser un **plan de compte normalisé**. Il s'agit des comptes du plan comptable général (PCG).

	Classe 1	**Classe 2**	**Classe 3**	**Classe 4**	**Classe 5**	**Classe 6**	**Classe 7**
Intitulé	Comptes de capitaux	Comptes d'immobilisations	Comptes de stocks	Comptes de tiers	Comptes financiers	Comptes de charges	Comptes de produits

Comptes	Signification
Comptes de capitaux	Capital + emprunts
Comptes d'immobilisations	Comptes d'acquisitions d'immobilisations (biens durables)
Comptes de stocks	Comptes liés aux stocks de l'entreprise
Comptes de tiers	Comptes de dettes et de créances
Comptes financiers	Comptes de paiement et d'encaissement (banque, caisse...)
Comptes de charges	Éléments qui coûtent de l'argent à l'entreprise
Comptes de produits	Éléments qui rapportent de l'argent à l'entreprise

MOTS-CLÉS

- **Dettes** : sommes que l'on doit.
- **Créances** : sommes que l'on nous doit.

C L'articulation des documents comptables

Dans un processus comptable, il faut respecter un certain nombre d'étapes :
- les pièces comptables s'enregistrent dans le **journal comptable** ;
- le **Grand-livre** représente l'**ensemble des comptes utilisés** par l'entreprise avec le détail de chaque opération ;
- la **balance des comptes** reprend le **total des débits et des crédits** ainsi que le **solde** de chaque compte (solde débiteur ou créditeur) ;
- le **bilan** représente le **patrimoine** de l'entreprise à la fin de l'exercice comptable. On y trouve l'**actif** (ce que possède l'entreprise) et le **passif** (ce que doit l'entreprise) ;
- le **compte de résultat** regroupe l'ensemble des **charges** et des **produits** pour un exercice comptable et il permet de **déterminer le résultat de l'exercice** (**bénéfice ou perte**).

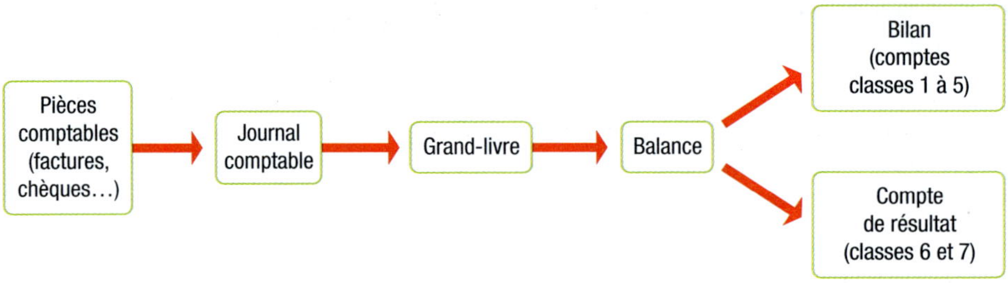

2 Acheter, vendre, investir et contrôler : quelle traduction comptable ?

Le cycle d'achat et de vente est une des bases du système comptable. L'investissement correspond à l'acquisition d'un bien durable. Il est nécessaire de procéder régulièrement à un certain nombre de contrôles à la fois sur les comptes clients et sur le compte bancaire.

1 Le processus d'achat et de vente

Lors d'un achat ou d'une vente, le vendeur doit établir une « **facture de DOIT** ». Sur cette facture, on trouve des **réductions commerciales** (remises, rabais et ristournes), du **transport** et de la **TVA**.

À SAVOIR

Les réductions commerciales ne s'enregistrent pas. On enregistre le net commercial.

CAS PRATIQUE

ÉNONCÉ

La SARL Miramas vous demande de procéder à l'enregistrement comptable des documents suivants dans son journal comptable.

SARL Miramas	
Le 02/09/N	DOIT
Fact n° 145	M. Ricci
Marchandises	5 000,00
Remise de 5 %	– 250,00
Net commercial	4 750,00
Transport	250,00
TVA à 20 %	1 000,00
Net à payer TTC	6 000,00
Encaissement ce jour par virement bancaire	

Ets Richard	
Le 05/09/N	DOIT
Fact AV356	Miramas
Marchandises	1 500,00
Remise de 10 %	– 150,00
Net commercial	1 350,00
Transport	50,00
TVA à 20 %	280,00
Net à payer TTC	1 680,00
Paiement le 07/09 par chèque bancaire n° 7789	

CORRIGÉ

N° compte débit — N° compte crédit — Date de l'opération — Sommes débit — Sommes crédit

N° compte débit	N° compte crédit		Sommes débit	Sommes crédit
		02/09/N		
411		Client Ricci	6 000,00	
	707	Ventes de marchandises		4 750,00
	7085	Port facturé		250,00
	44571	TVA collectée		1 000,00
		Fact 145 02/09/N		
512		Banque	6 000,00	
	411	Client Ricci		6 000,00
		Virement Bancaire 05/09/N		
607		Achats de marchandises	1 350,00	
624		Transport	50,00	
44566		TVA sur autres biens et services	280,00	
	401	Fournisseur Richard		1 680,00
		Fact AV356 07/09/N		
401		Fournisseur Richard	1 680,00	
	512	Banque		1 680,00
		Chq 7789		

Nom des comptes débiteurs — Libellé de l'opération — Nom des comptes créditeurs

2 Le processus d'investissement

Le processus d'investissement concerne l'acquisition des **immobilisations** (les biens durables). Avant de procéder à l'enregistrement, on doit calculer le **coût d'acquisition de l'immobilisation** et bien penser à utiliser des **comptes de TVA** et des **comptes de fournisseurs d'immobilisations**.

À SAVOIR

Coût d'acquisition = prix achat HT – toutes les réductions + les coûts directement attribuables (port, installation…).

EXEMPLE

SA LMI	
Doit	SA Renoir
Fact n° 045	Le 10/10/N
Ordinateurs	5 000,00
Remise 20 %	– 1 000,00
Net commercial	4 000,00
Transport	50,00
Mise en service	150,00
TVA à 20 %	840,00
Net à payer TTC	5 040,00

Coût d'acquisition

5 000 – 1 000 + 50 + 150 = **4 200,00 €**

		10/10/N		
2183		Matériel de bureau et informatique	4 200,00	
44562		TVA sur immobilisations	840,00	
	404	Fournisseurs d'immobilisations		5 040,00
		Fact 045		

3 Le mécanisme de la TVA

À la fin de chaque mois, l'entreprise doit déterminer le **solde de TVA dû à l'État**. Il s'agit de la **TVA à décaisser**. On peut trouver des cas où l'entreprise ne doit pas de TVA à l'État ; c'est le cas du **crédit de TVA** (dans ce cas, l'entreprise possède une **créance sur l'État**).

À SAVOIR

La **TVA** est un impôt indirect. L'entreprise se charge de collecter la TVA auprès du consommateur pour le compte de l'État.

EXEMPLE

On cherche à déterminer la TVA du mois de septembre pour la société Morizet.

Extrait de la balance des comptes au 30/09/N

Débit	Crédit	Intitulé	Débit	Crédit
44562		TVA sur immobilisations	2 000,00	
44566		TVA sur autres biens et services	12 900,00	
44567		Crédit de TVA à reporter	1 500,00	
	44571	TVA collectée		22 000,00

TVA due au titre du mois de septembre

TVA collectée	22 000,00
TVA sur ABS	12 900,00
TVA sur immobilisations	2 000,00
Crédit de TVA du mois précédent	1 500,00
TVA À PAYER	5 600,00
CRÉDIT DE TVA	

La formule de calcul de la TVA due au titre d'un mois est la suivante :

TVA collectée – TVA ABS – TVA sur immobilisations – crédit du mois précédent

Si le résultat est négatif, il s'agit d'un crédit de TVA à reporter le mois suivant.

4 Les procédures de contrôle

A Le lettrage des comptes clients

Dans un compte client, lors d'une **vente**, **le compte est débité**. Lors d'un **règlement**, **le compte est crédité**. Si la même somme est identifiée au débit et au crédit, on lettre cette somme (ou ce regroupement de sommes). **Les sommes non lettrées représentent les créances non payées** par le client. Il faut dans ce cas procéder à la relance du client.

CAS PRATIQUE

ÉNONCÉ

Vous devez lettrer le compte du client Bernardoni qui paie toujours ses factures **sous 8 jours**.

Grand-livre du client Bernardoni au 15 novembre N

Date	Pièce	Débit	Let	Crédit	Let
01-nov	Solde octobre	3 059,23			
02-nov	Fact 45	1 200,53			
10-nov	Virement			3 059,23	
12-nov	Fact 56	2 300,76			
14-nov	Fact 60	1 958,21			
15-nov	Chèque 4467			4 258,97	
	TOTAUX	8 518,73		7 318,20	

Solde débiteur 1 200,53 €

CORRIGÉ

Grand-livre du client Bernardoni au 15 novembre N

Date	Pièce	Débit	Let	Crédit	Let
01-nov	Solde octobre	3 059,23	A		
02-nov	Fact 45	1 200,53			
10-nov	Virement			3 059,23	A
12-nov	Fact 56	2 300,76	B		
14-nov	Fact 60	1 958,21	B		
15-nov	Chèque 4467			4 258,97	B
	TOTAUX	8 518,73		7 318,20	

Solde débiteur 1 200,53 €

Au 15/11/N, le client Bernardoni n'a pas payé la facture n° 45 du 02/11/N.
Il faut relancer ce client car il doit payer ses factures sous 8 jours.

B Le rapprochement bancaire

- Il s'agit de **pointer** (ou de **lettrer**) sur le compte 512 et sur le relevé bancaire toutes les sommes similaires.

- Un **rapprochement bancaire** se compose de 2 parties (une **partie compte 512** et une **partie relevé bancaire**). On inscrit le solde de fin de période du compte 512 et du relevé bancaire. Ensuite, les sommes non pointées sont insérées dans le rapprochement bancaire.

À SAVOIR

Les comptes réciproques

Le compte 512 (banque) et le compte de l'entreprise à la banque sont des comptes réciproques. Les sommes enregistrées au débit dans la comptabilité se retrouvent au crédit sur le relevé bancaire et inversement.

CAS PRATIQUE

ÉNONCÉ

À partir de l'extrait du compte 512 banque et du relevé bancaire, vous devez établir l'état de rapprochement bancaire de la société Henrique.

Extrait du compte 512 banque au 15/12/N

Date	Libellé	Débit	Crédit	solde
01-déc	Solde au 1er décembre	3 000,00 €		3 000,00 €
03-déc	Virement client Sok	1 200,00 €		4 200,00 €
05-déc	Chq fournisseur Samy		3 250,00 €	950,00 €
07-déc	Chq client Damiani	2 700,00 €		3 650,00 €
10-déc	Chq fournisseur Lanvin		1 100,00 €	2 550,00 €
13-déc	Virement client Mailly	2 000,00 €		4 550,00 €
Solde débiteur au 15/12/N				4 550,00 €

Extrait du relevé bancaire au 15/12/N

Date	Libellé	Débit	Crédit	solde débiteur	solde créditeur
01-déc	Solde au 1er décembre		3 000,00 €	- €	3 000,00 €
05-déc	Virement Sok		1 200,00 €		4 200,00 €
07-déc	Lamy chq	3 250,00 €			950,00 €
07-déc	Frais bancaires	54,00 €			896,00 €
12-déc	Remise de chq		2 700,00 €		3 596,00 €
15-déc	Chq lanvin	1 100,00 €			2 496,00 €
15-déc	Virement Sarri		500,00 €		2 996,00 €
Solde au 15/12/N					2 996,00 €

CORRIGÉ

	512 banque		Relevé bancaire		
	DÉBIT	CRÉDIT		DÉBIT	CRÉDIT
Solde au 15/12	4 550,00 €		Solde au 15/12		2 996,00 €
Frais bancaires		54,00 €	Virement Mailly		2 000,00 €
Virement Sarri	500,00 €				
TOTAUX	5 050,00 €	54,00 €	TOTAUX	- €	4 996,00 €
Solde débiteur 4 996 €			Solde créditeur 4 996 €		

À SAVOIR

Les sommes non pointées dans le 512 banque sont inscrites dans l'état de rapprochement du côté du relevé bancaire. Si elles sont au débit, on les inscrit au crédit et inversement. On procède de la même manière avec les sommes non pointées sur le relevé bancaire.

3 Quelles sont les conditions pour communiquer une information comptable fidèle ?

Tous les ans, il est nécessaire de présenter une image fidèle de l'organisation à travers le bilan et le compte de résultat. Pour cela, il faut réaliser quelques opérations d'inventaire qui illustrent les principes comptables.

1 Les exercices comptables et les opérations d'inventaire

À la fin de chaque exercice comptable, il est nécessaire d'établir des **documents de synthèse**. Il s'agit du **bilan**, du **compte de résultat** et de l'**annexe du bilan**. La réalisation de ces documents obligatoires nécessite d'enregistrer des **opérations d'ajustement des comptes** en respectant un certain nombre de **principes comptables**.

À SAVOIR

Les **principaux principes comptables** sont la prudence, l'indépendance des exercices, la continuité de l'exploitation et la permanence des méthodes.

2 L'amortissement des immobilisations

A La réalisation d'un plan d'amortissement

- La base amortissable d'un actif est son **coût d'acquisition**. L'amortissement d'un actif commence le jour de sa mise en service. L'entreprise peut choisir d'amortir un actif en **mode linéaire** ou en **mode non linéaire**.
- Le **cumul des amortissements** se calcule en additionnant les amortissements pratiqués depuis le début de la mise en service du bien.
- La **valeur nette comptable (VNC)** d'un actif est égale au **coût d'acquisition** déduit du **cumul des amortissements** pratiqués à une date donnée.

À SAVOIR

Un **actif amortissable** est un actif dont l'utilisation par l'entreprise est déterminable. L'entreprise mesure son utilisation par la consommation des avantages économiques attendus de l'actif. Des critères physiques, techniques et juridiques limitent cette utilisation dans le temps.

B Le cas d'un amortissement en mode linéaire

- Lorsque l'actif est acquis en **cours d'année**, le **nombre de lignes** du plan d'amortissement correspond au **nombre d'années d'utilisation + 1**.

- Pour calculer les annuités d'amortissement, il faut connaître le taux d'amortissement :

Taux d'amortissement = (1/durée de vie) × 100

- La **première** et la **dernière annuité** d'amortissement sont calculées au ***prorata temporis***, c'est-à-dire en fonction de la **durée de possession de l'actif** par l'entreprise.

- La première année, le *prorata temporis* se calcule **du jour de la mise en service de l'actif jusqu'au 31/12**. La dernière année, il se calcule du 01/01/N jusqu'à la date anniversaire de la mise en service.

Première annuité = base amortissable × taux d'amortissement × *prorata temporis*

- Les autres annuités se calculent toutes de la même façon. On parle d'annuité constante :

Annuité constante = base amortissable × taux d'amortissement

CAS PRATIQUE

ÉNONCÉ

Le 1er avril/N, la SA Landis a acquis une machine pour un coût d'acquisition de 5 000 €. La durée de vie du bien est de 4 ans et le mode d'amortissement utilisé est le mode linéaire. Vous devez établir le plan d'amortissement du bien et passer l'écriture nécessaire au 31/12/N.

CORRIGÉ

Taux d'amortissement = 1/4 × 100 = 25 %

Mise en service le 01/04/N soit 9 mois sur 12 la première année

Annuité constante = 5 000 × 25 % = 1 000 €

Années	Base amortissable	Détail des calculs de l'annuité	Annuités d'amortissements	Cumul des amortissements	V.N.C.
N	5 000,00	5 000 × 25 % × 9/12	937,50	937,50	4 062,50
N+1	5 000,00	5 000 × 25 %	1 250,00	2 187,50	2 812,50
N+2	5 000,00	5 000 × 25 %	1 250,00	3 437,50	1 562,50
N+3	5 000,00	5 000 × 25 %	1 250,00	4 687,50	312,50
N+4	5 000,00	1 250 – 937,5	312,50	5 000,00	0,00

Débit	Crédit	31/12/N	Débit	Crédit
68112		Dotations aux amortissements immo corp	937,50	
	28154	Amortissement du matériel industriel		937,50
		Annuité N machine		

ASTUCE

Pour trouver le compte d'amortissement du bien, il faut trouver le compte d'immobilisation (2154 : matériel industriel) et ajouter un 8 en seconde position.

C Le cas d'un amortissement en mode non linéaire

Dans le cas d'un amortissement non linéaire, on calcule les annuités d'amortissement en fonction **d'unités d'œuvre (UdO).** Il suffit de prendre pour chaque annuité les **UdO de l'année** et de les comparer au **nombre total d'UdO**.

EXEMPLE

Durant l'année N, la SA Landis a acquis un photocopieur pour un coût d'acquisition de 3 000 €. Le mode d'amortissement retenu est le non-linéaire en fonction du nombre de photocopies prévisionnelles.

Photocopies prévisionnelles

N	N+1	N+2	TOTAL
800 000,00	1 000 000,00	700 000,00	2 500 000,00

Années	N	N+1	N+2
Détails des calculs	3 000 × 800 000/2 500 000	3 000 × 1 000 000/2 500 000	3 000 × 700 000/2 500 000
Annuités	960,00	1 200,00	840,00

À SAVOIR

L'enregistrement comptable d'un amortissement non linéaire est le même que pour un amortissement linéaire. Le principe comptable qui s'applique à l'amortissement est le principe d'indépendance des exercices.

3 La dépréciation des actifs

- On parle d'une **dépréciation** lorsqu'un actif a une **valeur actuelle inférieure à sa valeur d'origine** (on parle d'une **moins-value latente ou potentielle**).
- Cette perte de valeur peut concerner des actifs tels que les **stocks**, les **terrains** ou les **créances clients**.

CAS PRATIQUE

ÉNONCÉ

La SARL Mairet vous communique les renseignements suivants sur certains de ses actifs :
- Le client Kusmeruk nous doit 5 000 € HT. On pense perdre 60 % de cette créance et il existe une dépréciation antérieure de 1 000 €.
- Le client Simonin, qui nous doit 12 000 € HT, est totalement irrécouvrable. Il existe une dépréciation antérieure de 2 000 €.
- On vient juste d'apprendre que le client Carbonare, qui nous doit 4 000 € HT, a des difficultés financières. On pense récupérer 20 % de notre créance.
- Un terrain que l'on avait acquis pour 120 000 € il y a quelques années est estimé à 100 000 € aujourd'hui. Il existe une dépréciation antérieure de 15 000 € sur ce terrain.

Vous devez calculer les dépréciations de ces actifs et passer les écritures nécessaires.

CORRIGÉ

	Créance HT	Dépréciation actuelle	Dépréciation antérieure	Dotation	Reprise	Créance irrécou-vrable
Kusmeruk	5 000,00 €	3 000,00 €	1 000,00 €	2 000,00 €		
Simonin	12 000,00 €		2 000,00 €		2 000,00 €	12 000,00 €
Carbonare	4 000,00 €	3 200,00 €		3 200,00 €		
				5 200,00 €	2 000,00 €	

Terrain : perte potentielle 120 000 – 100 000 = 20 000 €. On a déjà une dépréciation de 15 000 €.
On doit donc faire une dotation complémentaire de 20 000 – 15 000 = 5 000 €.

		31/12/N		
416		Clients douteux	4 800,00 €	
	411	Client		4 800,00 €
		Nouveau client douteux Carbonare TTC		
		31/12/N		
68174		Dotations dépréciation créances	5 200,00 €	
	491	Dépréciations créances clients		5 200,00 €
		Dotations clients douteux		
		31/12/N		
491		Dépréciations créances clients	2 000,00 €	
	78174	Reprises dépréciation créances		2 000,00 €
		Reprises clients douteux		
		31/12/N		
654		Perte sur créance irrécouvrable	12 000,00 €	
44571		TVA collectée	2 400,00 €	
	416	Clients douteux		14 400,00 €
		Client simonin irrécouvrable		
		31/12/N		
68162		Dotations dépréciations Immos Corp	5 000,00 €	
	2911	Dépréciations des terrains		5 000,00 €
		Dépréciation du terrain		

Dans le cas des dépréciations, c'est le principe de prudence qui s'applique.

4 La constatation des stocks

À la fin de l'exercice comptable, une fois qu'un **inventaire physique** a été réalisé, il est nécessaire de procéder à un **ajustement comptable des stocks**. On annule le stock de début d'exercice et on constate le stock de fin d'exercice.

EXEMPLE

La SA Robert vous communique les renseignements suivants sur ses stocks de matières premières et produits finis :

	Stock au 01/01/N	Stock au 31/12/N
Matières premières	2 000,00 €	3 000,00 €
Produits finis	5 000,00 €	4 500,00 €

Pour les comptes de stocks liés aux achats (matières premières), on utilise un compte 603 et pour les comptes de stocks liés aux ventes (produits finis), on utilise un compte 713.

		31/12/N		
6031		Variation stock matières premières	2 000,00 €	
	31	Stock de matières premières		2 000,00 €
		Annulation stock initial		
		31/12/N		
31		Stock de matières premières	3 000,00 €	
	6031	Variation stock de matières premières		3 000,00 €
		constatation stock final		
		31/12/N		
71355		Variation stock de produits finis	5 000,00 €	
	355	Stock de produits finis		4 500,00 €
		Annulation stock initial		
		31/12/N		
355		Stock de produits finis	4 500,00 €	
	71355	Variation stock de produits finis		4 500,00 €
		constatation stock final		

Pour ces écritures, c'est le principe d'indépendance des exercices qui s'applique.

5 La cession des immobilisations

Lorsque l'on cède une immobilisation, il faut procéder à trois enregistrements différents :
- la **cession** : à la date de la cession, on utilise le compte 775 produits de cession d'éléments d'actifs (pour le HT) et un compte de TVA collecté, tous les deux au crédit. Au débit, on utilise le compte banque ou caisse selon le mode de règlement ;
- l'**enregistrement de la dotation complémentaire** : il faut calculer la dotation aux amortissements entre le 01/01 et la date de cession du bien et l'enregistrer (de la même façon qu'en dotation classique aux amortissements) ;
- la **sortie du bien du patrimoine de l'entreprise** : on doit solder le compte d'immobilisation pour sa valeur d'origine (au crédit) et solder le compte d'amortissement (au débit). La différence entre les deux sommes figurera au débit dans le compte 675 valeurs de cession des éléments d'actif cédés.

4 Mesurer la performance, des approches multiples ?

Pour mesurer la performance de l'entreprise, différentes approches sont possibles. On peut analyser la profitabilité pour savoir comment se forme le résultat mais aussi déterminer la rentabilité économique ainsi que la rentabilité financière.

1 L'analyse de la profitabilité

■ Pour comprendre la formation du résultat de l'entreprise, le premier indicateur à calculer est la **valeur ajoutée (VA)** (richesses créées par l'entreprise du fait de son activité).

VA = (Ventes de marchandises + Production vendue +/– Production stockée + Production immobilisée) – (Achats de marchandises +/– Variation stocks de marchandises + Achats de matières premières +/– Variation stocks de matières premières + Autres achats et charges externes)

■ Voici les **trois autres indicateurs importants de la profitabilité** :

– l'**excédent brut d'exploitation (EBE)** : il correspond aux ressources dégagées par l'entreprise sans tenir compte des amortissements et des dépréciations (les charges non décaissées). C'est ce qui reste une fois que l'entreprise a payé les fournisseurs, l'État et les charges liées au personnel ;

EBE = VA – Impôts – Charges de personnel (salaires et charges sociales)

– le **résultat d'exploitation (RE)** : il correspond au bénéfice (ou à la perte) réalisé par l'entreprise si on ne tient pas compte des éléments financiers et exceptionnels.

RE = EBE + Autres produits d'exploitation + Reprises d'exploitation – Autres charges d'exploitation – Dotations d'exploitation

– le **résultat courant avant impôts (RCAI)** : il correspond au bénéfice (ou à la perte) réalisé par l'entreprise si on ne tient pas compte des éléments exceptionnels ;

RCAI = RE + Produits financiers – Charges financières

■ Dans le cadre de l'analyse de la profitabilité, on peut calculer la **capacité d'autofinancement (CAF)**. Il s'agit de la **trésorerie potentielle** dont l'entreprise dispose pour le **financement de ses futurs investissements**. Elle constitue une source interne de financement. Il existe deux méthodes de calcul de la CAF :

Méthode soustractive : CAF = EBE + Autres produits d'exploitation + Produits financiers (sauf les reprises) + Produits exceptionnels (sauf les reprises et PCEA) – Autres charges d'exploitation – charges financières (sauf dotations) – Charges exceptionnelles (sauf dotations et VCEAC) – Participation des salariés – Impôts sur les bénéfices

Méthode additive : CAF = Résultat de l'exercice – Toutes les dotations aux amortissements et dépréciations – PCEA + Toutes les dotations aux amortissements et dépréciations + VCEAC

ATTENTION

Pour la méthode additive, on doit prendre les dotations et les reprises d'exploitation, financières et exceptionnelles.

CAS PRATIQUE

ÉNONCÉ

Vous devez calculer pour l'année N la valeur ajoutée (VA), l'excédent brut d'exploitation (EBE), le résultat d'exploitation (RE), le résultat courant avant impôts (RCAI) et la capacité d'auto-financement (CAF) (avec les deux méthodes) et commenter vos résultats.

Les chiffres de N – 1 sont les suivants : VA = 192 000 €, EBE = 91 100 €, RE = 80 000 €, RCAI = 45 000 €.

CHARGES	N	N-1	PRODUITS	N	N-1
Achats de marchandises	35 000	30 500	Ventes de marchandises	68 000	70 000
Variation stock de marchandises	1 200	– 200	Production vendue	250 000	230 000
Achats de matières premières	75 000	72 000	Montant du CA	**318 000**	**300 000**
Variation stock de MP	– 500	1 000	Production stockée	– 1 500	300
Autres achats et charges externes	2 500	6 000	Production immobilisée	3 000	1 000
Impôts et taxes	3 500	2 900	Reprises sur dépréciations	5 500	6 400
Salaires et traitements	52 000	68 000	Autres produits d'exploitation	2 900	3 500
Charges sociales	20 400	30 000			
Dotations amts et dépréciations	15 000	16 000			
Autres charges d'exploitation	3 600	5 000			
Total charges d'exploitation	**207 700**	**231 200**	**Total produits d'exploitation**	**327 900**	**311 200**
Intérêts et charges assimilées	1 200	2 500	Produits de participation	2 600	5 000
Dotations amts et dépréciations	3 500	4 000	Reprises sur dépréciations	2 000	3 500
Total charges financières	**4 700**	**6 500**	**Total produits financiers**	**4 600**	**8 500**
Sur opération de gestion	1 000	2 000	Sur opération de gestion	600	1 500
Sur opération de capital (VCEAC)	6 200	4 000	Sur opération de capital (PCEA)	5 800	3 000
Dotations amts et dépréciations	900	2 000	Reprises sur dépréciations	1 800	500
Total charges exceptionnelles	**8 100**	**8 000**	**Total produits exceptionnels**	**8 200**	**5 000**
Participation des salariés	25 000	18 000			
Impôts sur les bénéfices	40 500	28 600			
TOTAL DES CHARGES	**286 000**	**292 300**	**TOTAL DES PRODUITS**	**340 700**	**324 700**
Solde créditeur (bénéfice)	**54 700**	**32 400**	**Solde débiteur (perte)**		
TOTAL GÉNÉRAL	**340 700**	**324 700**	**TOTAL GÉNÉRAL**	**340 700**	**324 700**
Rappel N-1 : VA = 192 000 / EBE = 91 100 / RE = 80 000 / RCAI = 82 000 / CAF = 45 000					

CORRIGÉ

VA = (68 000 + 250 000 – 1 500 + 3 000) – (35 000 + 1 200 + 75 000 – 500 + 2 500) = 206 300 €
EBE = 206 300 – 3 500 – 52 000 – 20 400 = 130 400 €
RE = 130 400 + 5 500 + 2 900 – 15 000 – 3 600 = 120 200 €
RCAI = 120 200 + 4 600 – 4 700 = 120 100 €
CAF Méthode soustractive = 130 400 + 2 900 + 2 600 + 600 – 3 600 – 1 200 – 1 000 – 25 000 – 40 500 = 65 200 €
CAF Méthode additive = 54 700 – 5 500 – 2 000 – 1 800 – 5 800 + 15 000 + 3 500 + 900 + 6 200 = 65 200 €
Commentaires
Le résultat de l'entreprise est en augmentation (il passe de 32 400 € en N-1 à 54 700 € pour cette année). Les richesses créées par l'entreprise durant l'année N sont en légère augmentation. Après avoir payé les fournisseurs, l'État et les charges salariales, l'excédent de l'entreprise passe de 91 100 € à 130 400 €. Cela s'explique par une baisse importante des charges de personnel cette année. Le RE et le RCAI sont eux aussi en forte progression. Pour financer ses investissements futurs, l'entreprise possède une trésorerie potentielle de 65 200 €.

2 L'analyse de la rentabilité

Pour mesurer la rentabilité d'une entreprise, il existe deux indicateurs importants :
- la **rentabilité économique** : il s'agit de comparer **ce que rapporte l'activité de l'entreprise** (sans tenir compte des éléments financiers et exceptionnels) par rapport aux **moyens investis** ;

Rentabilité économique = RE/(Immobilisations brutes + BFR)

- la **rentabilité financière** : il s'agit de déterminer ce que rapporte l'argent investi par les propriétaires de l'entreprise.

Rentabilité financière = Résultat net de l'exercice/Capitaux propres

À SAVOIR

L'effet de levier
Si une entreprise investit dans un nouveau projet, elle doit généralement emprunter. Si le résultat d'exploitation dégagé par cette nouvelle activité est supérieur aux charges financières liées à cet endettement, on dit qu'il existe un **effet de levier positif** pour l'entreprise. Dans le cas contraire, on parle d'un **effet de massue**.

5 Quelle structure financière pour assurer la pérennité de l'entreprise ?

L'analyse des cycles d'investissement, de financement et d'exploitation permet d'apprécier la structure financière de l'entreprise. Le calcul de ratios donne également des indications sur les performances de l'entreprise.

1 La construction du bilan fonctionnel

Le bilan fonctionnel est un document qui permet de **présenter le patrimoine de l'entreprise**. Il met en évidence le **cycle d'investissement**, le **cycle de financement** et le **cycle d'exploitation** de l'entreprise. Il aide également à déterminer le **niveau de la trésorerie**. Pour établir ce bilan fonctionnel, on doit partir d'un bilan comptable et procéder à des retraitements.

ACTIF		PASSIF	
EMPLOIS STABLES		RESSOURCES STABLES	
ACTIF CIRCULANT		PASSIF CIRCULANT	
TRÉSORERIE ACTIF		TRÉSORERIE PASSIF	
TOTAL ACTIF		TOTAL PASSIF	

- **Emplois stables** : il s'agit de l'intégralité des immobilisations (pour la valeur brute).
- **Actif circulant** : ce sont les stocks, les avances et acomptes et toutes les créances (pour la valeur brute).
- **Trésorerie actif** : on prend en compte les VMP (valeurs mobilières de placement) et les disponibilités (pour la valeur brute).
- **Ressources stables** : il s'agit des capitaux propres, les provisions pour risques et charges, on ajoute le total des amortissements et dépréciations de l'actif, on ajoute les emprunts (sauf les concours bancaires courants).
- **Passif circulant** : on prend en compte toutes les dettes.
- **Trésorerie passif** : il s'agit du montant des concours bancaires courants.

CAS PRATIQUE

ÉNONCÉ

Vous devez réaliser le bilan fonctionnel de la SA Trentin au 31/12/N.

Bilan au 31/12/N de la SA TRENTIN

ACTIF	Brut	Amts et Dep.	Net	PASSIF	Montant
ACTIF IMMOBILISÉ				**CAPITAUX PROPRES**	
Immobilisations incorporelles	2 000,00		2 000,00	Capital	50 000,00
Immobilisations corporelles	288 000,00	136 500,00	151 500,00	Réserves	160 000,00
Immobilisations financières	18 000,00		18 000,00	Résultat	98 000,00
TOTAL 1	308 000,00	136 500,00	171 500,00	**TOTAL 1**	308 000,00
ACTIF CIRCULANT				**DETTES**	
Stocks	51 800,00	7 800,00	44 000,00	Emprunts (1)	220 000,00
Créances clients	541 000,00	21 000,00	520 000,00	Dettes fournisseurs	237 300,00
Autres créances	9 000,00		9 000,00	Dettes fiscales et sociales	75 000,00
VMP	36 000,00	1 200,00	34 800,00	Dettes sur immobilisations	35 000,00
Disponibilités	120 000,00		120 000,00	Autres dettes	24 000,00
TOTAL 2	757 800,00	30 000,00	727 800,00	**TOTAL 2**	591 300,00
TOTAL GÉNÉRAL	1 065 800,00	166 500,00	899 300,00	**TOTAL GÉNÉRAL**	899 300,00
				(1) Dont concours bancaires courants	54 500,00

CORRIGÉ

Bilan fonctionnel de la SA Trentin au 31/12/N

ACTIF		PASSIF	
EMPLOIS STABLES	308 000,00	RESSOURCES STABLES	640 000,00
ACTIF CIRCULANT	601 800,00	PASSIF CIRCULANT	371 300,00
TRÉSORERIE ACTIF	156 000,00	TRÉSORERIE PASSIF	54 500,00
TOTAL ACTIF	1 065 800,00	TOTAL PASSIF	1 065 800,00

2 L'analyse du bilan fonctionnel

À partir du bilan fonctionnel, on peut calculer un certain nombre d'indicateurs utiles pour **mesurer la performance de l'entreprise** :

– le **FRNG (fonds de roulement net global)** : il permet de vérifier que les emplois stables (les immobilisations) ont bien été financés par des capitaux à long terme (les ressources stables) ;

– le **BFR (besoin en fonds de roulement)** : le BFR représente la somme d'argent dont l'entreprise doit disposer afin de financer son cycle d'exploitation. Ce besoin est souvent la conséquence du décalage entre les encaissements des clients et le paiement des fournisseurs. Une durée de stockage importante peut aussi expliquer le niveau élevé du BFR ;

– la **TN (trésorerie nette)** : le niveau de la trésorerie dépend du FRNG et du BFR. Si le FRNG couvre le BFR, le TN sera excédentaire. Si le FRNG ne couvre pas le BFR, la TN sera déficitaire.

À SAVOIR

- **FRNG (fonds de roulement net global)** = Ressources stables – Emplois stables
- **BFR (besoins en fonds de roulement)** = Actif circulant – Passif circulant
- **TN (trésorerie nette)** = FRNG – BFR

ATTENTION

Pour augmenter son FRNG, il faut recourir à l'emprunt ou augmenter le capital. Pour réduire le BFR, il faut réduire les délais de stockage, faire payer les clients plus rapidement et régler les fournisseurs plus tardivement.

CAS PRATIQUE

ÉNONCÉ

À partir du bilan fonctionnel de la SA Trentin, vous devez calculer le fonds de roulement net global (FRNG), le besoin en fonds de roulement (BFR) et la trésorerie nette (TN) en commentant les résultats obtenus.

Bilan fonctionnel de la SA Trentin au 31/12/N

ACTIF		PASSIF	
EMPLOIS STABLES	308 000,00	RESSOURCES STABLES	640 000,00
ACTIF CIRCULANT	601 800,00	PASSIF CIRCULANT	371 300,00
TRÉSORERIE ACTIF	156 000,00	TRÉSORERIE PASSIF	54 500,00
TOTAL ACTIF	1 065 800,00	TOTAL PASSIF	1 065 800,00

CORRIGÉ

FRNG	640 000 – 308 000	332 000,00 €
BFR	601 800 – 371 300	230 500,00 €
TN	332 000 – 230 500	101 500,00 €
Vérification TN	156 000 – 54 500 (TA – TP)	101 500,00 €

• Les ressources stables sont suffisamment importantes pour financer les emplois stables, il reste même un excédent de 332 000 €.
• Pour financer son cycle d'exploitation, l'entreprise doit trouver une somme de 230 500 €.
• Comme le FRNG est suffisamment important pour couvrir le BFR, l'entreprise possède une TN excédentaire de +101 500 €.

3 Le calcul des ratios

Il existe plusieurs ratios importants que l'on doit calculer :
- le **ratio de rotation des stocks** : il permet de connaître la durée moyenne en jours de la conservation des stocks avant la vente. On a intérêt à réduire le plus possible ce ratio ;

Rotation des stocks (pour un stock de marchandises) = (Stock de marchandises au bilan/Coût d'achat des marchandises vendues) × 360

- le **ratio de rotation des créances clients** : il permet d'estimer en jours la durée moyenne de crédit accordée aux clients. On a intérêt à réduire le plus possible ce ratio ;

Rotation des créances clients = (Créances clients au bilan/CA TTC) × 360

- le **ratio de rotation des dettes fournisseurs** : il permet de calculer en jours la durée moyenne de crédit obtenue auprès des fournisseurs. On a intérêt à augmenter le plus possible ce ratio ;

Rotation des dettes fournisseurs = (Dettes fournisseurs au bilan/Achats et charges externes TTC) × 360

- le **ratio d'indépendance financière** : il permet de vérifier si les ressources de l'entreprise proviennent plutôt de ses fonds propres ou de l'endettement auprès des banques. Si ce ratio est faible, cela signifie que l'entreprise est peu endettée auprès des établissements bancaires ;

Ratio d'indépendance financière = Emprunts/(Capitaux propres + Amortissements, dépréciations et provisions)

- le **ratio de capacité de remboursement** : il permet de connaître en nombre d'années le temps nécessaire pour rembourser l'intégralité de l'endettement si on y consacre l'intégralité de la CAF (capacité d'autofinancement).

Ratio de capacité de remboursement = Emprunts/CAF

ATTENTION

Pour porter un jugement sur ces ratios, il est nécessaire de faire une comparaison dans le temps et une comparaison avec les ratios moyens du secteur.

6 Quels modes de financement choisir ? Comment optimiser la trésorerie ?

L'organisation a la possibilité de choisir différents modes de financement, à la fois internes et externes. Il est nécessaire pour l'entreprise de prévoir sa trésorerie et de prendre les bonnes décisions pour éviter une éventuelle insuffisance.

1 Les différents modes de financement

A Les modes de financement internes

Il existe deux modes de financement internes :
- l'**autofinancement** : il s'agit d'utiliser l'**argent disponible dans l'entreprise**. Cet argent provient du **résultat** et des sommes mises en **réserve** ;
- les **apports personnels des associés en compte courant** : dans certains cas, les associés peuvent **prêter de l'argent** à l'entreprise pour financer les investissements. Les associés sont alors rémunérés par des **intérêts** à un taux proche de celui du marché.

B Les modes de financement externes

Il existe quatre modes de financement externes :
- l'**emprunt bancaire** ;
- l'**augmentation de capital** : on demande aux propriétaires de réinvestir dans l'entreprise en échange d'actions (ou de parts sociales) supplémentaires ;
- le **financement participatif** ou *crowdfunding* : il consiste en un échange de fonds entre individus en dehors des circuits financiers institutionnels, afin de financer un projet ;
- les **subventions** : il existe des dispositifs publics qui, sous certaines conditions, peuvent aider au financement des entreprises.

2 Le budget de trésorerie prévisionnel

A Principe et construction du budget de trésorerie

■ Le budget de trésorerie est un **document prévisionnel**. Son but est de prévoir les **excédents** ou les **insuffisances** de trésorerie afin de prendre les décisions adéquates pour **anticiper les problèmes**.

■ Pour réaliser les budgets de trésorerie, on ne doit pas se demander ce qu'on vend et ce qu'on achète mais « **À quel moment vais-je payer ?** » et « **À quel moment vais-je être payé ?** ».

CAS PRATIQUE

ÉNONCÉ

La SA Arti souhaite connaître sa trésorerie prévisionnelle pour le premier trimestre de l'année N +1. Elle vous communique les renseignements suivants :

Extrait de la balance au 31/12/N

		Débit	Crédit
401000	Fournisseurs		4 000,00 €
411000	Clients	6 000,00 €	
430000	Charges sociales		2 500,00 €
445510	TVA à décaisser		2 200,00 €

Toutes ces sommes sont encaissées ou décaissées durant le mois de janvier N +1 :

- **Ventes TTC** : 24 000 € en janvier, 35 000 € en février et 36 000 € en mars.
- **Achats TTC** : 10 800 € en janvier, 13 200 € en février et 18 000 € en mars.
- **Salaires** : 5 000 € par mois, paiement le dernier jour du mois.
- **Charges sociales** : 2 000 € par mois, paiement le mois suivant.
- **Encaissement des ventes** : les clients paient 50 % au comptant et le reste à 30 jours.
- **Paiement des achats** : les fournisseurs sont payés 80 % le mois de l'achat et les 20 % restants le mois suivant.
- **Immobilisations** : en janvier, on fait l'acquisition d'une machine pour 15 000 € HT (TVA à 20 %). Paiement 50 % en janvier et 50 % en février.
- **Trésorerie initiale** : au 1er janvier, on dispose de 12 000 € de trésorerie.

Budget de TVA

	Janvier	Février	Mars
TVA collectée	4 000,00 €	5 000,00 €	6 000,00 €
TVA ABS	1 800,00 €	2 200,00 €	3 000,00 €
TVA Immobilisations	3 000,00 €		
Crédit de TVA du mois précédent		800,00 €	
TVA à payer	– 800,00 €	2 000,00 €	3 000,00 €

CORRIGÉ

Budget des encaissements

	Janvier	Février	Mars
Créances clients bilan	6 000,00 €		
Ventes janvier	12 000,00 €	12 000,00 €	
Ventes février		17 500,00 €	17 500,00 €
Ventes mars			18 000,00 €
TOTAL ENCAISSEMENTS	18 000,00 €	29 500,00 €	35 500,00 €

Budget des décaissements

	Janvier	Février	Mars
Dettes fournisseurs bilan	4 000,00 €		
Achats janvier	8 640,00 €	2 160,00 €	
Achats février		10 560,00 €	2 640,00 €
Achats mars			14 400,00 €
Salaires	5 000,00 €	5 000,00 €	5 000,00 €
Charges sociales	2 500,00 €	2 000,00 €	2 000,00 €
TVA	2 200,00 €		2 000,00 €
Acquisition d'immobilisation	9 000,00 €	9 000,00 €	
TOTAL ENCAISSEMENTS	31 340,00 €	28 720,00 €	26 040,00 €

Budget de trésorerie

	Janvier	Février	Mars
Trésorerie de début de mois	12 000,00 €	– 1 340,00 €	– 560,00 €
Encaissements	18 000,00 €	29 500,00 €	35 500,00 €
Décaissements	31 340,00 €	28 720,00 €	26 040,00 €
Trésorerie de fin de mois	– 1 340,00 €	– 560,00 €	8 900,00 €

- Si l'entreprise ne procède à aucun ajustement, elle se retrouvera avec une trésorerie déficitaire lors des deux premiers mois de l'exercice N+1.
- À partir du mois de mars, la trésorerie redevient largement excédentaire.

B Quelles décisions prendre en cas d'insuffisance de trésorerie ?

On peut proposer quelques solutions pour remédier à un problème de trésorerie. Afin d'illustrer les différentes solutions, prenons en exemple le cas pratique précédent de la SA Arti :
- obtenir que l'immobilisation soit payée en deux fois mais aux mois de février et mars ;
- obtenir des délais de paiement plus intéressants auprès des fournisseurs (par exemple : 50 % le mois de l'achat et 50 % le mois suivant) ;
- envisager un emprunt pour financer l'acquisition de l'immobilisation. Il faut vérifier que l'entreprise n'est pas trop endettée ;
- céder des valeurs mobilières de placement (VMP) si l'entreprise en possède ;
- utiliser les concours bancaires courants (le découvert bancaire) si le problème concerne une courte période ;
- faire appel aux apports personnels en compte courant d'associés.

7 L'affectation du résultat, un choix qui engage l'avenir ?

L'affectation du résultat est un moment important dans la vie de l'entreprise. Le manager possède une certaine marge de manœuvre qu'il doit utiliser au mieux pour garantir la pérennité de son entreprise et envisager l'avenir.

1 L'affectation du résultat

Pour répartir le bénéfice, il faut maîtriser un certain nombre de mécanismes :
- **partir du résultat de l'exercice** ;
- **tenir compte du RAN** (report à nouveau) de l'année précédente : si ce RAN était créditeur, on doit le rajouter ; s'il était débiteur, on doit l'enlever ;
- **calculer le montant de la réserve légale** selon le principe suivant : chaque année, on doit mettre en réserve légale 5 % du bénéfice net. Cependant, le montant total figurant en réserve légale ne doit pas excéder 10 % du capital ;
- **prendre en compte la réserve statutaire** : les statuts de l'entreprise peuvent prévoir qu'une réserve statutaire soit dotée tous les ans ;
- **voter la dotation à la réserve facultative** : chaque année, l'assemblée générale des actionnaires (AGO) décide du montant affecté à la réserve facultative ;
- **calculer le montant des dividendes** : les dividendes correspondent à la part des bénéfices attribuée aux propriétaires de l'entreprise. En général, le dividende est exprimé pour une action ;
- le **RAN de l'exercice** : si on a distribué un dividende plus important que le bénéfice disponible, le RAN sera débiteur ; sinon, il sera créditeur.

ATTENTION

Pour trouver le bénéfice distribuable, on procède ainsi :
Bénéfice net – RAN débiteur – Réserve légale + RAN créditeur

CAS PRATIQUE

ÉNONCÉ

La SA Massi vous demande de vous occuper de l'affectation de son résultat de l'année N.

Extrait du bilan au 31/12/N

Capital (10 000 actions de 10 €)	100 000,00 €
Réserve légale	8 500,00 €
RAN créditeur	1 000,00 €
Résultat de l'exercice	80 000,00 €

- Les statuts prévoient une dotation à la réserve statutaire de 5 % du capital chaque année.
- L'AGO a voté une dotation de 35 000 € à la réserve facultative.
- L'AGO a décidé de verser un dividende arrondi à l'euro supérieur.

CORRIGÉ

Bénéfice de l'exercice	80 000,00 €	
RAN débiteur		
Réserve légale	1 500,00 €	80 000 × 5 % = 4 000. Mais si on met 4 000 € en RL, on va dépasser le maximum autorisé (100 000 × 10 % = 10 000). On va juste mettre 1 500 € pour atteindre 100 000€.
RAN créditeur	1 000,00 €	
Bénéfice distribuable	79 500,00 €	
Réserve statutaire	5 000,00 €	100 000 × 5 %
Réserve facultative	35 000,00 €	
Dividendes	40 000,00 €	(79 500 - 5 000 - 35 000) = 39 500 € à répartir. 39 500/10 000 actions = 3,95 € par action. On arrondit à 4 €. 4 € × 10 000 actions = 40 000 €
RAN de l'exercice	- 500,00 €	79 500 - 5 000 - 35 000 - 40 000 = - 500

2 La marge de manœuvre du dirigeant

Lors de l'affectation du bénéfice, le dirigeant de l'entreprise dispose d'une certaine marge de manœuvre afin de prendre ses décisions :

- **penser à l'avenir de la société** : afin de préparer l'avenir, le dirigeant se doit de préserver la **capacité d'autofinancement** de l'entreprise en affectant dans les différentes **réserves** une somme suffisante afin de **financer les futurs investissements** ;
- **satisfaire les propriétaires de l'entreprise** : l'avenir du dirigeant dépend du bon vouloir des actionnaires. Si ces derniers ne sont pas satisfaits du niveau des dividendes versés, ils peuvent se séparer du dirigeant. De plus, les **actionnaires ont investi** dans l'entreprise, il est donc normal qu'ils en attendent une certaine **rentabilité**.

8 Qu'apporte l'analyse des coûts à la prise de décision ?

Il existe plusieurs approches pour calculer des coûts : les coûts complets, qui permettent de déterminer la rentabilité individuelle d'un produit, et les coûts partiels, qui offrent un aperçu de la rentabilité globale de l'entreprise. Dans tous les cas, les coûts sont un outil d'aide à la décision.

1 Les coûts complets

A Le principe de calcul

■ Grâce à la méthode des **coûts complets**, on calcule le **coût de revient** des produits sur une certaine période ou pour une commande. Pour réaliser les coûts complets, on doit s'intéresser aux différentes charges en faisant une distinction entre les **charges directes** et les **charges indirectes.**

À SAVOIR

- **Charges directes** : charges directement affectables à un coût.
- **Charges indirectes** : charges qu'on ne peut pas directement affecter à un coût. On doit les retraiter avant de les affecter.

■ Les coûts complets désignent en réalité un enchaînement de coûts :
- le **coût d'achat** : il désigne le coût réel des achats de matières premières ;
- le **coût de production** : il détermine le coût des produits fabriqués à la sortie des ateliers ;
- le **coût de revient** : il renseigne sur le coût total du produit au moment de sa vente.

B La réalisation d'un coût complet

CAS PRATIQUE

ÉNONCÉ

La société Meublor fabrique des meubles et elle vient de recevoir une commande importante de tables basses. Une chaîne de magasins de mobilier veut lui passer une commande de 200 tables au prix de 80 € l'unité. Le dirigeant est intéressé par cette commande et il est prêt à l'accepter à la condition de réaliser une marge d'au moins 12 € par table. Il veut calculer le coût de revient de cette commande à l'aide de la méthode des coûts complets.

Tableau de répartition des charges indirectes

	Approvisionnement	Découpe	Assemblage	Distribution
Montants	500	400	300	300
Unité d'œuvre	1 planche achetée	1 h de MOD	1 h Machine	1 table vendue
Nb UdO				
Coût UdO				

- Les achats de bois sont de 200 planches à 15 € l'unité.
- Le stock de bois existant est de 10 planches pour un total de 280 €.
- Le stock de tables existant est de 20 tables pour un total de 1 150 €.
- On doit fabriquer 200 tables : pour cela, on a besoin de 100 heures de main-d'œuvre à 25 € dans l'atelier découpe et 200 heures de main-d'œuvre à 30 € dans l'atelier assemblage.
- Pour fabriquer les 200 tables, on utilise 180 planches et 160 € de fournitures diverses.
- Dans l'atelier assemblage, on a besoin de 50 heures machines.

CORRIGÉ

Tableau de répartition des charges indirectes

	Approvisionnement	Découpe	Assemblage	Distribution
Montants	500	400	300,00	300
Unité d'œuvre	1 planche achetée	1 h de MOD	1 h Machine	1 table vendue
Nb UdO	200	100	50,00	200
Coût UdO	2,5	4	6,00	1,5

Coût d'achat du bois

	Qtté	PU	Total
Achats de bois	200	15	3 000,00
Approvisionnement	200	2,5	500,00
Coût d'achat	200	17,5	3 500,00

Inventaire permanent du bois

	Qtté	PU	Total		Qtté	PU	Total
SI	10		280,00	**Sorties**	180	18	3 240,00
Entrées	200	17,5	3 500,00	**SF**	30		540,00
Total	210	18	3 780,00	**Total**	210	18	3 780,00

Coût de production des tables

	Qtté	PU	Total
Bois	180	18	3 240,00
Fournitures			160,00
MOD découpe	100	25	2 500,00
MOD assemblage	200	30	6 000,00
Découpe	100	4	400,00
Assemblage	50	6	300,00
Coût production	200	63,00	12 600,00

Inventaire permanent des tables

	Qtté	PU	Total		Qtté	PU	Total
SI	20		1 150,00	**Sorties**	200	62,50	12 500,00
Entrées	200	63,00	12 600,00	**SF**	20		1 250,00
Total	220	62,50	13 750,00	**Total**	220	62,5	13 750,00

On constate que si l'entreprise réalise cette commande, elle fera un bénéfice de 16 € par table vendue. Comme le dirigeant désire une marge d'au-moins 12 € par produit, il peut accepter la commande.

2 Les coûts partiels

A Le principe de calcul

■ Dans le cadre des coûts partiels, il faut mettre en évidence deux types de charges :
- les **charges variables** : il s'agit des charges qui varient **proportionnellement au niveau d'activité** (c'est le cas par exemple des achats de matières premières) ;
- les **charges fixes** : il s'agit des charges qui sont **indépendantes du niveau d'activité**. Quel que soit le niveau de la production, ces charges ne changent pas (c'est le cas par exemple des loyers, des amortissements).

■ Avec la méthode des coûts partiels, on peut calculer des indicateurs tels que le **seuil de rentabilité** ou **l'indice de sécurité**.

B Le tableau d'analyse différentielle

Dans le tableau d'analyse différentielle (ou compte de résultat différentiel), il s'agit de **déterminer le résultat** de l'entreprise sur un produit en distinguant les **charges variables** et les **charges fixes**. On met aussi en évidence la **marge sur coût variable**.

CAS PRATIQUE

ÉNONCÉ

La société Le Bouteiller fabrique des transats et elle se demande si son nouveau modèle (le transat Azur) a été rentable pour sa première année de commercialisation.
Elle a vendu 10 000 transats au prix unitaire de 30 €. Les charges variables sont de 12 € par produit et les charges fixes s'élèvent à 14 000 €.
Vous devez établir le tableau d'analyse différentielle en faisant apparaître la marge sur coût variable.

CORRIGÉ

	Montants	**%**	
Chiffre d'affaires	300 000,00 €	100%	10 000 × 30
Charges variables	120 000,00 €		10 000 × 12
Marge sur coût variable	180 000,00 €	60%	300 000 – 120 000
Charges fixes	140 000,00 €		
Résultat net	40 000,00 €	13%	180 000 – 140 000

C Le seuil de rentabilité, la marge et l'indice de sécurité

À la suite du tableau d'analyse différentielle, il est nécessaire de calculer **certains indicateurs** pour mesurer la **rentabilité du produit** :
- le **seuil de rentabilité (SdR) en valeur** : il s'agit du **niveau de chiffre d'affaires** pour lequel l'entreprise ne réalise **ni bénéfice ni perte.** En d'autres termes, l'entreprise commence à être rentable une fois qu'elle dépasse ce niveau de chiffre d'affaires ;
- le **seuil de rentabilité (SdR) en quantité** : il permet de déterminer à partir de **combien de produits vendus** le produit est rentable ;
- la **marge de sécurité** : elle désigne le montant du chiffre d'affaires qui dépasse le seuil de rentabilité ;
- l'**indice de sécurité** : il exprime la marge de sécurité en pourcentage du chiffre d'affaires.

À SAVOIR

SdR en valeur = Charges fixes/Taux de marge sur coût variable
SdR en quantité = SdR en valeur/Prix de vente unitaire
Marge de sécurité = Chiffre d'affaires – SdR en Valeur
Indice de sécurité = Marge de sécurité/CA × 100

CAS PRATIQUE

ÉNONCÉ

En reprenant les éléments de la société Le Bouteiller, calculer le seuil de rentabilité en valeur et en quantité, la marge et l'indice de sécurité en commentant les résultats. L'indice de sécurité moyen de l'entreprise est de 18 %.

CORRIGÉ

Seuil de rentabilité en valeur	140 000/0,6	233 333,33 €
Seuil de rentabilité en quantité	23 3333,33/30	7 778 produits
Marge de sécurité	300 000 – 233 333,33	66 666,67 €
Indice de sécurité	66 666,67/300 000 × 100	22 %

• Pour réaliser un bénéfice sur ce produit, il faut réaliser un chiffre d'affaires supérieur à 233 333,33 €.
• Ce produit devient rentable une fois qu'on a réussi à en vendre au moins 7 778.
• Le chiffre d'affaires réalisé dépasse de 66 666,67 € le seuil de rentabilité.
• L'indice de sécurité est de 22 % contre une moyenne de 18 % pour les autres produits. On peut en conclure que la commercialisation de ce produit est sûre.

D Le principe du coût marginal et du coût spécifique

■ Le plan comptable général définit le **coût marginal** de la manière suivante : « Le coût marginal est la différence entre l'ensemble des charges courantes nécessaires à une production donnée et l'ensemble de celles qui sont nécessaires à cette production majorée (ou minorée) d'une unité. »

EXEMPLE

La société Le Bouteiller a fabriqué 10 000 produits pour un coût total de 260 000 € (120 000 € de charges variables et 140 000 € de charges fixes). Supposons qu'**une entreprise lui propose de lui fabriquer 1 000 unités supplémentaires**. En refaisant les calculs, on constate que la production de **11 000 unités** coûtera au total **274 000 €**. On peut dire que cette production supplémentaire à un **coût marginal de 14 000 €** (274 000 – 260 000), soit un **coût marginal de 14 € par produit** (14 000/1 000).

■ Avec la méthode des **coûts spécifiques**, on impute à un produit les **charges variables** (comme pour les coûts partiels) mais on prend aussi en compte les **charges fixes directes** qui le concerne (on parle de **charges fixes spécifiques**).

À SAVOIR

Charges fixes spécifiques : charges directement imputables à un produit. Si on arrête la production, ces charges disparaissent. C'est le cas des amortissements d'une machine qui servirait à un seul produit et qu'on revendrait.

Marge sur coût spécifique = Chiffre d'affaires – (charges variables + charges fixes directes)

#quiz
Des questions pour réviser
foucherconnect.fr/23terstmg45

CAS PRATIQUE 1

La SA Kérouze fabrique des conserves de poissons à base de poissons frais achetés auprès des pêcheurs locaux. Elle vous communique les 3 factures suivantes :

SA Kérouze	
	SARL Bivic
Le 10/03/N	Fact n° 345
Conserves de thon	1 450,00 €
Remise 10 %	– 145,00€
Net commercial	1 305,00 €
Transport	35,00 €
TVA à 5,5 %	73,70 €
Net à payer TTC	1 413,70 €

Pêcherie KIDU	
	SA Kérouze
Le 12/03/N	Fact 876
Thons entiers	900,00 €
Remise 5 %	– 45,00 €
Net commercial	855,00 €
Transport	15,00 €
TVA à 5,5 %	47,85 €
Net à payer TTC	917,85 €

Minolta	
	SA Kérouze
Le 14/03/N	Fact 44675
Photocopieur	3 500,00 €
Remise 5 %	– 175,00 €
Mise en service	150,00 €
Transport	100,00 €
TVA à 20 %	715,00 €
Net à payer TTC	4 290,00 €

1. Enregistrer ces trois documents dans le journal unique de la SA Kérouze.

La SA Kérouze se pose des questions sur les règlements de son client Bivic. Elle vous fournit le détail du compte client BIVIC à la date du 15/03/N. Ce client paye ses factures le 9 du mois.

Client BIVIC

Date	Libellé	Débit	Let	Crédit	Let	Solde
01-mars	A nouveau	2 535,54 €				2 535,54 €
02-mars	Ventes 254	3 298,50 €				5 834,04 €
03-mars	Chèque 9945			2 535,54 €		3 298,50 €
05-mars	Vente 302	1 899,23 €				5 197,73 €
09-mars	Virement bancaire			1 899,23 €		3 298,50 €
10-mars						

2. Compléter et lettrer le compte client Bivic et commenter la situation

CAS PRATIQUE 2

- La société Poletti a fait l'acquisition d'une camionnette le 1er juin de l'année N pour un coût d'acquisition de 15 000 €. La société a décidé d'amortir ce bien selon le mode linéaire sur 4 ans.
- À la fin de l'année, la société Poletti a des soucis avec 2 de ses clients :

- Lucciani lui doit 3 000 € HT et elle pense perdre 40 % de la créance. Il existe déjà une dépréciation de 500 € ;
- Bernardoni lui doit 5 000 € HT. La créance est irrécouvrable et il existe une dépréciation de 1 200 €.

1. Calculer le montant de la première annuité d'amortissement et procéder à son enregistrement.
2. Passer les enregistrements nécessaires dans le journal de l'entreprise en ce qui concerne les deux clients.

THÈME 2 – ANALYSER LA SITUATION DE L'ENTREPRISE

CAS PRATIQUE 1

La SA Manolo a constaté une baisse de son résultat et elle se demande d'où elle peut provenir. Elle vous communique son compte de résultat.

CHARGES	N	N-1	PRODUITS	N	N-1
Achats de marchandises	78 000,00	70 000,00	Ventes de marchandises	116 000,00	119 000,00
Variation stock de marchandises	– 400,00	500,00	Production vendue	162 000,00	158 000,00
Achats de matières premières	49 000,00	51 000,00	Montant du CA	**278 000,00**	**277 000,00**
Variation stock de MP	800,00	– 300,00	Production stockée	– 140,00	600,00
Autres achats et charges externes	5 000,00	5 500,00	Production immobilisée	1 500,00	800,00
Impôts et taxes	2 200,00	1 950,00	Reprises sur dépréciations	2 600,00	3 000,00
Salaires et traitements	49 000,00	33 000,00	Autres produits d'exploitation	3 500,00	4 200,00
Charges sociales	20 000,00	17 500,00			
Dotations amts et dépréciations	8 000,00	6 500,00			
Autres charges d'exploitation	1 500,00	1 000,00			
Total charges d'exploitation	**213 100,00**	**186 650,00**	**Total produits d'exploitation**	**285 460,00**	**285 600,00**
Intérêts et charges assimilées	3 000,00	3 000,00	Produits de participation	700,00	1 200,00
Dotations amts et dépréciations	1 100,00	800,00	Reprises sur dépréciations	590,00	700,00
Total charges financières	**4 100,00**	**3 800,00**	**Total produits financiers**	**1 290,00**	**1 900,00**
Sur opération de gestion	570,00	600,00	Sur opération de gestion	130,00	300,00
Sur opération de capital (VCEAC)	5 000,00	5 700,00	Sur opération de capital (PCEA)	4 500,00	3 900,00
Dotations amts et dépréciations	400,00	800,00	Reprises sur dépréciations	90,00	120,00
Total charges exceptionnelles	**5 970,00**	**7 100,00**	**Total produits exceptionnels**	**4 720,00**	**4 320,00**
Participation des salariés	11 000,00	9 000,00			
Impôts sur les bénéfices	22 000,00	33 000,00			
TOTAL DES CHARGES	**256 170,00**	**239 550,00**	**TOTAL DES PRODUITS**	**291 470,00**	**291 820,00**
Solde créditeur (bénéfice)	**35 300,00**	**52 270,00**	**Solde débiteur (perte)**		
TOTAL GÉNÉRAL	**291 470,00**	**291 820,00**	**TOTAL GÉNÉRAL**	**291 470,00**	**291 820,00**
Rappel N-1 : VA = 192 000 / EBE = 91 100 / RE = 80 000 / RCAI = 82 000 / CAF = 45 000					

Vous devez calculer pour les 2 années la valeur ajoutée, l'EBE, le résultat d'exploitation et le RCAI et commenter l'évolution de ces indicateurs.

CAS PRATIQUE 2

On vous communique le bilan fonctionnel de la SARL Caraïbes Fumés pour l'année N :

Bilan fonctionnel au 31/12/N

Emplois stables	1 013 116,00 €	**Ressources stables**	1 754 708,00 €
Actif circulant	734 185,00 €	**Passif circulant**	210 563,00 €
Trésorerie actif	217 970,00 €	**Trésorerie passif**	0,00 €
TOTAL ACTIF	1 965 271,00 €	**TOTAL PASSIF**	1 965 271,00 €

On vous communique aussi certains ratios de l'entreprise Caraïbes Fumés :

	Année N	Moyenne du secteur
Rotation des clients	15 jours	30 jours
Rotation des fournisseurs	20 jours	20 jours
Indépendance financière	3 %	20 %

Vous devez calculer :
- le fonds de roulement net global (FRNG) ;
- le besoin en fonds de roulement (BFR) ;
- la trésorerie nette (TN) de la société Caraïbes Fumés.

Vous devez également commenter la situation et donner des propositions pour l'améliorer.

THÈME 3 – ACCOMPAGNER LA PRISE DE DÉCISION

CAS PRATIQUE 1

La SARL Rapsat s'inquiète d'une éventuelle insuffisance de trésorerie pour le premier trimestre de l'année N+1 car elle compte investir en matériel durant cette période. Elle vous communique les renseignements suivants :

	Janvier	Février	Mars	Renseignements
Ventes TTC	30 000	25 000	40 000	40 % comptant, le reste à 30 jours
Achats TTC	12 000	10 000	16 000	50 % comptant, 50 % à 30 jours
Salaires	5 000	5 000	5 000	Le 28 du mois
Charges sociales	2 100	2 100	2 100	Le 15 du mois suivant
Immobilisation TTC		20 000		50 % en février, le reste en mars

- La TVA de janvier est de 2 000 €, celle de février de 800 € et celle de mars de 4 000 €. La TVA est toujours payée le 17 du mois suivant (en décembre, il n'y avait pas de TVA à payer).
- Il reste des créances clients du mois de décembre pour 25 000 €, elles seront intégralement encaissées en janvier.
- Il reste des dettes fournisseurs du mois de décembre pour 15 000 €, elles seront intégralement payées en janvier.
- Les charges sociales du mois de décembre sont de 6 000 € et elles seront payées le 17 janvier.
- Le montant de la trésorerie à la fin du mois de décembre était de +2 000 €.

Vous devez réaliser le budget des encaissements, le budget des décaissements et le budget de trésorerie pour déterminer la trésorerie prévisionnelle de l'entreprise afin de savoir si elle restera excédentaire malgré l'investissement envisagé.

CAS PRATIQUE 2

La SA Legomo vous demande de l'aider dans le calcul de la répartition de son résultat de l'année N. Elle vous communique les renseignements suivants :

Extrait du passif du bilan au 31/12/N

	Montants avant répartition	Montants après répartition
Capital (10 000 actions à 50 €)	500 000,00 €	
Réserve légale	45 000,00 €	
Réserve statutaire	320 000,00 €	
Autres reserves	1 000 000,00 €	
Report à nouveau	2 400,00 €	
Résultat de l'exercice	789 813,00 €	
Total des capitaux propres	**2 657 213,00 €**	

Décisions prises par l'AGO du 15/05/N +1

- La réserve légale sera dotée selon les règles en vigueur.
- On dotera la réserve facultative d'une somme de 300 000 €.
- Le dividende par action sera arrondi à la dizaine de centimes inférieure et le reste sera affecté en report à nouveau.

Extrait des statuts de l'entreprise : dotation tous les ans en réserve statutaire d'une somme égale à 10 % du capital.

Vous devez procéder à la répartition du résultat et compléter l'extrait du bilan après répartition.

CAS PRATIQUE 3

D'après le sujet de baccalauréat « Frédéric M » 2023 »

Analyse de la rentabilité du produit Aloél+

Éléments du coût de revient du produit Aloél+ proposé au prix de vente unitaire de 79,75 € HT

Éléments du coût variable du produit Aloél+	Coût unitaire en € HT
Achats de matières premières	12,63
Eau et électricité, etc.	3,50
Autres consommations intermédiaires	10,50
Emballage, transport, livraison	6,50
Commissions vendeurs	16,40
Autres charges diverses variables	4,70
Total des charges variables	**54,23**

- Les prévisions de chiffre d'affaires du produit Aloél+ s'élèvent à 89 320 € HT.
- Les charges fixes du produit Aloél+ sont estimées à 17 600 €.
- Le résultat prévisionnel généré par le produit Aloél+ est de 10 982,40 €.
- Le seuil de rentabilité s'élèvera à 55 000 € correspondant à une quantité de 690 produits.
- L'entreprise attend un indice de sécurité minimum de 10 %.

1. Retrouver par le calcul le seuil de rentabilité en valeur et en quantité. Commenter les résultats.
2. Calculer l'indice de sécurité du produit et conclure sur l'opportunité de sa commercialisation.

corrigés
foucherconnect.fr/23terstmg48

MERCATIQUE

MERCATIQUE

THÈME 1 – LA DÉFINITION DE L'OFFRE

1 La personnalisation de l'offre est-elle incontournable ? 102

2 Toute consommation crée-t-elle de l'expérience ? 107

3 Le prix, entre raison et illusion ? 111

4 La distribution de l'offre : peut-on se passer d'intermédiaires ? 119

THÈME 2 – LA DISTRIBUTION DE L'OFFRE

5 Le consommateur dicte-t-il les choix de distribution ? 125

6 Les technologies numériques, une autre manière de penser la distribution ? 131

7 Communiquer : quelle visibilité et quels médias pour valoriser l'offre ? 135

THÈME 3 – LA COMMUNICATION DE L'OFFRE

8 Comment enrichir la relation client grâce au numérique ?.................. 141

ENTRAÎNEMENT À L'ÉPREUVE FINALE 146

1 La personnalisation de l'offre est-elle incontournable ?

Alors que le consommateur recherche une personnalisation des produits, que l'organisation doit différencier son offre de celle de ses concurrents (même de manière mineure), celle-ci peut-elle encore offrir un seul et même produit à tous les consommateurs ? Ne doit-elle pas mieux connaître le consommateur et le segment auquel il appartient afin de lui proposer une offre adaptée, voire personnalisée ?

1 De la segmentation au ciblage

L'objectif de la segmentation et du ciblage est d'**orienter l'action marketing** afin de **créer de la valeur** pour les consommateurs cibles et pour l'organisation.

A La segmentation

a Définition

- Segmenter un marché consiste à le découper en **sous-ensembles (segments)** de consommateurs les plus distincts possible les uns des autres et dont les populations, à l'intérieur de chaque segment, sont les plus homogènes entre elles.
- Des **critères de segmentation** sont utilisés pour effectuer ce découpage : données sociodémographiques, motivations, besoins, comportements d'achat...
- Les critères de segmentation choisis doivent permettre d'obtenir des **segments de population homogènes**, de taille suffisante et opérationnels.

 # vidéo
La segmentation marketing : le stratege.com
foucherconnect.fr/23terstmg49

EXEMPLE

Ipsos a identifié un groupe de consommateurs émergent : les « **YEMMie**s » (*Young Educated Millenial Moms*, jeunes mamans instruites de la génération Y). Elles ont 29 ans en moyenne, un niveau d'éducation élevé et un meilleur pouvoir d'achat. Jeunes mamans, elles sont connectées et exercent une influence importante sur l'évolution des habitudes de consommation.

b La typologie

Le premier niveau de segmentation est la distinction entre le **segment affaires (B2B)** et le **segment consommateur final (B2C)**. Un nouveau segment est apparu : le **C2C**. Ainsi, trois segments sont à distinguer :
- **B2B : *Business to Business.*** EXEMPLE : l'enseigne Leclerc achète des palettes de pâtes à l'entreprise familiale Barilla ;
- **B2C : *Business to Consumer*.** EXEMPLE : la mère de famille achète un paquet de pâtes Barilla dans son point de vente habituel ;

– **C2C : *Consumer to Consumer***, qui prend de plus en plus d'ampleur en raison de la désintermédiation des marchés (voir chapitres 4 et 5). EXEMPLE : Vinted est dans le top 5 des sites e-commerces les plus visités en France en 2023. Il rencontre un vrai succès auprès des 15-35 ans. Portée par la tendance de la « déconsommation » (voir chapitre 10, enseignement commun), l'application permet à tout un chacun de vendre et d'acheter des vêtements aux autres membres de la communauté.

B Le ciblage

Cibler consiste à choisir de **s'adresser à un ou plusieurs segments selon des critères d'intérêt** (rentabilité), d'**accessibilité** et de **capacité** (marketing, financière) pour l'organisation.

■ Une fois la segmentation réalisée, l'organisation peut :
– **effectuer des actions marketing différenciées** (exemple : une offre produit spécifique) tout en veillant à éviter d'éventuels **conflits de segments** ;
– ou **ne s'adresser qu'à un seul segment de marché**.

■ Elle peut donc mener une des **stratégies de ciblage** répertoriées ci-dessous.

Stratégie indifférenciée = marketing de masse 	**L'organisation propose un seul type de produit pour tous les prospects et clients, quelles que soient leurs caractéristiques de consommation.** L'organisation met l'accent sur les ressemblances du marché. ◗ **Objectif** : toucher tous les segments de clientèle. ◗ **Conditions** : demande à la fois forte et homogène ; produit banalisé. EXEMPLE : la pâte à tartiner Nutella
Stratégie différenciée = marketing segmenté  **# vidéo** Ciblage marketing : INA **foucherconnect.fr/**23terstmg50	**L'organisation oriente son activité vers plusieurs segments distincts** et met l'accent sur les différences qui opposent certains groupes de consommateurs à d'autres. L'ensemble des segments ne sera pas forcément couvert par l'offre de l'organisation. EXEMPLE : Kinder surprise/Kinder Bueno
Stratégie concentrée ou sélective = marketing concentré 	**La différenciation est concentrée sur un seul segment de marché** si l'organisation cible un segment. EXEMPLE : le parfum Diptyque cible le marché des consommateurs experts (marque vendue dans 700 points de vente seulement dans le monde, pas de communication grand public : image de luxe discrète et élitiste)
Personnalisation = marketing individualisé = marketing personnalisé = *one to one* 	**L'organisation propose une offre individualisée.** Ce type de stratégie concerne plus particulièrement les entreprises offrant des produits haut de gamme. EXEMPLE : John Lobb, chaussures sur mesure

L'étiquette	◗ Elle contient l'information décrivant le produit. Elle apparaît sur ou à l'intérieur du conditionnement. ◗ Fonctions : identifier et présenter le produit, communiquer avec le client. ◗ Sa présentation est réglementée. Sur cette étiquette figurent des informations : - **quantitatives** : poids, taille… ; - **qualitatives** : qualité, authenticité… (exemple : label qualité AOC) ; - **techniques** : type de matériel, technologie (exemple : sans fil pour un casque de *gamer*) ; - **mercatiques** : marque, nom, promotion, caractère innovant.
La stylique = le *design*	◗ Elle consiste à donner une forme au produit et au conditionnement pour faciliter son utilisation, lui donner une apparence esthétique conforme aux désirs des consommateurs, le différencier des concurrents. EXEMPLE : la présentation du produit Blood casse les codes puisqu'une boisson est vendue généralement soit en bouteille, soit en canette. ◗ Elle conforte les attributs du produit.
Le *packaging*	Il désigne les différents emballages destinés à recevoir le produit.
La marque	◗ C'est le signe permettant d'identifier le produit, de le distinguer de ceux des concurrents. ◗ La marque, pour être protégée, doit être déposée auprès de l'Inpi/Ompi. ◗ La marque doit être distinguée : - du **nom commercial** : appellation d'un fonds de commerce ou d'une entreprise ; - de l'**enseigne** : signe distinctif du lieu où est exercé le commerce ; - de l'**appellation d'origine** : référence à l'origine géographique d'un produit ; - du **label** : il garantit la qualité de services spécifiques ou un processus certifié (exemple : logo agriculture biologique).

C La gamme

C'est un **ensemble de produits de même catégorie** ou répondant au même type de besoin proposé par une même marque. Selon la stratégie de l'entreprise (positionnement sur le marché, nombre de segments ciblés), la gamme de produits est **plus ou moins longue**.

	Intérêts	Limites
Gamme courte	◗ Connaissance parfaite du marché ◗ Concentration des efforts sur quelques produits ◗ Meilleure maîtrise des coûts ◗ Gestion simplifiée ◗ Peu de risque de cannibalisation ◗ Image de marque plus facile à gérer ◗ Moins d'erreurs de positionnement	◗ Conquête d'un nombre limité de segments (manque à gagner) ◗ Choix très limité pour le consommateur ◗ Difficulté de fidélisation ◗ Dépendance liée à quelques produits ◗ Lutte difficile contre la concurrence

■ L'organisation, en fonction de ses objectifs et de ses moyens (techniques, financiers…), doit choisir un **niveau de gamme** (entrée de gamme, milieu de gamme, premium, haut de gamme, luxe).

 # Exo corrigé
Entraînez-vous !
foucherconnect.fr/23terstmg52

2 Toute consommation crée-t-elle de l'expérience ?

Historiquement, les organisations avaient tendance à proposer une offre standardisée. Cependant, la valeur perçue par le consommateur a évolué. Toutes les organisations sont donc aujourd'hui contraintes d'offrir une expérience nouvelle au consommateur, s'orientant davantage vers l'économie à la demande et de fonctionnalité.

1 L'émergence de nouveaux modèles de consommation pour maximiser la valeur perçue

A L'évolution du modèle classique de consommation

■ La standardisation était la règle durant les Trente Glorieuses, afin d'**optimiser l'efficacité et la productivité**. Une adaptation à des besoins individuels était impossible, ou n'était réservée qu'à quelques clients payant un prix très élevé.

■ Cependant, ce modèle est devenu obsolète en raison de transformations majeures :
- l'**ultra connectivité permanente**, facilitée par l'explosion des usages mobiles ;
- le **développement rapide des technologies logistiques de proximité (*drive*)** ;
- la **simplification des paiements électroniques** ;
- un **marché fortement concurrentiel** fournissant au consommateur un large choix ;
- la **demande croissante des consommateurs** pour une nouvelle génération de services rapides, efficaces et pratiques ;
- une **attente de plus en plus forte du consommateur** demandeur de produits personnalisés, haut de gamme, quitte à payer un peu plus cher.

INFO

D'après le cabinet Bain Consulting, les consommateurs sont prêts à payer 20 % plus cher pour un produit personnalisé.

■ Ces évolutions bouleversent violemment tous les secteurs économiques et toutes les organisations, qui doivent donc étudier ces nouveaux modèles de consommation et s'y adapter.

B Les nouveaux modèles de consommation

Le consommateur évolue dans un environnement utilisant des technologies de plus en plus complexes et pointues. Les organisations doivent comprendre que :
- le consommateur veut privilégier des relations désintermédiées et rapides ;
- l'usage l'emporte désormais sur la possession. Il faut donc développer des produits dont la durée de vie prime sur le prix.

a L'économie à la demande : l'ubérisation

■ L'ubérisation consiste à **mettre en contact direct** particuliers et sociétés de services (livraison de repas, par exemple) grâce à des applications facilitant une mise en relation **quasi instantanée**.

■ Le client est au cœur des processus. L'objectif est de le satisfaire en supprimant les intermédiaires (gain de temps). Ce modèle est basé sur une **relation CtoC** (*consumer to consumer*, du consommateur au consommateur).

EXEMPLE
- Pharmao propose un service de livraison de médicaments à domicile ou au travail en une heure maximum.
- Scooterino Amen permet aux Romains pris d'un besoin urgent de se confesser de recevoir la visite d'un prêtre sur un scooter.

 # vidéo
Scooterino Amen ?
foucherconnect.fr/23terstmg53

b L'économie de la fonctionnalité

■ Elle se définit comme un **système privilégiant l'usage** plutôt que la vente d'un produit.

■ L'échange économique ne repose plus sur le transfert de propriété de biens, qui restent en possession du producteur tout au long de son cycle de vie, mais sur le consentement du client à payer une **valeur d'usage**.

■ Cette consommation sans propriété de biens favorise ainsi le **développement durable**. En effet, le fabricant est tenu de faire durer le produit, ce qui entraîne un moindre gaspillage des ressources naturelles.

 # vidéo
C'est quoi l'économie de la fonctionnalité et de la coopération ?
foucherconnect.fr/23terstmg54

2 Une adaptation de l'offre

Face à ces bouleversements, les organisations doivent : **proposer une offre personnalisée**, de qualité constante, et ce de manière quasi immédiate (réactivité) ; **faire vivre une expérience unique**.

A La personnalisation

■ Les organisations doivent proposer une offre personnalisée, parfois de masse (*mass customization*, voir chapitre 3).

■ Une adaptation des processus opérationnels permet une personnalisation des offres sur une grande échelle, en créant des expériences sur mesure à partir des préférences, des habitudes et de l'historique de chaque client.

EXEMPLES

• **Netflix** enregistre et tient compte progressivement des préférences de ses clients et leur recommande les films qu'ils sont susceptibles d'apprécier. Le diffuseur fait même des suggestions en fonction de l'humeur de ses clients. 60 % des utilisateurs de Netflix sélectionnent des films sur la base de ces recommandations.
• **Starbucks** propose aujourd'hui à ses clients un choix de 80 000 combinaisons de boissons dans ses cafés.
• La compagnie aérienne **Easyjet** adapte automatiquement la page d'accueil de son site web français aux préférences de chacun de ses visiteurs en matière de destinations, de calendrier et de tarif de chacun.

B La réponse immédiate

Les fournisseurs de produit/service doivent être capables de converser en direct avec leur client et de recevoir les commandes clients 24 heures sur 24. L'expression « heures normales d'ouverture » perd donc progressivement tout son sens.

EXEMPLE

La prolifération des offres « *click and collect* » et des produits disponibles en une heure dans la grande distribution.

C Le même niveau de qualité

■ Les organisations doivent respecter un niveau élevé de qualité, en toutes circonstances. En effet, le consommateur est capable de se détourner rapidement de la marque si la qualité d'un produit ou d'un service associé diminue.

EXEMPLE

Une seule interaction malheureuse peut s'avérer très coûteuse pour une marque. Des études montrent qu'il faut 12 expériences positives pour compenser une seule mauvaise expérience.

■ Pour respecter ces exigences des consommateurs, les entreprises sont soumises à des défis importants, notamment celui d'offrir une expérience client afin d'**améliorer la valeur perçue**.

D L'expérience client

■ Faire vivre une expérience au client a pour but de le fidéliser. En effet, sa satisfaction sera maximisée, la mémorisation et le capital sympathie de la marque seront développés.

■ Différentes techniques de marketing expérientiel peuvent être utilisées, à cette fin, par l'organisation.

a La théâtralisation de l'offre

C'est une démarche ponctuelle ou permanente qui consiste à **mettre en scène l'offre commerciale** d'une enseigne ou d'une marque (décor, ambiance). Les objectifs sont :
- d'augmenter la fréquentation du point de vente ;
- de favoriser l'acte d'achat par la création d'une ambiance favorable, voire « euphorisante » ;
- de fidéliser.

Agencement de bureaux du Club Med Paris

b Le marketing sensoriel

Il regroupe l'ensemble des techniques marketing utilisant un ou plusieurs des 5 sens pour favoriser l'achat d'un produit ou service et/ou son expérience d'utilisation.

EXEMPLES
- Le restaurant Ultraviolet de Paul Pairet à Shanghai propose une ambiance particulière pour chacun des 22 plats qu'il propose à ses clients.
- La *Food Ink* société propose à des chefs étoilés une impression en 3D de leur plat.

 # vidéo
Le restaurant Ultraviolet de Paul Pairet à Shanghai
foucherconnect.fr/23terstmg55

 # vidéo
La Food Ink, impression en 3D de nourriture
foucherconnect.fr/23terstmg56

c Le marketing immersif

■ Il regroupe les pratiques destinées à provoquer une **immersion du consommateur ou du prospect dans l'univers de la marque ou du produit**. Pour ce faire, le marketing immersif utilise des technologies destinées à plonger le visiteur dans le monde de la marque au moyen de la réalité virtuelle ou de la réalité augmentée, des vidéos 360°, des cabines immersives.

■ Le marketing immersif peut servir différents objectifs :
- un **objectif d'image** (exemple : la stratégie innovante de Chanel qui utilise l'espace pour asseoir l'image de la marque) ;
- un **objectif d'expérience client** (exemple : Club Med ThePlaceToSki qui utilise l'espace public pour proposer une expérience unique) ;
- un **objectif de séduction** avec la mise en situation d'usage du produit ou du service (exemple : *A Virtual Honeymoon to London and Hawaï ;* Mariott utilise la technologie pour télétransporter les clients dans un monde virtuel).

 # vidéo
La stratégie innovante de Chanel
foucherconnect.fr/23terstmg57

 # vidéo
Club Med utilise l'espace public
foucherconnect.fr/23terstmg58

 # vidéo
A Virtual Honeymoon to London and Hawaii
foucherconnect.fr/23terstmg59

3 Le prix, entre raison et illusion ?

Tout bien a une valeur d'usage et une valeur symbolique. Le prix influence la perception globale du produit ou de la marque. La fixation du prix est donc essentielle pour une organisation : elle oriente sa stratégie et assure sa rentabilité. Cependant, le prix d'un bien devient parfois irréaliste en raison de l'envolée de la demande. De même, la quasi-gratuité de certains services rend complexe, pour le consommateur, l'estimation de la valeur réelle du service. Dans ce contexte, quel prix fixer ? Quelles techniques utiliser pour fixer ce prix ? Quels facteurs prendre en compte afin de concilier objectifs de l'organisation et attentes du consommateur ?

1 La typologie des prix

- Le prix est la **seule variable du marchéage** génératrice de revenu et n'engendrant pas de coûts.

- Afin de conquérir de nouveaux clients, fidéliser les clients actuels et réaliser des bénéfices, les organisations choisissent une **politique de prix**. Plusieurs politiques sont possibles offrant une **typologie variée de prix**.

A Le prix rond/le prix magique

Le prix rond comporte un nombre d'euros entier sans ajout de centimes. Le prix magique est légèrement inférieur au prix rond.

EXEMPLES

- **Prix rond** : 100 €

- **Prix magique** : 89 €

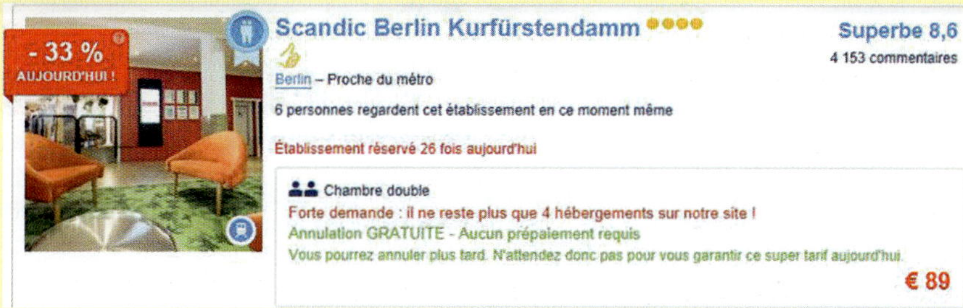

B Le prix d'appel

C'est le **prix minimal** d'une grille de prix sur lequel repose la publicité d'une organisation. L'objectif est d'attirer les clients puis de les fidéliser sur des produits offrant plus de marge au vendeur. Il est généralement proposé en quantité limitée et pour un temps donné.

EXEMPLE

– 30 %

MISS BOTTLED ABSOLUTE
EAU DE PARFUM ~~73,50 €~~ 51,45 € – NOCIBÉ

À SAVOIR

Les offreurs utilisent de manière combinée le prix magique et le prix d'appel.

2 Les contraintes pour déterminer une politique de prix

L'organisation peut fixer ou modifier le prix de son produit pour tenir compte de :
- **contraintes externes** : elles relèvent de l'environnement de l'organisation ;
- **contraintes internes** : elles dépendent directement de l'organisation.

A La méthode

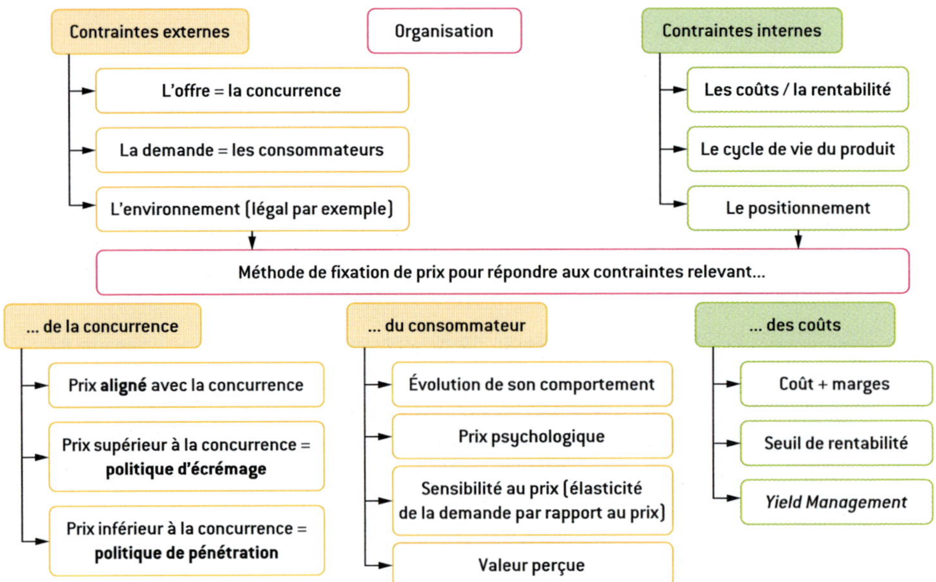

INFO

La valeur perçue a été abordée en 1re dans le programme de Sciences de gestion et numérique.

B Les contraintes externes

Pour déterminer la politique de prix, l'organisation doit **analyser l'offre, la demande, l'environnement.**

	L'organisation doit...
L'offre	◗ Identifier ses concurrents directs et indirects ◗ Analyser leur poids : leader ? challenger ? suiveur ? ◗ S'informer en permanence des prix appliqués par ses concurrents grâce aux outils suivants : relevés de prix, sites internet comparateurs de prix, panels, client mystère
La demande (ci-dessous)	◗ Analyser l'évolution du comportement du consommateur ◗ Prendre en compte l'effet psychologique du prix (prix d'acceptabilité, élasticité, valeur perçue)
L'environnement	◗ Tenir compte de la législation ◗ Respecter l'interdiction de certaines pratiques de vente : - prix imposé par le fabricant à ses revendeurs (mais le prix de vente maximum conseillé est autorisé dans la mesure où le revendeur peut ne pas l'appliquer) ; - entente sur les prix ; - prix de prédation = interdiction de vendre à perte dans le but d'éliminer les concurrents ; - tarification mensongère = le vendeur annonce des prix ou des réductions qui induisent le client en erreur ou qui ne reflètent pas la réalité (exemple : affichage d'un prix « normal » artificiellement gonflé pour vendre « en promotion » au tarif appliqué la veille)

La contrainte liée à la **demande** nécessite l'analyse de différents facteurs pour fixer le prix.

a L'évolution du comportement du consommateur

Le consommateur est devenu **de plus en plus exigeant en matière de qualité** (voir chap. 1). Parallèlement, il est **hypersensible au prix**, aux promotions. Il compare en permanence les offres des différents prestataires.

b Le prix psychologique – prix d'acceptabilité

■ Pour déterminer le prix psychologique, une enquête est réalisée. Elle repose sur le principe que le consommateur associe, lorsqu'il ne dispose pas d'autres informations sur le produit, le prix et la qualité.

■ Le prix psychologique est le **prix optimum** situé entre 2 limites :
– si le prix est fixé en dessous d'un certain seuil, le consommateur met en doute la qualité du produit ;
– si le prix est trop élevé, il représente une dépense excessive pour le consommateur eu égard à la qualité proposée.

 # doc
Méthodologie : calcul et analyse du prix psychologique
foucherconnect.fr/23terstmg60

c L'élasticité

L'élasticité (E) exprime l'impact d'une modification de prix (P) d'un produit/marque sur la demande (D) de ce produit/marque.

 # doc
Méthodologie : la fixation du prix en fonction de l'élasticité
foucherconnect.fr/23terstmg61

d La valeur = le prix cible = le *target costing*

Cette méthode prend, pour point de départ, le client.

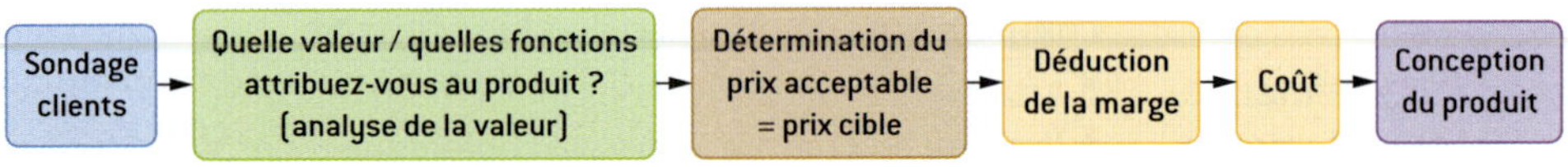

REMARQUE

Tout bien a une **valeur d'usage** (exemple : un sac utilisé pour transporter des biens personnels) et une **valeur symbolique** (exemple : un Tote bag en denim de la marque Carhartt à 95 €, produit plébiscité par les bobos parisiens issus d'une certaine classe sociale). L'adolescent portant ce sac Carhartt donnera l'illusion éphémère d'être à la mode. Dans ce cas, n'est-il pas plus raisonnable d'acheter un sac en cuir (durable) sans marque, réalisé par un artisan, plutôt que ce sac en tissu ?

C Les contraintes internes

a Les coûts

INFO

Ces notions ont été étudiées en 1re dans le programme de Sciences de gestion et numérique.

■ La prise en compte des coûts (production, distribution) dans la fixation du prix est fondamentale puisque :
- la vente à perte est interdite ;
- toute organisation doit, pour être pérenne, demeurer rentable.

■ Dans cette méthode, le point de départ est l'organisation. Le processus de fixation du prix est schématisé ci-dessous.

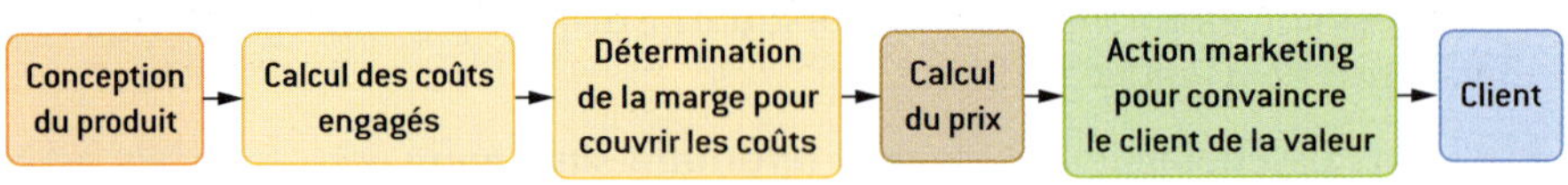

b Le cycle de vie du produit

Selon la phase dans laquelle se situe le produit, le prix varie.

Phase du cycle	Décisions en matière de prix
Lancement	**Prix élevé** : l'organisation, en situation de monopole, peut pratiquer un prix élevé générateur de marge. Avantage : amortir les frais de conception et de lancement du produit
Croissance	**Prix élevé mais en baisse** : l'organisation doit trouver le plus grand nombre d'acheteurs possibles alors que les produits concurrents apparaissent
Maturité	**Prix adapté en fonction de la situation et du comportement des principaux concurrents** : l'objectif est de garder, voire de développer, sa part de marché
Déclin	**Baisse des prix** : promotion par le prix pour relancer le produit ou pour liquider « les stocks » si l'abandon du produit est envisagé

c Le positionnement

Le prix est en rapport avec la qualité réelle du produit mais aussi avec celle perçue par le consommateur : si le produit est considéré comme luxueux, son prix devra être élevé afin de défendre une **image de marque**.

3 Le choix d'une stratégie de prix

Une fois les contraintes analysées et prises en compte, l'organisation choisit une **stratégie de prix**. Mais, dans un contexte de concurrence croissante, les organisations peuvent la modifier et utiliser des techniques de réduction de prix.

A Les stratégies de prix

Une organisation peut combiner plusieurs stratégies de prix si elle possède, par exemple, des marques au positionnement différent.

a La pénétration, stratégie de domination par les coûts

C'est une **politique de prix bas** utilisée par une organisation qui souhaite conquérir une large part de marché avec une diffusion du produit la plus rapide possible.

EXEMPLE : un vol Ryanair.

Intérêts	Limites
▸ Décourager les concurrents potentiels ▸ Séduire le plus rapidement possible le marché ▸ Diminuer les coûts grâce à l'importance du volume des ventes ; c'est ce qui permet à l'entreprise de baisser encore ses prix	Risquer d'associer la marque à un niveau de qualité bas

b L'écrémage, prix de prestige

C'est une **politique de prix élevé** afin de cibler une clientèle limitée, peu sensible au prix.

EXEMPLE : le casque Beoplay H93rd (500 €), positionné haut de gamme, propose des performances techniques : réduction active du bruit, longue autonomie (25 heures).

Intérêts	Limites
◗ Forte rentabilité ◗ Image de marque : qualité du produit renforcée ◗ Possibilité de vendre des produits moins chers dans la gamme de l'organisation (le revenu généré par la vente des super sièges d'un théâtre à des prix premium aide ensuite à subventionner les sièges moins chers beaucoup moins bien placés dans la salle du théâtre)	◗ Le développement des ventes est lent ◗ Le prix élevé peut attirer les concurrents

c L'alignement

Une organisation ne possédant pas le leadership aligne ses prix sur ceux de la concurrence ou du leader.

EXEMPLE : Kyriad propose un prix d'appel de ses chambres à 45 € ; Première Classe Hôtels à 46 €.

Intérêt	Limite
Évite parfois la guerre des prix	Oblige à se démarquer sur d'autres aspects du plan de marchéage

d Les prix différenciés ou *yield management* ou management du revenu

L'objectif est de maximiser le CA en jouant sur les variables prix et le coefficient d'occupation (chambres ; sièges d'avion, de train ; places de spectacle, etc.) à l'aide d'une **politique de tarification différenciée et dynamique**.

 # vidéo
Le *yield management* à la SNCF
foucherconnect.fr/23terstmg62

EXEMPLE : un billet SNCF.

Intérêts	Limites
◗ Meilleure performance de l'entreprise ◗ Élargissement de la gamme tarifaire pour les clients ◗ Lutte contre la concurrence	Risque que les clients ne comprennent pas cette variation de prix

À SAVOIR

Cette politique s'oppose au prix unique consistant à proposer à un moment précis à tout consommateur un prix unique pour un produit déterminé.

B Les réductions de prix

a Les objectifs et les limites

■ Les techniques de réduction de prix permettent :
- d'**accroître le chiffre d'affaires** : conquête et fidélisation de consommateurs ; achats d'impulsion ;
- de **lutter contre la concurrence** ;
- d'**accroître la visibilité** : moyen de communication hors média (la promotion par le prix) ;
- d'**améliorer la situation financière** : favoriser le « déstockage » ; optimiser la trésorerie.

■ Cependant, elles comportent des **limites** :
- **la notion de « prix sacrifiés » nuit à l'image** ;
- le **risque de confusion** peut émerger chez les consommateurs dans le cas où un même produit est proposé sur de nombreux sites, à la même période et à des prix différents. EXEMPLE : une maison en location saisonnière est proposée par les propriétaires *via* Le Bon Coin, les sites web d'un office de tourisme, une agence immobilière ;
- une **guerre des prix** peut s'enclencher entre les concurrents ;
- **le consommateur risque de s'habituer à un système de réduction permanente** : bénéficiant en permanence de prix cassés, il peut ne plus vouloir acheter au prix de base.

b Quelques techniques

REMARQUE
Seuls quelques exemples sont fournis : ces techniques évoluent et varient en fonction du secteur d'activité auquel appartient l'organisation. Aujourd'hui, face à l'inflation, de nouvelles opérations commerciales sont mises en place.

■ La **gratuité** peut prendre deux formes différentes :
- la **gratuité sans aucune contrepartie financière**. EXEMPLE : Gillette, en offrant ses rasoirs et en faisant payer ses lames, a été l'une des marques pionnières dans ce domaine ;
- le **modèle freemium** qui consiste à proposer une version gratuite grand public couplée avec une version payante. EXEMPLES : les musiques offertes en ligne, les cours en ligne gratuits sous forme de MOOC.

■ L'***every day low price*** **(EDLP)** est une stratégie par laquelle un distributeur ou un fabricant décide de limiter ou supprimer le recours aux promotions ou réductions de prix et de pratiquer des prix revendiqués comme bas tous les jours de l'année. La politique de prix EDLP a notamment été revendiquée par Walmart en collaboration avec Procter & Gamble aux États-Unis.

 # vidéo
Supermarchés : face à la flambée des prix, un « trimestre anti-inflation »
foucherconnect.fr/23terstmg103

 # outil
Développez votre esprit critique
foucherconnect.fr/23terstmg63

EXEMPLES : Castorama décide d'arrêter les promotions pour proposer désormais des prix bas stables toute l'année ; Leclerc dans l'alimentaire.

■ **Le prix aux enchères**. Cette technique est utilisée par les sites internet. Le site de prix aux enchères laisse aux intervenants (acheteurs et vendeurs) la liberté de fixer les prix qu'ils souhaitent et prélèvent une commission sur les transactions effectuées. Il existe différentes sortes d'enchères ayant chacune leur mécanisme : les enchères anglaises (exemple : loisir-sencheres.com), hollandaises, inversées, à l'aveugle.

EXEMPLE : dans les enchères inversées, un acheteur fait connaître son besoin, les vendeurs font une offre revue à la baisse jusqu'à ce que personne n'enchérisse à un prix plus bas.

■ **La promotion**. C'est une baisse provisoire du prix pour augmenter les ventes à court terme.

■ **Les soldes**. C'est une technique qui consiste à proposer certains produits, ou l'ensemble des produits d'un point de vente, avec une réduction de prix, pendant une période déterminée. Chaque produit doit comporter une indication sur le prix avant et après solde. La réglementation encadre cette pratique et en fixe la durée et le calendrier.

■ **Le prix forfaitaire, l'offre groupée ou le *bundling***. C'est une proposition dans un même lot de produits ou de services différents ou complémentaires pour un prix inférieur à la somme de leurs prix respectifs.

EXEMPLE : SNCF propose une offre hébergement + trajet en train + location de voiture.

4 La distribution de l'offre : peut-on se passer d'intermédiaires ?

La distribution de l'offre a fortement évolué ces dernières années. Le développement des technologies et la modification des attentes du consommateur ont fait émerger de nouvelles formes de distribution, plus solidaires, plus directes, respectant davantage la philosophie du développement durable. Mais est-il possible de consommer en l'absence totale d'intermédiaires ?

1 La distribution

A L'organisation de la distribution

■ **La politique de distribution** :
- elle consiste à acheminer un produit, du producteur ou du distributeur au consommateur final ;
- elle impose d'opter pour des canaux de distribution ;
- elle doit être cohérente avec les autres éléments du mix. Ainsi, un produit haut de gamme vendu très cher sera distribué de manière exclusive ou sélective.

■ **Le canal de distribution** : c'est la matérialisation du chemin suivi par un produit, de son producteur au consommateur.

■ **Le circuit de distribution** : c'est l'ensemble des canaux de distribution impliqués dans le processus de commercialisation (du producteur au consommateur) d'un produit.

REMARQUE
Une organisation peut **combiner le circuit indirect** et le **circuit direct** pour la distribution de son service. Il utilise alors un circuit mixte.

■ **Le réseau de distribution** : c'est l'ensemble des distributeurs permettant d'acheminer les produits du producteur aux consommateurs. On distingue 2 formes :
- le réseau de **distribution externe**, composé des points de vente ou commerciaux qui ne sont pas directement contrôlés par l'entreprise (distributeurs/revendeurs, points de vente indépendants, etc.) ;
- le réseau de **distribution interne**, directement contrôlé par l'entreprise (exemple : l'enseigne Zara appartenant au groupe textile Inditex).

B Les dimensions d'un circuit de distribution

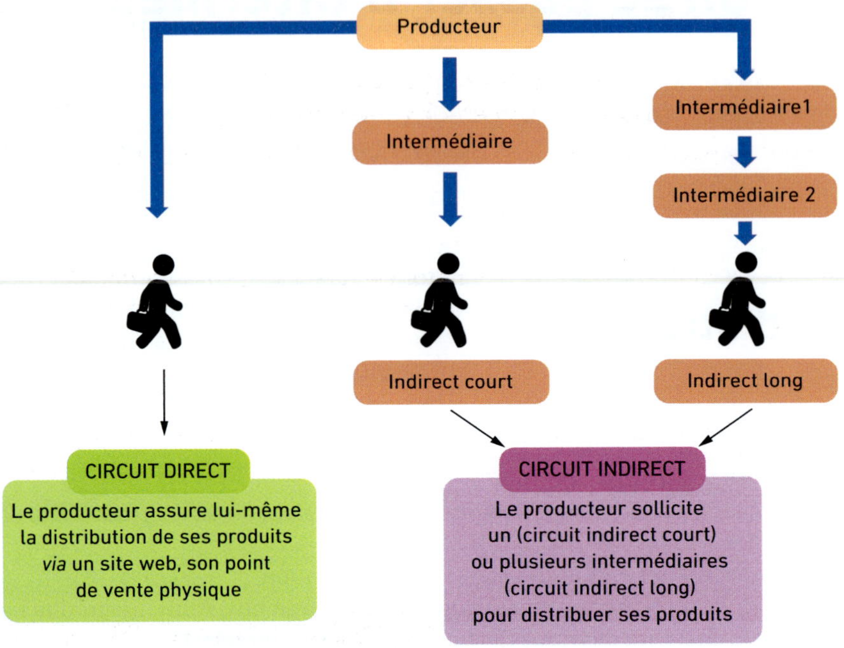

<table>
<tr><th></th><th colspan="2">Circuit indirect</th></tr>
<tr><th></th><th>Court</th><th>Long</th></tr>
<tr><td rowspan="2">Avantages</td><td>◗ Assez bon contact avec la clientèle et le marché, même si la relation n'est plus privilégiée comme dans le circuit direct
◗ Couverture géographique élargie</td><td>◗ Bonne diffusion géographique</td></tr>
<tr><td colspan="2">◗ Utilisation de la compétence du distributeur
◗ Bénéfice de l'image du distributeur
◗ Focalisation du producteur sur son métier
◗ Pas de force de vente propre à déployer</td></tr>
<tr><td rowspan="2">Inconvénients</td><td>◗ Coût de rémunération des intermédiaires
◗ Moins bonne maîtrise de la politique commerciale (dépendance des distributeurs) ; risque de conflits</td><td>◗ Perte de contact avec la clientèle finale et le marché
◗ Coûts de distribution très élevés (multiplication des intermédiaires)
◗ Risque de conflits entre les intermédiaires</td></tr>
<tr><td colspan="2">◗ Politique inadaptée dans une approche marketing one to one
◗ Les distributeurs connaissent moins bien les produits (expertise moins grande)
◗ Mise en concurrence entre les produits de différents offreurs</td></tr>
</table>

2 Les stratégies de distribution

Le producteur choisit – pour distribuer ses produits – une ou plusieurs stratégies de distribution : exclusive, sélective, intensive.

Stratégie	Principe	Avantages	Limites
Distribution intensive Exemple : Coca-Cola	Distribution dans un maximum de points de vente	◗ Couverture géographique importante ◗ Diffusion et notoriété rapides du produit ◗ Hausse rapide des ventes	◗ Effort du distributeur peut-être limité car le produit est vendu par ses concurrents ◗ Formation et stimulation des distributeurs nécessaires ◗ Difficulté pour créer une image homogène du produit ◗ Coût de distribution élevé (rémunération des distributeurs + force de vente qui visite les distributeurs)
Distribution sélective Exemple : les montres Ice Watch	Sélection des points de vente selon des critères d'image, de taille, d'accueil, de compétence, de conseils, de services proposés à la clientèle	◗ Contrôle qualitatif des points de vente : meilleure ◗ Formation/information des distributeurs ◗ Meilleure maîtrise de l'image des produits	Couverture limitée du marché
Distribution exclusive Exemple : le prêt-à-porter Zara	Distribution *via* son propre réseau ou recours à une seule catégorie de distributeurs qui référencent exclusivement son produit	◗ Renforcement de l'image de marque ◗ Excellent contrôle de la commercialisation ◗ Investissement allégé pour le producteur : effectif de la force de vente limité, frais de transport et de logistique réduits	◗ Faible couverture du marché ◗ Notoriété réduite

 # Exo corrigé
Entraînez-vous !
foucherconnect.fr/23terstmg64

3 Des relations de complémentarité entre producteurs et distributeurs

Historiquement, les relations producteurs-distributeurs relevaient d'une **dépendance**. Afin de répondre aux exigences actuelles, ces acteurs doivent aujourd'hui collaborer afin d'apporter une **réponse optimale au consommateur (ROC)** (*Efficient Consumer Response* (ECR), en anglais).

A La réponse optimale au client (ROC)

■ Elle se définit comme l'ensemble des initiatives conjointes industrie-commerce destinées à **mieux organiser l'ensemble de la chaîne de commercialisation et d'approvisionnement**, en rendant les systèmes d'échange plus efficients, moins coûteux et plus réactifs aux attentes des consommateurs.

■ Deux outils sont utilisés pour développer la ROC :
– le ***category management*** : c'est une méthode d'optimisation des ventes d'une catégorie de produits menée en général conjointement par une enseigne et un ou plusieurs fabricants industriels ;

EXEMPLE : Cook n'merch, la solution merchandising du groupe SEB, qui réorganise, en France, le rayon en fonction du degré d'expertise du client en cuisine.

– l'**échange de données informatisées (EDI)** : ce système électronique de gestion et de télétransmission de l'information sans papier permet de rationaliser la gestion des flux, en améliorant notamment la logistique.

 # vidéo
Cook n'merch, la solution merchandising du groupe SEB en France
foucherconnect.fr/23terstmg65

B Les accords de coopération commerciale

L'accord de coopération est conclu entre un distributeur et un fournisseur. Le distributeur s'engage à délivrer au fournisseur un certain nombre de services spécifiques, destinés à **favoriser la commercialisation des produits** de celui-ci au moment de leur revente aux consommateurs.

EXEMPLES
• Convenir de l'implantation des produits dans les rayons.
• Mener des actions de nature à stimuler, au bénéfice du fournisseur, la revente de ses produits au consommateur *via* la publicité sur les lieux de vente, l'attribution de têtes de gondole ou d'emplacements privilégiés.

4 Une évolution du rapport de force entre producteurs et distributeurs

La digitalisation a modifié les missions des producteurs et distributeurs (convergence des métiers) et a entraîné l'arrivée de nouveaux acteurs sur le marché de la distribution. Ces bouleversements ont transformé le rapport de force entre offreurs et distributeurs.

A Une entrée dans l'ère de la digitalisation

■ Le manque de réactivité de certaines organisations pour s'adapter à l'**ère de la digitalisation** a décimé des pans entiers d'industrie. Ainsi, Apple, avec iTunes puis le streaming, a fait disparaître les disquaires. De même, Amazon a entraîné la fermeture de bon nombre de libraires et s'attaque maintenant à la grande distribution.

■ On assiste donc à une **désintermédiation** (l'intermédiaire disparaît comme les disquaires…) et à une **réintermédiation** (un nouvel intermédiaire vient s'insérer dans une chaîne de valeur comme Booking qui met en relation directe hébergeurs et clients…).

a Une désintermédiation

La désintermédiation est un phénomène économique et commercial qui se traduit par la **réduction ou la suppression des intermédiaires dans un circuit de distribution**.

EXEMPLE

La vente en ligne de billets d'avion directement par les compagnies aériennes provoque un phénomène de désintermédiation au détriment des agences de voyages traditionnelles.

■ Si le producteur opte pour une **désintermédiation totale**, il vend directement au consommateur : ce choix lui permet d'**augmenter ses marges** et/ou de **baisser ses prix**, de **maîtriser sa politique de distribution** et de **renforcer son image**.

■ Aujourd'hui, les producteurs cherchent à toucher leur cible directement *via* Internet et, de plus en plus, *via* les mobiles. Ils varient les **modes de commercialisation** de leurs produits afin d'attirer le maximum de prospects. Ils adoptent une stratégie :
- **multicanal** : recours à plusieurs canaux (physiques/virtuels) de distribution en parallèle pour élargir le potentiel de clients et s'adapter à leurs attentes ;
- **omnicanal** : utilisation de **tous** les canaux de contact et de vente entre l'entreprise et le client ;
- **crosscanal** : fonctionnement des différents canaux ensemble (exemple : un prospect consulte le site booking.com ; il se rend en agence de voyages pour obtenir des informations ; il réserve finalement son hébergement sur le site de l'hôtel).

INFO

Voir chapitre 5 Le consommateur dicte-t-il les choix de distribution ?

b Une réintermédiation

■ La réintermédiation est la **création d'une nouvelle catégorie d'intermédiaires**.

■ Ainsi, la « **plateformisation** » s'est développée : face à la profusion quasi infinie de l'offre sur Internet, dans laquelle il est nécessaire de pouvoir s'orienter, les plateformes sont, aujourd'hui, le point de passage presque obligé d'activités ou de services. Par exemple, l'hébergement ou la musique ont basculé d'une **relation directe ou parfois intermédiée par des acteurs traditionnels** à une **distribution indirecte** *via* **des plateformes** de l'ère internet.

EXEMPLE : les GAFAM (Google, Apple, Facebook, Amazon et Microsoft) développent leurs propres plateformes et applications.

 # vidéo

Qui sont les GAFAM ? Enjeux et problématiques de l'ogre du XXIe siècle

foucherconnect.fr/23terstmg66

B Une résistance des distributeurs et des consommateurs

■ Face à ce phénomène de réintermédiation, certains acteurs de la distribution « réinventent », relookent la distribution classique (voir chapitre 5).

EXEMPLE

Les libraires réaménagent leurs boutiques, créent des événements. Les librairies indépendantes de plusieurs régions se sont rassemblées sur des portails en ligne pour permettre aux clients de trouver les livres de leur choix plus rapidement. Elles facilitent la géolocalisation des livres en indiquant la librairie indépendante la plus proche.

Librairie chinoise de la province de Shaanxi

■ De même, une partie des consommateurs choisit de s'écarter de ces modes de distribution (désintermédiée/réintermédiée) pour privilégier une **distribution collaborative** (voir chapitre 5).

5 Le consommateur dicte-t-il les choix de distribution ?

Le parcours client se complexifie avec la multiplication des possibilités de distribution : achat en ligne (directement auprès du producteur, indirectement auprès de plateformes), achat en point de vente physique, achat en C2C... Les acteurs doivent s'adapter et proposer des formes de distribution différenciantes et conformes aux attentes actuelles des clients.

1 Une remise en cause de la distribution par le consommateur

- Historiquement créée pour **développer la consommation de masse** et proposer des produits à des prix moins chers que le commerce traditionnel, les consommateurs ont pris conscience que la grande distribution adoptait parfois des **pratiques abusives** voire **illégales**.

EXEMPLES

Quelques pratiques douteuses observées parfois dans la grande distribution :
- contournement de la loi française en imposant à ses fournisseurs des baisses de tarifs très importantes, sans aucune contrepartie, *via* une centrale d'achat implantée en Belgique ;
- demande de ristourne sans véritable contrepartie aux producteurs de fruits et légumes ni même d'engagement d'achat ou de contrat écrit ;
- revente à perte (paiement d'une amende par Intermarché de 375 000 € pour avoir commercialisé des pots de Nutella de 950 grammes à 1,41 €, soit une ristourne de 70 %.).

 # presse

Nutella : Intermarché a payé une amende de 375 000 euros pour sa « méga-promo »

foucherconnect.fr/23terstmg67

- En outre, la **course à la taille critique** face à une mondialisation croissante oblige ce secteur à s'engager dans des **stratégies de concentration**.

- Face à ces géants et au développement de la **distribution *online***, le client modifie son parcours d'achat.

RAPPEL

Taille critique : taille que cherche à atteindre une entreprise et qui constitue un palier au-delà duquel elle pense pouvoir améliorer sa compétitivité.

– le **design commercial** : c'est l'art ou le processus de conception d'espaces (aménagement commercial, éclairage, design sonore, design olfactif). Un espace de vente nécessite un aménagement bien particulier, qui dépend de la marque, de son identité et des usagers amenés à arpenter cet espace (voir chapitre 2).

 # vidéo
Lego : stratégie marketing, points de vente et PLV phygitales
foucherconnect.fr/23terstmg73

Exemple d'enseigne qui utilise le design commercial

■ Enfin, certaines enseignes innovent en créant des points de vente en **collaboration avec des grands groupes producteurs**. Ainsi, Casino a ouvert à Paris, en partenariat avec l'Oréal, un concept mixant beauté, soins et plaisirs du quotidien des urbains, le **drugstore parisien**.

Le drugstore parisien

C De nouvelles formes de distribution

a Le circuit court

■ Dans ce circuit intervient **au maximum un intermédiaire** entre le **producteur** et le **consommateur**.

À SAVOIR
La France dispose d'une définition officielle pour les produits agricoles. Selon le ministère de l'Alimentation et de l'Agriculture, est considéré comme « un circuit court un mode de commercialisation des produits agricoles qui s'exerce soit par la vente directe du producteur au consommateur, soit par la vente indirecte, à condition qu'il n'y ait qu'un seul intermédiaire ».

■ Un circuit court est souvent considéré comme assurant de **meilleurs prix de vente** et/ou une **meilleure marge**.

■ Les associations pour le maintien d'une agriculture paysanne (AMAP) sont destinées à **favoriser l'agriculture paysanne et biologique** qui a du mal à subsister face à l'agro-industrie. Le principe est de créer un **lien direct entre paysans et consommateurs**, qui s'engagent à acheter la production des premiers, à un prix équitable et en payant par avance.

 # exemple

Court Circuit permet d'acheter des produits locaux en drive fermier

foucherconnect.fr/23terstmg74

■ Une AMAP naît en général de la rencontre d'un **groupe de consommateurs et de paysans** (ou artisans transformateurs). Ils établissent un contrat dans lequel, ensemble, ils définissent la diversité et la quantité de denrées à produire pour la saison. Pendant la saison, et ce de manière périodique (une fois par semaine par exemple), le paysan met les produits frais à disposition des partenaires (en général, les fruits et légumes sont récoltés le matin même de la distribution).

■ Contrairement à la grande distribution, les consommateurs en AMAP accordent moins d'importance à la standardisation des aliments. Tout ce qui est produit est consommé (alors que, dans d'autres cas, ce peut être jusqu'à 60 % de la récolte qui reste dans les champs).

b La distribution collaborative

■ Elle consiste à créer un **nouveau canal de distribution** entre les distributeurs et les consommateurs finaux, basé sur le principe de l'**économie collaborative**.

■ Utilisant le modèle C to C, les consommateurs prennent le rôle de distributeur en assurant la distribution des produits ou des services pour le compte d'autres utilisateurs.

■ Deux exemples sont présentés ici : la **livraison collaborative** et le **supermarché collaboratif**.

EXEMPLE 1 : Shopopop, la livraison collaborative

Comment ça marche ?

Je veux me faire livrer

1. J'effectue une commande sur un site partenaire
2. Je crée une annonce avec mes informations de livraison
3. Un particulier est informé et vient me livrer directement chez moi

Faites-vous livrer !

Je veux livrer mon voisin

1. Je télécharge l'application disponible sur Android et IOS
2. Je crée mon compte
3. Je sélectionne une livraison autour de chez moi, récupère la commande au point de retrait, puis je livre mon voisin

Devenez Shopper !

Les avantages à devenir Shopper

PROXIMITÉ	LIBERTÉ	BÉNÉFICES	TENDANCE
Pouvoir rendre service quand je le souhaite en fonction de mes déplacements (à pied, à vélo, en voiture, etc.)	Pas besoin de statut d'auto-entrepreneur ni de contrat pour être livreur, je pratique l'économie	Je gagne 5 € minimum pour chaque livraison effectuée	Shopopop, c'est le BlaBlaCar de la livraison en ville

EXEMPLE 2 : les supermarchés collaboratifs

■ Les premiers à s'être lancés dans cette aventure collaborative sont les fondateurs du supermarché Park Slope Food Coop, dans le quartier de Brooklyn à New York, en 1973.

■ La Louve est le premier supermarché collaboratif à avoir ouvert ses portes en France, fin 2016, à Paris. Les membres doivent acheter des parts sociales et travailler quelques heures bénévolement dans le magasin pour pouvoir y effectuer leurs courses. Ce lieu propose des produits de qualité à moindre coût et constitue donc une alternative à l'hyperconsommation.

 # presse
Supermarchés coopératifs : anatomie d'un modèle à part
foucherconnect.fr/23terstmg75

 # vidéo
La Louve
foucherconnect.fr/23terstmg76

6 Les technologies numériques, une autre manière de penser la distribution ?

Afin de lutter contre une concentration croissante du secteur et de réagir au développement de la distribution collaborative, la grande distribution doit améliorer la chaîne de valeur. Il est impératif qu'elle mette l'accent sur la transformation numérique de son concept.

1 La digitalisation des unités commerciales

A Des technologies toujours plus innovantes

- L'utilisation de services digitaux, notamment *via* l'application client, est multipliée afin de **personnaliser « l'expérience » en magasin**.
- Le secteur de la grande distribution envisage, très prochainement, de mettre en place des cabines d'essayage connectées, un bracelet pour détecter les émotions, un concept store de luxe pour vendre des produits du quotidien…
- Aujourd'hui, de nombreuses techniques sont déjà utilisées pour améliorer l'expérience client, pour développer la connaissance des clients par l'enseigne.

B L'amélioration de l'expérience client

Pour atteindre cet objectif, les enseignes françaises développent de nouveaux services et concepts ; elles s'associent même parfois avec des géants américains.

a Des innovations

Des sociétés multinationales proposent de nombreuses innovations de la plus simple à la plus complexe :
- le **paiement direct *via* une application à télécharger** (Monoprix, Casino) ;
- un **écran affichant parfois des promotions à l'entrée du magasin**, les produits du jour du stand fromager ou charcuterie ;
- un **QR Code à scanner**, qui, *via* un écran d'accueil, indique aux clients le **plan du magasin et l'emplacement des produits recherchés** (Ecran Max dans le concept store de la marque Casino, situé non loin des Champs-Élysées à Paris) ;
- un onglet de **réalité augmentée** dans l'application d'une enseigne (projet à l'étude) pour aider le consommateur dans l'achat de ses produits en fonction de ses préférences de consommation. Après avoir renseigné ses préférences (vegan ? bio ? local ? allergies ?), des pictogrammes apparaissent sur l'écran quand le consommateur pointe la caméra sur un produit : un drapeau français apparaît si l'aliment est produit en France, une croix rouge si vos allergies vous empêchent d'en consommer, etc. ;

 # presse
Article et vidéo sur le supermarché de demain
foucherconnect.fr/23terstmg77

– une **étiquette qui s'allume** lorsque le client passe à côté d'un produit qu'il a préalablement ajouté à sa « *wishlist* » et un **écran qui affiche la décomposition du prix du produit** (matière première, transport, marge du magasin, etc.). Cette innovation a été développée par la multinationale canadienne CGI, spécialisée en technologie de l'information pour les enseignes voulant faire preuve de transparence et améliorer le confort client ;
– le **smartphygital** (*smart* pour « intelligent » + contraction de physique et digital). Ce concept est proposé par les commerces traditionnels et permet d'introduire dans les boutiques des **activités numériques venues du cybercommerce** et souhaitées par les clients (voir enquête ci-dessous) : des services de haute qualité (meilleures informations sur les produits, wifi gratuit, systèmes de divertissement et d'information en magasin, promotions de prix plus fréquentes et utilisation de caisses enregistreuses mobiles).

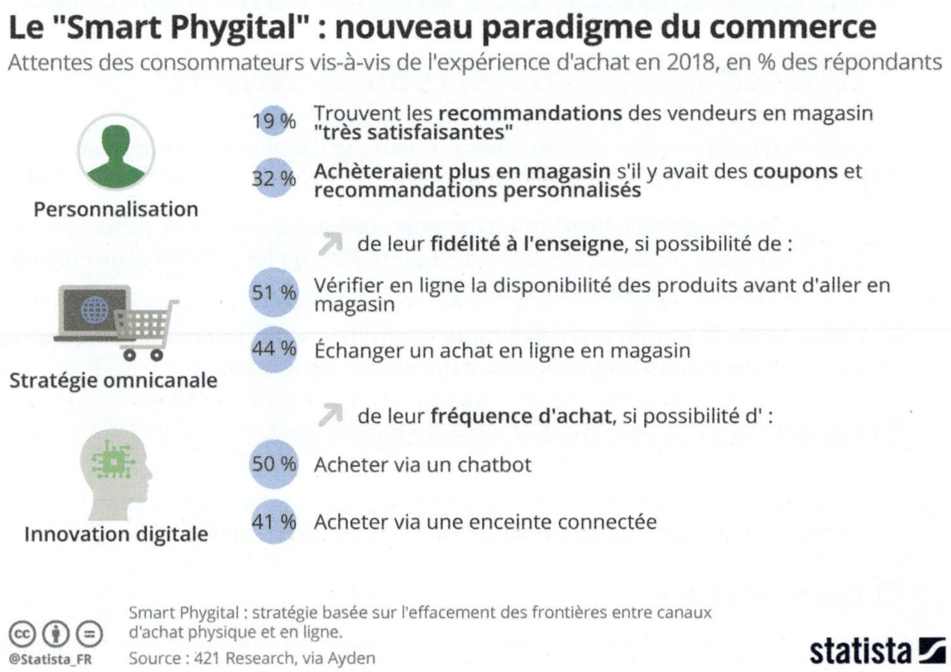

© Statista

EXEMPLE
Séphora, dans ses nouveaux points de vente Sephora Flash, crée le lien entre le physique et le digital-in-store.

 # vidéo
Le concept de Sephora Flash
foucherconnect.fr/23terstmg78

b Des partenariats avec les GAFAM

Les enseignes françaises se rapprochent de géants américains afin d'**améliorer l'expérience client** :
– Carrefour et Google veulent proposer une **nouvelle expérience d'achat aux clients** : les utilisateurs français pourront effectuer leurs courses – dont les achats alimentaires – que ce soit *via* l'enceinte connectée Google Home, ou *via* l'Assistant Google depuis leur téléphone portable, ou enfin sur le web *via* la nouvelle interface du site **Google Shopping** en France, et ainsi se faire livrer à domicile ou récupérer les marchandises en magasin ;
– le groupe Monoprix a scellé une **alliance** de ses magasins Monoprix avec Amazon. Certains des produits de l'enseigne française (Monoprix Gourmet ou Monoprix Bio) sont commercialisés sur la plateforme du géant américain et proposés à ses clients Amazon Prime Now, qui comprend une livraison en moins de deux heures à Paris et proche banlieue.

 # presse
Amazon Prime Now livre aussi les courses en deux heures à Lyon
foucherconnect.fr/23terstmg79

C L'amélioration de la connaissance client

La technologie permet de **qualifier la base de données commerciale** et d'**affiner la proposition client** :
– une application permet aux vendeurs, directement sur leur tablette, d'**avoir accès à un historique d'achat** à partir d'un compte client. Ce dernier peut alors être approché avec des suggestions personnalisées, recommandées par une analyse automatique. **EXEMPLE** : si quelqu'un achète un ordinateur dans un hypermarché et si l'on sait qu'il s'agit d'un « *gamer* », le vendeur lui proposera un clavier plus performant ;
– l'**analyse faciale,** possible grâce à un logiciel intelligent, détecte votre genre ainsi que votre tranche d'âge. Plus surprenant, l'humeur du client est même évaluée à travers un pourcentage (heureux, triste, surpris ou en colère).

EXEMPLES

- Ce type de technologie est déjà testé sur les portes en verre réfrigérées de certains magasins pilotes de la chaîne américaine Kroger. Il permet, par exemple, de mesurer la sensibilité des clients à certaines promotions.
- Au Japon, la chaîne de magasins Trial utilise des caméras intelligentes de Panasonic pour étudier les profils des clients. En fin de journée, la direction du magasin dispose de la répartition des visiteurs par tranches d'âge et par sexe. Des informations bien utiles aux campagnes marketing en direction des détenteurs de carte de fidélité ou de compte client.
- En Chine, la reconnaissance faciale est utilisée pour sécuriser le paiement dans plusieurs supermarchés, y compris dans les enseignes Carrefour.

À SAVOIR

La limite de ces technologies est le respect de la vie privée et de la législation. En Europe, le règlement général sur la protection des données personnelles (RGPD) oblige les enseignes « à demander un consentement libre, spécifique, éclairé et univoque au titulaire d'un compte client avant que ses données soient collectées ».

2 Les formats de distribution repensés

■ Les enseignes envisagent une transformation totale de leur concept de commerce de proximité. Ainsi, Casino a ouvert à Paris un concept store présentant ce que pourrait être le concept de demain, **Le 4 Casino**, qui concilie le **digital**, le **physique**, l'**expérience d'achat** et le **lieu de vie** :
- une ouverture 24 heures/24 ;
- un espace de vie mixant lieu de travail (espace de coworking), de restauration, d'achat de produits du quotidien (alimentaires ou non) ;
- un mur de spiritueux connecté ;
- des technologies au service de l'accueil d'une clientèle internationale (paiement par Alipay ou Wechat Pay pour la clientèle chinoise).

 # vidéo
Le supermarché du futur inauguré à Paris
foucherconnect.fr/23terstmg80

■ D'autres développent le système de **supérettes autonomes** à l'instar d'Amazon : après avoir utilisé l'application mobile du groupe pour entrer dans le magasin, le client remplit son caddie comme dans n'importe quel supermarché, puis peut partir sans avoir à passer à la caisse. Ce concept emploie le même type de technologies que celles utilisées dans les voitures autonomes, à savoir des capteurs combinés à de l'intelligence artificielle permettant aux ordinateurs de « voir » et d'apprendre. Ces technologies détectent automatiquement quand les produits sont pris ou remis dans les rayons, et en gardent la trace dans un panier virtuel. Lorsque les courses sont finies, le client peut quitter le magasin. Peu après, les courses sont facturées sur son compte Amazon.

 # vidéo
Boutique Amazon Go, sans caisse ni file d'attente
foucherconnect.fr/23terstmg81

7 Communiquer : quelle visibilité et quels médias pour valoriser l'offre ?

La communication commerciale d'une organisation a pour objectif de créer et de maintenir une relation avec ses clients. Elle doit être en cohérence avec les autres éléments du plan de marchéage et convaincre durablement sa cible. Cependant, la communication numérique, utilisée de manière croissante, bouleverse les stratégies de communication des organisations.

1 Comment procéder pour communiquer efficacement ?

Il convient de respecter plusieurs étapes.

A Déterminer la cible et l'objectif

■ La **cible** est constituée de l'ensemble des individus et des organisations vers lesquels l'organisation souhaite communiquer. Elle peut être :
- **interne** : les salariés ;
- **externe** : les clients potentiels et actuels, les leaders d'opinion, les partenaires (financiers, commerciaux), les journalistes.

■ Les **objectifs** d'une communication peuvent être de :
- **faire connaître l'offre et l'organisation** afin de la positionner, d'informer les consommateurs potentiels et d'améliorer la notoriété ;
- **faire aimer** : créer une attirance et une préférence pour l'offre par rapport aux offres concurrentes ;
- **faire agir** : acheter l'offre ; jouer le rôle d'ambassadeur.

B Préparer le message et établir le *mix communication*

■ La conception du message dépend de la cible choisie et de l'objectif.

■ La méthode **AIDA** est utilisée pour créer le message : attirer l'**A**ttention, susciter l'**I**ntérêt, puis le **D**ésir, et enfin faire que la cible **A**gisse.

■ Plusieurs moyens de communication sont utilisés de manière concomitante par l'organisation. Ils relèvent de la **communication média** ou **hors média**. La combinaison de ces moyens de communication s'appelle le ***mix communication***.

À SAVOIR

La stratégie de communication dépend du budget alloué par l'organisation. Celle-ci peut utiliser différentes techniques pour le fixer :
- calcul du budget en dédiant un % de ses ventes ;
- alignement du budget à celui des concurrents ;
- adaptation du budget en fonction des ressources disponibles, parfois limitées.

C Tester le message

Tester le message auprès d'un groupe d'individus permet de s'assurer qu'il **atteint la cible et l'objectif fixé** : attention, compréhension, mémorisation.

D Communiquer et évaluer l'efficacité

Il est difficile d'évaluer l'efficacité d'une campagne de communication. En effet, la corrélation entre les ventes et les moyens de communication mis en œuvre n'est pas évidente à mesurer. Toutefois, des enquêtes de notoriété et d'image peuvent être menées avant et après la campagne afin de s'assurer que celle-ci a apporté les effets voulus.

2 Quels moyens de communication choisir ?

A Les critères de choix

■ De nombreux moyens de communication sont à la disposition des organisations. Le choix judicieux des outils doit permettre de **toucher efficacement la cible** et ce, d'autant que la **communication digitale** et la **multiplicité des supports** ont transformé les plans de communication traditionnels.

■ Pour effectuer un choix pertinent, **l'organisation doit connaître parfaitement les habitudes de sa cible**.

EXEMPLE

Lorsque la cible est amatrice d'un sport comme le golf, il paraît inutile de faire de la publicité sur une chaîne de télévision nationale pour proposer des packages incluant la pratique du golf. En revanche, il est pertinent de publier un reportage dans un magazine spécialisé dans ce sport.

■ Le **modèle POEM** (*Paid, Owned and Earned Media*) peut être utilisé pour proposer une combinaison optimale des moyens de communication. Il a pour objectif de **catégoriser les différents types de présence possibles** pour une marque. Ce classement permet ainsi aux marketeurs de **visualiser simplement les options** qui s'offrent à eux pour **augmenter la visibilité** de leur entreprise.

Le modèle POEM en quelques mots

PAID MEDIA Visibilité achetée par l'entreprise	OWNED MEDIA Visibilité détenue par l'entreprise à travers ses propres supports	EARNED MEDIA Visibilité gratuite acquise dans les médias par l'entreprise grâce à son influence
• Publicité (presse, TV, radio) • Article sponsorisé sur blog ou média traditionnel • Poste sponsorisé • Référencement payant (Adworks, Ads…) • Sponsoring	• Site web • Réseaux sociaux • Blog d'entrprise • Plaquettes et catalogues • Emailing • Newsletter	• Relations presse • Relations influenceurs • Tribunes libres/avis d'experts • Mentions sur les réseaux sociaux • Recommandations et avis consommateurs • Conférences lors d'events externes

Source : www.cision.fr

■ Les moyens de communication à disposition de l'organisation se structurent en **communication média** et **communication hors média.**

B La publicité dans les médias

■ La publicité consiste à **acheter de l'espace dans un média** afin d'y diffuser un message. Les principaux sont :
- la presse, presse quotidienne nationale (PQN), presse quotidienne régionale (PQR), magazines, presse gratuite (*20 Minutes*) ;
- la radio ;
- la télévision ;
- le cinéma ;
- l'affichage dans les villes, sur les routes, dans les transports en commun, ou sur les véhicules de transport (bus, taxis) ; de plus en plus, les producteurs cherchent à dynamiser l'affichage comme Kit Kat qui propose un massage aux passants.

 # vidéo
Kit Kat offre un massage aux passants
foucherconnect.fr/23terstmg82

■ Chacun de ces médias utilise des **supports** de communication.

EXEMPLE : France2 est un support du média TV.

C La communication hors média

La communication hors média désigne l'**ensemble des actions de communication qui n'utilisent pas les médias « traditionnels »**.

a Le marketing direct

Il consiste à communiquer directement avec chaque prospect ou client. **Une base de données régulièrement mise à jour et qualifiée est indispensable.** Parmi les moyens utilisés, les plus répandus sont :
- le **publipostage** (= courrier postal ou *mailing*). Il consiste à envoyer un courrier **personnalisé** à une cible **individualisée.** Fortement consommateur de papier, avec des taux de retour de plus en plus faible, **ce moyen est en perte de vitesse.** Toutefois, bien menée, une campagne de mailing peut être efficace ;
- l'***emailing :*** c'est un *mailing* envoyé par courriel. Les individus reçoivent de plus en plus de courriels non sollicités auxquels ils répondent de moins en moins. L'efficacité de cette technique diminue donc. Toutefois, l'envoi sollicité de newsletters ou d'offres hyper personnalisées reste efficace ;
- le **marketing téléphonique ou mobile.** Il regroupe les actions marketing réalisées en appels sortants à des fins de prise de rendez-vous, de qualification prospects, de création de trafic en points de vente ou de ventes et le traitement des appels entrants à des fins de support et de fidélisation.

b Le mécénat et le *sponsoring*

■ Le **mécénat** est un **soutien financier ou matériel** apporté par une entreprise ou un particulier à une **action** ou une **activité d'intérêt général** (culture, recherche, humanitaire, solidarité...). Le mécénat se distingue généralement du ***sponsoring*** par la nature des actions soutenues et par le fait qu'il n'y a normalement **pas de contreparties contractuelles publicitaires** au soutien du mécène.

■ Le ***sponsoring*** est un **soutien financier ou matériel** apporté à un **événement** ou un **individu par un partenaire annonceur** en échange de différentes formes de visibilité de nature publicitaire liées à l'événement ou l'individu. Outre cette contrepartie, le contrat de *sponsoring* peut prévoir la participation de l'individu sponsorisé à différents événements de l'entreprise (congrès, séminaires, inauguration de point de vente, lancement de produit…).

EXEMPLE

Red Bull, marque de boissons énergisantes, est un formidable ambassadeur en matière de marketing et marketing digital. La marque a su s'imposer sur la scène internationale comme le marketeur des sports extrêmes. et sponsorise les gens les plus « fous » de la planète. Red Bull sélectionne des femmes et des hommes qui se surpassent et impressionnent par leurs capacités à dominer, voire à représenter leur sport.

 # vidéo
Best of Red Bull
foucherconnect.fr/23terstmg83

c La promotion des ventes

L'organisation offre un avantage ponctuel visant à **stimuler les ventes** soit sous la forme d'un **bénéfice financier** (prix spécial, quantité en plus, couponing, offre de remboursement) soit au travers de dotation (prime directe, différée, concours). Elle a deux objectifs : recruter de nouveaux acheteurs et fidéliser.

d Les jeux concours

C'est une technique promotionnelle permettant d'animer la relation client ou prospect, de travailler l'image, de faire passer des messages et essentiellement de collecter des profils de participants.

EXEMPLE

Sweet 15 et Sephora célèbrent leur partenariat de 15 ans en lançant un concours sur la page Facebook de Sephora. Les participants doivent compléter un petit formulaire pour avoir une chance de gagner un voyage de 5 jours tout compris au Costa Rica, plus une année de fourniture du produit Surf. Intérêts : un prix qui attire du trafic sur le site internet, une action qui renforce l'image de marque, une collecte d'informations qui est très précieuse.

e Les relations publiques

Les techniques de relations publiques visent à entretenir et consolider les relations entre l'organisation et tous ses publics.

Cibles	Moyens
Interne	Le journal de l'organisation, les lettres d'information, les événements internes comme les arbres de Noël
Externe	Les communiqués et conférences de presse, les congrès, les *road-shows*, les lettres d'information, les événements tels que les soirées clients

f Les salons et foires

Ils permettent à l'entreprise de se présenter et de présenter ses produits sur une période donnée et dans un lieu déterminé.

EXEMPLE : le Mondial de l'auto Paris.

D Une communication hors média « alternative »

Il s'agit de moyens de communication plus modernes, moins classiques.

a La communication digitale

La communication *via* les ordinateurs, les tablettes et smartphones a pris une place prépondérante :
– le **site web de l'organisation** : l'internaute doit le trouver facilement grâce au référencement naturel et/ou payant. Le site doit être ergonomique, afin que l'internaute trouve facilement l'information cherchée. Il doit susciter l'envie et déclencher l'achat ;
– les **réseaux sociaux, blogs et forums** : l'objectif est de créer des liens avec ses publics, discuter en toute transparence ; récolter les avis des consommateurs se fait de plus en plus grâce aux réseaux sociaux, blogs et forums ;
– la **publicité média sur Internet**.

b La « Guerilla marketing »

Ce concept consiste à **mettre en place des actions marketing non conventionnelles**, originales et innovantes. L'objectif est de se démarquer de la masse de publicités ambiante en frappant les esprits des consommateurs grâce à une démarche où l'art, le visuel et l'humour ont toute leur place. Il existe ainsi cinq grandes « familles de Guerilla marketing » :
– l'***Ambush marketing*** : une marque profite d'un événement – comme les JO – pour mettre en avant ses produits, sans être partenaire officiel ou sponsor dudit événement. Il permet de bénéficier d'une exposition et d'un retentissement énormes à moindre coût ;

EXEMPLE

Lors de la soirée de lancement de la console PS3 de Sony organisée sur un bateau, son concurrent Microsoft a fait passer à proximité une péniche siglée de sa propre marque Xbox360. Résultat : elle est visible sur de nombreuses photos de l'événement, ce qui a fait le buzz sur les réseaux sociaux !

– le ***Stealth marketing*** : il consiste pour une marque à communiquer sur un produit sans que le consommateur en ait réellement conscience et en évitant que l'origine du message publicitaire puisse être identifiée par les destinataires comme provenant de la marque concernée ou d'une agence ;

EXEMPLE : montre IWC

Montre IWC

– le ***Viral marketing*** : son objectif est de faire en sorte que la majeure partie de la promotion du produit soit assurée par des consommateurs conquis et/ou satisfaits. Les destinataires du message assurent l'essentiel de sa diffusion finale, grâce à de nombreuses recommandations à des proches ou à des collègues ;

d Le *social selling*

> **# vidéo**
> Qu'est-ce que le *social selling* ?
> foucherconnect.fr/23terstmg87

Il désigne l'**ensemble des pratiques utilisant les réseaux sociaux professionnels pour développer les ventes** : pratiques individuelles quotidiennes de la part des commerciaux, mais également véritables stratégies d'entreprise mises en place par les acteurs du B2B. Il se résume principalement à utiliser le réseau social LinkedIn et à un degré moindre Twitter.

C Un rejet de ces outils

a Par les consommateurs

■ Les professionnels notent l'émergence de comportements de résistance à l'égard des programmes de fidélisation pour différentes raisons :
– un **manque d'équité dans la relation** : le consommateur peut avoir le sentiment que les programmes de fidélité présentent un faible gain en regard des investissements consentis (exemples : cumul des points lent ; gamme d'avantages restreinte) ;
– un **rejet psychologique** : l'incitation à la consommation est trop marquée limitant sa liberté de choix ;
– une **crainte du non-respect de la législation et que l'organisation soit trop intrusive** (voir chapitre 5 et les notions étudiées en 1re STMG).

■ Ainsi, les consommateurs peuvent **mettre en place des techniques limitant cette intrusion** comme l'***ad-blocker*** ou **logiciel anti-pub**. Il s'agit d'un petit logiciel ou module incorporé au navigateur d'un internaute empêchant l'affichage des bandeaux ou autres formats publicitaires.

> **# vidéo**
> L'effet Papayon
> foucherconnect.fr/23terstmg88

■ Les *ad-blockers* constituent une menace pour les revenus publicitaires des éditeurs, mais sont considérés par les utilisateurs comme une réponse au caractère jugé intrusif de la publicité sur Internet. Pour contrer cet *ad-blocking*, les marques et organisations peuvent lancer des **campagnes de *storytelling*** : art de raconter une histoire à des fins de communication (exemple : la saga Oasis met en scène la marque, de manière humoristique et décalée, afin de séduire la jeune génération, ce qui explique les jeux de mots utilisés dans le titre et tout au long des films ; exemple : l'effet Papayon/l'effet papillon).

b Par l'organisation

■ L'organisation se méfie de ces outils car elle peut perdre le contrôle de la communication en raison du buzz qui peut devenir un ***bad buzz***.

■ Le *bad buzz* est un **phénomène de « bouche-à-oreille » négatif** qui se déclenche généralement sur Internet avant de se prolonger éventuellement sur d'autres médias. Le phénomène prend le plus souvent naissance sur les réseaux sociaux. Le *bad buzz* peut être totalement subi ou provoqué par une action initiale ou maladresse de la marque ou d'un de ses représentants.

EXEMPLE

H&M a aussi connu son *bad buzz* en 2018 suite à la publication d'une photographie sur son site web où l'on pouvait voir un petit garçon noir porter un sweat vert sur lequel on pouvait lire : « Coolest Monkey in the Jungle ». Il n'en fallait pas moins pour générer 2,3 millions de tweets et lancer une véritable crise pour l'entreprise.

D La mesure d'efficacité de ces outils numériques

■ Afin de mesurer l'efficacité de ces outils, des ***Key Performance Indicators*** **(KPI)** ou **indicateurs clés de performance (ICP)** sont utilisés. Les KPI suivants sont analysés pour :

• **mesurer l'engagement sur le site** :
- le **nombre de visiteurs**,
- la **source de trafic** : on étudie d'où viennent les personnes qui visitent le site internet (Google, réseaux sociaux, sites référents...). Cela permet d'identifier les sources de trafic réellement prolifiques et celles qui doivent être améliorées,
- le **taux de conversion** : il correspond au nombre de conversions réalisées sur le site divisé par le nombre de visites. Le taux de conversion est analysé en fonction des objectifs : vente, inscription, soumission d'un formulaire, téléchargement d'un document, abonnement à une newsletter... ;

• **évaluer la performance sur les réseaux sociaux** (Facebook, Twitter, Instagram ou LinkedIn...) :
- les **abonnés** : nombre d'utilisateurs qui suivent le compte de l'organisation (à comparer avec celui des entreprises travaillant dans le même secteur),
- la **portée** : taille du public potentiel d'un message donné,
- les **impressions** : nombre de visualisations d'une publication de la page de l'organisation, indépendamment du fait que l'utilisateur ait interagi ou non avec cette publication,
- l'**engagement** : disposition des consommateurs à interagir avec la marque (likes, partages, commentaires et clics obtenus sur les posts). Le but est de déterminer les publications les plus performantes ;

• **suivre les campagnes emailing** :
- le **taux d'ouverture** : proportion d'emails ouverts par les destinataires après l'envoi d'une campagne,
- le **taux de clics** : pourcentage de personnes se dirigeant vers le site ou la promotion évoqué(e) dans l'email envoyé. Il permet d'évaluer si les contenus sont suffisamment intéressants pour inciter les lecteurs à consulter le site internet de la marque,
- le **taux de désabonnement** : proportion de destinataires ayant cliqué sur le lien de désinscription au sein des emails afin de ne plus recevoir de communication de la part de la marque.

■ En outre, le **coût par *lead* (CPL)** est un indicateur efficace : il représente le coût d'acquisition d'un client potentiel (*lead*) dans la publicité sur Internet. En effet, l'annonceur est facturé par rapport au nombre de contacts commerciaux qu'une campagne marketing va générer.

■ L'ensemble de ces indicateurs peut être regroupé dans un tableau de bord.

 # quiz
Des questions pour réviser
foucherconnect.fr/23terstmg89

ENTRAÎNEMENT À L'ÉPREUVE FINALE

 # objectif bac
Dossier documentaire et corrigés
foucherconnect.fr/23terstmg90

Cas pratique : Swatch

À partir des documents fournis à télécharger sur Foucher connect et du site internet Swatch, vous répondrez aux questions afin de traiter le cas. Cette situation d'analyse d'entreprise vous permet d'aborder les trois thèmes de votre programme d'enseignement de spécialité : la détermination de l'offre, la distribution de l'offre et la communication de l'offre.

La personnalisation de l'offre est-elle incontournable ? Toute consommation crée-t-elle de l'expérience ?

1. Expliquez les raisons pour lesquelles le groupe Swatch a créé la montre Swatch.
2. Précisez s'il s'agissait d'une offre standardisée ou d'une offre personnalisée. Expliquez et justifiez la cohérence de ce choix stratégique.
3. Rendez-vous sur le site de Swatch. Déterminez les cibles de la gamme Swatch. Concluez et identifiez la stratégie de segmentation utilisée.
4. Rendez-vous sur la page du site Collections Swatch X You. Simulez la création de votre montre. Décrivez les grandes caractéristiques de cette montre. Vous pourrez vous aider de la vidéo expliquant la démarche de création et le concept dont la vidéo figure également sur le site Swatch.
5. Avez-vous vécu une expérience de consommation ? Expliquez en restant objectif et en utilisant les notions étudiées dans le chapitre 2.
6. Qualifiez la valeur perçue par le consommateur en créant sa montre.
7. Déduisez-en la stratégie marketing utilisée et justifiez le bien-fondé de ce choix stratégique.

Distribution de l'offre : peut-on se passer d'intermédiaires ?

Swatch développe ses propres points de vente physiques et son point de vente virtuel. Certains de ses produits sont référencés dans les grands magasins et bijouteries.

8. Identifiez la stratégie de distribution mise en place pour ses produits. Pourquoi Swatch sollicite-t-il des distributeurs ?
9. La montre personnalisée ne peut être qu'envoyée chez soi ou disponible dans le point de vente Swatch des Champs Élysées. Identifiez cette stratégie de distribution.
10. Swatch a revu le merchandising de sa boutique parisienne localisée avenue des Champs Élysées. Définissez la notion de boutique amiral.
11. Expliquez le choix d'implantation de cette boutique.
12. Citez les modifications majeures apportées dans ce nouveau concept. Quelle part est donnée aux technologies numériques ? Expliquez.

Le prix, entre raison et illusion ?

13. Swatch a vendu des montres aux enchères. Précisez l'intérêt de cette vente pour Swatch.
14. Lors de cet événement, le prix d'une Swatch a été fixé à 2 000 €. Ce prix vous semble-t-il « raisonnable » ? Expliquez en restant objectif et en utilisant les notions étudiées chap. 3.

Communiquer : quelle visibilité et quels médias pour valoriser l'offre ?

15. Listez les moyens mis en place par Swatch pour communiquer. Vous les classerez en vous aidant du chapitre 7. Pour répondre à cette question, outre la lecture des documents joints, vous visualiserez la vidéo de la montre Swatch X PigCasso (https://youtu.be/azui5xZbGeg) et consulterez le site du Swatch Club (https://club.swatch.com/fr_fr/gold-member-contest).

Comment enrichir la relation client grâce au numérique ?

16. Identifiez les moyens mis en place pour fidéliser la clientèle.
17. Analysez leur efficacité. Vous pourrez comparer le programme de fidélisation de Swatch avec d'autres programmes que vous connaissez.

RESSOURCES HUMAINES ET COMMUNICATION

THÈME 1 – LES COMPÉTENCES AU SERVICE DE L'ORGANISATION ET L'ORGANISATION AU SERVICE DU DÉVELOPPEMENT DES COMPÉTENCES

1 Le recrutement suffit-il pour répondre aux besoins en compétences de l'organisation ? 148

2 Peut-on tout évaluer dans le travail ? 152

3 La gestion des compétences et des talents permet-elle de garantir l'employabilité de l'individu ? 154

THÈME 2 – DES FACTEURS DE MOTIVATION ET DE SATISFACTION : QUALITÉ DE VIE AU TRAVAIL ET RÉMUNÉRATION

4 La recherche du mieux vivre au travail est-elle compatible avec les objectifs de performance ?........ 157

5 Les obligations en matière de santé et de sécurité au travail constituent-elles des atouts pour l'organisation ? 160

6 La rémunération individuelle suffit-elle à reconnaître et valoriser l'individu au travail ? 162

THÈME 3 – LA RECHERCHE DE COHÉSION, UN LEVIER D'AMÉLIORATION DES RELATIONS DE TRAVAIL ET DU CLIMAT SOCIAL

7 Les tensions professionnelles peuvent-elles renforcer la cohésion ? 165

8 À quelles conditions le dialogue social peut-il renforcer durablement la cohésion ? 168

9 Comment la communication participe-t-elle à la cohésion et à la performance de l'organisation ?........ 171

ENTRAÎNEMENT À L'ÉPREUVE FINALE 174

1 Le recrutement suffit-il pour répondre aux besoins en compétences de l'organisation ?

Il est essentiel pour l'entreprise de trouver le candidat qui répond le mieux à ses besoins de travail et qui possède les compétences pour exercer les différentes missions qui lui sont confiées.

1 Les besoins de travail

L'expression du besoin émane du responsable de l'organisation ou du responsable de service. Il s'agit soit de la **création d'un poste**, soit d'une **vacance pour remplacer un salarié** qui a quitté l'entreprise, soit une réponse à un **surplus d'activité**. Le responsable définit les **compétences** et **qualifications attendues** afin que la prospection soit efficace.

A Les compétences et le potentiel

■ La **compétence** se résume à l'association des **savoirs** (ensemble des connaissances), des **savoir-faire** (pratiques acquises par l'expérience dans l'exercice d'un métier) et des **savoir-être** (attitudes et comportements attendus en entreprise).

■ Le **potentiel** correspond aux **dispositions personnelles** du salarié, exploitées ou non, lui permettant d'évoluer vers de nouvelles responsabilités mobilisant de nouvelles compétences : potentiel de commandement, potentiel d'adaptation, etc.

B La qualification

■ Grâce à ses diplômes, sa formation, son expérience professionnelle et ses aptitudes personnelles, le salarié a les capacités pour exercer un métier ou occuper un poste déterminé. Cette qualification confère un gage :
- d'**employabilité** pour le salarié, qui peut ainsi postuler ;
- d'**efficacité** pour l'employeur, en décrivant avec précision les compétences attendues pour le poste à pourvoir.

■ La **qualification professionnelle**, définie à la suite d'accords de branche et inscrite dans les conventions collectives, détermine la classification des emplois, le niveau hiérarchique et le salaire attribué. Elle permet une **hiérarchisation salariale**.

POUR ALLER PLUS LOIN

La **convention collective** détermine la rémunération minimale pour chaque niveau de qualification. C'est le minima conventionnel qui est négocié au niveau des branches et déterminé par un coefficient, un échelon et un statut. En l'absence de convention collective, la rémunération est fixée par l'employeur lors de l'embauche.

2 Le recrutement

Le processus de recrutement correspond à l'**ensemble des actions aboutissant à l'embauche et à l'intégration du candidat** retenu.

A L'analyse du poste

a L'élaboration du profil de poste

■ Le responsable définit les attributions du poste à pourvoir au moyen de 2 documents :
- la **fiche d'attribution**, qui énumère avec précision les tâches d'un poste d'exécutant ;

Service : comptabilité **Nom du responsable** : Antoine Prévert	**Poste** : assistant commercial
Vous serez chargé de : - l'accueil téléphonique ; - la rédaction des courriers avec les fournisseurs ; - le classement des dossiers.	

- la **fiche de fonction**, qui décrit de façon rédigée les missions d'un cadre ou d'un responsable en insistant sur les responsabilités et les résultats attendus.

EXEMPLE

Si le responsable commercial de Carrefour souhaite recruter un adjoint pour l'aider dans ses missions, il transmet la fiche de fonction au service RH.

Service : commercial **Nom du responsable** : Amina Diouf	**Poste** : responsable commercial adjoint
En relation avec la responsable commerciale, l'adjoint est responsable des ventes. Il coordonne l'action de l'équipe de commerciaux en leur donnant des pistes pour atteindre les objectifs. Grâce à son dynamisme, il crée une ambiance de travail sérieuse et efficace. Il rend compte à la responsable commerciale grâce aux tableaux de bord de suivi des objectifs et des mesures à envisager afin de les atteindre.	

■ Grâce aux documents transmis, le responsable du recrutement élabore un **profil de poste type** qui énumère les compétences et les capacités requises pour le poste à pourvoir (formation, compétences professionnelles et aptitudes personnelles). Il permet de **comparer les candidats** et d'**effectuer une sélection**.

RAPPEL

Le recours à ces outils permet de bien définir les compétences attendues pour le poste vacant.

Service :	Poste :	1	2	3	4
Formation					
Générale			X		
Professionnelle				X	
Expérience professionnelle				X	
Aptitudes professionnelles (savoir-faire)					
Maîtrise informatique				X	
Communication écrite et orale				X	
Langue vivante			X		
Aptitudes personnelles (savoir-être)					
Présentation					X
Sens du contact			X		
Élocution				X	
Discrétion					X

1 : insuffisant ; 2 : moyen ; 3 : bien ; 4 : très bien.

b Le recrutement traditionnel

Le poste vacant peut être proposé :
- en **recrutement interne**, aux salariés de l'entreprise qui possèdent les compétences requises. L'annonce s'effectue par voie d'affichage interne ou sur l'intranet ;
- en **recrutement externe** : candidatures spontanées, annonces auprès de Pôle emploi, par l'intermédiaire des agences d'intérim, d'un réseau professionnel ou relationnel...

c Le e-recrutement

■ De plus en plus, grâce à la **dématérialisation des documents**, les candidats transmettent leur *curriculum vitae* (CV) par **voie électronique** (courriel, sites dédiés, etc.). De leur côté, les employeurs ont recours aux **technologies numériques** pour diffuser leurs offres d'emploi. Ils s'adaptent également aux nouveaux modes de communication, et privilégient ceux que les candidats utilisent.

■ Si ces technologies facilitent la tâche des candidats qui ont donc accès à un grand nombre d'informations sur l'entreprise, elles compliquent le processus de recrutement au regard de la multitude de *curriculum vitae* reçus.

B La sélection des candidats

■ Plusieurs phases de sélection peuvent être mises en place selon la taille de l'entreprise :
- **présélection** à partir des lettres de motivation et de l'analyse des CV ;
- **convocation des candidats** retenus à un entretien ;
- **sélection approfondie grâce à des tests** pour évaluer les compétences et aptitudes professionnelles des candidats ;
- **convocation éventuelle à un deuxième entretien** ;
- **prise de décision** par le responsable du recrutement ou le responsable hiérarchique.

■ À chaque étape du processus, les candidats doivent être tenus informés par lettre ou par courriel.

3 L'accueil et l'intégration

A La formalisation de l'embauche

■ Lorsque le responsable a pris la décision d'embaucher, il rédige le **contrat de travail** que le salarié doit signer.

À SAVOIR

Un **contrat de travail** est un document écrit par lequel une personne (le salarié) s'engage à travailler pour le compte d'une autre personne (l'employeur) moyennant une rémunération (le salaire). Le contrat réunit 3 éléments : la prestation de travail, la rémunération et le lien de subordination.

■ Dans l'attente de la signature du contrat de travail, le recruteur peut adresser au nouveau salarié une **lettre d'embauche** reprenant les termes du contrat de travail et dont l'objectif est de formaliser l'embauche.

B L'accueil

Il est plus ou moins formalisé selon les entreprises. Le poste de travail doit être opérationnel, c'est-à-dire que le salarié doit disposer du matériel nécessaire pour exercer ses missions dans de bonnes conditions. Différents supports et moyens lui sont remis :
– les **documents** : le principal est le **livret d'accueil**. C'est un fascicule qui renseigne sur la vie de l'entreprise (plan, numéros de téléphone utiles, horaires, consignes de sécurité, etc.), mais également l'organigramme de structure, la fiche de poste, le manuel qualité, etc. ;
– les **moyens** : voiture de fonction ou de service, téléphone portable, ordinateur portable, tenues vestimentaires, équipements de protection individuelle (EPI), cartes de visite, catalogues, etc.

MOTS-CLÉS

Accueil : action et manière d'accueillir, de recevoir quelqu'un.

Intégration : faire que quelqu'un ne soit plus étranger à une collectivité/avoir assimilé un savoir, des connaissances.

C L'intégration

■ C'est une **étape importante** et bien souvent sous-estimée. De nombreux dysfonctionnements résultent d'une mauvaise intégration. La période nécessaire pour que le salarié devienne autonome à son poste de travail varie selon les exigences du poste, car il doit acquérir de nouvelles connaissances et utiliser de nouveaux outils.

■ Durant cette période, l'entreprise peut mettre en place un **tutorat**. Accompagné par un tuteur (ou référent), le salarié reçoit toutes les connaissances nécessaires pour s'adapter à la culture de l'entreprise et cerner ses exigences. Les échanges avec le tuteur doivent être réguliers pour faire le point sur les compétences acquises et communiquer sur les difficultés.

À SAVOIR

Le processus *on boarding* regroupe toutes les pratiques consistant à accueillir, intégrer et fidéliser le nouveau salarié.

4 La relation de travail

Chaque entreprise est libre d'envisager les formes et le cadre du travail qui lui conviennent.

Le salariat	Recrutement en CDI et CDD Contrat de travail Lien de subordination Salaire de base versé mensuellement
Le travail indépendant	Absence de lien de subordination Autonomie dans l'organisation, le choix des clients et la tarification des prestations Pas de salaire garanti
L'intérim	Travail temporaire dans le cadre de missions La salarié est recruté et rémunéré par une entreprise spécialisée dans le travail intérimaire Signature de 2 contrats : un contrat de mission entre l'agence d'intérim et le salarié, et un contrat de mise à disposition entre l'agence d'intérim et l'entreprise client
Le portage salarial	Contrat entre 3 parties : le salarié signe un contrat de travail avec une entreprise de portage salarial afin d'effectuer une prestation pour une entreprise cliente
Le bénévolat	Activité libre non rémunérée

2 Peut-on tout évaluer dans le travail ?

Le développement de l'entreprise dépend également des performances de ses salariés. L'évaluation du personnel est donc nécessaire, d'une part, pour vérifier si les objectifs sont atteints et, d'autre part, pour envisager les formations éventuelles nécessaires pour l'évolution de carrière. Mais l'entreprise peut-elle tout évaluer dans le travail ?

1 L'évaluation du salarié

Elle est indispensable dans une entreprise. Elle répond à 2 objectifs : le **souhait d'évolution des salariés** et le besoin pour l'entreprise d'**optimiser ses moyens humains**.

Pour le salarié	Pour l'entreprise
◗ Réfléchir à l'évolution de sa carrière (évolution, mobilité géographique, etc.) ◗ Faire le point sur son parcours professionnel ◗ Exprimer ses besoins en formations	◗ Gérer ses emplois ◗ Prévoir les formations nécessaires ◗ Évaluer les forces et faiblesses de chaque salarié ◗ Renforcer la communication

A L'entretien professionnel

Cet entretien, qui **doit avoir lieu tous les 2 ans**, est formalisé. Il permet tant au salarié qu'à son employeur de s'exprimer sur différents points relatifs au poste de travail occupé, notamment sur ses perspectives d'évolution et ses besoins en formation.

À SAVOIR

Tous les 6 ans, l'entretien s'assimile davantage à un état des lieux récapitulatif du parcours du salarié (article L. 6315-1 du Code du travail). Cet entretien permet de vérifier que le salarié a bénéficié : des entretiens professionnels, d'actions de formation lui permettant d'obtenir des certifications complémentaires, d'une progression salariale ou professionnelle.

B L'entretien annuel d'évaluation

■ Cet entretien annuel a pour finalité d'**évaluer les aptitudes professionnelles du salarié**. En aucun cas la vie privée ne doit être abordée. Une **grille d'évaluation** est au préalable renseignée afin de préparer l'entretien.

■ L'entretien se déroule en 3 phases :
- bilan et analyse de l'année ;
- objectifs et projets futurs ;
- souhaits et besoins en formation.

■ Un compte rendu écrit est remis au salarié puis au responsable des ressources humaines ainsi qu'au responsable du service. Le salarié n'est pas obligé de le signer.

- L'évaluation peut être décidée par l'employeur qui, s'il n'en a pas l'obligation, est en droit de la réaliser. En effet, **aucune disposition du Code du travail ne l'oblige à organiser l'entretien** (entretien d'activité). En revanche, s'il existe un accord collectif ou accord de branche, l'employeur est alors obligé de prévoir l'organisation de ces entretiens. Le salarié ne peut s'y soustraire, excepté s'il n'en a pas été informé au moins 2 semaines avant.

C Les méthodes d'évaluation

- L'employeur ne peut pas tout évaluer. L'évaluation des salariés est encadrée par la loi.
- Afin de préparer les entretiens et recueillir les informations nécessaires, l'employeur s'appuie sur les fiches de poste, le référentiel de compétences et les grilles d'évaluation des années précédentes.
- Au préalable, le salarié peut autoévaluer les compétences qu'il a acquises. Il peut également être évalué par ses collaborateurs (évaluation à 360° ou *feedback* à 360°). Enfin, le salarié peut être mis en situation réelle afin d'évaluer ses compétences (*assessment center*).

2 Le bilan de compétences

S'il le souhaite, le salarié peut effectuer un bilan de compétences afin d'**analyser ses compétences, aptitudes et motivations** pour construire ou conforter son projet professionnel, ou envisager des formations.

À SAVOIR

Il est réalisé par un prestataire extérieur certifié. Les salariés du secteur privé et les demandeurs d'emploi peuvent bénéficier d'un bilan de compétences.

3 La gestion des compétences et des talents permet-elle de garantir l'employabilité de l'individu ?

Si le recrutement permet de trouver le candidat adéquat, il est tout aussi important pour une entreprise de permettre à ses salariés de s'épanouir et de développer leur potentiel. Par ailleurs, l'entreprise doit sans cesse adapter les compétences de ses salariés aux nouvelles formes de travail. La gestion des compétences garantit-elle l'employabilité du salarié ?

1 La finalité de la gestion des emplois et des parcours professionnels (GEPP)

■ La GEPP a pour finalité d'**anticiper les besoins en ressources humaines**, c'est-à-dire :
- optimiser la procédure de recrutement et prévoir les besoins en personnel ;
- optimiser les dispositifs de formation et valoriser la qualification des salariés ;
- valoriser les compétences individuelles et/ou collectives ;
- accompagner des changements dans l'organisation du travail et de la production ;
- développer les mobilités professionnelles des salariés ;
- favoriser l'évolution professionnelle ;
- adapter les postes de travail aux évolutions technologiques et économiques ;
- améliorer la gestion des carrières.

■ La mise en œuvre d'une GEPP est non seulement **obligatoire** depuis plusieurs années mais doit également être **renégociée tous les 3 ans**. Cette mesure concerne les entreprises françaises de plus de 300 salariés, ainsi que les entreprises communautaires qui possèdent au moins 150 salariés en France.

■ Si elles souhaitent demeurer compétitives, les entreprises doivent en effet **impliquer leurs salariés** et permettre de **faire émerger le potentiel de chacun**. La gestion des talents s'effectue à différents niveaux. L'entreprise doit :
- repérer en interne et en externe les salariés susceptibles d'apporter de nouvelles compétences ;
- attirer les individus ;
- fidéliser les salariés en poste afin qu'ils s'impliquent et restent dans l'entreprise ;
- valoriser les salariés déjà présents.

À SAVOIR

Le talent ne se concentre pas dans les échelons supérieurs. Il se retrouve à tous les niveaux de l'entreprise. Il est une force d'enrichissement pour tous.

2 La gestion de la diversité

■ Il s'agit pour les entreprises de mettre en place un certain nombre de mesures pour employer et conserver des salariés issus de catégories sociales, nationalité, sexe, âge, etc. différents afin d'**améliorer la compétitivité et la performance**.

- La gestion de la diversité s'évalue à deux niveaux :
- le **recrutement** : égalité d'accès à l'emploi (lutte contre les discriminations) ;
- la **gestion des carrières** : égalité sur le lieu de travail (rémunération, promotion, avancement, mobilité, etc.).

3 La formation professionnelle

La formation est un investissement nécessaire pour **adapter les compétences** des salariés aux besoins des postes qu'ils occupent. Elle exige de la part des employeurs des moyens importants. La politique de formation doit être anticipée car elle représente un **coût non négligeable**.

À SAVOIR

La formation professionnelle est un droit pour le salarié et une obligation pour l'employeur.

A Les enjeux de la formation

Pour le salarié	Pour l'entreprise
◗ Consolider l'existant (perfectionnement individuel, insertion professionnelle) ◗ Faciliter les changements (changement de poste de travail, formation à de nouvelles procédures de travail) ◗ Préparer l'avenir (s'adapter aux évolutions des métiers)	◗ Améliorer le climat de travail ◗ Fidéliser et motiver les salariés ◗ Anticiper les évolutions ◗ Respecter le cadre légal ◗ Pérenniser l'entreprise

B Un droit pour le salarié

Tout salarié doit pouvoir bénéficier de formation, soit pour **s'adapter aux évolutions de son poste de travail**, soit pour **acquérir de nouvelles compétences**. Différentes possibilités de formation lui sont offertes.

- le **compte personnel de formation (CPF)** : il remplace le droit individuel à la formation (DIF). Le CPF est crédité en euros (15 euros par heure), dans la limite de 500 euros par an ;
- le **projet de transition professionnelle (PTP)** : il remplace le congé individuel de formation (CIF). Il s'agit d'un congé d'une durée variable pour suivre une formation qualifiante, évoluer ou se reconvertir. La formation peut n'avoir aucun lien avec l'activité exercée par le salarié ;
- le **congé pour VAE** : la validation des acquis de l'expérience (VAE) permet d'obtenir une certification dans sa globalité ou partielle. Il peut s'agit d'un diplôme, d'un titre professionnel ou d'un certificat de qualification professionnelle.

EXEMPLE

Un salarié qui a 6 ans d'ancienneté dans son entreprise bénéficie de 132 heures de formation, soit $132 \times 15 = 1\,980$ €.

vidéo

Le compte formation

foucherconnect.fr/23terstmg91

info

Qu'est-ce que la VAE ?

foucherconnect.fr/23terstmg92

C Une obligation pour l'employeur

■ L'employeur doit permettre à ses salariés de se former. Si la demande de formation émane du salarié, l'employeur ne peut pas la refuser. Cette formation peut avoir lieu sur le temps de travail ou en dehors.

■ L'employeur propose chaque année un **plan de développement des compétences**. C'est un document écrit qui rassemble l'ensemble des actions de formation qu'une entreprise décide d'engager pour développer les compétences de ses salariés. Il récapitule les formations proposées, les organismes prestataires et les coûts. Le plan de développement des compétences est élaboré après consultation des membres du **Conseil social et économique (CSE)**.

■ Certaines formations sont obligatoires, d'autres ne le sont pas.

D Les modalités de mise en œuvre de la formation

Les formations peuvent avoir lieu en présentiel ou en distanciel (e-learning).

MOTS-CLÉS

- ***Blended learning*** : dispositif qui permet les deux modes pour une même formation.
- ***Soft skills*** : acquisition ou renforcement des compétences techniques ou comportementales.

4 La mobilité

La **mobilité** correspond à un changement de poste ou d'environnement de travail.

MOT-CLÉ

La mobilité est le changement apporté aux conditions de réalisation d'un emploi (changement de catégorie professionnelle, mutation, détachement, reclassement). La mobilité du personnel fait partie de la gestion de carrière.

A La mobilité interne

Au sein de l'entreprise, deux possibilités sont offertes aux salariés :
- le **changement de fonction ou de poste** qui implique de nouvelles responsabilités ;
- la **mobilité géographique** qui entraîne de fait un changement de lieu, ce qui peut être une contrainte par rapport à la vie personnelle du salarié.

B La mobilité externe

Le salarié quitte son entreprise. Dans ce cas, il y a rupture du contrat de travail, soit à l'initiative du salarié, soit à celle de l'employeur.

C Les enjeux de la mobilité

Pour le salarié	Pour l'entreprise
◗ Développer son employabilité ◗ Élargir ses compétences ◗ Accroître la motivation et l'épanouissement	◗ Optimiser les ressources humaines ◗ Réduire le temps et le coût du recrutement ◗ Permettre la fidélisation des salariés.

4 La recherche du mieux vivre au travail est-elle compatible avec les objectifs de performance ?

Une organisation qui veut rester performante et prospérer doit rassembler ses membres afin de combiner toutes les forces pour atteindre des objectifs. Cette mobilisation est inefficace si les salariés ne sont pas motivés. La recherche du mieux vivre au travail est-elle compatible avec les objectifs de performance ?

1 La motivation

- La motivation est le processus qui pousse les salariés à s'impliquer davantage, à agir et à persévérer afin d'atteindre des objectifs.

- La motivation au travail repose sur différents facteurs :
  - les **facteurs internes (intrinsèques)** sont l'individu, ses désirs et aspirations, la reconnaissance, etc. ;
  - les **facteurs externes** sont la rémunération, les conditions de travail, le cadre réglementaire, etc.

À SAVOIR

L'organisation surveille les indicateurs de démotivation qui peuvent nuire à son fonctionnement afin de trouver des solutions : le taux d'absentéisme, le taux d'accidents du travail, les conflits sociaux, etc.

2 Les conditions de travail

A Le cadre réglementaire

La gestion des ressources humaines ne s'improvise pas et s'inscrit dans une **procédure** qui respecte un **cadre réglementaire**.

a Le Code du travail

Il rassemble les textes législatifs et réglementaires applicables au droit du travail. Sont abordés les points suivants : la protection des salariés (santé et sécurité au travail), les conditions de travail, la formation professionnelle, le contrat de travail, etc.

À SAVOIR

La **loi du 28 décembre 1910** institue le Code du travail pour régir l'organisation du travail et rassembler toutes les lois déjà en application.

b Les conventions collectives et les accords de branche

Il s'agit de textes réglementaires qui régissent le **statut des salariés** selon les spécificités de chaque métier. Les accords qui en découlent sont signés entre les organisations représentant les employeurs et celles représentant les salariés.

c Le règlement intérieur

Il s'agit d'un document émanant de l'employeur, après concertation avec les représentants du personnel, qui énumère les **obligations des salariés** dans le cadre de leurs fonctions, notamment concernant l'hygiène, la sécurité et la discipline.

À SAVOIR

Le règlement intérieur est obligatoire dans les entreprises employant au moins 20 salariés.

B L'aménagement du temps de travail

Grâce à l'aménagement du temps de travail, l'organisation peut adapter ses besoins en personnel à ses contraintes de travail, tout en respectant le cadre réglementaire établi.

a Les horaires fixes

Le Code du travail fixe à **35 heures** par semaine la durée du temps de travail, soit 151,67 heures par mois ou 1 607 heures par an.

b Les horaires variables (horaires individualisés)

Tout en effectuant un temps de travail hebdomadaire identique et légal (35 heures), les salariés bénéficient de **plages horaires fixes**, durant lesquelles ils doivent être présents, et de **plages horaires variables**, au cours desquelles ils peuvent choisir leurs heures d'arrivée et de départ.

EXEMPLE

Un salarié peut arriver entre 7 h 30 et 9 h 30 et partir entre 15 h 30 et 17 h 30. La plage fixe est de 9 h 30 à 15 h 30.

c L'annualisation du temps de travail

Lorsque l'activité de l'entreprise s'avère irrégulière d'une période à l'autre, l'employeur peut **adapter le rythme de travail de ses salariés à celui de l'activité**. Cette mesure évite ainsi le recours aux heures supplémentaires. L'annualisation consiste à répartir le temps de travail sur une période ne pouvant pas excéder 12 mois consécutifs. Cette **modulation** ne résulte pas d'une décision unilatérale de l'employeur, mais s'inscrit dans un cadre réglementaire et doit avoir obtenu l'accord des représentants du personnel.

d Le compte épargne temps (CET)

Grâce à cette disposition, qui résulte d'un accord d'entreprise ou de branche, le salarié peut alimenter son compte par des jours de congé ou des sommes d'argent afin de bénéficier ultérieurement de congés rémunérés (sans risquer de les perdre) ou d'une rémunération.

À SAVOIR

Le salarié choisit d'alimenter son CET, soit en temps (congés, RTT, heures de repos compensateur, etc.), soit en argent (13e mois, prime d'ancienneté, etc.).

3 L'ergonomie du poste de travail

L'ergonomie a pour objectif d'améliorer le poste de travail et l'organisation du travail pour les adapter aux salariés. Elle concerne 3 domaines :

MOT-CLÉ

L'**ergonomie** est l'étude quantitative et qualitative du travail dans l'entreprise, visant à améliorer les conditions de travail et à accroître la productivité.

- l'**ergonomie physique** : posture de travail, mouvements répétitifs, disposition du poste de travail, etc. ;

EXEMPLE

La hauteur d'un bureau doit être de 72 cm. Le clavier à 68 cm. L'espace de circulation entre le bureau et une armoire doit mesurer 1,20 m.

- l'**ergonomie cognitive** : stress, interaction individu/machine ;
- l'**ergonomie organisationnelle** : conditions de travail, travail coopératif, télétravail, etc.

4 La responsabilité sociale de l'entreprise (RSE)

Il s'agit, par le biais de différentes lois, d'inciter les entreprises à tenir compte de leur **environnement** et de l'**impact** que leur activité peut avoir sur cet environnement. Elles mettent en place diverses procédures afin de contribuer au bien-être de leurs salariés, de répondre aux attentes de leurs partenaires et de prendre en compte les préoccupations liées au développement durable.

À SAVOIR

Selon le ministère de la Transition écologique et solidaire, la RSE est la contribution des entreprises aux enjeux du développement durable.

6 La rémunération individuelle suffit-elle à reconnaître et valoriser l'individu au travail ?

La rémunération versée au salarié, facteur de motivation, peut être une source de conflits entre les salariés. C'est également un coût pour l'entreprise. La finalité du choix de la politique salariale est de concilier la contrainte de coût et la satisfaction du personnel. La rémunération suffit-elle à valoriser l'individu au travail ?

1 L'individualisation de la rémunération

A Le salaire de base

- Quel que soit le type de contrat de travail signé, chaque mois, le salarié perçoit une **rémunération** en contrepartie du travail qu'il effectue. Le salaire est fixé par l'employeur et respecte les obligations prévues par le **Code du travail**, les **conventions collectives** ou les accords de branche.

SIGLE

Smic : salaire minimum interprofessionnel de croissance.

- Ce salaire de base est établi selon des **grilles de rémunération** qui tiennent compte des critères hiérarchiques liés au poste occupé et de la qualification requise.

ATTENTION

Le salaire de base ne peut pas être inférieur au Smic, qui est réévalué tous les ans.
Cette réévaluation tient compte des effets de l'inflation afin de garantir le maintien du pouvoir d'achat du salarié.

B Les heures supplémentaires ou complémentaires

Heures supplémentaires	Heures complémentaires
Il s'agit des heures effectuées au-delà du temps de travail légal. Ces heures ouvrent doit à une majoration du taux horaire.	Dans le cas d'un salarié lié par un contrat de travail à temps partiel, la loi prévoit qu'il peut effectuer un certain nombre d'heures complémentaires sans dépasser 10 % du volume horaire hebdomadaire. Ces heures complémentaires ouvrent droit à une majoration.
Exemple : un salarié travaille 35 heures/sem. Il est prévu 5 heures supplémentaires/sem. pendant 2 sem., puis 2 heures supp. pendant 6 sem. Depuis le début de l'année, le salarié a déjà effectué 85 heures supp. 5 heures/sem. × 2 sem. = 10 heures supp. 2 HS/sem. × 6 sem. = 12 heures supp. Cela fait un total de 22 heures supp. Le contingent annuel s'élève à 107 heures supplémentaires (22 + 85).	**Exemple** : un salarié travaille à temps partiel sur une base de 30 heures par semaine. Il est prévu qu'il effectue 2 heures complémentaires pendant 5 semaines consécutives. 30 × 10 % = 3 heures par semaine. Il ne pourra donc pas faire plus de 3 heures complémentaires par semaine.

C Les primes et les gratifications

Les primes sont considérées comme un complément de salaire versé pour motiver, encourager ou récompenser un salarié. Elles n'ont aucun caractère obligatoire.

EXEMPLES

13e mois, prime d'ancienneté, d'assiduité, de rendement, de pénibilité, etc.

D Les avantages en nature

Il s'agit de biens ou services fournis par l'employeur à un salarié en contrepartie d'une participation financière inférieure à la valeur réelle.

EXEMPLES

Voiture de fonction, logement de fonction, ordinateur portable, etc. Les tickets-restaurants ne sont pas assimilés à des avantages en nature.

E Le salaire brut

Le calcul du salaire brut correspond à la **somme des différentes composantes de la paye**, c'est-à-dire le salaire de base, les heures supplémentaires et/ou complémentaires, les primes, les avantages en nature. C'est le salaire brut qui sert de base au calcul des différentes cotisations salariales et patronales.

EXEMPLE

Jean Charvet est chauffeur de car. Son salaire de base s'élève à 1 855 euros. Au cours du mois de septembre, il a effectué 2 heures supplémentaires (31 euros) et a perçu une prime de non-accident de 30 euros. Salaire brut = 1 855 + 31 + 30 = 1 916 euros.

F Le salaire net

Le salaire net correspond à la rémunération que perçoit le salarié toutes cotisations salariales déduites.

ATTENTION

Il ne faut pas confondre **salaire de base**, **salaire brut** et **salaire net**.

Salaire net = salaire brut – cotisations salariales

G Le salaire imposable

Il s'agit du salaire permettant le calcul de l'impôt sur le revenu.

Salaire imposable = salaire net + CSG + CRDS non déductible + mutuelle part employeur

SIGLES

- **CSG** : contribution sociale généralisée.
- **CRDS** : contribution au remboursement de la dette sociale.

H Le salaire net après prélèvement de l'impôt à la source

Chaque année, l'administration fiscale, après avoir pris connaissance de la déclaration de revenus du salarié, communique à l'employeur le taux d'imposition qui doit être appliqué.

Salaire net après impôt = salaire net – taux de prélèvement fiscal

■ Pour favoriser un **bon climat relationnel**, différents moyens sont possibles :
- un environnement serein au sein duquel les membres ne perçoivent aucune menace ;
- des conditions de travail qui procurent un certain bien-être ;
- un leader participatif qui donne le sentiment que les membres sont considérés ;
- l'adhésion des membres à un objectif commun.

2 La cohésion de groupe

A Cohésion sociale et cohésion fonctionnelle

■ La cohésion se caractérise par les liens très forts qui unissent les membres d'un groupe afin de rester unis et solidaires pour atteindre un **objectif commun**. Le niveau de cohésion dépend de l'intérêt de chacun des membres pour les activités du groupe, de leurs compétences et complémentarités, mais aussi du **style de leadership**.

■ Deux composantes indépendantes l'une de l'autre caractérisent la cohésion de groupe : d'une part, quand les membres ont plaisir à se côtoyer (**cohésion sociale**) ; d'autre part, lorsqu'ils s'activent pour atteindre un objectif commun (**cohésion opératoire ou fonctionnelle**).

B Les facteurs de cohésion

■ Ils sont nombreux, mais le principal est l'**adhésion** des membres de groupe à un **objectif commun** et la **mutualisation de leurs compétences**.

■ Les **facteurs positifs** sont divers : la taille du groupe (plus le groupe est petit, plus forte est la cohésion), l'homogénéité des membres, le type de leadership (collaboratif), une bonne communication, la stabilité (faible *turn-over*), la compétition entre les groupes, la reconnaissance des membres, etc.

■ Il existe également des **facteurs négatifs**, ne permettant pas une bonne cohésion : les nombreux désaccords, la compétition au sein même du groupe, la taille du groupe, le manque d'interactions et de communication, etc.

À SAVOIR

On parle également d'esprit d'équipe pour désigner :
- un groupe de personnes unies par des activités et des intérêts communs (fine équipe) ;
- un ensemble de personnes travaillant sur une même tâche (équipe de collaborateurs).

3 Les conflits

■ Le développement des technologies numériques (Internet, réseaux sociaux) modifie les relations professionnelles. Cela représente un risque pour l'entreprise car des relations conflictuelles peuvent s'instaurer de façon incontrôlable.

MOT-CLÉ

Le conflit se caractérise par une opposition de sentiments, d'opinions, d'intérêts.

■ Au sein d'un groupe, certains membres peuvent avoir des opinions ou des intérêts différents, qui génèrent un malaise qu'il convient de résoudre rapidement.

A Les différents types de conflits

■ Selon leur nature, on distingue les conflits :
- d'**intérêts** : les membres ont des intérêts divergents ;
- de **pouvoir** : compétition entre 2 salariés de même niveau hiérarchique pour conserver ou prendre le pouvoir ;
- d'**identité** : mauvaise définition et répartition des rôles de chacun ;
- d'**idéologie** ou d'**opinion** : les membres ne partagent ni les mêmes idées ni les mêmes modes de pensée.

■ Il est également possible de recenser les **conflits affectifs et/ou psychologiques** (incompatibilité entre 2 personnes), et de **comportement**.

■ On identifie aussi des conflits selon les parties en jeu : conflit **interpersonnel**, entre 2 personnes ; conflit **intragroupe**, au sein d'un groupe ; conflit **intergroupe**, entre plusieurs groupes.

À SAVOIR

Un conflit peut être ouvert (déclaré) ou latent. Les prémices se caractérisent par des changements de comportement, des problèmes relationnels, une démotivation ou un absentéisme récurrent.

B Les stratégies face aux conflits

Face à un conflit, les salariés adoptent des stratégies différentes (conscientes ou inconscientes) et dépendantes des émotions ressenties.

Fuite, évitement	Le conflit perdure et aucune solution n'est envisagée, soit car il est impossible de modifier la situation, soit car les risques de la confrontation sont plus importants que les bénéfices qui pourraient en découler.
Accommodation, acceptation	Dès que la situation nécessite de conserver une relation avec l'autre, il s'avère judicieux de céder et de privilégier la partie adverse.
Négociation et compromis	Dans ce cas, il s'agit de satisfaire un grand nombre sans trop renoncer à ses propres intérêts.
Collaboration, intégration	Stratégie du « gagnant-gagnant » : chaque partie y trouve son intérêt.
Compétition	Une solution est imposée de façon autoritaire.

C Les modalités de résolution des conflits

■ La **négociation** permet de renouer le dialogue pour aboutir à une solution qui convienne à tous (un **consensus**). Dans certains cas, le consensus ne peut pas être obtenu. Après **ajustements** et **concessions réciproques**, les parties n'aboutissent qu'à un **compromis**.

■ La **médiation** recourt à l'intervention d'une personne extérieure au conflit, lorsque la négociation a échoué. Un **médiateur** aide à trouver une solution sans influencer les parties.

■ L'**arbitrage** s'avère nécessaire lorsque la médiation a échoué. Face à une situation de blocage où le dialogue est impossible, l'intervention d'un **arbitre** (en général le responsable hiérarchique) est indispensable. L'arbitre prend une décision seul, après avoir écouté les parties concernées. C'est une **décision arbitrale** qui, en général, ne convient pas et ne résout pas totalement le conflit.

8 À quelles conditions le dialogue social peut-il renforcer durablement la cohésion ?

Pour atteindre un bon niveau de performance, les responsables doivent procéder à différents ajustements afin que leurs salariés, aux intérêts parfois différents, exercent leurs missions dans un climat serein. À quelles conditions le dialogue social peut-il renforcer durablement la cohésion ?

1 Le climat social

- Le climat social mesure (grâce à des indicateurs) le **degré de satisfaction des salariés** par rapport à leurs conditions de travail, le management mis en place, etc.
- Différents facteurs influent sur le climat social, qu'ils soient **externes** à l'entreprise (crise économique, chômage, etc.) ou **internes** (stress, conflits, grèves, etc.).
- Pour mesurer le climat social, l'outil le plus pertinent est le **baromètre social**. Il se présente sous la forme d'un questionnaire transmis aux salariés, afin de mesurer leur perception de différents aspects tels que la politique de formation professionnelle, la politique de rémunération, la mesure du stress, la gestion des compétences et des carrières, la qualité du management, le degré de motivation, etc.

ATTENTION

Ne confondez pas **baromètre social** et **bilan social**. Le baromètre permet d'anticiper des dysfonctionnements ou conflits éventuels et de prendre les mesures nécessaires.

2 Le dialogue social

Le dialogue social est indispensable. Il améliore le **climat social** en renforçant la **cohésion** et, de fait, augmente la **performance** et la **compétitivité** de l'entreprise. Le dialogue social recouvre tous les éléments favorisant une **communication pertinente** entre les différentes composantes de l'entreprise (salariés, employeurs et partenaires). Le dialogue social peut prendre la forme : **tripartite** (gouvernement, chef d'entreprise et salariés) ; **bipartite** (chef d'entreprise et salariés).

A La communication entre les salariés et la hiérarchie

Il s'agit en général d'une **communication informelle**. Les dysfonctionnements et conflits sont résolus grâce à des discussions spontanées en petits groupes. Le leadership collaboratif et les bonnes relations entre les salariés favorisent les échanges réguliers et les débats.

B La communication entre les partenaires sociaux

■ Avec les partenaires sociaux (représentants des salariés et des organisations patronales), la communication est **formelle**, puisqu'il s'agit d'échanges, de négociation ou plus simplement de consultation sur la politique économique et sociale menée par l'État.

■ Au sein de l'entreprise, deux acteurs principaux interviennent :
- le comité social et économique (CSE), instance représentative du personnel, intermédiaire entre les salariés et les responsables de l'entreprise ;
- les délégués syndicaux chargés de défendre les droits des salariés lors des négociations avec les employeurs.

C Les objectifs du dialogue social

Les objectifs sont différents selon qu'il s'agisse des employeurs ou des salariés.

Objectifs	Employeurs	Salariés
Conditions de travail	▸ Meilleure image de l'entreprise ▸ Attractivité de l'offre d'emploi proposée	▸ Amélioration des conditions de travail ▸ Climat social plus serein
Performance	▸ Pérennité de l'entreprise ▸ Augmentation de la rentabilité	▸ Pérennité de l'entreprise ▸ Sécurité de l'emploi ▸ Motivation et implication des salariés
Adaptabilité	Meilleure réactivité face aux besoins	▸ Meilleure gestion des compétences et des carrières
Reconnaissance	Bon climat social	▸ Meilleure cohésion ▸ Politique de formation et de rémunération répondant aux attentes des salariés

3 Le bilan social

■ Il s'agit d'un document rendu **obligatoire** par une loi du 12 juillet 1977 rassemblant toutes les données sociales chiffrées de l'entreprise. Rédigé par l'employeur, il doit être présenté chaque année pour avis aux membres du CSE de l'entreprise. Dès sa validation, il est diffusé aux salariés qui en font la demande et à l'inspecteur du travail.

■ Le bilan social regroupe les informations suivantes en **6 grandes catégories** :
- les **emplois** et la **structure du personnel** (effectif, départs et arrivées, taux d'absentéisme, promotions, pyramide des âges, répartition par services, âges, etc.) ;
- les **rémunérations** et les **charges** afférentes ;
- les **conditions de travail** (volume horaire, aménagements du temps de travail, nature des emplois, règles ergonomiques, etc.) ;
- les **conditions d'hygiène et de sécurité** (accidents de travail, maladies professionnelles) ;
- la **politique de formation** (types et conditions de la formation professionnelle continue) ;
- les **relations professionnelles** avec les représentants du personnel.

4 La base de données économiques et sociales

■ Dans les entreprises de plus de 50 salariés, l'employeur a pour obligation de transmettre aux membres du CSE une **base de données unique (BDU)** ou **base de données économiques et sociales (BDES)**.

■ Cette base de données regroupe toutes les informations relatives aux **orientations économiques et sociales de l'entreprise** :
- les informations quantitatives de l'entreprise (chiffre d'affaires, résultats, informations comptables, etc.) ;
- le niveau d'endettement de l'entreprise ;
- les informations concernant les actionnaires ;
- les informations sur l'investissement social (évolution des effectifs, nombre de personnes handicapées, formation professionnelle, etc.) ;
- les informations concernant l'investissement matériel de l'entreprise ;
- les rémunérations ;
- les activités sociales et culturelles.

■ Cette base est tenue à disposition du CSE. Les utilisateurs ont **obligation de discrétion** puisque les informations contenues sont **confidentielles**.

9 Comment la communication participe-t-elle à la cohésion et à la performance de l'organisation ?

La communication est indispensable au sein d'une organisation car elle permet non seulement de transmettre des informations mais également de véhiculer une image positive. Nombreux sont les conflits internes dont l'origine est une mauvaise, voire une absence de communication. La communication participe-t-elle à la cohésion et à la performance de l'organisation ?

1 La communication au service de la performance

La communication interne se dissocie parfois difficilement de la communication externe car les responsables ont tendance à considérer leurs salariés comme de réels partenaires.

EXEMPLE

Dans le domaine des actions de préservation de l'environnement, les messages s'adressent tant aux clients qu'aux salariés.

A Les objectifs de la communication interne

Si la finalité première de la communication reste un moyen d'échanges permettant l'interaction avec les salariés, les objectifs sont de plusieurs ordres :
- **aider à la diffusion de l'information et la coordination** entre les différents services, de manière formelle ou informelle ;
- **améliorer et faciliter le dialogue social** en évitant les conflits ;
- **aider à la prise de décisions**, grâce aux différents outils mis en place (rapports, statistiques, études, etc.) ;
- **fidéliser les salariés** ;
- **créer un environnement de travail performant** ;
- **véhiculer la culture d'entreprise**.

B Les outils de la communication

a La communication écrite

Il s'agit d'une communication **multidirectionnelle**, **descendante** (note de service), **ascendante** (note de synthèse) ou **transversale** (journal d'entreprise, note d'information) et qui utilise des supports différents.

Exemple de communication interne	Exemple de communication externe
◗ Accueil d'un nouveau salarié ◗ Annonce d'événements ◗ Négociation avec les représentants du personnel ◗ Reporting social pour la direction	◗ Communication avec le public ◗ Annonces d'emploi ◗ Diffusion de messages à destination des candidats

b La communication orale

Bien que directe, la communication orale demeure volatile. Aucune trace du message ne peut être conservée. Il s'agit d'une communication **informelle** (dans un couloir) ou **formelle** (réunions, entretiens, etc.).

2 Les nouveaux canaux de communication

Avec le développement des TIC, la transmission des informations s'est accélérée. Le recours aux outils modernes permet des **échanges synchrones** (en temps réel) et **asynchrones** (en temps différé). Les canaux d'information sont multiples et peuvent parfois générer une surcharge d'informations que les salariés ont du mal à gérer.

A Les réseaux sociaux d'entreprise

■ Il s'agit d'un **système de communication interne** accessible à tous les salariés. Les objectifs sont nombreux : partage de fichiers, messagerie instantanée, gestion de projet, création de groupes de travail, etc.

■ Toutefois, la mise en place de réseaux sociaux d'entreprise doit suivre une réglementation précise. Les informations personnelles des salariés ne peuvent pas être divulguées, et les représentants du CSE doivent donner leur accord avant leur mise en place.

B L'intranet

Il permet, à partir d'un réseau local, l'accès aux services d'Internet, afin de communiquer en interne. Les entreprises profitent de la technologie d'internet sans recourir aux connections publiques. Les principales utilisations sont la messagerie électronique, les agendas partagés, la gestion de projet, etc.

C Les outils collaboratifs

Les outils informatiques permettent une accessibilité facilitée aux informations, et la communication en est plus efficace et plus rapide. Les processus de travail sont modifiés et intègrent le **travail collaboratif** comme une nouvelle composante. Outre le matériel informatique (ordinateur, numériseur, imprimante et serveur), différents outils sont nécessaires pour la mise en place de travail collaboratif :
– la **plateforme collaborative** : c'est un espace virtuel créé sur mesure et selon les besoins des membres, permettant la conduite d'un projet en mettant à leur disposition tous les outils nécessaires ;

– **le groupware** : il s'agit de logiciels informatiques permettant le travail de groupe. Pour des raisons de sécurité, ils peuvent être ouverts ou fermés.

À SAVOIR

Le groupware se nomme également collecticiel ou plus rarement synergiciel.

3 La marque employeur

■ Il s'agit de l'ensemble des actions permettant de donner une image de l'entreprise cohérente avec son identité et sa culture afin d'**attirer** et de **fidéliser les salariés**. La marque employeur peut donc être considérée comme un **levier de performance** car elle intervient sur deux aspects principaux de l'entreprise : sa communication et la gestion de ses ressources humaines.

■ C'est un outil de **recrutement efficace** puisqu'il favorise la réduction des coûts de recrutements ainsi que les délais ; la fonction ressources humaines est ainsi valorisée.

■ Les salariés étant fidélisés, ils demeurent dans l'entreprise. Le *turnover* est donc réduit.

 # info
Qu'est-ce que la marque employeur ?
foucherconnect.fr/23terstmg93

 # quiz
Des questions pour réviser
foucherconnect.fr/23terstmg94

L'étude de cas Maguro Sushi

Lors de la réunion avec Clémence Villard, représentante du personnel, et Edwige Roman, manager, Tao Grison a annoncé sa décision de recruter du personnel supplémentaire. Il souhaite ainsi répondre plus efficacement à la demande des clients de plus en plus nombreux, mais aussi améliorer le bien-être au travail du personnel des restaurants.

Tao Grison échange avec Edwige Roman à propos du futur recrutement de trois cuisiniers et d'un manager pour la seconder (document 1).

Il lui demande d'ailleurs de rédiger l'offre d'emploi pour le poste de manager de restaurant et s'interroge sur les modalités de diffusion de celle-ci (documents). Il lui précise que le titulaire du poste devra attester d'une certification dans le domaine de l'hygiène et la sécurité alimentaire. Il déplore qu'aucun membre de son personnel ne possède cette attestation.

À l'aide de vos connaissances et des documents 1 à 3 :

1. Montrer l'intérêt de recruter une ou un manager de restaurant pour Maguro Sushi.
2. Repérer les qualifications et compétences attendues pour le poste de manager de restaurant.
3. Identifier la modalité de recrutement envisagée par Tao Grison pour le poste de manager de restaurant. Justifier la réponse.
4. Proposer des méthodes de recherche pertinentes de candidats pour le poste de manager de restaurant.
5. Présenter les actions à envisager pour intégrer au plus vite ce nouveau personnel

DOCUMENT 1

Échanges entre Tao Grison et Edwige Roman

Après la réunion du 3 novembre 2017 sur l'analyse des conditions de travail, Tao Grison a ressenti le besoin de rassurer Edwige Roman. Le lendemain, il échange avec elle par texto.

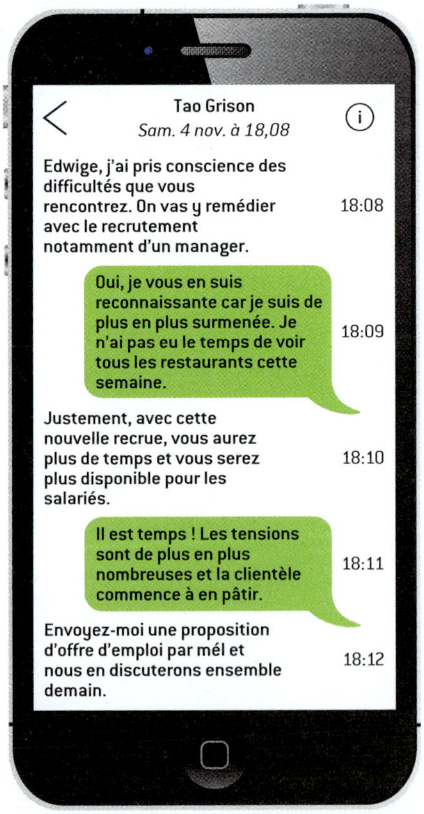

DOCUMENT 2

Offre d'emploi pour le poste de manager de restaurant Manager de restaurant F/H CDI

MAGURO SUSHI

Siège social : Paris

Deux mille cent euros bruts par mois Temps plein 35 heures

Disponibilité immédiate

Titulaire du permis B

MAGURO SUSHI est un réseau de restaurants japonais spécialisés dans l'alimentation « healthy ».

Nous recherchons un ou une manager qui aura en responsabilité des restaurants situés en région parisienne.

La ou le manager a vocation à prendre les décisions adaptées aux situations et animer son équipe. Elle ou il participe à la gestion de l'établissement :
- sur le plan managérial : animation et coordination des équipes de cuisine ;
- sur le plan administratif : respect des normes d'hygiène, gestion des stocks et des commandes, procédures administratives et comptables, gestion administrative des personnels ;
- sur le plan commercial : mise en œuvre de la politique commerciale.

Profil

Idéalement titulaire d'un bac + 5 dans la filière hôtelière, commerciale ou touristique, vous justifiez impérativement d'une expérience d'au moins deux ans dans la direction d'un restaurant ou restaurant rapide. Une certification dans le domaine de l'hygiène et la sécurité alimentaire est demandée.

Vos qualités relationnelles, votre sens du service et vos réelles aptitudes à accompagner une équipe, votre dynamisme et votre rigueur sont les garants de votre réussite dans cette fonction.

DOCUMENT 3

Extraits de l'enquête : comment recrute-t-on en 2017 ?

RegionsJob publie les résultats de sa grande enquête réalisée du 13 avril au 19 juin 2017 sur le recrutement.

Quelles sont les pratiques des recruteurs ?

Quels canaux utilisez-vous pour recruter ?

Sites internet d'offres d'emploi	91 %
Pôle emploi, APEC[1]	77 %
Candidatures spontanées	73 %
Réseau/cooptation	71 %
Réseaux sociaux	70 %
Site internet de mon entreprise	56 %
Cabinets de recrutement	48 %
Presse	5 %

[...] Mobile et réseaux sociaux

70 % des recruteurs utilisent les réseaux sociaux comme outil de recrutement. Malgré tout, 35 % les considèrent peu ou pas du tout efficaces. Dans sa précédente enquête, RegionsJob a relevé que seulement 34 % des candidats les utilisaient pour rechercher un emploi, privilégiant les sites internet de recherche d'emploi, Pôle emploi ou les candidatures spontanées. [...]

Les recruteurs utilisent les réseaux sociaux principalement pour communiquer sur leurs recrutements (81 %), chasser les candidats (75 %) ou travailler la marque employeur de leur entreprise (72 %). C'est pour eux davantage un outil de communication [des ressources humaines...].

Sur le plan des méthodes de recrutement innovantes, la majorité des recruteurs reste frileuse. 65 % n'organisent jamais d'événements présentiels type « jobdating[2] » ou « d'afterwork[3] » alors que sur les 35 % qui ont recours à ce mode de recrutement souvent ou de temps en temps, près des trois quarts (68 %) le trouvent assez voire très efficace. [...]

www.regionsjob.com

[1] APEC : Association pour l'emploi des cadres.
[2] Session de recrutement éclair.
[3] Session de recrutement organisé après le travail.

THÈME 2 – DES FACTEURS DE MOTIVATION ET DE SATISFACTION

L'étude de cas Maguro Sushi

La différenciation de l'activité a conduit Maguro Sushi à adopter une nouvelle carte : plats « vegan », sans gluten, brochettes de poisson et de viande biologiques.

L'engouement réel pour cette cuisine a généré une augmentation importante de la clientèle créant une surcharge de travail pour les équipes. Le personnel en cuisine et au service est obligé d'effectuer des heures supplémentaires et de travailler dans la précipitation. La manager subit également cette cadence de travail.

Malgré un personnel fidèle et impliqué, de plus en plus de stress et de surmenage se font ressentir. Ce constat est confirmé par les indicateurs sociaux (document 1) et le baromètre social (document 2) établi à partir d'une enquête sur le bien-être au travail dans l'entreprise.

Soucieux de résoudre ces difficultés, Tao Grison a organisé une réunion avec le manager et la représentante du personnel (document 3).

À l'aide de vos connaissances et des documents 1 à 3 :

1. Repérer et qualifier les risques professionnels chez Maguro Sushi. Justifier la réponse.
2. Analyser l'évolution de la situation concernant les ressources humaines de Maguro Sushi.
3. Présenter les conséquences de cette évolution pour les membres du personnel et Maguro Sushi.
4. Proposer des mesures pour améliorer les conditions de travail chez Maguro Sushi.

DOCUMENT 1

Les indicateurs sociaux de Maguro Sushi

Indicateurs sociaux	2015	2016	2017
Effectif total au 1er janvier	46	52	53
Nombre de recrutements	6	3	3
Nombre de démissions	0	1	1
Nombre de départs à la retraite	0	1	0
Taux de rotation	6,52 %	4,80 %	3,77 %
Taux d'absentéisme	6,74 %	7,52 %	8,16 %
Taux de fréquence des accidents du travail	15,32	22,10	23,10
Taux de gravité des accidents du travail	0,42	0,57	0,64

Remarque : dans le secteur d'activité de Maguro Sushi pour l'année 2017, le taux de rotation est de 6,21 %, le taux d'absentéisme de 4,59 %, le taux de fréquence des accidents du travail de 18,32 % et le taux de gravité des accidents du travail de 1,20 %.

DOCUMENT 2

Enquête sur le bien-être au travail chez Maguro Sushi

Enquête réalisée auprès de tout le personnel de Maguro Sushi en octobre 2017.

	Avis satisfaisants et très satisfaisants (en %)	
	2015	2017
Santé et sécurité au travail	35	14
Style de management	65	65
Qualité du travail en équipe	44	31
Charge de travail	53	12
Possibilité d'évolution de carrière	39	32
Rémunération	79	80
Organisation du travail	51	13

De plus, 81 % du personnel ressentent un stress au travail trop important.

DOCUMENT 3

Extraits du compte rendu de la réunion du 3 novembre 2017

Participants

M. Tao Grison, dirigeant

Mme Edwige Roman, manager

Mme Clémence Villard, représentante du personnel

Ordre du jour : analyse des conditions de travail (indicateurs sociaux et enquête sur le bien-être au travail réalisée en 2017).

Edwige ROMAN alerte Tao GRISON sur les conséquences de la nouvelle activité sur la sécurité et la qualité de vie au travail.

Clémence VILLARD fait part du surmenage et du stress grandissants pour le personnel.

Un nombre important d'accidents du travail en cuisine est lié à la surcharge de travail qui pousse à travailler vite. Le personnel est donc victime de blessures liées aux découpes de poisson et aux brûlures.

Quelques personnes souffrent aussi de troubles musculo squelettiques liés à des gestes et postures pénibles. [...]

Edwige ROMAN fait également état d'un stress et d'une fatigue importants. Ses déplacements se multiplient (visites fournisseurs, pilotage et suivi des restaurants) et elle a récemment été victime d'un accident de trajet. [...]

Tao GRISON prend acte de la dégradation des conditions de travail et annonce qu'il envisage de procéder au recrutement de cuisinières ou cuisiniers et d'un ou une manager. [...]

THÈME 3 – LA RECHERCHE DE COHÉSION

Franck Dubois, manager nouvellement recruté, rencontre des difficultés liées à l'organisation de Maguro Sushi. La gestion administrative des restaurants pose problème. Il ne parvient pas à gérer les stocks de produits, à affecter les salariés en fonction des besoins et à établir correctement des plannings de travail du personnel.

La communication est de plus en plus difficile. La coordination entre Franck Dubois et Edwige Roman, manager, n'est pas satisfaisante. Ils ne parviennent pas à échanger suffisamment. Par ailleurs, la coopération au sein des restaurants est inefficace : le temps entre la prise de commande et le service en salle est beaucoup trop long. Franck Dubois évoque ces dysfonctionnements avec Tao Grison et Edwige Roman.

Tao Grison propose de réfléchir à la mise en place d'outils informatiques et décide de réunir à cette fin les équipes (document 1). Au cours de cette réunion, il aborde les critiques négatives sur les restaurants postées par les internautes sur le réseau « La Cuillère » (site internet français de réservation de restaurants en ligne recensant les avis et notes des clients), comme c'est le cas pour le restaurant de Versailles (document 2). Il s'inquiète vraiment de cette situation et craint que cela nuise à la réputation de Maguro Sushi (document 3).

À l'aide de vos connaissances et des documents :

1. Qualifier la forme et la source du conflit opposant Franck Dubois, Clémence Villard, Sami Rida et Lylia Alesia. Justifier la réponse.
2. Caractériser les comportements d'Edwige Roman et de Franck Dubois lors de la réunion.
3. Proposer des modalités de dépassement du conflit. Justifier la réponse.

DOCUMENT 1

Extrait de la réunion entre Tao Grison et ses équipes

Tao Grison : Je suis content de vous voir tous aujourd'hui. Faisons le point sur la situation de nos restaurants. Cette situation n'est pas au beau fixe ; j'ai constaté que nos restaurants sont de plus en plus mal notés sur « La Cuillère ». Il va falloir vous remobiliser au plus vite !

Clémence Villard : Effectivement, c'est plutôt inquiétant vu notre investissement. J'ai pourtant l'impression que nous mettons tout en œuvre pour nous mobiliser.

Franck Dubois, manager : Force est de constater que cela ne suffit pas. Vous devez vous remettre en question !

Sami Rida, cuisinier : Pourquoi rejetez-vous la faute uniquement sur nous ? Nous ne sommes peut-être pas les seuls responsables de cette situation.

Clémence Villard : Oui, tu as raison Sami ! Franck, vous ne nous écoutez pas, vous ne pensez qu'au rendement des restaurants.

Franck Dubois, manager : N'est-ce pas l'objectif principal de l'entreprise ?

Lylia Alesia, serveuse : Nous, notre objectif, c'est de satisfaire au mieux les clients qui en ont assez d'attendre indéfiniment leurs plats.

Sami Rida, cuisinier : Oui, avec les commandes sur papier, on ne s'en sort pas et on perd du temps. Tout le monde en subit les conséquences. Nous en avons déjà parlé, Franck !

Edwige Roman : Bien sûr, ne vous énervez pas ! Nous sommes conscients que vous vous donnez beaucoup. Mais la situation n'est pas satisfaisante pour vous non plus. Nous devons réagir et nous avons envisagé de mettre en place des outils numériques qui vous permettront de gagner du temps.

Franck Dubois : Mais ce n'est pas le seul problème, remettez-vous davantage en question !

Clémence Villard : Pardon ? Nous remarquons que, depuis votre arrivée, les restaurants vont de plus en plus mal, les salariés, les clients, personne n'est satisfait ! Il vient peut-être de vous le problème.

Franck Dubois : De moi ? Comment pouvez-vous me faire porter toute la responsabilité de la baisse de cote des restaurants ? Vous dépassez les bornes !

Franck Dubois et Edwige Roman quittent la salle de réunion en claquant la porte.

DOCUMENT 2

Avis des internautes sur le réseau « La Cuillère »

La Cuillère

MAGURO SUSHI **5,3/10**

Avenue du Maréchal Foch, 78000 Versailles, France **16 avis**

Carte et infos pratiques **Avis La Cuillère**

5,3/10

Seuls les clients qui sont allés au restaurant après avoir réservé sur La Cuillère peuvent donner leur avis.

Notes/10	Nombre d'avis
10	0
9	0
8	0
7	2
6	4
5	7
4	3

Cuisine 7 — **Qualité/prix** Correct

Service 4 — **Niveau sonore** Calme

Cadre 5 — **Temps d'attente** Très long

Claude M.
Note moyenne 6/10
Date du repas : 3 fév. 2018
Accueil limite, nourriture de qualité mais temps d'attente trop long.

Lucile U.
Note moyenne 5/10
Date du repas : 14 fév. 2018
Cuisine saine, originale mais serveurs énervés.

Loïc M.
Note moyenne 5/10
Date du repas : 17 fév. 2018
Une demi-heure d'attente pour être servis. Inadmissible !

DOCUMENT 3

L'e-réputation des entreprises

E-réputation des entreprises : quel est l'impact des avis sur Internet ?

Encouragées à entamer leur transition numérique pour rester compétitives, les entreprises françaises sont de plus en plus présentes sur Internet. Les outils digitaux leur permettent de se promouvoir mais c'est aussi le moyen pour les internautes de donner leur avis ! Des posts sur les réseaux sociaux ou sites spécialisés qui ont de l'importance puisque 7 Français sur 10 consultent des avis sur les professionnels via internet. [...]

Les internautes contrôlent la réputation des entreprises sur le web.

Internet est le royaume des clients, le lieu où ils peuvent s'exprimer librement et partager leur expérience avec de potentiels futurs acheteurs. Le web peut être ainsi comparé à un catalogue sur lequel les internautes choisissent quelle entreprise mérite le plus leur confiance afin d'y effectuer leur prochain achat. Les sites d'avis en ligne [...] ainsi que les réseaux sociaux [...] permettent à chacun de se renseigner sur la réputation de tout type d'entreprise.

Ainsi, il est important pour les sociétés de tous secteurs de ne pas négliger leur e-réputation. [...]

2 janvier 2017, Melissa Carles, www.netpme.fr

L'e-réputation des restaurants face aux avis clients

La décision d'aller dans un restaurant ne dépend pas uniquement de l'argumentation de la marque ou de l'opinion d'un expert, mais aussi de la lecture des avis publiés sur Internet. Le « bouche-à-oreille » est en effet désormais amplifié par Internet.

L'e-réputation des restaurants se joue sur de nombreux supports : les guides comme Michelin, Le Routard, les sites d'avis et de notation comme TripAdvisor. Les commentaires sur le produit et/ou le personnel influencent directement la fréquentation et la réputation de l'établissement.

Extrait d'un article du journal professionnel « Restau Info », mars 2018

corrigés
foucherconnect.fr/23terstmg125

SYSTÈMES D'INFORMATION DE GESTION

THÈME 1 – ORGANISATION ET NUMÉRISATION

1 Comment l'organisation se structure-t-elle pour gérer l'information ? 182

2 Les évolutions numériques sont-elles exemptes de risques ? 187

THÈME 2 – MANAGEMENT DU SYSTÈME D'INFORMATION ET PERFORMANCE

3 Comment la fonction SI accompagne-t-elle les choix de l'organisation ? 190

4 En quoi un projet de système d'information est-il une réponse au besoin d'évolution de l'organisation ? 192

THÈME 3 – INFORMATION, ACTION ET DÉCISION

5 Comment peut-on produire de l'information à partir de données ? 196

6 La résolution de tous les problèmes de gestion est-elle automatisable ?... 200

THÈME 4 – SYSTÈME D'INFORMATION ET ÉCHANGE

7 La standardisation favorise-t-elle la circulation des informations ? 204

8 Comment les technologies réseaux répondent-elles aux besoins de collaboration ? 206

ENTRAÎNEMENT À L'ÉPREUVE FINALE 212

1 Comment l'organisation se structure-t-elle pour gérer l'information ?

Grâce à la vitesse avec laquelle circule l'information, la productivité de l'entreprise s'est améliorée. L'information est une composante importante de son activité. Encore faut-il qu'elle réponde à ses besoins, qu'elle soit utilisée à bon escient et bien structurée. Comment l'organisation se structure-t-elle pour gérer l'information ?

1 Le système d'information

Depuis l'**informatisation** et l'**automatisation des processus**, le système d'information est présent dans tous les secteurs de l'entreprise. Il regroupe un ensemble d'éléments humains, matériels et logiciels, qui participent à la **collecte**, au **traitement**, au **stockage** et à la **diffusion de l'information**. L'efficacité du système d'information conditionne la **performance de l'entreprise** dès que les informations sont gérées efficacement.

À SAVOIR

Il existe aujourd'hui des systèmes d'information par métier. Ainsi, le système d'information ressources humaines gère toutes les informations relatives au salarié (la paye, la gestion des carrières, les formations, etc.).

A L'information

■ L'information est une donnée utile qui permet de **prendre des décisions** dans de meilleures conditions. Elle est collectée, traitée, stockée, et elle produit elle-même des informations diffusées aux salariés, aux clients ou aux partenaires de l'entreprise.

■ Elle est classée selon sa catégorie :
- la **source** : interne ou externe ;
- la **nature** : qualitative ou quantitative ;
- le **domaine concerné** : économique, juridique, comptable, etc. ;
- le **sens de circulation** : ascendant, descendant, transversal.

■ Afin d'être utilisée à bon escient, l'information doit être :
- **pertinente** : une information inutile ou non disponible fait perdre du temps et ralentit le traitement ;
- **fiable** : une information inexacte crée des dysfonctionnements qui génèrent des coûts pour l'entreprise et ternissent son image de marque ;
- **actuelle** : elle doit être mise à jour ;
- **précise et objective** : une information insuffisante ne permet pas un travail de qualité.

B Les méthodes de collecte de l'information

Deux méthodes sont possibles :
- **la méthode *pull*** : le salarié part à la recherche des informations et supprime celles dont il n'a pas besoin. C'est une méthode chronophage qui demande un investissement important ;
- **la méthode *push*** : à l'inverse, les informations arrivent directement sur les adresses courriels des intéressés. Ce processus automatisé génère un gain de temps et permet une régularité dans la mise à jour des informations. Il est toutefois nécessaire de sélectionner les informations pertinentes par rapport à la thématique traitée.

C Les flux d'information

■ Un flux d'information est l'échange d'informations entre deux ou plusieurs acteurs. L'émetteur émet un flux en direction d'un destinataire.

■ Les flux d'information peuvent être :
- **réflexifs** (le destinataire répond à l'émetteur) ;
- **successifs** ou simultanés ;
- **périodiques** ou **permanents** ;
- **conditionnels** (dépendant d'une condition).

■ Les échanges d'information sont souvent formalisés dans un **diagramme de flux**.

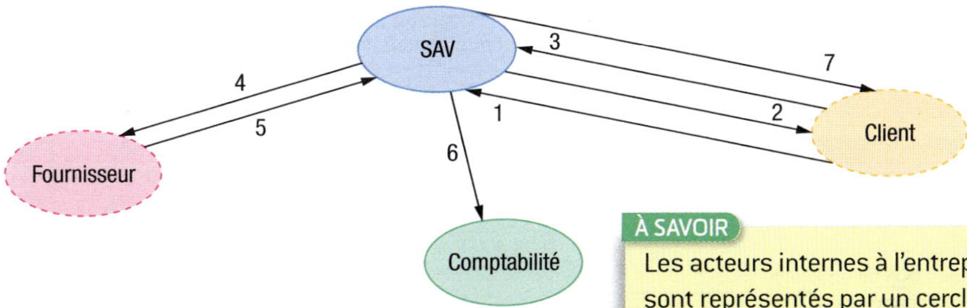

Légende
1 : le client apporte son matériel au service après-vente (SAV).
2 : le technicien fait signer le formulaire de prise en charge du matériel.
3 : le client rend le document signé.
4 : le technicien transmet la commande des pièces au fournisseur.
5 : les pièces sont livrées avec la facture par le fournisseur.
6 : le technicien transmet la facture au service comptabilité.
7 : le technicien fait signer le bon de réparation au client.

À SAVOIR
Les acteurs internes à l'entreprise sont représentés par un cercle à trait continu alors que les acteurs externes le sont par un cercle en pointillé. Les flèches symbolisent les échanges d'informations entre les acteurs.

Un diagramme de flux

D Les processus

■ Les différentes tâches d'une activité administrative sont regroupées dans un processus et aboutissent à un résultat.

■ Les processus peuvent être :
- de **réalisation (opérationnel)** pour permettre le fonctionnement de l'entreprise (conception, fabrication, vente, etc.) ;
- de **support (ressources)** pour assurer le fonctionnement des autres processus grâce aux ressources mises à disposition ;
- de **pilotage (décisionnel)** pour diriger, piloter les autres processus.

■ La modélisation du processus permet de comprendre le fonctionnement de l'entreprise, de cerner les acteurs intervenant dans ce processus et de définir les différentes tâches qui doivent être réalisées. En cas de dysfonctionnements (trop d'acteurs, documents inappropriés, trop d'allers-retours, redondance des informations, etc.), des améliorations sont apportées au processus existant.

■ Le **diagramme événements-résultats** représente les échanges d'informations de manière plus précise que le diagramme de flux car il met en évidence les tâches réalisées par les différents intervenants. Outre les acteurs internes et externes (représentés en colonne), les événements déclencheurs (représentés par des cercles) permettent la réalisation de la tâche et aboutissent à un résultat : les **événements-résultats** (représentés par des cercles).

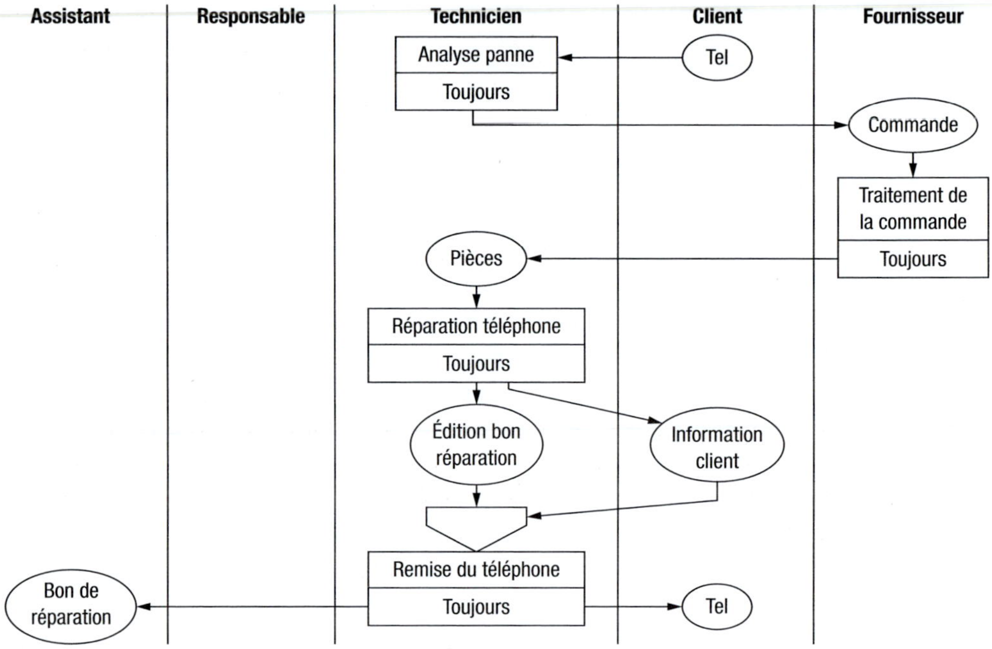

Un diagramme événements-résultats

2 L'apport du numérique

A Le développement des technologies de l'information et de la communication (TIC)

■ La généralisation des TIC a considérablement modifié l'**organisation du travail**, augmenté la **quantité d'informations** et le **nombre d'échanges**, entraîné le **développement des postes de travail** et leur architecture (nombre de serveurs, de périphériques, etc.) et permis l'**émergence de nouveaux outils** (réseaux sociaux, messageries, blogs, etc.).

■ Cette adaptation à cette forme de travail différente a suscité de la part des entreprises des **investissements en matériel** qui ont généré des coûts supplémentaires.

■ Pour s'inscrire dans une **démarche écoresponsable**, l'entreprise doit sensibiliser ses salariés et veiller à **réduire son impact sur l'environnement** (augmentation de la durée de vie de ses installations informatiques, réduction des consommables, etc.).

B Les documents numériques

a Le document

Un document est un support d'informations structuré et vecteur d'un message. Un document papier reste le support le plus couramment utilisé. Cependant, de plus en plus de documents circulent sous un format numérique, plus facile à transmettre.

b La numérisation

Afin de dématérialiser le document, la numérisation est nécessaire. Elle consiste à transformer un document papier en document électronique. Pour réaliser cette numérisation, l'entreprise doit disposer d'un numériseur (scanner) et des logiciels appropriés.

c La gestion électronique de documents (GED)

Elle regroupe l'ensemble des moyens matériels et logiciels permettant de gérer le cycle de vie des documents sous forme électronique.

video
La GED
foucherconnect.fr/23terstmg96

3 Le système informatique

Le système informatique forme un **sous-ensemble du système d'information**. Il permet de stocker toutes les informations nécessaires. Constitué du matériel informatique, des ressources humaines et des bases de données, le système informatique produit des **flux d'informations** nécessaires non seulement au fonctionnement de l'organisation mais surtout à la prise de décision.

A Le matériel

Afin de réaliser les différentes missions qui lui sont confiées, les salariés doivent recourir aux **technologies de l'information et de la communication (TIC)** afin d'accéder aux informations et de les partager. Le poste de travail est donc doté d'une unité centrale (ordinateur fixe ou portable) connectée au réseau, reliée à un ou plusieurs serveurs et périphériques (imprimante, numériseur, etc.). Cette configuration permet le travail collaboratif.

B Les réseaux informatiques

- Grâce aux réseaux, les processus de travail sont modifiés. Les échanges sont simplifiés, l'accessibilité aux informations accrue, la communication facilitée (voir chapitre 3 pour la structure des réseaux).

RAPPEL

Grâce au *cloud computing*, les données sont externalisées sur des serveurs distants, permettant l'accès aux données depuis un poste équipé d'un accès internet.

■ Différents types de réseaux sont installés selon la finalité, permettant une communication plus ou moins étendue :
- le **réseau personnel ou PAN (*Personnel Area Network*)** relie les ordinateurs entre eux sur quelques mètres ;
- le **réseau local ou LAN (*Local Area Network*)**, utilisé au niveau de l'entreprise (< 1 km) ;
- le **réseau MAN (*Métropolitain Area Network*)**, pour un espace géographique plus important, au niveau d'une ville par exemple (< 100 km) ;
- le **réseau étendu ou WAN (*Wide Area Network*) au niveau national** (> 100 km). Internet représente le grand réseau WAN.

C Les applications et progiciels de gestion intégrées (PGI)

■ Outre la suite bureautique classique, les ordinateurs sont équipés de **PGI** (en anglais, *Enterprise Ressource Planning* – ERP) qui gèrent l'ensemble des activités de l'organisation (gestion des ressources humaines, comptable, commerciale, etc.).

■ Les informations stockées dans une base de données unique sont transmises, grâce à différents modules, aux utilisateurs concernés. Le recours aux PGI assure la **cohérence des informations**, facilite leur **transmission** et optimise leur **traitement**.

2 Les évolutions numériques sont-elles exemptes de risques ?

Avec le développement des technologies de l'information et les évolutions numériques, il est primordial que les entreprises sécurisent leurs réseaux afin d'en optimiser le fonctionnement et de préserver l'intégrité, la confidentialité, la traçabilité et la disponibilité des données. Les évolutions numériques sont-elles exemptes de risques ?

1 Les dangers

- Un réseau mal sécurisé, voire pas sécurisé du tout, peut engendrer la **destruction des informations**, de manière intentionnelle ou non, ou le **vol d'informations**. Tous ces dangers peuvent compromettre la survie de l'entreprise ou nuire à son image de marque.
- Les dangers sont nombreux et peuvent revêtir plusieurs formes :

Les virus	Il s'agit de programmes malveillants installés sur les ordinateurs ou qui se propagent grâce à Internet. Ils nuisent au fonctionnement de l'ordinateur et se répandent aux autres postes (le ver, le cheval de Troie, les bombes logiques).
Le piratage ou *hacking*	Un hacker cherche à outrepasser les protections matérielles ou logicielles afin de pénétrer dans le système d'information de l'entreprise.
L'hameçonnage ou *phishing*	Des utilisateurs mal intentionnés récupèrent des codes d'accès ou des informations bancaires, en invitant les utilisateurs à cliquer sur des liens frauduleux.
Les logiciels espions ou *spywares*	Ces programmes collectent des informations personnelles et les transmettent sans en avoir l'autorisation. Ces logiciels portent également le nom de « mouchards ».
Les pourriels ou spam	Le nombre important de courriels indésirables peut non seulement rapidement encombrer la messagerie, mais également générer des problèmes de sécurité.

2 Les précautions

A Matérielles

- **Les droits d'accès** : chaque utilisateur, dès qu'il en a l'autorisation, peut accéder à sa session au moyen de son identifiant et de son mot de passe. Ainsi, il est identifiable par le réseau.

À SAVOIR

Les droits d'accès aux fichiers partagés sont gérés en fonction des besoins de chacun des utilisateurs (lecture, modification, suppression).

■ **La mise en place d'ondulateurs** : ils protègent les ordinateurs des aléas électriques. Ils prennent le relais en cas de défaillance du système électrique, évitant ainsi les dégâts occasionnés lors de coupures électriques. Indispensables au niveau des serveurs, ils assurent la protection des données.

■ **Le système de sauvegarde des données** : afin d'éviter la perte de données lors de la panne d'un disque dur, cette technologie propose la sauvegarde sur plusieurs disques simultanément.

B Logicielles

■ Un **pare-feu** ou ***firewall***, logiciel intermédiaire entre le réseau local et le réseau externe, agit comme un filtre. Il autorise ou refuse la connexion.

■ Un **antivirus** analyse tous les fichiers afin de détecter la présence éventuelle d'un virus. Les fichiers infectés sont mis en quarantaine pour être détruits.

■ Les **logiciels anti-espions** protègent contre les logiciels espions.

■ La mise à jour régulière des logiciels est indispensable.

RAPPEL

La meilleure protection consiste à fermer sa session lorsque l'on quitte son poste de travail, à changer régulièrement son mot de passe et à ne pas le communiquer.

3 La sécurité des échanges

Les échanges mis en place grâce à ce nouveau mode de communication peuvent être interceptés par des tierces personnes. Pour éviter que ces données ne soient « piratées », différents moyens sont utilisés.

A Le cryptage des données

Grâce à un **algorithme de cryptage**, les données compréhensibles du message (texte) sont transformées en un texte chiffré incompréhensible.

B La signature électronique

Non seulement elle certifie l'authenticité de l'expéditeur, mais elle permet également, en tant que preuve juridique, de vérifier que le message a bien été envoyé par l'expéditeur (non-répudiation). L'expéditeur ne peut donc pas nier les faits.

C Le hachage

L'ordinateur réalise une **empreinte numérique** (ou signature) du mot de passe et le stocke sur un serveur de données. Quand l'utilisateur saisit son mot de passe, l'ordinateur vérifie que l'empreinte est identique à celle qu'il a enregistrée précédemment.

D La protection des données

- Toutes les informations collectées *via* Internet composent l'identité virtuelle nommée **identité numérique**. Chaque internaute en possède une, qui regroupe ses données privées et personnelles. Il lui appartient de sélectionner parmi les données privées celles qu'il souhaite dévoiler ou non. En revanche, les données personnelles, collectées au moyen de formulaires sur les sites internet, font l'objet de traitements dans le respect des règlementations en vigueur.

- Pour protéger les données personnelles et éviter les atteintes à la vie privée, la **loi informatique et liberté** a été adoptée le **6 janvier 1978** et modifiée le 6 août 2004. La **Commission nationale de l'informatique et des libertés (Cnil)**, créée à la même époque, est chargée de faire respecter cette loi. Elle informe et protège les utilisateurs des outils informatiques, contrôle et sanctionne ceux qui ne respectent pas la confidentialité des données.

- Le **règlement général de protection des données (RGPD)**, promulgué au sein de l'Union européenne en 2018, vise à renforcer et à harmoniser les mesures de protections des données des individus non seulement au niveau national mais également dans tous les pays membres.

 # vidéo
Le RGPD
foucherconnect.fr/23terstmg97

RAPPEL
L'identité numérique est en constante évolution. Elle s'enrichit sans cesse d'informations au gré des navigations sur Internet.

4 En quoi un projet de système d'information est-il une réponse au besoin d'évolution de l'organisation ?

Le système d'information évolue grâce aux améliorations techniques menées dans le cadre de projets prenant en compte les facteurs humains, organisationnels et financiers. Le projet de système d'information est-il une réponse au besoin d'évolution de l'organisation ?

1 Le projet

A Les acteurs

Un projet est piloté par un chef de projet et implique différents acteurs :
- **la maîtrise d'ouvrage (MOA)** : client du projet qui fixe les objectifs, le budget et les délais ;
- **la maîtrise d'œuvre (MOE)** : fournisseur du projet qui propose les solutions, la réalisation et les tests ;
- **le chef de projet** qui pilote le projet et assume les responsabilités.

B Le cycle de vie du projet

Afin d'aboutir à un résultat, le projet doit respecter un certain nombre d'étapes. À chaque phase, les dysfonctionnements ou erreurs éventuels sont détectés, permettant ainsi d'apporter les modifications nécessaires : expression du besoin, étude de la faisabilité, choix de la solution, conception générale et détaillée, pilotage du projet, atteinte des objectifs, contrôle.

MOT-CLÉ

Selon la norme ISO 10006, un projet est « un processus unique qui consiste en un ensemble d'activités coordonnées et maîtrisées comportant des dates de début et de fin, entrepris dans le but d'atteindre un objectif conforme à des exigences spécifiques telles que des contraintes de délais, de coûts et de ressources ».

2 L'organisation et la planification du projet

Une démarche de projet nécessite de maîtriser tous les éléments durant la réalisation.

A Les jalons

Le jalon est un repère destiné à déterminer la fin d'une étape afin de pouvoir en débuter une autre. La validation du jalon est réalisée par les différents acteurs concernés et intervenant sur le projet, et ce à la demande du chef de projet.

B Les délais

Pour organiser des événements ou planifier des activités, tout en respectant des contraintes temporelles, il est nécessaire de s'appuyer sur des **outils d'ordonnancement et de planification**. Ils aident à coordonner les tâches, à définir les délais, à programmer les moyens humains, matériels et financiers et surtout à contrôler l'avancement de la réalisation.

MOTS-CLÉS

- **Planifier** consiste à recourir à un calendrier pour placer les tâches dans un ordre déterminé.
- **Ordonnancer** consiste à organiser les tâches en respectant l'ordre d'exécution et les contraintes temporelles.

C Les outils de suivi du projet

Pour planifier les activités tout en respectant les contraintes temporelles, des **outils d'ordonnancement et de planification** permettent de coordonner les tâches, de définir les délais, de programmer les moyens humains, matériels et financiers et, surtout, de contrôler l'avancement de la réalisation.

a La liste de contrôle

■ La liste de contrôle énumère les tâches à réaliser, les dates prévues de réalisation, les dates réelles et la personne chargée de la tâche. Cette liste permet d'effectuer un contrôle tant au niveau du temps que des acteurs concernés.

LISTE DE CONTRÔLE (nom du projet) (date du projet)			
TÂCHES	**DATE PRÉVUE DE RÉALISATION**	**DATE RÉELLE DE RÉALISATION**	**PERSONNE CHARGÉE DE LA TÂCHE**

■ Il est possible de prévoir une colonne supplémentaire afin de calculer l'écart entre la date prévue et la date réelle. Ainsi, la liste de contrôle devient un réel outil, non seulement de gestion du temps mais également de planification.

b Le planning

Qu'il soit réalisé sur papier ou grâce à l'outil bureautique (Excel), c'est le moyen le plus simple pour visualiser les tâches d'un projet et permettre d'en contrôler le déroulement. Le temps est toujours représenté en abscisse (horizontal), les autres données en ordonnée (vertical).

Salarié	**S1**	**S2**	**S3**	**S4**	**S5**	**S6**	**S7**	**S8**	**S9**
Tâche 1		■	■	■					
Tâche 2					■	■	■		
Tâche 3			■	■	■				
Tâche 4					■	■	■	■	

c Le réseau PERT

Ce schéma, tracé manuellement, permet de visualiser l'enchaînement des tâches, leur durée, les tâches pour lesquelles on dispose d'une marge de temps, celles pour lesquelles tout retard est impossible, et la durée totale de réalisation du projet. Toutes les tâches aboutissent à un résultat (l'inauguration d'un local, une journée portes ouvertes, la parution d'un nouveau journal, etc.).

d Le diagramme de Gantt

De même finalité que le réseau PERT, le diagramme de Gantt est une représentation graphique réalisée à l'aide du logiciel de gestion de projet GanttProject. Chaque tâche est représentée par une barre de longueur différente proportionnelle à sa durée. Les écarts entre les dates prévues et réelles de réalisation sont indiqués sur le diagramme, ce qui permet de proposer des mesures correctives pour rattraper le retard.

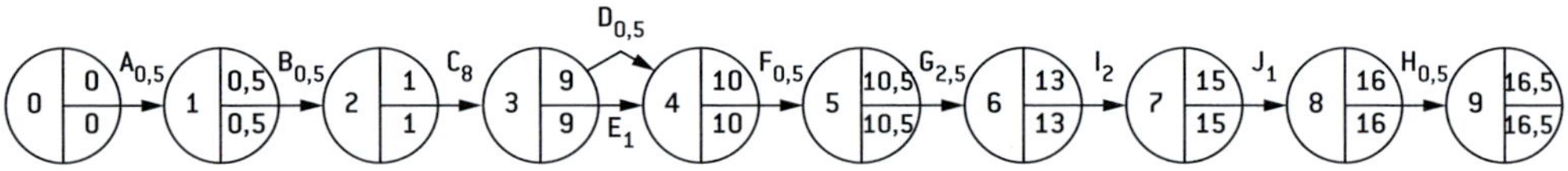

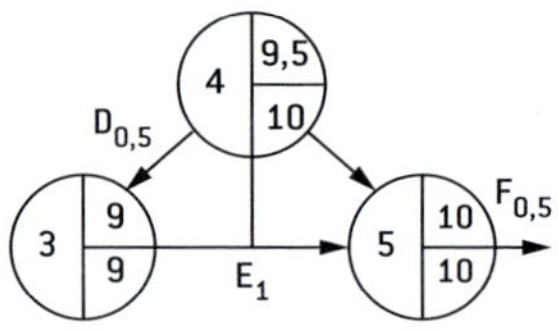

Autre représentation avec une tâche fictive de valeur nulle

■ Le chef de projet veille au respect des délais fixés afin de rattraper les retards éventuels.

 # video
GanttProject : principe de base
foucherconnect.fr/23terstmg98

D La qualité

■ La qualité vise la **satisfaction de la clientèle** et de ses **besoins**. La qualité dans une entreprise se retrouve donc à tous les échelons.

■ **Le système de management de la qualité (SMQ)** regroupe l'ensemble des actions réalisées par l'entreprise pour respecter ses objectifs en matière de qualité. Il s'agit :
- de **l'ensemble des procédures** (processus, modes opératoires, etc.) ;
- des **outils de vérification** (indicateurs, tableaux de bord, audit, etc.) ;
- de **l'analyse réalisée**.

■ Les acteurs de l'entreprise sont donc tous concernés : les cadres et les responsables qui décident des processus qualité ; les employés qui doivent appliquer les procédures mises en place et respecter les objectifs fixés.

■ Le **non-respect des engagements qualité** peut avoir des conséquences dramatiques pour l'entreprise (mauvaise image de marque, perte de clients générant une baisse du chiffre d'affaires, etc.).

■ Le chef de projet veille au respect de la qualité en respectant les exigences convenues dans le cahier des charges.

3 Les coûts du projet

■ Par son activité, l'entreprise génère des coûts. Ils sont une composante importante qu'elle doit maîtriser pour **opérer des choix** et **prendre des décisions** (recours à la sous-traitance, externalisation, automatisation des processus ou de certaines tâches, etc.). Dans toute démarche, la finalité est de **générer des gains** pour **couvrir les coûts** de mise en place et d'exploitation.

■ Les coûts sont regroupés dans 2 grandes catégories :
- les **coûts d'investissement** : matériel informatique, coûts d'étude, de test, de développement, etc. ;
- les **coûts de fonctionnement** : charges directes et indirectes liées au fonctionnement.

■ Le chef de projet veille au respect des budgets définis afin de pallier les dérives budgétaires éventuelles.

4 La communication

■ Le groupe projet est constitué d'individus différents et complémentaires. Il est donc nécessaire de **créer une dynamique de groupe** permettant la réalisation du projet tout en respectant les objectifs de coûts, de délais et de qualité.

■ Les différents acteurs communiquent afin d'atteindre un **objectif commun**. Chaque tâche est répartie entre tous les membres de l'équipe. Ils assument ensemble les responsabilités qui en incombent ainsi que les résultats obtenus.

■ Il est donc important de :
- **faciliter la collaboration** en simplifiant les interactions et en permettant le recours aux outils de communication ;
- **susciter la motivation** en repérant pour chaque membre les facteurs de motivation (confiance en soi, reconnaissance, savoir-faire, etc.) ;
- **responsabiliser les membres**.

5 Comment peut-on produire de l'information à partir de données ?

Les bases de données qui forment le système informatique sont conçues et exploitées afin de permettre la production et l'exploitation des informations. Comment l'entreprise peut-elle produire de l'information à partir de données ?

1 Les bases de données

Le système de gestion de bases de données relationnelles (SGBRD) permet la gestion de base de données. Chaque utilisateur accède, en fonction de ses besoins, aux différentes données centralisées et structurées grâce à un logiciel spécialisé, Access entre autres. L'interrogation de la base de données au moyen des requêtes, rédigées dans un langage spécifique - SQL (*Structured Query Language*) - permet d'obtenir des informations ciblées.

A Le modèle relationnel

■ Une base de données est constituée d'un ensemble de tables. Chaque table comporte des champs. L'un de ces champs permet d'identifier sans ambiguïté les différents champs de la table. C'est la **clé primaire**.

■ Les tables sont reliées entre elles grâce à une **clé étrangère**. Elle fait référence à la clé primaire de l'une des tables et est en tous points identiques à la clé primaire. Seules les valeurs renseignées pour la clé primaire ne sont pas autorisées pour la clé étrangère : c'est la **contrainte d'intégrité référentielle (CIF)**.

À SAVOIR

La clé primaire ne doit pas comporter de doublon ni de valeur nulle. Le choix d'un numéro comme identifiant permet d'éviter les doublons.

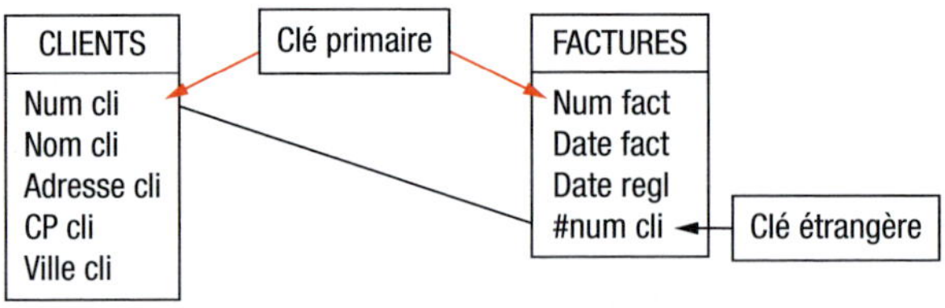

B L'exploitation de la base de données

Le **langage SQL (*Structured Query Language*)** permet d'interroger une base de données afin d'extraire des informations. La manipulation est une **requête**. La requête porte sur une ou plusieurs tables et permet d'obtenir une nouvelle table avec les informations demandées.

a Les requêtes d'interrogation de données : SELECT

Clause	Finalité
SELECT	Liste des champs que l'on souhaite obtenir comme résultat
FROM	Énumère les tables dans lesquelles se trouvent les données
WHERE	- Critère de jointure entre les tables - Critère de sélection
AND	Les conditions se cumulent
OR	Conditions alternatives
NOT	Exprime le contraire de la condition énoncée
ORDER BY	- Tri de la requête - ASC (croissant) ou DESC (décroissant)
GROUP BY	Regroupement des informations par catégorie
HAVING	Exprime les conditions sur les résultats d'un calcul

EXEMPLE

On souhaite obtenir la liste des factures du client Durand.
SELECT : CLIENT,nom cli ;FACTURE, num fact ;
FROM : CLIENT ;FACTURE ;
WHERE : CLIENT,num cli = FACTURE, num cli
AND : num cli = "Durand"

b Les requêtes de modification

Clause	Finalité
INSERT INTO	Insertion d'un nouvel élément dans une table
UPDATE	Modification des données contenues dans une table selon des conditions déterminées. Si aucune condition n'est définie, tous les enregistrements de la table seront mis à jour
DELETE	Suppression d'un enregistrement

EXEMPLE

Suppression du client 138 Monsieur Durand.
DELETE FROM : CLIENTS
WHERE : num cli 138

c Les requêtes de définition de données

Clause	Finalité
CREATE	Création d'une table en indiquant pour chaque champ : l'intitulé, le type, la taille du champ, etc.
ALTER	Modification d'une table existante. Cette instruction est accompagnée de la clause ADD (ajouter un champ) ou MODIFY (modifier le champ) Exemple : ALTER TABLE : client ADD : prenom cli CHAR (25)
DROP	Suppression d'une table qui ne comporte pas de clé étrangère

EXEMPLE

Les instructions SQL correspondent aux 2 tables précédentes.

CREATE TABLE Clients
(
Num cli NUMBER (6)
Nom cli CHAR (25) not null
Adresse cli CHAR (50)
CP cli CHAR (5)
Ville cli CHAR (25)
PRIMARY KEY (num cli)
)

CREAT TABLE FACTURES
(
Num fact NUMBER (6)
Date fact DATE
Date regl DATE
PRIMARY KEY (num fact)
FOREIGN KEY (num cli) REFERENCES clients (num cli)
)

d Les requêtes de contrôle de l'accès aux données

Clauses	Finalités
GRANT	Le propriétaire d'une table autorise un utilisateur à accéder aux données grâce à un droit d'accès GRANT (privilège) ON (nom de la table) TO (nom utilisateur) Les privilèges sont : SELECT (lecture des données), UPDATE (modification des données), INSERT (ajout) et DELETE (suppression)
REVOKE	Cet ordre supprime les droits d'accès conférés à un utilisateur

EXEMPLE

GRANT SELECT ON Client TO Christine
GRANT (privilege) ON (nom de la table) TO (nom utilisateur)
(Accorde à Christine d'accéder à la table clients et effectuer des ordres SELECT)

e Les requêtes de calcul et de regroupement

Des opérateurs mathématiques sont utilisés pour effectuer des requêtes avec calcul.

Clauses	Finalités
SUM	Calcule une somme de valeurs comprenant des données numériques
COUNT	Compte le nombre de valeurs (nombre de commandes effectuées)
AVG	Calcule une moyenne
MIN	Plus petite valeur
MAX	Plus grande valeur

EXEMPLE

À partir de l'exemple précédent, on cherche à comptabiliser le nombre de clients.
SELECT : COUNT (num_cli)
FROM : CLIENT

2 Les lacs de données – nouvelle base de stockage

■ Face à la multitude d'informations recueillies et stockées, les entreprises doivent s'adapter afin de gérer toutes ces données aux formats différents.

■ Les lacs de données (*data lakes*) permettent donc le stockage sans limite de quantité et sans réelle organisation de données :
- **semi-structurées** au format CSV, XML, etc. ;
- **structurées** au format courriel, doc, pdf, etc.

■ Ces lacs de données sont liés au **big data**, c'est-à-dire à la gestion d'un nombre important de données qu'aucune base de données classique ne peut gérer. Les données sont stockées de 2 façons, soit physiquement sur un **data center**, soit sur le ***cloud***.

■ Ces nouvelles formes de stockage de données permettent de **réduire les coûts de stockage** mais également le temps passé à la recherche des informations. En revanche, se pose bien évidemment la question de la **sécurisation des données**.

6 La résolution de tous les problèmes de gestion est-elle automatisable ?

Grâce à la mise en place d'un système informatique pertinent et opérationnel, les différentes étapes du traitement des informations sont automatisées. Les données, traduites selon des règles de gestion déterminées, permettent ainsi de maîtriser l'information et gérer les différents dysfonctionnements que peut rencontrer l'entreprise. Or, la résolution de tous les problèmes de gestion est-elle réellement automatisable ?

1 Le traitement informatique

A Les objets d'un traitement informatique

■ Pour maîtriser l'information, les données sont traduites selon des règles de gestion déterminées.

■ Un **algorithme** est une suite d'opérations ou d'instructions qui permet d'aboutir à un résultat dès que le traitement a été réalisé correctement, c'est-à-dire que les instructions ont été comprises par la personne chargée de l'exécution de ce traitement.

■ L'ordinateur n'étant qu'une machine, la programmation réalisée par l'opérateur lui permet d'exécuter correctement les opérations afin d'obtenir le résultat escompté.

a Les constantes et les variables

Pour créer un algorithme, il faut avant tout définir les variables et les constantes :
- les **constantes** sont des valeurs non modifiables ;
- les **variables** sont des informations que l'on peut modifier et qui sont stockées dans la zone mémoire de l'ordinateur. Le nom de la variable est composé de lettres et de chiffres (en commençant toujours par une lettre). Ce nom ne peut comporter ni signe de ponctuation ni espace. La longueur du nom dépend du langage utilisé. La variable se caractérise par son type (texte, numérique, alphanumérique, boléen, etc.).

b L'affectation de la variable

Il s'agit d'attribuer les valeurs aux variables. Cette instruction est représentée « **identificateur prend valeur** ».

EXEMPLE

Variables

A, B, C : entiers

Début d'algorithme

A prend la valeur 8

B prend la valeur A

C prend la valeur A + B + 4

Fin d'algorithme

Réponse

A et B = 8 chacun

C = 20 (8 + 8 + 4)

c Les instructions d'entrée/lecture et de sortie/écriture

■ Les instructions transmises à la machine lui permettent d'exécuter les opérations lors de la **saisie sur le clavier (entrée/lecture)** ou lors de la **restitution du résultat (sortie/écriture)**.

■ Pour la saisie : « saisir identificateur / lire identificateur » ; pour l'affichage des résultats : « afficher identificateur ».

EXEMPLE

Variables

a, b, c : entier

Début d'algorithme

Saisir (« donner la variable a »)

Lire (a)

Saisir (« donner la variable b »)

Lire (b)

C prend la valeur a + b + 4

Afficher (c)

Fin d'algorithme

> À RETENIR
>
> **Définir les variables**
>
> ▸ Affectation : attribuer les valeurs aux variables.
>
> ▸ Entrée : saisir les données.
>
> ▸ Traitement des informations.
>
> ▸ Sortie : affichage des résultats.

B La logique d'un traitement informatique

a Les structures alternatives

■ Aussi nommées **structures conditionnelles**, elles nécessitent de recourir à une **condition** et n'offrent que 2 possibilités de réponse : **oui/non** ou **vrai/faux**. Il s'agit du **type boléen**.

■ La syntaxe de l'algorithme est la suivante :

Si condition

Alors traitement 1

Sinon traitement 2

FinSi

■ Pour exprimer ces conditions, on utilise les opérateurs de comparaison suivants : égal à (=) ; différent de (≠) ; plus petit que (<) ; plus grand que (>) ; plus petit ou égal à (< =) ; plus grand ou égal à (> =).

EXEMPLE

Variables

Nom 1, nom 2 : chaîne de caractères

Début d'algorithme

Saisir (« donner nom 1 »)
Lire (nom 1)
Saisir (« donner nom 2 »)
Lire (nom 2)
Si (nom 1 = nom 2) Alors
Début SI
Saisir (« noms identiques »)
Fin SI
Sinon
Début Sinon
Saisir (« noms différents »)
Fin Sinon
FinSi

Fin d'algorithme

b Les structures répétitives

Lorsque la même tâche est répétée plusieurs fois, il s'agit alors de **structures répétitives** appelées également **itératives** ou **boucles**. Deux types de boucles existent.

- Si le nombre de répétitions est déterminé : **Pour..... allant de...... à**, la syntaxe est :

Pour compteur ← valeur initiale à valeur finale [par Pas valeur du pas]
Instructions
Compteur suivant

EXEMPLE

Écriture de l'algorithme permettant de cumuler les chiffres de 1 à 5

Variables

N, i, somme : entier ; i est le compteur

Début de l'algorithme

Somme prend la valeur 0
Saisir (« entrer un nombre n »)
Lire (n)
Pour i ← 1 à 5
Début Pour
Somme prend la valeur Somme + i
Fin Pour
Saisir (« la somme est égale à »)
Lire (somme)

Ce qui signifie : pour i allant de 1 à 5
Pour : les chiffres de 1 à 5
Instructions : additionner les chiffres un à un compteur suivant : répéter jusqu'à 5

Fin de l'algorithme

- Si le nombre de répétitions est inconnu : **tant que...... Instruction...... Fin tant que**, le programme s'exécute tant qu'il n'a pas rencontré la ligne Fin tant que.

EXEMPLE

Écrire l'algorithme des nombres compris entre 15 et 35 jusqu'à ce que la réponse convienne. Si la valeur est inférieure à 15, écrire « supérieur » ; si elle est supérieure à 35, écrire « inférieur ».

```
Variable
    N : entier
Début de l'algorithme
    N ← 0
    Saisir (« entrer un nombre compris entre 15 et 35 »)
    Tant que n < 15 ou n > 35
    Lire n
                        Début SI
                        Si n < 15
              Alors Saisir (« supérieur »)
              Fin SI
                        Sinon
                        Si n >35
                        Saisir (« inférieur »)
                        Fin SInon
    Fin tant que
Fin de l'algorithme
```

2 L'interface de programmation applicative (API)

Il s'agit de **solutions informatiques** qui permettent aux applications de communiquer entre elles pour **échanger des données**. Il peut s'agir d'**applications**, de **programmations** ou d'**interfaces (API)**. Le système fonctionne grâce à des **requêtes** (interrogations). Ainsi, l'API permet d'interroger une application afin qu'elle fournisse les informations attendues.

EXEMPLE

Pour réserver des billets de train ou d'avion, il est possible d'obtenir des informations grâce aux API fournies par les transporteurs.

3 L'intelligence artificielle

- De nouvelles techniques permettent aux machines d'**imiter l'intelligence humaine**. À ces débuts, l'intelligence artificielle permettait la résolution de problèmes en combinant l'informatique et des ensembles de données.

- Actuellement, grâce à l'intelligence artificielle, le système est capable d'apprendre et de réaliser les tâches effectuées par un être humain.

EXEMPLE

Moteurs de recherche, algorithmes des réseaux sociaux, chatbots, voitures autonomes, médecine et santé, rédaction automatique...

 # info

La fonction du contrôleur de gestion face à l'IA

foucherconnect.fr/23terstmg101

7 La standardisation favorise-t-elle la circulation des informations ?

La vie d'une entreprise est liée aux échanges qu'elle entretient avec son environnement. Face à un nombre croissant de documents de toutes sortes, l'entreprise doit mettre en place une organisation qui lui permette d'être efficace dans la gestion des informations. La mise en place d'une structure précise et des langages standardisés est nécessaire. La standardisation favorise-elle la circulation des informations ?

1 Les documents numériques

Un document est un support d'informations structuré et vecteur d'un message. Un document papier reste le support le plus couramment utilisé. Cependant, de plus en plus de documents circulent sous un format numérique, plus facile à transmettre.

A La numérisation

Afin de dématérialiser le document, la numérisation est nécessaire. Elle consiste à transformer un document papier en **document électronique**. Pour réaliser cette numérisation, l'entreprise doit disposer d'un numériseur (scanner) et des logiciels appropriés.

B La gestion électronique de documents (GED)

- Elle regroupe l'ensemble des moyens matériels et logiciels permettant de gérer le cycle de vie des documents sous forme électronique. Ce nouveau processus permet non seulement de gagner en rapidité et en compétitivité mais surtout de partager l'information à bon escient et aux personnes directement concernées. La mise en place du **workflow** modifie le système d'information de l'entreprise car l'ensemble des tâches est informatisé.
- Les différents documents sont classés sur des **supports électroniques** qui offrent de **grandes capacités de stockage** (CD, DVD, clé USB, etc.), voire sur un **serveur de sauvegarde** ou le ***cloud computing***.

2 Le contenu documentaire

A Le langage documentaire

- Afin de permettre les échanges compréhensibles de données entre plusieurs machines, il faut recourir au **langage XML (*eXtensible Markup Language*)**. C'est un langage structuré et universel.

À SAVOIR

Il existe 3 types de langage :
- de **programmation** (création de programme) ;
- de **requête** (interrogation de bases de données) ;
- de **description** (description et structure des données).

■ C'est un **langage de balisage** composé de 2 types de balises :
- les balises par paires ouvrantes et fermantes, qui encadrent le contenu de la balise ;
- les balises uniques, qui sont des balises par paires sans contenu.

■ Ces balises contiennent parfois des **attributs**, qui sont des informations complémentaires sur le contenu de la balise. Enfin, il est possible de rajouter des **commentaires**.

EXEMPLE

```
< ?XML version = « 1.0 » ?>
<Bac> ← Balise ouvrante
   <bac techno>
            <nom>bac STMG </nom>
   </bac techno>
   < bac pro>
            <nom> bac pro Agora </nom>
            <nom> bac pro Commerce </nom>
   </bac pro>
</Bac> ← Balise fermante
```

B La structure du contenu documentaire

Pour faciliter la recherche des informations, les données contenues dans les documents doivent être hiérarchisées. La recherche s'effectue selon différents procédés :
- le **moteur de recherche** : service facilitant la recherche d'informations grâce à des mots-clés ;
- le **portail** : site web permettant d'accéder gratuitement ou non à différents services ;
- les **favoris** : également appelés marques-page ou signets, ils permettent de mémoriser l'information ;
- la **syndication** : procédure informatique facilitant, *via* les flux RSS, l'accès à des actualités et autres informations publiées par d'autres internautes ;
- la **curation** : sélection d'informations les plus intéressantes se rapportant aux thématiques préférées des internautes.

8 Comment les technologies réseaux répondent-elles aux besoins de collaboration ?

La mondialisation des échanges et la mise en place de réseaux plus ou moins importants permettent des échanges d'informations de plus en plus rapides. L'apparition, puis le développement des technologies de l'information et de la communication (TIC) ont été un enjeu important pour les entreprises. Les modes de communication ont considérablement changé et les entreprises ont dû s'adapter à ces nouveaux modes. Comment les technologies réseaux répondent-elles aux besoins de collaboration ?

1 Les réseaux informatiques

Un réseau permet le partage des ressources matérielles, des applications et des documents. Selon sa configuration, le réseau est :
- **poste à poste** : c'est un réseau local qui ne concerne qu'une dizaine de postes. Chaque ordinateur est à la fois client et serveur ;
- un **réseau client/serveur** : le client est le consommateur de données. Le serveur (fournisseur) met à disposition les informations. Ces réseaux gèrent et exécutent différents services pour les ordinateurs clients.

A L'architecture des réseaux

Pour fonctionner, le réseau nécessite du matériel et des équipements d'interconnexion.

a Le matériel

Outre les ordinateurs et les logiciels requis, la mise en réseau engendre l'installation de différents équipements.

La carte réseau Ethernet filaire

Il s'agit de l'interface entre l'ordinateur et le câble réseau. D'une part, elle traduit les informations émises par l'ordinateur pour les envoyer vers les autres ordinateurs *via* le câble réseau. D'autre part, les données émises par le câble sont traduites en octets afin que l'ordinateur les comprenne. La plupart des cartes réseau sont des cartes Ethernet qui utilisent des paires torsadées comme câbles de communication. Ces paires, composées de 8 fils de cuivre, disposent à leur extrémité de prises RJ45. C'est pourquoi elles se nomment également **câbles RJ45**.

Pour augmenter la capacité et la vitesse de communication, la **fibre optique** remplace les autres câbles de transmission de données.

Les cartes réseau possèdent une adresse unique (adresse *Media Access Control* – MAC) leur permettant d'être reconnues par les autres machines.

Le WIFI (*Wireless network*)

La carte réseau WIFI fonctionne sur le même principe que celle Ethernet filaire. La carte réseau est installée dans l'ordinateur ou peut être incluse dans la carte mère (élément constitutif de l'ordinateur permettant le fonctionnement de tous les éléments).

Le serveur

Cet ordinateur central met ses ressources à disposition des autres ordinateurs du réseau (clients) auxquels il est relié. Le rôle de ce serveur est multiple.

Serveur d'applications	Il héberge les logiciels nécessaires et permet leur utilisation en totalité ou en partie
Serveur de fichiers	Il centralise les fichiers des utilisateurs ainsi que les répertoires partagés
Serveur de base de données	Les informations sauvegardées sur des bases de données sont stockées sur le serveur
Serveur d'impression	Chaque ordinateur client peut envoyer ses impressions sur l'une des imprimantes du réseau. Le serveur centralise les demandes et régule les impressions
Serveur de sauvegarde	C'est un serveur important car il sauvegarde une copie de toutes les données de l'entreprise
Serveur de messagerie	Il permet le recours aux messageries
Serveur Web	Il assure l'hébergement des sites web. Il est relié à Internet

b Les équipements d'interconnexion

Le **commutateur (switch)** assure la transmission de l'information vers le port concerné. Les autres ports restent libres pour recevoir d'autres informations simultanément. Il permet la régulation du trafic sur le réseau.

Le **concentrateur (hub)** permet la connexion de plusieurs ordinateurs entre eux en diffusant les signaux sur l'ensemble des ports. Il possède autant de ports qu'il peut connecter d'ordinateurs (4, 8, 16 ou 32). Il tend à disparaître au profit du commutateur.

Le **routeur** assure la transmission des informations entre plusieurs réseaux (réseau local et Internet), en sélectionnant le « chemin » à suivre en utilisant les adresses IP.

Grâce au **modem**, la communication entre plusieurs ordinateurs s'effectue par l'intermédiaire d'une ou plusieurs lignes téléphoniques.

À SAVOIR

Le modem et le routeur sont bien souvent associés pour n'en faire qu'un seul : le **modem/routeur**.

B La topologie des réseaux

Dans un réseau, l'ensemble des ordinateurs sont reliés entre eux de manière différente selon l'architecture souhaitée.

ⓐ La topologie en bus

C'est le réseau le plus simple, mais aussi le plus fragile. En effet, un dysfonctionnement sur l'un des postes du réseau paralyse l'ensemble. Chaque ordinateur est relié en série à un câble commun, le **bus**.

ⓑ La topologie en étoile

Cette configuration est la plus fréquemment utilisée. Les ordinateurs sont reliés grâce à un câble RJ45 à un concentrateur (hub) ou un commutateur (switch) qui assure l'échange d'informations.

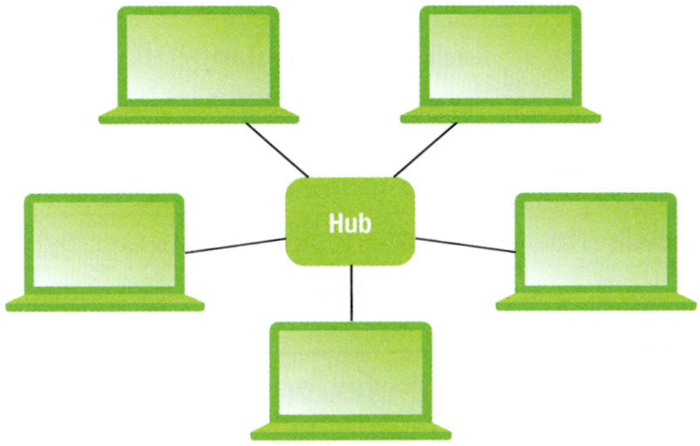

ⓒ La topologie en anneau

Les ordinateurs sont reliés en boucle et communiquent chacun leur tour, grâce au répartiteur qui gère les temps d'action de chacun.

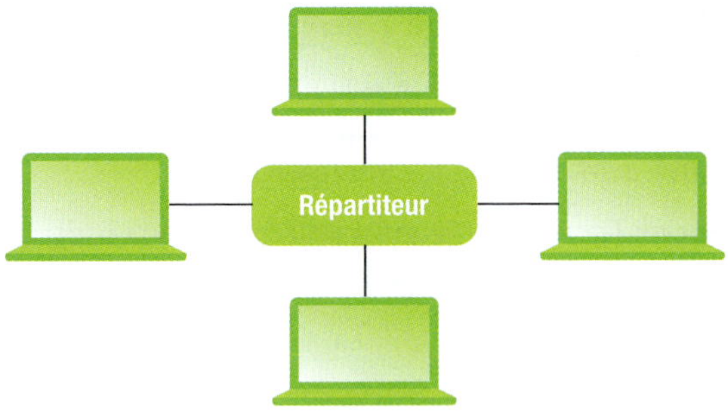

d La topologie maillée

Les ordinateurs communiquent en utilisant différents chemins.

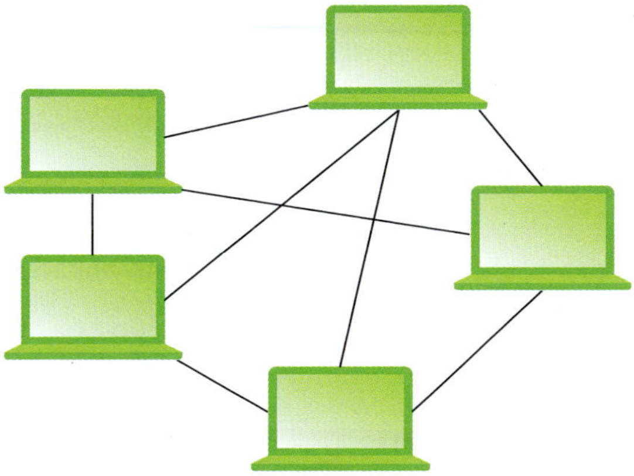

2 L'adressage IP

A La composition d'une adresse IP

a L'adresse IP

Pour permettre la communication au sein du réseau, chaque ordinateur hôte doit être identifié au moyen d'une adresse unique : le **protocole IP (*Internet Protocol*)**. Cette adresse est formée de 4 séries (32 bits - 4 octets) de nombres entiers (de 0 à 255), séparées par des points.

EXEMPLE

xxx.xxx.xxx.xxx

Les 2 séries de chiffres de gauche représentent le réseau (ID réseau), celles de droite représentent les ordinateurs du réseau (ID hôte).

EXEMPLE

Dans cette configuration comprenant 2 réseaux différents, les adresses IP sont les suivantes :

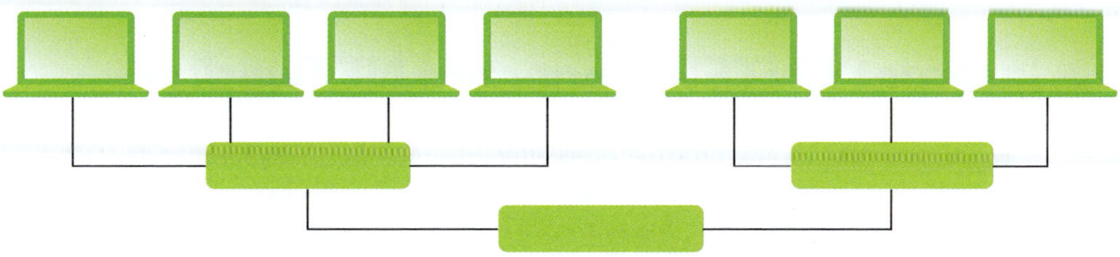

Pour les ordinateurs de gauche :
196.28.12.1
196.28.12.2
196.28.12.3
196.28.12.4

Pour les ordinateurs de droite :
178.21.77.1
178.21.77.2
178.21.77.3

À gauche, le réseau est nommé 196.28, et à droite 178.21.

b Le masque de sous-réseau

C'est une série de 4 octets permettant d'identifier le réseau associé à une adresse IP. Ces 2 adresses sont complémentaires. Dans un masque de sous-réseau, il est impossible d'avoir des octets supérieurs à 255, ce qui signifie que l'on peut avoir jusqu'à 254 adresses IP.

c L'adresse passerelle

L'adresse passerelle est indispensable dès que le réseau a une connexion vers l'extérieur.

EXEMPLE

Dans une entreprise, le plan d'adressage des différents appareils est le suivant :

Poste	Adresse réseau	Masque de sous-réseau	Adresse passerelle
Poste 1	192.168.0.10	255.255.255.0	192.168.0.254
Poste 2	192.168.0.11	255.255.255.0	192.168.0.254
Imprimante	192.168.1.10	255.255.255.0	192.168.0.254

Les 2 séries de chiffres à gauche représentent le réseau ; ceux de droite les postes hôtes.

Les mêmes séries de chiffres pour tous les matériels.

Les mêmes séries de chiffres pour tous les matériels. Les 2 séries de gauche pour le réseau, et à droite 0.254, pour laisser de la place disponible en cas d'ajout de matériel.

B L'attribution de l'adresse IP

Deux méthodes sont utilisées pour configurer les ordinateurs et leur fournir une adresse IP :
- la **configuration manuelle (statique)** : l'administrateur définit lui-même l'adresse IP et le masque de sous-réseau dans les propriétés de l'ordinateur ;
- la **configuration automatique (dynamique)** : dès la première connexion de l'ordinateur au réseau, la recherche s'effectue automatiquement.

3 Internet (INTERconnected NETworks)

■ La transmission de ces informations s'effectue grâce aux **technologies du NET**. Le préfixe renseigne sur le public concerné : **inter** pour le grand public, **extra** pour un public restreint et **intra** limité aux salariés d'une entreprise. C'est un réseau mondial d'échanges d'informations. Tous les réseaux communiquent entre eux, formant la **toile d'araignée mondiale (TAM)** ou ***World Wide Web*** **(www)**.

■ L'échange des données s'effectue grâce à l'utilisation d'un **protocole de communication TCP/IP (*Transmission Control Protocol / Internet Protocol*)**. Le protocole repère les adresses IP de chaque ordinateur, établit la connexion et permet l'émission et la réception des données.

A Les services d'Internet

Internet propose différents services, grâce à d'autres protocoles de communication.

Protocoles	Finalités
Internet Relay Chat (IRC)	Forum de discussions
Hyper Text Transfert Protocol (http)	Visualisation des pages web et transfert de fichiers en format HTML
Hyper Text Transfert Protocol Sécurisé (https)	Protocole de transfert sécurisé
File Transfert Protocol (FTP)	Transfert de fichiers de toutes sortes
Simple Mail Transfert Protocol (SMTP)	Envoi des courriers électroniques
Post Office Protocol (POP)	Réception des courriers électroniques

B Le nom de domaine – DSN (*Domain Name System*)

■ Pour faciliter le repérage dans Internet, les utilisateurs s'octroient un nom de domaine, c'est-à-dire une adresse plus explicite que la seule adresse IP.

■ Le nom de domaine est constitué :
- d'un **préfixe** : www pour le Web ;
- du **nom** ;
- d'une **extension** TLD (*Top Level Domain*).

À SAVOIR

Il existe 2 catégories de TLD :
- **TLD territoriaux** : .fr (France), .es (Espagne) ;
- **TLD génériques** ouverts sans cibles particulières (.com, .net, .org, etc.), avec cibles (.jobs, .mobi, etc.) ou semi-fermés (.coop, réservés aux coopératives par exemple).

C Le fournisseur d'accès à Internet (FAI)

Pour utiliser Internet, l'abonnement auprès d'un fournisseur d'accès est indispensable. La communication entre 2 ordinateurs distants s'effectue grâce au **protocole PPP (*Point to Point Protocol*)**. Le FAI est l'intermédiaire.

D L'URL (*Uniform Resource Locator*)

Il s'agit d'un ensemble de caractères permettant d'identifier une ressource sur Internet. L'URL est composée de 3 parties :
- le **nom du protocole** (http, tfp, etc.) ;
- le **nom du domaine** ;
- le **chemin** d'accès à la ressource.

 # Quiz
Des questions pour réviser
foucherconnect.fr/23terstmg99

À SAVOIR

- Une balise ouvrante doit être automatiquement refermée : <balise ouvrante>attribut< /balise fermante>.
- Une balise unique est auto-fermante et se rédige <balise/>.
- Le langage HTML (*HyperTextMarkup Langage*) définit la présentation des données (titres, paragraphes, lien hypertexte, etc.).
- Le langue XML spécifie la structure et la signification des données.

THÈME 1 – ORGANISATION ET NUMÉRISATION

Numest

L'organisation du service numérisation ne permet plus de répondre aux demandes dans des délais satisfaisants. En effet, Mme Jendoubi perd beaucoup de temps à réorganiser le planning des techniciens au détriment d'autres tâches. Les raisons de ce travail de réorganisation ont des sources diverses : certains techniciens sont disponibles plus vite que prévu alors que d'autres prennent du retard, la charge de travail du technicien qui réalise la finalisation est très irrégulière. Pour ce dernier, elle souhaiterait qu'il puisse participer au travail de numérisation quand il est disponible ou bien qu'il soit assisté si nécessaire.

C'est pourquoi la modification du processus décrit dans le document 1 est à l'étude, avec la mise en place d'une nouvelle application. Cette application, un module de progiciel de gestion intégré nommé ADEL, sera fournie par l'entreprise de services du numérique (ESN) TCMU (document 2).

1. Expliquez ce qu'il advient des activités « numérisation » et « finalisation » du document 1 après la mise en place du module PGI ADEL.

2. Présentez les conséquences de cette mise en place, pour l'entreprise Numest, ses salariés et ses clients.

DOCUMENT 1 **Extrait du schéma du processus actuel de numérisation de documents**

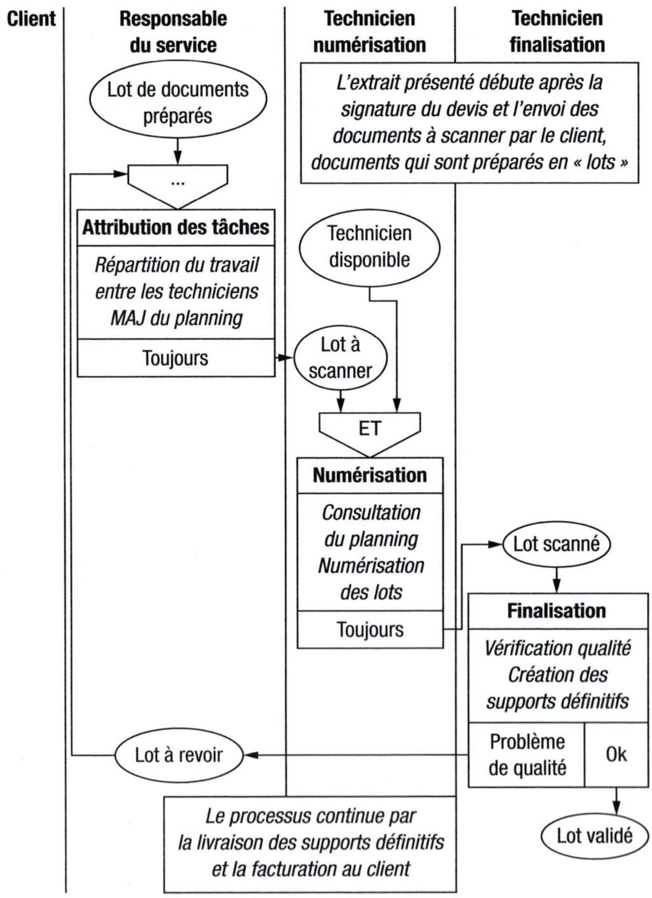

DOCUMENT 2 Projet de mise en place du nouveau module ADEL

L'ESN TCMU propose la mise en place d'un module de PGI nommé « ADEL » en accès intranet et extranet.

En intranet

Le module intégrera les fonctionnalités de l'ancien logiciel Bscan et celles de l'application tableur « Le planning ». L'application permettra également la saisie de devis, qui pourront être directement signés et envoyés au client sous forme numérique. Après constitution des lots de documents envoyés par le client, le responsable du service numérisation indiquera les lots à mettre « en production » dans l'application.

Il n'affectera plus les tâches aux techniciens. Ceux-ci consulteront le travail à effectuer directement dans l'application où les lots seront triés par degré d'urgence. Les techniciens s'inscriront lorsqu'ils prendront des lots en charge. Tous les techniciens auront la qualification pour traiter complètement les lots : numérisation et finalisation se feront dans la foulée par la même personne. Les différentes opérations réalisées seront saisies dans l'application. La responsable de service disposera d'instruments de pilotage lui indiquant notamment : durées moyennes de numérisation par document (suivant le type de numérisation), pannes, retards.

En extranet

Le client pourra consulter l'état d'avancement du travail, mais aussi être contacté et consulté en cas de problème.

À terme, la société TCMU envisage la possibilité de compléter ADEL par d'autres modules du même PGI : un module « ressources humaines » et un autre de comptabilité, notamment.

EXERCICE 1

Numest

Au-delà de la gestion quotidienne des numérisations, Mme Jendoubi est chargée du pilotage de l'atelier de numérisation et, notamment, du budget d'investissement et de la gestion de la maintenance du matériel. Elle aimerait disposer de plus d'indicateurs permettant la comparaison des performances des scanneurs. Elle dispose actuellement du tableau ci-dessous.

N° scanneur	Nom scanneur	Nombre d'images scannées	Nombre d'images conservées
A	Asx350	82 147	44 534
B	BM420	292 709	174 047
C	T500	186 463	144 708

À partir des données du tableau ci-dessus, proposez un indicateur (indiquez la formule de calcul) qui facilitera la comparaison des performances des scanneurs qui y sont recensés.

EXERCICE 2

Cas KissKissBankBank

Les responsables de KissKissBankBank pilotent, depuis toujours, leur activité à partir de statistiques réalisées avec un tableur. Après 6 années d'existence, ils souhaitent mettre en place un véritable système de suivi de projets. Pour ce faire, les responsables cherchent à savoir s'il est préférable de faire appel à l'équipe interne de développement ou de faire réaliser un développement spécifique par une entreprise de services du numérique (ESN).

Après réalisation du cahier des charges, KissKissBankBank a sollicité une ESN qui a finalement envoyé un devis pour la réalisation de ce système de suivi de projets d'un montant de 18 000 €. Parallèlement, l'équipe de développement de KissKissBankBank a réalisé une planification des tâches nécessaires pour mener à bien le projet, dans le cas où il serait réalisé en interne.

Dans la planification du document 1, la formation des utilisateurs au nouveau système de suivi de projets a été omise. Elle doit pourtant durer 2 jours consécutifs et être assurée par Julie Delrieu qui, étant en déplacement professionnel, ne sera plus disponible à partir du 22e jour au matin. Cette formation devra se faire, dans l'entreprise, sur le système de suivi de projets développé.

1. Au vu de ce planning de projet, indiquez le jour le plus tôt et celui au plus tard auquel la formation pourra débuter. Justifiez.

2. Calculez le coût salarial de réalisation du projet en interne, en tenant compte de la formation.

3. Finalement, seul un des designers sera affecté à ce projet tel que planifié dans le document 1. Indiquez quelles incidences cette absence aura sur le projet tel que planifié initialement (document 1). Justifiez.

DOCUMENT 1

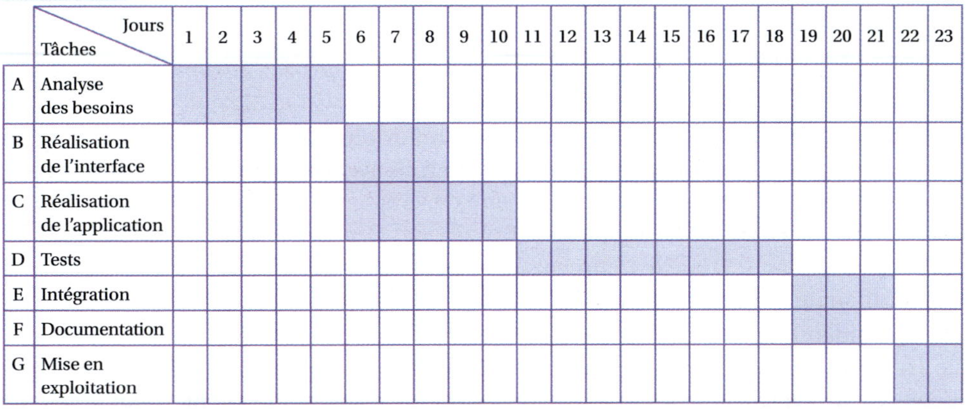

DOCUMENT 2 **Tableau des tâches du projet**

N° tâche	Description	Tâches antérieures	Durée (en jours)	Nb de collaborateurs à mobiliser	Profil
A	Analyse des besoins	–	5	1	Chef de projet
B	Réalisation de l'interface	A	3	2	Designer
C	Réalisation de l'application	A	5	3	Développeur
D	Tests	B, C	8	2	Développeur
E	Intégration	D	3	1	Chef de projet
F	Documentation	D	2	2	Développeur
G	Mise en exploitation	E, F	2	1	Chef de projet

Les charges sont valorisées de la manière suivante :

Acteur	Montant jour-individu
Chef de projet	500 €
Designer	250 €
Développeur	300 €
Formateur	100 €

Kiss kiss Bank Bank

Le site www.kisskissbankbank.com repose actuellement sur une base de données qui recense l'ensemble des membres inscrits et les projets gérés (documents 1 et 2).

Un KissBanker, Cetin Yuksel, souhaite, après mûre réflexion, augmenter sa part de financement dans le projet « Un toit bio en ville ». Or, lorsqu'il essaye d'augmenter sa contribution en réalisant un nouveau paiement (par carte bancaire ou virement), un message d'erreur s'affiche lui indiquant qu'il a déjà fait cette opération.

1. Indiquez la raison pour laquelle Cetin Yuksel ne peut pas réaliser cette opération. Proposez une modification du schéma relationnel permettant de résoudre ce problème.

Camille Pons (identifiant 23) est porteuse de différents projets, mais celui qui lui tient le plus à cœur est « Un toit bio en ville » et sa période de collecte arrive à terme dans un mois. Ce projet consiste à végétaliser le toit d'un immeuble et à y installer des ruches pour améliorer l'environnement du quartier. Les KissBankers se sont montrés très intéressés par ce projet, lui permettant d'atteindre, à ce jour, 115 % de financement.

Camille Pons souhaiterait connaître la liste des KissBankers (nom, prénom) qui ont investi dans ce projet avec, pour chacun, le montant proposé. Par ailleurs, elle souhaite connaître le total des sommes recueillies pour chacun de ses projets et ainsi pouvoir évaluer les chances de les développer.

2. Écrivez les requêtes qui permettent de répondre à Camille Pons.

DOCUMENT 1 Extrait du schéma relationnel de la base de données

Categorie (id, libelle)
Clé primaire : id
Membre (id, login, mdp, nom, prenom, adresse, codepostal, ville, pays, telephone, mel)
Clé primaire : id
Remarque : par « membre », on entend une personne qui peut proposer un nouveau projet (porteur de projet) et/ou qui peut investir dans un projet (KissBanker) proposé par un autre membre.
Projet (id, libelle, dateCreation, dateFin, objectif, createur, idCat)
Clé primaire : id
Clés étrangères : createur en référence à id de la relation Membre
idCat en référence à id de la relation Categorie
Investir (idMembre, idProjet, montant)
Clé primaire : idMembre, idProjet
Clé étrangère : idMembre en référence à id de la relation Membre
idProjet en référence à id de la relation Projet

DOCUMENT 2 **Extrait des tables de la base de données**

Table Catégorie

id	Libellé
1	Art
2	Écologie
3	Jeux
4	Musique
5	Photographie
6	Culture

Table Investir

idMembre		idProjet		Montant
12		6 008		200
285		7 002		50
285		6 008		50
144		6 008		250
...	...		...	

Table Membre

id	...	Nom	Prénom	...	mel
12		Favre	Sarah		sarah.favre34@xxxx.com
23		Pons	Camille		pons.camille@xxx.fr
143		Saulx	Norlan		s.norlan@xxx.fr
144		Cetin	Yuksel		yuksel66@xxxxx.com
285		Their	Kévin		th.kevin@xxxx.fr

Table Projet

id	libelle	dateCreation	dateFin	objectif	createur	idCat
1889	« Protégeons les océans »	01/12/2015	01/02/2016	5 000	12	2
6008	« Un toit bio en ville »	05/02/2016	25/07/2016	12 000	23	2
7002	« La toile du maître »	05/02/2016	05/03/2016	1 250	23	1
7202	« Libérons nos oreilles »	10/06/2016	15/07/2016	4 000	144	4
7203	« Livraison de brunchs & petits déjeuners à domicile »	11/05/2016	11/06/2016	3 500	143	6

EXERCICE 1

Numest

Numest est une entreprise spécialisée dans la conception et la réalisation de solutions d'archivage numérique. Elle propose à ses clients des services de numérisation, de stockage et d'archivage de documents.

Numest propose des services garantissant pérennité, identification et intégrité des documents. Ainsi, depuis plusieurs années, ses clients peuvent consulter leurs archives *via* une application web (nommée Gedaris) accédant à une base de données propre à chaque client. Ces espaces de stockage sécurisés, ainsi que l'application Gedaris, sont situés sur des serveurs hébergés au sein des locaux de Numest. Numest s'interroge sur une éventuelle externalisation d'une partie de l'archivage dont elle a la responsabilité.

Le document représente un extrait du schéma du réseau établi entre Numest et son client Proxim. Chaque magasin, tout comme le siège de Proxim, peut accéder à ses propres données RH chez Numest *via* l'application Gedaris.

Par exemple, le magasin de Nancy se connecte à l'application de Numest *via* l'adresse https://proxim-nancy.gedaris.com et le magasin de Tomblaine se connecte à l'application de Numest *via* l'adresse https://proxim-tomblaine.gedaris.com.

1. Expliquez à Mme Jendoubi ce que garantit l'utilisation du protocole HTTPS.
2. Indiquez le serveur de l'entreprise Numest vers lequel sont émises les requêtes HTTPS. Justifier.

DOCUMENT

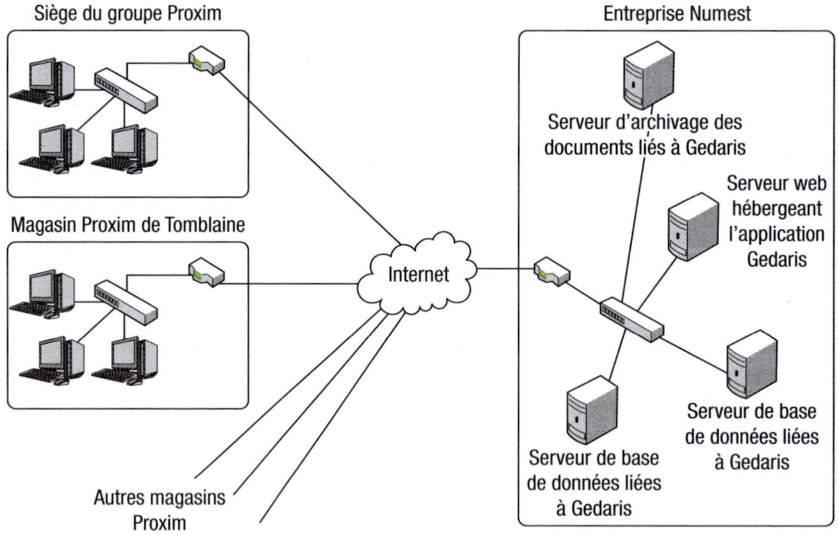

EXERCICE 2

Réseau des médiathèques de Pau-Pyrénées

À l'issue du projet de SI, l'ensemble des sites du réseau des médiathèques partagera les serveurs hébergés à la mairie de Pau et, par conséquent, le logiciel Aloès (SIGB) qui y est installé. Pour l'instant, seule la médiathèque André Labarrère de Pau intègre cette nouvelle infrastructure. Un extrait du schéma du réseau de communication est présenté dans le document.

À l'heure actuelle, la médiathèque de Pau est en période de test de sa nouvelle infrastructure de gestion des prêts basée sur la technologie RFID. La direction de la médiathèque s'est rendu compte que la fréquentation du 3e étage est plus importante que celles des autres : ses automates de prêts sont en surutilisation. Ceci peut s'expliquer par la nature des documents présents à cet étage : essentiellement des DVD, Blu-Ray, CD…

Il est donc apparu nécessaire de trouver une solution de réaménagement de façon à donner aux usagers un meilleur accès aux automates de prêts. Un nouvel automate a été mis en place au 3e étage pour alléger la charge des deux autres déjà installés.

1. Identifiez les équipements qui permettent aux automates de communiquer avec les serveurs malgré des plages d'adresse IP différentes entre la médiathèque et la mairie.

2. Indiquez, sur votre copie, quelle configuration IP (adresse, masque, passerelle) devra être attribuée à ce nouvel automate.

DOCUMENT

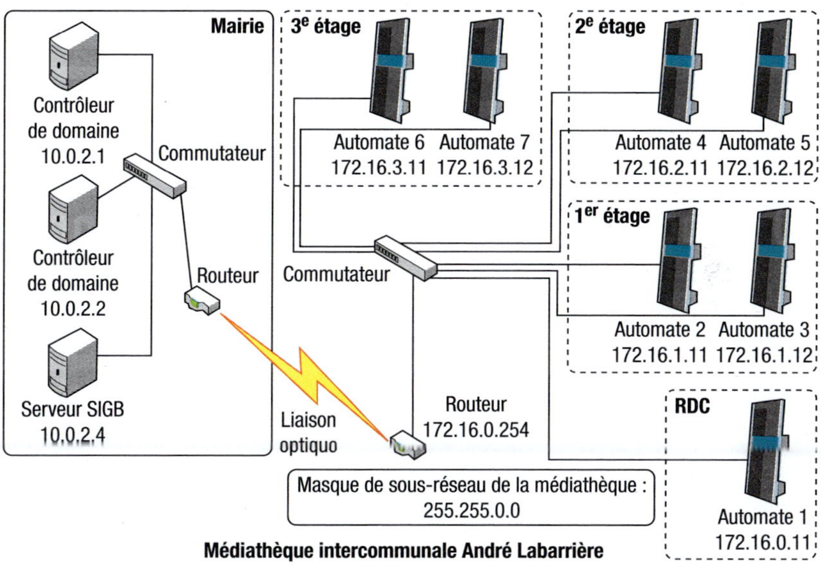

DROIT ET ÉCONOMIE

L'évaluation du Droit et de l'Économie au bac 222

DROIT

1 Quel est le rôle du contrat ? 223
2 Qu'est-ce qu'être responsable ? 227
3 Comment le droit encadre-t-il le travail salarié ? 231
4 Comment entreprendre ? 239

ENTRAÎNEMENT À L'ÉPREUVE FINALE 245

ÉCONOMIE

1 Comment l'État peut-il intervenir dans l'économie ? 249
2 Quelle est l'influence de l'État sur l'évolution de l'emploi et du chômage ?.. 265
3 Comment organiser le commerce international dans un contexte d'ouverture des échanges ? 272
4 Comment concilier la croissance économique et le développement durable ? 280

ENTRAÎNEMENT À L'ÉPREUVE FINALE 287

L'évaluation du Droit et de l'Économie au bac

La spécialité Droit et Économie fait l'objet d'une épreuve finale écrite, d'une durée de 4 heures, à l'examen du baccalauréat.

1 Le programme

■ L'épreuve s'appuie à la fois sur l'ensemble du **programme de Première** et sur celui de **Terminale** en Droit et en Économie.

■ Le programme poursuit deux objectifs :
– **former des citoyens conscients des règles et des mécanismes juridiques** qui régissent le fonctionnement de la société et les rapports entre les personnes ainsi que les enjeux économiques, sociaux et environnementaux liés à la croissance et au développement ;
– **favoriser des poursuites d'études** après le baccalauréat où ces disciplines et les méthodologies qu'elles supposent occupent une place importante.

2 Les modalités d'évaluation

A L'épreuve finale

■ L'épreuve finale (écrit de 4 heures, coef. 16) est notée sur **20 points**. Elle est composée de **2 parties indépendantes**, une partie **juridique** (10 points) et une partie **économique** (10 points) :
– la **partie juridique** vise à évaluer les capacités du candidat à analyser une ou plusieurs situations juridiques et à construire une argumentation pertinente au regard du problème posé (qualifier juridiquement une situation ; identifier la ou les règles juridiques applicables en l'espèce ; indiquer la ou les solutions juridiques possibles ; utiliser un vocabulaire juridique adapté…) ;
– la **partie économique** vise à évaluer les capacités du candidat à analyser un problème économique d'actualité et à construire une argumentation pertinente au regard d'un problème posé (expliquer les notions et les mécanismes économiques mis en jeu ; interpréter des données économiques ; répondre à une question relative à des débats actuels sur l'économie de façon argumentée…).

■ Chaque partie du sujet se présente sous la forme d'un **dossier** composé de plusieurs documents accompagnés d'un questionnement portant sur un ou plusieurs thèmes abordés dans les programmes de Droit et Économie de Première et de Terminale.

B L'épreuve orale de contrôle

■ D'une **durée de 20 minutes**, l'épreuve orale de contrôle poursuit les mêmes objectifs d'évaluation et porte sur le même programme que l'épreuve écrite du premier groupe.

■ Pendant le temps de préparation (20 minutes), le candidat dispose d'un sujet comportant une partie juridique **ou** une partie économique. Le sujet (pas plus de 3 pages) est composé d'un ou de plusieurs documents et d'une série de questions relatives à ces documents. Le candidat dispose de 10 minutes pour présenter les réponses aux questions posées, puis l'examinateur lui demande d'expliciter, d'approfondir et de justifier ses réponses.

1 Quel est le rôle du contrat ?

Le contrat est une convention par laquelle une ou plusieurs personnes s'obligent envers une ou plusieurs autres, à donner, à faire ou à ne pas faire quelque chose. Le contrat est la principale source d'obligations en droit français. La partie au contrat qui s'engage à faire quelque chose est le débiteur d'une obligation qu'il doit au créancier, c'est-à-dire l'autre partie du contrat.

1 La formation du contrat

A L'échange de consentement

■ Le contrat est formé **dès l'échange des consentements**, c'est-à-dire lorsque la **volonté libre et éclairée des parties** qui l'ont conclu s'est exprimée. Il peut y avoir une ou plusieurs parties qui concluent un contrat. Les parties sont des **professionnels**, des **consommateurs ou non**.

■ Quand le contrat concerne un professionnel et un consommateur, on parle de **contrat de consommation**. Le consommateur est défini par une directive européenne comme « toute personne qui agit pour réaliser un acte d'achat ou de vente **hors du cadre de sa profession** ».

■ Dans le contrat de consommation, **la relation est déséquilibrée** car le professionnel dispose d'informations supplémentaires face au particulier, qui est dit « profane ». Le droit cherche à rééquilibrer ce type de relation contractuelle **en protégeant le consommateur**.

À SAVOIR

Le contrat a une importance croissante dans l'organisation de la vie en société, notamment dans la vie économique, sous la forme du **contrat de consommation**. Cela amène le législateur à améliorer la protection du consommateur, en particulier lorsque la relation contractuelle est dématérialisée au travers des réseaux informatiques et de télécommunication. Les obligations des cybervendeurs sont renforcées.

B Les conditions de validité

■ Depuis la réforme du droit des contrats de 2016 (art. 1128. du Code civil), pour qu'une convention soit valable, il faut respecter **trois conditions** :

– **les parties doivent avoir la volonté de conclure un contrat** et leur volonté doit être libre et éclairée. Elle ne doit subir **aucun vice du consentement**. Pour que le consentement soit éclairé, les cocontractants ont une **obligation d'information et de conseil** les uns envers les autres. On dit que le contrat doit être exécuté de **bonne foi**. Si l'une des personnes a connaissance d'une information qui affecte le consentement des autres parties, elle doit les en informer ;

À SAVOIR

Les vices du consentement sont : la **contrainte physique et morale**, la **tromperie** (appelé dol) et l'**erreur** (en particulier sur la nature de l'objet du contrat).

– **les parties doivent être des personnes juridiques capables**. Cette condition permet de protéger les mineurs et les majeurs incapables d'éventuels abus car ils ne sont pas suffisam-

ment sains d'esprit. Le contrat doit avoir un **contenu licite,** l'objet doit être certain, conforme aux bonnes mœurs et à l'ordre moral. Il ne doit pas nuire à l'intérêt général ;
– **le contrat fait naître des obligations réciproques entre les parties**. Elles sont définies dans les **clauses du contrat**. Elles doivent obligatoirement s'exécuter pour que les parties respectent leurs engagements. Les clauses d'un contrat ont **force de loi** pour ceux qui l'ont conclu. Le contenu du contrat ne peut pas être modifié unilatéralement, sans l'accord de toutes les parties. On est libre de donner ou non son consentement mais, une fois que cela est fait, **le contrat a une force obligatoire** pour les parties qui l'ont donné.

 # info
La constitution d'un contrat
foucherconnect.fr/23terstmg113

À SAVOIR

Si le contrat ne s'est pas valablement formé pour une raison ou une autre et que **l'intérêt général n'est pas respecté**, alors il est réputé nul comme s'il n'avait jamais existé. On parle de **nullité absolue du contrat**. En revanche, si le contrat s'est légalement formé, qu'il ne nuit pas à l'intérêt général mais qu'il y a un vice du consentement au détriment de l'intérêt particulier d'une partie qu'il convient de protéger, alors **la nullité du contrat est relative**. Dans ce cas, le contrat existe mais les parties sont libérées d'une partie ou de toutes leurs obligations.

C Les obligations du contrat et le droit de rétractation

■ Les obligations du contrat **n'engagent que ceux qui l'ont conclu**. Elles ne s'appliquent pas aux tiers (personnes extérieures au contrat).

■ Les parties disposent cependant d'un **droit de repentir** ou de **rétractation**. Il permet aux consommateurs de se rétracter, donc de **changer d'avis** et de **renoncer à une offre** :
– **si l'achat est effectué à distance** (par Internet, téléachat ou démarchage téléphonique), le consommateur dispose d'un **délai minimum de 14 jours**. Il s'exerce dès la formation du contrat pour les services (souscription d'un abonnement téléphonique par exemple) ;
– **en ce qui concerne les marchandises**, le délai commence à la réception des objets livrés. Le consommateur qui se rétracte doit en informer le vendeur par écrit. Le consommateur doit réexpédier les marchandises dans les 14 jours après avoir envoyé sa demande de rétractation. Le professionnel doit rembourser la totalité des sommes versées par le consommateur.

■ Le contrat peut s'accompagner d'une **obligation de moyen ou de résultat**. Dans le premier cas, le débiteur de l'obligation ne garantit pas le résultat mais il doit tout mettre en œuvre pour l'obtenir. Dans le deuxième cas, c'est le résultat – peu importent les moyens engagés – qui doit être atteint.

EXEMPLES

▸ **Un médecin a une obligation de moyen** et non de résultat envers son patient. Il ne peut pas garantir la guérison.
▸ En revanche, **un transporteur de voyageur a une obligation de résultat**. Le passager doit être acheminé de son point de départ à son point d'arrivée, peu importe le moyen utilisé ou le délai sauf si celui-ci est précisé dans le contrat.

2 L'exécution du contrat

La **liberté contractuelle** donne une grande souplesse aux engagements qui s'adaptent aux volontés des parties. Ainsi, le vendeur est tenu de livrer la chose vendue et l'acheteur d'en payer le prix. Mais, en fonction des **clauses du contrat**, le prix peut par exemple être exigé dès la formation du contrat ou à la livraison des marchandises.

A Les sanctions en cas d'inexécution des obligations du contrat

- **L'inexécution d'une obligation est sanctionnée.** Le fautif peut être contraint à exécuter son obligation ou à verser des **dommages et intérêts.** La **réparation du préjudice** qui en résulte peut se faire **en nature ou par équivalent**.

 # vidéo
Qu'est-ce qu'une mise en demeure ?
foucherconnect.fr/23terstmg114

- Pour contraindre le débiteur d'une obligation, il est souvent nécessaire de recourir à une **mise en demeure** qui n'est pas une simple lettre de relance. La **mise en demeure** doit préciser les identités des parties au contrat en indiquant qui est le débiteur de l'obligation. Elle rappelle l'objet du litige, et la demande de mise en demeure du créancier doit être clairement intitulée, formulée par écrit et rappeler la clause qui la justifie.

- La **nullité du contrat** peut être prononcée par un juge si l'une des trois conditions de validité de la formation d'une convention n'est pas respectée. Les **effets sont rétroactifs** car les parties doivent être remises dans l'état où elles étaient avant la formation du contrat.

EXEMPLE

S'il s'agit d'une vente de bien, celui-ci doit être restitué au propriétaire initial et les sommes versées rendues. Si cela n'est pas possible, la restitution prend la forme d'une indemnisation du montant de la valeur du bien.

- La **résolution du contrat** intervient quand le contrat est valablement formé mais que les obligations n'ont pas été exécutées par l'une des parties fautives. Le juge peut libérer la partie qui a subi un préjudice engendré par le contrat. Par conséquent, si la résolution du contrat de vente d'une marchandise est prononcée par un juge, l'acheteur ne sera pas tenu de payer le prix d'une marchandise non livrée.

- L'**exécution forcée des obligations** peut également être prononcée par le juge lorsque cela est possible, sinon il décide la résolution du contrat.

À SAVOIR

Un contrat peut comporter **une clause dite pénale**. Cette clause prévoit les sanctions que les parties encourent si elles ne respectent pas leurs obligations. Il s'agit bien souvent d'une indemnité versée à la partie lésée ou d'une majoration du prix de la prestation. Pour éviter les abus, le juge a le pouvoir de modérer le contenu de la clause pénale.

B La résiliation du contrat

La résiliation met fin aux effets d'un contrat, donc aux obligations qui en découlent. Elle n'a pas d'effet rétroactif, contrairement à la résolution du contrat. La résiliation peut intervenir aux termes d'un contrat de prestation de service qui arrive à l'échéance ou d'un commun accord des parties qui mettent fin à leur relation contractuelle, ou encore elle peut être prononcée par le juge.

C Les clauses abusives

Les **clauses abusives** sont des clauses qui introduisent un **déséquilibre** dans les obligations, et qui sont défavorables au consommateur. Leur liste est annuellement mise à jour par la **Commission des clauses abusives** sous la tutelle du ministre chargé de la Consommation. Les clauses abusives sont réputées nulles et non écrites, comme si elles n'avaient jamais existé.

 # vidéo
Les clauses abusives
foucherconnect.fr/23terstmg115

EXEMPLE

Dans les conditions générales du contrat qui lie l'entreprise Facebook.inc avec ses utilisateurs en France, la clause qui limitait, en cas de litige, les tribunaux compétents aux tribunaux de Santa Barbara aux États-Unis est une clause abusive. Elle est réputée nulle par une décision du TGI de Paris du 5 mars 2015 car la distance et le montant des frais à engager sont de nature à décourager toute action en justice des consommateurs qui demanderaient réparation d'un préjudice.

2 Qu'est-ce qu'être responsable ?

En droit, la responsabilité est l'obligation faite aux individus de réparer les atteintes physiques ou au patrimoine causées volontairement ou non aux autres. Pour obtenir réparation de ces atteintes appelées « dommages », la victime doit démontrer la réalité du préjudice et un lien entre la cause et le préjudice. Le droit évolue vers une meilleure indemnisation des victimes, notamment par une prise en charge par les assurances.

1 Le dommage réparable

A La responsabilité civile

Pour pouvoir engager la responsabilité civile, il faut d'abord **prouver l'existence d'un dommage** qui peut être **corporel**, **matériel** (patrimonial), **moral** (extrapatrimonial) ou économique (perte de revenu, de gain ou de bénéfice). Pour que le dommage soit réparable, 4 conditions doivent être réunies :

- **le dommage doit être certain**, peu importe qu'il soit futur ou qu'il résulte d'une **perte de chance**. Un préjudice éventuel ne peut pas être indemnisé ;

À SAVOIR

Le droit distingue la **responsabilité civile** de la **responsabilité pénale**. Il ne faut pas les confondre. La première est engagée lorsqu'il faut préserver des intérêts privés, la seconde lorsqu'il s'agit de défendre l'intérêt général.

MOT-CLÉ

Perte de chance : elle se caractérise comme la privation d'une probabilité raisonnable de la survenance d'un événement positif ou de la non-survenance d'un événement négatif.

EXEMPLE

Si une personne arrive en retard à un examen en raison d'un retard des transports en commun et qu'on lui interdit l'accès à la salle de l'épreuve, elle ne peut pas demander réparation à l'organisation qui l'a transportée car son préjudice au regard du droit n'est pas certain. En effet, même si cette personne est présente et qu'elle passe son examen, le succès ne peut pas être garanti.

- **le dommage doit être direct**, c'est-à-dire qu'il est le résultat des faits reprochés à l'auteur du dommage ;
- **le dommage doit être personnel**. On ne peut pas demander réparation pour les dommages subis par une autre personne que soi (sauf si on agit en tant que représentant légal d'une personne incapable au regard du droit) ;
- **le dommage doit être légitime**. Il ne doit pas être contraire aux bonnes mœurs et à l'opinion publique.

EXEMPLE

Il n'est pas possible de se prévaloir du vol d'un objet qui avait été préalablement volé même si la victime présumée n'était pas au courant du vol initial.

B La responsabilité pénale

La responsabilité pénale est engagée dès lors qu'**une règle de droit pénalement sanctionnée a été transgressée**, même si personne n'a subi de préjudice. L'**intérêt général** prime.

EXEMPLE

Une personne atteinte du Covid qui ne respecte pas les consignes d'isolement ou de port du masque met potentiellement les autres en danger par son comportement. Elle peut éventuellement être tenue responsable d'avoir exposé d'autres personnes à une contamination.

ZOOM SUR...

Le préjudice écologique

Le droit reconnaît depuis la loi sur la biodiversité de 2016 l'existence d'un préjudice écologique que l'auteur est tenu de réparer. On distingue :

- le **préjudice écologique** pur qui résulte d'une dégradation du milieu naturel. Il s'agit d'un préjudice subi collectivement ;
- le **préjudice écologique** dérivé qui est un préjudice patrimonial ou extrapatrimonial que subit une personne du fait d'une atteinte à l'environnement. Le dommage qui en résulte pour être indemnisable doit être certain, direct, personnel et licite.

La charte de l'environnement de 2004 a une valeur constitutionnelle. Elle est intégrée à la Constitution. Les droits et libertés inscrits dans la charte sont des principes constitutionnels opposables au juge. Ils peuvent justifier au cas par cas une restriction à d'autres libertés constitutionnelles comme la liberté d'entreprendre.

 # vidéo
Condamnation de Total pour préjudice écologique
foucherconnect.fr/23terstmg116

C La réparation

■ Par principe, la réparation du préjudice doit être **intégrale**. Ainsi, lorsque c'est possible, les parties doivent **retrouver une situation antérieure au dommage** comme s'il n'avait jamais existé :
- pour les dommages matériels, la réparation prend donc si possible la forme d'une **remise en état**. Le juge peut également exiger l'exécution d'une obligation contractuelle ;
- dans les autres cas, la **réparation est financière**. Le montant de la réparation est fixé par le juge. Il tient compte du caractère permanent ou temporaire du dommage et de sa nature.

■ Le mécanisme de l'assurance permet une **mutualisation des risques** et un **transfert de la charge financière de l'indemnisation du dommage** de l'individu assuré à l'assurance. En effet, les personnes assurées cotisent et les sommes récoltées sont reversées à la victime bénéficiaire de l'indemnisation. Ainsi, ce n'est pas le responsable des dommages qui supporte directement le coût de l'indemnisation, mais l'ensemble des assurés qui ont cotisé.

■ Le droit distingue les **victimes directes** qui subissent le préjudice des **victimes indirectes** qui sont les proches. Les deux peuvent obtenir **réparation d'un dommage**.

■ Dans le cas particulier des accidents de la route, l'indemnisation est intégralement prise en charge par les assurances. Elles sont obligatoires (articles L. 324-1 et R. 233-3 du Code de la route).

2 Les différents régimes de responsabilité

La mise en œuvre de la responsabilité civile repose sur trois éléments : l'existence d'un **préjudice indemnisable**, l'existence d'un **fait générateur de causalité** et un **lien de causalité entre le préjudice et la faute**.

A Les régimes spéciaux

Si la cause du préjudice est un préjudice écologique, un accident du travail, un accident de la circulation ou un produit défectueux, **le mécanisme d'indemnisation est spécifique** à chacun de ces cas.

EXEMPLES

- Dans le cadre du travail, une indemnisation qui compense la perte de revenus est versée par l'employeur ou la Sécurité sociale.
- Dans le cas de produits défectueux, le vendeur a l'obligation de réparer les dommages sauf s'il est en mesure de prouver que le produit ne l'était pas avant la vente.

B La responsabilité contractuelle

La responsabilité contractuelle est engagée quand la faute à l'origine du dommage est la **non-exécution d'une obligation contractuelle**. Les règles spécifiques prévues dans le contrat s'appliqueront pour indemniser la victime s'il existe une clause pénale, une clause d'exonération ou de limitation de la responsabilité en cas de mauvais usage de la chose vendue par exemple. Le juge peut également étendre les obligations des parties pour permettre une **indemnisation des victimes**.

EXEMPLE

Le vendeur d'un service ou d'un produit a une obligation de sécurité envers ses clients. Pour mettre en œuvre la responsabilité civile, il faudra s'interroger pour savoir si le débiteur de l'obligation a une obligation de moyen ou de résultat et quelle est la nature de l'obligation qui n'a pas été satisfaite.

C La responsabilité extracontractuelle

Selon l'article 1241 du Code civil, l'auteur du dommage est responsable pour les faits qu'il a commis, pour ceux commis par les personnes dont il est responsable (mineurs, élèves, salariés, apprentis) et par les choses dont il a la garde (véhicule, objets divers, animal). Cela permet à la victime de rechercher la responsabilité à l'origine de son dommage pour demander réparation de son préjudice.

À SAVOIR

Depuis 2016, le droit reconnaît une responsabilité des propriétaires du fait de la ruine d'un bâtiment. C'est une extension de la responsabilité du fait des choses selon laquelle le propriétaire d'un bâtiment est responsable des dommages causés par sa ruine, un défaut d'entretien ou une malfaçon.

3 Les moyens d'exonération

Le responsable peut partiellement ou totalement s'exonérer de sa responsabilité (c'est-à-dire être jugé en partie ou non responsable) dans les cas suivants :

– la **cause étrangère** : dans ce cas, il faut prouver qu'un événement qui ne dépend pas de l'auteur du dommage (qui lui est étranger) a rendu le dommage possible ; c'est-à-dire qu'il n'y a **pas de lien direct entre le fait générateur et le dommage**. Sans cet événement, il n'y aurait pas eu de dommage ;

– la **force majeure** : dans ce cas, il faut prouver qu'un événement exceptionnel par son intensité, irrésistible (on ne peut pas s'y opposer, l'empêcher) qui échappe à tout contrôle et qui est imprévisible, est à l'origine du dommage. EXEMPLE : une catastrophe naturelle est un cas d'exonération totale de la responsabilité de l'auteur du dommage ;

– le **fait** ou la **faute d'un tiers** : dans ce cas, il faut prouver qu'une autre personne que soi-même a causé partiellement ou totalement le dommage subi par la victime. Dans le premier cas, l'exonération de la responsabilité de l'auteur présumé des dommages peut être partielle ; dans le second, elle est totale ;

– le **fait** ou la **faute de la victime** : dans ce cas, il faut prouver que la victime a commis une faute lourde qui contribue à son dommage.

3 Comment le droit encadre-t-il le travail salarié ?

Le travail peut être réalisé de façon indépendante ou sous la responsabilité d'un employeur. Dans le second cas, la personne qui exécute le travail est liée à son employeur par un contrat de travail qui précise les obligations respectives des parties. La relation de travail est par nature asymétrique puisque le salarié est subordonné à son employeur. Le droit du travail encadre l'exercice du pouvoir de direction de l'employeur dans le but de protéger le salarié.

1 Le contrat de travail

C'est une **convention** entre l'employeur et le salarié, **librement négociée entre les parties**. À ce titre, le contrat doit respecter tous les critères de validité de droit commun d'une convention (voir chapitre 1).

REMARQUE
On constate une évolution du droit du travail qui relève de l'ordre public de protection. Elle intègre une part croissante de règles conventionnelles négociées entre représentants des salariés et employeurs.

A Le lien de subordination

- Le **lien de subordination** se traduit par la situation de dépendance du salarié vis-à-vis de l'employeur puisque le salarié doit obéir aux instructions de sa hiérarchie. Ainsi, il abandonne à l'employeur, qui organise son travail, une partie de sa liberté. En contrepartie, l'employeur doit assurer sa sécurité au travail. **C'est le lien de subordination qui fonde le contrat de travail**. Il permet de distinguer les différentes situations de travail.

ATTENTION
Il ne faut pas confondre le travail effectué par un salarié subordonné dans le cadre d'un contrat de travail avec un contrat d'entreprise entre un client et son fournisseur entre lesquels il n'y a pas de lien de subordination.

- Concrètement, dès que l'on prouve qu'il y a une **prestation réelle de travail**, que l'organisation de ce travail est subordonnée à un donneur d'ordre et que les ressources financières perçues dépendent exclusivement de ce dernier, alors on peut **présumer l'existence d'un lien de subordination** donc d'un **contrat de travail**. En cas de litige, le juge, une fois que le lien de subordination est établi, requalifiera la relation de travail en CDI.

REMARQUE
Pour qualifier l'existence d'un contrat de travail, il faut : une prestation de travail ; un lien de subordination, c'est-à-dire une soumission aux pouvoirs de direction ; une rémunération de la prestation de travail.

B Les droits du salarié

- L'**ordre public social** accorde un ensemble de **droits minimaux** aux salariés en matière de rémunération, de durée du travail, d'hygiène, de sécurité et de congés. Il rend **obligatoire** la négociation périodique des conditions d'emploi par secteur d'activité ou profession au niveau national ou à défaut dans les entreprises entre les représentants des salariés et des employeurs. La **négociation** est menée par les organisations syndicales. Le droit négocié qui en résulte donne des droits supplémentaires aux salariés.

À SAVOIR

Les **conventions collectives** ne peuvent pas être moins favorables aux salariés que le socle minimum créé par la législation du travail. Ainsi, les jours de congé pour événements familiaux (mariage, naissance, décès) sont de 1 à 4 jours au minimum mais les conventions collectives accordent souvent des jours supplémentaires.

■ Pour mieux faire valoir ses droits, la loi travail instaure pour chaque salarié un **compte personnel d'activité** qui regroupe les informations sur ses **droits acquis** au cours de sa carrière en matière de formation, chômage et pénibilité de l'emploi.

C L'autorité et les pouvoirs de l'employeur

a Le pouvoir de direction

Le pouvoir de direction de l'employeur est reconnu par la jurisprudence. L'exercice de son pouvoir de direction doit se faire dans l'**intérêt de l'entreprise**. À ce titre, l'employeur a la possibilité de modifier unilatéralement certaines conditions d'emploi sans que cela remette en cause le contrat de travail en lui-même. Ainsi, il peut fixer des objectifs à ses salariés, les évaluer, imposer des horaires de travail et modifier les tâches si elles sont en rapport avec leurs qualifications.

CE QUE DIT LA LOI

La loi dite « El Khomri » ou loi travail du 9 août 2016

Cette loi prévoit une exception. Il est possible pendant 2 ans de modifier les éléments substantiels des contrats de travail sans l'accord de chaque salarié dans le cadre d'un « accord de maintien dans l'emploi » dit « accord défensif ». Le salarié qui refuse risque un licenciement économique individuel. Ainsi, l'employeur peut négocier une baisse des rémunérations et une modification des horaires de travail. Cette loi renforce le poids de la négociation collective par branche d'activité. Ainsi, elle peut prévoir d'augmenter dans certaines circonstances la durée du travail à 12 heures par jour et 60 heures par semaine. Désormais, un accord d'entreprise peut être étendu à l'ensemble d'une branche d'activité même s'il existe déjà une convention collective dans la branche.

b Le pouvoir réglementaire

Il correspond au pouvoir de l'employeur d'édicter des règles pour préciser les modalités de l'activité dans l'entreprise. Ces règles sont écrites dans les notes de service et surtout dans le **règlement intérieur de l'entreprise** (article L. 4122-1 du Code du travail). Ce document est **obligatoire** dans la plupart des organisations de plus de 20 salariés (article L. 122-33 du Code du travail). On y trouve en particulier :
- les **consignes d'hygiène** et de **sécurité**, précisant si nécessaire les modalités d'utilisation de l'outillage et des machines (articles L. 233-3 à L. 233-5 du Code du travail) ;
- la **nature** et **l'échelle des sanctions**, avec leur durée ;
- les **modalités de défense du salarié** en cas de contestation des sanctions avec à défaut les références de la convention collective applicable ;
- un **rappel contre l'abus d'autorité en matière sexuelle** réprimé par la loi.

c Le pouvoir disciplinaire

C'est le prolongement du pouvoir réglementaire de l'employeur en vertu duquel il a le droit de sanctionner un salarié qui enfreint les règles qu'il a fixées (article L. 122-40 du Code du travail). Les **sanctions** encourues sont très diverses : avertissement écrit, blâme, mise à pied, mutation, rétrogradation, blocage de l'avancement et licenciement. Cependant, les amendes ou autres sanctions pécuniaires sont strictement interdites (article L. 1331-2 du Code du travail). Avant de procéder à un licenciement, l'employeur doit avertir le salarié et respecter la hiérarchie des sanctions, sauf s'il s'agit d'une faute grave ou lourde.

2 Les différents types de contrats de travail

A Le contrat à durée indéterminée (CDI)

a Les caractéristiques du contrat de travail

- Le **CDI est le contrat de droit commun**. Bien qu'il existe des contrats à durée déterminée (CDD) pour permettre à l'employeur d'adapter de façon plus flexible le volume d'emploi aux variations de son activité, le CDI est la norme car il permet d'assurer la **stabilité des ressources du salarié pour satisfaire ses besoins**.

- La forme du contrat de travail est libre. L'écrit n'est donc pas une obligation mais, si le contrat est écrit, il doit être rédigé en français. Le contrat précise le lieu d'exercice du travail, les missions, les tâches, les horaires, la rémunération et les conventions collectives négociées entre représentants des employeurs et des salariés applicables. Le contrat indique les modalités de la période d'essai s'il y en a une, et la durée du préavis pour quitter l'emploi en fonction de l'ancienneté du salarié.

- Comme pour toute convention, les parties du contrat s'obligent l'une envers l'autre :
  - les **principales obligations de l'employeur** sont de fournir un travail au salarié et une rémunération, de respecter ses libertés individuelles et collectives, de le former pour l'adapter à son emploi et assurer sa sécurité au travail ;
  - les **principales obligations du salarié** sont d'exécuter le travail confié, de se soumettre aux consignes de la hiérarchie, de respecter le règlement et de **faire preuve de loyauté** de façon à ne pas nuire aux intérêts à long terme de son employeur.

b Les clauses particulières

L'employeur peut introduire dans le contrat des **clauses particulières** pour adapter le contrat à ses contraintes économiques. On trouve notamment des **clauses** de **confidentialité**, de **mobilité**, de **non-concurrence**, de **télétravail** et de **dédit formation** (remboursement sous conditions des frais de formation financée par l'employeur). Ces clauses **ne doivent pas être abusives**. Elles sont **limitées dans le temps et dans l'espace**. Dans le cas contraire, elles sont réputées nulles. Les clauses particulières que l'employeur introduit dans le contrat de travail **ne doivent pas créer un déséquilibre entre la vie professionnelle et la vie personnelle du salarié**.

À SAVOIR
Le contrat à durée indéterminée de chantier ou d'opération est une **nouvelle forme de contrat**. C'est un CDI qui peut être rompu par l'employeur à l'issue du chantier ou de l'opération pour lequel le salarié a été recruté sans que la date d'achèvement soit connue à la signature du contrat.
Le salarié perçoit une indemnité de licenciement. Depuis 2017, ce type de contrat peut être conclu dans toutes les branches d'activité si un accord d'entreprise ou une convention collective entre les représentants des employeurs et des salariés en fixe les modalités. À défaut, il est réservé au secteur du bâtiment et de la construction navale.

B Les autres formes de contrat de travail

Les **contrats précaires** ont tous une **durée limitée dans le temps**. Il en existe de nombreuses formes. Leur but est d'**accroître la flexibilité du travail** en simplifiant pour le salarié l'accès à l'emploi, et pour l'employeur l'adaptation de l'effectif de son entreprise aux variations de l'activité. En contrepartie de cette flexibilité accrue, la législation renforce les **obligations de sécurité et d'information de l'employeur** vis-à-vis de ses salariés (article L. 233-1 du Code du travail).

a Le contrat à durée déterminée (CDD)

- C'est un contrat de travail pour lequel **la date de fin est précisée** dès sa conclusion.
- Le droit du travail limite les cas de recours à ce type de contrat pour ne pas remettre en cause la stabilité du travail subordonné dont la durée indéterminée reste la norme.
- Les **3 motifs légaux** de recours à un CDD sont : **l'accroissement temporaire de l'activité**, les **emplois à caractère saisonnier** par leur nature (comme les travaux agricoles) ou le **remplacement d'un salarié absent** ou passé provisoirement à temps partiel.

À SAVOIR
Tout contrat non conforme avec le cadre légal est requalifié en contrat à durée indéterminée.

b Le contrat saisonnier

- C'est un contrat adapté aux activités de nature saisonnière. Il ne faut pas le confondre avec le CDD. Il n'y a pas de limite de reconduction de saison en saison. Une entreprise temporairement ouverte pour une saison comme un restaurant ou une boutique ne peut cependant pas prétendre conclure des contrats de travail saisonniers pour la durée de son activité. La durée de la saison est comprise entre 1 et 8 mois.
- Le salarié n'a pas droit à la prime de précarité de fin de contrat des CDD mais il perçoit une indemnité de congés payés de 10 % de la rémunération acquise et peut prétendre à une prime d'ancienneté. Ce contrat ne peut pas faire l'objet d'une rupture conventionnelle.

c Le contrat de travail temporaire (CTT ou contrat de travail intérimaire)

- C'est une forme particulière de contrat dans laquelle le salarié appelé intérimaire est employé par une agence d'intérim pour laquelle il exécute sa mission dans les locaux d'une entreprise. L'agence d'intérim assume toutes les responsabilités qui reviennent à un employeur.
- Le salarié intérimaire doit respecter les horaires et le règlement de la société qui l'accueille pour la durée de sa mission. Cette dernière est par nature forcément limitée dans le temps. Cela accroît la **précarité de la situation du travailleur intérimaire** par rapport aux autres types de contrats. À ce titre, il perçoit une prime de précarité.

3 La rupture du contrat de travail

A La démission

■ Tout salarié a le droit de mettre fin à son contrat de travail comme il le souhaite. Pour éviter de s'exposer à des sanctions, le salarié doit néanmoins **respecter les délais de préavis prévus par la loi** (articles L. 1237-1, L. 122-6, 134-11 du Code du travail) ou précisé dans la convention collective applicable ou encore dans le contrat de travail.

■ La loi n'exige pas de forme particulière pour démissionner mais il est préférable de disposer d'une **preuve écrite** en cas de litige. Le salarié démissionnaire perçoit une indemnité de préavis si l'employeur le dispense de préavis et l'ensemble des rémunérations différées non encore perçues (primes diverses). Il n'a pas droit aux allocations-chômage. Cependant, après 4 mois sans emploi, il peut faire une demande auprès de Pôle emploi pour bénéficier de **l'allocation de retour à l'emploi (ARE)**.

B La rupture conventionnelle

■ C'est une convention entre le salarié et son employeur selon laquelle ils décident d'un **commun accord** de **mettre fin au contrat de travail** qui les lie (articles L. 1237-11 à L. 1237-16 du Code du travail). La convention de rupture précise la **date de fin du contrat** et le **montant des indemnités** qui doivent être au moins égales au montant de l'indemnité de licenciement. L'accord entre les parties doit être édité en deux exemplaires et remis à chacun.

■ Le contenu de la convention est établi entre les parties au cours d'un **entretien préalable** au cours duquel le salarié peut se faire assister d'une personne choisie parmi une liste de personnes consultable auprès de l'inspection du travail, dans chaque mairie, ou parmi les représentants du personnel ou encore un des salariés.

À SAVOIR

La convention doit obligatoirement être homologuée pour être valable à l'issue d'un délai de rétractation par le directeur régional des entreprises, de la concurrence, de la consommation, du travail et de l'emploi (arrêté du 8 février 2012, JO).

C Le licenciement

a Le licenciement individuel

■ Le **licenciement individuel pour faute** est à l'initiative de l'employeur. La procédure est très encadrée par la loi pour éviter les abus. Le motif doit être réel et sérieux. Il peut être contesté devant la juridiction spéciale du **conseil des prud'hommes**. L'employeur ne peut donc pas licencier, c'est-à-dire mettre fin au contrat de travail d'un salarié, sans respecter des **conditions de fond sur la réalité de la cause** et de **forme sur la procédure**.

■ Le **licenciement individuel sans faute** est reconnu par la jurisprudence lorsqu'un salarié, par son caractère, est à l'origine de **relations conflictuelles** incompatibles avec la poursuite d'une activité normale de l'entreprise, qu'il fait preuve d'incapacité à réaliser les tâches qui lui sont confiées en raison d'une longue maladie ou de son incompétence malgré les efforts de formation entrepris.

■ Le **licenciement économique individuel** n'est possible que si l'adaptation du poste du salarié ou son reclassement n'est pas envisageable malgré un effort de formation. Les offres de formation et de reclassement doivent être communiquées par écrit au salarié. La suite de la procédure est la procédure normale de licenciement individuel.

■ La **procédure de licenciement individuel** suit le principe dit « du contradictoire » car le salarié a le droit d'exposer ses arguments pour s'expliquer au cours d'un entretien préalable au licenciement. Une lettre doit lui être adressée pour lui signifier la **cause du licenciement**, ce qui facilite les éventuels recours devant le conseil des prud'hommes. Il bénéficie d'un délai de préavis avant que son licenciement soit effectif, pendant lequel il dispose de temps pour rechercher un nouvel emploi. Le salarié perçoit des **indemnités de licenciement, compensatrices de préavis** et de **congés payés**. L'ensemble des sommes versées sont répertoriées dans un document appelé **solde de tout compte** qui lui est transmis.

■ Les indemnités sont dues y compris s'il s'agit d'un licenciement pour **faute** à la condition qu'elle soit **simple** (par exemple une erreur dans l'exécution du travail). Si la **faute est grave** (indiscipline, abandon de poste, absences, vols, etc.) ou **lourde** (violences, intention de nuire, divulgation d'informations confidentielles, etc.), alors le salarié perd ses droits aux versements d'indemnités de licenciement et il peut être condamné à verser des **dommages et intérêts** à son employeur.

b Le licenciement collectif

La procédure de licenciement collectif est globalement la même que pour un licenciement individuel. Cependant, les délégués du personnel, le comité social et économique (CSE) de l'entreprise ainsi que l'inspection du travail doivent obligatoirement être consultés avant la prise de décision. Des actions de conversion et de reclassement doivent être proposées aux salariés pour faciliter leurs changements d'emploi ou de fonction. La justification d'un licenciement économique s'apprécie avec des critères précisés par la loi travail. En fonction de la taille de l'entreprise, il faut un certain nombre de trimestres de baisse des commandes ou du chiffre d'affaires. Si ces critères sont réunis, la contestation du motif de licenciement par un salarié est difficile.

4 Les libertés individuelles et collectives

A Les libertés individuelles des salariés

■ Les **contraintes** et **restrictions aux libertés individuelles et collectives** doivent être strictement justifiées par l'activité. Il y a cependant des **exceptions.**

ZOOM SUR...

L'état d'urgence sanitaire

Il est défini par l'article L. 313120 de la loi sur l'état d'urgence sanitaire adoptée le 22 mars 2020 dans le cadre de l'épidémie du virus Covid-19. L'employeur, comme le gouvernement, peut restreindre, si c'est dans l'intérêt général, les libertés des salariés (leur interdire l'accès au lieu de travail, leur imposer des dates de congés et imposer à tout ou partie du personnel le chômage partiel avec une diminution de la rémunération 84 % du salaire s'il est supérieur au Smic). Il peut également modifier unilatéralement des éléments substantiels du contrat de travail (comme imposer le télétravail, ou étendre les horaires de travail jusqu'à 60 heures par semaine contre 35 heures dans certains secteurs d'activité).

■ La **liberté d'expression du salarié** comme toutes les autres libertés individuelles sont reconnues sur le lieu de travail. Le salarié a cependant **une obligation de loyauté** qui lui interdit par exemple de dénigrer son employeur, les services ou les produits de l'organisation qui l'emploie, sur les réseaux sociaux. La loi encadre cette liberté d'expression.

■ La **discrimination** sous toutes ses formes est interdite que ce soit à l'embauche, dans l'application du pouvoir disciplinaire ou en matière de licenciement.

■ Le salarié a droit **au respect de sa vie privée**, même dans l'exercice de son activité salariée sur son lieu de travail. Si ses dossiers et documents sont identifiés clairement comme personnels, l'employeur ne peut pas les consulter :
- le salarié **doit être averti de l'utilisation d'outils de surveillance** mis en place par l'employeur ;
- les fichiers contenant des données personnelles individuelles des salariés font l'objet d'une déclaration auprès de la **Commission nationale de l'informatique et des libertés (Cnil)**. Ils ne sont autorisés **que si la nature de l'activité de l'entreprise les justifie**. Le salarié dispose de droits d'information, d'accès, de rectification et d'opposition à ces données.

■ Les salariés ont **un droit à la déconnexion** (loi travail). L'objectif est de **protéger le temps de repos hors horaire de travail**. Le salarié n'est pas tenu de répondre aux sollicitations à distance de son employeur quel que soit l'outil de communication utilisé.

À SAVOIR

D'après la jurisprudence, l'usage du téléphone personnel pendant le temps de travail relève de la vie privée au travail. Il ne peut donc pas être un motif de licenciement sauf si l'usage est contraire aux droits des autres salariés, à ceux de l'employeur ou que cela a une incidence sur la sécurité au travail ou la productivité en raison d'un usage excessif. Dans ces deux derniers cas, le salarié doit avoir été préalablement averti avant d'envisager un licenciement. Les restrictions apportées par l'employeur aux libertés individuelles du salarié dans le règlement intérieur doivent être strictement justifiées par la nature des tâches à accomplir.

B Les libertés collectives

a L'adhésion à un syndicat

■ L'adhésion à un syndicat est libre. Un syndicat a pour vocation de **défendre les intérêts de ses adhérents**. L'employeur ne peut pas s'opposer à l'action syndicale. Il doit organiser les moyens matériels de cette action dans son entreprise. L'action syndicale est conduite par les délégués syndicaux qui, selon le cas, créent une section syndicale dans les locaux de l'entreprise.

■ Les délégués syndicaux siègent au **comité social et économique de l'entreprise (CSE)**. Comme les délégués du personnel, ils bénéficient d'une protection contre le licenciement dont la cause doit être approuvée par l'inspection du travail. Mais, contrairement aux délégués du personnel, ils ne participent pas directement au mécanisme de décision. Ils n'exercent pas de droit de vote, ils ont un rôle consultatif.

■ Au niveau national, **les syndicats représentatifs** négocient tous les ans avec les organisations patronales les conditions d'emploi dans un secteur ou une branche d'activité. Cette négociation peut conduire à la conclusion d'une convention.

b Le droit de grève

- Une **grève** est un arrêt collectif et concerté du travail pour des motifs professionnels. Pour le salarié, la grève suspend le contrat de travail et donc le versement des salaires. Pour l'employeur, la cessation d'activité a un coût économique contraire à l'intérêt social de l'entreprise.

- Le droit de grève est un **droit fondamental inscrit dans la Constitution**. Il est accordé seulement aux salariés. Mais ce droit est encadré. La grève ne doit pas faire obstacle au droit au travail des salariés non grévistes. Elle doit être limitée dans le temps, avoir des motifs d'ordre professionnel, ne pas causer de troubles anormaux à l'ordre public ni manifester la volonté de nuire aux intérêts à long terme de l'entreprise.

À SAVOIR

Il ne faut pas confondre le **droit de manifester**, qui découle du droit d'expression, et le **droit de grève** accordé aux seuls salariés. Ainsi, les lycéens et étudiants ne sont pas des salariés ; ils disposent d'un droit de manifester mais pas d'un droit de grève. Les grèves étudiantes et lycéennes sont une tolérance des institutions et de la société qui est souvent justifiée par l'apprentissage du débat démocratique. Elles sont assimilées au droit de protester ou de manifester et ne doivent en aucun cas troubler l'ordre public.

- La **responsabilité pénale** des salariés grévistes peut être engagée devant un tribunal correctionnel s'ils commettent des infractions à la loi comme porter atteinte à l'intégrité et à la sécurité des personnes ou s'ils ne respectent pas le droit de propriété. Ainsi, la destruction de marchandises ou la séquestration des personnes dans les locaux de l'entreprise sont des délits.

- La **responsabilité civile** des grévistes et des responsables syndicaux peut également être engagée devant le tribunal d'instance s'ils causent des préjudices.

c Les délégués du personnel

Les délégués du personnel représentent tous les salariés de l'organisation qui les emploie, qu'ils soient syndiqués ou non. Ils négocient les conditions d'emploi auprès de la direction en présentant des **réclamations individuelles ou collectives**. Ils sont élus parmi les salariés et siègent au CSE pendant 4 ans où ils exercent un droit de vote.

d Le comité social et économique (CSE)

Le comité social et économique (CSE) **est obligatoire dans les entreprises de plus de 11 salariés**. Il se compose des représentants du personnel, de l'employeur. Dans les grandes entreprises de plus de 300 personnes, un médecin du travail est aussi présent. Les missions du CSE dépendent de la taille de l'entreprise mais il est compétent pour représenter les revendications des salariés, négocier les conditions d'emploi, se prononcer sur les questions d'hygiène et de sécurité. Il dispose également d'un droit d'alerte sur l'organisation du travail dans l'entreprise. Dans les grandes entreprises de plus de 300 salariés, il est en plus informé des décisions de gestion ; en particulier de celles qui affectent l'emploi. Il prend part aux décisions relatives à la formation et à l'introduction de nouvelles technologies.

4 Comment entreprendre ?

L'activité économique des entreprises s'exerce dans un cadre juridique selon le principe général de la liberté du commerce et de l'industrie. Pour exercer sa liberté d'entreprendre, l'entrepreneur doit choisir un statut juridique. Son choix dépend de l'étendue des risques qu'il accepte de supporter et de sa volonté de partager ou non le pouvoir de décision. L'évolution du droit tend à rendre la création d'entreprise moins risquée et plus simple.

1 Les différents statuts de l'entreprise

La société est la forme juridique d'entreprise la plus répandue, mais des choix éthiques différents peuvent amener l'entrepreneur à **choisir un statut de forme coopérative**. Il peut aussi mener son activité en **partenariat** à la condition de nouer des relations loyales qui ne faussent pas les règles de la **libre concurrence sur les marchés**.

A L'entreprise individuelle (EI)

C'est un statut d'entreprise dans lequel **le patrimoine de l'entreprise est confondu avec celui de l'entrepreneur**. C'est le principe de l'**unicité du patrimoine**. L'entrepreneur décide seul que la décision soit stratégique ou opérationnelle. Il assume l'entière responsabilité des conséquences de ses décisions vis-à-vis des tiers. **Sa responsabilité est illimitée** sur son patrimoine personnel.

B Le statut de micro-entrepreneur (ou autoentrepreneur)

- Le statut de micro-entrepreneur (ou autoentrepreneur) permet à une personne de créer simplement une entreprise en faisant une simple déclaration au **centre de formalités des entreprises (CFE)**. L'avantage principal est la **possibilité de cumuler des revenus salariaux avec ceux issus de l'entreprise** et donc de disposer d'un cadre légal d'encaissement pour des activités lucratives à condition de ne pas dépasser certains seuils.

EXEMPLE

Les seuils suivants sont calculés au prorata du nombre de jours d'activité : **176 200 €** (CA) HT pour la vente de marchandises (70 000 € de CA HT par an pour la location meublée) ou de **72 500 €** (CA) HT pour les **prestations de services.**

- Les micro-entrepreneurs sont soumis au **régime fiscal de la microentreprise**. Ils doivent désormais être immatriculés au **registre du commerce et des sociétés (RCS)** et/ou au **répertoire des métiers (RM)** en fonction de la nature de leur activité.

C L'entreprise unipersonnelle à responsabilité limitée (EIRL)

C'est une EI comme la microentreprise mais qui a l'avantage de protéger le patrimoine personnel de l'entrepreneur de ses créanciers (loi n° 2010-658 du 15 juin 2010, applicable depuis le 1er janvier 2011). L'entrepreneur individuel (EI), comme le micro-entrepreneur, peut, sur déclaration, affecter une partie de son patrimoine à son activité économique. Il est appelé **patrimoine d'affectation**. Tous ses créanciers doivent être informés de l'existence d'un patrimoine affecté. En cas de liquidation judiciaire, ils ne peuvent saisir que le patrimoine d'affectation.

D L'entreprise unipersonnelle à responsabilité limitée (EURL)

Ce n'est pas une entreprise individuelle. C'est une société dans laquelle **l'entrepreneur est l'associé unique**. Elle est dotée d'une **personnalité morale distincte** de la personnalité physique de l'entrepreneur. Le formalisme de ce type d'entreprise est plus grand que celui d'une EI. La **rédaction de statuts** est obligatoire. L'entrepreneur garde l'intégralité du pouvoir de décision tout en préservant son patrimoine personnel. Sa responsabilité est limitée à son apport dans la société. Cela est un grand avantage car les dettes de la société ne sont pas celles de l'entrepreneur.

POUR ALLER PLUS LOIN

Si la responsabilité du gérant d'une EURL est limitée à ses apports, il faut penser dans la gestion courante à préserver la séparation des patrimoines de la personne physique de l'entrepreneur et de la personne morale de l'EURL. Les partenaires financiers comme les banques exigent des garanties réelles sur les biens personnels de l'entrepreneur en contrepartie des emprunts accordés à la société. Ainsi, ils introduisent un lien juridique entre deux patrimoines que la loi sépare.

2 La société commerciale

CE QUE DIT LA LOI

Article 1832 du Code civil, modifié par la loi n° 85-697 du 11 juillet 1985 - Le contrat de société

« La société est instituée par deux ou plusieurs personnes qui conviennent par un contrat d'affecter à une entreprise commune des biens ou leur industrie en vue de partager le bénéfice ou de profiter de l'économie qui pourra en résulter. Elle peut être instituée, dans les cas prévus par la loi, par l'acte de volonté d'une seule personne. Les associés s'engagent à contribuer aux pertes. »

A Les associés

- Les associés sont des personnes qui ont conclu un **contrat de société**. Ils partagent des **intérêts communs** et sont **solidaires** face aux dettes. Cela explique que les décisions sont forcément partagées entre les associés qui en assument la responsabilité proportionnellement à leurs engagements.

- Les apports des associés, en numéraire, nature ou industrie, constituent le **capital social**. En contrepartie, proportionnellement à leurs apports, ils deviennent propriétaires de **parts sociales** qui sont une division du capital social.

■ Le contrat de société repose sur l'*affectio societatis*. Cette locution latine fait référence à la volonté de s'associer pour contribuer sur un pied d'égalité à l'objectif commun partagé par les associés. Il est plus ou moins fort selon le type de statut choisi. L'*affectio societatis* est inexistant dans une EURL mais très présent dans une SARL ou une SA.

■ Dans les sociétés, **le pouvoir de décision est généralement partagé entre les associés et les mandataires sociaux** qui ont le pouvoir d'agir au nom de la société. Ils siègent dans des assemblées ou dans des organes de direction. Les dirigeants d'entreprise, en tant que directeurs généraux ou gérants, détiennent le pouvoir de gestion tandis que les administrateurs désignés par les associés détiennent un pouvoir de contrôle de la gestion. Ils prennent part aux décisions stratégiques ou exceptionnelles.

B Les statuts

Il y a trois grandes familles de statuts de sociétés.

a Les sociétés de personnes

Dans les sociétés de personnes, la qualité des associés est importante. Ils ont le statut de commerçant. La **société en nom collectif (SNC)** est une forme de société de personnes répandue. Les décisions des associés sont prises en assemblée suivant la **règle de l'unanimité**. Les parts sociales détenues par les associés ne peuvent pas être librement cédées. Il faut l'accord unanime des autres associés. Ils sont collectivement et indéfiniment solidaires des dettes sur leurs patrimoines personnels.

b Les sociétés de capitaux

■ Dans ces sociétés, la qualité des associés est moins importante que les capitaux qu'ils apportent pour développer l'activité économique de l'entreprise. Les 3 principales formes de sociétés de capitaux sont :
- la **société à responsabilité limitée (SARL)** ;
- la **société anonyme (SA)** ;
- les **sociétés par actions simplifiées (SAS)**.

ZOOM SUR...

La SAS (ou sa version à un associé unique, la SASU)

Ce statut est prisé par les créateurs d'entreprises, notamment du secteur technologique, car le fonctionnement est simplifié. Il n'y a pas d'autre contrainte que de nommer un président. La responsabilité des associés est limitée à leurs apports. Il n'y a pas de capital minimal exigé (1 € suffit mais il est conseillé d'avoir un capital plus important, suffisant pour garantir les investissements). Les actions sont facilement cessibles mais aucune cotation en bourse n'est possible.

■ Les décisions se prennent à la majorité dans des assemblées d'associés. Le pouvoir de chaque associé dépend de son droit de vote. Ces droits sont proportionnels aux parts sociales qu'ils détiennent en contrepartie de leurs apports. Les parts sociales détenues par les associés peuvent être librement achetées ou vendues. Mais, dans les SARL, la vente des parts à un nouvel associé qui entrerait dans la société doit suivre une procédure d'agrément. Dans les SA, les associés sont appelés des **actionnaires**. La responsabilité des associés face aux dettes éventuelles de la société est limitée à leurs apports.

C Les sociétés coopératives

■ Les sociétés coopératives ont des **principes éthiques différents**. Leur but est de mieux répartir le pouvoir et les fruits de l'activité économique entre les salariés qui sont copropriétaires de l'outil de production. Il en existe de plusieurs types. La forme principale est **la société coopérative de production (SCOP)**.

■ Les SA et SARL peuvent être créées en SCOP. Les salariés qui ont plus d'un an d'ancienneté peuvent devenir des associés après un vote en assemblée générale. Ils sont appelés « coopérateurs ». Des personnes morales ou des personnes non salariées peuvent également être associées dans une SCOP mais elles ne peuvent pas détenir plus de 35 % du capital. Les décisions sont prises sur le principe qu'une personne détient une voix quel que soit le montant ou le nombre de parts sociales détenues par un associé. Tout associé peut devenir gérant ou administrateur par un **vote en assemblée générale**. Il garde son contrat de travail et bénéficie donc de la protection sociale des salariés. Le mandat est valable 4 ans.

■ **Le partage des bénéfices suit des règles strictes** :
- de 16 % (seuil minimum) à 45 % des bénéfices sont réinvestis dans la société sous la forme de « **réserves impartageables** » ;
- entre 10 % et 33 % (seuil maximal) des bénéfices sont partagés entre associés sous forme de **dividendes** ;
- entre 25 % et 45 % de ce qui reste dans les SCOP de plus de 50 salariés sont versés aux salariés sous la forme d'**intéressement**.

C Les critères de choix d'un statut

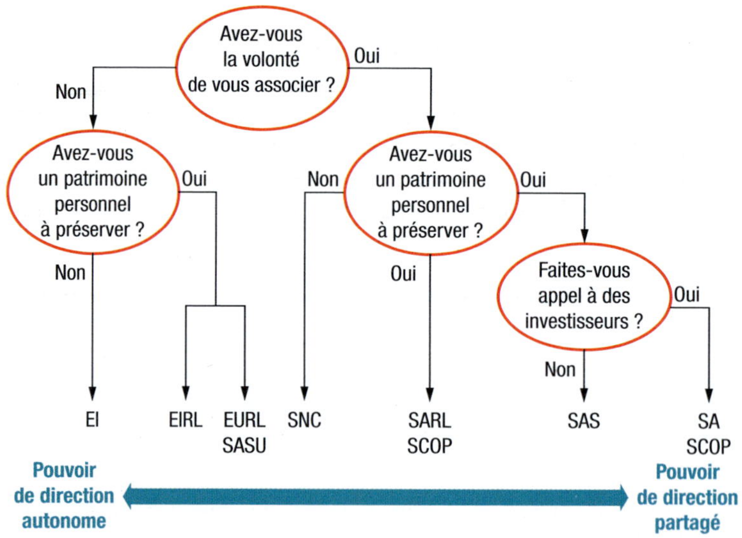

Choix du statut de l'entreprise et autonomie du pouvoir de direction de l'entrepreneur

À SAVOIR

Quelques types de statuts

EI : entreprise individuelle
EIRL : entreprise individuelle à responsabilité limitée
EURL : entreprise unipersonnelle à responsabilité limitée
SASU : société par action simplifiée unipersonnelle
SNC : société en nom collectif
SARL : société à responsabilité limitée
SAS : société par action simplifiée
SA : société anonyme
SCOP : société coopérative ouvrière de production

D Le respect de la concurrence

■ Le droit européen condamne l'**abus de la liberté de concurrence**. La jurisprudence en France reconnaît l'abus de la liberté de concurrence dès lors qu'il y a un trouble commercial causé à un partenaire (ou trouble anormal de concurrence). **La responsabilité civile du fautif qui commet un trouble anormal de concurrence est engagée** dès lors qu'il y a un lien entre le préjudice et le fait dommageable. Peu importe que le trouble anormal de concurrence soit volontaire ou non (voir chapitre 2).

■ La **concurrence déloyale** consiste à s'approprier le travail d'autrui : on parle de **parasitisme économique**. L'action en concurrence déloyale sanctionne une pratique anticoncurrentielle contraire à l'éthique commerciale. Il est interdit de détourner déloyalement une clientèle, de dénigrer sans fondement les concurrents, de débaucher les salariés des concurrents et de ne pas respecter les règles de la propriété intellectuelle et industrielle.

3 Les partenariats contractuels

■ Le choix de la **forme du partenariat** dépend principalement de considérations économiques. Une activité peut être soit organisée par l'entreprise, soit achetée à un prestataire. Si les coûts d'organisation d'une activité sont supérieurs aux coûts de transaction, alors le partenariat prend la forme d'un contrat d'entreprise qui n'est pas un contrat de travail car il n'y a pas de lien de subordination.

■ Le **franchisé** paie une franchise contre le droit d'usage de la marque au propriétaire de la marque appelé le **franchiseur**. Les contrats de franchise s'accompagnent souvent de clauses de service, d'assistance du franchiseur au franchisé sur la gestion du point de vente ou des approvisionnements, ce qui renforce la collaboration.

■ Un **contrat de sous-traitance** consiste à confier contre rémunération une activité à un sous-traitant.

■ Les entreprises partenaires peuvent aussi constituer un **groupement d'intérêt économique (GIE)**. Le but de cette structure est le développement de l'activité de ses membres sans qu'il y ait d'obligation de réaliser des bénéfices. Cette structure a la particularité d'être dotée de la personnalité morale alors qu'il ne s'agit pas d'une société. Elle dure le temps nécessaire à la réalisation des objectifs économiques fixés. Les entreprises qui la composent restent indépendantes. Le GIE est représenté par un ou plusieurs administrateurs. Les décisions sont collectives. Les membres sont solidairement responsables des dettes.

EXEMPLE

Des petites entreprises peuvent constituer un GIE pour répondre ensemble à un appel d'offres sur un chantier pour lequel aucune d'elles n'a seule les compétences ou la capacité de le mener à bien.

■ On parle d'**abus de position dominante** quand une entreprise est en mesure de faire **obstacle au libre jeu de la concurrence** sur un marché par la position dominante qu'elle y a acquise. C'est l'abus qui est sanctionné et non la position dominante en elle-même.

EXEMPLE

Si une entreprise empêche l'installation ou l'intégration de produits concurrents pour inciter les clients à utiliser leur produit comme c'était le cas des logiciels Microsoft Média Player et Internet Explorer, alors elle abuse de sa position dominante. Après plusieurs condamnations, cette société a scindé son offre pour laisser la place à des concurrents sur ce marché.

■ **Les ententes** qui ne modifient pas la structure de la concurrence sur les marchés sont autorisées. La répartition des ressources et des marchés entre acteurs d'un marché sous la forme d'une entente établie en dehors des règles transparentes de la libre concurrence est interdite.

 # info
Les ententes commerciales
foucherconnect.fr/23terstmg117

1 QUEL EST LE RÔLE DU CONTRAT ?

SITUATION JURIDIQUE

M. X a acheté par correspondance sur un site internet un livre à Mme Y, commerçante. La livraison s'effectue suite au paiement de M. X. Il décide d'exercer son droit de rétractation dans les 14 jours qui suivent la livraison. Il informe Mme Y par écrit et il demande le remboursement du livre ainsi que des frais de livraison. Mme Y refuse au motif qu'il s'agit d'une vente ferme car, en cochant le formulaire de commande en ligne, M. X a reconnu abandonner librement son droit à rétractation.

Consultez l'article L221-18 du Code de la consommation disponible sur Foucherconnect :

 # article de loi
Article L221-18
Code de la consommation
foucherconnect.fr/23terstmg118

1. Qualifiez les parties et les faits.
2. Quel est le problème de droit soulevé par cette situation ?
3. Proposez une solution juridique à ce problème.

2 QU'EST-CE QU'ÊTRE RESPONSABLE ?

SITUATION

Monsieur X, artisan, laisse échapper son marteau de ses mains. Le marteau tombe sur le carrelage et casse un carreau dans la buanderie de la maison de Monsieur Y.

La loi

Article 1240 modifié par ordonnance n° 2016-131 du 10 février 2016 - art. 2. : « Tout fait quelconque de l'homme, qui cause à autrui un dommage, oblige celui par la faute duquel il est arrivé à le réparer. »

Article 1241 modifié par ordonnance n° 2016-131 du 10 février 2016 - art. 2. : « Chacun est responsable du dommage qu'il a causé non seulement par son fait, mais encore par sa négligence ou par son imprudence. »

Article 1242 modifié par ordonnance n° 2016-131 du 10 février 2016 - art. 2. : « On est responsable non seulement du dommage que l'on cause par son propre fait, mais encore de celui qui est causé par le fait des personnes dont on doit répondre, ou des choses que l'on a sous sa garde. [...] »

Article 1243 modifié par ordonnance n° 2016-131 du 10 février 2016 - art. 2. : « Le propriétaire d'un animal, ou celui qui s'en sert, pendant qu'il est à son usage est responsable du dommage que l'animal a causé, soit que l'animal fût sous sa garde, soit qu'il fût égaré ou échappé. »

Article 1244 modifié par ordonnance n° 2016-131 du 10 février 2016 - art. 2. : « Le propriétaire d'un bâtiment est responsable du dommage causé par sa ruine, lorsqu'elle est arrivée par une suite du défaut d'entretien ou par le vice de sa construction. »

Article 1245 modifié par ordonnance n° 2016-131 du 10 février 2016 - art. 2. : « Le producteur est responsable du dommage causé par un défaut de son produit, qu'il soit ou non lié par un contrat avec la victime. »

1. Qualifiez les faits.
2. Quelles sont les règles de droit citées ci-dessus qui ne s'appliquent pas à la situation ?
3. Quelle est la conséquence du fait dommageable ?

MÉTHODOLOGIE

Qualifier les faits n'est pas se contenter d'un résumé

Le but de la qualification est de rattacher les faits à des catégories juridiques pour identifier les règles de droits applicables. On qualifie les parties, leur situation et les faits dommageables. Pour cela, il faut :

- donner les caractéristiques essentielles des parties : employeur, salarié, victime, commettant, associé, mandant, mandataire, vendeur, client, défendeur, demandeur… ;
- préciser la situation des parties : administrateur de, directeur général de, employeur de, salarié de, vendeur du, client de, ouvrier de, chef de chantier de, directeur de… ;
- donner si possible la nature juridique des faits dommageables : vol, délit, infraction, manquement à une obligation de… ;
- qualifier également la nature des préjudices : matériels, économiques, patrimoniaux, extrapatrimoniaux, moraux, d'agrément, psychologiques…
- mettre en œuvre la responsabilité civile :

1. vérifier que le préjudice est bien indemnisable.
2. vérifier l'existence d'un fait dommageable.
3. trouver un lien de causalité entre le dommage et le fait dommageable.
4. vérifier qu'il n'y a pas de cause d'exonération de la responsabilité.

3 COMMENT LE DROIT ENCADRE-T-IL LE TRAVAIL DU SALARIÉ ?

Exercez-vous au débat juridique

MÉTHODOLOGIE

- L'argumentation juridique est habituellement construite à partir d'une mineure qui se rapporte à une majeure dont découle la conclusion :
  - la majeure est la règle de droit à laquelle se rapporte la mineure. Elle fait référence au cas général ;
  - la mineure est la situation particulière à l'origine du problème de droit posé au juge ;
  - la conclusion découle de la relation entre la mineure et la majeure.
- Pour argumenter avec rigueur, il faut donc dans un premier temps qualifier correctement les parties et les faits. Cela permet d'identifier la ou les règles qui sont applicables à la situation présentée.
- Dans un deuxième temps, il faut identifier la question de droit qui se pose par rapport à la situation et aux règles applicables.
- Dans un troisième temps, on formule un avis qui s'appuie sur une règle de droit (appelée moyen de droit) qui le justifie.

Problème 1 : un employeur peut-il licencier un salarié en raison de sa tenue vestimentaire ?

Répondez à la question soulevée dans le problème en argumentant vos réponses sur la base de ce que la législation préconise dans les documents suivants.

DOCUMENT 1

Article L. 120-2 du Code du travail

« Nul ne peut apporter aux droits des personnes et aux libertés individuelles et collectives de restrictions qui ne seraient pas justifiées par la nature de la tâche à accomplir ni proportionnées au but recherché. »

DOCUMENT 2

Arrêt n° 2484 du 22 novembre 2017 (13-19 855) - Cour de cassation - Chambre sociale

[...] Il en résulte que l'employeur, investi de la mission de faire respecter au sein de la communauté de travail l'ensemble des libertés et droits fondamentaux de chaque salarié, peut prévoir dans le règlement intérieur de l'entreprise ou dans une note de service soumise aux mêmes dispositions que le règlement intérieur en application de l'article L. 1321-5 du Code du travail une clause de neutralité interdisant le port visible de tout signe politique, philosophique ou religieux sur le lieu de travail, dès lors que cette clause générale et indifférenciée n'est appliquée qu'aux salariés se trouvant en contact avec les clients ; qu'en présence du refus d'une salariée de se conformer à une telle clause dans l'exercice de ses activités professionnelles auprès des clients de l'entreprise, il appartient à l'employeur de rechercher si, tout en tenant compte des contraintes inhérentes à l'entreprise et sans que celle-ci ait à subir une charge supplémentaire, il lui est possible de proposer à la salariée un poste de travail n'impliquant pas de contact visuel avec ces clients, plutôt que de procéder à son licenciement. [...]

https://www.courdecassation.fr/jurisprudence_2/chambre_sociale_576/2484_22_38073.html

Problème 2 : un employeur peut imposer à un salarié de télétravailleur alors que le contrat de travail ne le précise pas ?

Répondez à la question soulevée dans le problème en argumentant vos réponses sur la base de ce que la législation préconise dans les documents suivants.

DOCUMENT 1

Article L. 1222-9 modifié par la loi n° 2018-771 du 5 septembre 2018 - art. 68 (VD) du Code du travail

[...] le télétravail désigne toute forme d'organisation du travail dans laquelle un travail qui aurait également pu être exécuté dans les locaux de l'employeur est effectué par un salarié hors de ces locaux de façon volontaire en utilisant les technologies de l'information et de la communication. [...]

En l'absence d'accord collectif ou de charte, lorsque le salarié et l'employeur conviennent de recourir au télétravail, ils formalisent leur accord par tout moyen [...]

Le refus d'accepter un poste de télétravailleur n'est pas un motif de rupture du contrat de travail. [...]

DOCUMENT 2

Article L. 1222-11 modifié par l'Ordonnance n° 2017-1387 du 22 septembre 2017 - art. 21 du Code du travail

En cas de circonstances exceptionnelles, notamment de menace d'épidémie, ou en cas de force majeure, la mise en œuvre du télétravail peut être considérée comme un aménagement du poste de travail rendu nécessaire pour permettre la continuité de l'activité de l'entreprise et garantir la protection des salariés.

4 COMMENT ENTREPRENDRE ?

Quels statuts choisiriez-vous ?

Répondez aux questions suivantes après avoir analysé la situation juridique.

SITUATION JURIDIQUE

Mme. Y vit dans un village à proximité de Paris. Elle vend à ses amies des produits cosmétiques (crèmes, shampoings, savons etc.) à base de produits naturels qu'elle récolte et transforme elle-même à l'aide de produits locaux produits sous le label biologique. Elle souhaite aménager une dépendance de la maison familiale pour y installer un laboratoire de cosmétique et un espace de vente.

Elle envisage à cette occasion de créer, tout en restant indépendante, une entreprise de fabrication et de commercialisation de ses produits. Elle espère réaliser un chiffre d'affaires proche de 60 000 euros en 2021.

1. Quel statut juridique d'entreprise proposeriez-vous à Madame Y ?
2. Justifiez en précisant les avantages de ce statut pour Madame Y.

corrigé
foucherconnect.fr/23terstmg119

1 Comment l'État peut-il intervenir dans l'économie ?

Deux conceptions du rôle de l'État s'opposent. Pour les libéraux, l'État doit laisser les individus ajuster spontanément leurs actions sur les marchés tandis que, pour les interventionnistes, l'État doit intervenir pour garantir l'intérêt collectif. Le but principal de la politique économique est de créer des conditions favorables à la croissance et au développement économiques des territoires. L'État peut agir sur les marchés soit sur la demande, soit sur l'offre, soit sur les conditions de la concurrence.

1 L'intervention de l'État

A L'État gendarme

■ Il correspond à la vision du rôle de l'État associée au **libéralisme économique**. Selon cette doctrine, lorsque les individus recherchent la satisfaction de leurs intérêts égoïstes, ils **optimisent l'utilisation de leurs ressources économiques** car chacun cherche à **tirer le profit maximal de son activité**. Ainsi, la somme des intérêts individuels conduit au **bien-être collectif** puisqu'il n'y a pas de gaspillage et que les comportements les plus performants sont sélectionnés.

■ De ce fait, l'**équilibre des marchés** est pour les libéraux un **optimum économique et social** car toutes les offres et toutes les demandes sont satisfaites. Il n'est pas possible d'améliorer la situation d'une personne sans détériorer celle d'une autre. Toute intervention de l'État introduirait un déséquilibre sur le marché. Par conséquent, l'État doit **limiter son action** aux **fonctions dites « régaliennes »**, c'est-à-dire assurer la défense des biens et des personnes (gendarmerie, police, justice) en veillant au **respect** des règles de la concurrence.

B L'État-providence

a Un point de vue moral sur l'activité économique

■ Il est le fruit d'une position contraire d'après laquelle **la somme des intérêts individuels n'est pas l'intérêt collectif**. Certains individus se comporteraient en **prédateurs sur les ressources**, ce qui génèrerait des gaspillages au détriment de l'intérêt collectif.

■ Il y a un point de vue moral sur l'activité économique suivant lequel **les plus forts doivent assistance aux plus faibles** afin que chacun soit garanti contre les risques de vieillesse, de maladie et de perte de moyens de subsistance. Enfin, en assurant une redistribution équitable des richesses, l'État maintient la cohésion et la paix sociale. C'est donc à l'État de **prendre en charge l'intérêt général**. En étendant son action, il participe à la répartition des richesses et à la stabilisation de l'activité économique. Ses domaines d'intervention sont nombreux et multiformes.

Structure des dépenses publiques en 2021

Structure	Dépenses publiques
Services publics généraux	9,7 %
Défense	3 %
Affaires économiques	11,7 %
Santé	15,7 %
Enseignement	8,9 %
Protection sociale	41,6 %
Autres	9,2 %
Ensemble	100,0 %

Note : en 2021, la protection sociale représente 41,6% du montant des dépenses publiques.

b Une présence renforcée dans l'économie

■ En période de croissance économique faible, de chômage de masse, et alors que la population connaît un vieillissement relatif, les besoins d'assistance et d'aides sociales augmentent. L'État finance ses dépenses soit **par l'impôt**, soit **par l'emprunt**. L'ensemble des prélèvements sur les richesses créées pendant un an correspond à ce qu'on appelle **les prélèvements obligatoires (PO)**. Plus les dépenses publiques augmentent, plus le poids des prélèvements obligatoires est important.

À SAVOIR

En 2022, le taux de prélèvement obligatoire est de 45,2% du PIB. Il est un des plus élevés dans l'UE, juste derrière celui du Danemark qui lui est supérieur d'environ 3 points.

 # doc
Eurostat
foucherconnect.fr/23terstmg123

 # doc
Analyse des chiffres
foucherconnect.fr/23terstmg124

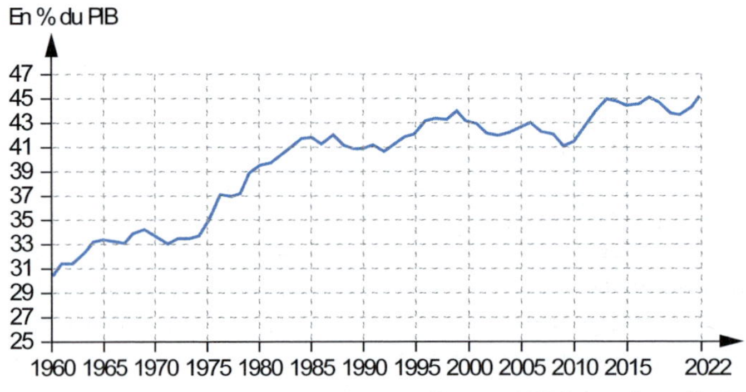

Note : en 2022, le taux des prélèvements obligatoires s'établit à 45,3% du PIB.

Poids des prélèvements obligatoires en 2022

■ La hausse des prélèvements obligatoires est à l'origine d'une critique de la place de l'État qui se traduit par la **volonté de faire diminuer régulièrement les dépenses publiques.** La stratégie de **modernisation de la fonction publique** pour la rendre plus efficace, basée sur une refonte de ses processus autour des nouvelles technologies de télécommunication, est pensée de façon à faire diminuer les coûts de production du service public.

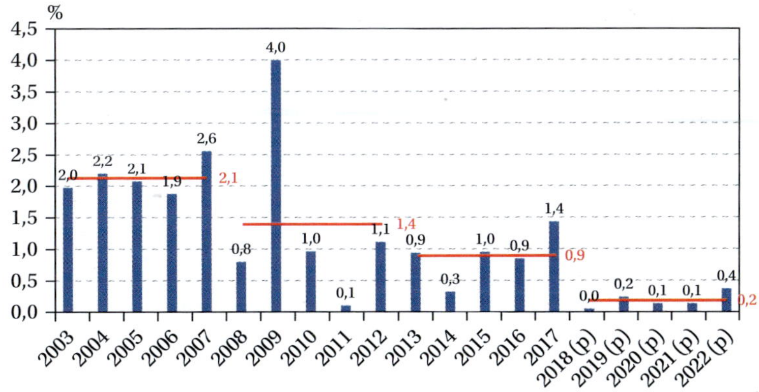

(p) Taux prévisionnel
Source : Projet de loi de Finance 2019 – Trésor

Évolution du taux de croissance des dépenses publiques

Ainsi, le rôle de l'État se transforme, il devient plus accompagnateur de l'investissement privé que réellement interventionniste et investisseur. Une des conséquences est le désengagement progressif de l'État des activités de production et l'**ouverture à la concurrence des marchés des entreprises publiques**.

EXEMPLES

- **Entreprises privatisées** : La Française des jeux, France télécom devenue Orange.
- Il y a également un projet de privatisation des Aéroports de Paris.
- **L'État est néanmoins encore présent dans les conseils d'administration de certaines entreprises publiques, semi-publiques et privées** comme Areva, EDF, GDF Suez, La Poste, La Banque postale, France Télévisions, SNCF, RATP, etc. Ce sont des entreprises qui disposent souvent d'une activité stratégique pour le pays et dont le coût des investissements nécessaires au développement de l'activité était supérieur aux capacités de financement d'investisseurs privés. Elles appartiennent notamment aux secteurs de l'énergie, des télécommunications ou du transport.

La récente crise sanitaire de 2020 liée à la pandémie du coronavirus fait apparaître la nécessité de l'investissement de l'État pour **assurer des services essentiels à sa population ou le maintien d'activités stratégiques** dont l'absence fragilise l'ensemble de l'économie. La guerre d'invasion de la Russie de Vladimir Poutine contre l'Ukraine le 24 février 2022 et le retour de possibles confrontations militaires entre les États en Europe et dans le monde renforcent la nécessité de préserver les secteurs stratégiques pour l'autonomie et la défense de nos sociétés. Après une période où une vision libérale s'imposait dans les choix politiques, il est possible que l'État redevienne à l'avenir plus **interventionniste**. Les dépenses publiques ont à nouveau augmenté de 4 % en 2021 mais légèrement moins en 2022 (+ 3,5 %) à cause de l'arrêt du financement des aides d'urgence à l'économie pendant la crise du Covid et les périodes de confinement. Les dépenses militaires en 2023 sont amenées à augmenter.

C L'origine des déficits publics

■ La contrainte qui pèse fortement sur l'investissement public est celle des **déficits publics** et de la **dette publique**. Quand les dépenses sont supérieures aux recettes, alors il y a un **déficit budgétaire** (le contraire constitue un excédent budgétaire).

 # doc
Les ressources de l'État
foucherconnect.fr/23terstmg125

Solde budgétaire (équilibre, excédent ou perte) = Recettes fiscales – Dépenses publiques

■ Lorsque les ressources fiscales sont insuffisantes, l'État est contraint d'emprunter auprès d'**investisseurs institutionnels et privés** pour financer ses dépenses. Cela crée une dépendance dans ses choix politiques face à ses créanciers et diminue les marges de manœuvre d'action des gouvernements. Le déficit public alimente la dette publique. En 2022, **la dette publique** en France s'est établie à 111,16 % du PIB.

À SAVOIR

À la fin de l'année 2019, **la dette publique avait atteint 98,1 % du PIB**, soit 2 380,1 milliards d'euros. La baisse des taux d'intérêt sur les marchés financiers avait diminué le coût des intérêts générés par la dette, ce que l'on appelle le service de la dette. Mais la pandémie du Covid 19 a fait remonter le niveau de la dette au-delà de 100 % du PIB.

2 Les défaillances des marchés et les défaillances de l'État

L'État est un **acteur de la régulation de marchés défaillants** sur lesquels la concurrence est imparfaite en raison des **asymétries d'information**, des **externalités de marché** et d'une structure parfois **monopolistique**. Cela justifie son intervention en matière économique.

A Les défaillances des marchés et l'action de l'État

a Les asymétries d'information

■ Elles faussent les mécanismes du marché en **l'empêchant d'atteindre l'équilibre optimal** qu'il aurait si les acteurs avaient une information parfaite. Les prix ne peuvent plus y jouer leur rôle de signal pour ajuster les comportements des acteurs car ces dernières anticipent d'éventuelles dépréciations de l'offre en affichant par exemple des prix plus élevés qu'ils ne devraient l'être. Les acheteurs peuvent aussi se rationner ou reporter leur demande sur d'autres marchés.

MOT-CLÉ

Asymétrie d'information : situation où l'une des parties (l'offreur ou le demandeur) dispose d'informations que l'autre partie ignore.

■ Pour tenter de limiter les effets pervers de ces comportements et des biais d'information, **l'État peut agir en réglementant un système de prime ou de décote qui oblige les acteurs du marché à révéler leurs véritables qualités**. La réglementation impose que les primes soient proportionnelles à la valeur économique des risques couverts.

EXEMPLE

Les assurances automobiles des jeunes conducteurs sont très chères et l'assurance tous risques est plus coûteuse que l'assurance au tiers. Si une personne cache une information à son assureur en vertu de laquelle l'offre est construite, il peut être sanctionné par le Code des assurances.

b La transparence des informations sur les marchés

■ Les **labels** sont un bon moyen de **garantir une information sincère** sur les qualités des offres aux consommateurs. En effet, les producteurs doivent respecter un cahier des charges précis afin d'obtenir le « label rouge » ou encore les mentions « bio », « gîtes de France » et autres.

■ La qualité de l'information peut aussi être améliorée par des autorités administratives publiques comme **l'Autorité des marchés financiers (AMF)** qui veille à la transparence de l'information sur les offres destinées aux investisseurs. Elle a le pouvoir de réglementer, de contrôler et de sanctionner les activités sur les marchés financiers.

c Les externalités des marchés

■ Sur les marchés, il existe des **externalités positives** mais aussi **négatives**. Une externalité est une **conséquence de l'activité économique** qui conduit à un **gain** ou à une **perte** pour un autre agent économique. Comme il n'y a pas de transaction sur un marché entre l'acteur qui est à l'origine des conséquences et celui qui les subit, alors le marché ne peut pas leur attribuer une valeur sous forme de prix.

EXEMPLE

- Une boutique de l'enseigne Promod profitera de la fréquentation supplémentaire générée par l'installation dans son voisinage d'une boutique de l'enseigne Zara. Elle bénéficiera ainsi d'une externalité positive.
- Une activité polluante générera au contraire des externalités négatives car elle dégrade le bien-être des salariés des entreprises voisines.

■ L'État peut intervenir en organisant un **marché de droits artificiels** qui prend en compte les coûts cachés des externalités. La loi de l'offre et de la demande limite les conséquences négatives autour d'une valeur d'équilibre.

EXEMPLE

Création d'un marché carbone où les entreprises vertueuses peuvent vendre à celles qui le sont moins des droits à polluer, ce qui augmente d'autant leurs coûts de production.

d Les autres défaillances des marchés

Les **biens collectifs (biens publics)** échappent à la logique de marché. Il n'y a pas de rivalité entre les consommateurs de ces biens. En général, seul l'État peut contraindre les usagers à financer le bien collectif par le mécanisme de l'impôt. Il est alors difficile de savoir quel bien collectif public produire pour quel besoin et en quelle quantité car les usagers potentiels ont souvent tendance à minimiser leurs besoins réels, de peur de supporter un **alourdissement de la fiscalité**.

EXEMPLES

L'éclairage public ou les jardins publics sont des biens collectifs, non rivaux et non exclusifs.

REMARQUE

La **structure d'un marché** en situation de monopole ne permet pas une allocation optimale des ressources car les prix sont fixés par le monopoleur et non par la loi de l'offre et de la demande.

B Les défaillances de l'État sur les marchés

■ L'État peut aussi être défaillant sur les marchés en **perturbant leur fonctionnement**. Son rôle de régulateur pour les économistes libéraux ne conduit pas forcément à une allocation optimale des ressources. Selon eux, l'État a une action inefficace en matière économique sur les marchés :
- les décisions de l'État sont prises par des individus animés par leurs **propres intérêts**. Ainsi, elles ne conduisent pas à une allocation optimale des ressources ;

EXEMPLES

Un décideur public peut être tenté d'accepter les gratifications offertes par des lobbyistes contre l'intérêt général, être pris dans des conflits d'intérêts en octroyant des marchés publics ou encore avoir des objectifs carriéristes indépendants de la recherche de l'intérêt général. Il peut aussi faire dépendre des décisions d'un calendrier électoral pour se faire réélire.

- les décisions publiques sont assises sur un pouvoir qui s'exerce dans **un espace géographique administratif limité** alors que l'espace d'action stratégique de certaines entreprises, dites transnationales, ne connaît pas de réelle frontière. Cela **limite la pertinence des décisions publiques** ;
- les **acteurs sur les marchés sont rationnels**. Ils anticipent les conséquences des décisions publiques en ajustant leur comportement. Ils rendent ainsi l'action publique inefficace.

■ Le remède aux biais provoqués par l'État sur les mécanismes d'allocation des ressources sur les marchés serait alors un **contrôle étroit de l'exercice du pouvoir par des contre-pouvoirs**, une **obligation d'harmonisation** et de **coordination** des décisions au niveau *supra* national et une **intervention la plus faible possible**.

3 Les politiques économiques de l'État et de l'Europe

A Les phases du cycle économique

L'observation statistique fait apparaître des régularités cycliques de l'activité économique :
- l'**expansion** est une hausse de l'activité économique pendant une période. Elle est marquée notamment par une progression du PIB ;
- la **récession** est une diminution du taux croissance de l'économie pendant une période limitée. Techniquement, il est admis qu'une récession est la succession de deux trimestres de diminution du PIB ;

ZOOM SUR...

Le phénomène de récession

La pandémie du coronavirus a plongé la France dans une forte récession. Le taux de croissance en volume au deuxième trimestre de 2020 a plongé de –13,6 %. Mais dès la fin du confinement au troisième trimestre, il remontait à +18,4 %. La reprise fut très forte. En raison de la hausse du coût de l'énergie et des risques de conflit mondial suite à l'invasion de l'Ukraine par la Russie, le taux de croissance s'est stabilisé à partir de 2022 entre 0,1 et 0,2 %. Cette croissance, pour des raisons conjoncturelles, s'accompagne d'une inflation par les coûts d'environ 6 % et d'une baisse du taux de chômage qui se situe autour de 7,3 %.

– la **dépression** est une diminution du PIB pendant une longue période. La dépression suit une récession. C'est une situation heureusement rare mais redoutée car ses effets sur l'emploi sont durables et il est difficile d'en prévoir les modalités de sortie.

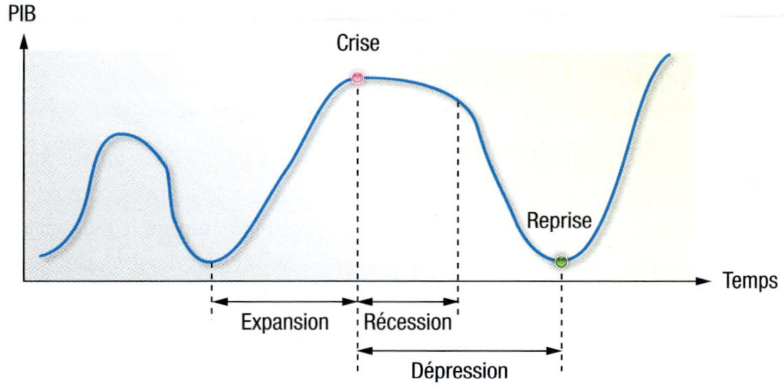

Fluctuations économiques

B Les politiques économiques de l'État

a Les objectifs des politiques économiques

■ La politique économique désigne l'**ensemble des choix d'action de l'État pour corriger les déséquilibres économiques**, **promouvoir la croissance** et un **développement durable**. Les objectifs de la politique économique consistent principalement à maintenir « les grands équilibres », c'est-à-dire :
- **assurer une croissance économique forte et durable** mesurée par l'accroissement annuel du PIB ;
- **maintenir la stabilité des prix** appréciée par l'évolution du taux d'inflation ;
- **diminuer le chômage** évalué par l'évolution du taux de chômage ;
- **maintenir l'équilibre commercial extérieur** quantifié par le solde des transactions courantes ou le taux de couverture.

■ L'État peut mener des **politiques économiques dites contracycliques** pour lisser les à-coups de l'activité économique en soutenant ou en freinant l'activité au moment opportun.

EXEMPLE

Pendant la crise du coronavirus, le gouvernement a mis en place en 2020 un plan de soutien aux entreprises sous la forme de report de charges à payer, de financement du chômage partiel et de garanties bancaires qui s'élève à 100 milliards d'euros. Le plan de relance est maintenu mais il est réorienté vers des objectifs structurels en faveur de la transition écologique jusqu'en 2030. Il est en partie financé par l'Union européenne (UE).

■ Les instruments des **politiques contracycliques** sont les **politiques conjoncturelles, budgétaire** et **monétaire**.

REMARQUE

La première est de la responsabilité des États, la seconde est menée par les banques centrales. Dans l'Union européenne, c'est la **Banque centrale européenne (BCE)** qui est chargée de la **politique monétaire**.

b Les politiques conjoncturelles

■ **La politique de la demande** est une politique qui consiste à **soutenir la demande sur le marché des biens et services**. L'idée est que la demande crée l'offre en réponse, et donc la **croissance**. Elle se traduit par un ensemble de décisions favorables à la consommation. L'État peut également **augmenter ses dépenses budgétaires**, ce qui accroît la demande auprès du secteur privé. On distingue deux types de dépenses :

- les **dépenses de fonctionnement** ;
- les **dépenses d'investissements**.

Ces deux types de dépenses n'ont pas le même impact à long terme sur la croissance. Les premières sont difficilement réversibles tandis que les secondes agissent sur les structures de l'économie à plus long terme.

> REMARQUE
> Le partage de la valeur ajoutée doit être favorable au pouvoir d'achat en rémunérant plus fortement le travail. L'idée est de redonner du pouvoir d'achat aux ménages, soit par des hausses de rémunération dans le secteur public, soit par un allègement de la fiscalité.

■ **La politique de l'offre** est une politique qui consiste à **soutenir l'offre sur le marché des biens et services**. C'est une politique favorable à la production, suivant l'idée que c'est l'offre qui crée la demande. Lorsque les entreprises produisent, elles redistribuent des richesses, créant ainsi la demande (et de nouvelles demandes). Finalement, il ne s'agit pas de distribuer du pouvoir d'achat aux ménages mais de permettre une baisse des coûts de production pour **rendre les entreprises compétitives**. Il faut donc **baisser la fiscalité** qui pèse sur les entreprises et **alléger leurs charges**. Le partage de la valeur ajoutée doit être favorable aux investissements en assurant une bonne rémunération des fonds investis.

> À SAVOIR
> La politique économique décidée par Emmanuel Macron en France est clairement une politique de la relance par l'offre favorable aux investissements orientés vers la transition écologique. Cette relance est coordonnée au niveau européen depuis 2021 avec des politiques similaires dans 12 États de l'Union européenne. Pour la France, il s'agit d'un plan appelé « France relance » de 100 milliards d'euros dont 40 milliards de financements européens étalés de 2021 à 2022. La loi de finance prolonge pour 2023 le plan de relance.

■ La **politique de stabilisation** (ou de rigueur) est le contraire d'une politique de relance. Elle se justifie en particulier quand il s'agit de faire diminuer la demande pour faire par exemple baisser le niveau général des prix.

■ La **politique de la concurrence** est une politique européenne mise en œuvre par les États de l'Union européenne pour mettre en place une **libre concurrence sur le marché unique européen**. Le but de la concurrence est d'**assurer une allocation optimale des ressources** par les mécanismes de marché et de stabiliser les prix à un niveau le plus bas possible au bénéfice des consommateurs européens. Pour cela, la politique de la concurrence lutte contre la formation de situations de monopole, les ententes illégales et les abus de positions dominantes.

ZOOM SUR...

La coordination de la politique économique en Europe

Dans une économie mondialisée, la **contrainte extérieure** pèse sur les libertés d'action de l'État. Pour qu'une relance de l'activité par des dépenses budgétaires soit efficace, il faut une action concertée des partenaires économiques. Le **pacte de stabilité de croissance (PSC) européen adopté en 1997 (traité d'Amsterdam)** est un instrument de coordination budgétaire. Si les projections de déficits publics d'un État dépassent les objectifs annoncés, les ministres des Finances (conseil Ecofin) adressent des recommandations pour redresser les finances publiques. Si le déficit public de l'année dépasse 3 % du PIB, alors en plus des recommandations qui tiennent compte du contexte économique de cet État, la BCE est chargée de faire appliquer des sanctions sous forme d'amende. **Le traité sur la stabilité, la coordination et la gouvernance (TSCG)** est entré en vigueur le 1er janvier 2013. Il engage les États à voter des budgets équilibrés ou en excédent en contrepartie de la solidarité financière des autres membres (c'est ce qu'on appelle la « règle d'or » du pacte de stabilité). Dans l'UE, en moyenne, les déficits publics ont légèrement baissé entre 2015 et 2020.

Les récentes crises du Covid et l'augmentation du coût de l'énergie en raison de la crise en Ukraine ont poussé les États européens à relâcher la contrainte budgétaire de la règle d'or, c'est-à-dire de ne pas dépasser 3 % du PIB. La réduction des déficits reste cependant un objectif. Dorénavant, chaque État de l'UE est libre de choisir sa trajectoire budgétaire (nouveau pacte adopté par la commission européenne le 26 avril 2023).

La coordination des politiques économiques est maintenue puisque l'UE soutient les politiques de relances actuelles dans tous les États membres de l'UE.

C Le rôle de l'État dans l'économie de la connaissance

■ L'**économie de la connaissance** et la **politique de recherche et d'innovation** sont potentiellement les éléments-clés de la **croissance de demain**. Les modèles de croissance sont aujourd'hui basés sur **l'exploitation des ressources naturelles** et leur **échange**. Or, les ressources naturelles surexploitées sont épuisables, tandis que leurs échanges reviennent soit à s'en démunir, soit à les diviser. Le partage des connaissances n'entraîne au contraire pas de division de la ressource mais une **multiplication des ressources disponibles à l'infini**. Ainsi, de nouveaux modèles de croissance basés sur les connaissances émergent. C'est ce qu'on appelle **l'économie de la connaissance**.

■ L'État peut jouer un rôle important en finançant **la recherche fondamentale** et **l'éducation.** En 2021, la France consacrait 2,21 % de son PIB à la recherche et développement. L'État peut avoir une politique fiscale favorable aux PME innovantes (dispositif du suramortissement ou crédit impôt recherche (CIR) ou encore le crédit impôt innovation CII)). L'objectif est d'atteindre 3 % du PIB dans les prochaines années.

REMARQUE

En 2017, est créée **l'Agence du patrimoine immatériel de l'État (APIE).** Ses missions sont de recenser, protéger et valoriser le patrimoine immatériel national que forment les marques, les brevets et les droits d'auteur. Cette autorité administrative apporte une assistance, notamment aux organisations publiques, dans l'identification des savoir-faire et des innovations qui y sont développés.

D La politique monétaire de la zone euro

■ La politique monétaire est **l'ensemble des actions de la banque centrale sur la monnaie pour réguler l'activité économique**. Dans l'Union européenne, la politique monétaire des pays qui font partie de la zone euro est menée par la **Banque centrale européenne (BCE)**. La BCE est indépendante du pouvoir politique des États. Sa mission principale est de **maintenir le pouvoir d'achat de l'euro** et donc de **garantir la stabilité des prix**. Pour cela, elle fait varier la quantité de monnaie disponible dans l'économie (masse monétaire) pour qu'elle corresponde aux besoins de paiement et de financement des agents économiques.

■ Quatre instruments animent la politique monétaire :
- les **réserves obligatoires** qui imposent aux banques commerciales d'accorder des crédits à leurs clients proportionnellement à leurs réserves (fonds propres dont disposent les banques). Si le montant des réserves rapporté au montant des crédits dépasse le taux de réserve obligatoire, les banques doivent acheter de la monnaie auprès de la banque centrale (ou alors elles doivent diminuer les crédits accordés). Si les banques diminuent les crédits accordés, cela ralentit l'activité économique ;
- les **taux directeurs** appliqués aux banques commerciales qui se financent auprès de la banque centrale influencent le **coût du crédit**. Les banques commerciales reportent ce coût sur leurs clients car elles leur appliquent des taux d'intérêt d'emprunt supérieurs aux taux directeurs. **Les taux directeurs déterminent donc le coût des crédits** qu'elles offrent ;

REMARQUE

La BCE est confrontée à la hausse de l'inflation provoquée par la hausse du coût de l'énergie. Or, son objectif est le maintien de la stabilité des prix. Elle conduit depuis 2022 une politique prudente de hausse progressive des taux directeurs avec le risque de ralentir la croissance. Le taux directeur fixe sur opération principale de refinancement est de 3,5 % au 22 mars 2023 contre 0 % en septembre 2019.

- la **politique d'« Open-Market »** consiste à placer sur le marché interbancaire (marché financier réservé aux banques) des titres émis par les États (bons du Trésor). La vente de ces titres entraîne une diminution de la masse monétaire disponible pour effectuer des paiements ou pour financer les investissements des agents privés ;
- la **politique de « *quantitative easing* » (QE)** de la BCE mise en place de 2015 à 2018 est une politique de rachat des dettes publiques détenues par les banques commerciales. Cela permet d'injecter de la monnaie dans l'économie européenne car les banques peuvent décider d'offrir sous forme de crédits à leurs clients les sommes reçues de la BCE, en contrepartie des créances publiques.

 # info
Mieux comprendre le mécanisme de « quantitative easing »
foucherconnect.fr/23terstmg126

À SAVOIR

La pandémie du coronavirus fragilise l'ensemble de l'économie en menaçant de faillite de nombreuses entreprises tandis que les gouvernements augmentent fortement leurs dépenses publiques. La BCE a mis en place un plan d'urgence « ***pandemic emergency purchase programme*** » (PEPP) qui consiste en un plan de rachats des dettes pour 1 000 milliards d'euros.

■ La **politique monétaire de la zone euro** s'applique à des pays dont les situations économiques sont très différentes. Cette diversité est liée aux élargissements de l'Union européenne après 2004. La récente crise de la dette grecque 2009-2010 est le révélateur de cette diversité. En Europe, il est possible de distinguer 4 familles de modèles économiques, du modèle nordique des pays scandinaves (très interventionniste) au modèle anglo-saxon (très libéral).

REMARQUE

Dans l'Union européenne cohabitent des pays qui font partie de la zone euro (17 pays dont la France), d'autres qui n'en font pas partie (9 dont la Pologne et la Suède), des pays très endettés, d'autres peu, des pays industriels comme l'Allemagne et d'autres qui le sont moins. Les besoins en financement de ces économies sans très différents. Ce qui rend la définition d'une politique monétaire unique difficile et **une coordination des politiques monétaires des banques centrales de l'UE nécessaire.**

4 Les politiques sociales

L'État-providence **protège les individus contre les risques sociaux** et œuvre pour **lutter contre les inégalités socio-économiques.** Il met en œuvre des politiques sociales qui permettent une **redistribution horizontale** et une **redistribution verticale des richesses**. La première permet de prendre en charge les risques sociaux comme la maladie, l'invalidité, le chômage, la précarité/exclusion, la vieillesse ; la seconde permet de réduire les inégalités, notamment de revenu.

A La protection sociale

La protection sociale s'appuie sur des mécanismes qui suivent soit une **logique d'assurance**, soit une **logique d'assistance**. Les mécanismes d'assurance et d'assistance permettent de **couvrir les risques sociaux** tandis que la politique fiscale permet une redistribution verticale des revenus pour réduire les inégalités. Pour ses bénéficiaires, la protection sociale prend la forme de **versement d'aides financières** (prestations pécuniaires) ou de **services sociaux** (prestations non pécuniaires).

REMARQUE

L'efficacité de la protection sociale fait aujourd'hui débat en raison des difficultés rencontrées pour atteindre ses objectifs et de son coût financé soit par les cotisations sociales, soit par l'impôt, qui peut prendre la forme de prélèvements progressifs.

B Les inégalités socio-économiques

Les inégalités font référence à un idéal dans lequel les besoins primaires de la population seraient satisfaits et les individus éprouveraient un bien-être tant matériel que moral. Elles se définissent de façon relative par rapport aux **écarts de situation** observés, jugés justes ou non. Ces inégalités se perçoivent principalement au travers des **inégalités de revenu** mais aussi par rapport aux **inégalités d'accès au logement, aux soins, à l'éducation et au marché du travail.**

a Les inégalités de revenus

■ Elles conditionnent la majeure partie des inégalités car, si les revenus sont insuffisants, il est difficile de satisfaire les besoins primaires.

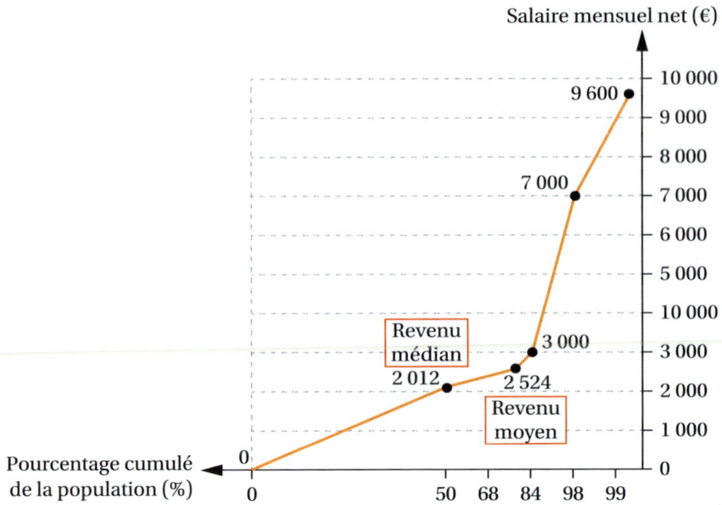

Échelle des revenus cumulés en France

ANALYSE

En 2021, selon l'Insee et l'Observatoire des inégalités, les 10 % des salariés les moins bien rémunérés touchent moins de 1 366 euros nets par mois tandis que les 10 % les mieux rémunérés perçoivent plus de 4 010 euros, soit un écart de 2 600 euros par mois. Ainsi, les 10 % les mieux payés gagnent trois fois plus que les 10 % les moins bien payés. Au sommet de l'échelle, les salaires s'envolent. Le 1 % le mieux rémunéré perçoit un salaire d'au moins 9 600 euros net mensuels, soit l'équivalent de sept mois de salaires des 10 % les moins bien payés.

- Il y a un **fort tassement de l'échelle des rémunérations** vers le bas, ce qui donne notamment à la classe moyenne un **fort sentiment de déclassement**. Si on prend en compte les revenus du patrimoine, ces écarts sont encore beaucoup plus importants car 10 % des plus fortunés détiennent 50 % du patrimoine national.

- Lorsqu'une personne subit une ou plusieurs privations sans pouvoir garantir un maintien de sa situation actuelle, alors sa situation est **précaire**.

ATTENTION

Il ne faut pas confondre **précarité** et **pauvreté**, même si ces deux notions sont liées.
Une personne en situation précaire n'est pas forcément pauvre, tandis qu'une personne pauvre est forcément dans une situation précaire.

ZOOM SUR...

La situation de pauvreté

Les personnes en situation de pauvreté n'arrivent pas ou à peine à satisfaire leurs besoins primaires. Le seuil de pauvreté est le revenu à partir duquel un ménage est jugé comme pauvre. Il est atteint quand le revenu disponible du ménage ne dépasse pas 60 à 50 % du niveau revenu médian de la population qui est de 2 012 € en 2021. Un pauvre dispose donc de 1 207,2 € nets au seuil de 60 % en 2021. 50 % de la population dispose de moins du revenu médian et 50 % de la population vit avec au moins le revenu médian. Le revenu disponible médian et la pauvreté s'apprécient en fonction de la composition du ménage. D'après une étude publiée en 2019, 22,2 % de la population métropolitaine est pauvre avant redistribution des revenus par l'impôt.

b Les inégalités scolaires

Elles sont préoccupantes car, dans nos sociétés modernes où les systèmes techniques sont complexes, le niveau d'études conditionne le niveau de diplôme et l'accès au marché du travail. Alors que l'école est gratuite, le système éducatif ne parvient pas à réduire significativement les inégalités sociales puisqu'il y a 3 fois plus d'enfants d'ouvriers et d'employés à l'école que d'enfants de cadres supérieurs alors que cette proportion s'inverse au niveau bac +5. Or, le taux de chômage des jeunes diplômés en 2020 est 5,3 % quand il est de 33,8 % pour les jeunes sans diplômes.

 # info
Le parcours scolaire en fonction du milieu social
foucherconnect.fr/23terstmg127

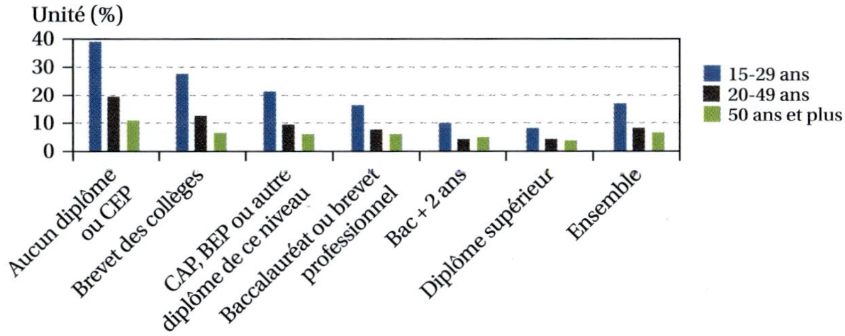

Source : Insee – Données 2017 - © Observatoire des inégalités

Taux de chômage selon le diplôme et l'âge

Le taux de chômage est en baisse depuis 2016 mais la conjoncture actuelle ne permet pas de savoir si cette tendance se poursuivra.

c Les inégalités de logement

Elles sont également liées aux **écarts de revenus** mais aussi à une **pénurie relative de logement** par rapport à la croissance de la population. Les dépenses de logement représentent 39 % du budget des 10 % des ménages aux revenus les plus faibles contre 15 % pour les 10 % les plus riches. L'accession à la propriété stagne depuis 2008. Elle dépend des capacités d'emprunt des ménages qui sont confrontés à une hausse des prix sur le marché.

INFO
Selon la fondation l'Abbé Pierre, il y aurait environ 3,8 millions de mal-logés en France, c'est-à-dire de personnes dont le logement dispose d'un confort insuffisant, dont le domicile est temporaire ou qui sont sans domicile fixe.

d Les inégalités en santé

Malgré une prise en charge financière des soins des plus démunis par la **Couverture Maladie Universelle (CMU), les coûts d'accès aux soins restent encore trop élevés** pour certains ménages. En France, en 2019, 25 % de la population déclare se priver de soins en raison de leurs coûts. Progressivement se met en place une médecine à 2 vitesses en raison de tarifications bien au-delà des barèmes réglementés par certains médecins sous la forme de dépassement d'honoraires. De plus, en fonction du lieu d'habitation, l'offre de soins est plus ou moins dense. Elle est plus faible dans les zones rurales éloignées du littoral. Certaines pathologies liées notamment à l'obésité ou à la pénibilité physique de l'emploi affectent plus de personne en fonction de l'origine sociale.

INFO
D'après l'Observatoire des inégalités, 19 % des ménages les plus pauvres n'ont pas de couverture complémentaire de santé contre 4 % seulement des plus aisés. Ces inégalités dépendent aussi du type de contrat de travail et de la catégorie sociale à laquelle appartient le malade.

C La redistribution des richesses

Pour réduire ces inégalités, l'État redistribue les richesses verticalement et horizontalement :
- la **redistribution horizontale** permet de couvrir tous les risques sociaux comme la maladie, la vieillesse et la perte d'emploi ;
- la **redistribution verticale** consiste à réduire, grâce à la fiscalité, les inégalités de revenus. Les impôts prélevés sur les revenus les plus élevés sont transférés sous la forme d'allocations aux ménages bénéficiaires.

a L'assurance

■ Dans la logique d'assurance sociale, les risques de perte de revenus en cas de chômage, d'accident, de maladie ou liés à la vieillesse sont pris en charge financièrement. Pour les financer, les cotisations sont prélevées sur les revenus de ceux qui cotisent et sont reversées aux bénéficiaires qui ont cotisé. Le fonctionnement est comparable à celui d'une assurance privée.

■ Les cotisations sociales prélevées sur les revenus du travail représentent 54,2 % des ressources du régime général de la Sécurité sociale. Cependant, la part financée par l'impôt augmente. Les assurances privées financent de façon complémentaire la protection sociale en remboursant aux assurés les coûts qui excèdent les plafonds de remboursement des barèmes légaux (assurances complémentaires santé, ou complémentaires retraites).

b L'assistance

■ Dans la logique d'assistance, les ménages les plus fragiles perçoivent **sous conditions de ressources et d'éligibilité** une aide financière ou matérielle de la collectivité **sans qu'il y ait de leur part une contrepartie**.

■ Les principales allocations sont le revenu de solidarité active (RSA), l'allocation de solidarité spécifique (ASS) accordée aux chômeurs en fin de droits et l'allocation aux adultes handicapés (AAH).

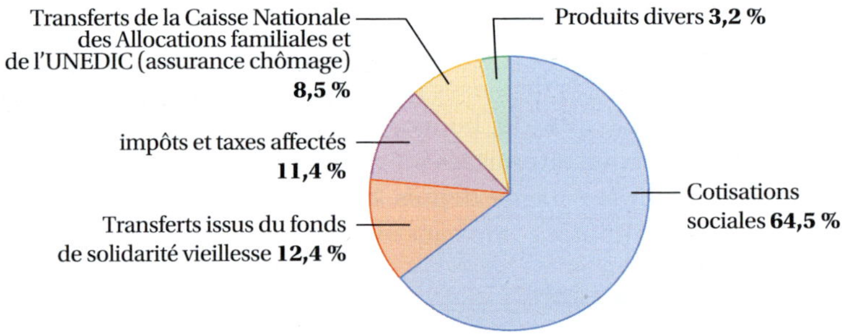

Source : Commission des comptes de la Sécurité sociale

Structure des recettes du régime général en 2019

À SAVOIR

Depuis 2016, une réforme des mécanismes de certaines allocations est en cours. Par exemple, le RSA est supprimé en 2016 pour être remplacé par la prime d'activité. En 2017, la garantie jeune bénéficie à tous les jeunes sans emploi. En 2019, le chèque énergie qui avait remplacé les tarifs sociaux du gaz et de l'électricité est accordé à un plus grand nombre de personnes. Cette aide est financée par l'impôt. La part des cotisations sociales dans le financement a diminué de 10,5 points depuis 2013.

■ Les ménages les plus fragiles bénéficient aussi de services sociaux gratuits, de soins, d'aide pour l'hébergement, etc. En 2017, **7 millions de personnes étaient bénéficiaires des minima sociaux en France** (hors Mayotte) pour un montant de **26,5 milliards d'euros** soit **1,2 % du PIB**. Même si de fortes inégalités de revenus subsistent, le **mécanisme de l'impôt sur le revenu** permet de réduire de 8,2 points le taux de pauvreté en France métropolitaine.

■ **L'impôt sur le revenu (IR)** est progressif en France. Plus les revenus sont élevés, plus le contribuable est prélevé. Le mécanisme s'appuie sur un barème de **taux d'imposition** qui s'applique par **tranches de revenus**.

 # info
Le principe de calcul des impôts sur le revenu
foucherconnect.fr/23terstmg128

À SAVOIR

Une réforme de l'impôt sur le revenu a été mise en place le 1er janvier 2019 avec le **prélèvement à la source**. Pour comprendre le mécanisme, consultez le lien ci-contre.

 # vidéo
Le détail du prélèvement à la source
foucherconnect.fr/23terstmg129

■ **Un impôt est proportionnel si un taux unique fixe s'applique à une base fiscale** qui peut varier. Si la base fiscale s'élève, on applique un taux identique d'imposition. **L'impôt sur les sociétés (IS)** est basé sur ce principe mais une réforme est en cours afin de l'alléger.

 # info
L'impôt sur les sociétés
foucherconnect.fr/23terstmg130

C Le rôle redistributif de l'impôt

■ L'impôt sur le revenu est **fortement redistributif** puisqu'il permet de **réduire les inégalités de revenus** entre les plus riches et les plus pauvres d'un facteur quatre.

Effet de la redistribution sur les niveaux de vie pour les 10 % les plus aisés et les 10 % les plus modestes

	Revenu moyen des 10 % les plus modestes en euros	Revenu moyen des 10 % les plus aisés en euros	Rapport interdécile
Avant impôts et prestations sociales	281	5 939	21,1
Après impôts et prestations sociales	821	4 666	5,7

France métropolitaine, revenus mensuels pour une personne seule.
Source : Insee – Données 2015 – © Observatoire des inégalités

■ Tous les prélèvements fiscaux **ne contribuent pas à la réduction des inégalités**. Il existe des **taxes indirectes** comme la **taxe sur la valeur ajoutée (TVA)** qui est un prélèvement proportionnel au montant de revenus consommés par les ménages. Quel que soit le niveau de revenu du ménage, dès qu'il fait une dépense de consommation, il paie en plus la TVA.

REMARQUE

La TVA ne contribue donc pas à réduire les inégalités de revenus. Au contraire, si on rapporte l'effort fiscal pour les prélèvements indirects au revenu, les ménages les plus modestes supportent un poids plus lourd que les plus aisés. Or, cette taxe est la principale ressource du budget de l'État.

Taux d'effort pour les différentes taxes indirectes par niveau de vie (unité en %)

	TVA	Produits pétroliers	Alcools	Tabac	Assurances	Fiscalité indirecte totale
10 % des ménages les moins aisés	11,52	2,89	0,47	0,91	0,84	16,63
50 % des ménages les moins aisés	9,22	2,34	0,40	0,42	0,67	13,05
10 % des ménages les plus aisés	5,92	1,00	0,16	0,13	0,39	7,60
Ensemble	8,79	2,13	0.33	0,43	0,63	12,32

2 Quelle est l'influence de l'État sur l'évolution de l'emploi et du chômage ?

Le chômage est une réalité difficile à mesurer mais qui a des conséquences sociales non négligeables. En effet, sans travail, il n'y a pas de rémunération. En théorie, sur un marché du travail qui fonctionne suivant la loi de l'offre et de la demande, il ne peut pas y avoir de chômage si l'offre et la demande sont à l'équilibre. Cependant, la réalité montre que ce n'est pas le cas. On peut alors s'interroger sur le fait que le chômage n'est pas un dysfonctionnement du marché. En fonction de l'analyse qui est faite de son origine, les politiques économiques engagées sont différentes.

1 Activité et chômage

Les causes du chômage sont nombreuses. Il peut être provoqué par une **insuffisance de la demande globale** ou par des **coûts de main-d'œuvre trop importants**.

A Le chômage et ses différentes notions

D'après le **Bureau international du travail (BIT)**, le chômage désigne la situation de l'ensemble des personnes de 15 ans et plus qui n'ont pas d'emploi et en recherchent un. En France, pour connaître le nombre de chômeurs, on retient 2 sources chiffrées principales : d'une part, les **statistiques mensuelles du ministère du Travail**, élaborées à partir des fichiers de demandeurs d'emploi enregistrés par Pôle emploi, et, d'autre part, **l'enquête Emploi de l'Insee**, qui mesure le chômage au sens du BIT. La deuxième mesure est utilisée pour réaliser des comparaisons internationales.

a Le chômage dit « frictionnel » (ou naturel)

C'est la part du taux de chômage qui dépend du **temps de recherche d'un emploi sur le marché du travail**. Ce temps est plus ou moins long en fonction du type d'emploi recherché. Le chômage frictionnel existe même en situation de plein-emploi lorsque toutes les offres de travail sont satisfaites car il y a toujours des personnes qui changent d'employeur.

b Le chômage conjoncturel

Il résulte d'une **baisse de l'activité économique** qui conduit à une **diminution de la demande de travail des employeurs**. Lorsque l'activité reprend, le taux de chômage diminue. Compte tenu des anticipations des entrepreneurs, on observe au niveau macroéconomique un **décalage** entre **l'évolution de la production** mesurée par le produit intérieur brut (PIB) et **l'évolution du taux de chômage**. S'il n'y a pas de reprise de l'activité, le chômage conjoncturel peut durer et avoir des conséquences structurelles comme une inadaptation des salariés aux emplois futurs car, pendant la période de chômage, ils se déqualifient.

c Le chômage structurel

C'est une **inadaptation durable des qualifications de la main-d'œuvre** par rapport à la demande de travail des employeurs.

d Le chômage de sous-emploi

Il est lié au **progrès technologique**. Les entrepreneurs réalisent des investissements de modernisation qui accroissent la productivité du travail et diminuent le besoin en main-d'œuvre non qualifiée. Le niveau de qualification demandé sur le marché du travail s'élève avec la complexité technique, ce qui exclut les demandeurs d'emploi les moins qualifiés. Structurellement, il faut de plus en plus de croissance pour créer un même volume d'emploi et donc diminuer le taux de chômage. Ainsi, des équilibres de sous-emploi se forment sur le marché du travail où toutes les demandes de travail sont satisfaites mais pas les offres de travail.

B Taux de chômage et taux d'emploi

a Le chômage volontaire et involontaire

Le chômage peut être **volontaire** ou **involontaire** car chaque individu dispose d'un temps limité qu'il arbitre entre travail et loisirs en fonction de ses intérêts, de ses opportunités et de ses revenus disponibles. Une personne qui estime que les **conditions d'emploi** ne lui sont pas favorables fait un **calcul d'opportunité** qui l'amène à ne pas répondre aux demandes de travail et donc à **ne pas répondre aux offres d'emploi**. Cette personne est alors **volontairement au chômage**. À l'inverse, des chômeurs voudraient bien s'employer mais ne trouvent pas d'emploi. Ils sont dans ce cas **involontairement au chômage**.

b Le taux de chômage

- Le taux de chômage est un **indicateur** qui mesure **l'évolution du chômage**. C'est le rapport exprimé en pourcentage entre le nombre de chômeurs et la population active.

Taux de chômage = nombre de demandeurs d'emploi/population active

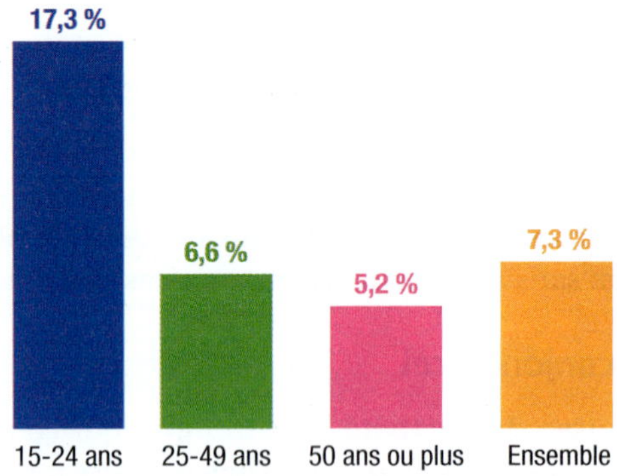

Source : Insee, enquête emploi 2022

Taux de chômage par âge en 2022

À NOTER

En 2022, le taux de chômage est de 7,3 % :
- 17,3 % pour les 15-24 ans ;
- 6,6 % pour les 25-49 ans ;
- 5,2 % pour les 50 ans et plus.

■ Globalement, le taux de chômage a diminué depuis 2015 mais il reste haut pour les plus jeunes qui ont des difficultés à s'insérer sur le marché de l'emploi.

C Le taux d'emploi

■ Le taux d'emploi est un indicateur souvent employé pour **analyser le marché du travail** et sa capacité à **utiliser la force de travail** de sa population. Il se définit comme le rapport entre le nombre de personnes qui ont un emploi et le nombre de personnes de la population totale étudiée. On peut calculer un **taux d'emploi par sexe** ou **par tranches d'âge**. Au niveau national, le taux d'emploi est la part de la population active qui a un emploi.

Taux d'emploi = nombre de personnes qui ont un emploi/population active

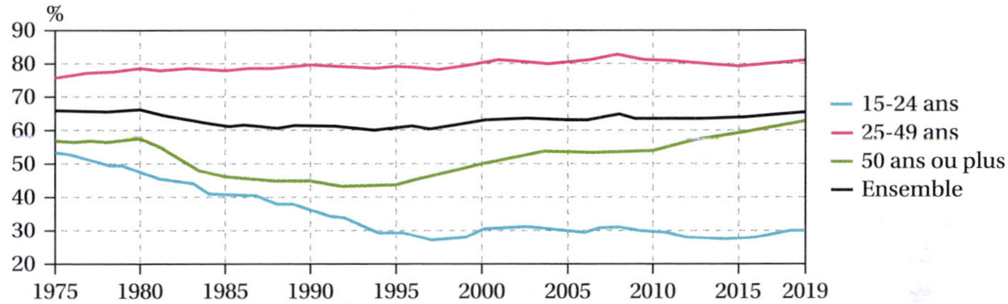

Champ : France hors Mayotte, population des ménages, personnes actives
Source : Insee, Enquête emploi 2019

Taux d'emploi des personnes de 15 à 64 ans par âge de 1975 à 2019

■ **Le taux d'emploi en France augmente régulièrement.** En 2021, il est de 67,52 % pour l'ensemble de la population active avec la répartition suivante :
- 32,2 % pour les jeunes de 15 à 24 ans ;
- 82,1 % pour la tranche des 25-49 ans ;
- 56 % pour les seniors de 50 à 64 ans ;
- 8,6 % pour les grands seniors de 65-69 ans.

La remontée du taux d'activité de cette tranche d'âge est très importante depuis 1993 en raison des modifications des conditions d'accès à la retraite.

■ La loi sur la réforme globale des retraites a été promulguée le 14 avril 2023. Elle a été publiée au Journal officiel du 15 avril 2023. L'âge légal de départ à la retraite est de 64 ans au 1er septembre 2023 et l'âge de départ à la retraite à taux plein, sans décote, est de 67 ans pour 43 ans de cotisation.

2 La demande de travail et l'offre d'emploi

A La demande de travail

■ La **demande de travail** émane des **entreprises** et dépend essentiellement de 4 facteurs :
- la demande pour le produit ;
- l'efficacité du travail (la productivité) qui permet de répondre à la demande avec la même quantité de facteurs ;
- la substituabilité entre le travail et le capital ;
- le coût du travail.

■ L'étude de la demande de travail s'intéresse à l'**impact d'une variation de ces facteurs sur le volume de travail**, c'est-à-dire sur l'offre d'emploi.

- L'**offre de travail** correspond à la demande d'emploi qui émane des ménages appartenant à la population active.

- L'équilibre sur le marché du travail détermine les quantités de travail échangées et le niveau de salaire auquel les offreurs et les demandeurs de travail acceptent l'échange. L'accord entre l'offreur et le demandeur donne lieu à un contrat de travail.

- La **demande de travail** d'un employeur est la **quantité de travail qu'il souhaite acquérir** sur le marché du travail **pour réaliser sa production** de biens ou services. Cette demande est le résultat des choix de production du dirigeant et de sa perception de la demande future. Cette demande est appelée **demande effective** anticipée. Pour réaliser une quantité produite donnée, le dirigeant peut choisir de combiner les facteurs travail et capital en proportion plus ou moins grandes. Si la **combinaison productive** comporte moins de travail et qu'elle est donc plus **intensive en capital**, alors, grâce aux machines, **la productivité du travail est plus grande**. On dit alors que **le facteur capital se substitue au facteur travail**. Une main-d'œuvre plus qualifiée mais moins nombreuse est nécessaire pour réaliser les quantités à produire. La quantité de travail demandée est donc moins importante

- La **demande de travail** dans un pays résulte de l'anticipation des quantités à produire **par l'ensemble des producteurs** en tenant compte des **coûts des facteurs de production** et du niveau de la technologie employée. Un coût du travail élevé est réputé décourager la demande de travail alors qu'un coût du travail faible aurait les effets inverses**. La demande de travail est donc décroissante en fonction du coût du travail.**

B L'offre d'emploi et l'offre de travail

- L'**offre d'emploi** correspond à la **demande de travail exprimée par l'employeur**. Quand un employeur souhaite qu'une fonction soit assurée dans l'organisation, il formule une **offre d'emploi** pour un ensemble de missions, de tâches, d'objectifs à atteindre et qui nécessite un certain niveau d'expérience ou de qualification.

ATTENTION

Les notions d'offres d'emploi et de demande de travail sont liées mais ne doivent pas être confondues.

- L'**offre de travail** d'une personne correspond à sa **force de travail** qu'elle propose à un employeur. L'offre de travail s'apprécie en **quantité mesurée par le temps de travail** et en **qualité sur la base des qualifications** attestées par les diplômes et l'expérience acquise. Le choix d'offrir ou non sa force de travail, et donc d'accepter ou de refuser une offre d'emploi aux conditions proposées par un employeur, est une décision individuelle. La rémunération est librement négociée.

À RETENIR

Quand l'offre de travail rencontre la demande de travail, c'est-à-dire que la demande d'emploi rencontre l'offre d'emploi, un contrat de travail est formé.

- L'offre de travail dans un pays est constituée de **toutes les offres de travail individuelles proposées sur une période donnée**. Toutes les personnes en âge de travailler qui recherchent un emploi et celles qui ont un emploi constituent donc l'**offre de travail**. Par conséquent, cette offre correspond à la force de travail de la **population active**. En 2021, elle est de 30,1 millions de personnes : 27,7 millions ont un emploi et 2,4 millions sont au chômage.

■ Contrairement à l'analyse de l'offre de travail au niveau individuel, le volume de travail offert sur le marché du travail ne dépend pas de la seule volonté de l'offreur. L'**organisation sociale** et la **législation** influencent directement l'offre de travail dans un pays et cela d'un point de vue **qualitatif** et **quantitatif** :
- la **qualité du travail** résulte de la qualité du **système éducatif** et de l'**investissement** de ceux qui apprennent ;
- la **quantité de travail** disponible dépend de la **démographie** et de la **législation**. Si la population augmente, la population active s'accroît mécaniquement.

MOT-CLÉ

La **population active** est l'ensemble des personnes légalement en âge de travailler qui disposent d'un emploi ou qui sont à la recherche d'un emploi.

■ Si l'âge légal du travail est abaissé et qu'on retarde l'**âge de départ à la retraite**, alors on augmente le **taux d'activité** de cette population. La population active et le taux d'activité influencent l'offre d'emploi.

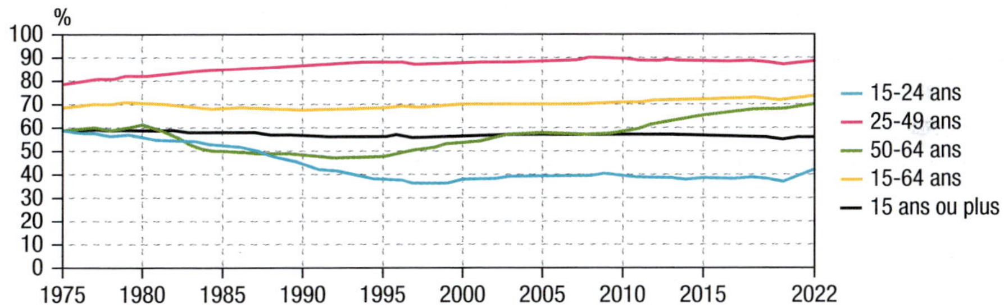

Lecture : en 2022, 42,2% des personnes âgées de 15 à 24 ans sont actives.

Taux d'activité selon l'âge

■ En 2022, **le taux d'activité des hommes (76,6%) est supérieur à celui des femmes (70,7%)** mais depuis 48 ans, l'écart diminue. Celui des hommes baisse légèrement tandis que celui des femmes augmente par rapport aux années précédentes. En 2019, les deux confinements ont fait légèrement baisser le taux d'activité. Le nombre d'actifs de plus de 50 ans augmente fortement depuis 1995 (69,7% en 2022). Les jeunes éprouvent toujours des difficultés à s'insérer sur le marché du travail même si leur taux d'activité (42,2% en 2022) se redresse depuis 2020.

■ **L'offre de travail est croissante en fonction de la rémunération** car, plus elle est élevée, plus le désir d'obtenir un emploi est fort.

■ La **demande d'emploi** correspond aux offres de travail adressées aux employeurs par ceux qui recherchent un travail. Il ne faut donc pas confondre l'offre de travail et la demande de travail même si ces deux notions sont liées. Lorsqu'une personne fait une demande d'emploi, elle adresse une lettre de motivation pour dire qu'elle souhaite offrir son travail à un employeur en réponse à l'offre d'emploi qu'il a faite.

■ L'**équilibre sur le marché du travail** est atteint quand l'offre et la demande de travail sont égales. **Quand la demande de travail est inférieure à l'offre de travail, il y a un équilibre de sous-emploi.** La différence entre la demande et l'offre de travail correspond au nombre d'offres de travail insatisfaites donc au nombre de demandeurs d'emploi au chômage. Quand la **demande de travail est supérieure à l'offre de travail**, alors toutes les offres de travail sont satisfaites, il n'y a pas de demandeur d'emploi donc de chômeur. C'est donc une **situation de plein-emploi**. En revanche, il y a des demandes de travail insatisfaites. Les demandeurs de travail doivent alors pour compenser le manque de salariés soit faire venir de la main-d'œuvre immigrée, soit substituer du facteur capital au facteur travail pour faire augmenter la productivité du travail, soit réduire le niveau de production.

3 Les politiques de l'emploi

Pour **lutter contre le chômage**, deux types de politiques de l'emploi sont mises en œuvre : les politiques actives de l'emploi et les politiques passives de lutte contre le chômage.

A La politique active de lutte contre le chômage

■ Elle désigne **toutes les actions de l'État pour améliorer le fonctionnement du marché du travail**. Les services sociaux agissent directement auprès du chômeur en proposant des dispositifs de formation pour **augmenter son employabilité**, en l'accompagnant dans ses démarches de recherche d'emploi. L'État, par son action réglementaire, incite les employeurs à augmenter le nombre d'emplois offerts en créant par exemple des contrats de travail aidés destinés à une partie défavorisée de la population.

■ **L'État modifie l'offre de travail en qualité et en quantité** car il peut influencer la productivité du travail avec une éducation nationale et un système de formation professionnelle de qualité. Il peut faire varier la taille de la population active donc l'offre de travail en modifiant l'âge légal du travail et les conditions d'accès à la retraite.

■ **L'État peut aussi agir sur la demande de travail grâce à une politique de relance** (voir chapitre 1) qui a pour effet d'augmenter la demande sur le marché des biens et services. La hausse de la consommation provoquée par des allègements fiscaux, ou la progression des revenus des fonctionnaires, ou encore la hausse des dépenses publiques d'investissement, a un **effet positif sur la demande auprès des entreprises, donc sur la demande de travail et sur l'emploi**. La contrainte qui pèse sur cette politique est **institutionnelle** (règle d'or budgétaire de l'UE) et **financière** (déficit public, politique de la BCE).

■ **L'État peut aussi agir sur le coût du travail grâce à la politique fiscale ou la législation du travail**. Les employeurs n'ont pas le droit de rémunérer les salariés en dessous du salaire minimum interprofessionnel de croissance (Smic). L'État agit ainsi directement sur le **coût de l'emploi non qualifié**.

À SAVOIR

D'une manière générale, si les charges salariales et patronales augmentent et que la productivité du travail n'augmente pas, alors la demande de travail a tendance à diminuer. Ainsi, l'État peut modifier directement l'**équilibre du marché du travail.** La politique active agit surtout sur le **chômage structurel**.

B La politique passive de lutte contre le chômage

Elle désigne l'ensemble des mesures qui ont pour objectif est de **limiter l'impact économique de la perte d'emploi** ou quand l'État cherche à répartir le travail en modifiant la taille de la population active. L'**assurance chômage** a pour but d'empêcher celui qui recherche un emploi de tomber dans la précarité en assurant une stabilité temporaire de ses revenus. L'**allongement des études**, l'**avancement de l'âge de la retraite** et la **diminution du temps légal de travail hebdomadaire** sont des mesures qui **réduisent la population active** et donc le nombre de chômeurs pour une offre d'emploi donnée. **La politique passive a des effets sur le chômage conjoncturel.**

ZOOM SUR...

Les investissements

Les investissements directs à l'étranger de la France sont supérieurs aux investissements étrangers en France. Les investissements étrangers en France sont repartis à la hausse après la pandémie. Plus de 50 % de ces investissements sont réalisés par les États-Unis, la Suisse, l'Allemagne et le Royaume-Uni. Ils s'orientent majoritairement vers l'industrie.

■ Les investissements directs étrangers (IDE) ont des effets contrastés sur les économies nationales. Ils **augmentent la sensibilité et la dépendance de l'économie** des pays qui les reçoivent aux **variations de la conjoncture internationale**. Cela exacerbe les rivalités nationales, ce qui est source de **tensions géopolitiques** entre nations rivales, comme c'est actuellement le cas entre les États-Unis, dont la balance commerciale est largement déficitaire et la Chine. Lorsque les flux entrants sont croissants, les possibilités de financement des investissements augmentent mais, lorsque le mouvement est contraire, cela a un effet négatif sur le PIB et sur l'emploi.

■ Les gouvernements des nations rivales sont alors tentés de protéger leurs emplois industriels, leurs marchés intérieurs et les secteurs stratégiques en mettant en place des **mesures protectionnistes** et un **contrôle des IDE**. Aujourd'hui, après un mouvement de grande ampleur, on assiste à un mouvement balbutiant de relocalisation des activités et à une contraction des IDE dans le monde.

2 Des politiques commerciales divergentes

A Le libre-échange

■ Il consiste à **échanger entre des agents économiques de nationalités différentes** sans barrière d'aucune sorte. Cette façon de commercer sans entrave est perçue comme étant à l'origine de la **mondialisation des échanges**. Théoriquement, le libre-échange est propice à l'augmentation du commerce et à l'accroissement des richesses matérielles. L'idée est qu'un pays optimise l'utilisation de ses ressources pour satisfaire les besoins de sa population s'il se spécialise dans les activités pour lesquelles il détient un **avantage comparatif** par rapport à ses partenaires.

■ Ainsi, globalement, ses coûts de production et les prix de vente baissent au profit de l'ensemble des consommateurs pendant que chaque partenaire s'enrichit en évitant de gaspiller des ressources. Un pays a donc intérêt à échanger des biens ou des services pour lesquels sa productivité est comparativement la plus forte en utilisant des ressources dont il est le mieux doté et dont les coûts de production sont les plus faibles. Cela conduit à une **division internationale du travail**, chacun se spécialisant là où il détient des avantages comparatifs.

À SAVOIR

Pour les défenseurs du libre-échange, la mondialisation est positive car elle contribue à l'accroissement des richesses au niveau mondial comme le suggère l'évolution parallèle du PIB mondial et du commerce mondial. Ainsi, il permettrait de réduire les inégalités entre les pays.

B Le protectionnisme

■ Le protectionnisme est un **mouvement contraire au libre-échange**. L'objectif est de **limiter les importations pour protéger le marché intérieur** des entreprises nationales. Le protectionnisme est souvent justifié par la nécessité de protéger les industries naissantes car elles demandent des investissements initiaux élevés alors que les marchés sont trop étroits pour assurer une rémunération suffisante des capitaux investis. Il est également évoqué pour **protéger les emplois nationaux** face aux entreprises des pays émergents qui supportent des coûts salariaux moins élevés dans des pays où la protection sociale est faible. Le protectionnisme vise aussi à **protéger de la concurrence mondiale des activités jugées stratégiques**.

■ Pour limiter la concurrence étrangère sur son marché intérieur, l'État protectionniste met des **barrières à l'échange** comme des **taxes douanières**, des **normes techniques contraignantes**, des **quotas d'importation** ou des **pratiques discriminantes** qui empêchent l'accès aux marchés publics. Ces pratiques conduisent à des conflits entre entreprises et États de nationalités différentes qui nécessitent l'**intervention d'organismes internationaux de régulation** pour les résoudre et éviter les tensions géopolitiques qui peuvent être suffisamment fortes pour conduire à un conflit ouvert.

■ Pour les pays favorables aux mesures protectionnistes, il s'agit de **lutter contre les effets négatifs de la mondialisation** comme la désindustrialisation qui se traduit par la chute des emplois industriels dans les anciens pays industrialisés, et aussi de pousser les États qui pratiquent le **dumping social** à réduire les inégalités de richesse entre leurs citoyens.

MOT-CLÉ

Dumping social : dégradation des rémunérations et de l'ensemble des conditions de travail des salariés pour baisser les coûts de production et être plus compétitif.

C La régionalisation des échanges

■ Certaines zones sont plus ouvertes que d'autres sur le reste du monde. On parle de **régionalisation des échanges** car les échanges intra-zones des grands pôles d'échanges constituent une part importante du commerce. Des traités lient les États d'une même région pour organiser le commerce entre États voisins.

■ On distingue trois principales organisations :
– l'**Association de libre-échange de l'Amérique du Nord (ALENA)** créée en 1994 regroupe 3 pays : les États-Unis, le Canada et le Mexique. Son but est de **libéraliser les échanges** entre ces 3 pays et de **veiller à la loyauté des pratiques commerciales**. Les États-Unis ont obtenu une renégociation des conditions d'échange plus favorables aux intérêts de leurs partenaires ;

À SAVOIR

Cette zone est globalement très ouverte mais les États-Unis, sous l'administration de Donald Trump, n'hésitent pas à user de droits de douane élevés pour pénaliser les prix des produits importés de l'UE ou de la Chine lorsqu'ils estiment que c'est dans l'intérêt des entreprises et des emplois américains. Ainsi, en octobre 2019, l'administration américaine a appliqué 7,5 milliards de dollars de droit de douane pour sanctionner l'UE et, en septembre 2019, 125 milliards de dollars sur les importations de Chine.

– l'**Association des nations d'Asie du Sud-Est (ASEAN)** a été créée en 1967. Elle regroupe aujourd'hui 10 pays d'Asie du Sud-Est. L'ASEAN est un lieu de dialogue dans une zone économique en forte croissance mais encore faiblement intégrée où les tensions géopolitiques sont très fortes et potentiellement conflictuelles entre la Chine, l'Inde, la Corée, le Japon et leurs voisins ;

– l'**Union européenne (UE)** est l'exemple le plus abouti d'intégration régionale malgré le Brexit (départ du Royaume Unis de l'UE en 2020). Ce vaste marché de 27 pays d'Europe occidentale est organisé suivant des règles libérales à l'intérieur de son espace où l'harmonisation des normes est forte mais il est protectionniste à l'extérieur de ses frontières car ses normes constituent des barrières non tarifaires pour les produits étrangers. Un accord controversé de libre-échange, le **CETA (*Comprehensive Economic and Trade Agreement*)**, a cependant été négocié entre l'UE et le Canada en 2017. Concrètement, il supprime entre ces pays les droits de douane. En France, il est applicable depuis le 23 juillet 2019 après un vote de l'Assemblée nationale.

INFO
Depuis 2019 et l'opposition de Donald Trump, sous la présidence de Joe Biden, de discrètes négociations ont repris sur le traité de **libre-échange** transatlantique (TAFTA) entre les USA et l'UE.

3 Une organisation mondiale pour gérer les différends entre États dans les échanges internationaux

■ L'**Organisation mondiale du commerce (OMC)** a succédé en 1995 à la **conférence internationale du GATT** (*General Agreement on Tarif and Trade*) car un lieu d'arbitrage des conflits commerciaux internationaux était nécessaire. Au 29 juillet 2016, cette organisation internationale compte 164 pays adhérents qui représentent plus de 97 % du commerce international. Son siège est situé à Genève en Suisse. L'OMC est représentée par sa directrice générale, Ngozi Okonjo-Iweala, de nationalité nigériane, nommée en mars 2021. Elle est la première femme, et première africaine, à la tête de cette organisation. Son but est de **libéraliser les échanges** en appliquant 2 principes : le **principe de non-discrimination** et le **principe de concurrence loyale**.

■ Les missions de l'OMC sont d'**administrer les accords commerciaux signés à l'OMC**, d'**organiser des négociations commerciales**, de **régler les différends commerciaux**, d'**assister les pays en voie de développement** dans les processus de négociation. L'OMC est avant tout un espace de négociation qui fournit au négociateur une assistance technique. Ce sont les États membres qui sont à l'initiative des négociations. L'OMC permet également de négocier entre les parties le règlement des différends qui sont éventuellement sanctionnés.

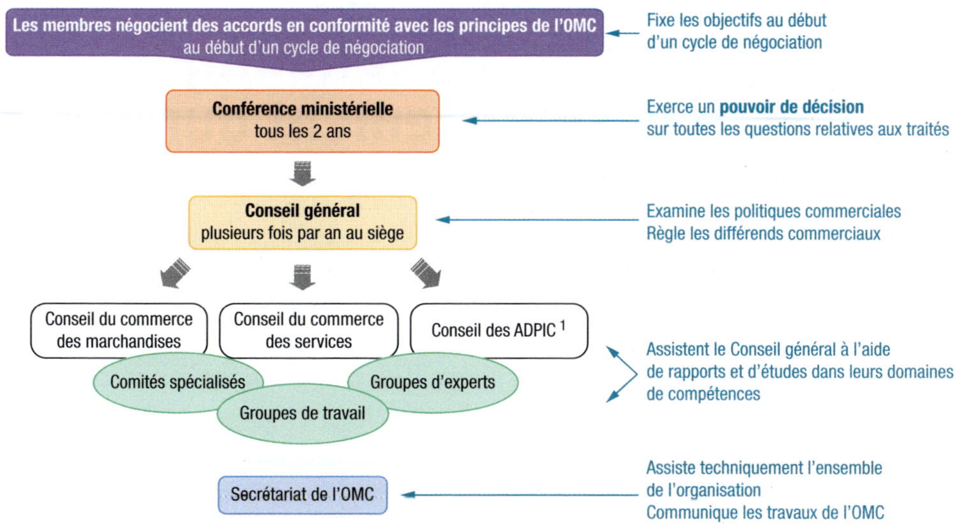

(1) Aspects des droits de propriété intellectuelle qui touchent au commerce.

Organisation et fonctionnement de l'OMC

■ Depuis 1995, l'**Organe de règlement des différends** de l'OMC joue un rôle essentiel dans la résolution des conflits commerciaux : 607 différends lui ont été soumis et plus de 479 décisions ont été rendues. Un nombre croissant de différends portent sur le **non-respect des règles de la propriété industrielle** et sur des **pratiques anticoncurrentielles protectionnistes discriminantes** envers les produits étrangers.

 # info

Pour en savoir plus sur les différends commerciaux

foucherconnect.fr/23terstmg134

REMARQUE

Depuis l'élection de Donald Trump à la Maison blanche en 2016, le rôle de l'OMC est régulièrement contesté par la présidence américaine qui préfère les **accords bilatéraux** (qu'elle juge plus favorables aux intérêts américains) **aux accords multinationaux** négociés dans le cadre de l'OMC.

■ **Depuis 2001**, un nouveau cycle de négociation est en cours, appelé **cycle de Doha (Qatar)**. Il porte sur les échanges entre les pays en voie de développement et les pays développés dans les domaines de l'agriculture, des services et de la propriété intellectuelle.

À SAVOIR

La **pandémie de Covid 19**, partie de Chine, aura des effets profonds et durables sur l'évolution du commerce mondial et les chaînes de valeurs mondialisées. On prévoit un effondrement des échanges mondiaux de marchandises, du transport aérien, une relocalisation de nombreuses productions stratégiques. Cette pandémie révèle la fragilité de nos modèles économiques mondialisés autour de grandes métropoles mondiales interconnectées où les échanges sont nombreux et la population est dense.

4 Comment concilier la croissance économique et le développement durable ?

Les ressources naturelles extraites de notre environnement sont nécessairement disponibles en quantité limitée sur notre planète. Elles ne sont pas toutes renouvelables. Des inquiétudes apparaissent sur la pérennité de nos systèmes productifs et sur nos capacités de développement dans le futur. La croissance mondiale a permis de réduire les inégalités de richesses entre les pays même si elles persistent dans chacun d'eux, mais le changement climatique remet en question la poursuite de ce modèle basé sur l'exploitation de ressources fossiles. Une adaptation coordonnée au niveau international vers une transition écologique et un développement durable apparaît comme une solution pour le futur.

1 Les sources d'une croissance économique soutenable

A Le progrès technique et l'accroissement de la productivité globale des facteurs

■ Pour limiter l'impact de la croissance sur notre environnement, il apparaît que **les progrès technologiques sont nécessaires** car ils induisent une **hausse de la productivité**. Pour un niveau de production donné, la hausse de la productivité entraîne une **baisse de la consommation de facteurs de production**.

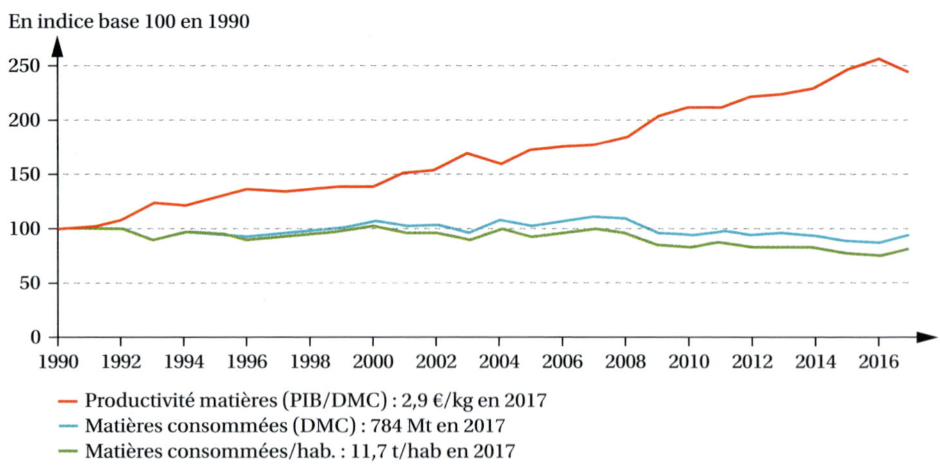

Source : www.statistiques.developpement-durable.gouv.fr

Évolution de la consommation de matières et de la productivité de matières de l'économie française

■ **La productivité matières est le PIB par unité de matières consommées** (*DMC Domestic Material Consumption*). Lorsqu'elle s'accroît, cela signifie que la création de richesses est plus que proportionnelle à la consommation de ressources matérielles. Cet indicateur permet de suivre la **transition écologique de l'économie** et de **faire des comparaisons internationales**. C'est aussi un moyen pour l'État de **fixer des objectifs économiques**. La loi du 17 août 2015 relative à la transition énergétique pour la croissance verte fixe comme objectif pour la France une **augmentation de 30 % de la productivité des ressources** entre 2010 et 2030.

B L'origine des progrès techniques

La croissance comporte en elle-même les facteurs de la croissance future sous la forme de **progrès techniques**. Ces derniers sont rendus possibles grâce à l'**investissement**.

a Les progrès techniques favorisés par les investissements

■ **Ces investissements sont matériels sous la forme de machines** (formation brute de capital fixe - FBCF). Sous la pression de la concurrence, les machines sont sans cesse améliorées et optimisées pour en augmenter l'efficacité et ainsi obtenir des avantages en matière de **coûts** et d'**avancées technologiques**. Depuis 2015, la part de la FBCF dans le PIB en France est croissante. L'investissement privé progresse à nouveau fortement depuis 2020 alors que l'investissement public stagne, voire régresse. En 2021, la part de la FBCF dans le PIB est de 20,4 %.

■ **Ces investissements sont immatériels notamment dans la recherche et développement (R&D).** Ces investissements permettent de générer des rentes sous forme de **droits d'exploitation**, de proposer de nouveaux produits sur le marché et d'optimiser les processus de décision et de production grâce aux réseaux d'information.

À SAVOIR

En 2020, la France consacre 2,30 % de son PIB à la R&D et se place au 8e rang des pays de l'Union européenne pour cet effort. Outre les secteurs de la construction aéronautique et spatiale, l'informatique, l'électronique et l'optique, il y a un effort particulier de financement dans les technologies favorables à la transition écologique.

■ **Ces investissements sont humains dans la formation et l'éducation** pour améliorer le stock de connaissances et rendre les progrès techniques et l'optimisation des processus possibles. En 2019, une **réforme profonde de la formation professionnelle** a été entamée en France autour du droit individuel des salariés à la formation et de ses modes de financement proportionnel à la masse salariale des organisations qui les emploient. La formation est une **obligation de l'employeur**. Ces dépenses s'ajoutent aux dépenses publiques de la formation initiale prises en charge par l'Éducation nationale.

 # info
Réforme de la formation professionnelle et de l'apprentissage
foucherconnect.fr/23terstmg135

b La croissance boostée par l'innovation

■ La croissance génère des **externalités positives** qui poussent à l'**innovation** et qui engendre à nouveau de la **croissance.** Dans un secteur d'activité, les progrès génèrent parfois des effets dans d'autres secteurs, sans que les activités soient directement liées.

ZOOM SUR...

Les imprimantes 3D

Les imprimantes 3D sont des machines capables de créer des objets à partir de dessins en additionnant de la matière. Cela est rendu possible par les progrès réalisés entre autres dans la conception assistée par ordinateur, les progrès sur la synthèse des matériaux. Cela a des implications dans d'autres d'activités comme le secteur médical (fabrication de visières de protection, de pièces de respirateur, de prothèses), la maintenance industrielle, la mécanique, la production d'objets de consommation en micro série, l'industrie agroalimentaire, le secteur du bâtiment, etc.

- Dans le domaine médical : fabrication d'une main bionique.
- Dans le domaine de la construction : impression d'une maison en 3D.
- Dans le domaine automobile : une start-up créée par des jeunes propose l'impression 3D de pièces automobiles pour les voitures anciennes.

 # vidéo
Fabrication d'une main bionique
foucherconnect.fr/23terstmg136

 # vidéo
Impression d'une maison en 3D
foucherconnect.fr/23terstmg137

 # vidéo
Impression en 3D de pièces automobiles pour les voitures anciennes
foucherconnect.fr/23terstmg138

■ **Le système financier permet de focaliser les flux d'investissement** vers les activités en principe favorables à la croissance car il valorise les investissements des activités qui rencontrent une **demande** (ce n'est pas toujours le cas lorsque l'investissement est purement spéculatif ou improductif). **La rentabilité des investissements est un facteur qui stimule les investisseurs.**

C Les limites de la croissance économique

a L'épuisement des ressources naturelles

■ Il faut distinguer les **ressources naturelles renouvelables** des **ressources non renouvelables.** Les premières, au cours d'une durée plus ou moins longue, peuvent se reconstituer naturellement. C'est le cas pour tous les constituants de la biomasse comme les forêts, les réserves halieutiques (poissons et crustacés issus de la mer) et les êtres vivants. Les secondes ne se reconstituent pas ou alors sur un temps si long qu'on peut les considérer comme non renouvelables.

 # info
Les conséquences de la surpêche pour l'humanité
foucherconnect.fr/23terstmg139

■ L'**épuisement des ressources renouvelables** survient si la consommation est plus rapide que le cycle de renouvellement, comme c'est le cas pour la pêche. De nombreuses espèces de poissons surpêchées comme le thon ou le cabillaud se raréfient. La surexploitation forestière est aussi une inquiétude, notamment au Brésil, où les gains de l'agro-industrie à court terme pourraient avoir à long terme des conséquences désastreuses sur la régulation du climat mondial alors que le Brésil avait adopté un code forestier vertueux.

■ **Pour les ressources non renouvelables,** la durée de consommation dépend de l'intensité de l'exploitation et du stock de réserves disponibles.

À SAVOIR

Selon des estimations, le monde a déjà consommé 1 200 milliards de barils de pétrole pour des réserves prouvées restantes de 1 500 milliards de barils, soit environ 40 ans de consommation. Les réserves disponibles sur la planète sont nécessairement finies mais l'évolution de la technologie permet de repousser pour un temps les limites d'exploitation.

■ Aujourd'hui, qu'elles soient renouvelables ou non, de nombreuses études montrent qu'il y a une **surexploitation des ressources naturelles**. Même si les progrès technologiques permettent des économies de ressources, ils ne compensent pas l'accroissement des besoins de la population mondiale.

b Le réchauffement climatique

■ **Le réchauffement climatique est une menace sur la croissance économique** et le développement à long terme. D'après la communauté scientifique, il existe un lien entre la croissance économique, les émissions de gaz à effet de serre dans l'atmosphère et le réchauffement climatique.

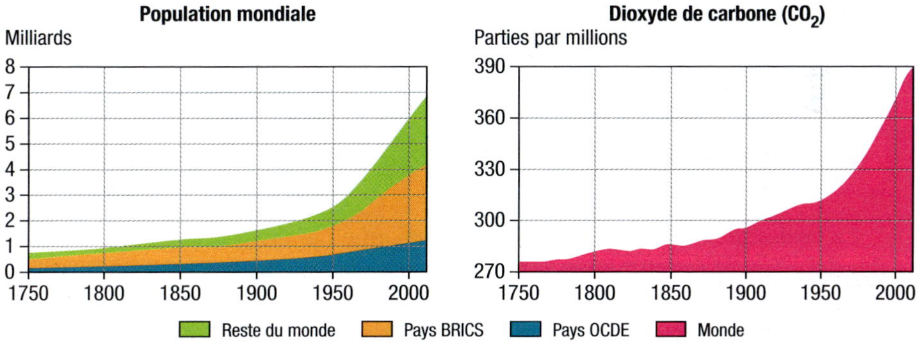

■ **Le réchauffement climatique compromet d'abord l'alimentation humaine.** Il perturbe le métabolisme des végétaux, la géographie et le cycle des récoltes. On constate aussi une diminution de la biodiversité. Une hausse de 2,5 °C entraînerait la disparition de 30 % des espèces, alors qu'on s'attend à une hausse des températures de plus de 4,8 °C à l'horizon 2100 si rien ne change. Or, 35 % de la nourriture dépend des insectes pollinisateurs comme les abeilles dont la disparition serait une catastrophe écologique et économique.

 # vidéo
Les conséquences dramatiques de la disparition des abeilles
foucherconnect.fr/23terstmg140

■ **Le réchauffement climatique est aussi une menace sur les infrastructures économiques.** D'après les prévisions du **Groupe d'experts intergouvernemental sur l'évolution du climat (GIEC)**, une hausse de 43 cm du niveau des mers est attendue autour de 2100 avec par exemple l'inondation d'une ville comme Tokyo au Japon et la disparition de 2 000 km² de la Floride aux États-Unis.

À SAVOIR

Le niveau de la mer a augmenté de 17 cm au cours du XXe siècle. Or, 60 % de la population mondiale réside à moins de 60 km des rivages.

■ Il menace aussi la **répartition des ressources** en modifiant la localisation des ressources en eaux et les **échanges économiques** car il est **porteur de conflits potentiels** pour accéder aux ressources qui se raréfient.

 # vidéo
L'avis d'un spécialiste sur les menaces environnementales qui compromettent la croissance économique
foucherconnect.fr/23terstmg141

D Le développement durable s'appuie sur une nouvelle approche de l'économie

a La croissance verte

DÉFINITION
Le **développement durable** désigne l'augmentation du bien-être matériel et moral sans diminution des chances de développement des générations futures. Pour le mettre en œuvre, il faut une croissance qui prenne en compte les défis sociaux, écologiques et économiques de demain.

■ La **croissance verte** est un concept développé par l'Organisation de coopération et de développement économiques (OCDE). Selon cette organisation, il est possible grâce aux progrès technologiques :
- d'**améliorer la productivité** pour réduire les déchets et de **diminuer la consommation d'énergie** ;
- de **trouver de nouveaux marchés basés sur des technologies plus écologiques** (on parle de technologie verte) qui seront de nouveaux relais de croissance et des moteurs des échanges ;
- de **promouvoir des politiques environnementales** qui consistent à créer un cadre légal à long terme et un régime de droit de propriété spécifique, à assainir les finances publiques pour rassurer les investisseurs qui miseront sur les technologies plus respectueuses de l'environnement.

■ Dans l'UE, cela se traduit par la mise en place d'indicateurs, d'une politique fiscale favorable à l'environnement et des dépenses publiques en faveur d'une transition écologique et énergétique. En France, un cadre légal a été mis en place en 2015 avec la **loi relative à la transition écologique pour une croissance verte**.

À SAVOIR
En 2009, 34 pays dont la France, dans une déclaration commune se sont engagés sur cette voie pour une transition écologique.

 # doc
Taxes environnementales, dépenses dans le domaine environnemental, bouquet énergétique et intensité carbone
foucherconnect.fr/23terstmg142

 # doc
Les engagements pour une croissance verte
foucherconnect.fr/23terstmg143

b L'économie circulaire

C'est un modèle économique qui prend en compte le **recyclage des déchets** et l'**économie de ressources** tout au long du processus de production jusqu'à la consommation, dès la conception de produit. On parle d'**écoconception** des produits, de **production durable** et de **consommation durable**. C'est un des éléments clés de la **transition écologique**.

À SAVOIR

En 2020, l'État a créé un cadre réglementaire favorable à son développement avec la loi anti-gaspillage pour une économie circulaire du 10 février 2020.

 # vidéo
L'économie circulaire
foucherconnect.fr/23terstmg144

c L'économie collaborative (ou de partage)

■ C'est un modèle d'activité économique fondée sur l'**échange** et le **partage autour d'une plateforme numérique** qui met en relation les acteurs qui ont une demande et ceux qui sont capables d'y répondre seuls ou à plusieurs. Les échanges sont monétaires ou non.

EXEMPLES

On y trouve des organisations qui proposent des **échanges de logement** (Airbnb, etc.), des plateformes d'**achat collaboratif** (AMAP : association pour le maintien d'une agriculture paysanne) mais aussi des entreprises spécialisées de la **chimie** comme SpecialChem (mise en relation des entreprises qui recherchent une molécule avec celles qui les développent ou les produisent), ou encore les **plateformes de formation ou d'enseignement à distance**.

■ Ce modèle économique touche tous les secteurs d'activité et représente, en 2016, en Europe 28 milliards d'euros de transactions avec une forte croissance.

d L'économie sociale et solidaire (ESS)

C'est un secteur d'activité qui se distingue par la finalité des organisations de droit public ou privé qui la composent. Elles mettent l'accent sur l'**utilité sociale des services rendus** sous la forme de **missions d'intérêt collectif**, d'**insertion sociale, professionnelle** et d'**échanges**. Les acteurs de l'économie sociale et solidaire (ESS) appartiennent au secteur non marchand (associations, fondations, etc.) et marchand (mutuelles, coopératives, SCOP). Tous les secteurs sont concernés (on parle de tiers-secteur).

À SAVOIR

Aujourd'hui, l'ESS a un poids économique croissant qui représente environ 10,5 % de l'emploi salarié et 10 % du PIB.

 # info
Le labo ESS
foucherconnect.fr/23terstmg145

2 La réduction de la pauvreté et le rôle de l'éducation et de la formation

A Les inégalités dans le monde

■ Les **inégalités de répartition des richesses** sont très importantes dans le monde. La croissance mondiale a réduit les écarts entre les pays mais pas à l'intérieur des pays.

■ Les inégalités de revenus entre un petit pourcentage des individus et le reste de l'humanité sont très importantes. D'après le rapport 2021 du *World Inequality Lab*, 10 % les plus riches détiennent 76 % de la richesse mondiale, tandis qu'à l'inverse, les 50 % les plus pauvres n'en possèdent que 2 %.

LECTURE

L'indice de Gini est un indicateur très utilisé pour mesurer les écarts de revenus. Plus l'indice est élevé, plus le pays est inégalitaire.

B La pauvreté

■ La pauvreté absolue et la pauvreté relative font référence à **deux façons de mesurer la pauvreté** :

– la **pauvreté absolue** est une mesure par rapport à une norme définie comme le revenu nécessaire pour satisfaire des besoins de base. À partir du nombre de personnes qui ne parviennent pas à satisfaire ces besoins, on calcule un **taux de pauvreté**. La Banque mondiale évalue la pauvreté absolue par région et par catégorie de pays en parité de pouvoir d'achat. 9,1 % de la population mondiale vivait avec moins de 2,15 dollars par jour en 2022 ;

– la **pauvreté relative** est une mesure par rapport à un seuil relatif au pays. En France, comme dans la plupart des pays européens, on mesure la pauvreté de façon relative. Une personne est statistiquement pauvre à partir d'un revenu supérieur ou égal à 60 % du revenu médian.

 # doc

Taux de rendement de l'éducation par niveau d'études

foucherconnect.fr/23terstmg146

 # info

En savoir plus sur les inégalités extrêmes

foucherconnect.fr/23terstmg147

■ **L'éducation et la formation apparaissent comme des clés du développement** et pour réduire les inégalités. Quelle que soit l'origine géographique de la population qui en bénéficie, elle accroît le **capital humain** et le **stock de connaissance**s essentiel aux progrès techniques. Grâce à l'éducation, les progrès technologiques ne sont plus l'exclusivité des pays développés, même si ces derniers conservent une avance technologique importante.

■ **Investir dans l'éducation et la formation est un moyen de réduire la pauvreté.** Une étude montre que la généralisation des cycles primaires et du premier niveau du secondaire pourrait réduire la pauvreté de moitié dans le monde. Plusieurs études prouvent que le rendement financier d'une année supplémentaire d'étude pour une personne en matière d'espérance de revenus supplémentaires est de 6 % à 10 %, ce qui est bien supérieur aux taux moyens de rentabilité actuelle d'un placement financier (autour de 2 % à 4 % par an).

1 COMMENT L'ÉTAT PEUT-IL INTERVENIR DANS L'ÉCONOMIE ?

S'ENTRAÎNER AU DÉBAT

L'État devait-il s'endetter et intervenir dans l'économie pour lutter contre la pandémie de covid-19 ?

Entraînez-vous, à partir de vos connaissances personnelles et des éléments donnés dans ce thème. Conseil : il n'y a pas de réponse juste ou fausse, vous devez choisir un point de vue et le défendre par une argumentation logique qui s'appuie sur des mécanismes économiques et des données.

2 QUELLE EST L'INFLUENCE DE L'ÉTAT SUR L'ÉVOLUTION DE L'EMPLOI ET DU CHÔMAGE ?

S'ENTRAÎNER AU DÉBAT

Faut-il faire baisser les charges salariales et supprimer le Smic qui affectent le coût du travail pour faire baisser le taux de chômage ?

Entraînez-vous à débattre sur cette question en identifiant les arguments pour et les arguments contre.

MÉTHODE

L'argumentation en économie

Un argument se construit généralement sur le modèle suivant : une idée principale, ses justifications et une illustration.

Il est rare en économie qu'il n'y ait qu'une seule réponse qui représente une vérité admise par tous. On peut souvent dire l'un et son contraire mais pas n'importe comment. Cela donne un espace de liberté pour construire votre propre interprétation des données. Il n'y a pas de vérité établie. Pour autant, cela ne signifie pas que vous devez être approximatif. Les raisonnements sont logiques et rigoureux. Les barèmes attachent donc plus d'attention à votre démarche pour arriver à vos conclusions qu'aux conclusions en elle-même. Les débats et controverses sont fréquents en économie.

 # méthode
Débat sur le coût
de l'État-providence
foucherconnect.fr/23terstmg148

S'ENTRAÎNER AU DÉBAT

Pensez-vous que l'accord de libre-échange entre l'UE et le Canada, le CETA, sera favorable à l'économie Française ?

Vous exposerez les arguments en faveur de cet accord et les arguments contre.

MÉTHODE

L'argumentation en économie

Un argument se construit généralement sur le modèle suivant : une idée principale, ses justifications et une illustration.

Il est rare en économie qu'il n'y ait qu'une seule réponse qui représente une vérité admise par tous. On peut souvent dire l'un et son contraire mais pas n'importe comment. Cela donne un espace de liberté pour construire votre propre interprétation des données. Il n'y a pas de vérité établie. Pour autant, cela ne signifie pas que vous devez être approximatif. Les raisonnements sont logiques et rigoureux. Les barèmes attachent donc plus d'attention à votre démarche pour arriver à vos conclusions qu'aux conclusions en elles-mêmes. Les débats et controverses sont fréquents en économie comme le montre le débat suivant sur la place de l'État-providence et notre système fiscal.

Pour un exemple de débat, suivez ce lien :

 # méthode
Exemple de débat
foucherconnect.fr/23terstmg150

Pour des informations complémentaires, consultez :

 # doc
Les échanges bilatéraux de biens entre la France et le Canada
foucherconnect.fr/23terstmg151

 # doc
Positionnement contre l'accord de libre-échange
foucherconnect.fr/23terstmg152

 # doc
Qu'est-ce que le CETA ?
foucherconnect.fr/23terstmg153

4 COMMENT CONCILIER LA CROISSANCE ÉCONOMIQUE ET LE DÉVLOPPEMENT DURABLE ?

S'ENTRAÎNER AU DÉBAT

La croissance verte permet-elle de répondre au défi posé à l'humanité par le réchauffement climatique ?

Rédigez des arguments pour défendre votre point de vue et confrontez vos arguments à ceux des experts.

 # info
Transition énergétique : le mirage de la croissance verte
foucherconnect.fr/23terstmg155

ÉLÉMENTS DE CORRIGÉ

Consultez les arguments développés par les protagonistes sur la vidéo suivante :

 # vidéo
Il faut de la croissance verte
foucherconnect.fr/23terstmg156

 # corrigé
foucherconnect.fr/23terstmg120

MATHÉMATIQUES

MATHÉMATIQUES

L'évaluation des Mathématiques au bac 292
1 Suites numériques 293
2 Fonctions exponentielles $x \mapsto a^x$, logarithme décimal, inverse 302
3 Séries statistiques à deux variables 311
4 Probabilités 317
ENTRAÎNEMENT AU CONTRÔLE CONTINU 326

L'évaluation des Mathématiques au bac

1 Les modalités d'évaluation

■ Dans la voie technologique, 40 % de la note globale obtenue au baccalauréat provient du contrôle continu en classes de Première et de Terminale.

■ Les Mathématiques font partie des disciplines évaluées tout au long de l'année par le biais du contrôle continu. La moyenne des moyennes trimestrielles obtenues pour la classe de Première STMG est affectée d'un coefficient 3. **Le coefficient est aussi de 3** pour la moyenne de Mathématiques obtenue en Terminale STMG.

2 Dans cet ouvrage

■ À la fin de cette partie figurent des **sujets d'entraînement corrigés pour les épreuves de contrôle continu**.

■ Sont aussi accessibles par flashcode : des exercices supplémentaires, des quiz pour réviser à la fin de chaque chapitre, des documents sur la programmation en Python et des fiches « Utilisation de la calculatrice », signalés par les pictos :

 # exo
Exercices supplémentaires de mathématiques
foucherconnect.fr/23tersti2d01

 # quiz
Des questions pour réviser
foucherconnect.fr/23tersti2d02

 # doc
Utilisation de la calculatrice pour les suites
foucherconnect.fr/23tersti2d03

1 Suites numériques

Les résultats de Première sur les suites arithmétiques et géométriques sont complétés. Les suites arithmétiques et géométriques sont notamment utilisées dans le domaine de l'économie (évolution d'une production, d'un prix, d'un chiffre d'affaires…) ou de la démographie (évolution d'une population…).

1 Suites arithmétiques

A Définition, sens de variation et représentation graphique

DÉFINITION

Une **suite arithmétique** est une suite numérique dont chaque terme s'obtient en ajoutant au précédent un nombre réel constant r appelé **raison**.

- Pour tout nombre entier naturel n, $u_{n+1} = u_n + r$.

EXEMPLES

1° La suite (u_n) des nombres entiers naturels pairs est une suite arithmétique de premier terme $u_0 = 0$ de raison $r = 2$: pour tout entier naturel n, $u_{n+1} = u_n + 2$.
2° Soit (v_n) la suite arithmétique de premier terme $v_0 = 2$ et de raison $r = -1$;
$v_1 = v_0 + r$; $v_1 = 2 - 1$; $v_1 = 1$. $v_2 = v_1 + r$; $v_2 = 1 - 1$; $v_2 = 0$. $v_3 = v_2 + r$; $v_3 = -1$.

- Une suite arithmétique de raison r est :
croissante, si $r > 0$; **décroissante**, si $r < 0$; **constante** si $r = 0$.

- **La représentation graphique d'une suite arithmétique (u_n) dans un repère est constituée de points de coordonnées (n, u_n) alignés sur la droite d'équation $y = rx + u_0$.**

B Suite arithmétique et moyenne arithmétique

DÉFINITION

La moyenne **arithmétique** des deux nombres x et y est le nombre $\frac{x+y}{2}$.

EXEMPLE

La moyenne arithmétique de 10 et 13 est 11,5.

- **Propriété**

Trois nombres a, b, c sont, dans cet ordre, trois termes consécutifs d'une **suite arithmétique** si et seulement si le nombre du milieu b est la **moyenne arithmétique** des deux autres nombres a et c.

C Expression du terme u_n en fonction de n

- Pour une suite **arithmétique** de **premier terme** u_0 et de raison r :
$$u_n = u_0 + nr, \text{ pour tout entier naturel } n.$$

- Pour une suite **arithmétique** de **premier terme** u_1 et de raison r :
$$u_n = u_1 + (n - 1)r, \text{ pour tout entier naturel } n.$$

EXEMPLE

La suite (u_n) est la suite arithmétique de premier terme $u_0 = 3$ et de raison $r = 2$.
$u_{10} = u_0 + 10 \times r$. $u_{10} = 3 + 20 = 23$.

D Somme de termes consécutifs d'une suite arithmétique

- Pour une suite **arithmétique** de **premier terme u_0** et de **raison r** :

$$\boldsymbol{u_0 + u_1 + \ldots + u_n = (n+1)\left(\frac{u_0 + u_n}{2}\right)} \text{ pour tout entier naturel } n.$$

- Pour une suite **arithmétique de premier terme u_1** et de **raison r** :

$$u_1 + \ldots + u_n = n\left(\frac{u_1 + u_n}{2}\right) \text{ pour tout entier } n \text{ de } \mathbb{N}^*.$$

$\mathbb{N}^*$ est l'ensemble des nombres entiers naturels strictement positifs.

À RETENIR

Pour une somme de termes consécutifs d'une suite arithmétique commençant par u_0, u_1, ..., on peut retenir que : $\textbf{(Somme de termes successifs)} = \textbf{(Nombre de termes)} \times \dfrac{\textbf{(Premier terme)} + \textbf{(Dernier terme)}}{\textbf{2}}$.

EXEMPLE

La suite arithmétique (u_n) est définie par le premier terme $u_0 = 500$ et la raison $r = 25$.
On note $S = u_0 + u_1 + \ldots + u_9$. $u_9 = u_0 + 9 \times r$; $u_9 = 500 + 225$; $u_9 = 725$.

$S = 10 \times \dfrac{u_0 + u_9}{2}$; $S = 10 \times \dfrac{500 + 725}{2}$; $S = 6125$.

De u_0 à u_9, il y a 10 termes.

2 Suites géométriques à termes positifs

A Définition, exemples, sens de variation

DÉFINITION

- Une **suite géométrique** est une suite numérique dont chaque terme s'obtient en multipliant le précédent par une constante q appelée **raison**.

En STMG, on prend $q > 0$.

- Pour tout nombre entier naturel $\boldsymbol{u_{n+1} = qu_n}$.

EXEMPLE

On considère la suite géométrique (u_n) de premier terme $u_0 = 2$ et de raison $q = 0,9$.
$u_1 = qu_0$; $u_1 = 0,9 \times 2$; $u_1 = 1,8$;
$u_2 = qu_1$; $u_2 = 0,9 \times 1,8$; $u_2 = 1,62$;
$u_3 = qu_2$; $u_3 = 0,9 \times 1,62$; $u_3 = 1,458$...

- **Pour démontrer qu'une suite est géométrique**, il suffit de vérifier que, pour tout entier n, $\dfrac{u_{n+1}}{u_n}$ est constant. Cette constante est la raison q.

EXEMPLE

La suite de terme général $u_n = 3^n$, où n est un entier naturel, est une suite géométrique puisque pour tout entier naturel n,

$\dfrac{u_{n+1}}{u_n} = \dfrac{3^{n+1}}{3^n} = 3$. La raison est 3 et le premier terme est : $u_0 = 1$.

$u_0 = 3^0 = 1$.

■ **La suite géométrique (u_n) de raison q est croissante si $q > 1$, décroissante si $0 < q < 1$, constante si $q = 1$.**

B Suite géométrique et moyenne géométrique

DÉFINITION

La **moyenne géométrique** des deux nombres positifs x et y est le nombre $\sqrt{xy}$.

■ Propriété

Trois nombres positifs a, b, c sont, dans cet ordre, trois termes successifs d'une **suite géométrique** si et seulement si le **nombre du milieu** b est la **moyenne géométrique** des deux autres nombres a et c.

C Expression du terme u_n en fonction de n

■ Théorème

Soit (u_n) une suite géométrique de premier terme u_0 ou u_1, et de raison q.
Lorsque le premier terme de la suite est u_0 : pour tout entier n de $\mathbb{N}$, $\boldsymbol{u_n = u_0 q^n}$.
Lorsque le premier terme de la suite est u_1 : pour tout entier n de $\mathbb{N}^*$, $\boldsymbol{u_n = u_1 q^{n-1}}$.

EXEMPLES

• La suite (u_n) est la suite géométrique de premier terme $u_0 = 500$ et de raison $q = 1{,}1$.
$u_4 = u_0 q^4$; $u_4 = 500(1{,}1)^4 = 732{,}05$.
• La suite (u_n) est la suite géométrique de premier terme $u_1 = 100$ et de raison $q = 0{,}8$.
$u_5 = u_1 q^4$; $u_5 = 100(0{,}8)^4 = 40{,}96$.

D Somme de termes consécutifs d'une suite géométrique

■ Théorème

Lorsque le premier terme de la suite est u_0 : $\boldsymbol{u_0 + u_1 + \ldots + u_n = u_0 \dfrac{1-q^{n+1}}{1-q}}$, $\boldsymbol{q \neq 1}$.

À RETENIR

Pour une somme de termes consécutifs d'une suite géométrique commençant par u_0, u_1, ..., on peut retenir que : $\begin{pmatrix}\textbf{Somme de termes}\\ \textbf{successifs}\end{pmatrix} = \begin{pmatrix}\textbf{Premier}\\ \textbf{terme}\end{pmatrix} \times \dfrac{1-(\textbf{Raison})^{\text{nombre de termes}}}{1-(\textbf{Raison})}$.

EXEMPLE

La suite géométrique (u_n) est définie par le premier terme $u_0 = 1\,000$ et la raison $q = 1{,}1$.
On note $S = u_0 + u_1 + u_2 + u_3 + u_4 + u_5$.

$S = u_0 \times \dfrac{1-(1{,}1)^6}{1-1{,}1}$; $S = 7\,715{,}61$.

De u_0 à u_5, il y a six termes.

E Augmentation ou diminution de x % par heure, par mois, par an...

■ Chaque fois qu'on est confronté à une situation du type « une population, un prix, une concentration... augmente de x % par an, par mois, par heure... », on peut définir une suite géométrique de raison $1+\dfrac{x}{100}$.

MATHÉMATIQUES

- S'il s'agit d'une diminution de x %, on peut définir une suite géométrique de raison $1-\frac{x}{100}$.

EXERCICE RÉSOLU

Montrer que, lorsqu'une quantité augmente ou diminue de x % par heure, par semaine, par mois, par an..., on peut définir une suite géométrique.

ÉNONCÉ

On prévoit que le nombre de malades atteints d'une certaine pathologie virale, en France, augmente de 6 % par an à partir de 2023. On désigne par u_n le nombre de malades l'année $(2023 + n)$. On a $u_0 = 61\,353$.

Dans ce qui suit, tous les résultats sont à arrondir à l'unité.

1. Pour tout entier n, exprimer u_{n+1} en fonction de u_n.
2. En déduire la nature de la suite (u_n).
3. Donner, pour tout entier naturel n, l'expression de u_n en fonction de n.
4. Déterminer le nombre de malades que l'on peut prévoir pour 2029.
5. Déterminer le nombre total de malades qui auront développé cette pathologie entre le début de 2023 et la fin de 2029.

MÉTHODE

- Déduire de $u_{n+1} = u_n + \frac{x}{100}u_n$ que :

$u_{n+1} = qu_n$, où q est un nombre réel à déterminer.

- q est la raison de la suite géométrique.

CORRIGÉ

1. Pour tout entier n, $u_{n+1} = u_n + \frac{6}{100}u_n = \left(1+\frac{6}{100}\right)u_n$; $u_{n+1} = (1 + 0{,}06)u_n$; $u_{n+1} = 1{,}06u_n$.
2. La suite (u_n) est donc une suite géométrique de raison 1,06.
3. Pour tout entier n, $u_n = u_0(1{,}06)^n$, $u_n = 61\,353(1{,}06)^n$.
4. On a 2 029 = 2 023 + 6. On calcule donc $u_6 = 61\,353(1{,}06)^6$; $u_6 \approx 87\,030$. On peut prévoir 87 030 malades pour 2029.
5. Sur l'ensemble des sept années de 2023 à 2029, le nombre total de malades est : $S_6 = u_0 + u_1 + u_2 + u_3 + u_4 + u_5 + u_6$.

D'après un théorème du cours :

$u_0 + u_1 + \ldots + u_n = u_0\frac{1-q^{n+1}}{1-q}$,

Donc $S_6 = u_0\frac{1-q^7}{1-q} = 61\,353\,\frac{1-1{,}06^7}{1-1{,}06} \approx 514\,987$.

Voir le paragraphe ② C. du cours.

Voir le paragraphe ② D. du cours.

 # doc

Utilisation de la calculatrice pour les suites

foucherconnect.fr/23tersti2d03

3 Algorithme programmation et suites

A Notion de liste en informatique

DÉFINITION

Une **liste** en informatique est une collection **ordonnée** d'éléments (entiers, flottants, chaînes de caractères, booléens...) séparés par des virgules et mis entre crochets.

EXEMPLE

`L = [2, 3, 5, 8, 13]` est une liste de 5 entiers, distincte de la liste `[3, 2, 5, 8, 13]`.
`notes = ['1e3', 12, 9.5, 18]` est une liste de 4 éléments :
une chaîne de caractère (`1e3`), deux entiers (12 et 18) et un flottant (`9.5`).

REMARQUES

- Une liste d'entiers ou de flottants peut représenter une suite numérique comme la liste L.
- On peut visualiser une liste comme une série de « boîtes » dans lesquelles chaque élément de la liste est rangé. Les boîtes sont numérotées par un **indice**.
- **Attention : la numérotation commence à 0.**

`notes = ['1e3', 12, 9.5, 18]`

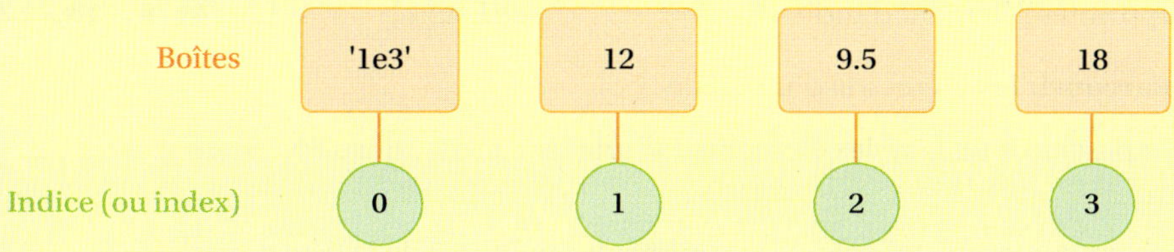

EXEMPLE

L'élément d'indice 0 de `L`, noté `L[0]`, a pour valeur `2` ; `L[1]` a pour valeur `3` ; `L[4]` a pour valeur 13.
`notes[0]` a pour valeur `'1e3'`, `notes[1]` a pour valeur 12, `notes[3]` a pour valeur 18.

Générer une liste

– Voyons d'abord le cas particulier de la fonction **range**. L'instruction `range(6)` permet de générer la liste `[0, 1, 2, 3, 4, 5]` (faire `list(range(6))` pour afficher la liste) et `range(1, 6)` permet de générer la liste `[1, 2, 3, 4, 5]`.

Attention : range(n) correspond à la liste des entiers de 0 à $n - 1$ et range(n, m) à celle des entiers de n à $m - 1$.

– Une liste peut être générée « **en extension** », c'est-à-dire en écrivant l'ensemble de ses éléments.

EXEMPLE

`jours = ['lundi', 'mardi', 'mercredi', 'jeudi', 'vendredi']`

– On peut également générer une liste par **ajouts successifs** d'un élément. L'instruction `L.append(x)` ajoute `x` à la fin de la liste `L` (append signifie « ajouter » en anglais).

EXEMPLES

L'instruction `jours.append('samedi')` crée la liste :
`['lundi', 'mardi', 'mercredi', 'jeudi', 'vendredi', 'samedi']`.
Le programme suivant crée la liste `[2, 4, 6, 8, 10]`.

```
L = []
for   k in range(1, 6):
      L.append(2 * k)
```

– On peut aussi générer une liste « **en compréhension** », notamment par une formule définissant ses éléments.

EXEMPLES

L'instruction `L = [2 * n for n in range(1,6)]` crée la liste `[2, 4, 6, 8, 10]`.
On peut ajouter une condition dans laquelle != signifie ≠.
L'instruction `L = [2 * n for n in range(1,6) if n !=3]` crée la liste `[2, 4, 8, 10]`.

Manipuler des éléments d'une liste et leur indice

Le tableau suivant résume les principales manipulations sur les éléments d'une liste.

On considère la liste `L = [2, 4, 6, 8, 10]`.

Objectif	Instruction	Résultat
Obtenir le 3e élément de la liste, d'indice 2.	`L[2]`	`6`
Donner le nombre d'éléments de la liste.	`len(L)`	`5`
Rechercher l'indice d'un élément de la liste.	`L.index(8)`	`3`
Ajouter le nombre 12 à la liste.	`L.append(12)`	`[2, 4, 6, 8, 10, 12]`
Supprimer l'élément d'indice 2.	`del L[2]`	`[2, 4, 8, 10, 12]`

Parcourir les éléments d'une liste

Pour parcourir un à un les éléments x d'une liste `L`, on utilise `for x in L:`.

EXEMPLE

Le programme suivant calcule la somme des nombres de la liste `pairs`.

```
pairs = [2, 4, 6, 8, 10]
somme = 0
for i in pairs:
    somme = somme + i
```

La valeur de la variable `somme` en fin d'exécution est 30.

B Suites et situations algorithmiques

Calculer un terme de rang donné d'une suite définie par récurrence

On considère la suite (u_n) définie par $u_0 = 1$ et, pour tout entier naturel n, $u_{n+1} = 2u_n + 3$. On souhaite calculer u_{20}.

– **Avec un tableur**

Comme ci-contre, on entre en B2 la valeur de u_0 et en B3 la formule =2*B2+3 correspondant à la relation de récurrence.
On recopie la cellule B3 vers le bas jusqu'en B22.
La cellule B22 affiche la valeur de $u_{20} = 4\ 194\ 301$.

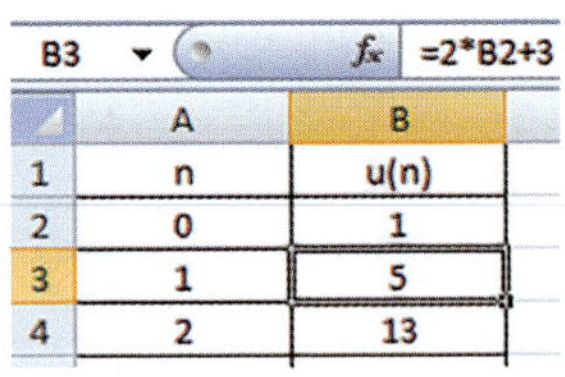

– **Avec Python**

Langage naturel	Python

$u \leftarrow 1$
Pour k de 1 à 20
$u \leftarrow 2u + 3$
Fin Pour
	`u = 1`
	`for k in range(1, 21):`
	`    u = 2 * u + 3`

 # doc
Mémento Python
foucherconnect.fr/23tersti2d04

En fin d'algorithme, la variable u contient la valeur de u_{20}. Le programme Python fournit la valeur 4 194 301.

Attention, en Python `range(1, 21)` correspond à la liste des entiers consécutifs de 1 à 20. Pour que la boucle `for` s'exécute 20 fois, il faut donc indiquer `range(1, 21)`.

Déterminer et représenter une liste de termes

• Cas d'une suite définie par son terme général

On considère la suite (u_n) définie, pour tout entier naturel n, par $u_n = n^2$. On souhaite calculer et représenter en Python les termes de u_0 à u_{10}.

On peut exécuter l'un des deux programmes suivants qui utilisent le module `matplotlib.pyplot` de représentation graphique.

Programme 1

```
import matplotlib.pyplot as plt
for n in range(11):
    u = n**2
    plt.scatter(n,u)
plt.show()
```

Programme 2

```
import matplotlib.pyplot as plt
L = [n**2 for n in range(11)]
plt.scatter(range(11), L)
plt.show()
```

• Dans le **programme 1**, comme lorsque la représentation graphique est réalisée à la main, la boucle `for` calcule l'ordonnée d'un point et le représente avant de passer au point suivant.

L'instruction `plt.scatter(n,u)` représente le point de coordonnées `(n,u)`.

REMARQUE
Ce programme est présenté ici pour introduire de façon progressive l'utilisation du langage Python dans l'étude des suites.

• Le **programme 2** commence par dresser la liste de toutes les ordonnées des points à tracer.

La liste L est : `[0, 1, 4, 9, 16, 25, 36, 49, 64, 81, 100]`.

Les points sont ensuite représentés. L'instruction `plt.scatter(range(11), L)` représente le « nuage de points » dont les abscisses sont données par la liste `range(11)` et les ordonnées par la liste `L`. Le mot « scatter » signifie disperser en anglais.

REMARQUE
C'est ce programme que nous utiliserons désormais pour faciliter l'appropriation de la notion de liste en informatique.

Voir la figure 1 page suivante.

• **Cas d'une suite définie par récurrence**

EXEMPLE

On considère la suite (u_n) définie par $u_0 = \frac{3}{4}$ et, pour tout entier naturel n, $u_{n+1} = u_n^{\ 2}$.
On souhaite calculer et représenter en Python les termes de u_0 à u_5.
On exécute le programme suivant.

Programme

```
import matplotlib.pyplot as plt
u = 3/4
L = [u]
for    k in range(1, 6):
       u = u ** 2
       L.append(u)
plt.scatter(range(6), L)
plt.show()
```

La liste `L` est : `[0.75, 0.5625, 0.31640625, 0.1001129150390625, 0.010022595757618546, 0.00010045242572063329]`.

REMARQUE
On rappelle que l'instruction `'L.append(u)'` ajoute u à la fin de la liste L.

Voir la figure 2 ci-dessous.

Figure 1

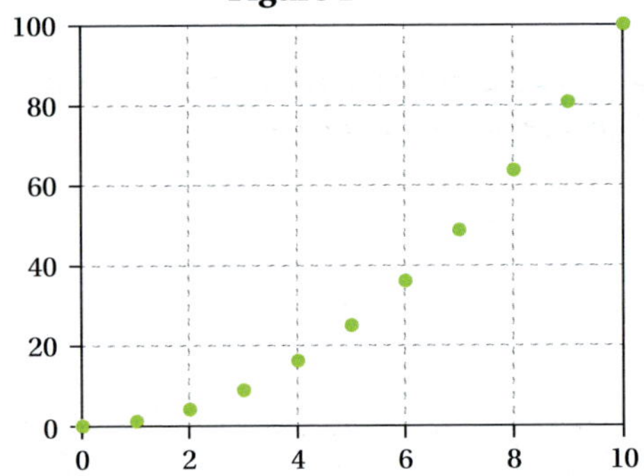

Figure 2

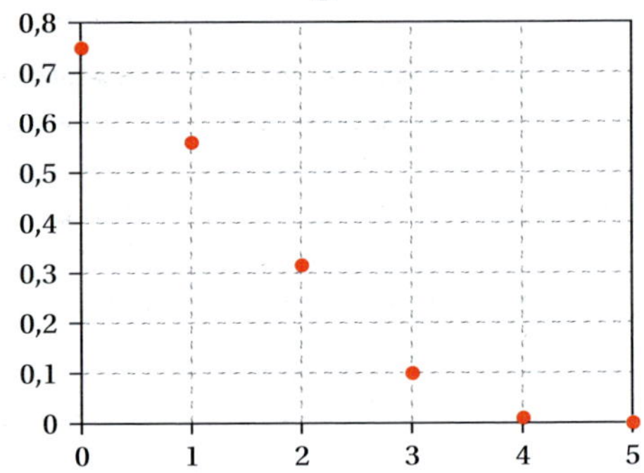

Algorithme de seuil

EXEMPLE

On considère la suite (u_n) définie pour tout entier naturel n par $u_n = 0{,}9^n$.
On admet que (u_n) est décroissante et on recherche le plus petit entier n pour lequel $u_n \leq 0{,}5$.
On ne sait pas combien d'itérations seront nécessaires, on utilise donc une boucle `while` avec un compteur qui s'incrémente tant que u_n est supérieur à 0,5.

Langage naturel	Python

$n \leftarrow 0$
Tant que $0{,}9^n > 0{,}5$
    $n \leftarrow n+1$
Fin Tant que
	`n = 0`
	`while 0.9 ** n > 0.5:`
	    `n = n + 1`

La valeur de la variable `n` en fin de programme est 7. On en déduit que $0{,}9^7$ est la plus petite puissance de 0,9 inférieure ou égale à 0,5.

Calculer une somme écrite à l'aide du symbole Σ

On considère la suite des carrés définie pour tout entier naturel k par $u_k = k^2$. Pour un entier naturel n non nul, on souhaite calculer la somme s_n des n premiers carrés :

$$s_n = \sum_{k=1}^{n} u_k = \sum_{k=1}^{n} k^2 = 1^2 + 2^2 + \ldots + n^2.$$

• Avec un tableur

Comme ci-contre, on calcule en colonne B les valeurs de u_k en entrant en B2, dans cet exemple, la formule =A2^2 que l'on recopie vers le bas.

En colonne C, on calcule les valeurs de s_k. En C2, on entre la formule =B2. Puis en C3, pour cumuler les valeurs de la colonne B, on entre la formule =C2+B3 que l'on recopie vers le bas.

Il faut recopier vers le bas jusqu'à la valeur n désirée. Par exemple, pour $n = 7$, on lit $s_7 = 140$.

C3 fx =C2+B3

	A	B	C
1	k	u(k)	s(k)
2	1	1	1
3	2	4	5
4	3	9	14
5	4	16	30
6	5	25	55
7	6	36	91
8	7	49	140

• Avec une fonction en Python utilisant une boucle

La fonction en Python suivante a pour argument un entier n et renvoie la valeur de $s_n = \sum_{k=1}^{n} k^2$.

Langage naturel	Python

$s \leftarrow 0$
Pour k de 1 à n
  $s \leftarrow s + k^2$
Fin Pour
Renvoyer s
	`def somme(n):`
	`    s = 0`
	`    for k in range(1, n + 1):`
	`        s = s + k ** 2`
	`    return s`

REMARQUE

La variable k est le « **compteur** » de la boucle. Ses valeurs de début et de fin correspondent à ce qui est indiqué en bas et en haut du symbole Σ. Attention, en Python, $\sum_{k=1}^{n}$ correspond à `range(1, n + 1)`.

La variable s est l'« **accumulateur** » dans lequel on ajoute la valeur de u_k à chaque tour de la boucle. L'accumulateur est initialisé à 0.

• Avec une fonction en Python utilisant une liste en compréhension

La fonction `sum`, qui fait la somme des termes d'une liste, permet d'éviter le recours à une boucle et à un accumulateur. On utilise alors une liste définie en compréhension comme ci-dessous.

```
def somme(n):
    return sum([k ** 2 for k in range(1, n + 1)])
```

 # doc
Mémento Python
foucherconnect.fr/23tersti2d04

 # quiz
Des questions pour réviser
foucherconnect.fr/23tersti2d02

2 Fonctions exponentielles $x \mapsto a^x$, logarithme décimal, inverse

Ces fonctions servent de modèle pour étudier des évolutions dans la vie courante, en économie, pour calculer un taux d'évolution moyen…

1 Fonctions exponentielles $x \mapsto a^x$

A Extension de a^n

DÉFINITION

Soit a un nombre **strictement positif** fixé.

Il existe une fonction f définie et dérivable sur $\mathbb{R}$, notée $f : x \mapsto a^x$, qui étend aux puissances non entières la définition et les propriétés algébriques des puissances entières.

La fonction $f : x \mapsto a^x$ est appelée **fonction exponentielle (de base a)**.

■ La touche [^] ou [x^y] ou [y^x] de la calculatrice permet d'obtenir les valeurs numériques de a^x avec une précision suffisante pour les situations étudiées en Terminale STMG.

EXEMPLES

Avec votre calculatrice, retrouver les valeurs approchées arrondies à 10^{-2} suivantes : $(3{,}5)^{1{,}6} \approx 7{,}42$; $(1{,}06)^{-1{,}5} \approx 0{,}92$; $(0{,}98)^{0{,}32} \approx 0{,}99$.

■ Soit a un nombre **strictement positif** fixé. **Pour tout réel x, $a^x > 0$.**

■ On admet que les **propriétés algébriques** des puissances entières s'étendent aux puissances non entières.

Soit a un nombre **strictement positif** fixé. Pour tous réels x et y :

$$\mathbf{a^x \times a^y = a^{x+y}} \;;\qquad \mathbf{(a^x)^y = a^{xy}} \;;\qquad a^{-x} = \frac{1}{a^x} \;;\qquad \frac{a^x}{a^y} = a^{x-y}.$$

B Sens de variation et courbe représentative des fonctions $x \mapsto a^x$

■ **Sens de variation**

Soit a un nombre **strictement positif** fixé.
- **Si $a > 1$, la fonction exponentielle $x \mapsto a^x$ est strictement croissante sur $\mathbb{R}$.**
- **Si $0 < a < 1$, la fonction exponentielle $x \mapsto a^x$ est strictement décroissante sur $\mathbb{R}$.**

$a > 1$

x	$-\infty$	$+\infty$
Variation de $x \mapsto a^x$	↗	

$0 < a < 1$

x	$-\infty$	$+\infty$
Variation de $x \mapsto a^x$	↘	

EXEMPLES

- La fonction $x \mapsto 10^x$ est strictement croissante sur $\mathbb{R}$.
- La fonction $x \mapsto (0{,}2)^x$ est strictement décroissante sur $\mathbb{R}$.

Courbe représentative

On obtient deux types de courbes représentatives selon que $a > 1$ ou que $0 < a < 1$.

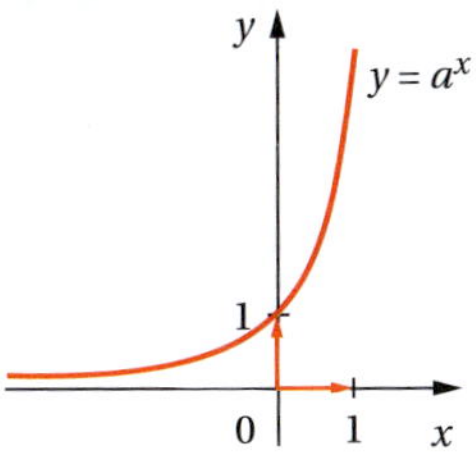

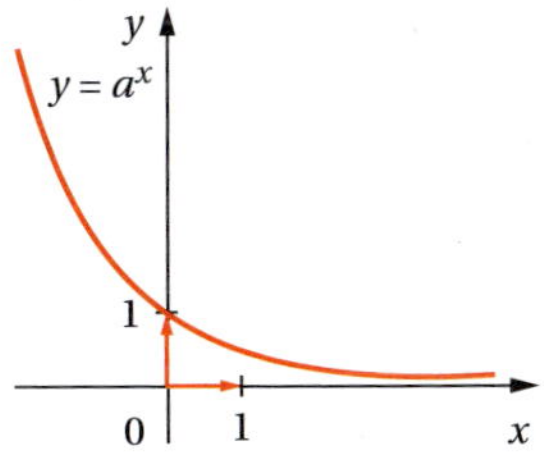

C Sens de variation des fonctions $x \mapsto ka^x$

Soit a un nombre **strictement positif** fixé et soit k un nombre **non nul** fixé.
- Si $k > 0$, la fonction $x \mapsto ka^x$ a le même sens de variation que la fonction $x \mapsto a^x$.
- Si $k < 0$, la fonction $x \mapsto ka^x$ a le sens de variation contraire à celui de la fonction $x \mapsto a^x$.

EXEMPLE

La fonction $x \mapsto (0,1)^x$ est strictement décroissante sur $\mathbb{R}$.
Donc la fonction $x \mapsto 4 \times (0,1)^x$ est strictement décroissante sur $\mathbb{R}$ et la fonction $x \mapsto -5 \times (0,1)^x$ est strictement croissante sur $\mathbb{R}$.

D Taux d'évolution moyen

t étant le taux d'évolution global pendant une certaine période,
le taux d'évolution moyen équivalent t_m pendant une période n fois plus courte est défini par la relation :

$$\mathbf{1 + t_m = (1 + t)^{\frac{1}{n}}}.$$

EXEMPLE

Le chiffre d'affaires d'un magasin de téléphonie mobile a augmenté de 31 % en 4 ans. Le taux d'évolution moyen annuel équivalent au taux d'évolution de 31 % pour 4 ans, t_m, est défini par la relation : $1 + t_m = (1 + 0,31)^{\frac{1}{4}}$, donc $1 + t_m \approx 1,07$ et $t_m = 0,07 = 7$ %.

2 Fonctions logarithme décimal

A Définition

DÉFINITION

Le **logarithme décimal d'un nombre réel strictement positif a** est le nombre réel b tel que $\mathbf{10^b = a}$.

EXEMPLES

$10^0 = 1$, donc $\mathbf{\log 1 = 0}$; $10^1 = 10$, donc $\mathbf{\log 10 = 1}$.

À RETENIR

Soit a un nombre réel **strictement positif. $b = \log a$ si et seulement si $a = 10^b$.**

MATHÉMATIQUES

Fonction logarithme décimal

Associons à tout nombre réel strictement positif x le nombre réel log (x) :
on définit la **fonction logarithme décimal** notée $\mathbf{log : x \mapsto log(x)}$ définie sur l'intervalle $]0,+\infty[$ et à valeurs dans $\mathbb{R}$.

Obtenir une valeur approchée de log *a*

La touche [log] de la calculatrice ou la fonction log 10() d'un tableur permet d'obtenir les valeurs numériques de log a avec une précision suffisante pour les situations étudiées en Terminale STMG.

EXEMPLES

Retrouver avec votre calculatrice les valeurs approchées suivantes :
$\log 2 \approx 0{,}30103$; $\log(0{,}5) \approx -0{,}30103$; $\log 3 \approx 0{,}47712$; $\log 6 \approx 0{,}77815$.

B Sens de variation et courbe représentative

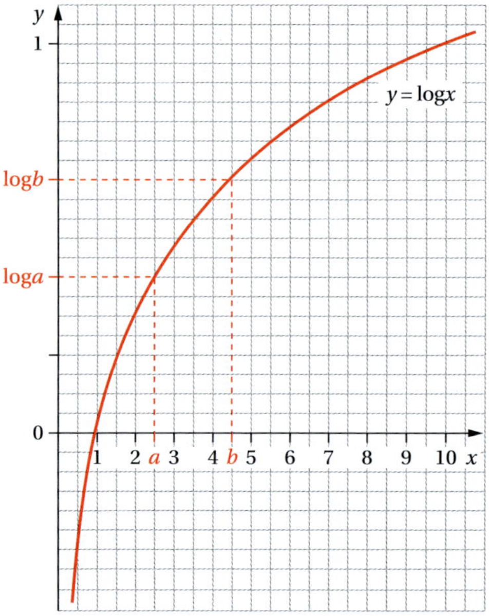

- On admet que la fonction logarithme décimal, notée log, est strictement croissante sur son intervalle de définition $]0,+\infty[$.
- La courbe représentative de la fonction $x \mapsto \log x$ peut être obtenue facilement avec une calculatrice graphique ou un tableur.
- Le résultat suivant s'interprète immédiatement sur la figure :
Pour tous nombres réels strictement positifs a et b, $\mathbf{a \le b}$ **si et seulement si :** $\mathbf{\log a \le \log b}$.

Conséquence

Pour tout nombre réel **strictement positif** $\mathbf{a}$:
- **si** $\mathbf{0 \le a \le 1}$**, alors** $\mathbf{\log a \le 0}$;
- **si** $\mathbf{a > 1}$**, alors** $\mathbf{\log a > 0}$.

C Propriétés algébriques

Pour tous nombres réels **strictement positifs** a et b, pour tout entier naturel n et pour tout réel x :

$\mathbf{\log(a \times b) = \log a + \log b}$; $\mathbf{\log\left(\frac{1}{a}\right) = -\log a}$; $\mathbf{\log\left(\frac{a}{b}\right) = \log a - \log b}$; $\mathbf{\log(a^n) = n \log a}$; $\mathbf{\log(a^x) = x \log a}$.

3 Exemples de résolution d'équations du type $a^x = b$ ou d'inéquations du type $a^x \leq b$

A Exemple de résolution d'équation de la forme $a^x = b$

EXERCICE RÉSOLU

ÉNONCÉ

La puissance électrique, exprimée en mégawatt (MW) que peut délivrer l'ensemble des éoliennes terrestres installées en France s'appelle « puissance éolienne installée ».
La puissance éolienne installée était de 13 500 MW en 2017. On admet que la puissance éolienne installée augmente de 13 % par an depuis 2017. Au bout de combien d'années la puissance éolienne installée aura-t-elle doublée ?

SOLUTION

La suite des valeurs de la puissance éolienne installée est une suite géométrique de premier terme $u_0 = 13\,500$ et de raison $q = 1 + 0{,}13 = 1{,}13$. Donc la puissance éolienne installée pour l'année n est : $u_n = 13\,500 \times (1{,}13)^n$. La condition de doublement de la puissance au bout de n années est $u_n = 27\,000$, c'est-à-dire : $13\,500\,(1{,}13)^n = 27\,000$. $(1{,}13)^n = 2$.
On cherche à résoudre l'équation $(1{,}13)^x = 2$ où l'inconnue x est un nombre réel (l'équation $(1{,}13)^n = 2$ n'a pas de solution entière).

À RETENIR

Pour résoudre une équation de la forme $a^x = b$, on écrit que : $\log(a^x) = \log b$, donc $x \log a = \log b$.
(Voir un résultat du ② C.)

D'où : $\log(1{,}13)^x = \log 2$ et $x \log(1{,}13) = \log 2$, $x = \dfrac{\log 2}{\log 1{,}13} \approx 5{,}7$.

On en déduit que la puissance éolienne installée atteindra (et dépassera) 27 000 MW au bout de 6 ans, en 2023.

B Exemple de résolution d'inéquation de la forme $a^x \leq b$

EXERCICE RÉSOLU

ÉNONCÉ

Le prix d'un équipement pour les entreprises du secteur de la construction est $P_0 = 10\,000$ € et baisse chaque année de 5 %. Au bout de combien d'années le prix de cet équipement deviendra-t-il inférieur à 8 000 € ?

SOLUTION

Avec des notations analogues à celles utilisées pour l'exercice résolu au **A**, on obtient $P_n = 10\,000 \times 0{,}95^n$.
L'inéquation $P_n < 8\,000$ devient : $10\,000 \times 0{,}95^n < 8\,000$.
$0{,}95^n < \dfrac{8\,000}{10\,000}$, $0{,}95^n < 0{,}8$. On résout $0{,}95^x < 0{,}8$.

MATHÉMATIQUES

À RETENIR

Pour résoudre une inéquation de la forme $a^x \leq b$, on écrit que : $\log(a^x) \leq \log b$, donc que $x \log a \leq \log b$.

Donc $\log(0{,}95^x) < \log 0{,}8$, $x \log 0{,}95 < \log 0{,}8$.

En divisant les deux membres par log 0,95 qui est un nombre **négatif** on obtient $x > \dfrac{\log 0{,}8}{\log 0{,}95}$.

REMARQUES

- Si $0 < a < 1$, $\log a < 0$.
- On sait que, lorsqu'on divise les deux membres d'une inégalité par un même nombre strictement négatif, l'inégalité change de sens.

$\dfrac{\log 0{,}8}{\log 0{,}95} \approx 4{,}35$. On en déduit que le prix de l'équipement deviendra inférieur à 8 000 € au bout de 5 ans.

4 Fonction inverse

A Dérivée et sens de variation

DÉFINITION

La fonction **inverse** est la fonction définie sur $\mathbb{R}^* =]-\infty, 0[\cup]0, +\infty[$ par $\boldsymbol{f(x) = \dfrac{1}{x}}$.

Dérivée de la fonction inverse

La **dérivée** de la fonction inverse $f : x \mapsto \dfrac{1}{x}$ est la fonction f' définie sur $\mathbb{R}^*$ par $\boldsymbol{f'(x) = -\dfrac{1}{x^2}}$.

EXEMPLE

$f'(1) = -1$; $f'(-1) = -1$; $f'(2) = -\dfrac{1}{4}$.

Sens de variation de la fonction inverse

Sur chacun des deux intervalles $]-\infty, 0[$ et $]0, +\infty[$, $f'(x) = -\dfrac{1}{x^2} < 0$; donc

la fonction inverse est strictement décroissante sur chacun de ces deux intervalles.

B Courbe représentative

Nous savons que la courbe représentative de la fonction inverse est une **hyperbole** : elle est composée de deux branches symétriques par rapport à l'origine du repère.

Sur le graphique, l'hyperbole vient se coller contre l'axe des abscisses sans le toucher car $\dfrac{1}{x} \neq 0$. Il en est de même pour l'axe des ordonnées. Ces deux axes de coordonnées sont les **asymptotes** de l'hyperbole.

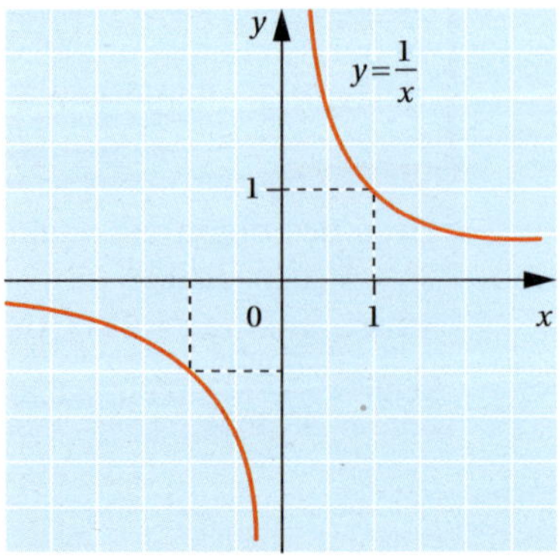

C Étude d'un coût moyen

EXERCICE RÉSOLU

ÉNONCÉ

UN PEU DE GESTION

Le **coût moyen unitaire** d'un article quand on a fabriqué q est $\mathbf{C_m} = \dfrac{\mathbf{C(q)}}{\mathbf{q}}$ où $\mathbf{C(q)}$ est le coût total de production pour q articles.

Une entreprise de l'agroalimentaire fabrique, chaque mois, une quantité q d'un certain produit, en tonnes. Le coût total de production est donné en euros pour tout nombre q de l'intervalle [10, 100] par : $C(q) = 3q^2 + 40q + 2\,700$.

On définit le **coût moyen unitaire** de production pour toute quantité produite q, par : $C_m(q) = \dfrac{C(q)}{q}$.

$C_m(q)$ est le coût moyen unitaire de production d'une tonne de produit quand on en a fabriqué q.

1. Vérifier que, pour tout q de [10, 100] : $C_m(q) = 3q + 40 + \dfrac{2\,700}{q}$.

2. On désigne par C'_m la fonction dérivée de la fonction C_m sur [10, 100].

Démontrer que, pour tout q de [10, 100] : $C'_m(q) = \dfrac{3(q-30)(q+30)}{q^2}$.

3. Étudier le signe de $C'_m(q)$ lorsque x varie dans [10, 100].

4. Établir le tableau de variation de la fonction C_m sur [10, 100].

5. Déterminer la valeur q_0 de q pour laquelle le coût moyen unitaire est minimal.

RAPPELS

Dérivées des fonctions usuelles	Opérateurs sur les fonctions dérivables
$f(x) = k$; $f'(x) = 0$	$f(x) = u(x) + v(x)$; $f'(x) = u'(x) + v'(x)$ $f(x) = ku(x)$; $f'(x) = ku'(x)$
$f(x) = x$; $f'(x) = 1$	
$f(x) = mx + p$; $f'(x) = m$	
$f(x) = ax^2 + bx + c$; $f'(x) = 2ax + b$	
$f(x) = ax^3 + bx^2 + cx + d$ $f'(x) = 3ax^2 + 2bx + c$	
$f(x) = \dfrac{1}{x}$; $f'(x) = -\dfrac{1}{x^2}$	

SOLUTION

1. $C_m(q) = \dfrac{3q^2 + 40q + 2\,700}{q} = \dfrac{3q^2}{q} + \dfrac{40q}{q} + \dfrac{2\,700}{q} = 3q + 40 + \dfrac{2\,700}{q}$.

2. Pour tout q de l'intervalle $[10, 100]$, $C'_m(q) = 3 + 2\,700 \times \left(-\dfrac{1}{q^2}\right)$.

Utiliser les résultats du rappel.

$C'_m(q) = 3 - \dfrac{2\,700}{q^2} = \dfrac{3q^2 - 2\,700}{q^2} = \dfrac{3(q^2 - 900)}{q^2} = \dfrac{3(q^2 - 30^2)}{q^2}$.

$C'_m(q) = \dfrac{3(q-30)(q+30)}{q^2}$.

MATHÉMATIQUES

3. Lorsque q varie dans $[10,100]$, $C'_m(q)$ a même signe que : $(q-30)(q+30)$. Le signe de $(q-30)(q+30)$ est donné par le tableau :

q	10		30		100
Signe de $q + 30$		+		+	
Signe de $q - 30$		–	0	+	
Signe de $(q - 30)(q + 30)$		–	0	+	

4. On déduit du **3.** le tableau de variation :

q	10		30		100
$C'_m(q)$		–	0	+	
$C_m(q)$	340	↘	220	↗	367

5. La fonction C_m a sa plus petite valeur pour $q = 30$ et $C_m(30) = 220$. Le coût moyen de production est minimal pour une fabrication de 30 tonnes de produit. Ce coût est alors de 220 euros.

5 Programmation et fonctions

A Fonctions en informatique

- La syntaxe d'une fonction en langage Python est :

```
def nom(paramètre1, paramètre2):
    Instructions
    return résultat
```

doc
Mémento Python
foucherconnect.fr/23tersti2d04

- Une fonction peut avoir aucun, un ou plusieurs paramètres.
- Le résultat éventuel d'une fonction, renvoyé par le mot-clé `return`, est utilisable dans un programme ou une autre fonction.

B Résolution approchée d'une équation par balayage

- On considère la situation suivante : rechercher une valeur approchée à 0,01 près de la solution x_0 de l'équation $10^x = 25$. Considérons la fonction f définie par $f : x \mapsto 10^x$. En langage Python, on peut définir cette fonction par :

```
def f(x) :
    return 10 ** x
```

On a le tableau de variation suivant :

x	1		x_0		2
$f(x)$	10	↗	25	↗	100

■ La fonction f est dérivable, strictement croissante sur l'intervalle [1, 2] où l'équation $f(x) = 25$ admet une solution unique x_0. Le principe de l'algorithme de balayage à un « pas » donné, à partir de $x = 1$, consiste à :
- ajouter à x la valeur du pas ;
- calculer l'image par f;
- recommencer jusqu'à ce que l'image par f dépasse la valeur 25.

■ En prenant comme valeur du pas 0,01, l'algorithme suivant fournit un encadrement de x_0 de longueur 0,01.

Langage naturel	Python

Fonction balayage(pas)
$x \leftarrow 1$
Tant que $f(x) < 25$
$x \leftarrow x + \text{pas}$
Fin Tant que
Renvoyer $x -$ pas et x
	`def balayage(pas) :`
	`x = 1`
	`while f(x) < 25 :`
	`x = x + pas`
	`return(x - pas, x)`

■ On sait que la solution de l'équation $10^x = 25$ est log (25) qui vaut environ 1,39794.

Pour un pas de 0,01, la fonction `balayage` renvoie le couple (1.3900000000000003, 1.4000000000000004) qui correspond à l'encadrement [1,39 ; 1,40].

C Révolution approchée d'une équation par dichotomie

■ On reprend la situation précédente : rechercher une valeur approchée à 0,01 près de la solution x_0 de l'équation $10^x = 25$. Considérons, à présent, la fonction f définie par $f: x \mapsto 10^x - 25$ de sorte que l'on recherche x_0 tel que $f(x_0) = 0$. En langage Python, on peut définir cette fonction par :

```
def f(x) :
    return 10 ** x - 25
```

■ La fonction f est dérivable, strictement croissante sur l'intervalle [1, 2] avec $f(1) < 0$ et $f(2) > 0$. L'équation $f(x) = 0$ admet donc une solution unique x_0 dans l'intervalle [1, 2]. Le principe de l'algorithme de dichotomie pour une approximation donnée, consiste, à partir de l'intervalle $[a, b]$ où $a = 1$ et $b = 2$, à :
- calculer l'image par f du milieu de l'intervalle $[a, b]$, $f\left(\dfrac{a+b}{2}\right)$;
- si $f\left(\dfrac{a+b}{2}\right) < 0$, remplacer l'intervalle $[a, b]$ par l'intervalle $\left[\dfrac{a+b}{2}, b\right]$;
- sinon, remplacer l'intervalle $[a, b]$ par l'intervalle $\left[a, \dfrac{a+b}{2}\right]$;
- recommencer tant que la longueur de l'intervalle (qui est divisée par 2 à chaque étape) est supérieure à l'approximation donnée.

■ En prenant comme valeur d'approximation 0,01, l'algorithme suivant fournit un encadrement de x_0 de longueur 0,01.

MATHÉMATIQUES

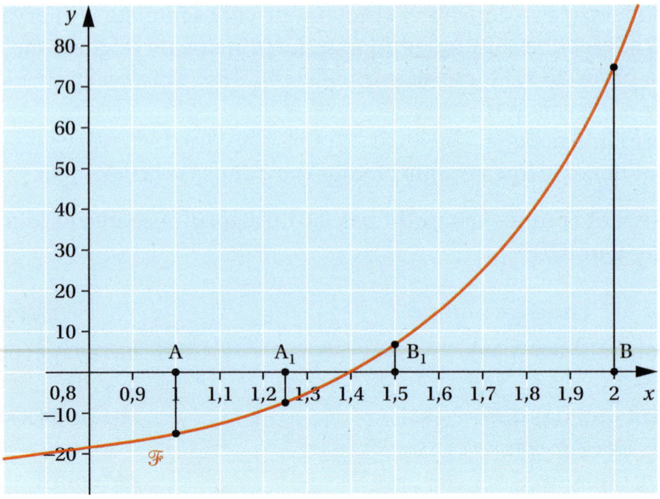

Langage naturel	Python

Fonction dichotomie(approx)
$a \leftarrow 1$
$b \leftarrow 2$
Tant que $b - a >$ approx
$x \leftarrow \frac{a+b}{2}$
Si $f(x) < 0$ alors $a \leftarrow x$
Sinon $b \leftarrow x$
Fin Tant que
Renvoyer a et b
	`def dichotomie(approx):`
	`a = 1`
	`b = 2`
	`while b - a > approx:`
	`x = (a + b)/2`
	`if f(x) < 0:`
	`a = x`
	`else:`
	`b = x`
	`return(a, b)`

■ La requête `dichotomie(0.25)` renvoie `(1.25, 1.5)` qui correspond à l'illustration graphique ci-dessus, où deux étapes aboutissent à situer x_0 dans l'intervalle [1,25 ; 1,5].

■ La requête `dichotomie(0.01)` renvoie `(1.390625, 1.3984375)` qui permet d'affirmer que x_0 est compris entre 1,39 et 1,40.

REMARQUE

Dans le cas où f est décroissante, la condition `if f(x) < 0` est remplacée par `if f(x) > 0`.

 # exo
Exercices supplémentaires de mathématiques
foucherconnect.fr/23tersti2d01

 # quiz
Des questions pour réviser
foucherconnect.fr/23tersti2d02

3 Séries statistiques à deux variables

Dans ce chapitre, on se propose d'utiliser des séries statistiques à deux variables pour établir des prévisions de productions, de ventes et de chiffres d'affaires, des prévisions dans le domaine de la démographie, de la santé…

1 Tableau de données, nuage de points

A Tableau de données

EXEMPLE

Le tableau suivant donne le nombre d'habitants d'une ville nouvelle entre 1992 et 2022.

Année	1992	1997	2002	2007	2012	2017	2022
Rang de l'année : x_i	0	5	10	15	20	25	30
Nombre d'habitants en milliers : y_i	18	21	25	30	36	44	50

B Nuage de points

■ Le plan étant muni d'un repère, nous pouvons associer au couple (x_i, y_i) de la série statistique double le point M_i de coordonnées x_i et y_i.

■ L'ensemble des points M_i obtenus constitue le **nuage de points représentant la série statistique**.

EXEMPLE

Avec l'exemple du ① A, on obtient le nuage de points ci-contre.
Dans cet exemple, on peut penser, qu'en première approximation, une droite $\mathscr{D}$ peut être tracée « le plus près possible » des sept points du nuage. C'est **le problème de l'ajustement affine**.

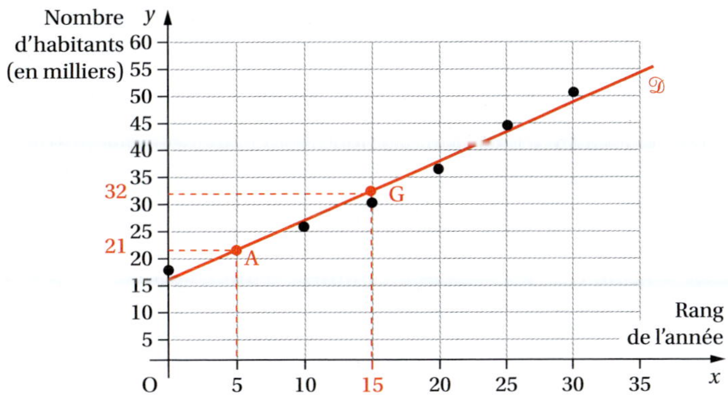

C Point moyen

■ Lorsqu'on pense pouvoir réaliser un ajustement affine d'un nuage, il peut sembler intéressant, avant de tracer la droite d'ajustement, de placer le point G dont l'abscisse est la moyenne $\overline{x}$ des abscisses x_i et l'ordonnée, la moyenne $\overline{y}$ des ordonnées y_i.

DÉFINITION

On appelle **point moyen** d'un nuage de n points M_i de coordonnées (x_i, y_i) le point G de coordonnées : $x_G = \overline{x}$ et $y_G = \overline{y}$.

EXEMPLE

On vérifie que, dans l'exemple du paragraphe ① A, le point moyen G a pour coordonnées : (15, 32). Le point G a été placé sur la figure du paragraphe ① B.

2 Ajustement affine

A Ajustement affine par une méthode graphique

EXEMPLE

On reprend le nuage de points de l'exemple du paragraphe ① A. On se propose de faire des prévisions pour le nombre d'habitants de la ville nouvelle à partir des données relevées entre 1992 et 2022.

Un moyen d'y parvenir est de tracer « au jugé » une droite $\mathcal{D}$ passant le plus près possible des points du nuage et d'admettre que les nombres d'habitants y_i et les rangs de l'année x_i sont liés par l'équation $y = ax + b$ de $\mathcal{D}$.

On peut, par exemple, prendre pour droite $\mathcal{D}$ la droite passant par le point moyen G et par le point A(5, 21). Une équation de cette droite est $y = 1{,}1x + 15{,}5$. La droite $\mathcal{D}$ est tracée sur la figure au ① B.

En remplaçant x par 35 dans l'équation de $\mathcal{D}$, on obtient $y = 54$. On peut estimer à 54 000 le nombre d'habitants en 1992 + 35 = 2027.

On peut choisir une autre droite...

B Ajustement affine par la méthode des moindres carrés

EXEMPLE

Une entreprise fabriquant des équipements pour l'automobile s'intéresse au lien entre ses dépenses publicitaires et son chiffre d'affaires : elle recueille les données suivantes, exprimées en millions d'euros, portant sur cinq périodes où les dépenses publicitaires sont notées $x_1, x_2, ..., x_5$ et les chiffres d'affaires $y_1, y_2, ..., y_5$.

Dépenses publicitaires : x_i	0,5	2,0	2,9	4,5	5,6
Chiffre d'affaires : y_i	35	37	75	92	90

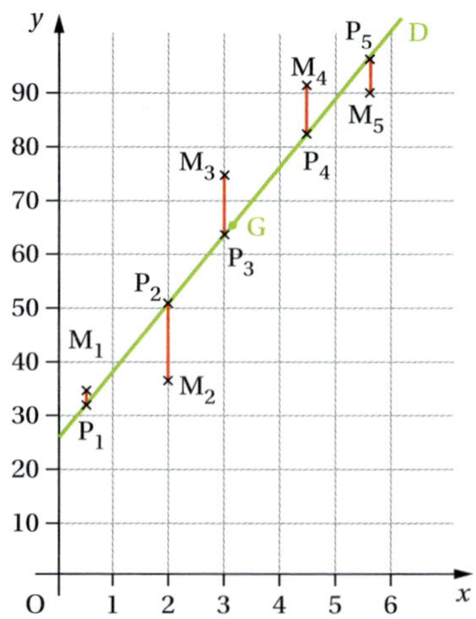

Représentons ces données par cinq points M_i dans un repère où des dépenses publicitaires x_i sont en abscisses et les chiffres d'affaires y_i en ordonnées. Le point moyen du nuage est G(3,1 ; 65,8).

Vérifiez-le !

La **méthode des moindres carrés** consiste à prendre pour **droite d'ajustement** du nuage de points une droite $\mathcal{D}$ telle que la somme des carrés $P_1M_1^2 + ... + P_5M_5^2$ soit minimale.

D'où le nom : « moindres carrés ».

Une équation de la droite $\mathcal{D}$, aussi appelée **droite de régression de *y* en *x*** s'obtient directement avec une calculatrice ou un tableur. En arrondissant les coefficients à 10^{-3}, on obtient dans cet exemple $y = 12{,}768x + 26{,}219$.

C Déterminer une équation de la droite de régression à l'aide d'une calculatrice

EXEMPLE

Le tableau ci-dessous donne le chiffre d'affaires du e-commerce en France entre 2011 et 2017. Il s'exprime en milliard d'euros et est arrondi au dixième.

Année	2011	2012	2013	2014	2015	2016	2017
Rang de l'année : x_i	1	2	3	4	5	6	7
Chiffre d'affaires du e-commerce (en milliard d'euros) : y_i	36,5	43,6	49,5	55,0	62,9	71,5	81,7

On souhaite utiliser une calculatrice pour ajuster le nuage des points de coordonnées (x_i, y_i) à l'aide d'une droite d'équation $y = ax + b$, puis exploiter cette équation pour effectuer une prévision.

Procédure sur une calculatrice CASIO

Se placer dans le menu **Statistique**. Effacer le contenu des listes par **DEL-ALL**. Entrer les valeurs x_i en List 1 et les valeurs y_i en List 2. Régler les colonnes pour le calcul par **CALC** **SET** puis **2Var X List : List 1 ; 2Var Y List : List 2 ; 2 Var Freq : 1 ;** **EXE**.

Afficher les résultats de la « régression linéaire » (ajustement affine) par **REG** **ax+b**.

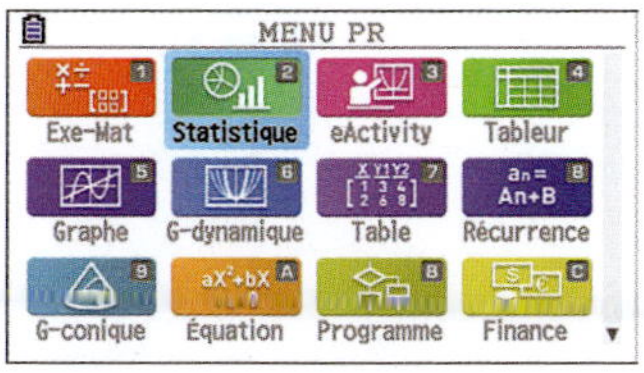

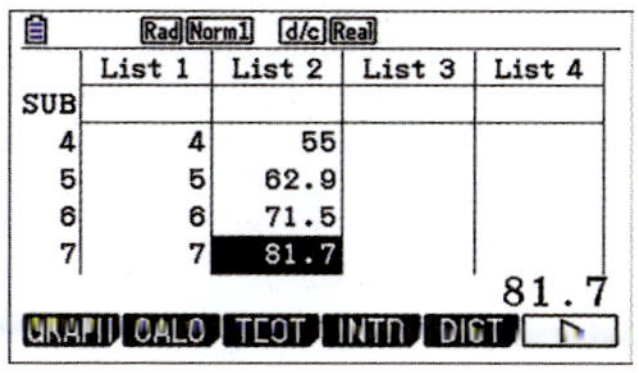

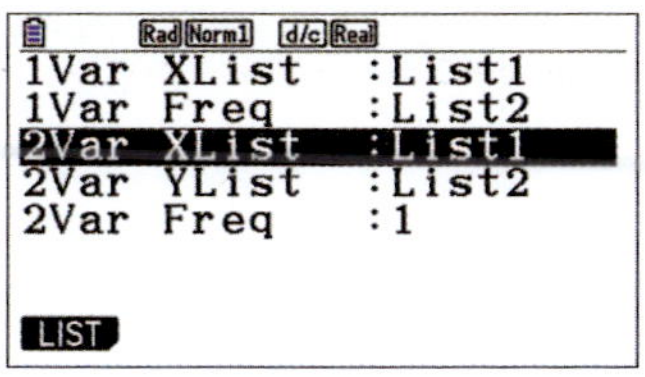

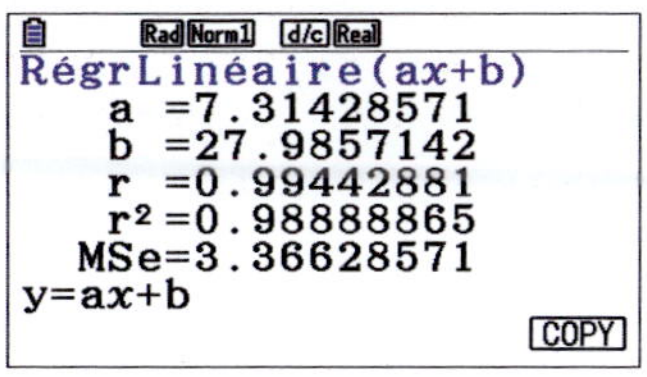

Procédure sur une calculatrice TI

Se placer dans le menu de statistique par la touche **stats**. Effacer les listes par **stats** **4 : EffListe L_1, L_2** (les noms des listes L_1 et L_2 sont au clavier). Entrer les données par **stats** **1 : Modifier...** puis saisir les x_i en L_1 et les y_i en L_2.

MATHÉMATIQUES

Afficher les résultats de la « régression linéaire » (ajustement affine) par **stats** **CALC 4 :RegLin(ax+b) Xliste : L_1 , Yliste : L_2** **Calculer**.

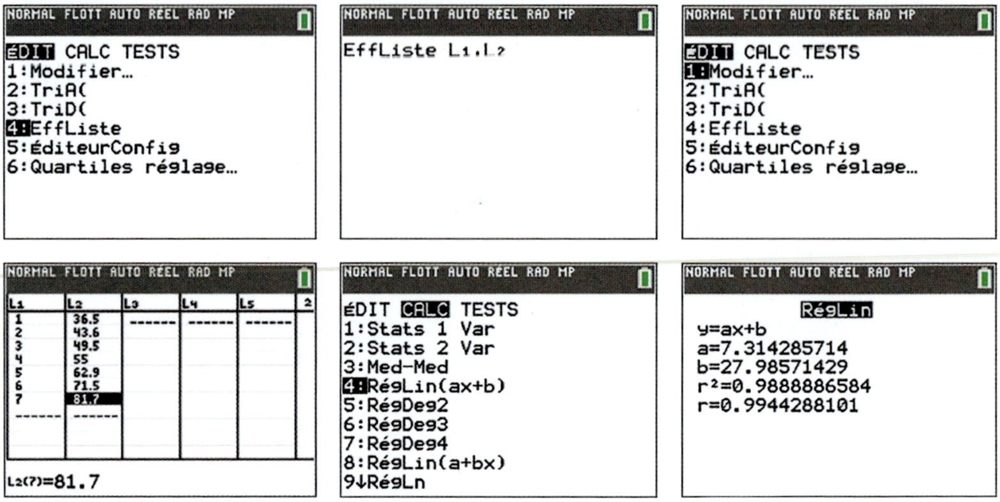

Procédure sur une calculatrice NumWorks

Se placer dans l'application **Régressions**. Pour effacer des données, se placer dans l'onglet **Donnees**, sélectionner le nom d'une colonne, faire **OK** puis **Effacer la colonne**.

Sous l'onglet **Donnees**, entrer les valeurs dans les colonnes **X1** et **Y1**.

Sélectionner l'onglet **Stats** pour afficher les calculs statistiques.

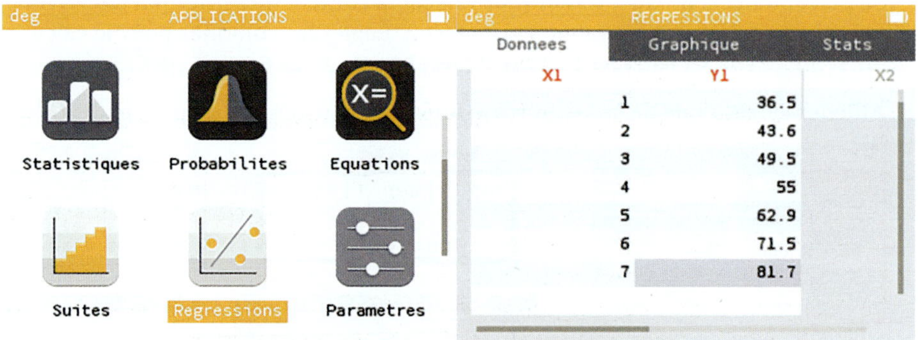

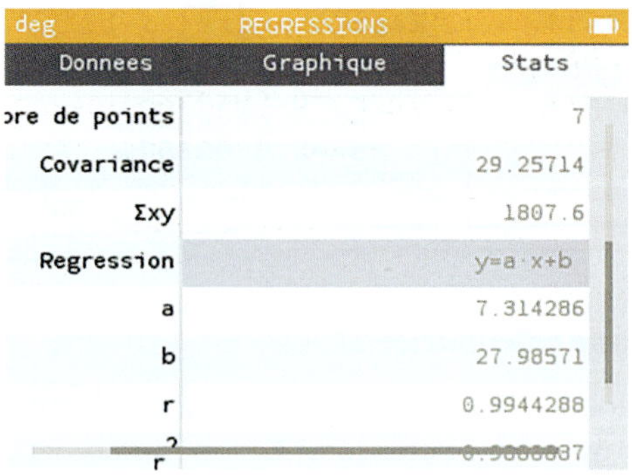

EXERCICE RÉSOLU

ÉNONCÉ

1. D'après l'exemple précédent, donner l'équation réduite de la droite d'ajustement de y en x obtenue avec la calculatrice. Les coefficients sont à arrondir au centième.
2. D'après ce modèle, quel chiffre d'affaires du e-commerce peut-on prévoir en France pour l'année 2026 ?

SOLUTION

1. Les trois calculatrices donnent l'équation $y = 7{,}31\ x + 27{,}99$.
2. 2026 est l'année de rang 16 : $7{,}31 \times 16 + 27{,}99 = 144{,}95$.

En arrondissant à 10^{-1}, on peut prévoir un chiffre d'affaires de 145 milliards d'euros pour 2026.

D Exemple d'ajustement affine après changement de variable

EXERCICE RÉSOLU

ÉNONCÉ

Le tableau ci-dessous donne le nombre n de personnes nouvellement contaminées par une épidémie dans une région pendant six semaines consécutives ($1 \leq i \leq 6$) de mi-février à début avril.

Valeur de i	1	2	3	4	5	6
Numéro de la semaine dans l'année : x_i	8	9	10	11	12	13
Nombre de nouveaux contaminés : n_i	16 650	11 620	8 100	5 660	3 950	2 750

L'allure du nuage des points $M_i(x_i, n_i)$ ne justifiant pas un ajustement affine, on effectue un changement de variable en posant $y_i = \log(n_i)$.

1. Calculer les six valeurs de $y_i = \log(n_i)$. Arrondir à 0,01.
2. Représenter le nuage des points $N_i(x_i, y_i)$ dans un repère où les axes se coupent au point A (7, 3). avec pour unités 1 cm en abscisse et 10 cm en ordonnée.
3. Calculer les coordonnées du point moyen G du nuage des points N_i (arrondir à 0,01) et placer G sur le graphique.
4. On choisit de prendre comme ajustement affine la droite passant par le point G et le point N_6. Déterminer l'équation de cette droite de la forme $y = mx + p$. Arrondir m et p à 0,01.
5. En utilisant cette équation, évaluer le nombre de personnes nouvellement contaminées la semaine numéro 15 si la tendance observée se prolonge. Arrondir à la dizaine.

$A \cup B$ est l'événement : « La personne choisie est non végétarienne ou est un homme ».
$P(A \cup B) = P(A) + P(B) - P(A \cap B)$; $P(A \cup B) = 0{,}79250 + 0{,}45000 - 0{,}40125$;
$P(A \cup B) = 0{,}84125$.

2 Probabilités conditionnelles

A Conditionnement par un événement de probabilité non nulle

DÉFINITION

Lorsque les issues de l'univers Ω sont **équiprobables**, pour tous événements A et B de cardinaux non nuls, **la probabilité de B sachant A est $P_A(B) = \dfrac{\text{Card}(A \cap B)}{\text{Card}(A)}$**.

Propriété

La probabilité de B sachant A est $P_A(B) = \dfrac{P(A \cap B)}{P(A)}$.

EXERCICE RÉSOLU

ÉNONCÉ

Un laboratoire pharmaceutique élabore un nouveau test de dépistage pour une maladie. Les essais sur un groupe de 10 000 personnes ont donné les résultats suivants :

- 4 % des individus du groupe sont atteints par la maladie ;
- 85 % des personnes atteintes par la maladie réagissent positivement au test ;
- 99 % des personnes non atteintes par la maladie réagissent négativement au test.

1. Compléter, après l'avoir reproduit, le tableau suivant.

Le jour d'une épreuve d'évaluation, une feuille réponse avec le tableau peut être fournie.

	Personnes malades	Personnes non malades	Total
Personnes testées « négatif »			
Personnes testées « positif »			
Total			10 000

2. On choisit au hasard un individu dans le groupe témoin ; on admet que chaque individu a la même probabilité d'être choisi.

Pour tout évènement E, on note $\overline{E}$ l'évènement contraire de E.

Si F est un évènement de probabilité non nulle, la probabilité de E sachant F est notée $P_F(E)$.

On note les évènements suivants :

- M : « l'individu choisi est atteint par la maladie » ;
- T : « l'individu choisi réagit positivement au test ».

a. Déterminer les probabilités $P(M)$ et $P(T)$.

b. Déterminer la probabilité qu'un individu réagisse positivement au test sachant qu'il est atteint par la maladie.

c. Calculer la probabilité qu'un individu ne soit pas atteint par la maladie sachant qu'il réagit positivement au test.

Arrondir le résultat au centième.

SOLUTION

1.

	Malades	Non malades	Total
Négatif	60	9 504	9 564
Positif	340	96	436
Total	400	9 600	10 000

2. a. $P(M)=\dfrac{400}{10\,000}=0{,}04$; $P(T)=\dfrac{436}{10\,000}=0{,}0436$.

b. $P_M(T)=\dfrac{340}{400}=0{,}85$.

c. $P_T(\overline{M})=\dfrac{96}{436}\approx 0{,}22$.

Propriétés

P_A est une probabilité (comme P)

Cela signifie que les calculs de probabilités conditionnelles ont les mêmes propriétés que les calculs avec une probabilité P : $\boldsymbol{P_A(\Omega)=1}$.

- Pour tout événement $\boldsymbol{B}$, $\boldsymbol{0\leq P_A(B)\leq 1}$.
- Pour tous événements **disjoints** (ou incompatibles) $\boldsymbol{B}$, $\boldsymbol{C}$:

$$\boldsymbol{P_A(B\cup C)=P_A(B)+P_A(C)}.$$

- Pour tout événement $\boldsymbol{B}$, $\boldsymbol{P_A(\overline{B})=1-P_A(B)}$.
- Pour tous événements $\boldsymbol{B}$, $\boldsymbol{C}$:

$$\boldsymbol{P_A(B\cup C)=P_A(B)+P_A(C)-P_A(B\cap C)}$$

B Événements indépendants

DÉFINITION

Deux événements A et B sont **indépendants** si et seulement si $\boldsymbol{P(A\cap B)=P(A)\times P(B)}$ ou $\boldsymbol{P_A(B)=P(B)}$.

REMARQUE

Ne pas confondre pour deux événements A, B :
- A et B sont **incompatibles** : $A\cap B=\varnothing$,
- A et B sont **indépendants** : $P(A\cap B)=P(A)\times P(B)$.

EXEMPLE

Considérons le tirage **au hasard** d'une carte d'un jeu de 32 cartes.
L'expression « au hasard » permet de considérer qu'il y a équiprobabilité des 32 événements élémentaires : « tirer l'as de pique », « tirer l'as de cœur », « tirer le 7 de trèfle »... Soit A l'événement « tirer un as ».

A a quatre éléments, puisqu'il y a quatre as dans le jeu. Donc $P(A)=\dfrac{4}{32}=\dfrac{1}{8}$.

Soit B l'événement « tirer un cœur » : B a huit éléments, puisqu'il y a huit cœurs dans le jeu. Donc $P(B)=\dfrac{8}{32}=\dfrac{1}{4}$.

$A\cap B$ est l'événement « tirer l'as de cœur » ; $P(A\cap B)=\dfrac{1}{32}$.

MATHÉMATIQUES

Nous constatons que $P(A)\times P(B)=\frac{1}{8}\times\frac{1}{4}=\frac{1}{32}=P(A\cap B)$. $P(A\cap B)=P(A)\times P(B)$

Donc, **les événements A et B sont indépendants.**

C Arbres pondérés

EXEMPLE

On a réalisé une enquête de santé auprès de 10 000 personnes employées dans une grande entreprise. Les résultats figurent dans le tableau suivant.

	Nombre de fumeurs	Nombre de non-fumeurs	Totaux
Nombre de personnes atteintes de bronchites	300	140	440
Nombre de personnes non atteinte de bronchites	2 700	6 860	9 560
Totaux	3 000	7 000	10 000

On prélève au hasard un questionnaire parmi l'ensemble des questionnaires remplis au cours de cette enquête. Tous les questionnaires ont la même probabilité d'être choisis.

On note :

- B l'événement : « La personne correspondante est atteinte de bronchite » et $\overline{B}$ l'événement contraire de B ;
- F l'événement : « La personne correspondante est un fumeur » et $\overline{F}$ l'événement contraire de F.

On déduit immédiatement du tableau que : $P(F) = 0{,}3$, donc que $P(\overline{F})=1-P(F)=0{,}7$.

À l'aide de la définition de **probabilité conditionnelle** et du tableau, on obtient les probabilités conditionnelles suivantes :

$P_F(B) = 0{,}10$; $P_F(\overline{B})=0{,}90$; $P_{\overline{F}}(B)=0{,}02$ et $P_{\overline{F}}(\overline{B})=0{,}98$; et les probabilités :

$P(F\cap B) = 0{,}03$; $P(F\cap\overline{B})=0{,}27$; $P(\overline{F}\cap B)=0{,}014$ et $P(\overline{F}\cap\overline{B})=0{,}686$.

On appelle **arbre pondéré** un arbre pour lequel chaque branche est associée à une probabilité comme ci-dessous.

Étape 1	Étape 2	Résultat	Probabilité du résultat
Nœud de base — $P(F)=0{,}3$ → F	$P_F(B)=0{,}1$ → B	$B\cap F$	$P(B\cap F)=P(F)\times P_F(B)=0{,}03$
	$P_F(\overline{B})=0{,}9$ → $\overline{B}$	$\overline{B}\cap F$	$P(\overline{B}\cap F)=P(F)\times P_F(\overline{B})=0{,}27$
Nœud de base — $P(\overline{F})=0{,}7$ → $\overline{F}$	$P_{\overline{F}}(B)=0{,}2$ → B	$B\cap\overline{F}$	$P(B\cap\overline{F})=P(\overline{F})\times P_{\overline{F}}(B)=0{,}014$
	$P_{\overline{F}}(\overline{B})=0{,}98$ → $\overline{B}$	$\overline{B}\cap\overline{F}$	$P(\overline{B}\cap\overline{F})=P(\overline{F})\times P_{\overline{F}}(\overline{B})=0{,}686$

En généralisant ce qu'on observe sur l'arbre pondéré de l'exemple précédent, on obtient les résultats suivants.

REMARQUE

Pour chacune des quatre « successions de branches » à partir du nœud de base, il est important de distinguer :

- l'événement réalisé à l'issue de chaque étape ;
- le « résultat » qui est l'événement réalisé à l'issue de l'ensemble des deux étapes : c'est l'intersection des deux événements réalisés au cours des deux étapes.

Cas général

• Pour chacune des deux étapes, deux branches partent de chaque nœud et la somme des probabilités inscrites sur les branches issues d'un même nœud est égale à 1.

• À la seconde étape, les nombres inscrits sur les branches sont des probabilités conditionnelles.

Les résultats pour les arbres avec deux branches à la première étape s'étendent aux arbres avec trois branches à la première étape.

TROIS PROPRIÉTÉS À RETENIR

1. Les probabilités indiquées sur les branches partant d'un même nœud ont pour somme 1.
2. La probabilité d'un chemin est le produit des probabilités indiquées sur ses branches.
3. La probabilité d'un événement constitué de plusieurs chemins est la somme des probabilités de ces chemins.

EXEMPLE

- Sur l'arbre pondéré précédent, on lit : $P(B \cap F) = P(F) \times P_F(B)$ d'après la propriété **2.** (de l'encadré ci-dessus).

- En appliquant la propriété **3.** (de l'encadré ci-dessus) on obtient, par exemple, dans l'exemple du début du **2. C.** :

$P(\overline{B}) = P(\overline{B} \cap F) + P(\overline{B} \cap \overline{F})$, $P(\overline{B}) = 0{,}270 + 0{,}686 = 0{,}956$.

- *Un exemple avec trois branches à la première étape.*

On donne l'arbre pondéré suivant :

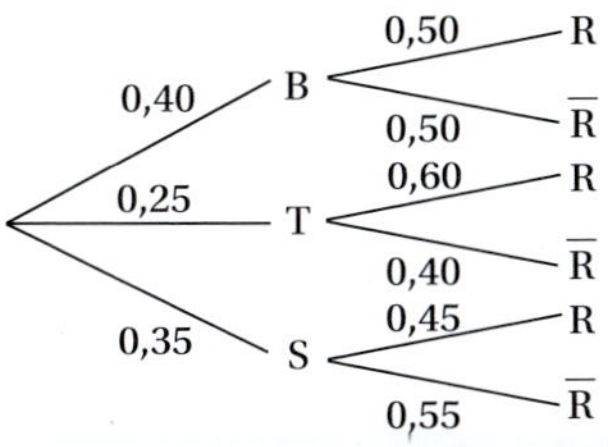

Le calcul de la probabilité de l'événement R s'effectue en appliquant les propriétés 2 et 3 :

$P(R) = P(B \cap R) + P(T \cap R) + P(S \cap R)$

(d'après la propriété 3) ;

$P(R) = 0{,}40 \times 0{,}50 + 0{,}25 \times 0{,}60 + 0{,}35 \times 0{,}45$

(d'après la propriété 2) ;

$P(R) = 0{,}20 + 0{,}15 + 0{,}157\,5 = 0{,}507\,5$.

Ici le nombre de branches issues d'un même nœud est supérieur à 2.

Formule des probabilités totales

La formule des probabilités totales traduit le résultat 3 ci-dessus qui se généralise à n chemins (ci-dessous $n = 3$).

Soit A_1, A_2 et A_3 des événements de probabilités non nulles, deux à deux disjoints, dont l'union est l'univers Ω. Pour tout événement B, on a : $\boldsymbol{P(B) = P(B \cap A_1) + P(B \cap A_2) + P(B \cap A_3)}$.

MATHÉMATIQUES

3 Variables aléatoires discrètes finies

À retenir

Une **variable aléatoire discrète *X*** prend, lors d'une expérience aléatoire, des valeurs x_1, $x_2,\ldots, x_i,\ldots, x_n$ avec des probabilités $p_1, p_2,\ldots, p_i,\ldots, p_n$.

Loi de probabilité d'une variable aléatoire discrète

Soit X une variable aléatoire discrète prenant, lors d'une expérience aléatoire, des valeurs $x_1, x_2,\ldots, x_i,\ldots, x_n$ avec des probabilités $p_1, p_2,\ldots, p_i,\ldots, p_n$.

La loi de probabilité associée à X est la fonction f qui à tout x_i associe $f(x_i)=P(X=x_i)=p_i$.

Espérance d'une variable aléatoire discrète

L'**espérance** d'une variable aléatoire X prenant m valeurs x_i avec les probabilités $p_i=P(X=x_i)$ est : $\boldsymbol{E(X)=p_1x_1+p_2x_2+\ldots+p_nx_n}$.

EXERCICE RÉSOLU

ÉNONCÉ

Une urne contient 10 boules indiscernables au toucher.
Sur chacune d'elles est inscrit un nombre comme l'indique le tableau ci-dessous :

Nombre inscrit	1	2	5	10
Nombre de boules	4	3	2	1

Un joueur mise 4 € puis tire une boule au hasard. Chaque boule a la même probabilité d'être tirée. Il reçoit le montant (en euros) inscrit sur la boule.
Soit X la variable aléatoire qui, à chaque tirage, fait correspondre le « gain » du joueur (positif s'il gagne, négatif s'il perd).

1. Quelles sont les valeurs prises par la variable aléatoire X ?
2. Présenter la loi de probabilité de X dans un tableau.
3. Calculer l'espérance $E(X)$.

CORRIGÉ

1. On peut rajouter une ligne « gain », au tableau de l'énoncé, dont les nombres sont obtenus en retirant la mise de 4 euros dans chaque cas.

Nombre inscrit	1	2	5	10
Nombre de boules	4	3	2	1
Gain en euros	–3	–2	1	6

L'ensemble des valeurs prises par la variable aléatoire X est : $\{-3\,;-2\,;1\,;6\}$.

2. À l'aide du tableau du **1.**, on obtient :

$P(X=-3)=\frac{4}{10}=0{,}4$; $P(X=-2)=\frac{3}{10}=0{,}3$;

$P(X=1)=\frac{2}{10}=0{,}2$; $P(X=6)=\frac{1}{10}=0{,}1$.

La loi de probabilité de la variable aléatoire X est donc donnée par :

x_i	−3	−2	1	6
p_i	0,4	0,3	0,2	0,1

On vérifie que $\sum p_i = 1$. Cela permet de s'autocontrôler.

3. $E(X) = -3 \times 0{,}4 - 2 \times 0{,}3 + 1 \times 0{,}2 + 6 \times 0{,}1$.
$E(X) = -1$.

4 Loi binomiale

A Épreuve de Bernoulli

EXEMPLE

On prélève une boule d'une urne contenant 7 boules vertes et 3 boules noires. Les boules sont indistinguables au toucher et le tirage est équiprobable. Le tirage d'une boule verte est considéré comme un succès et celui d'une boule noire comme un échec.

Cette épreuve aléatoire correspond à l'arbre des probabilités ci-contre :

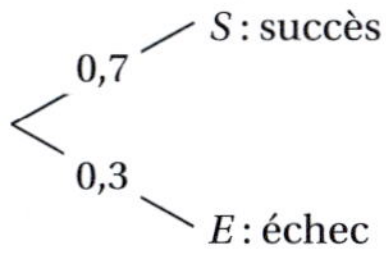

DÉFINITION

Une **épreuve de Bernoulli de paramètre p** (nombre réel compris entre 0 et 1) est une épreuve aléatoire comportant deux issues.

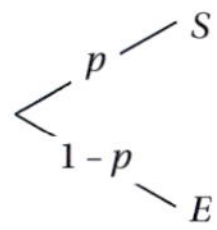

B Schéma de Bernoulli

EXEMPLE

Deux prélèvements dans l'urne de l'exemple du ④ A. sont successivement réalisés, en remettant la première boule tirée dans l'urne avant d'effectuer le second tirage (tirage avec remise). Il s'agit de la répétition de deux épreuves de Bernoulli identiques et indépendantes.

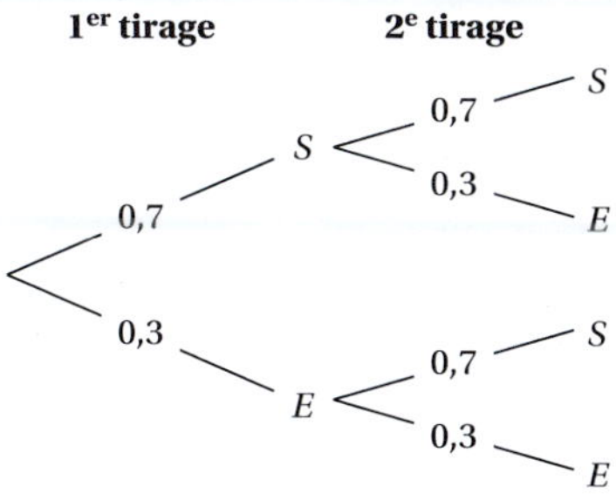

Issue	Probabilité de l'évènement	
(S, S)	$0{,}7 \times 0{,}7 = 0{,}49$	d'après la propriété 2 du paragraphe ②C.
(S, E)	$0{,}7 \times 0{,}3 = 0{,}21$	
(E, S)	$0{,}3 \times 0{,}7 = 0{,}21$	
(E, E)	$0{,}3 \times 0{,}3 = 0{,}09$	

DÉFINITION

Un **schéma de Bernoulli de paramètres n et p** est une épreuve aléatoire consistant à répéter n fois, de façon identique et indépendante, une épreuve de Bernoulli de paramètre p.

Dans l'exemple ci-dessus, $n = 2$ et $p = 0{,}7$.

C Loi binomiale

■ Si n est un entier naturel et si k est un entier compris entre 0 et n, on note $\begin{pmatrix} n \\ k \end{pmatrix}$ et on lit « k parmi n » le nombre de chemins qui réalisent exactement k succès dans l'arbre à n niveaux associé à un schéma de Bernoulli. Ces nombres sont appelés **coefficients binomiaux**.

On verra au paragraphe ④ D. comment calculer les coefficients binomiaux pour $n \leq 10$.

■ La **loi binomiale de paramètres n et p** notée $\mathcal{B}(n, p)$ est la loi de la variable aléatoire X qui donne le nombre de succès dans la répétition de n épreuves de Bernoulli identiques et indépendantes de paramètre p.

■ Pour la variable aléatoire X qui suit la loi binomiale $\mathcal{B}(n, p)$, où n est un entier naturel et p un nombre réel de l'intervalle $[0, 1]$, on a pour tout entier k compris entre 0 et n :

$$P(X = k) = \begin{pmatrix} n \\ k \end{pmatrix} p^{k}(1-p)^{n-k}.$$

■ **L'espérance** d'une variable aléatoire X suivant une loi binomiale $\mathcal{B}(n, p)$ est : $\boldsymbol{E(X) = np}$.

EXERCICE RÉSOLU

ÉNONCÉ

Dans une société, on assemble et on installe un certain type d'équipement informatique pour les sièges sociaux de grandes entreprises industrielles.

Dans cet exercice, les résultats approchés sont à arrondir à 10^{-3}.

On considère un lot important d'équipements de ce type.

On note E l'événement : « un équipement prélevé au hasard dans le lot est défectueux ».

On suppose que $P(E) = 0{,}025$.

On prélève au hasard 10 équipement dans le lot pour vérification. Le lot est assez important pour que l'on puisse assimiler ce prélèvement à un tirage avec remise de 10 équipements.

On considère la variable aléatoire X qui, à tout prélèvement ainsi défini, associe le nombre d'équipements défectueux de ce prélèvement.

1. Justifier que la variable aléatoire X suit une loi binomiale dont on déterminera les paramètres.

2. On donne : $\begin{pmatrix} 10 \\ 2 \end{pmatrix} = 45$; $\begin{pmatrix} 10 \\ 1 \end{pmatrix} = 10$; $\begin{pmatrix} 10 \\ 0 \end{pmatrix} = 1$.

a. Calculer la probabilité que, dans un tel prélèvement, il y ait exactement deux équipements défectueux.

b. Calculer la probabilité que, dans un tel prélèvement, il y ait au plus deux équipements défectueux.

SOLUTION

1. La variable aléatoire X mesure le nombre de succès dans la répétition, de façon identique et indépendante, de 10 épreuves de Bernoulli de paramètre $p = 0{,}025$. Donc X suit la loi binomiale de paramètre $n = 10$ et $p = 0{,}025$.

2. a. La probabilité cherchée est : $P(X=2)=\binom{10}{2}\times(0{,}025)^2\times(0{,}975)^8$.

$P(X=2)=45\times(0{,}025)^2(0{,}975)^8\approx 0{,}023$.

b. On cherche : $P(X\leq 2)=P(X=0)+P(X=1)+P(X=2)$.

$P(X\leq 2)=\binom{10}{0}(0{,}025)^0(0{,}975)^{10}+\binom{10}{1}(0{,}025)^1(0{,}975)^9+\binom{10}{2}(0{,}025)^2(0{,}975)^8$

$P(X\leq 2)=0{,}975^{10}+10\times 0{,}025\times(0{,}975)^9+45\times(0{,}025)^2(0{,}975)^8$

$P(X\leq 2)\approx 0{,}998$.

D Triangle de Pascal

Le triangle de Pascal permet d'obtenir les nombres $\binom{n}{k}$

Dans le triangle de gauche ci-dessous, dit « triangle de Pascal », chaque nombre est la somme des deux nombres situés immédiatement à gauche et à droite sur la ligne du dessus, par exemple ① + ② → ③. On obtient alors les différentes valeurs de $\binom{n}{k}$ indiquées à droite.

On a : $\binom{n}{k}=\binom{n-1}{k-1}+\binom{n-1}{k}$

1
1 1
① + ② 1
1 ③ 3 1
1 4 6 4 1
1 5 10 10 5 1
1 6 15 20 15 6 1
1 7 21 35 35 21 7 1

....

$\binom{0}{0}$
$\binom{1}{0}$ $\binom{1}{1}$
$\binom{2}{0}$ $\binom{2}{1}$ $\binom{2}{2}$
$\binom{3}{0}$ $\binom{3}{1}$ $\binom{3}{2}$ $\binom{3}{3}$
$\binom{4}{0}$ $\binom{4}{1}$ $\binom{4}{2}$ $\binom{4}{3}$ $\binom{4}{4}$
$\binom{5}{0}$ $\binom{5}{1}$ $\binom{5}{2}$ $\binom{5}{3}$ $\binom{5}{4}$ $\binom{5}{5}$
$\binom{6}{0}$ $\binom{6}{1}$ $\binom{6}{2}$ $\binom{6}{3}$ $\binom{6}{4}$ $\binom{6}{5}$ $\binom{6}{6}$
$\binom{7}{0}$ $\binom{7}{1}$ $\binom{7}{2}$ $\binom{7}{3}$ $\binom{7}{4}$ $\binom{7}{5}$ $\binom{7}{6}$ $\binom{7}{7}$

....

 # quiz
Des questions pour réviser
foucherconnect.fr/23tersti2d02

 # exo
Exercices supplémentaires de mathématiques
foucherconnect.fr/23tersti2d01

MATHÉMATIQUES

1 SUITES NUMÉRIQUES

EXERCICE 1

Partie 1 : Automatismes ***Sans calculatrice (20 minutes, 5 points)***

Aucune justification n'est demandée. Le jour d'une épreuve d'évaluation, une feuille réponse (avec les tableaux et figures à compléter) peut être fournie.

1. **Proportions et pourcentages** (1,5 point)

Recopier et compléter les phrases suivantes.

a. 0,1 % s'écrit sous forme décimale : ... b. 20 % de 150 c'est : ... .

c. Dans une classe de Terminale il y a 60 % de filles et 50 % des filles ont 18 ans. Dans cette classe le pourcentage de filles de 18 ans est : ... .

2. **Passer d'une formulation additive à une formulation multiplicative et réciproquement** (1 point)

Recopier et compléter les phrases suivantes.

a. Augmenter de 40 %, c'est multiplier par : ... b. Multiplier par 0,75, c'est diminuer de ... %.

3. **Appliquer un taux d'évolution** (0,5 point)

Calculer le prix soldé d'un article coûtant 80 € après une remise de 40 %.

4. **Évolutions successives** (1 point)

a. Un prix augmente de 30% puis baisse de 30 %. Le prix est-il revenu à sa valeur initiale ?

b. Une baisse de 20 % suivie d'une baisse de 10 % est-elle équivalente à une baisse de 30 %.

5. **Évolution réciproque** (0,5 point)

Quel est le taux de l'évolution réciproque d'une hausse de 100 % ?

6. **Reconnaître une situation se modélisant par une suite géométrique** (0,5 point)

Une population de 1 500 individus augmente de 5 % par an à partir de 2023. On note $p_0 = 1\,500$ et p_1, p_2, ..., p_n les populations successives au bout d'une année, ... n années. Quelle est la nature de la suite (p_n) ? Donner sa raison.

À SAVOIR

Proportion d'une proportion

Si p est la proportion de A dans E et p' la proportion de E dans F, alors la proportion de A dans F est pp'.

Taux d'évolution et coefficient multiplicateur

- Si t est le **taux d'évolution** de y_1 à y_2, alors $y_2 = (1+t)y_1$.

$c = \frac{y_2}{y_1} = 1+t$ est le **coefficient multiplicateur** de y_1 à y_2.

Exemples

1. Une hausse de 10 % pour une quantité passant de y_1 à y_2 se traduit par :

$y_2 = y_1 + \frac{10}{100}y_1 = \left(1+\frac{10}{100}\right)y_1 = 1{,}1\,y_1$. Le coefficient multiplicateur est $c = 1{,}1$.

2. Une baisse de 10 % se traduit par :

$y_2 = y_1 - \frac{10}{100}y_1 = \left(1-\frac{10}{100}\right)y_1 = 0{,}9\,y_1$. Le coefficient multiplicateur est $c = 0{,}9$.

- **Deux évolutions (hausses ou baisses) successives**, de coefficients multiplicateurs c et c', correspondent à une évolution globale (hausse ou baisse) de coefficient multiplicateur $c.c'$.
(Ou : **pour deux évolutions successives, on multiplie les coefficients multiplicateurs**).

- Deux évolutions (hausse et baisse) sont **réciproques** si et seulement si leurs coefficients multiplicateurs c et c' sont tels que $\mathbf{c.c' = 1}$.

EXERCICE 2

Partie 2 *Avec la calculatrice (5 points)*

Une PME fabrique un certain type de pièces pour l'industrie automobile. En 2022, la production annuelle a été de 5 000 unités.

On admet que la production augmente de 4 % chaque année.

Tous les résultats de production seront arrondis à l'unité.

1. Calculer la production en 2023 et 2024.
2. On note $P_0 = 5\,000$. Dans la suite on désigne par P_n la production de l'année $2022 + n$. Quelle est la nature de la suite (P_n) ? Justifier.
3. Exprimer P_n en fonction de n.
4. Déterminer la production en 2027.
5. Déterminer la production totale entre début 2022 et fin 2027.

EXERCICE 3

Partie 2 *Avec le tableur*

Une entreprise utilise depuis le 1er janvier 2019 une messagerie électronique professionnelle, sur laquelle elle conserve tous les messages reçus ou envoyés, en les classant par année.

Les responsables ont constaté au 31 décembre 2019 que la taille du dossier contenant les messages de l'année 2019 était de 4 mégaoctets (Mo).

Une étude a montré que la taille des messages électroniques professionnels augmentait en moyenne de 5 % par an. On fait l'hypothèse que cette augmentation se poursuivra au moins jusqu'en 2025.

On note u_n la taille, en mégaoctets, du dossier contenant les messages de l'année $(2019 + n)$. On a donc $u_0 = 4$.

On utilise une feuille de calcul d'un tableur *(voir l'annexe)* pour observer l'évolution de la taille de l'ensemble des dossiers de ce cabinet depuis 2019.

1. Quelle est la nature de la suite (u_n) ? Préciser sa raison.
2. Exprimer u_n en fonction de n.
3. Selon ce modèle, calculer la taille du dossier de l'année 2025. Arrondir à 0,01 Mo.
4. a) Donner une formule qui, saisie dans la cellule C3 puis recopiée vers le bas, permet d'obtenir les valeurs de la colonne C.

b) Parmi les formules suivantes, indiquer toutes celles qui, saisies dans la cellule D3, puis recopiées vers le bas, permettent d'obtenir les valeurs de la colonne D.

=SOMME(C2:C3) ; =SOMME($C$2:C3) ; =D2+C3 ; =$D$2+C3.

5. a) Calculer la taille de l'ensemble des dossiers au 31 décembre 2025. Arrondir à 0,01 Mo.

b) La capacité de stockage de la messagerie est limitée à 30 mégaoctets. Peut-on estimer que l'entreprise pourra conserver la totalité de ses messages ? Justifier.

Annexe

	A	B	C	D
1	Année	n	u_n	Taille de l'ensemble des dossiers (en Mo)
2	2019	0	4,00	4,00
3	2020	1	4,20	8,20
4	2021	2	4,41	12,61
5	2022	3		

	A	B	C	D
6	2023	4		
7	2024	5		
8	2025	6		

EXERCICE 4

Partie 2 ***Algorithmique en langage naturel (5 points)***

Le « continent de plastique » est la plus grande des plaques de déchets plastiques évoluant sur les océans. Elle occupe actuellement dans l'océan Pacifique une surface dont l'aire est évaluée à plus de 1,6 million de km^2, entre Hawaï et la Californie.

En 2017, des scientifiques ont estimé la masse totale de déchets plastiques dans les océans à 300 millions de tonnes et ont prévu une augmentation de 5,4 % par an au cours des années suivantes. On modélise l'évolution de la masse totale de ces déchets plastiques, si rien n'est fait pour la réduire, par une suite géométrique (u_n) de raison 1,054 et de premier terme $u_0 = 300$. L'arrondi au centième du terme u_n représente la masse totale de ces déchets, exprimée en millions de tonnes, pour l'année $(2017 + n)$.

1. Calculer u_1 et u_2.
2. Exprimer u_n en fonction de n.
3. On souhaite déterminer en quelle année la masse totale de ces déchets plastiques aura pour la première fois augmenté de 50 % par rapport à sa valeur de 2017.

a. Recopier et compléter l'algorithme ci-dessous pour que la variable N contienne la réponse au problème posé.

$N \leftarrow 2017$

$U \leftarrow 300$

Tant que $U < 450$:

  $N \leftarrow \ldots$

  $U \leftarrow \ldots$

Fin Tant que

b. Que contiennent les variables U et N après exécution de ce programme ? Interpréter les résultats dans le contexte de l'exercice.

EXERCICE 5

Partie 2 ***QCM : algorithme en Python (5 points)***

Un zoologiste étudie l'évolution d'une population de chevaux vivant en liberté dans une zone montagneuse.

Il a observé depuis 2012 que cette population diminue chaque année en moyenne de 5 %.

Le 1er mars 2020, la population comptait 2 375 individus. Le zoologiste a émis l'hypothèse que cette baisse annuelle de 5 % devait se poursuivre jusqu'en 2027.

1. Le nombre d'individus de la population au 1er mars 2024 est estimé, à la dizaine près, à :

a. 1 840 ; b. 1 930 ; c. 2 040 ; d. 2 890.

2. Le nombre d'individus au 1er mars 2019 était de :

a. 2 300 ; b. 2 400 ; c. 2 500 ; d. 2 600.

3. Le zoologiste souhaite connaître l'année à partir de laquelle la population aura diminué de plus de 25 % par rapport à sa valeur de 2020.

Parmi les quatre programmes suivants, en Python, celui pour lequel le contenu de la variable n fournit, après exécution, l'information souhaitée est :

a)
```
n = 2020
v = 2375
while v >= 0.75 * v:
    v = v - 0.05 * v
    n = n + 1
```

b)
```
n = 2020
v = 2375
while v >= 0.75 * 2375:
    v = 0.95 * v
    n = n + 1
```

c)
```
n = 2020
v = 2375
while v <= 0.75 * 2375:
    v = 0.95 * v
    n = n + 1
```

d)
```
n = 2020
v = 2375
while v >= 0.75 * 2375:
    v = v - 0.05
    n = n + 1
```


2 FONCTIONS EXPONENTIELLES $x \mapsto a^x$, LOGARITHME DÉCIMAL, INVERSE

EXERCICE 1

Partie 1 : Automatismes ***Sans calculatrice (20 minutes, 5 points)***

Aucune justification n'est demandée. Le jour d'une épreuve d'évaluation, une feuille réponse (avec les tableaux et figures à compléter) peut être fournie.

A. Proportion

En 2018, le chiffre d'affaires des ventes de vélos était de 1 334 millions d'euros. Calculer le chiffre d'affaires des ventes de vélos électriques sachant qu'il représentait 40 % du chiffre d'affaires des ventes de vélos.

B. Évolutions

1. Une augmentation du prix d'un article de 15 % représente une augmentation du prix de 30 euros. Déterminer le prix de cet article avant l'augmentation.

2. Un équipement informatique perd 20 % de sa valeur chaque année. Au bout de 2 ans, il aura perdu :

a. 30 % ;
b. 36 % ;
c. 40 % ;
d. 60 % de sa valeur.

C. Calcul numérique

Compléter la phrase suivante : $0{,}65 \times 10^8$ est égal à... millions.

D. Fonctions et représentations

$\mathcal{P}$ est la courbe représentative d'une fonction f définie sur $[-2{,}4]$.

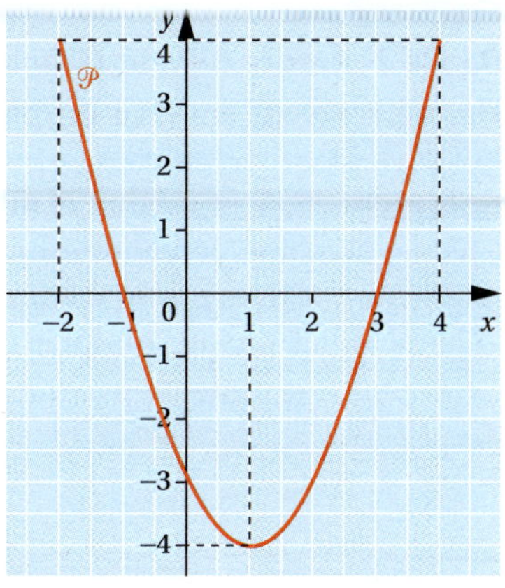

Compléter les phrases suivantes :

1. L'image de 4 par f est : ...
2. Un antécédent de -3 par f est : ...

3. L'ensemble des solutions de l'inéquation $f(x) \leq 0$ est : ...

4. L'ensemble des solutions de l'équation $f(x) = 0$ est : ...

5. L'ensemble des solutions de l'inéquation $f'(x) < 0$ est : ...

6. Sur quel intervalle f est-elle strictement croissante ?

7. f' est la fonction dérivée de la fonction f définie et dérivable sur $\mathbb{R}$.

$f(x) = x^2 - 2x - 3$; $f'(x) = ...$

EXERCICE 2

Partie 2 *(5 points)*

Coût moyen unitaire, coût total

A. *Étude d'une fonction*

Soit f la fonction définie sur l'intervalle [30, 120] par : $f(x) = 2x - 230 + \frac{7\,200}{x}$.

1. On désigne par f' la fonction dérivée de f. Montrer que, pour tout x de [30, 120] :

$f'(x) = \frac{2(x-60)(x+60)}{x^2}$.

2. Étudier le signe de $f'(x)$ pour x appartenant à l'intervalle [30, 120].

b. Déduire du a. les variations de f sur l'intervalle [30, 120].

B. *Application*

Dans un restaurant, le coût moyen unitaire de fabrication de x repas, exprimé en euros, est donné par la relation :

$C_M(x) = 2x - 230 + \frac{7\,200}{x}$, pour x compris entre 30 et 120.

1. En utilisant la partie A., déterminer le nombre de repas qui donne un coût moyen unitaire minimal. Quel est ce coût ?

2. Montrer que le coût total de fabrication de x repas, exprimé en euros, est donné par la relation : $C(x) = 2x^2 - 230x + 7\,200$.

3. Le restaurateur propose la pièce au prix de 35 €.

a. Calculer le bénéfice réalisé $B(x)$ en fonction du nombre x de repas servis.

b. Calculer le bénéfice réalisé pour 60 repas servis.

EXERCICE 3

Partie 2 *Avec le tableur (5 points)*

On utilise les résultats sur les fonctions dérivées des paragraphes ④ A et ④ C.

Un médicament anitviral est prescrit sous forme d'injections qui doivent être administrées une fois par semaine. Le volume de la première dose est de 120 ml.

Chaque semaine, le volume de la dose administrée est augmenté de 5 %. Dès que le volume de la dose administrée est supérieur ou égal au double du volume initial, on interrompt le traitement après cette dernière injection.

On applique le traitement à une personne dont la masse corporelle est de 60 kg.

Pour déterminer les doses administrées, on s'aide de la feuille de calcul automatisé ci-dessous (les cellules de la plage [B2:G2] sont paramétrées pour afficher les valeurs arrondies au dixième).

	A	B	C	D	E	F	G
1	Numéro de l'injection	1	2	3	4	5	6
2	Dose administrée en ml à chaque injection	120	126	132,3	138,9	145,9	153,2

Tous les résultats seront arrondis au dixième.

1. Quelle formule peut-on saisir dans la cellule C2 qui, recopiée vers la droite, permet de calculer les valeurs des doses à administrer chaque semaine ?

2. On appelle V_n la valeur, en ml, du volume de la dose administrée lors de la n-ième injection. Ainsi, $V_1 = 120$.

a. Justifier que la suite (V_n) est géométrique et préciser sa raison.

b. Pour tout entier naturel n, exprimer V_n en fonction de n.

c. Calculer le volume administré lors de la 10e injection.

3. a. Expliquer pourquoi le nombre total d'injections administrées lors du traitement peut s'obtenir en résolvant l'inéquation d'inconnue n, entier naturel : $120 \times 1{,}05^{n-1} \geq 240$.

b. Justifier que le traitement comporte au total 16 injections.

4. Déterminer le volume total de médicament administré au patient lors de l'ensemble du traitement. Arrondir au dixième de ml.

RAPPEL

Si (u_n) est une suite géométrique de raison $q \neq 1$ et n un entier naturel supérieur ou égal à 1 alors : $u_1 + u_2 + ... + u_n = u_1 \times \dfrac{1-q^n}{1-q}$.

EXERCICE 4

Partie 2 *(5 points)*

Suite géométrique, programmation en Python, résolution d'une inéquation

En France, l'eau du robinet est l'une des substances les plus contrôlées. Elle fait l'objet d'un suivi sanitaire permanent, destiné à en garantir la sécurité. Depuis plusieurs années, la communauté scientifique s'interroge sur la présence dans l'eau, à l'état de traces, de résidus de médicaments de type anxiolytique. Chaque année, les pouvoirs publics en mesurent la concentration.

En 2010, on constatait qu'il y avait en moyenne dans l'eau du robinet 2 microgrammes par litre ($\mu g \cdot L^{-1}$) de molécules d'anxiolytique.

Depuis 2010, on constate une réduction de 2 % par an de la quantité de molécules d'anxiolytique dans l'eau du robinet. On choisit de modéliser la concentration de molécules d'anxiolytique par une suite. Pour tout entier naturel n, on note C_n la concentration de cette molécule d'anxiolytique dans l'eau l'année $(2010 + n)$. Cette concentration est exprimée en $\mu g \cdot L^{-1}$.

1. Donner la valeur de C_0 et calculer C_1.

2. a. Justifier que la suite (C_n) est géométrique. Préciser son premier terme et sa raison.

b. Pour tout entier naturel n, exprimer C_n en fonction de n.

3. Les pouvoirs publics souhaitent limiter la concentration en molécules d'anxiolytiques à $0{,}5\ \mu g.L^{-1}$.

Pour cela, on considère le programme en langage Python, incomplet, suivant :

```
1  c = 2
2  n = 0
3  while c > ..............:
4      n = n + 1
5      c = c * ..............
```

a. Recopier ce programme et compléter les lignes 3 et 5 afin que ce programme détermine la durée nécessaire à la réalisation de l'objectif fixé par les pouvoirs publics.

b. Déterminer la valeur de la variable n à la fin de l'exécution du programme. En quelle année l'objectif sera-t-il atteint ?

3 SÉRIES STATISTIQUES À DEUX VARIABLES

EXERCICE 1

Partie 1 : Automatismes ***Sans calculatrice (20 minutes, 5 points)***

Aucune justification n'est demandée.

Le jour d'une épreuve d'évaluation, une feuille réponse (avec les tableaux et figures à compléter) peut être fournie.

A. Proportions et évolutions

1. L'année dernière, il s'est vendu environ 340 000 vélos à assistance électrique (VAE) en France. 60 % étaient des vélos de ville. Donner le nombre de ces vélos de ville.

2. Entre 1961 et 2016, la consommation d'alcool annuelle par habitant, en France, est passée de 21 litres à 7 litres. Quel pourcentage de baisse cela représente-t-il ?

3. On a constaté que, depuis 2016, le chiffre d'affaires d'un laboratoire augmentait chaque année de 3 %. En 2016, ce chiffre d'affaires était de 3 millions d'euros. Par quelle suite peut-on modéliser cette situation ? En préciser la raison.

B. Fonctions et représentations

1. Une équation de la droite (AB) de la figure ci-contre est :

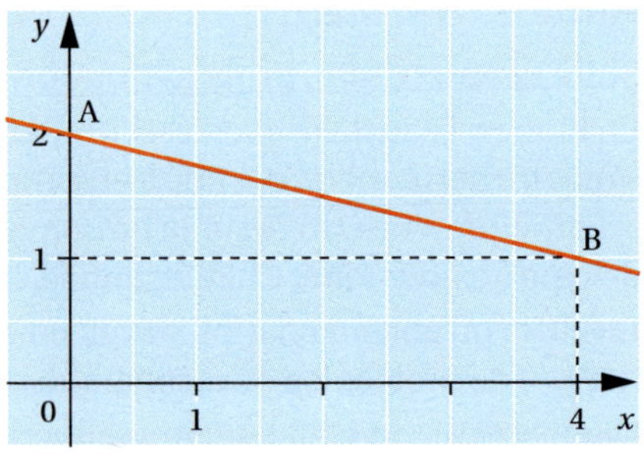

a. $y=\frac{1}{4}x-2$; b. $y=-\frac{1}{4}x+4$;

c. $y=-\frac{1}{4}x+2$; d. $y=-\frac{1}{2}x+2$;

2. a. f est la fonction définie sur $\mathbb{R}$ par :
$f(x)=x^3-2x^2-1$. f' est la fonction dérivée de f.
Déterminer $f'(x)$.

b. Déterminer le coefficient directeur de la tangente à la courbe représentative de f, définie au a., au point d'abscisse -1.

3. Les quatre figures suivantes donnent la représentation graphique de fonctions avec leur tangente au point A.

Pour chaque figure, indiquer sans explication l'équation réduite de la tangente en A à choisir parmi les huit équations suivantes :

$E_1 : y = 4x + 1$; $E_2 : y = 2x + 1$; $E_3 : y = -4x - 1$; $E_4 : x = 0{,}5$;
$E_5 : y = -2x - 1$; $E_6 : y = 1{,}5$; $E_7 : y = 2x - 1$; $E_8 : y = 4x - 1$.

Figure 1

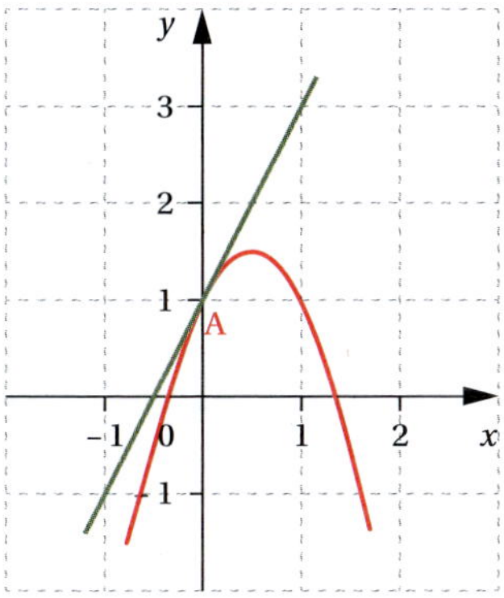

Figure 2

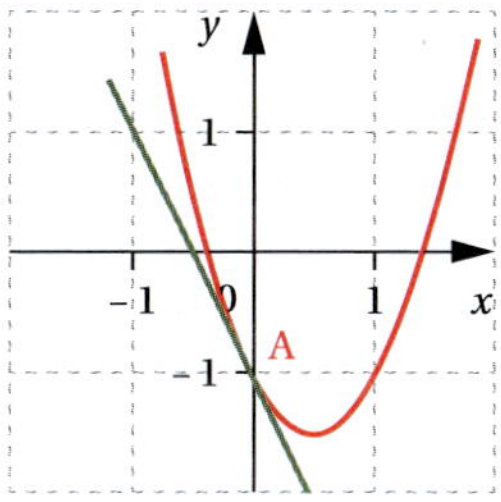

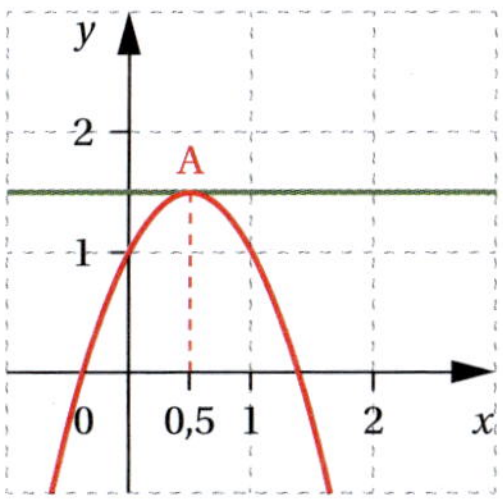

Figure 3

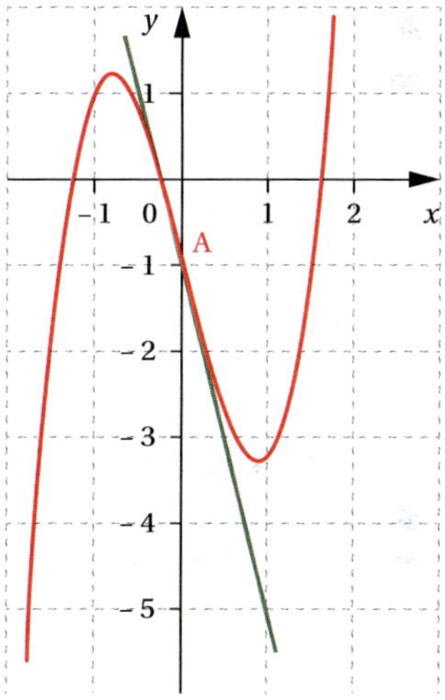

Figure 4

EXERCICE 2

Partie 2 *Avec calculatrice (5 points)*

Le tableau suivant donne l'évolution du chiffre d'affaires d'un artisan de 2015 à 2019 :

Année	2015	2016	2017	2018	2019
Rang de l'année : x_i	1	2	3	4	5
C.A. en milliers d'euros : y_i	92	99	103	107	112

1. Représenter le nuage de points $M_i(x_i, y_i)$ dans un repère où les axes se coupent au point A(0, 80) avec pour unités : 1 cm pour 1 en abscisse et 1 cm pour 10 en ordonnée.

2. On décide d'ajuster ce nuage de points par la droite D d'équation $y = 5x + 88$. Tracer la droite D dans le repère du 1.

3. Déterminer graphiquement une estimation du chiffre d'affaires en 2023.

4. Calculer une estimation du chiffre d'affaires en 2026.

5. On estime qu'il faudra embaucher une personne quand le chiffre d'affaires dépassera les 140 milliers d'euros. En utilisant l'ajustement affine, déterminer en quelle année cette embauche pourra avoir lieu.

EXERCICE 3

Partie 2 *Avec calculatrice (5 points)*

Exemple d'utilisation de la méthode des moindres carrés

Le tableau ci-dessous donne l'évolution sur plusieurs années de la production dans un pays asiatique d'une matière première utilisée dans l'industrie.

Année	1982	1992	2002	2007	2012	2017	2022
Rang de l'année : x_i	0	10	20	25	30	35	40
Production en tonnes : y_i	250	761	1 262	1 958	1 681	2 366	2 600

L'allure du nuage des points $M_i(x_i, y_i)$ ne justifiant pas un ajustement affine, on effectue un changement de variable en posant $z_i = \log(y_i)$.

1. Calculer les sept valeurs de $z_i = \log(y_i)$. Arrondir à 0,01.

2. Représenter le nuage des sept points $N_i(x_i, z_i)$ dans un repère où les axes se coupent au point A (0, 2) avec pour unités : 1 cm pour 5 en abscisse et 10 cm pour 1 en ordonnée.

3. Calculer les coordonnées du point moyen G du nuage des points N_i (arrondir à 0,01) et placer G sur le graphique.

4. À l'aide d'une calculatrice ou d'un tableur, déterminer une équation de la droite $\mathscr{D}$ d'ajustement de z en x obtenue par la méthode des moindres carrés sous la forme $z = a\,x + b$, où les coefficients a et b sont à arrondir à 10^{-3}. Tracer cette droite dans le repère.

5. On prend pour modèle d'ajustement la droite d'équation $z = 0{,}024\,x + 2{,}545$.
Quelle serait, selon ce modèle, la production de cette matière première en 2027 ?

EXERCICE 4

Partie 2 *(5 points)*

Taux d'évolution, utilisation du tableur et de la méthode des moindres carrés.

Le dioxyde d'azote (NO_2) est un polluant indicateur des activités de combustion, notamment du trafic routier. Pour la protection de la santé humaine, les normes européennes fixent la valeur limite annuelle d'émission de NO_2 à 40 microgrammes par mètre-cube.

On a reporté dans la feuille de calcul ci-après le nombre (en millions) d'habitants d'une région urbaine potentiellement exposée à un dépassement de la valeur limite annuelle de NO_2 entre 2015 et 2022. Ce dépassement est noté DVLA. La ligne 4 est au format pourcentage, arrondi à 0,1 %.

	A	B	C	D	E	F	G	H	I
1	Année	2015	2016	2017	2018	2019	2020	2021	2022
2	Rang de l'année (x_i)	0	1	2	3	4	5	6	7

	A	B	C	D	E	F	G	H	I
3	Nombre d'habitants, en millions, exposés à un DVLA (y_i)	2,9	2,7	2,6	2,6	2,4	1,6	1,5	1,3
4	Taux d'évolution annuel (en %)		– 6,9 %						

A. 1. Le nombre d'habitants de cette région en 2022 était de 12,2 millions. Calculer la proportion d'entre eux exposés à un DVLA. Donner le résultat en pourcentage, arrondi à 0,1 %.

2. a. Calculer le taux d'évolution global entre 2015 et 2022. Donner le résultat en pourcentage, arrondi à 0,1 %.

b. Quelle formule peut-on saisir dans la cellule C4 qui, recopiée vers la droite, permet de calculer les taux d'évolution du nombre d'habitants exposés à un DVLA entre deux années consécutives ?

B. On a représenté dans un repère orthogonal donné en **annexe**, à rendre avec la copie, le nuage de points de coordonnées (x_i, y_i).

1. Calculer les coordonnées du point moyen G puis le placer sur le graphique.

2. À l'aide d'une calculatrice, déterminer une équation de la droite d'ajustement de y en x obtenue par la méthode des moindres carrés sous la forme $y = ax + b$. Arrondir a et b à 10^{-2}.

3. On admet que la droite D d'équation : $y = -0{,}26x + 3{,}11$ réalise un ajustement affine du nuage de points jusqu'en 2027.

a. Construire la droite D sur la figure.

b. Estimer l'année au cours de laquelle le nombre d'habitants exposés à un DVLA deviendra inférieur à 500 000. Justifier la réponse et préciser la méthode utilisée.

Annexe (à rendre avec la copie le jour de l'évaluation)

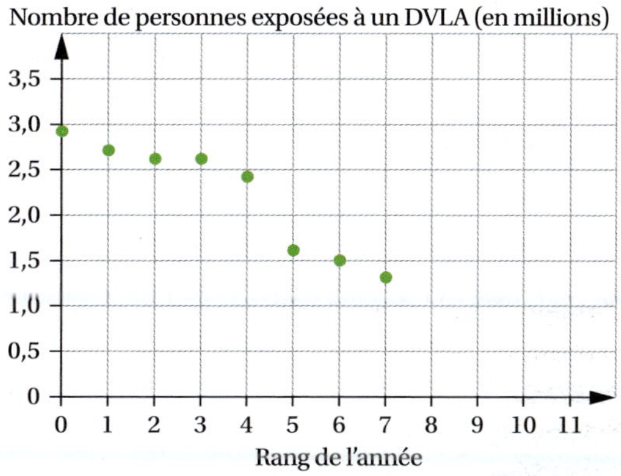

EXERCICE 1

Partie 1 : Automatismes ***Sans calculatrice (20 minutes, 5 points)***

Aucune justification n'est demandée. Le jour d'une épreuve d'évaluation, une feuille réponse (avec les tableaux et figures à compléter) peut être fournie.

A. Proportions

Un institut de santé publique réalise une étude sur l'efficacité de deux médicaments A et B soignant une même forme de migraine, auprès d'une population de patients prenant l'un de ces deux médicaments. En cas de migraine, 60 % des patients interrogés prennent le médicament A, les autres prennent le médicament B.

70 % des patients qui prennent le médicament A se déclarent soulagés.

90 % des patients qui prennent le médicament B se déclarent soulagés.

1. L'ensemble des patients qui prennent le médicament A et se déclarent soulagés représente : ...% de la population des patients interrogés.
2. Même question qu'au 1. en remplaçant A par B : ...%.
3. La proportion de patients de la population interrogée qui se déclarent soulagés après avoir pris l'un des deux médicaments est : ...%.

B. Évolutions

Un village comptait 1 100 habitants en 2019. On a constaté depuis cette date une diminution annuelle de la population d'environ 5 %. Compléter la phrase suivante.

On modélise le nombre d'habitants de ce village à partir de 2019 par une suite... de raison...

C. Calcul numérique

$E(X)=-2\times\frac{1}{3}-1\times\frac{1}{6}+2\times\frac{1}{6}+3\times\frac{1}{3}$. Une fraction irréductible égale à $E(X)$ est : $E(X)=....$

D. Fonctions et représentations

f' est la fonction dérivée de la fonction f définie et dérivable sur $\mathbb{R}$. Compléter les phrases suivantes.

1. $f(x)=-\frac{1}{6}x^2-\frac{4}{3}x+\frac{1}{5}$ $f'(x)=...$
2. $f(x)=-\frac{2}{3}x^3+\frac{3}{2}x^2-x+3$ $f'(x)=...$
3. Soit f la fonction définie sur $\mathbb{R}$ par $f(x)=x^3-3x^2+\frac{1}{2}x+1$. On désigne par $\mathscr{C}$ la courbe représentative de f dans un repère. Le coefficient directeur de la tangente à la courbe $\mathscr{C}$ au point d'abscisse -1 est :

a. –0,5 ; b. –1,5 ; c. 9,5 ; d. 10,5.

4. Soit f la fonction définie sur $[-3,3]$ par $f(x)=-x^2+1=-(x-1)(x+1)$. Donner dans un tableau le signe de $f(x)$ lorsque x varie dans $[-3,3]$.

5.

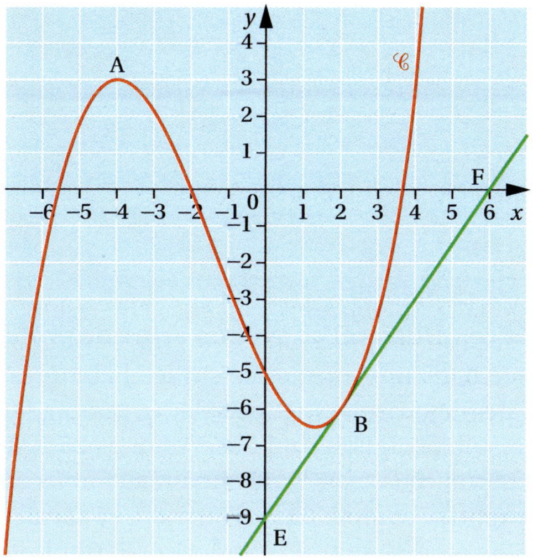

Le coefficient directeur de la tangente (EF) à la courbe $\mathscr{C}$ au point B est : $m = ...$

EXERCICE 2

Partie 2 *Avec calculatrice (5 points)*

Calculer des probabilités conditionnelles avec un arbre de probabilité

Une entreprise est spécialisée dans le capsulage des bouteilles. Les salariés de l'entreprise sont sollicités, *via* un questionnaire en ligne, pour préparer une journée portes ouvertes. Tous les salariés ont répondu au questionnaire. Grâce aux fiches répertoriant les réponses au questionnaire, on sait que :

- 34 % des salariés de l'entreprise travaillant dans les ateliers de production ;
- 55 % des salariés travaillant dans les ateliers de production acceptent de s'impliquer dans l'organisation de la journée portes ouvertes, ainsi que 30 % des salariés travaillant dans les autres secteurs.

On choisit de façon équiprobable une fiche dans la base des réponses.

On définit les événements suivants :

- A : « la fiche choisie est celle d'un salarié travaillant dans les ateliers de production » ;
- B : « la fiche choisie est celle d'un salarié acceptant de s'impliquer dans l'organisation de la journée portes ouvertes ».

Pour tout événement E, on note $\overline{E}$ l'événement contraire de E, $P(E)$ la probabilité de E et, si C est un événement de probabilité non nulle, $P_C(E)$ la probabilité conditionnelle de E sachant que C est réalisé.

1. a. Donner la valeur de $P_A(B)$.

b. Compléter l'arbre de probabilité donné en annexe.

2. Quelle est la probabilité que la fiche choisie soit celle d'un salarié acceptant de s'impliquer dans l'organisation de la journée portes ouvertes et travaillant dans les ateliers de production ?

3. Peut-on affirmer qu'il y a plus d'une chance sur trois que la fiche choisie soit celle d'un salarié acceptant de s'impliquer dans l'organisation de cette journée ?

Annexe

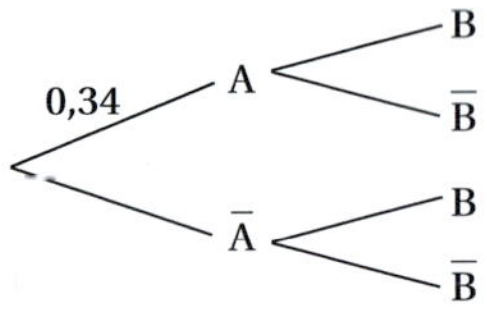

EXERCICE 3

Partie 2 *Avec calculatrice (5 points)*

Calculer des probabilités conditionnelles avec un arbre de probabilités

Une enquête a été réalisée dans une entreprise sur les habitudes alimentaires des salariés. Dans cette entreprise, on distingue trois types de salariés : des agents de maîtrise, des ouvriers et des cadres. Parmi les résultats obtenus, on observe que : 25 % des salariés interrogés sont des agents de maîtrise et parmi ceux-ci 80 % déjeunent au moins une fois par semaine au restaurant d'entreprise. L'entreprise compte 65 % d'ouvriers et parmi ceux-ci 88 % déjeunent au moins une fois par semaine au restaurant d'entreprise. Parmi les cadres, 50 % déjeunent au moins une fois par semaine au restaurant d'entreprise.

On choisit au hasard un salarié de l'entreprise. On considère les événements suivants :

O : « Le salarié interrogé est un ouvrier ». M : « Le salarié interrogé est un agent de maîtrise ». C : « Le salarié interrogé est un cadre ». R : « Le salarié interrogé déjeune au moins une fois par semaine au restaurant d'entreprise ».

1. En utilisant les données de l'énoncé, compléter l'arbre de probabilité ci-contre, après l'avoir reproduit.
2. Décrire par une phrase l'événement : $O \cap R$ puis, calculer $P(O \cap R)$.
3. Justifier que $P(R) = 0{,}822$.
4. Calculer $P_R(O)$. Arrondir à 10^{-3}. Interpréter cette probabilité.

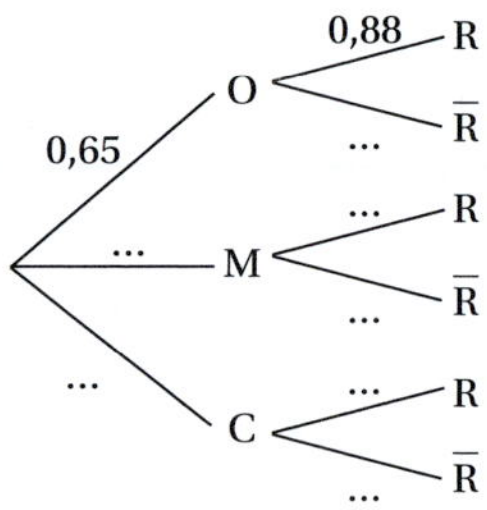

EXERCICE 4

Partie 2 *(5 points)*

Probabilités conditionnelles et loi binomiale.

A. Une entreprise fabrique un certain type de pièces pour les respirateurs utilisés dans les services de réanimation des hôpitaux et cliniques. Trois ateliers, notés 1, 2, 3, d'un site de production de l'entreprise fabriquent chaque jour ce type de pièces. Les ateliers 1, 2, 3 produisent chaque jour respectivement 25 %, 35 % et 40 % de la production totale de ce type de pièce sur le site.

Un jour donné, on admet que 2 % des pièces produites par l'atelier 1 sont défectueuses, que 1 % des pièces produites par l'atelier 2 sont défectueuses et que 2 % des pièces produites par l'atelier 3 sont défectueuses. On prélève au hasard une pièce dans la production totale des trois ateliers ce jour-là. Toutes les pièces ont la même probabilité d'être prélevées.

On considère les événements suivants :

E : « la pièce prélevée provient de l'atelier 1 » ;

F : « la pièce prélevée provient de l'atelier 2 » ;

G : « la pièce prélevée provient de l'atelier 3 » ;

D : « la pièce prélevée est défectueuse ».

1. Compléter, après l'avoir reproduit, l'arbre de probabilités suivant.

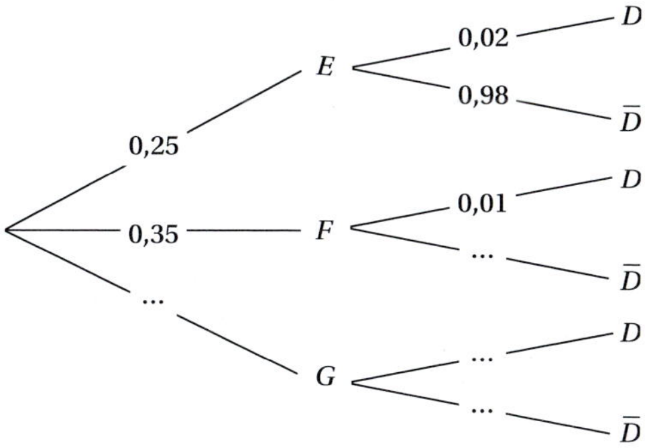

2. Décrire par une phrase l'événement $\overline{D}$, puis l'événement $G \cap D$.

3. Démontrer que la probabilité que la pièce prélevée ne soit pas défectueuse est 0,983 5.

B. Dans cette partie les résultats approchés sont à arrondir à 10^{-4}.

On note A l'événement : « une pièce prélevée au hasard dans un stock important est défectueux ». On admet que $P(A) = 0{,}02$. Les pièces sont livrées par huit. On note X la variable aléatoire qui à tout prélèvement de 8 pièces associe le nombre de pièces de ce prélèvement présentant un défaut. On admet que la variable aléatoire X suit une loi binomiale.

1. Préciser les paramètres de cette loi binomiale.

2. Calculer la probabilité dans un tel prélèvement il y ait au plus deux pièces défectueuses.

On donne : $\binom{8}{0} = 1$; $\binom{8}{1} = 8$ et $\binom{8}{2} = 28$.

Arrondir à 10^{-4}.

On peut obtenir ces résultats en complétant le triangle de Pascal du ④ D.

EXERCICE 5

Partie 2 ***QCM (5 points)***

Aucune justification n'est demandée.

A. **Événements indépendants**

A et B sont deux événements indépendants liés à une expérience aléatoire.

1. $P(A) = \frac{2}{3}$ et $P(B) = \frac{1}{6}$, alors, $P(A \cap B)$ est égal à :

a. $\frac{5}{6}$; b. $\frac{1}{2}$; c. $\frac{1}{3}$; d. $\frac{1}{9}$;

2. $P(A) = \frac{1}{4}$ et $P(A \cap B) = \frac{1}{10}$, alors, $P(B)$ est égal à :

a. $\frac{1}{40}$; b. $\frac{3}{20}$; c. $\frac{2}{5}$; d. $\frac{7}{20}$.

3. $P(A) = \frac{1}{3}$ et $P(B) = \frac{1}{2}$, alors, $P_A(B)$ est égal à :

a. $\frac{1}{6}$; b. $\frac{1}{3}$; c. $\frac{1}{2}$; d. $\frac{2}{3}$.

B. Variable aléatoire discrète

Une urne contient trois boules, indiscernales au toucher, numérotées de 1 à 3.

Un jeu consiste à extraire successivement deux boules de l'urne, la première boule étant remise avant d'extraire la seconde. On appelle tirage, tout couple (a, b) où a est le numéro de la première boule extraite et b celui de la seconde. On admet que tous les tirages sont équiprobables.

1. Le nombre de tirages possibles est :

a. 4 ; b. 5 ; c. 6 ; d. 9.

2. Soit X la variable aléatoire qui, à chaque tirage (a, b) associe le produit ab.

L'espérance $E(X)$ est égale à :

a. $\frac{2}{9}$; b. $\frac{4}{9}$; c. 2 ; d. 4.

corrigé
foucherconnect.fr/23terstmg157

PHILOSOPHIE

L'évaluation de la Philosophie au bac 342
1 La justice 343
2 L'art 347
3 La liberté 352
4 La nature 359
5 La religion 364
6 La technique 369
7 La vérité 376
ENTRAÎNEMENT À L'ÉPREUVE FINALE 382

L'évaluation de la Philosophie au bac

L'épreuve de Philosophie fait l'objet d'une épreuve finale : elle se déroule à l'écrit et porte sur une dissertation ou une explication de texte philosophique. Elle est dotée d'un coefficient 4 et dure 4 heures.

1 Le programme de philosophie

L'année de terminale doit aborder les 7 notions au programme (la justice, l'art, la liberté, la nature, la religion, la technique, la vérité, sans que celles-ci ne fassent nécessairement l'objet d'un cours indépendant. Il s'agit aussi de savoir penser de grandes distinctions conceptuelles appelées repères (signalés par un encadré bleu dans cet ouvrage).

2 Les modalités de l'épreuve

A La dissertation

Au nombre de **deux**, les sujets de dissertation sont souvent posés sous la forme d'une **question**, renvoyant explicitement à un problème relatif à une ou plusieurs notions du programme. Une seule question est à traiter.

B L'explication de texte philosophique

- Le texte, dont l'auteur doit figurer dans la liste du programme, se rapporte à une ou plusieurs notions. Il est accompagné de **questions** qui guident le candidat dans son étude. Le candidat a le choix entre deux manières de rédiger l'explication de texte. Il peut soit répondre dans l'ordre, de manière précise et développée, aux questions posées (option n° 1) ; soit suivre le développement de son choix (option n° 2).

- Les questions posées permettent de faire apparaître le problème dont il est question dans le texte et son divisées en trois parties : la première partie (« A. Éléments d'analyse ») porte sur des extraits du texte ou des concepts clefs qu'il s'agit d'expliquer ; la deuxième (« B. Éléments de synthèse ») invite à dégager la problématique, l'idée principale et les étapes de l'argumentation de l'auteur ; la troisième (« C. Commentaire ») consiste en un ou deux sujets de réflexion en rapport avec la thèse du texte, c'est-à-dire la position défendue par l'auteur.

3 L'épreuve du second groupe

- L'épreuve du second groupe, l'oral de rattrapage, dure 20 minutes (10 minutes d'exposé et 10 minutes de discussion avec l'examinateur). Elle porte sur un des textes étudiés en classe pendant l'année. Le temps de préparation est de 20 minutes. L'épreuve est dotée d'un coefficient 4.

- Le candidat présente à l'examinateur la liste des textes étudiés, écrits par des auteurs inscrits au programme. Le candidat doit se présenter à cette épreuve avec deux exemplaires des textes de sa liste signés par son ou sa professeur et tamponnés par son établissement.

- Le candidat doit faire preuve de connaissances élémentaires (vocabulaire, problèmes fondamentaux, etc.) et tirer parti de ses qualités de réflexion et d'expression, ainsi que des lectures qu'il a pu faire au cours de l'année.

1 La justice

La justice est une notion recouvrant plusieurs concepts qui sont liés les uns aux autres, sans jamais se confondre. Ainsi, s'interroger sur la justice, c'est penser un principe à la fois philosophique, juridique, politique et moral.

1 Comment définir le juste ?

A Les trois aspects de la justice

œuvre
Claude Franchomme, *La Justice*, 1718.
foucherconnect.fr/23tersti2d63

La justice est souvent représentée sous les traits d'une femme tenant une balance et ayant parfois les yeux bandés. Cette représentation indique que la justice est donc censée être affaire d'équilibre, de mesure et d'impartialité. Mais ce terme recouvre en fait trois aspects différents :
- **la justice comme idéal :** c'est ce qu'on cherche à définir lorsque l'on s'interroge sur ce qui est juste ou injuste. On va alors se demander si le juste et l'injuste peuvent être définis universellement : est-ce qu'il y a un idéal commun de justice pour tous les êtres humains, malgré les lois différentes selon les États et les cultures ? ;
- **la justice comme norme** : le juste comme idéal est ensuite censé s'incarner dans ce qu'on appelle les lois positives, c'est-à-dire le droit tel qu'il existe dans chaque État. La justice devient alors une norme, le droit, auquel on doit pouvoir se référer en cas de litiges entre particuliers (droit privé) ou en cas d'infractions manifestes envers la norme sociale et juridique en vigueur (droit public) ;
- **la justice comme institution :** ce qu'on appelle parfois la Justice (avec un J majuscule) est le pouvoir chargé de faire respecter les lois et de juger selon elles les litiges et les infractions commises.

B Le problème du critère de justice

■ « Plaisante justice qu'une rivière borne ! Vérité en-deçà des Pyrénées, erreur au-delà » : par cette phrase, **Blaise Pascal** (1623-1662) résume bien, dans les *Pensées*, **la difficulté à définir le juste.** Comme idéal, nous voudrions que la justice, comme la vérité, soit universelle. Mais nous sommes forcés de constater que ce qui est considéré comme juste dans un pays ne l'est pas nécessairement dans un autre : le juste s'incarne différemment dans les normes et les lois de chaque État et de chaque peuple ; ce qui est légal ici peut être illégal ailleurs, et inversement.

■ Dans l'*Éthique à Nicomaque*, **Aristote** (384 av. J.-C.-322 av. J.-C.) propose de définir le juste par l'égal : **agir avec justice, ce serait traiter chacun avec égalité** (incarnée par la balance de la justice) sur le modèle de la justesse en mathématique. Mais on peut avoir deux conceptions différentes de ce que l'égalité veut dire.

■ Dans une première conception, on prend pour modèle **l'égalité arithmétique.** On parle alors de **« justice commutative »** : **à chacun la même chose.** La justice commutative préside aux échanges (un bien doit être égal au bien avec lequel on l'échange pour que l'échange soit considéré comme juste), mais aussi, dans les sociétés démocratiques, à ce qu'on appelle l'isonomie (l'égalité des citoyens devant la loi.) Pourtant, est-il juste de donner la même chose à tous ? À celui qui en a besoin comme à celui qui n'en a pas besoin ?

En effet, si les citoyens sont égaux devant la loi, ils ne sont pourtant pas identiques, mais différents (l'égalité de droit n'est pas une égalité de fait).

REPÈRES

Identité/égalité/différence

- L'**identité** est le caractère de ce qui est semblable à soi. Sont identiques deux choses parfaitement semblables.
- L'**égalité** est le caractère de ce qui est de même valeur, sans être pour autant nécessairement identique.
- La **différence** est le caractère qui distingue une chose d'une autre.

■ Dans une seconde conception, on prend pour modè**le l'égalité géométrique ou proportionnelle.** On parle alors de **« justice distributive » : à chacun ce qui convient.** Le problème est alors de savoir ce que « ce qui convient » veut dire : doit-on donner à chacun selon son mérite ou selon ses besoins ? Est-il juste de traiter de manière inégale des êtres censés être égaux, ou doit-on traiter de manière égale des gens pourtant inégaux ?

C L'égalité et l'équité

■ Cette distinction entre justice commutative et justice distributive recoupe celle entre **l'égalité et l'équité.** On peut définir l'équité comme l'égalité avec une juste dose d'inégalité. Traiter deux personnes de manière équitable, c'est les traiter de façon inégale, mais au nom de l'égalité.

EXEMPLE

Pour comprendre la différence entre l'égalité et l'équité, nous pouvons prendre l'exemple du partage d'un plat. Partager ce plat selon la stricte égalité, c'est donner à chacun une part exactement identique. Le partager de manière équitable, c'est attribuer à chacun une part selon sa faim et ses besoins.

■ De nombreuses lois sont aujourd'hui en vigueur selon un principe d'équité, plutôt que de stricte égalité. Par exemple, c'est sur le principe d'équité que se fonde l'octroi du congé maternité : si les parents sont égaux, ils ne sont pas exactement identiques face à la grossesse et à l'accouchement.

D La justice redistributive

■ Le principe d'équité peut même amener un État à corriger les inégalités selon le principe de la justice **non plus simplement distributive, mais redistributive**. Ainsi, **John Rawls** (1921-2002) dans *Théorie de la justice*, considère que le principe d'égalité des droits n'a plus aucun sens lorsqu'une société est si inégalitaire que les plus défavorisés ont des droits fondamentaux garantis par la loi, mais qui ne sont pas effectifs en réalité (c'est-à-dire qu'ils ne peuvent pas exercer ces droits dans les faits).

■ Pour fonder une société sur le principe de justice, Rawls propose une expérience de pensée : chacun des contractants (des signataires) du nouveau contrat social est placé sous un « voile d'ignorance », c'est-à-dire qu'il ignore ce que sera sa position sociale future dans la société pour qu'il puisse juger selon ce qui lui parait être juste, et non pas selon son seul intérêt puisqu'il l'ignore. Rawls explique que, sous cette condition, un consensus pourrait être trouvé sur ce que serait une société juste, selon les deux principes suivants :

FOCUS

1. **Le principe de liberté :** on doit garantir un accès égal au plus grand nombre de libertés de base (liberté d'expression, droit de vote et d'éligibilité, etc.).
2. **Le principe de différence :** les inégalités sociales et économiques sont acceptables si et seulement si :
- le principe d'égalité des chances est respecté (tout le monde peut accéder en principe à toutes les positions) ;
- un système de compensation permet de rétablir l'équilibre pour les plus défavorisés.

■ Rawls considère donc qu'une société juste **doit donner plus à ceux qui ont moins, et corriger les inégalités de naissance et de condition pour assurer l'égalité des chances.**

2 La loi est-elle toujours juste ?

A Qu'est-ce qu'une loi juste ?

■ Poser la question de la justice de la loi peut paraître paradoxal : en effet, la loi est censée dire le juste dans un État donné. Poser la question de la justice de la loi, c'est se demander, non pas si la loi est **légale** (elle l'est toujours par définition), mais si elle est **légitime.**

REPÈRES

Légal/légitime

- Est **légal** ce qui est conforme aux lois positives, c'est-à-dire au droit tel qu'il existe.
- Est **légitime** ce qui est conforme, non plus à la loi positive, mais à l'équité, à la morale, à la raison, c'est-à-dire à la justice en tant qu'idéal, en tant que valeur.

■ On peut en effet avoir **deux visions de la loi** :
- une vision « **conventionnaliste** » : la loi est le résultat d'une **convention**, d'un accord entre les parties de manière à régler la vie sociale et à éviter le désordre (par exemple, le Code de la route) ;
- une vision « **jusnaturaliste** » : la loi telle qu'elle existe, c'est-à-dire positive, devrait se rapprocher le plus possible d'une loi dite « naturelle », et donc exprimer un **idéal de justice**.

C'est en ce sens qu'on peut questionner la légitimité de la loi, c'est-à-dire sa conformité à un idéal de justice qu'il s'agit alors de définir. On peut par exemple critiquer une loi au nom des droits de l'homme que l'on considère alors comme universels.

REMARQUE

L'enjeu derrière cette question est celui de la **liberté politique**, c'est-à-dire de l'exercice de sa liberté dans le cadre d'une communauté politique encadrée et régie par des lois : celle-ci fait surtout sens si on pense la loi comme l'expression d'un idéal de justice (vision « jusnaturaliste »), car sinon l'obéissance à la loi a du mal à être définie autrement que comme une contrainte résultant de l'expression dans la loi d'un rapport de force. C'est par exemple ce que soutient Karl Marx (1818-1883), notamment dans sa *Critique du droit politique hégélien* et dans *L'Idéologie allemande* : le droit est la fixation dans la loi de l'intérêt de la classe dominante.

PHILOSOPHIE

B Doit-on toujours obéir à la loi ?

■ La réponse à la question de savoir ce que l'on peut ou de ce qu'on a le droit de faire, face à une loi qu'on considère comme injuste, dépend de la conception qu'on a de la loi et de la distinction entre légal et légitime.

■ Ainsi, **Platon** (428 av. J.-C. - 348 av. J.-C.), dans le *Criton*, met en scène Socrate qui, injustement condamné par les lois de la cité, se voit proposer par son disciple Criton son aide pour s'évader. Socrate refuse parce qu'il considère que le danger qu'il y a à remettre en cause les lois est bien pire que la mort. En effet, pour Platon, **la distinction entre légal et légitime ne tient pas** : un citoyen n'est pas en mesure de juger les lois car il leur doit sa vie et son éducation.

■ À l'inverse, **Rawls** explique, dans *Théorie de la justice*, que la désobéissance civile, à condition qu'elle soit non violente et qu'elle ne soit pas le reflet d'intérêts privés, **se fait au nom du principe de justice qui sous-tend les lois en question**. Ainsi, la désobéissance civile « exprime la désobéissance dans le cadre de la fidélité à la loi, bien qu'elle se situe à sa limite extérieure ».

3 Je mémorise autrement

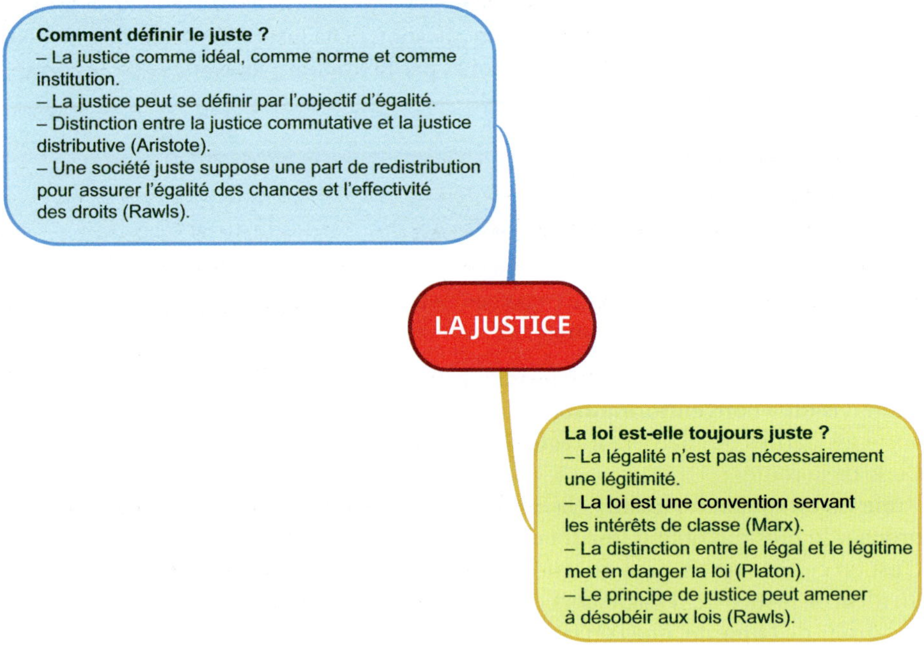

 # quiz
Des questions pour réviser
foucherconnect.fr/23tersti2d64

2 L'art

L'art est un terme difficile à définir car il revêt plusieurs sens. Or, cette difficulté à définir l'art entraîne nécessairement des questionnements sur la spécificité des œuvres artistiques (tout objet peut-il être une œuvre d'art ?), sur le statut de l'artiste (l'artiste exerce-t-il une profession comme les autres ?) et sur les limites du champ artistique (le jeu vidéo peut-il être considéré comme une forme d'art ?).

1 Qu'est-ce que l'art ?

A Une notion difficile à définir

Quand on parle d'art, on désigne à la fois :
- l'**activité productrice** consistant à fabriquer des objets : les œuvres d'art ;
- la **technique utilisée** pour leur fabrication : art de la peinture ou art de la sculpture ;
- le **résultat** de cette activité et de cette technique : l'œuvre en elle-même ;
- la **valeur** plus ou moins artistique de ce résultat : par exemple, toutes les peintures ne sont pas considérées comme des œuvres d'art.

B Art et technique

■ S'il est difficile de définir avec précision le terme d'art, c'est d'abord parce que son sens a évolué historiquement. L'étymologie du mot (du latin *ars, artis*, « habileté, métier, connaissance technique ») indique que **la distinction entre art, savoir et métier est assez récente**. Ainsi, on a pu parler d'art de la guerre et l'astronomie était qualifiée d'art libéral.

■ Les Grecs de l'Antiquité définissaient l'art par la **technique** : le terme de technique vient du grec *technê* (« art » ou « habileté ») et désigne **un savoir-faire**, c'est-à-dire la capacité à mettre en œuvre des règles vraies et connues dans le but d'obtenir le résultat souhaité.

C L'œuvre d'art est un objet artificiel

■ Dans la *Physique*, **Aristote** (384 av. J.-C. – 322 av. J.-C.) définit une chose artificielle (par exemple une sculpture ou une chaise) comme ce qui ne possède pas son propre principe d'existence, au contraire des êtres naturels (les êtres vivants) qui contiennent en eux-mêmes le principe de changement, c'est-à-dire le principe de vie.

■ Les artifices reçoivent donc leur principe d'existence d'une force extérieure à eux, ils sont créés par une main extérieure. La distinction fondamentale aristotélicienne entre les corps est celle qui sépare ce qui est **artificiel** (*technê*) de ce qui **naturel** (*phusis*).

D L'artisan et l'artiste

■ Jusqu'à la Renaissance, **on ne distingue pas véritablement l'artiste de l'artisan**. Au XVIIIe siècle apparaît **la notion de Beaux-Arts** : l'art est donc désormais considéré à part, **parce qu'il ne vise pas l'utilité, mais le beau**, tandis que le domaine de la technique à proprement parler se définit par sa fin utilitaire.

■ À partir de cette distinction, **le statut de l'artiste change**. La signature des œuvres par leur auteurs se généralise et ce qui fait la valeur d'un artiste, et donc de l'œuvre d'art, n'est plus uniquement le degré de maîtrise technique employée, mais **le don, le talent** de créer une œuvre qui soit à la fois originale et susceptible de servir de modèle.

■ Cette idée se retrouve dans le **concept de génie** que définit ainsi **Emmanuel Kant** (1724-1804) dans la *Critique de la faculté de juger* : « le talent naturel qui donne ses règles à l'art ». Le génie de l'artiste est un don de la nature qui lui permet de créer une œuvre obéissant à des règles ; cependant, il ne peut rendre compte de ces règles, elles ne sont pas démontrables.

■ **Chaque œuvre d'art obéit donc à des règles, mais appliquer ces règles ne permet pas nécessairement de fabriquer un chef-d'œuvre.** C'est en cela que l'art diffère de la technique, ou même de la science : il n'y a pas de « mode d'emploi » déterminé à l'avance qui permettrait de garantir le caractère artistique d'une œuvre et donc de créer des chefs-d'œuvre à la chaîne.

2 À quoi sert une œuvre d'art ?

A L'art est inutile

■ L'œuvre d'art est **un objet sensible**, c'est-à-dire qu'il s'adresse à mes sens, mais contrairement aux autres objets, je ne l'utilise pas. C'est pour cela que **Kant** explique dans la *Critique de la faculté de juger* que le plaisir esthétique (qui vient de la contemplation d'une œuvre d'art) est un **plaisir désintéressé** : ce n'est pas la consommation ou l'utilisation de l'œuvre d'art qui me procure du plaisir dans l'expérience esthétique.

■ **L'art se définit donc par sa fin, qui est non utilitaire.** En fait, la plupart des œuvres d'art avaient une utilité au moment de leur création, mais **c'est une fois que cette utilité s'est estompée** qu'on peut véritablement dire que l'œuvre est une œuvre d'art. D'ailleurs, mon plaisir n'use pas cette œuvre (au contraire du plaisir que je prends quand je mange un gâteau au chocolat par exemple).

EXEMPLE

Le *Tympan du Jugement Dernier* de l'abbatiale de Conques avait pour but de susciter chez l'observateur la peur du Jugement et de l'Enfer, afin qu'il conforme sa vie aux préceptes de l'Église.

 # œuvre

Le Tympan du Jugement dernier de l'abbatiale de Conques

foucherconnect.fr/23tersti2d65

■ Cela signifie donc qu'en droit, **tout peut être une œuvre d'art**. Ce qui définit une œuvre d'art, c'est d'abord le rapport respectueux, mis à distance, désintéressé que j'entretiens avec elle. C'est d'ailleurs ce que veut signifier **Marcel Duchamp** (1887-1968) quand il cherche à exposer en 1917 à New York son œuvre *Fontaine*, qui n'est autre qu'un urinoir renversé, c'est-à-dire l'objet le plus banal et trivial qui soit. Si cet urinoir peut devenir une œuvre d'art, alors tout objet que je traite comme œuvre d'art peut l'être.

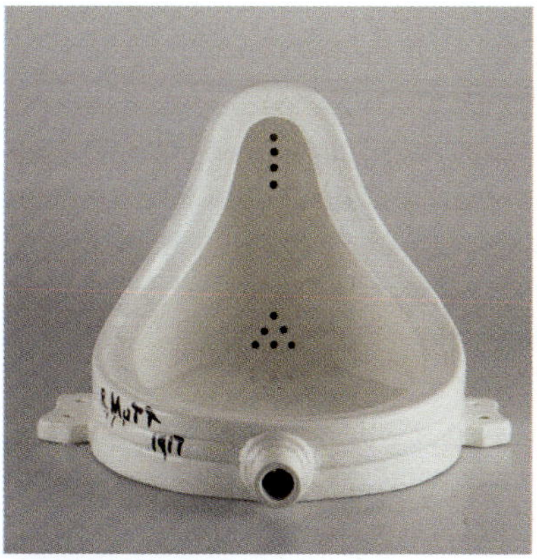

Marcel Duchamp, Fontaine, 1917

B Juger le beau

■ Si, en droit, tout peut être une œuvre d'art, **qui décide alors qu'une œuvre est une œuvre d'art ?** Quand j'estime que quelque chose est beau, quand je juge de la beauté d'une œuvre, tout le monde doit-il être d'accord avec moi ?

■ Kant, dans la *Critique de la faculté de juger*, explique qu'il faut distinguer le **beau** (par exemple, « *La Joconde* est belle »), de **l'agréable** (par exemple, « ce vin est très bon »). Ces deux phrases constituent un **jugement**, qui consiste à qualifier un **sujet** (« *La Joconde* » ou « ce vin ») au moyen d'un **prédicat** (« belle » ou « très bon »). De plus, ces jugements sont tous les deux **subjectifs** : même dans le cas de *La Joconde*, la beauté n'est pas une propriété de l'objet que je juge beau (si je dissèque ce tableau, je ne trouverai jamais une propriété chimique qui serait la beauté), ce n'est donc pas un jugement objectif.

■ Néanmoins, si nous acceptons très bien que le jugement du caractère agréable d'un objet soit particulier (« les goûts et les couleurs ne se discutent pas »), pour le beau, nous jugeons comme si tout le monde devait être d'accord avec nous. Le jugement esthétique est donc un **jugement subjectif universel**, dans le sens où il est universalisable : je sais que mon jugement ne va pas être partagé par tous, mais je juge comme si c'était le cas.

REMARQUES

- Une même œuvre peut faire l'objet d'un **jugement esthétique** (sur le beau) ou d'un **jugement sur son caractère agréable**. Ainsi, si on utilise *Le Printemps* d'Antonio Vivaldi comme musique d'attente, on le fait pour son caractère agréable, alors que si on l'écoute pour lui-même, celui-ci fait l'objet d'un jugement esthétique.
- De plus, une œuvre belle peut être en même temps assez **désagréable**, comme le poème « Une Charogne » de **Charles Baudelaire** (1821-1867) qui convoque des images de putréfaction et de corps mort.

 # œuvre
Le Printemps d'Antonio Vivaldi
foucherconnect.fr/23tersti2d70

 # œuvre
Charles Baudelaire, « Une Charogne », *Les Fleurs du mal*
foucherconnect.fr/23tersti2d66

PHILOSOPHIE

REPÈRES

Objectif/subjectif

Est **objectif** ce qui se rapporte à l'objet de la connaissance. Un jugement objectif ne dépend pas du sujet qui l'énonce et est donc nécessairement universel.

Est **subjectif** ce qui se rapporte au sujet de la connaissance. Un jugement subjectif devrait donc toujours dépendre du sujet qui l'énonce et être particulier, mais le jugement esthétique chez Kant est à la fois subjectif et universel.

Universel/particulier

Est **universel** ce qui vaut en tout temps et en tout lieu, c'est-à-dire ce qui ne souffre aucune exception.

Est **particulier** ce qui appartient en propre à un individu ou à un groupe restreint d'individus.

3 L'art doit-il imiter le réel ?

A L'art comme imitation du réel

Si nous nous interrogeons sur le rapport entre l'art et le réel, il semble que la première fonction de l'art serait d'**imiter la réalité**, de rendre présent ce qui est absent, de re-présenter (au sens de présenter à nouveau) ce qu'on ne peut voir à l'instant. Ainsi, la peinture funéraire permet de garder en mémoire le visage du défunt. En ce sens, on peut dire que **l'art sauve le réel**, c'est-à-dire qu'il permet de sauvegarder ce qui disparaîtrait ou ne serait pas présent sans lui.

Mais **Platon** (428 av. J.-C. - 348 av. J.-C.) critique cette idée que l'art imiterait la réalité. Ainsi, dans la *République*, il compare l'artiste et l'artisan : par exemple, si l'artisan fabrique un lit et que l'artiste en représente un en peinture, les deux créent en quelque sorte un lit, mais le lit que peint l'artiste n'est qu'une **copie de l'apparence** du lit, et non pas une véritable imitation de la réalité. L'artiste est un piètre imitateur, car il ne sait produire que l'image des choses. Il y a pour **Platon** une forme de **mensonge de l'art** qui semble imiter la réalité mais qui ne produit que l'illusion de cette réalité : **l'art nous détournerait alors du réel**.

B L'art comme dévoilement du réel

Pourtant, il est possible de remettre en question cette critique de l'art comme illusion : **si l'art imite mal le réel, ce serait parce qu'il ne vise en fait pas son imitation**. Ainsi, **Friedrich Hegel** (1770-1831) explique dans l'*Esthétique* que l'art ne doit pas avoir pour but d'imiter la nature, car il s'agirait d'une activité inutile (la nature crée déjà ses propres objets) et présomptueuse (« l'art est limité dans ses moyens d'expression et ne peut produire que des illusions partielles »). De plus, certains arts n'ont jamais eu pour but d'imiter la nature (par exemple l'architecture ou la poésie), et surtout, « l'imitation ne peut produire que des chefs-d'œuvre de la technique, jamais des œuvres d'art » : **reproduire de la manière la plus exacte possible un objet naturel ne serait qu'une prouesse technique, et non une qualité artistique.**

■ **Au lieu de nous détourner du réel, l'art est en fait une révélation, un dévoilement du réel.** Tout d'abord, l'art peut attirer notre regard sur des détails ou des aspects du réel que nous ne voyons pas ou plus, par désintérêt ou par habitude.

EXEMPLE

L'écrivain **Oscar Wilde** (1854-1900) affirme dans *Le Déclin du mensonge* que « sans doute y eut-il à Londres des brouillards depuis des siècles. C'est infiniment probable, mais personne ne les voyait, de sorte que nous n'en savions rien. Ils n'eurent pas d'existence tant que l'art ne les eut pas inventés ». Ainsi, en attirant le regard sur le brouillard de Londres, les peintres anglais l'ont en quelque sorte inventé, ont **créé du réel en le révélant**.

■ De plus, l'art peut permettre de **dévoiler l'essence des choses**, ce qu'elles sont véritablement. Ainsi, **Henri Bergson** (1859-1941) déclare dans *Le Rire* que nous avons un rapport à la réalité appauvri : nous collons des étiquettes sur les choses, nous les voyons sans les voir, dans une relation essentiellement utilitaire à elles. **Les artistes nous permettent alors de véritablement voir ce que nous avions déjà perçu** : grâce à l'art, nous nous arrêtons pour regarder vraiment l'objet représenté, sans être dans ce rapport purement pratique à lui.

EXEMPLE

Le sculpteur **Constantin Brancusi** (1876-1957) explique, à propos de sa sculpture *Poisson*, qu'il a représenté le poisson dans sa simplicité, le « sens réel » du poisson, c'est-à-dire non pas ses écailles, sa queue, ses nageoires, mais « la vitesse de son mouvement, [...] son corps étincelant et flottant, vu à travers l'eau ».

Constantin Brancusi, *Poisson*, 1924

4 Je mémorise autrement

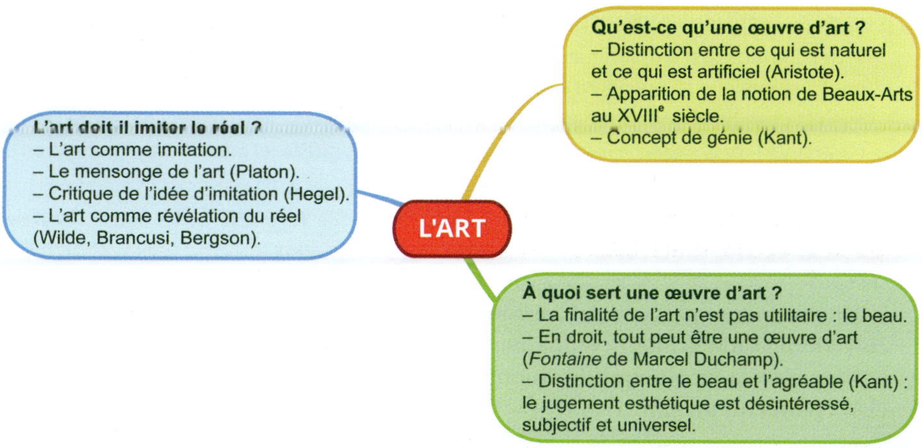

 # quiz
Des questions pour réviser
foucherconnect.fr/23tersti2d64

3 La liberté

La liberté est une notion complexe car ses champs d'application sont multiples (liberté d'action, liberté de pensée, liberté politique, etc.), mais aussi parce que la définition la plus évidente que nous pouvons donner de la liberté est une définition négative : la liberté se définit d'abord comme une absence de contraintes.

1 Qu'appelle-t-on être libre ?

A La liberté d'agir

■ La liberté peut se définir en premier lieu comme **l'absence de contraintes extérieures** : est libre celui qui n'est pas esclave, qui n'est pas enchaîné.

■ Cependant, cette définition de la liberté pose deux problèmes :
– c'est **une définition négative de la liberté** (la liberté est l'absence d'entraves). Or, cette définition négative ne permet pas de distinguer ce qui ferait la spécificité de la liberté humaine par rapport à celle des autres animaux ;
– **la contrainte n'est pas nécessairement extérieure :** si je peux physiquement faire ce que je veux, mais que je suis incapable de déterminer ma volonté, de choisir ce que je veux, on peut considérer que je ne suis pas libre, que je suis contraint de manière intérieure (voir la partie 2 A. Liberté et désir).

REPÈRES

Contrainte/obligation

- La **contrainte** est ce qui nous force à faire quelque chose, c'est donc de l'ordre du fait. Si je suis en prison, je suis contraint, je ne suis pas libre à cause de contraintes extérieures (les murs de la prison, la vigilance du gardien).
- La contrainte est à distinguer de **l'obligation**, qui elle est d'ordre moral ou politique : je ne dois pas faire quelque chose parce que la loi, morale ou politique, me l'interdit. Je peux par exemple avoir la possibilité de rentrer sur le terrain de mon voisin car il n'y a pas de clôture (absence de contrainte) mais ne pas avoir le droit de le faire parce que la loi me l'interdit (obligation).

B Le libre arbitre

■ Une définition plus satisfaisante de la liberté, ou en tout cas plus conforme à ce que nous considérons être la liberté humaine, serait alors de la définir **comme libre arbitre** : le libre arbitre, c'est la faculté qu'a la volonté de se déterminer, de choisir, de se décider pour un choix plutôt qu'un autre.

■ Le concept de libre arbitre a d'abord été élaboré pour poser **la question de l'origine du mal**. Dans *Du Libre Arbitre*, **Augustin d'Hippone** (354-430) répond au problème de l'origine du mal par le concept de libre arbitre : face à l'interrogation de savoir si Dieu est l'auteur du mal, Augustin répond que « Dieu a conféré à sa créature, avec le libre arbitre, la capacité de mal agir, et par-là même, la responsabilité du péché. » Pour Augustin, c'est donc parce que l'être humain est libre que le mal peut exister. Définir la liberté comme libre arbitre, c'est donc considérer que cette question a des **enjeux moraux** (par exemple, la responsabilité morale : suis-je responsable du mal que je fais**) et politiques** (par exemple, la question du vote pour tous : tout le monde est-il capable de déterminer l'intérêt général ?).

C Raison et volonté

■ Si le libre arbitre est la liberté d'orienter sa volonté, il convient de se demander **à quelle condition** ma volonté peut être considérée comme libre. On peut distinguer deux cas de figure :
- **la raison ne permet pas d'orienter ma volonté**, je n'ai pas plus de raisons de faire un choix plutôt qu'un autre : c'est ce qu'on appelle **la liberté d'indifférence** ;
- **la raison incline la volonté** car elle lui donne des raisons de choisir dans un sens ou dans un autre : on pourrait alors dire qu'il s'agit d'une **liberté éclairée par la raison**.

■ De prime abord, on pourrait croire que la volonté n'est libre que dans le cas de la liberté d'indifférence, car elle serait dans une situation de libre détermination face à la raison, qui pourrait alors être assimilée à une forme de contrainte intérieure. Pourtant, **René Descartes** (1596-1650) affirme dans la quatrième méditation des *Méditations métaphysiques* que **la liberté d'indifférence est en fait le plus bas niveau de la liberté**.

■ En effet, la liberté d'indifférence ne me permet de juger que dans les cas où mon choix n'a aucune importance ou qu'il est le résultat de mon ignorance : elle n'est donc qu'une forme de liberté négative. Au contraire, en me permettant de juger avec la connaissance des raisons qui me poussent à faire mon choix, la raison n'est pas une contrainte pour ma volonté : c'est ce qui la rend d'autant plus libre, qui lui permet d'acquérir une **liberté positive**. Ainsi, pour Descartes, **plus la raison incline la volonté, plus celle-ci est paradoxalement libre**.

2 La liberté n'est-elle qu'une illusion ?

La question de l'autonomie de la volonté pose le problème des **conditions de possibilité de la liberté.** Ainsi, si on considère que la contrainte peut être intérieure, pouvons-nous véritablement être libres, ou bien la prétention à la liberté est-elle en fait une **illusion** ?

A Liberté et désir

■ **Le désir se distingue du besoin**, qui est de l'ordre de la nécessité. Ainsi, la nécessité naturelle me pousse à manger pour me maintenir en vie, mais elle ne me force pas à manger quelque chose de particulier, par exemple du chocolat. Pour autant, le désir n'est pas forcément un acte libre : par exemple, on peut imaginer une forme de **contrainte intérieure** qui me pousse à manger du chocolat alors même que j'ai pris la résolution de ne plus en manger. **Je deviens alors esclave de mon désir.**

■ Cette idée que le désir est une forme de servitude dont on devrait pouvoir se libérer est au cœur du désaccord entre Calliclès et Socrate dans le *Gorgias* de **Platon** (428 av. J.-C. – 348 av. J.-C.). Socrate demande à Calliclès si la tempérance (le fait de maîtriser ses désirs) est une qualité que doivent posséder les gouvernants, ou bien s'il s'agit uniquement d'une qualité de ceux qui sont gouvernés. **Pour Calliclès, les puissants doivent accroître le plus possible leurs désirs**, et être tempérant reviendrait à être esclave des injonctions des faibles qui, ne pouvant satisfaire tous leurs désirs, exigent que tout le monde soit tempérant. **Socrate au contraire considère qu'il faut être tempérant pour ne pas être esclave de ses désirs**, et que l'être qui cherche à tous les satisfaire est incontinent, à la manière d'un homme qui chercherait à remplir sans cesse des tonneaux percés.

■ Mais pour **David Hume** (1711-1776), dans le *Traité de la nature humaine*, ce thème philosophique du combat de la passion et de la raison pour déterminer la volonté est absurde et illusoire, et ce pour deux raisons :
– la raison seule n'est jamais un motif de direction de la volonté, il faut qu'il y ait une passion qui la pousse dans une direction plutôt qu'une autre. Ce que nous appelons « raison » n'est en fait souvent qu'une autre forme de passion, mais moins intense, plus « tiède » ;
– la raison ne peut jamais s'opposer à la passion pour diriger la volonté, parce qu'elle n'a pas la force de la passion.

B La question du déterminisme

■ Le déterminisme est la doctrine selon laquelle l'enchaînement des événements, et notamment des actions humaines, obéit au **principe de causalité**. Il s'agit de se demander si la liberté ne serait pas une illusion car nous croirions être libres, mais par pure ignorance des causes qui déterminent nos actions.

> **DÉFINITION**
> Le **principe de causalité** s'appuie sur la relation de cause à effet. En vertu de ce principe, tout ce qui arrive a une cause, qu'il s'agit alors de déterminer.

■ Un exemple possible de déterminisme est celui que l'on trouve dans la **théorie de l'inconscient psychique** chez **Sigmund Freud** (1856-1939). Freud écrit ainsi dans l'*Introduction à la psychanalyse* que « Le moi n'est plus maître dans sa propre maison ». Ainsi, toute une part de notre psychisme serait en fait inaccessible à la conscience, et ce serait dans cette partie, l'inconscient, que l'on trouverait les véritables motifs de nos actions. Ce que nous dit Freud, c'est que là où l'on croit faire usage de notre liberté, en pleine conscience de nos actes et de nos choix, **il y a peut-être une large part d'inconscient dissimulé.**

> **EXEMPLE**
> Ainsi, j'ai oublié un rendez-vous qui était pourtant censé être important pour moi. Pour Freud, cet oubli n'en est pas véritablement un, il s'agit d'un « acte manqué ». Ma conscience croit que je voulais absolument être présent à ce rendez-vous, mais inconsciemment, je n'avais en fait aucune envie d'y aller. Je suis donc ignorant des causes qui me déterminent.

C Le sentiment de liberté est une illusion

■ **Descartes** considère, dans les *Principes de la philosophie*, que « la liberté de notre volonté se connaît sans preuve, par la seule expérience que nous en avons », c'est-à-dire que **le sentiment de liberté est de l'ordre de l'évidence**, et que cette évidence n'a pas besoin d'être prouvée par une démonstration rationnelle : son caractère évident suffit à me faire considérer ce sentiment comme véritable.

■ Mais **Hume**, dans le *Traité de la nature humaine*, critique ce sentiment de liberté comme une **fausse évidence**. Ainsi, il remet en question la distinction traditionnelle entre les **processus naturels** qui obéiraient au principe de **nécessité** (par exemple, le soleil doit se lever tous les matins) et les **actions humaines** qui seraient, elles, **libres**.

DÉMONSTRATION

- Hume explique que dans le cas des phénomènes naturels, c'est mon esprit qui « invente » la causalité : je ne fais qu'observer que chaque matin jusqu'ici le soleil s'est levé et mon esprit en conclut un rapport de cause à effet et croit donc percevoir la nécessité (le soleil doit se lever tous les matins), alors qu'il n'en est rien. Ainsi, **mon expérience ne me donne aucune preuve qu'il y ait des lois nécessaires qui régissent les phénomènes naturels** : je peux juste constater que j'ai fait l'expérience que le soleil s'est levé tous les matins depuis que je suis né. Mais passer de ce constat d'union constante (ici entre le lever de soleil et le matin) à l'idée que le soleil se lèvera tous les matins et que d'ailleurs il doit se lever tous les matins, c'est une invention de mon esprit : ce n'est pas nécessairement faux, mais **je n'ai aucune preuve de cela**. D'ailleurs, peut-être que demain matin, le soleil ne se lèvera pas.
- Or, Hume explique qu'on devrait ressentir de la même manière la nécessité en ce qui concerne les actions humaines : elle serait une invention de mon esprit, mais ni plus ni moins que dans le cas des processus naturels. Alors que je constate de la même manière une union constante entre les actions humaines, il est donc surprenant que, dans le cas des processus naturels, mon esprit conclue à une nécessité absolue, et dans le cas des actions humaines, il conclue à l'inverse, c'est-à-dire à la liberté totale des êtres humains en ce qui concerne leurs actions, qui est tout aussi illusoire. Si je constate qu'à chaque fois que je vole du pain, mon boulanger me court après, mon esprit devrait inventer de la même manière une forme de nécessité, et non de liberté absolue. D'ailleurs, nous nous comportons comme si nous pouvions prévoir les actions des autres aussi précisément que les processus naturels et l'esprit ne fait aucune différence entre des causes matérielles et des actions volontaires.

EXEMPLE

Hume affirme que ce qu'un prisonnier considère comme les causes de son impossibilité à être libéré se confondent entre causes matérielles (la solidité du mur de la prison) et causes humaines (l'inflexibilité du gardien) : le prisonnier ne fait aucune différence entre les deux.

- Enfin, pour **Spinoza** (1632-1677), dans la *Lettre à Schuller*, l'homme qui se croit libre (parce qu'il a conscience de ses désirs mais pas des causes qui les déterminent) ressemble à une pierre qui aurait reçu par une cause extérieure une impulsion qui la ferait rouler. Une fois que la cause aurait disparu, la pierre continuerait de rouler, et si nous imaginons un instant que la pierre soit consciente de son mouvement, elle croirait alors être libre de continuer à rouler, puisque la cause de son mouvement ne serait plus présente. En effet, pour Spinoza, tout ce qui existe obéit aux lois de la nature, puisque tout ce qui existe est l'émanation de ce qu'il appelle Dieu ou la Nature, et l'être humain n'est pas une exception. Ainsi, **la liberté pensée comme libre arbitre est une illusion, et la seule liberté possible consiste à agir selon la nécessité de notre nature.**

3 Être libre, est-ce obéir à la loi ?

A La dialectique du maître et de l'esclave

- Le problème de la liberté devient plus complexe encore quand on l'envisage dans **son rapport à autrui,** c'est-à-dire dans son rapport à la liberté d'autrui. Pour illustrer ce problème, **Friedrich Hegel** (1770-1831) expose dans la *Phénoménologie de l'Esprit* ce qu'on appellera par la suite « **la dialectique du maître et de l'esclave** » : deux hommes se rencontrent et se lancent dans ce qu'on peut considérer comme une lutte à mort pour la reconnaissance de sa liberté par l'autre. Le premier (l'esclave) finit par prendre peur et accepte de renoncer à sa liberté pour préserver sa vie, il devient alors l'esclave. Le second au contraire est prêt à sacrifier sa vie pour la reconnaissance de sa liberté, il devient le maître. **L'esclave n'est donc pas libre, et le maître l'est.**

■ **Mais le rapport de servitude va en quelque sorte s'inverser** avec le temps. En effet, l'esclave, en travaillant et en transformant le monde par son travail, acquiert une forme d'autonomie face à la nature, alors que le maître devenu complètement dépendant du travail de son esclave, n'a plus qu'une liberté négative. De plus, sa liberté n'est reconnue que par un être qui est lui-même non libre, elle n'est donc pas une véritable reconnaissance.

B Le problème de la liberté politique

Si nous avons vu que la loi ne peut pas être considérée comme une contrainte mais comme une obligation, **elle semble néanmoins limiter la liberté de l'être humain**. Pourquoi alors les êtres humains ont-ils accepté de se soumettre aux lois ? Pour répondre à cette question, de nombreux philosophes, dits contractualistes, ont inventé **la fiction de l'état de nature** pour essayer de penser l'homme avant la société, afin de comprendre ce qui avait pu le pousser à rentrer dans l'état civil.

a L'état de nature selon Hobbes

■ Pour **Thomas Hobbes** (1588-1679), l'état de nature est un « état de guerre de chacun contre chacun » (*Léviathan*) où les êtres humains, soumis à leurs passions, sont en compétition permanente les uns avec les autres. Ils sont donc, d'une certaine manière, libres, mais **cette liberté est en permanence menacée par autrui** : ainsi, c'est paradoxalement parce que les humains sont relativement égaux par nature qu'aucun homme n'a une force suffisamment supérieure aux autres pour lui garantir que sa liberté ne sera pas menacée par plus fort que lui. Il est donc raisonnable à l'état de nature de prendre les devants et d'attaquer le premier, de réduire les autres en esclavage par la violence ou par la ruse et de les priver de liberté avant qu'ils ne vous privent de la vôtre, mais cela est nécessairement temporaire et fragile puisqu'à tout moment le rapport de force peut se renverser.

■ La liberté de l'état de nature est donc une liberté qui paraît absolue, mais qui n'est qu'une **liberté en puissance**, que le passage à l'état civil et à la loi va permettre de garantir et donc de rendre effective.

REPÈRES

En puissance/en acte

- Est **en puissance** ce qui est présent comme potentialité, mais qui n'est pas encore réalisé.
- Est **en acte** ce qui est achevé, présent, réalisé.

Ainsi, tout être humain est en puissance un être parlant, mais cette potentialité ne sera actualisée que par l'apprentissage de la langue.

b La liberté civile selon Rousseau

■ La question de savoir **à quelle condition la loi permet véritablement la liberté de l'être humain** est l'objet de l'ouvrage *Du Contrat social* de **Jean-Jacques Rousseau** (1712-1778). Rousseau part du constat suivant : « L'homme est né libre et partout il est dans les fers. » À quelle condition alors le passage à l'état civil permet la liberté ? Dans quel cas la soumission à la loi n'est-elle pas une servitude mais une libération ?

■ Rousseau explique que l'être humain, avant l'état civil, voyait **sa liberté naturelle limitée** par ses propres forces, en vertu de ce qu'on pourrait appeler « la loi du plus fort » : « Ce que l'homme perd par le contrat social, c'est sa liberté naturelle et un droit illimité à tout ce qui le tente et qu'il peut atteindre ; ce qu'il gagne, c'est la liberté civile et la propriété de tout ce qu'il possède. » Ainsi, **la liberté civile est une liberté plus « sûre », car elle est garantie par la loi.** Et tant que tous ne sont pas forcés à adhérer au pacte social, la soumission à la loi n'est pas une servitude, car « l'obéissance à la loi qu'on s'est prescrite est liberté ». C'est ce qu'on appelle l'**autonomie.**

DÉFINITIONS

▸ **Indépendance** : est indépendant celui qui peut tout faire sans se soucier des autres, dans une absence totale de contrainte ou d'obligation. Cela n'est possible que dans deux cas :
- soit il vit absolument et totalement isolé, mais nous pouvons nous demander si l'être humain n'est pas naturellement fait pour vivre en société (voir par exemple l'idée d'Aristote dans *La Politique* que « l'homme est par nature un animal politique ») ;
- soit il exerce sur les autres une domination absolue et totale, mais nous avons vu avec la dialectique hégélienne du maître et de l'esclave que cette indépendance est à terme une illusion, puisque le maître devient dépendant du travail de l'esclave.

▸ L'indépendance est à distinguer de l'**autonomie** qui est la capacité à se donner à soi-même ses propres lois ou au moins à adhérer librement à une loi comme si elle émanait de soi.

■ Encore faut-il, pour Rousseau, que **la loi soit l'expression de la volonté générale**. Pour préserver sa liberté dans l'état civil, chaque individu doit paradoxalement renoncer à tous ses droits naturels, et ce pour deux raisons :
- si certains hommes conservaient des droits naturels, ceux-ci seraient nécessairement sources de conflits ;
- la soumission totale à la volonté générale permet de ne pas être lésé, puisqu'on ne se soumet à personne en particulier, et que, tous faisant de même, on gagne autant que l'on perd.

■ **La soumission à la loi nous rend donc libre à condition que celle-ci soit l'expression de la volonté générale.** Ce qui amène à une affirmation paradoxale : si quelqu'un refuse d'obéir à la loi comme expression de la volonté générale, il faut qu'il soit contraint à le faire par le corps social, c'est-à-dire, selon Rousseau, « qu'on le forcera à être libre ».

c La liberté comme autonomie selon Kant

Cette idée de liberté comme autonomie se retrouve dans le concept de **loi morale** chez **Emmanuel Kant** (1724-1804)**,** dans la *Critique de la raison pratique* : je suis libre, donc je suis non seulement responsable de mes actes, mais **c'est ma liberté qui me permet d'agir moralement**, car c'est parce que je suis libre que je peux me donner à moi-même une loi et ensuite la suivre librement. Ma raison me permet en effet de me donner une loi qui doit pouvoir valoir universellement : ma liberté morale ne consiste donc pas à faire ce que je veux, mais à obéir à la loi morale que je me suis fixée. Il s'agit donc d'une **autonomie morale**, parce que cette loi ne vient pas de l'extérieur (je n'agis pas moralement parce que par exemple Dieu ou mes parents m'ont prescrit que je devais agir ainsi).

4 Je mémorise autrement

Être libre, est-ce obéir à la loi ?
– La dialectique du maître et de l'esclave (Hegel).
– Les êtres humains dans l'état de nature sont en état de compétition permanente les uns avec les autres (Hobbes).
– La soumission à la loi est une liberté pensée comme autonomie (Rousseau).
– La liberté consiste à obéir à la loi morale (Kant).

Qu'appelle-t-on être libre ?
– Liberté d'agir comme absence de contrainte (liberté négative).
– Liberté comme libre-arbitre (liberté positive).
– La liberté d'indifférence est le plus bas degré de la liberté (Descartes).

LA LIBERTÉ

La liberté n'est-elle qu'une illusion ?
– La contrainte intérieure du désir (Platon).
– Opposer désir et volonté est une absurdité (Hume).
– La conscience ignore les causes qui la déterminent (Freud).
– Le libre-arbitre comme évidence (Descartes) ≠ illusion de la liberté dans les actions humaines (Hume).
– La liberté consiste à agir selon la nécessité de notre nature (Spinoza).

 # quiz
Des questions pour réviser
foucherconnect.fr/23tersti2d64

4 La nature

La nature semble au premier abord être un concept évident, tant nous croyons avoir affaire à elle de manière immédiate : elle serait l'ensemble du monde physique, exception faite de toute ce qui porte la trace de la main de l'homme. Pourtant, cette évidence est remise en question par la polysémie du terme, qui nous pousse à nous interroger sur ce que nous considérons comme naturel.

1 Qu'est-ce que la nature ?

A Différents sens qui se rejoignent

- Le terme de nature vient du mot latin *natura* qui désigne « le cours des choses ». La nature désigne donc dans un premier sens **l'ensemble du monde physique, soumis aux lois naturelles**.
- Dans un deuxième sens, est naturel **ce qui s'oppose à ce qui est artificiel**.
- Enfin, dans un troisième sens, la nature **semble s'opposer à la culture**, ce qui ouvre un questionnement sur **l'inné et l'acquis**.

B Les lois naturelles

- La nature, comme monde physique, semble soumise au **principe de causalité**. Ainsi, **Aristote** (384 av. J.-C. – 322 av. J.-C.), dans la *Physique*, explique qu'il y a **une régularité** dans la nature et très peu de hasard, la nature ne faisant rien de superflu ni vain. Il s'agit donc de classer les causes par lesquels les évènements se produisent.
- La physique moderne a eu tendance à substituer au concept de causes celui de **lois de la nature :** ainsi, pour **Auguste Comte** (1798-1857), la révolution fondamentale de la science moderne consiste à avoir renoncé à déterminer les causes de ce qui arrive (la question du « pourquoi ») pour remplacer cette exigence par la recherche de lois qui, elles, se déduisent d'un constat statistique : on constate qu'il y a une constance des relations entre deux phénomènes observés (il s'agit donc bien plus de la question du « comment »).
- Mais pour **David Hume** (1711-1776), la détermination de lois continue trop souvent en sciences de ressembler au principe de causalité : mon esprit pense pouvoir prédire les phénomènes naturels, mais c'est une illusion (voir la démonstration du chapitre 3). Ainsi, il explique, dans le *Traité de la nature humaine*, que **c'est mon esprit qui « invente » la causalité** : je ne fais qu'observer une union constante entre les objets (je constate que chaque matin jusqu'ici le soleil s'est levé) et mon esprit en conclut un rapport de cause à effet et donc croit percevoir **la nécessité** (le soleil doit se lever tous les matins).

2 La distinction entre le naturel et l'artificiel

A La nature se distingue de l'artifice

Dans la *Physique*, **Aristote** définit une chose artificielle (un objet fabriqué) comme ce qui ne possède pas son propre principe d'existence, au contraire des êtres naturels (les êtres vivants) **qui contiennent en eux-mêmes le principe de changement**. Les artifices reçoivent donc leur principe d'existence d'une force extérieure à eux, ils sont créés par une main extérieure. Ce qui est **naturel** (*phusis*) se distingue donc de ce qui est **artificiel** (*technê*).

B Naturalité des objets artificiels ou artificialisation de la nature ?

■ Mais cette distinction entre le naturel et l'artificiel n'est peut-être pas aussi fondamentale qu'elle en a l'air. Ainsi, **René Descartes** (1596-1650) la remet en question, lorsqu'il écrit dans ses *Principes de la philosophie* : « Toutes les choses qui sont artificielles sont avec cela naturelles. » Les objets artificiels font en quelque sorte partie de la nature, puisqu'ils obéissent aux mêmes règles que les objets naturels. « Toutes les règles de mécanique appartiennent à la physique », il ne faut donc faire « aucune différence entre les machines que font les artisans et les divers corps que la nature compose. » Ainsi, la limite entre naturel et artificiel est peu nette en raison de **la naturalité des objets dits artificiels** : tous les processus techniques, au fond, seraient des prolongations des processus biologiques et naturels.

EXEMPLE

Ainsi, on peut prendre l'exemple des organismes génétiquement modifiés (OGM) : il peut sembler absurde, selon leurs défenseurs, de penser qu'il y a une différence essentielle entre une sélection technique et une sélection naturelle qui a toujours existé et qui est au principe de l'évolution des espèces, alors qu'on peut considérer, au contraire, que la technique est la nouvelle voie qu'a trouvée la nature pour continuer à sélectionner.

■ À l'inverse, il peut paraître illusoire de trouver un objet purement naturel, car nous n'aurions plus affaire aujourd'hui qu'à des objets artificiels. Cette idée de l'**artificialisation de la nature** est portée par **Karl Marx** (1818-1883) dans *L'Idéologie allemande* : « cette nature, de nos jours, n'existe plus nulle part, sauf peut-être dans quelques atolls australiens de formation récente ». Il pointe ainsi l'illusion qu'il y a à chercher des objets ni transformés ni conditionnés par le travail humain.

3 Nature et culture

A Distinction entre le naturel et le culturel

a Qu'est-ce que la culture ?

La culture peut être définie dans un premier temps comme **l'ensemble des créations techniques, sociales et spirituelles par lesquelles les être humains transforment la nature et se distinguent des autres espèces vivantes** (par exemple les œuvres d'art, le mariage, ou les rites religieux). En ce sens, ce qui est naturel s'oppose à ce qui est culturel. Notre premier réflexe est donc de penser le couple nature/culture comme une opposition : en entrant dans un monde de culture, on s'arracherait à la nature. La nature serait définie, quant à elle, comme ce qui ne serait pas fabriqué, ce qui me serait donné de manière immédiate, au contraire de la culture, pensée comme artificielle. La nature est ainsi pour **John Stuart Mill** (1806-1873) « tout ce qui arrive sans l'intervention humaine » (*La Nature*).

DÉFINITIONS

Nous pouvons distinguer trois sens au mot **culture** :
- **le sens ontologique** (qui définit l'être même de l'humanité) : est culturel ce qui nous distingue des autres animaux (par exemple, la cuisson des aliments) ;
- **le sens « classique »** : la culture est ici le processus d'instruction et d'éducation qui permet à l'homme de réaliser sa pleine condition d'être humain. L'être humain devient alors dépositaire d'un ensemble de connaissances héritées des générations passées qui font sa qualité d'être humain (par exemple, la connaissance d'un poème de Victor Hugo) ;
- **le sens anthropologique** : la culture peut être aussi un synonyme de civilisation (on parlera ainsi de culture française, ou de culture occidentale).

b L'homme, un être de culture

■ Ainsi, **Blaise Pascal** (1623-1662) dans la *Préface à un traité du vide*, compare les abeilles aux êtres humains, et montre que les premières ont une vie anhistorique (sans fil historique). Leur « savoir » (la technique de fabrication d'une ruche par exemple) ne vient pas d'un processus d'apprentissage, mais constitue le résultat de la nécessité, qui s'exprime en elles à travers l'instinct. Au contraire, les êtres humains doivent **apprendre tout ce qu'ils savent**, mais peuvent donc aussi **accumuler indéfiniment des connaissances**, au niveau de l'individu comme au niveau de l'espèce, ce qui n'est pas le cas pour les abeilles : « les ruches des abeilles étaient aussi bien mesurées il y a mille ans qu'aujourd'hui, et chacune d'elles forme cet hexagone aussi exactement la première fois que la dernière. »

REPÈRES

Genre/espèce/individu

- **Genre** (du latin *genus*, du grec *genos*, « origine, naissance, race ») : en biologie, on classe les êtres selon une famille, divisée elle-même en genre, divisés eux-mêmes en espèces. Par exemple, l'être humain fait partie de la famille des hominidés, du genre Homo et de l'espèce des Homo Sapiens.
- **Espèce** (du latin *species*, « apparence, aspect ») : ensemble de tous les individus qu'un ou plusieurs caractères communs permettent de classer ensemble.
- **Individu** (du latin *individuus*, « indivisible ») : corps vivant formant un tout.

En biologie, les notions d'individu, d'espèce et de genre sont des catégories qui servent à la classification des êtres : chaque individu fait partie d'une espèce qui elle-même fait partie d'un genre. On s'élève ainsi du plus particulier au plus général.

■ **Les êtres humains semblent donc être les seuls à avoir une culture** : ils échappent au déterminisme naturel parce qu'ils ont la capacité de se perfectionner et qu'ils sont animés par un principe de changement. **Jean-Jacques Rousseau** (1712-1778) dans le *Discours sur l'origine et le fondement de l'inégalité parmi les hommes* appelle cela la **perfectibilité**. Mais si les êtres humains ne sont pas déterminés une fois pour toutes par leur nature, leur **culture est donc contingente** (tout ce qui est culturel varie selon les époques et les civilisations) et particulière, alors que **ce qui est naturel est universel et nécessaire.**

PHILOSOPHIE

REPÈRES

Contingent/nécessaire

- Est **contingent** ce qui pourrait être différent, ou ne pas être.
- Est **nécessaire** ce qui ne peut pas ne pas être, ou qui ne peut pas être autrement.

B La culture n'est pas la négation de la nature

■ Le problème se complexifie quand il s'agit de savoir ce qui est naturel ou culturel en l'être humain. En effet, **la culture n'est pas que la transformation de la nature à l'extérieur de nous, mais aussi en nous.**

■ Or, si ce qui était culturel en l'être humain était une négation complète de ce qu'il est à l'état de nature, autrement dit si la culture avait pour unique but de nous arracher à la nature, alors il serait facile de déterminer ce qui en est de l'ordre de la nature, et ce qui est de l'ordre de la culture. Mais **le culturel ne s'oppose pas au naturel**, n'en est pas sa négation complète, puisque la plupart des pratiques culturelles sont en fait une actualisation de ce qui était déjà en puissance naturellement. À partir de besoins et événements naturels (manger, boire, dormir à l'abri, assurer la préservation de l'espèce, mourir), l'être humain a élaboré des pratiques et systèmes culturels qui, eux, diffèrent selon les civilisations.

EXEMPLE

Ainsi, les coutumes et interdits alimentaires sont une actualisation dans la culture d'un besoin naturel, celui de se nourrir pour se maintenir en vie et en santé.

C Le problème de l'inné et de l'acquis

DÉFINITIONS

- Est considéré comme **inné** un caractère biologique ou physiologique censé relever de la **nature** puisqu'il est présent chez l'être vivant dès la naissance.
- Est considéré comme **acquis** un caractère qu'on acquiert après la naissance, qui dépend de l'environnement et donc de la **culture**.

■ La question de ce qui est **naturel** et ce qui est **culturel** en l'être humain recoupe en fait la distinction entre l'**inné** et l'**acquis**. Or, le débat entre l'inné et l'acquis amène bien souvent à une impasse, parce qu'on a tendance à vouloir tout expliquer par l'un ou par l'autre :
- d'un côté tout serait inné, tout serait déterminé par des lois mécaniques ou génétiques ;
- de l'autre, tout serait acquis, toutes les manifestations qui nous paraissent naturelles seraient le résultat de processus sociaux.

■ Ainsi, même dans le cas d'un objet qui nous paraît le plus naturel possible (notre corps), la limite entre l'inné et l'acquis, le naturel et l'artificiel semble extrêmement **difficile à déterminer**. En effet, notre corps semble être le signe de la matérialité en nous et nous rapprocher des autres êtres vivants : comme eux, nous naissons, avons des besoins corporels et mourrons. Mais selon les cultures, les classes sociales, les genres, les corps vont être plus ou moins minces, plus ou moins musclés, tatoués, percés, modifiés par les habits, et donc transformés par la culture. Les catégories d'inné et d'acquis sont donc bien souvent réductrices.

4 Je mémorise autrement

LA NATURE

Qu'est-ce que la nature ?
– La nature est l'ensemble du monde physique hors intervention humaine, mais aussi ce qui s'oppose à l'artificiel et à la culture.
– La nature obéit-elle au principe de causalité (Aristote) ou bien les lois de la nature ne sont-elles qu'une invention de mon esprit (Hume) ?

Nature/culture
– La nature, universelle et nécessaire, s'oppose à la culture, particulière et contingente.
– La culture n'est pas la négation de la nature en nous.
– Distinguer ce qui est inné et ce qui est acquis pose problème.

La distinction entre le naturel et l'artificiel
– La nature se distingue de l'artifice (Aristote).
– Toutes les choses artificielles sont aussi naturelles (Descartes).
– Chercher des objets purement naturels est de l'ordre de l'illusion (Marx).

 # quiz
Des questions pour réviser
foucherconnect.fr/23tersti2d64

5 La religion

Il s'agit ici de considérer la religion comme un fait et de l'analyser comme tel. De nombreuses religions ont existé, par-delà la variété des temps, des lieux et des peuples : la récurrence et la persistance de ce fait religieux interrogent. De plus, la profusion déroutante des religions humaines nous pousse à nous demander s'il existe un critère permettant d'unifier la notion.

1 La religion : une double étymologie

A *Religere*, (se) recueillir

La **première étymologie possible** du mot religion est le verbe latin ***religere***, qui signifie « (se) recueillir, réfléchir ». Ici, il s'agit de penser la religion d'abord comme vie intérieure et donc de la renvoyer à l'attitude religieuse, c'est-à-dire la **foi** (du latin *fides*, « confiance »). Or, la foi est une notion problématique : est-elle rationnelle (il serait alors logique de croire), rationalisable (l'origine de la foi serait irrationnelle mais nous pourrions en rendre compte a posteriori) ou purement irrationnelle ? Par exemple, le « Dieu des philosophes » est un Dieu rationnel, mais la question se pose de savoir si ce Dieu peut encore être un objet de foi.

DÉFINITION

Le « **Dieu des philosophes** » est une invention des philosophes pour tenter de penser la foi et Dieu comme objets rationnels. On le rencontre pour la première fois chez Aristote, qui le définit comme première cause, premier moteur, afin de résoudre de manière logique le problème de la régression à l'infini des causes. En effet, si on considère que tout ce qui existe a une cause, on va donc chercher la cause d'une chose pour savoir pourquoi cette chose existe. Mais cette cause a elle-même une cause, sinon elle n'existerait pas. Si on remonte de cause en cause, on risque de devoir remonter indéfiniment. Il faut donc trouver une cause qui soit à la fois cause de toutes les autres, et sans cause elle-même. Une des manières de résoudre ce problème est de penser Dieu comme première cause [*prima causa*], et cause de lui-même [*causa sui*].

B *Religare*, relier

- Une **seconde étymologie possible** est le verbe latin ***religare***, qui signifie « attacher, relier ». On peut comprendre ce terme de trois manières.
- La première, c'est **le lien vertical entre le croyant et le divin**, par exemple la relation qu'entretient chaque homme avec Dieu dans les religions monothéistes. C'est l'idée par exemple de la révélation, de la conversion.
- La plupart des religions envisagent à la fois une **rupture** entre un ici-bas (la vie ordinaire) et un au-delà, et un **rapport** entre les deux (mes actions ici-bas ont des conséquences dans l'au-delà). La deuxième manière de comprendre cette étymologie, c'est donc de penser la religion comme **une tentative de relier ces deux niveaux**. On peut alors se demander si une religion de l'immanence, selon laquelle par exemple Dieu n'est pas un être distinct du monde, mais constitue l'intégralité du monde, aurait encore un caractère véritablement religieux. Ne peut-on penser la religion que vis-à-vis d'un objet qui nous transcende ?

REPÈRES

Immanent/transcendant

- Est **immanent** ce qui est du même niveau, ce qui est accessible. Par exemple, on peut dire que les dieux de la mythologie grecque sont immanents : leur aspect, leurs sentiments et leur comportement ressemblent à ceux des êtres humains, et ils interviennent sans cesse dans les affaires des hommes, au point même de se reproduire parfois avec eux.
- Est **transcendant** ce qui va « au-delà », ce qui nous dépasse, ce qui est d'un degré de réalité supérieure. Le Dieu des religions monothéistes est un dieu transcendant.

La troisième manière, c'est celle du lien non pas vertical entre Dieu et le croyant, mais plutôt **le lien horizontal entre les croyants eux-mêmes**. Une des caractéristiques fondamentales des religions n'est-elle pas justement l'existence d'une communauté de croyants qui se réunissent autour d'un ensemble de dogmes, de croyances et de pratiques ?

2 La religion implique-t-elle la croyance en un être divin ?

Le premier critère pour définir la notion de religion que nous pouvons trouver est celui de la croyance en un être divin. Ainsi, la foi en un Dieu est-elle une caractéristique accidentelle ou essentielle de l'attitude religieuse ?

REPÈRES

Essentiel/Accidentel

- Est **essentiel** ce qui appartient à la nature d'une chose, c'est-à-dire ce qui permet de la définir dans le temps, au-delà des modifications superficielles.
- Est **accidentel**, au contraire, ce qui dans une chose peut être modifié ou supprimé sans que la nature de cette chose ne change.

A Foi et divin

a Dieu et le divin

Dans un sens général et commun, est divin ce qui nous dépasse, nous transcende, ce qui semple être d'un degré supérieur à la condition humaine normale. **Au sens strict, est divin ce qui est relatif à Dieu**. Ainsi, dans les *Méditations Métaphysiques*, **René Descartes** (1596-1650) prouve l'existence de Dieu à partir du divin, c'est-à-dire à partir de l'idée de perfection : j'ai en moi l'idée de perfection. Or, je ne suis pas un être parfait. Donc cette idée ne peut venir de moi. Il faut donc supposer l'existence d'un être parfait qui est la cause de mon idée de perfection. Cet être parfait, c'est Dieu. Pour Descartes, cela signifie donc que Dieu existe. Il semble alors qu'il ne peut y avoir de foi qu'en un être « déjà » divin, c'est-à-dire en un ou des dieux. Mais on pourrait envisager le contraire : la croyance en un objet qui ne serait pas divin au départ parce que ce serait plutôt **la foi qui rendrait divin tout ce en quoi elle croit**. Est-ce parce que Dieu est divin que l'attitude religieuse est possible, ou bien est-ce l'attitude religieuse qui implique nécessairement la divinisation de son objet, quel qu'il soit ?

b C'est Dieu qui me fait croire

La première réponse possible est celle des croyants eux-mêmes. **C'est Dieu qui me fait croire, c'est cet être divin qui est cause de l'attitude religieuse.** Ainsi, **Blaise Pascal** (1623-1662), dans *Le Mémorial*, fait une distinction entre le Dieu « des philosophes et des savants », qui serait un dieu rationnel, et le Dieu des écritures, qui lui serait objet de foi. Il écrit ainsi dans les *Pensées* : « Je ne puis pardonner à Descartes ; il aurait bien voulu, dans toute sa philosophie, pouvoir se passer de Dieu ; mais il n'a pas pu s'empêcher de lui faire donner une chiquenaude, pour mettre le monde en mouvement ; après cela, il n'a plus que faire de Dieu ». À l'opposé du « Dieu des philosophes », **le Dieu de Pascal est « sensible au cœur, non à la raison »** : il ne se prouve pas par une démonstration mathématique. La foi implique ainsi une nécessaire incertitude qui la rend possible, parce que sinon il s'agirait d'un constat rationnel, et non de foi : l'acte de foi est rendu nécessaire pour un « Dieu caché ». C'est Dieu qui rend mon cœur sensible, ainsi je crois parce que cet être divin me donne la foi.

c La foi divinise son objet

■ À l'inverse, nous pouvons faire l'hypothèse que **c'est la foi qui divinise nécessairement son objet, quel qu'il soit.** Ainsi, **Friedrich Nietzsche** (1844-1900) écrit dans *Le Gai Savoir* : « Dieu est mort : mais, à la façon dont sont faits les hommes, il y aura peut-être encore pendant des milliers d'années des cavernes où l'on montrera son ombre. » Le philosophe ne proclame pas la fin de la croyance en Dieu (il existe aujourd'hui toujours des croyants), mais constate que dans nos sociétés occidentales contemporaines, **Dieu est devenu une affaire privée et non plus publique.** Il ne fonctionne plus comme principe structurant de la totalité de l'existence personnelle et collective. Mais cet effacement ne signifie pas que la croyance en Dieu comme référent moral collectif ait complètement disparu. Il persiste « comme une ombre », y compris hors de la religion.

EXEMPLE

Nietzsche considère que c'est la croyance en la vérité qui rend possible la science alors même que celle-ci ne pense reposer sur aucune croyance, ce qui revient à diviniser la vérité. L'attitude religieuse, qui consiste à diviniser ce sur quoi elle porte, se retrouve donc en dehors du domaine strict de la religion. La foi moderne dans la science n'est qu'une manière de pallier la mort de Dieu, de transférer les valeurs qui lui étaient traditionnellement attachées sur un autre objet.

■ **Ainsi, la foi implique bien la croyance en un être divin, dans le sens où c'est elle qui rend l'objet divin, qu'il s'agisse de Dieu ou non.**

B La caractéristique essentielle de la religion n'est pas la croyance en un être divin

■ Cependant, **Émile Durkheim** (1858-1917) explique dans *Les Formes élémentaires de la vie religieuse* que **la religion ne peut pas se définir uniquement comme la croyance en un être divin.** En effet, cette définition, héritée de nos traditions monothéistes, a été relativisée par la découverte anthropologique de la diversité extrême des croyances religieuses. Ainsi, selon Durkheim, nous savons maintenant qu'**il existe au moins une religion sans dieu, le bouddhisme :** d'une part, même si certaines formes de bouddhisme tendent à diviniser la figure du Bouddha, la plupart insistent au contraire sur son humanité et d'autre part on ne peut pas non plus réduire le bouddhisme à une « philosophie de vie » car celui-ci génère des pratiques et des communautés religieuses.

■ Dès lors, ce qui caractériserait avant tout une religion serait **l'existence d'une communauté de croyants.** Durkheim remarque qu'il n'existe pas de religion « sans Église », au sens de communauté. La foi, qui se présente comme une affaire personnelle entre le croyant et le divin, prend en fait forme dans le cadre d'une relation horizontale entre les membres d'une communauté. Elle peut donc plutôt se définir comme une **relation à trois parties : le croyant, un dieu et un témoin.** En effet, toute religion implique que le croyant fasse confiance à une personne ou un texte sacré qui témoigne de ce que Dieu s'est manifesté. Il faut que le croyant croit ce que le témoin a vu ou entendu.

■ Enfin, Durkheim considère que la caractéristique essentielle de toute religion est de distinguer **qui est sacré** (c'est-à-dire séparé, mis hors de portée), **et ce qui est profane** (c'est-à-dire accessible). Le rite religieux aurait pour fonction de relier ces deux aspects, sans jamais leur permettre de se rejoindre complètement. Il permettrait ainsi de préparer le croyant à s'approcher, toujours à bonne distance, de ce qui est sacré.

3 Foi et raison

■ **Un autre aspect du fait religieux a presque toujours posé un problème en philosophie.** Si on considère que la philosophie est l'art de la raison, la religion est un concept « gênant » puisque ce qui mène à Dieu dans la foi n'est pas rationnel. Dès le Moyen Âge, la philosophie a donc essayé de démontrer l'existence de Dieu à l'aide de plusieurs arguments.

■ Mais, comme nous l'avons vu avec Pascal, si on réduit Dieu au dieu des philosophes, est-il encore Dieu ? Faut-il donc penser le rapport entre foi et raison comme un rapport de pure opposition ?

A Foi et raison, accordées dans la recherche de la vérité

■ Pour **Thomas d'Aquin** (1224-1274), **foi et raison s'entraident et se soutiennent mutuellement dans la recherche de la vérité**, c'est ce qu'il appelle « la vertu de la patience ».

■ De même, **Averroès** (1126-1198) démontre dans *Le Livre du discours décisif* qu'il n'y a pas de contradiction entre le texte sacré et la démonstration rationnelle.

FOCUS

Averroès explique qu'il y a deux possibilités dans le rapport entre les connaissances que nous apportent les textes sacrés et celles de la philosophie :
- soit il n'y a pas de contradiction, et donc pas de problème à résoudre ;
- soit il y a désaccord, et dans ce cas, comme le texte sacré ne peut pas se tromper, et que ce que j'ai démontré rationnellement ne peut pas être faux, une conclusion s'impose : je n'ai pas bien compris le texte sacré. Il faut donc l'interpréter jusqu'à ce qu'il s'accorde avec la démonstration rationnelle.

B La quête rationnelle de la vérité, contre l'illusion religieuse

■ Cependant, la philosophie moderne et contemporaine a eu tendance à s'éloigner de la question de Dieu et à voir la croyance et la religion comme **une forme d'illusion néfaste**. Ainsi, **pour Karl Marx** (1818-1883), **la religion est une création sociale**, en réponse à l'angoisse humaine. Elle masque à l'être humain sa vraie réalité et l'empêche de se libérer. C'est en cela qu'il considère que « la religion est l'opium du peuple ».

■ Pour **Ludwig Feuerbach** (1804-1872), **la religion comme relation à un Dieu personnel et tout-puissant est une aliénation** : ainsi, dans *L'Essence du christianisme*, il explique que l'être humain a transféré à l'extérieur de lui toutes les qualités proprement humaines, dans un objet qu'il appelle Dieu et qu'il se met à adorer. En comparant sa force et ses connaissances avec celles de l'humanité tout entière, il croit découvrir ses propres limites et donc considère que tout ce qu'il y a d'aspirations infinies en lui (son aspiration à la connaissance, à la beauté, à l'infini, etc.) vient en fait de Dieu. C'est pour cela que Feuerbach considère que c'est l'homme qui a créé Dieu à son image, et non l'inverse.

DÉFINITION

L'**aliénation** signifie le fait d'être privé d'un droit ou d'une qualité. Au sens philosophique, elle désigne le fait de devenir étranger à soi-même parce qu'on est dépossédé de qualités qui nous sont propres ou de biens qui nous reviennent.

4 Je mémorise autrement

LA RELIGION

Foi et raison
– La foi et la raison collaborent pour rechercher la vérité (Thomas d'Aquin).
– Il n'y a pas de contradiction possible entre le texte sacré et la raison (Averroès).
– La religion détourne l'être humain de lui-même et l'empêche de se libérer (Marx, Feuerbach).

La religion : une double étymologie éclairante
– *Religere* : la religion comme vie intérieure, comme foi.
– *Religare* : la religion comme lien. Lien vertical entre le croyant le divin, et l'ici-bas et l'au-delà. Lien horizontal entre les croyants entre eux.

La religion implique-t-elle la croyance en un être divin ?
– Le divin est la preuve de l'existence de Dieu (Descartes).
– C'est Dieu qui provoque la foi (Pascal).
– Toute croyance implique la divinisation de son objet : l'attitude religieuse ne se limite pas au domaine de la religion (Nietzsche).

 # quiz
Des questions pour réviser
foucherconnect.fr/23tersti2d64

6 La technique

Le terme de technique vient du grec *technê*, « art » ou « habileté », et désigne un savoir-faire, c'est-à-dire la capacité à mettre en œuvre des règles dans le but d'obtenir le résultat souhaité. À partir de l'époque moderne, et au contraire de l'art, la technique se définit par sa fin utilitaire. Elle devient alors l'agent d'une conquête scientifique du monde par l'homme, suivant l'injonction de Descartes à devenir « maîtres et possesseurs de la nature. »

1 La technique, un instrument au service de l'homme ?

A Technique et culture

La technique est, au premier abord, **un instrument au service de l'être humain comme être de culture.** En effet, sa maîtrise est un moyen d'élaboration culturelle, c'est-à-dire qu'elle lui permet de construire et de développer sa culture, et cela selon les trois sens du mot « culture » que nous avons identifiés (voir le chapitre 4) :
- au sens ontologique, **la technique permet à l'être humain de se distinguer des autres animaux** (la maîtrise du feu, par exemple, permet la cuisson des aliments) ;
- au sens « classique », **la technique serait le moyen pour l'être humain de réaliser pleinement sa condition** : il devient alors dépositaire d'un ensemble de connaissances qui font sa qualité d'être humain (ainsi, l'invention de l'imprimerie permet une diffusion plus facile, plus rapide et plus large des connaissances) ;
- au sens anthropologique, enfin, **la technique est aussi un critère de classification des civilisations**, dans le temps et dans l'espace (voir la partie 2 C. du cours).

B L'homme, technophile ou technophobe ?

■ Si la technique est cet instrument au service de l'être humain, créé par lui et pour lui, **d'où peut alors venir la méfiance qu'elle semble parfois inspirer ?** D'où vient que l'homme, animal apparemment technophile par définition, puisse devenir technophobe ? Le cinéma de science-fiction contemporain abonde ainsi en exemples de récits dans lesquels des machines et robots, de plus en plus perfectionnés, finissent par prendre le pouvoir sur l'humanité et l'asservir, ou la mettre en danger de disparaître.

■ **L'être humain peut-il donc être dépassé par la technique ?** Faudrait-il décider, à un moment donné, de mettre un frein au développement technique, parce qu'il y aurait une forme de point de non-retour, au-delà duquel la création échapperait à son créateur ? Ou bien est-il dans l'essence même de la technique, dès le départ, de modifier l'homme qui se décide à l'employer ?

2 La caractéristique première de l'homme est de fabriquer des outils

A De l'instrument à l'outil

■ **Le premier objet technique**, celui qui nous paraît le plus simple et le plus directement accessible à concevoir, c'est **l'outil**. Nous pouvons définir ce dernier comme **un instrument artificiel** produit par l'humanité et qui lui permet d'accroître l'efficacité de son travail. Ainsi, l'être humain a commencé par se servir d'instruments, tels qu'une pierre tranchante trouvée dans la nature, puis s'est mis à fabriquer des outils, comme la scie, qui permet au menuisier de couper une planche de bois avec bien plus d'efficacité et de précision.

■ **Le passage de l'instrument à l'outil est donc celui du naturel à l'artificiel**, parce que l'instrument (la pierre) retourne après utilisation à son état naturel, perd sa fonction. Au contraire, l'outil est artificiel, donc fabriqué en vue d'une fin, et l'élaboration et la fabrication d'outils relèvent elles-mêmes d'un geste technique. L'outil est donc la première étape dans l'artificialisation de l'être humain et de son rapport au monde. Mais l'utilisation d'outils n'est-elle pas alors déjà une forme de dénaturalisation ?

B L'outil : le prolongement de la main

En fait, paradoxalement, l'outil, objet artificiel, qui diversifie et accroît les forces de l'homme, n'a pas véritablement été pensé comme un corps étranger, parce qu'à la suite d'**Aristote** (384 av. J.-C. - 322 av. J.-C.), il est considéré comme un prolongement de la main, elle-même qualifiée d'outil. Ainsi, Aristote, dans *Les Parties des animaux*, explique que c'est parce que l'être humain est un animal intelligent, qu'il possède la main. La nature ayant bien fait les choses, aucun être vivant ne se voit doté d'attributs qu'il ne saurait employer à bon escient, or étant le plus intelligent des animaux, il dispose de l'organe le plus polyvalent. Allant à l'encontre de l'idée selon laquelle il est le moins bien pourvu des animaux, et que le recours à la technique serait la marque de sa faiblesse, comme par exemple chez Platon avec le mythe de Protagoras, **Aristote montre que la polyvalence de l'instrument qu'est la main témoigne de sa supériorité**. La main, organe naturel, est déjà qualifiée d'outil : par extension, l'outil va donc être naturalisé, parce qu'il est vu comme le prolongement de la main-instrument, presque comme un organe externe et amovible.

CITATION

« C'est donc à l'être capable d'acquérir le plus grand nombre de techniques que la nature a donné de loin l'outil le plus utile, la main. »

C La transformation technique des sociétés humaines

■ **L'outil est donc à la fois le signe de l'intelligence humaine, mais aussi l'endroit où elle est mise en œuvre**. Au moment de sa conception, de sa fabrication et de son usage premier, il semble bien être maîtrisé par l'être humain, parce que c'est ce dernier qui définit la fin de l'outil, ce pourquoi il est fait. Cependant, au-delà du moment de l'innovation, l'invention d'outils techniques, de plus en plus complexes, dessine et oriente l'évolution des sociétés humaines.

■ Pour **Henri Bergson** (1859-1941), **la caractéristique première de l'humanité n'est pas de savoir, mais de fabriquer des outils**. Il affirme ainsi que si nous regardions la trajectoire des différentes civilisations humaines, nous remarquerions que le point commun à toutes est la maîtrise et la diversification techniques. Bien plus que comme un *Homo sapiens*, il définit l'être humain comme *Homo faber* (« homme artisan »).

■ Mais Bergson remarque aussi que nous avons tendance, quand nous considérons les civilisations passées, **à les classer et les hiérarchiser selon des innovations techniques** : ainsi, il prévoit que les grandes inventions de notre temps (comme la machine à vapeur) constitueront un jour les caractères essentiels de l'époque, comme les historiens ont identifié des âges « du bronze ou de la pierre taillée. »

FOCUS

Bergson explique ce fait non seulement parce que ces innovations seraient des repères facilement identifiables pour distinguer des périodes de l'histoire humaine, mais surtout parce que **leur invention oriente le développement de ces sociétés** et des êtres humains qui y vivent : « les inventions qui jalonnent la route du progrès en ont aussi tracé la direction. » Nous aurions une forme d'illusion sur la neutralité du progrès technique et de ses répercussions, car nous ne nous rendrions compte des modifications que les innovations techniques apportent, à la fois pour l'homme et pour les sociétés humaines, qu'après-coup, « à retardement ».

3 De l'outil à la machine : le problème de l'automatisation

A La différence entre l'outil et la machine

■ Une machine peut être définie comme **un objet technique capable d'utiliser une source d'énergie pour réaliser par elle-même, avec ou sans la conduite d'un être humain, une ou plusieurs tâches, en vue d'effectuer un travail mécanique.** Notre première pensée sur la machine a tendance à considérer que celle-ci se distingue de l'outil par son degré de complexité. Ainsi, l'être humain aurait inventé les machines, pour pallier le nombre limité de tâches qu'il peut réaliser en même temps. **Karl Marx** (1818-1883) explique dans *Le Capital* que « le nombre d'outils avec lesquels l'homme peut opérer en même temps est limité par le nombre de ses propres organes ». La machine serait donc un « super-outil ». Par exemple, l'aspirateur permet dans un même mouvement de dégager et d'enlever la poussière du sol, là où le balai guidé par la main ne peut le faire qu'en deux temps.

■ Cependant, l'historien de la technique **Lewis Mumford** (1895-1990) explique dans *Technique et Civilisation* que **la différence fondamentale entre l'outil et la machine ne se situe pas dans leur degré de complexité**. Ainsi, l'utilisation de certains outils demande des opérations extrêmement complexes, pour l'œil et la main (qu'on réfléchisse à la difficulté qu'il y a pour un enfant à apprendre à utiliser un couteau ou un stylo) alors que certaines machines réalisent des tâches extrêmement simples (par exemple, le marteau-pilon). De plus, **un outil peut avoir des fonctions multiples, et une machine, une seule**. Pour Mumford, la différence se situe bien plus « dans le degré d'indépendance de la machine au cours de l'opération, par rapport à l'habileté et l'énergie de l'opérateur : l'outil se prête à la manipulation, la machine à l'action automatique. » Ainsi, **cette différence réside dans le degré d'autonomisation de l'objet technique vis-à-vis du travail humain**.

CITATION

« En général, la machine accentue la spécialisation des fonctions ; l'outil est plus souple. La raboteuse n'accomplit qu'une seule fonction, tandis que le couteau peut être utilisé pour aplanir du bois, le sculpter, le fendre, pour faire pression sur une serrure ou pour enfoncer une vis. »

B L'automatisation transforme le travail humain

■ C'est à partir de cette question de l'autonomisation de la machine que l'on peut poser **le problème de la maîtrise et du contrôle de celle-ci**. Ainsi, **Hannah Arendt** (1906-1975), dans *Condition de l'homme moderne*, remarque qu'il est tout à fait paradoxal qu'on se soit posé la question de savoir si l'être humain doit s'adapter à la machine, ou la machine s'adapter à la nature de l'être humain, alors qu'on ne s'était jamais interrogé de la même manière pour l'outil. En effet, pour elle, cette discussion est stérile car l'être humain est « un être conditionné pour qui toute chose, donnée ou fabriquée, devient immédiatement condition de [son] existence ultérieure » : il s'habitue aux objets, qu'ils soient naturels ou créés par lui, et **les machines comme les outils lui deviennent donc indispensables dès leur invention**. « L'homme s'est donc adapté à un milieu de machines dès le moment où il les a inventées. »

■ Si le problème de l'adaptation à la machine ne se pose donc pas véritablement pour l'être humain en général, il a en revanche des conséquences concrètes en ce qu'il modifie considérablement **le rythme du travailleur**. Certes, l'outil était au service de l'être humain comme la main est à son service ; en revanche, pendant le temps du travail avec la machine, c'est le rythme mécanique qui s'impose au corps humain, et non l'inverse. **Le passage à l'automatisation transforme donc profondément le travail humain.**

EXEMPLE

L'avènement des machines dans l'industrie textile au XIXe siècle n'a pas contraint la société britannique à des efforts d'adaptation majeurs, mais elle a bel et bien **modifié le rythme du travail pour les ouvriers**. Alors qu'ils en étaient les maîtres dans le cadre du travail manuel, ils se sont retrouvés à **devoir s'adapter au rythme de la machine.**

C La machine, instrument d'aliénation ou de libération ?

■ Ce changement de rythme implique, pour Marx une **aliénation pour le travailleur**. Cette aliénation par la technique comprend, selon lui, deux aspects :
- d'une part, une **séparation se fait entre le travail intellectuel** (conception et connaissance du mécanisme, qui deviennent le propre de l'ingénieur) **et le travail physique** de celui qui opère la machine (gestes répétitifs à un rythme imposé) ;
- d'autre part, **le travailleur est dépossédé de son travail**, et devient un rouage dans une organisation mécaniste, dont il ignore les fins. Là où l'artisan maîtrisait la totalité du processus de fabrication, depuis la conception de l'objet en vue d'une fin connue, jusqu'à la réalisation de ses différentes parties, l'ouvrier, lui, a une vue limitée à la tâche qui lui est assignée, de par cette séparation entre travail intellectuel et physique.

■ *A contrario* de cette vision aliénante et terrifiante de la machine, **on peut mettre en lumière sa dimension libératrice pour la pensée humaine**. On pourrait considérer que les critiques de Marx viennent de ce qu'à un moment donné, les machines n'étaient pas assez complexes, et assez autonomes : il ne peut plus y avoir aliénation du travailleur par la machine, s'il n'est plus nécessaire à son fonctionnement, et le problème de l'aliénation pourrait se résoudre le jour où la machine n'aurait plus besoin de cette attention humaine. C'est l'hypothèse formulée par **Bergson**, qui explique que la différence fondamentale se trouve alors plutôt entre « un mécanisme qui absorbe l'attention, et un mécanisme dont on peut se distraire. »

EXEMPLE

Bergson prend ainsi l'exemple de la machine à vapeur : sa première version nécessitait qu'un travailleur intervienne pendant le processus pour ouvrir et fermer des robinets, jusqu'au jour où un enfant raconte-t-on, lassé d'effectuer ce travail, invente le moyen de le faire faire automatiquement par la machine. Il se retrouve donc libre de s'amuser parce qu'il n'est plus absorbé par la surveillance constante. Bergson explique que « la différence entre les deux machines est radicale : la première retenait l'attention captive, la seconde lui donnant congé. »

■ Dans cette hypothèse, **le dépassement technique, loin de réduire ou d'asservir l'homme, serait pour lui l'occasion de se retrouver.**

4 Les organismes-machines nous menacent-ils ?

L'automatisation croissante de la machine, cependant, nous oblige à penser le terme de ce processus : comment envisager notre rapport avec elle, le jour où sa puissance et son autonomie seront telles qu'elle n'aura plus besoin de l'homme pour fonctionner ? Elle ne serait alors plus machine-outil mais **machine-organisme autonome** : là où l'outil n'était souvent qu'un organe supplémentaire, prolongeant notre propre corps, elle deviendrait un ensemble cohérent d'organes composant une structure fonctionnelle, c'est-à-dire **un organisme**. Ce questionnement est au cœur de ce qu'on peut appeler **le mouvement transhumaniste**.

A Une machine peut-elle penser ?

■ Le premier enjeu de cette autonomisation de la machine, qui finirait par être une véritable intelligence artificielle, est celle **de sa puissance, et de sa concurrence avec l'humanité**. Si elle se met à penser véritablement, pourrait-elle aller jusqu'à prendre le pouvoir ? Nous créons déjà des ordinateurs capables d'apprendre au contact des êtres humains : on peut donc penser que ce n'est qu'une question de temps, avant qu'une forme de pensée plus complète et autonome n'advienne. C'est un scénario de science-fiction des plus courants : l'humanité, dépassée par la surpuissance des machines qu'elle a elle-même créées, est finalement concurrencée, asservie ou menacée par elles.

■ Mais **cette question de la puissance de la création technique face à celle de son créateur n'est en réalité pas la plus préoccupante**, si l'on considère que l'être humain demeure le concepteur et programmateur de ces machines. À l'exemple du codage génétique des cellules, qui les condamne au suicide si elles deviennent néfastes, ou suivant les réflexions amorcées par l'écrivain de science-fiction Isaac Asimov avec ses lois de la robotique, on peut supposer d'inclure dans la programmation une forme de verrou, de « garde-fou » en quelque sorte.

EXEMPLE

Les trois lois de la robotique, formulées par Asimov, sont les suivantes :
« 1. un robot ne peut porter atteinte à un être humain, ni, en restant passif, permettre qu'un être humain soit exposé au danger ;
2. un robot doit obéir aux ordres qui lui sont donnés par un être humain, sauf si de tels ordres entrent en conflit avec la première loi ;
3. un robot doit protéger son existence tant que cette protection n'entre pas en conflit avec la première ou la deuxième loi. »

PHILOSOPHIE

B Humanisation de la machine et technisation de l'être humain

Un sujet plus délicat est soulevé par l'**humanisation de l'organisme-machine**, puisqu'on peut constater une nette tendance à la création de robots humanoïdes. Les problèmes pourraient être en effet multiples, sur le plan moral notamment : que penser et que faire de robots qui seraient de véritables androïdes ? Devrons-nous les considérer comme des êtres humains ? Sera-t-il encore moralement acceptable de les traiter comme des êtres entièrement à notre service ? La Corée du Sud, par exemple, réfléchit déjà à une charte éthique des robots, censée empêcher qu'ils soient maltraités par l'humanité.

La question devient plus épineuse encore quand, à l'inverse de cette machine humanisée, c'est l'être humain qui devient un objet technique. En effet, les limites d'une vie humaine « normale » sont remises en cause par les projets transhumanistes : un être humain a un corps, naît, vit et meurt, a des désirs. L'être humain « augmenté » pourrait-il n'avoir aucune de ces caractéristiques ? L'hypothèse soulève des problèmes éthiques et politiques innombrables.

EXEMPLE

Si on postule que la puissance des ordinateurs sera bientôt telle qu'ils seront capables de simuler un cerveau humain, rien n'empêche d'imaginer que le contenu de ce cerveau, transféré dans une machine, sera enfin débarrassé des contraintes biologiques et pourra s'augmenter et s'améliorer pour devenir toujours plus intelligent. Mais un être humain, sans corps, réduit aux données contenues de son cerveau, sera-t-il encore un être humain ?

Enfin, cet effacement progressif de la frontière entre l'humain et la machine constitue-t-il nécessairement une remise en question de la nature humaine ? Si l'on envisage un moment où se généraliserait l'existence d'êtres hybrides, humains au corps modifié ou augmenté par la machine, rien n'oblige cependant à considérer la chose comme catastrophique pour la nature humaine. **Donna Haraway** (née en 1944), dans *Manifeste Cyborg*, suggère ainsi que cette hybridation pourrait être le moyen de **remettre en question des différences conceptuelles et morales** entre êtres naturels et créés, mais aussi, par ricochet, entre diverses espèces naturelles, pour vivre ce qu'elle appelle un « compagnonisme », c'est-à-dire une coexistence enfin pacifiée entre les espèces. De plus, la porosité des frontières entre organismes naturel et artificiel pourrait être **une chance pour l'humanité** : la figure du cyborg, hybride et inclassable, nous permettrait d'abandonner des catégories qui peuvent nous sembler essentielles (genre, ethnies) mais nous empêchent de vraiment « faire humanité ».

5 Je mémorise autrement

LA TECHNIQUE

Les organismes-machines nous menacent-ils ?
– Le problème du contrôle d'une machine plus puissante que l'être humain (le mouvement transhumaniste, Asimov).
– L'humanisation de la machine (Haraway).
– La technisation de l'être humain (Kurzweil, Anders).

La technique, un instrument au service de l'homme ?
– La technique, un moyen d'élaboration culturelle.
– L'être humain, technophile ou technophobe ?

De l'outil à la machine : le problème de l'automatisation
– La machine est un « super-outil » (Marx).
– La machine diffère de l'outil par son degré d'automatisation (Mumford).
– La machine ne se distingue pas de l'outil par son degré d'artificialisation (Arendt) mais elle modifie le rythme du travailleur.
– La machine, instrument d'aliénation (Marx) ou de libération (Bergson) ?

La caractéristique première de l'homme est de fabriquer des outils
– Le premier objet technique est l'outil, qui est artificiel, au contraire de l'instrument.
– L'outil est le prolongement de la main (Aristote).
– L'invention d'outils oriente le devenir des sociétés humaines (Bergson).

 # quiz
Des questions pour réviser
foucherconnect.fr/23tersti2d64

PHILOSOPHIE

7 La vérité

Si le concept de vérité semble à première vue non problématique (il suffirait de vérifier que ce que je dis est bien conforme à la réalité), le problème de la vérité est en fait double. D'une part, il s'agit de savoir si on peut atteindre la vérité : puis-je échapper aux pièges, non seulement du mensonge, mais aussi de l'erreur, et surtout de l'illusion ? D'autre part, si celle-ci est atteignable, on peut se demander comment : existe-t-il une méthode qui garantisse la vérité ?

1 La vérité, une notion problématique

A Vérité et réalité

■ **On peut définir la vérité comme la conformité d'une pensée ou d'une proposition avec son objet.** Dans un premier temps, nous considérerons que cet objet est ce qu'on appelle la « réalité », c'est-à-dire le caractère de ce qui existe. Ainsi, la vérité est « dite », c'est un énoncé, alors que la réalité « est », c'est ce qui nous est donné.

■ Au premier abord, la réalité semble donc être une notion évidente : c'est ce qui est, ce qui existe et qui fait l'objet d'une expérience immédiate. Par exemple, pour savoir si un objet est réel, j'étends la main pour le toucher. La réalité nous est donnée, nous ne pouvons pas la contrôler selon nos désirs (par exemple, si je désire voler comme un oiseau, la réalité se charge de me rappeler à l'ordre). **Jacques Lacan** (1901-1981), psychanalyste français, dit ainsi : « le réel, c'est quand on se cogne ». Savoir si ce que je dis (ou pense) est vrai semble donc à première vue assez simple : il suffirait de vérifier que cela correspond bien à l'**expérience que je fais du réel**. D'ailleurs, dans notre vie quotidienne, nous comptons sur la fiabilité de notre expérience immédiate, notamment à travers nos sens.

■ La vérité s'oppose à **l'erreur**, au **mensonge** et à l'**illusion**. Le problème de l'illusion nous indique déjà que savoir si mon énoncé est vrai ou faux n'est donc en fait pas si simple que cela. En effet, si je crois que mon illusion est une réalité, je croirai que ce que je dis sur elle est vrai, conforme à la réalité, alors qu'il n'en est rien.

DÉFINITIONS

- **Erreur** : le fait de se tromper sur la réalité de l'objet visé.
- **Mensonge** : la volonté délibérée de tromper sur la réalité.
- **Illusion** : une erreur dont la cause est une fausse représentation de la réalité.

B Les problèmes que pose la vérité

■ La vérité pose d'abord le **problème de la fiabilité de mon expérience** : d'une part, ce n'est pas moi qui crée la réalité, elle existe indépendamment de moi, et continue à exister telle qu'elle est, que je sois d'accord ou non. Nous pourrions donc penser que la réalité est objective. Mais d'autre part, je ne peux connaître la réalité que par l'intermédiaire de mes sens. On peut donc se demander si, dans cette médiation des sens, quelque chose de la réalité n'est pas perdu : mes sens sont-ils fidèles ? Sont-ils trompeurs ? Me donnent-ils à voir la réalité telle qu'elle est ?

REPÈRES

Médiat/immédiat :

- Est **médiat** ce qui n'est atteint qu'indirectement, à l'aide d'un intermédiaire, ici le témoignage des sens.
- Est **immédiat** ce qui est atteint directement, sans intermédiaire.

La vérité pose ensuite le **problème du relativisme** : la réalité est censée être **objective** mais mon accès à elle, par la médiation de mes sens, est **subjectif**. Donc, la vérité, c'est-à-dire ce que je peux énoncer sur la réalité, passe nécessairement par ma subjectivité. Or, si dans le domaine des croyances, on accepte la diversité (chacun est libre de croire ce qu'il veut), le relativisme devient problématique quand il s'agit de la vérité. Si chacun a sa vérité, il semble alors qu'il n'y ait plus de vérité du tout. En effet, la vérité est censée être **unique** et **universelle** car elle doit obéir au principe de non-contradiction énoncé par **Aristote** (384 av. J.-C.-322 av. J.-C.) dans la *Métaphysique* : on ne peut pas affirmer que quelque chose et son contraire sont vrais en même temps. Comme l'explique Épictète (50-environ 125) dans ses *Entretiens* : « Toutes les opinions sont-elles justes ? Comment pourraient-elles l'être si elle se contredisent ? »

DÉFINITION

Le **relativisme** est un courant de pensée qui considère qu'il n'y a pas de valeurs absolues et que tout se vaut, notamment relativement à une culture donnée. Pour la vérité, c'est considérer que la vérité absolue n'existe pas et que donc elle peut varier selon les individus et les cultures.

La vérité pose également le **problème de son unicité**, car, en réalité, la vérité définie comme une conformité avec le réel n'est qu'un type de vérité parmi d'autres : si la vérité est censée être unique, j'y ai cependant accès par différentes facultés (la raison, les sens, l'intuition) et deux vérités n'auront donc pas le même statut. Par exemple, une vérité d'ordre sentimental (« je t'aime ») n'aura pas le même statut qu'une vérité prouvée scientifiquement ; pourtant, les deux peuvent être vraies. De plus, la définition de la vérité comme conformité ne signifie pas la même chose selon le type de vérité : par exemple, une vérité de fait (il y a un rocher sur ma route) diffère d'une vérité conventionnelle, telle qu'une vérité mathématique (2 + 2 = 4). Dans les deux cas, la vérité est une conformité, mais d'un côté il s'agit d'une conformité d'un énoncé à un réel (il y a un rocher sur ma route) et de l'autre de la conformité d'un énoncé à ses propres lois formelles et construites (2 + 2 = 4).

REPÈRES

Formel/Matériel

- Est **formel** ce qui concerne la forme. Une vérité est dite formelle quand la pensée est en accord avec ses propres règles (ici les règles de la logique).
- Est **matériel** ce qui concerne la matière. Une vérité est dite matérielle quand la pensée est en accord avec son objet (ici la réalité).

PHILOSOPHIE

■ La vérité pose enfin le **problème de son immédiateté**. Dans le cas de la vérité conventionnelle, il paraît évident que la vérité est le résultat d'une **construction** : par exemple, en mathématiques nous construisons des règles qu'il s'agit ensuite d'appliquer, et un énoncé est alors vrai s'il est conforme à ces règles construites. Au contraire, la vérité de fait nous apparaît comme donnée immédiatement. Mais cette dernière est aussi le résultat d'une construction de mon esprit. Ce point devient évident si l'on prend l'exemple des illusions d'optiques. Ainsi, même dans le cas de la perception la plus immédiate, la plus quotidienne, mon cerveau représente, reconstruit ce que je vois, la vérité n'est donc jamais immédiate.

EXEMPLE

Quand nous regardons le dessin d'illusion dit du « canard-lapin », paru pour la première fois dans un journal munichois le 23 octobre 1892, certains voient un canard, d'autres un lapin, et une fois au courant de l'illusion, chacun peut voir alternativement les deux, mais jamais en même temps.

Welche Thiere gleichen einander am meisten?

Kaninchen und Ente.

C Faut-il chercher la vérité ?

■ Le texte de **Platon** (428 av. J.-C. - 348 av. J.-C), dit de l'allégorie de la caverne (*République*, VII), met en scène un homme qui, une fois sorti de la caverne, délivré de ses chaînes, comprend que ce qu'il prenait pour la réalité n'était qu'une illusion. Quand il retourne dans la caverne pour essayer d'en avertir ceux qui sont toujours enchaînés, ces derniers le rejettent. **Cette allégorie, qui oppose le règne de l'illusion à la découverte de la vérité, montre qu'il est difficile de sortir de l'illusion.** Est-il plus avantageux de la quitter, pour rentrer dans la vérité ? L'illusion semble souvent plus confortable, elle exige moins de nous. Celui qui en est délivré se retrouve bien seul. Pourtant, une fois que nous avons quitté notre illusion, il semble impossible de faire demi-tour, de nier notre découverte de la vérité.

 # texte
Allégorie de la caverne, Platon
foucherconnect.fr/23tersti2d67

■ Par ailleurs, un problème posé par la notion de vérité est celui de **l'instabilité de la réalité** : comme vu précédemment, la vérité se veut universelle, c'est-à-dire vraie en tout temps et en tout lieu, donc comme quelque chose d'absolument fixe. Mais nous avons dit aussi que la vérité peut se définir comme la conformité de ce que je dis à ce qui est, ce qu'on appelle le réel. Or, le réel est au contraire caractérisé par son instabilité. **Dans quelle mesure atteint-on alors le réel ?** Peut-on dire quelque chose de vrai sur ce réel ?

■ Le constat de l'instabilité du monde réel est présent pour la première fois dans la philosophie d'**Héraclite** (544 av. J.-C. - 480 av. J.-C) : « On ne peut descendre deux fois dans le même fleuve. » **Le monde comme réalité incarnée** (c'est-à-dire qui a aussi une matière, et pas seulement une forme, au contraire d'une idée) **change** : tout coule, tout passe, tout pourrit et meurt. Or, **la vérité demande de la stabilité :** en effet, ce qui serait vrai un jour et faux le lendemain ne pourrait pas être vrai. Alors comment connaître le réel, si la vérité doit être immuable, et que le réel est changeant ? On peut alors se demander si la vérité est bien un outil adapté à son objet (le réel, ou si ce n'est qu'une invention de notre part.

2 Y a-t-il une méthode pour atteindre la vérité ?

Si toute vérité est en fait **construite**, qu'on ne peut pas y accéder de manière immédiate, se pose alors la question de savoir comment on peut y accéder, c'est-à-dire **quelle est la méthode à suivre pour être sûr de ne pas se tromper**. Il s'agit ici de se poser la question d'un critère de la vérité : qu'est-ce qui nous permet de nous assurer que ce que nous énonçons est vrai ? Comment distinguer le vrai du faux, si nous voulons, à la suite de René Descartes (1596-1650) « établir quelque chose de ferme et de constant dans les sciences » (première *Méditation métaphysique*) ?

DÉFINITION

Méthode : ensemble de démarches que suit l'esprit pour découvrir et démontrer la vérité.

A Plusieurs critères possibles

a Constater

Le constat constitue un premier critère, d'ordre empirique. Constater, c'est établir un fait par le témoignage des sens. Pour constater qu'il fait beau, je regarde par ma fenêtre. Mais il n'est pas toujours facile de s'entendre sur un constat. De plus, beaucoup de vérités ne sont pas susceptibles d'être vérifiées empiriquement. Où en serait l'astronomie ou la psychologie, si on ne connaissait que ce qui est directement perceptible ? On ne peut donc pas réduire la gamme des vérités possibles à ce qui peut être perçu.

DÉFINITION

Empirique : qui provient de l'expérience des sens.

b Démontrer

- Faute d'avoir été témoin du fait, on peut le démontrer : la **démonstration** est donc un deuxième critère. Le modèle traditionnel est le **syllogisme**, dont la théorie est exposée dans l'ouvrage *Organon* d'**Aristote** (384 av. J.-C. - 322 av. J.-C.) :

  Tout homme est mortel (tout x est y).
  Socrate est un homme (or z est x).
  Donc Socrate est mortel (donc z est y).

DÉFINITION

Démonstration : opération par laquelle une proposition (la conclusion) est établie à partir d'une autre (la prémisse). La démonstration repose donc sur l'inférence, qui renvoie à ce qu'un raisonnement a de valide dans le passage d'une idée à une autre.

- Mais **un raisonnement logiquement valide peut tout à fait être faux**, si on considère sa conformité à la réalité. Cette distinction entre validité logique et vérité conforme au réel est énoncée ainsi par le philosophe **Emmanuel Kant** (1724-1804), dans la *Critique de la raison pure* : « une connaissance peut fort bien être complètement conforme à la forme logique, c'est-à-dire ne pas se contredire elle-même, et cependant être en contradiction. »

EXEMPLE

Imaginons le syllogisme suivant : tous les chats sont gris. Or Garfield est un chat. Donc Garfield est gris. Ce syllogisme est valide logiquement, mais faux en réalité, car Garfield est un chat roux.

De plus, même dans le cas d'une démonstration à la fois valide formellement et conforme à la réalité, se pose le **problème de l'indémontrable ou de la régression à l'infini :** comme le fait remarquer **Aristote**, il est impossible de tout démontrer, sous peine de tomber dans ce que l'on appelle une régression à l'infini. Ainsi, en remontant la chaîne des déductions, on doit nécessairement tomber sur une première proposition qui n'est déduite de rien, et qui est donc indémontrable, puisque pour la démontrer, il faudrait remonter de nouveau à une proposition précédente.

C S'appuyer sur l'intuition

Ce problème de la régression à l'infini amène à poser l'existence d'une cause première, qui ne serait elle-même causée par rien : il s'agit de Dieu, qui est défini comme *causa sui*, cause de soi (voir l'encadré p. 256, chapitre 5). Et même sans « utiliser » Dieu comme première cause, il faut nécessairement admettre des propositions premières, qui sont par définition indémontrables, et qui font donc l'objet d'une connaissance immédiate. La démonstration ne se suffit jamais à elle-même, puisque **toute démonstration doit admettre au moins un élément indémontrable**.

Cette connaissance immédiate des vérités premières est appelée **l'intuition**. Il n'y a pas lieu d'opposer intuition et démonstration, dans le sens où toute démonstration en appelle à une intuition première, une évidence qui n'a pas besoin de preuve. Ainsi, dans les *Méditations Métaphysiques*, **René Descartes** (1596-1650) explique que **le premier critère de vérité est celui de l'évidence :** est vrai ce dont je peux avoir une idée claire et distincte, sur le modèle de la vérité première qui est celle de savoir que j'existe, parce que je le pense. En effet, Descartes se pose la question de savoir s'il existe une vérité qui puisse résister au doute le plus radical. Dans la *Deuxième Méditation*, il démontre que le fait que j'existe est nécessairement vrai, à chaque fois que je le pense. De plus, je peux avoir une idée claire et distincte de ce que cela veut dire, parce qu'à chaque fois que je pense quelque chose, je me pense moi-même en même temps. J'ai donc une idée claire et distincte de moi-même, comme « chose qui pense » et cette idée est de l'ordre de l'évidence. Je peux donc à partir de là définir un critère de vérité qui serait celui de l'évidence claire et distincte.

> DÉFINITION
> **Intuition :** connaissance immédiate et directe de la réalité de la chose, sans passer par la raison.

B La vérité scientifique

Par ailleurs, la présence de propositions indémontrables au sein de toute démonstration nous invite à nous interroger sur le rapport qu'entretient toute théorie scientifique avec la réalité. Loin d'être dans une relation purement descriptive, **les théories scientifiques sont en réalité des modèles d'explication du réel**, d'où le terme de théorie. Cela veut dire que le but d'un modèle scientifique n'est pas essentiellement de décrire la réalité, **mais d'être efficace pour prévoir les phénomènes futurs**. Or, le fait que la vérité en sciences soit d'abord pensée en termes de validité et d'efficacité amène deux conséquences.

> DÉFINITION
> **Théorie :** ensemble de règles, de lois et de concepts visant à proposer une description et une explication d'un ensemble de faits.

La première est qu'**une théorie scientifique est considérée comme vraie tant qu'elle est valide, jusqu'à preuve du contraire.** Le philosophe des sciences **Karl Popper** (1902-1994), dans *Conjectures et réfutations*, explique que c'est même à cela qu'on reconnaît une théorie scientifique : **une théorie ne peut être considérée comme scientifique que si elle est falsifiable**, c'est-à-dire que rien n'empêche qu'elle soit un jour mise en défaut. Ce critère de la falsifiabilité distingue ainsi une théorie scientifique d'un système de croyances dogmatique, c'est-à-dire n'acceptant pas la contradiction et affirmant une vérité considérée comme absolue de manière péremptoire (par exemple, selon Popper, le marxisme et la psychanalyse).

■ La deuxième conséquence est que, malgré ce que l'on pense habituellement, **il faut en réalité beaucoup de contre-exemples pour qu'un modèle d'explication du monde soit considéré comme faux**. Ainsi, **Alexandre Koyré** (1892-1944) explique dans les *Études d'histoire de la pensée scientifique* que le progrès scientifique s'est fait par des réfutations successives de théories, et donc sur un temps assez long. Ces théories forment un paradigme, c'est-à-dire un modèle cohérent d'explication du monde. Au début, on réfute des théories qui ne sont pas au centre du paradigme, elles n'entraînent donc pas la remise en question de celui-ci. Puis, au fur et à mesure des réfutations, le paradigme n'est plus cohérent : il ne marche plus pour expliquer le réel, il faut donc en changer. Ce moment où on change de paradigme constitue ce que Koyré appelle une « révolution scientifique », par exemple, la révolution copernicienne.

3 Je mémorise autrement

La vérité, une notion problématique
– Définition de la **vérité** comme conformité à la **réalité**.
– L'établissement de la vérité passe par ma **subjectivité,** pourtant la réalité est censée être **objective**, et la vérité est nécessairement **universelle.**
– La vérité est supposée **unique**, mais il existe différents types de vérité (vérité formelle/vérité de fait).
– L'**illusion** peut être plus confortable que la vérité (allégorie de la caverne).
– La vérité n'est peut-être pas un **outil adapté à son objet**, la réalité (Héraclite).

LA VÉRITÉ

Y a-t-il une méthode pour atteindre la vérité ?
– **Plusieurs critères** possibles pour atteindre la vérité : le **constat** et la **démonstration** (le syllogisme, Aristote).
– Une proposition **logiquement valide** peut être **fausse** (Kant).
– Le problème de la **régression à l'infini** : il n'y a pas lieu d'opposer **démonstration** et **intuition**
– Le critère de vérité comme **idée claire et distincte** (Descartes).
– La vérité scientifique se pense d'abord comme une **efficacité.**
– Une vérité n'est scientifique que si elle est **réfutable** (Popper).

 # quiz
Des questions pour réviser
foucherconnect.fr/23tersti2d64

PHILOSOPHIE

EXPLICATION DE TEXTE

Éléments d'analyse

1. Expliquez : « Il en est des lois de la communauté politique comme des lois du jeu ».
2. Expliquez : « Une bonne loi est celle qui est à la fois nécessaire au bien du peuple et facile à comprendre ».
3. Expliquez : « comme on dresse des haies, non pas pour arrêter les voyageurs, mais pour les maintenir sur le chemin ».

Qu'est-ce qu'une bonne loi ? Par bonne loi, je n'entends pas une loi juste, car aucune loi ne peut être injuste. La loi est faite par le pouvoir souverain, et tout ce qui est fait par ce pouvoir est sûr, et approuvé par tout un chacun parmi le peuple. Et ce que tout homme veut, nul ne saurait le dire injuste. Il en est des lois de la communauté politique comme des lois du jeu : ce sur quoi les joueurs se sont mis d'accord ne saurait être une injustice pour aucun d'eux. Une bonne loi est celle qui est à la fois nécessaire au bien du peuple et facile à comprendre.

En effet, le rôle des lois, qui ne sont que des règles revêtues d'une autorité, n'est pas d'empêcher toute action volontaire, mais de diriger et de contenir les mouvements des gens, de manière qu'ils ne se nuisent pas à eux-mêmes par l'impétuosité[1] de leurs désirs, leur empressement ou leur aveuglement ; comme on dresse des haies, non pas pour arrêter les voyageurs, mais pour les maintenir sur le chemin. C'est pourquoi une loi qui n'est pas nécessaire, c'est-à-dire qui ne satisfait pas à ce à quoi vise une loi, n'est pas bonne.

Thomas Hobbes, *Léviathan*, 1651.

1 Impétuosité : ardeur, fougue, violence.

MÉTHODE

Pour expliquer les phrases extraites du texte, il faut procéder selon la méthode IPEC :
- **idée :** exposer l'idée générale de la phrase et définir les mots importants ;
- **pourquoi :** expliquer pourquoi l'auteur affirme cette idée ;
- **exemple :** soit expliquer l'exemple que donne l'auteur pour illustrer son propos, soit donner un exemple s'il n'y en a pas ;
- **conclusion :** conclure l'argument par une phrase.

2 L'ART

EXPLICATION DE TEXTE

Éléments de synthèse

1. Quelle est la question à laquelle l'auteur tente de répondre ici ?
2. Dégagez les différents moments de l'argumentation.
3. En vous appuyant sur les éléments précédents, dégagez l'idée principale du texte.

Lorsqu'il s'agit de ce qui est agréable, chacun consent à ce que son jugement, qu'il fonde sur un sentiment personnel et en fonction duquel il affirme qu'un objet lui plaît, soit restreint à sa seule personne. Aussi bien disant : « Le vin des Canaries est agréable », il admettra volontiers qu'un autre corrige l'expression et lui rappelle qu'il doit dire : cela m'est agréable. Il en est ainsi non seulement pour le goût de la langue, du palais et du gosier, mais aussi pour tout ce qui peut être agréable aux yeux et aux oreilles de chacun. [...] Ce serait folie que de discuter à ce propos, afin de réputer erroné le jugement d'autrui, qui diffère du nôtre, comme s'il lui était logiquement opposé ; le principe : « À chacun son goût » (s'agissant des sens) est un principe valable pour ce qui est agréable.

Il en va tout autrement du beau. Il serait (tout juste à l'inverse) ridicule que quelqu'un, s'imaginant avoir du goût, songe en faire la preuve en déclarant : cet objet [...] est beau pour moi. Car il ne doit pas appeler beau, ce qui ne plaît qu'à lui. Beaucoup de choses peuvent avoir pour lui du charme ou de l'agrément ; personne ne s'en soucie ; toutefois lorsqu'il dit qu'une chose est belle, il attribue aux autres la même satisfaction ; il ne juge pas seulement pour lui, mais aussi pour autrui et parle alors de la beauté comme si elle était une propriété des choses. C'est pourquoi il dit : la chose est belle et dans son jugement exprimant sa satisfaction, il exige l'adhésion des autres [...] ; et ainsi on ne peut dire : « À chacun son goût ». Cela reviendrait à dire : le goût n'existe pas, il n'existe pas de jugement esthétique qui pourrait légitimement prétendre à l'assentiment de tous.

Emmanuel Kant, *Critique de la faculté de juger*, 1790.

MÉTHODE

- Pour trouver l'idée principale du texte, c'est-à-dire ce qu'on appelle la thèse, il faut se demander pourquoi l'auteur a écrit ce texte, à quelle question il tente de répondre. La thèse est la réponse à cette question. Attention à ne pas confondre la thèse – ce que dit l'auteur sur une question précise – avec le thème – de quoi cela parle en général. La question, ou problématique, peut être formulée sous forme d'alternative (« est-ce que... ou bien... ») pour que le problème soit plus évident.
- Une fois l'idée principale trouvée, on doit se demander comment l'auteur la démontre. Pour cela, il faut « découper » le texte en plusieurs parties, correspondant aux différentes étapes de son argumentation. Pour vous aider, vous pouvez repérer les connecteurs logiques dans le texte : un connecteur logique annonce bien souvent une étape supplémentaire dans l'argumentation.
- Enfin, il ne reste plus qu'à mettre en forme vos réponses dans l'ordre des questions posées (1 Question ou problématique ; 2. Étapes de l'argumentation ; 3. Thèse ou idée principale).

3 LA LIBERTÉ

EXPLICATION DE TEXTE

Commentaire

La loi est-elle la condition de la liberté ?

La loi ne consiste pas tant à limiter un agent libre et intelligent qu'à le guider vers ses propres intérêts, et elle ne prescrit pas au-delà de ce qui conduit au bien général de ceux qui sont assujettis à cette loi. S'ils pouvaient être plus heureux sans elle, la loi s'évanouirait comme une chose inutile ; et ce qui nous empêche seulement de tomber dans les marais et les précipices mérite mal le nom de contrainte. De sorte que, quelles que soient les erreurs commises à son propos, la finalité de la loi n'est pas d'abolir ou de restreindre mais de préserver et d'élargir la liberté ; et dans toutes les conditions des êtres créés qui sont capables de vivre d'après des lois, là où il n'y a pas de loi, il n'y a pas de liberté. Car la liberté consiste à être délivré de la contrainte et de la violence exercées par autrui, ce qui ne peut être lorsqu'il n'y a point de loi ; mais la liberté n'est pas ce que l'on nous dit, à savoir une liberté, pour tout homme, de faire ce qui lui plaît (car qui peut être libre quand n'importe quel homme peut nous imposer ses humeurs ?). Mais c'est une liberté de disposer et d'ordonner comme on l'entend sa personne, ses actions, ses biens et l'ensemble de sa propriété, dans les limites de ce qui est permis par les lois auxquelles on est soumis ; et, dans ces limites, de ne pas être assujetti à la volonté arbitraire de quiconque, mais de suivre librement sa propre volonté.

John Locke, *Deuxième traité du gouvernement civil*, 1690

MÉTHODE

Pour répondre à la partie « Commentaire », on peut suivre la méthode suivante :
- faire une introduction en réécrivant le sujet sous forme d'alternative (« ... ou bien ... ? ») et montrer pourquoi le problème se pose. Annoncer les parties de votre réponse en utilisant des connecteurs logiques ;
- expliquer dans une première partie pourquoi la thèse inverse du texte pourrait être défendue mais pourquoi cette réponse serait nsuffisante ;
- expliquer dans une deuxième partie quelle thèse défend l'auteur en réponse au problème posé ;
- éventuellement exposer en troisième partie les questions qui restent en suspens ;
- conclure en récapitulant le cheminement parcouru et en répondant à la question.

4 LA NATURE

DISSERTATION

Le travail au brouillon : analyser un sujet de dissertation et construire le plan de son devoir.

La culture dénature-t-elle l'être humain ?

MÉTHODE

Pour analyser un sujet de dissertation au brouillon, on peut suivre la méthode suivante :
- définir les concepts importants présents dans le sujet, en relation les uns avec les autres ;
- réécrire le sujet en le problématisant sous forme d'alternative (... ou bien ...) ;
- envisager les différentes réponses possibles au problème posé et les implications de chaque réponse.

Une fois le sujet analysé, la méthode la plus simple pour construire un plan de dissertation est celle dite de la « coquille d'escargot ». Il s'agit de :
- transformer en introduction le sujet en un véritable problème ;
- envisager une première réponse en première partie ;
- montrer en quoi cette réponse est insuffisante (transition) ;
- envisager une deuxième réponse en deuxième partie qui puisse répondre aux objections de la transition ;
- montrer de nouveau en quoi cette réponse est insuffisante (transition) ;
- envisager une troisième réponse en troisième partie qui puisse répondre aux objections de la transition, sans pour autant revenir à la première réponse ;
- résumer le chemin parcouru et donner une réponse au problème (conclusion).

œuvre
Plan en coquille d'escargot
foucherconnect.fr/23tersti2d68

5 LA RELIGION

DISSERTATION

Rédiger un paragraphe de dissertation

Pour s'entraîner à la rédaction de la dissertation, dans le cadre du sujet de type bac « Faut-il ne croire que ce que l'on voit ? », rédiger un paragraphe argumenté défendant la position suivante : « Le principe de la croyance est de ne croire qu'en ce qui est incertain. »

MÉTHODE

- Pour rédiger un paragraphe de dissertation, il faut utiliser des connecteurs logiques entre les phrases ; ne présenter qu'une grande idée par paragraphe ; exposer l'argument, donner un exemple ou une référence philosophique, puis conclure le paragraphe. Exposer ensuite les problèmes qui restent en suspens.
- Suivre cette méthode a l'avantage d'éviter l'argument d'autorité (« cela va sans explication parce que tel philosophe le dit »).

L'évaluation de l'Histoire-Géographie au bac

L'histoire et la géographie aident les élèves à acquérir des repères temporels et spatiaux, leur permettent de discerner l'évolution des sociétés, des cultures, des politiques et les confrontent à l'altérité par la connaissance d'expériences humaines antérieures et de territoires variés.

1 Les critères d'évaluation

L'histoire-Géographie est évaluée dans le cadre du contrôle continu (soit 40 % du bac) en Première puis en Terminale. Elle figure parmi les disciplines du tronc commun avec un coefficient de 6. Il revient à chaque lycée d'établir son « projet local d'évaluation » et à chaque professeur d'expliquer à ses élèves lesquelles des évaluations fournies entrent ou pas dans le cadre du contrôle continu. Les devoirs comptabilisés pour le bac sont qualifiés de « certificatifs ». Leur coefficient dépend de chaque professeur.

2 L'épreuve orale d'Histoire-Géographie (session de rattrapage)

Vous avez le choix entre **deux sujets portant chacun sur une question obligatoire du programme d'histoire et de géographie**. Ces deux sujets peuvent porter seulement sur l'une des deux matières ou bien à la fois sur l'histoire et la géographie. Ils peuvent être accompagnés éventuellement d'un ou deux documents.

La première partie de l'épreuve correspond à **un exposé** de 10 minutes au maximum. La seconde partie correspond à **un entretien avec l'examinateur**. Celui-ci peut aller au-delà du sujet préparé, tout en restant dans le cadre de la question obligatoire concernée. **Vous disposez de 20 minutes de préparation pour 20 minutes de passage pour traiter cet exercice**.

1 L'affirmation des totalitarismes et la guerre

La Première Guerre mondiale débouche sur la montée des totalitarismes. La brutalisation des sociétés en 1914-1918 a banalisé les violences de masse et contribué à la révolution bolchevique dans une Russie entrée en guerre civile à partir de 1917. Le règlement du conflit en 1918 porte les germes des régimes totalitaires qui se destinent à une nouvelle guerre.

1 Les totalitarismes : des machines de guerre

A Des idéologies liées à la guerre

■ Le totalitarisme désigne principalement :
- le **nazisme** (1933-1945), autour de la personnalité d'**Hitler**, en Allemagne ;
- le **stalinisme** (1928-1953) avec **Staline** en URSS ;
- le **fascisme** de **Mussolini** (1925-1945) en Italie, considéré comme une forme atténuée de ce genre de régime politique.

 # vidéo
La propagande antisémite des nazis
foucherconnect.fr/23tersti2d28

■ Dans leur ambition de **créer une société et un homme nouveaux**, les totalitarismes revendiquent la **confiscation des libertés** et du pouvoir par un **parti unique**. Ils pratiquent le **culte de la personnalité**, l'usage extrême de la **propagande**, l'**endoctrinement** de la population et la **stratégie de terreur** (**système concentrationnaire administré par le Goulag en URSS**). Le nazisme prône la conquête de territoires (**expansionnisme**) et fait de la guerre un outil de domination intérieure et extérieure. Il justifie sa volonté de conquérir un « espace vital » par des arguments raciaux et racistes.

DÉFINITIONS
- **Culte de la personnalité** : propagation de l'image du dirigeant dans toute la société.
- **Propagande** : stratégie de communication du pouvoir qui tente de convaincre l'opinion publique d'adhérer à son idéologie.
- **Expansionnisme** : volonté d'étendre le territoire national au détriment des autres peuples.
- **Goulag** : administration soviétique de gestion des camps de déportation en URSS à partir de 1930.

EXEMPLES
- Le **NSDAP**, en français le **parti national-socialiste des travailleurs allemands**, dénommé « parti nazi », est le parti unique allemand.
- Le **PCUS**, ou parti communiste de l'Union soviétique, est le parti unique en URSS.

■ Les régimes stalinien et hitlérien sont largement responsables du **déclenchement de la Seconde Guerre mondiale**. La **militarisation** de la société, le développement des **industries d'armement**, la désignation d'un adversaire à anéantir et l'opportunité d'étendre le territoire national font de la guerre un **idéal nationaliste**. La guerre se présente ouvertement comme un **combat idéologique** contre les démocraties libérales.

■ Le 23 août 1939, l'Allemagne et l'URSS s'accordent diplomatiquement et militairement à l'occasion du **pacte germano-soviétique.** Bien qu'opposés, les deux totalitarismes d'extrême droite et d'extrême gauche s'allient et prévoient le découpage de la Pologne. L'Allemagne, l'Italie et le Japon forment l'**Axe** en septembre 1940. La première ambitionne de dominer l'Europe centrale et orientale, la seconde espère contrôler la Méditerranée tandis que le Japon prévoit d'agrandir son empire en Asie pacifique. Ces **objectifs impérialistes** conduisent le monde vers un nouveau conflit.

DÉFINITIONS

- **Militarisation** : propagation dans une société des valeurs et de l'esprit militaire de manière à obtenir l'obéissance de la population et son adhésion à l'impérialisme.
- **Impérialisme** : doctrine qui prévoit la construction d'un empire fondé sur la conquête de territoires extérieurs habités par d'autres peuples placés sous domination.

B Le rôle des totalitarismes en 1939-1945

■ La soif de conquête débouche sur une **volonté d'anéantissement de l'adversaire**. La guerre étend donc la logique de violence extrême. En 1940, l'Allemagne hitlérienne envahit une partie de l'Europe, dont la France, au moyen de la **blitzkrieg** (guerre éclair) qui mise sur la rapidité de l'offensive aérienne et terrestre. Hitler s'allie avec certains pays d'Europe orientale et se retourne contre l'URSS en juin 1941. C'est l'**opération Barbarossa**. La **Wehrmacht** envahit une grande portion du territoire soviétique mais se heurte vers la fin de 1942 à une vaste contre-offensive de l'**Armée rouge**. Les troupes de **Joukov** parviennent à refouler l'invasion allemande et atteignent Berlin en avril 1945. Staline devient le vainqueur d'Hitler.

■ Alliées puis adversaires, les deux puissances totalitaires font du conflit une **guerre totale**. Leur combat l'une contre l'autre suppose une mobilisation sans précédent des ressources humaines, matérielles et industrielles. L'ampleur de leur mobilisation fait entrer toute la société dans le **combat militaire, économique et idéologique**. L'ampleur du désastre est à la hauteur des moyens mobilisés : en 1945, l'URSS comptabilise environ 20 millions de morts, l'Allemagne au moins 7 millions.

DÉFINITIONS

- **Wehrmacht** : nom donné à l'armée allemande sous le IIIe Reich.
- **Armée rouge** : nom de l'armée soviétique.
- **Guerre totale** : conflit de grande ampleur, aux effets dévastateurs, et qui suppose une mobilisation à la fois militaire, humaine, sociale, politique, économique et financière.

C Les totalitarismes et la logique d'extermination

■ Le fanatisme nazi aboutit à une logique d'**extermination massive** des populations civiles. Elles subissent localement des **représailles**. Les **crimes de guerre** s'avèrent nombreux. La déportation de dizaines de milliers de Polonais et le massacre de plusieurs milliers d'entre eux dans la forêt de **Katyn** par la police politique soviétique au printemps 1940, témoignent de cette criminelle brutalisation dont les régimes totalitaires sont coupables.

#audio
1940, l'énigme du massacre de Katyn
foucherconnect.fr/23tersti2d29

■ La guerre et l'invasion des territoires étrangers sont l'occasion d'appliquer les thèses raciales fondatrices du nazisme. Les Juifs et les Tziganes (Roms) en sont les principales victimes. L'**assassinat de masse** conduit à la mort d'un peu moins de 6 millions de personnes (dont 200 000 à 500 000 Tziganes). Les procédés de mise à mort débutent par le regroupement des Juifs et des Roms dans des **ghettos** où 800 000 d'entre eux meurent de faim ou d'épidémie. À partir de décembre 1942, la déportation en Pologne dans six **centres de mise à mort** (anciennement qualifiés de camps d'extermination) conduit aux chambres à gaz 2,7 millions d'individus. Dans les territoires soviétiques envahis par l'Allemagne, 4 **Einsatzgruppen** (unités mobiles d'extermination) procèdent à de nombreux massacres de populations juives, tziganes et d'ennemis politiques (les commissaires politiques communistes). Les corps de 1,3 million de victimes tuées par balle sont enfouis dans d'immenses fosses communes.

■ Le génocide des Juifs (**Shoah**) et des Roms (**Samudaripen**) présente plusieurs singularités. Son ampleur démographique et son étendue géographique à l'échelle de l'Europe. Le procédé industriel de mise à mort (avec l'utilisation du zyklon B dans les chambres à gaz) et l'organisation du « traitement des corps » dépeignent une « industrie de la mort » sans équivalent dans l'histoire.

 # doc
Le bilan de la Seconde Guerre mondiale (en chiffres)
foucherconnect.fr/23tersti2d30

POUR ALLER PLUS LOIN

Nommer le génocide

Le génocide des Juifs est désigné par plusieurs termes. La « Shoah » signifie « catastrophe » en hébreux. Ce terme souligne la spécificité de cette extermination. La « solution finale » est une expression nazie typiquement administrative et qui dissimule la réalité du crime commis. L'« holocauste » (du grec qui signifie « tout brûler ») est un mot qui s'est imposé dans les années 1970 en référence à la crémation des corps des victimes.
Le terme « Samudaripen » (« Tuez-les tous ») désigne le génocide des Roms. Ce mot est concurrencé par « Porajmos » (qui veut dire « dévorer »).

 # synthèse
La genèse et l'affirmation des régimes totalitaires
foucherconnect.fr/23tersti2d31

2 La France dans la guerre (1939-1945)

A Défaite et occupation

■ Incapable d'enrayer l'offensive allemande particulièrement meurtrière, la France subit la **débâcle** en mai-juin 1940. Sa stratégie défensive échoue. L'**exode** d'environ 8 millions de Français fuyant la guerre contribue au traumatisme de cette défaite inattendue. Sous l'autorité du **maréchal Pétain** nommé au poste de président du Conseil, le gouvernement signe l'**armistice** le 22 juin 1940. Cet acte officialise la perte de souveraineté et le statut de vaincu.

DÉFINITIONS
- **Débâcle** : défaite totale d'une puissance engagée dans une guerre.
- **Exode** : mouvement massif d'une population contrainte de fuir un danger.
- **Armistice** : décision politique de mettre un terme aux combats.

HISTOIRE

Dans ce contexte, les 10 et 11 juillet 1940, une majorité parlementaire confie à Pétain les **pleins pouvoirs**. Antirépublicaine, l'extrême-droite dont il partage les idées profite donc de l'occasion pour instaurer un nouveau régime localisé à **Vichy**. Pétain concentre désormais tous les pouvoirs, supprime le principe des élections, interdit les syndicats, les partis politiques et rompt avec l'héritage de la IIIe République. Il entame une **collaboration d'État** avec l'occupant allemand.

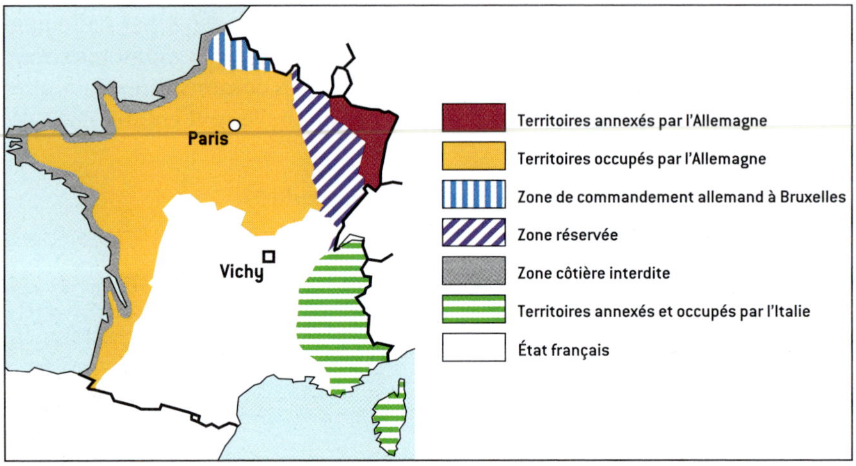

La France de l'armistice

B Le régime de Vichy et la collaboration (10 juillet 1940 - 20 août 1944)

L'« État français » du maréchal Pétain prétend instaurer une « **révolution nationale** » dans la zone dite « libre ». La République est jugée responsable de la défaite de 1940. Les lois sur le statut des Juifs légalisent l'**antisémitisme** et la discrimination dès août et octobre 1940. Le Commissariat général aux questions juives détermine le sort des Juifs et contribue à la mise en œuvre de la « solution finale » en France. La propagande vichyste met en valeur le **culte du chef** et propose la nouvelle devise « Travail, Famille, Patrie ». Le pouvoir vichyste valorise les valeurs jugées traditionnelles (**revanche réactionnaire**), souhaite rassembler les Français et se rapproche de l'Église catholique. La jeunesse subit un endoctrinement et les médias la censure. **Vichy est dès lors une forme de fascisme à la française**.

Dès l'automne 1940, Vichy collabore avec l'Allemagne hitlérienne. Pétain rencontre Hitler à Montoire le 24 octobre 1940. Le pouvoir pétainiste, par l'action de l'amiral Darlan, participe en Afrique du Nord aux combats contre les Alliés (**collaboration militaire**). Pétain, aidé par Pierre Laval, incite les entreprises françaises à travailler avec le IIIe Reich (**collaboration économique**). La police française est mise au service de l'occupant pour rafler les Juifs (**collaboration policière**). À partir de 1943, Vichy utilise la **Milice française** pour traquer les résistants. Le régime devient particulièrement répressif et lie son destin à celui du IIIe Reich.

C Des résistances à la Résistance française

■ L'**appel radiodiffusé du général de Gaulle depuis Londres le 18 juin 1940** marque la naissance de la Résistance française. Il propose de poursuivre les combats et n'accepte pas l'armistice en préparation. De Gaulle organise la « **France libre** » depuis l'extérieur tandis que sur le territoire national, les mouvements résistants, encore dispersés, se multiplient contre l'autorité de l'occupant et celle de Vichy. Les communistes rejoignent massivement la Résistance à partir de l'invasion de l'URSS en 1941. En 1943, **Jean Moulin** préside le **Conseil national de la Résistance** (**CNR**) chargé d'unifier les forces insurrectionnelles sous la tutelle de De Gaulle.

 # vidéo
L'appel à la résistance du général de Gaulle
foucherconnect.fr/23tersti2d32

■ Le fait de résistance désigne un ensemble d'actions plus ou moins risquées. L'une des plus dangereuses consiste à rejoindre un **maquis** (groupe de résistants armés). D'autres citoyens publient des journaux clandestins, procèdent à des libérations de prisonniers ou participent à la cache d'enfants juifs. Certains deviennent des passeurs de frontières. D'autres accueillent des soldats étrangers, procèdent au sabotage, c'est-à-dire à la détérioration d'un matériel comme une voie de chemin de fer, à des exécutions ou bien espionnent l'occupant (**renseignement**).

Jean Moulin

■ La Résistance française porte un projet politique et défend les idéaux républicains : ceux de la démocratie, du droit de vote et des Droits de l'homme. Les résistants envisagent les fondements de la République et de l'État-providence qu'ils entendent mettre en place après la Libération. En 1944, avec de Gaulle, des membres du CNR constituent le **Gouvernement provisoire de la République française** (**GPRF**). Il permet au pays de retrouver sa souveraineté et de s'affirmer face aux Alliés entre 1944 et 1946.

 # synthèse
La France défaite et occupée : Vichy, collaboration et résistance
foucherconnect.fr/23tersti2d33

3 Les bases d'un nouvel ordre mondial en 1945

A Restaurer la paix dans le monde

■ Le 26 juin 1945, les délégués de 51 nations signent à San Francisco la charte de naissance de **l'Organisation des Nations Unies (ONU)**. Ses objectifs sont de maintenir la paix et la sécurité, de défendre la justice et le droit international, d'encourager les États à développer des relations amicales dans le respect des droits de l'homme et des libertés fondamentales.

 # vidéo
La naissance de l'Organisation des Nations unies (ONU)
foucherconnect.fr/23tersti2d34

■ La charte détermine également le fonctionnement de cette nouvelle institution internationale. Le pouvoir exécutif est confié au **Conseil de sécurité** où siègent les 5 grands vainqueurs de la guerre rejoints par 10 membres provisoires (chaque État détient le droit de veto). La mission délibérative revient à l'**Assemblée générale** où chaque État dispose d'une voix. La dimension judiciaire relève de la **Cour internationale de justice** qui juge des crimes relevant du droit international. L'administration de l'ONU dépend de son **Secrétariat général** et de ses fonctionnaires onusiens. De multiples **agences spécialisées** encouragent la coopération dans les domaines de la santé, de la culture ou de l'alimentation. Les fondateurs de l'ONU lui attribuent la possibilité de prendre des sanctions économiques et de recourir à l'envoi de forces de maintien de la paix (les **casques bleus**). Dès son démarrage, l'ONU est confrontée à des problèmes géopolitiques de taille tels que la décolonisation et la bipolarisation du monde engendrée par la guerre froide.

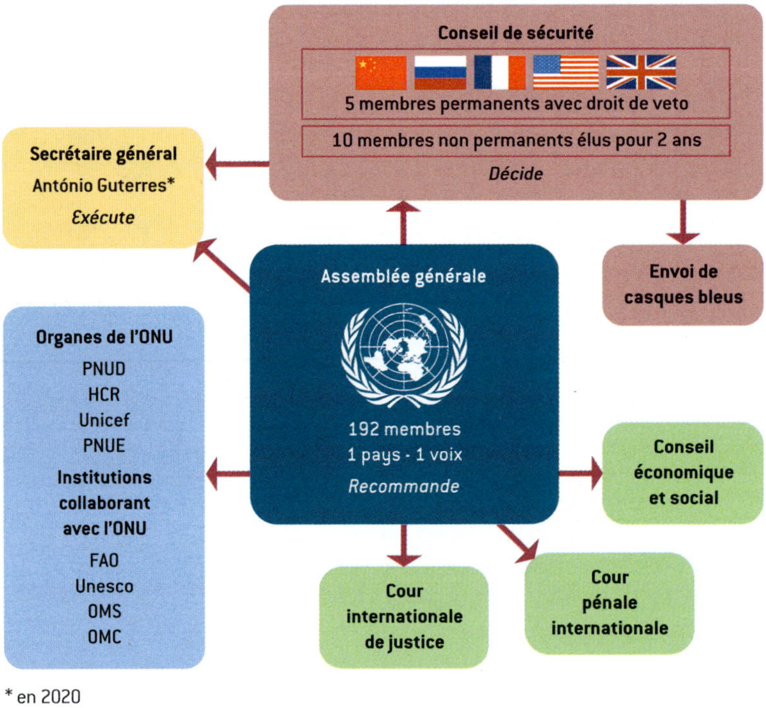

Les institutions de l'ONU de nos jours

B Juger les crimes

■ De novembre 1945 à octobre 1946, le **tribunal militaire international de Nuremberg** juge 8 organisations et 22 hauts dignitaires nazis pour **crimes contre la paix** et **crimes contre l'humanité**. Cette dernière notion juridique est nouvellement créée pour juger les responsables du génocide. Cet acte de justice internationale condamne à mort 12 dirigeants et se veut un procès pour l'Histoire. Les Alliés entament en Allemagne une **dénazification** et une **épuration** administrative qui visent à couper le pays de ses racines nazies.

DÉFINITIONS

- **Dénazification** : Processus d'élimination du nazisme dans la vie sociale, politique et administrative de l'Allemagne occupée par les Alliés après la Seconde Guerre mondiale.
- **Épuration** : Politique qui vise à extraire de l'administration allemande les anciens responsables nazis.

■ À partir de janvier 1946, le **Tribunal militaire international de l'Extrême-Orient**, appelé tribunal de Tokyo, juge 28 des principales figures des crimes de guerre, des crimes contre la paix et contre l'humanité commis par le Japon durant son occupation de l'Asie. 7 responsables sont exécutés en 1948. Ce procès témoigne de la volonté d'instaurer un nouvel ordre mondial sur un idéal de justice.

 # article
De La Haye à Paris, les archives du Tribunal de Nuremberg plus accessibles que jamais
foucherconnect.fr/23tersti2d35

4 Je mémorise autrement

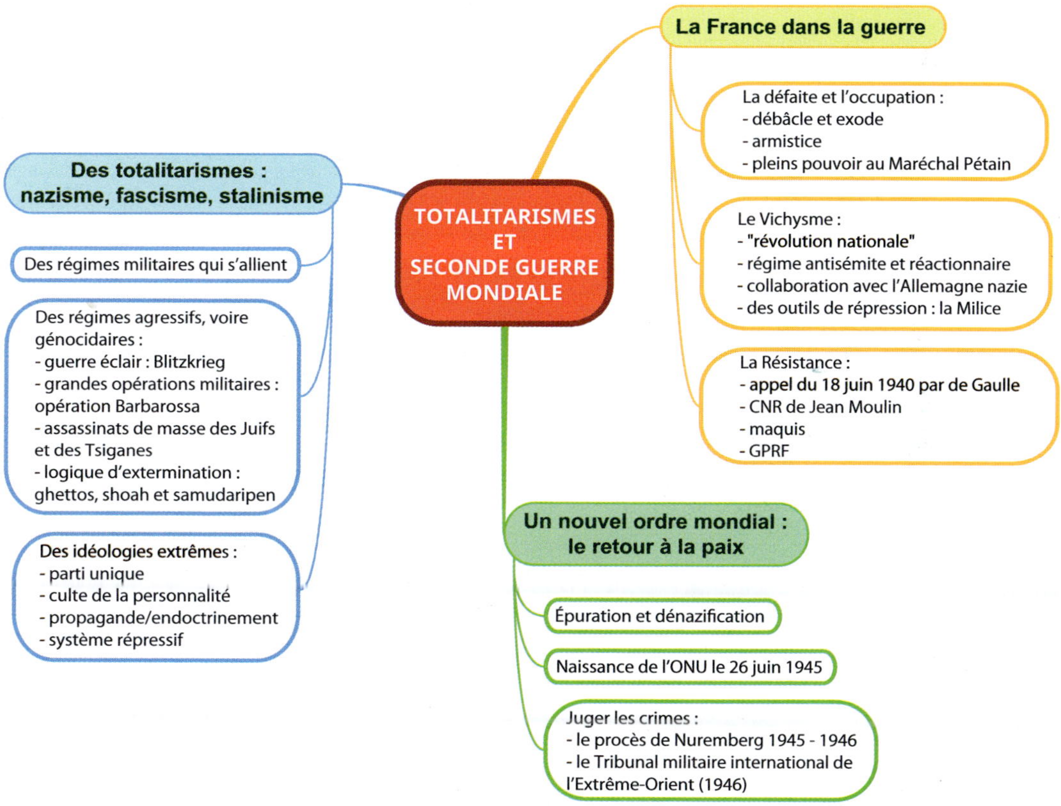

HISTOIRE

Sujet d'étude n°1 : la guerre d'anéantissement à l'Est et le génocide des Juifs

A Le front de l'Est : une guerre entre régimes totalitaires

À partir du 22 juin 1941, Hitler ouvre un nouveau front ; il lance l'opération « **Barbarossa** » qui consiste à envahir l'URSS de Staline, pourtant son allié depuis août 1939. Les moyens mis en place sont considérables : 3,8 millions d'hommes, 4 300 chars, 4 380 avions et 47 000 canons. Cette force militaire représente les trois quarts du potentiel militaire allemand.

À SAVOIR
Barbarossa est un nom de code qui désigne l'ancien empereur allemand Frédéric Barberousse.

Hitler a plusieurs objectifs : combattre le communisme haï par le nazisme, récupérer les ressources agricoles, pétrolières et industrielles de l'URSS, étendre l'espace vital allemand (*Lebensraum*) au nom de la prétendue supériorité aryenne et au détriment des « sous-hommes slaves ».

L'avancée allemande engendre une succession de batailles de grande ampleur à Smolensk, à Kiev puis à Moscou, à Leningrad et à Stalingrad. Ce retournement fait basculer l'URSS dans la guerre totale. Cette invasion spectaculaire l'oblige à entamer une guerre de libération.

B Une conquête qui étend vers l'Est la logique génocidaire nazie

Les conquêtes territoriales allemandes en URSS aboutissent à la première phase d'extermination massive des Juifs et des Roms d'Europe. Quatre unités de tueries mobiles constituées de **Waffen SS** et de policiers allemands se chargent de la « Shoah par balles » à l'arrière du front. Des collaborateurs ukrainiens aident les **Einsatzgruppen** à assassiner 1,5 million de personnes dont les corps sont enfouis dans au moins 500 fosses communes.

 # vidéo
Les Einsatzgruppen, la Shoah par balles
foucherconnect.fr/23tersti2d36

La propagande nazie parvient à convaincre certains Ukrainiens de procéder à des **pogroms**. Les groupes d'intervention allemands exécutent systématiquement les partisans, les prisonniers de guerre et les membres du parti communiste. La lutte contre le soi-disant « **judéo-bolchevisme** » justifie le crime de masse et la violation des lois de la guerre. Le conflit germano-soviétique inaugure en Europe la stratégie génocidaire du fanatisme nazi.

DÉFINITIONS
- **Waffen SS** : armée raciale et politique au service du nazisme.
- **Pogrom** : terme russe qui désigne un massacre de personnes juives.
- **Judéo-bolchevisme** : expression de l'extrême-droite qui exprime à la fois l'antisémitisme et la haine du communisme soviétique.

Sujet d'étude n°2 : De Gaulle et la France libre

A Organiser la résistance française depuis l'étranger

■ Sous-secrétaire d'État à la guerre et à la Défense nationale, Charles de Gaulle participe aux combats et incarne dès le 18 juin 1940 le refus de l'armistice lors de son appel au micro de la BBC. Il entre dès lors en dissidence. Depuis Londres, il appelle à poursuivre les combats aux côtés du Royaume-Uni et crée les **Forces françaises libres** (**FFL**). Avec le soutien de Churchill, il prend la tête du **Comité national français** qui équivaut à un gouvernement en exil et parvient à légitimer son action auprès des Alliés.

■ En 1943, grâce à Jean Moulin, de Gaulle obtient le ralliement des forces de la Résistance intérieure unies sous l'égide du **Conseil national de la Résistance**. Le 3 juin 1943, la France libre devient officiellement le **Comité français de libération nationale** (**CFLN**) que de Gaulle copréside avec le général Giraud. En juin 1944, à Alger, le CFLN se meut en **Gouvernement provisoire de la République française** (**GPRF**).

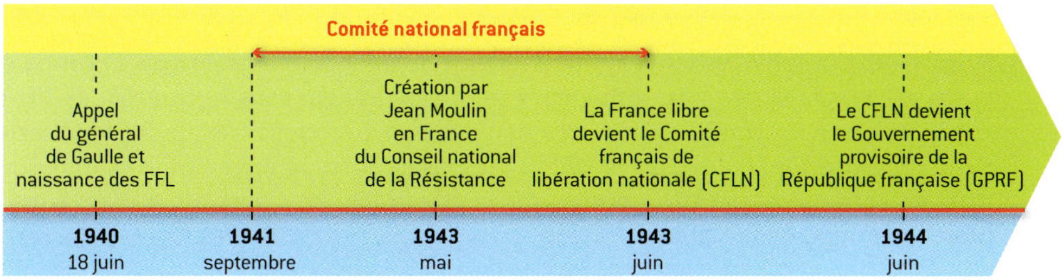

La Résistance française de 1940 à 1944

B Réaffirmer la souveraineté nationale

■ Suite au débarquement allié en Normandie, le 14 juin 1944, de Gaulle revient en France. Le 26 août 1944 il descend triomphalement les Champs Élysées et s'impose comme la figure du renouveau. Il réussit à restaurer l'autorité de l'État républicain et évite que la France ne soit administrée par un gouvernement militaire d'occupation alliée.

■ Dans le courant de la guerre et de la défaite de 1940, de Gaulle réussit donc à réaffirmer la souveraineté nationale et à maintenir vivant l'idéal républicain. Il se présente comme le principal adversaire français du régime de Vichy. Il est le grand artisan de la restauration de l'État de droit dans le contexte de la **Libération**.

De Gaulle au micro de la BBC en juin 1940

 # quiz
Des questions pour réviser
foucherconnect.fr/23tersti2d37

HISTOIRE

2 Le monde de 1945 à nos jours

La seconde moitié du XXe siècle est marquée par des bouleversements qui mettent en cause l'ordre colonial et mondial. De grandes mutations ainsi que la conjoncture nouvelle de la guerre froide établissent une nouvelle donne. Les changements intervenus en 1989-1991 complexifient la géopolitique mondiale. Le rêve d'un nouvel ordre international fondé sur la paix demeure un objectif à atteindre.

1 La guerre froide et ses enjeux

A La naissance de la guerre froide

■ En 1946, Churchill annonce qu'un « **rideau de fer** » coupe désormais l'Europe en deux parties rivales : l'Ouest sous influence américaine et l'Est sous le contrôle de l'URSS. Un nouveau genre de conflit oppose ces deux camps adverses : c'est la **bipolarisation**. Les deux **supergrands** (États-Unis et URSS) s'opposent idéologiquement et économiquement mais ne s'affrontent pas directement sur le plan militaire. Chacun des deux construit un **bloc** (un groupe d'États alliés).

■ La **guerre froide** débute véritablement lorsque le président américain Truman élabore en mars 1947 sa doctrine du ***containment*** (**endiguement**) qui vise à limiter la propagation du communisme dans le monde. L'URSS réplique par la **doctrine Jdanov** qui accuse les États-Unis d'**impérialisme**. Deux modèles politiques, économiques et sociaux s'affrontent désormais. L'URSS et les États-Unis déploient un **interventionnisme** qui les rend rivaux à l'échelle mondiale.

À SAVOIR

Un nouveau type de conflit idéologique et économique débute. Il ne consiste pas en un affrontement militaire direct mais en une lutte indirecte entre les deux camps en présence.

B Le déroulement de la guerre froide

■ Les États-Unis et l'URSS emploient une **stratégie d'influence** qui sert les intérêts de leur bloc respectif. Les États-Unis lancent le **plan Marshall (1947-1951)** pour aider les pays d'Europe occidentale à se reconstruire tout en privilégiant les entreprises américaines. En 1949, ils élaborent l'**OTAN (Organisation du Traité de l'Atlantique Nord)** qui constitue une alliance militaire et entament leur **pactomanie**. La même année, l'URSS crée le **CAEM (Conseil d'aide économique mutuelle)** chargé d'appliquer le modèle économique soviétique dans les pays satellites. En 1955, le **Pacte de Varsovie** rassemble stratégiquement les pays communistes d'Europe de l'Est autour de l'URSS.

DÉFINITION

Pactomanie : littéralement, la pactomanie est la manie de faire des pactes. Ce terme désigne l'obsession des États-Unis à conclure des alliances stratégiques avec un maximum d'États dans différentes régions du monde.

	1947	1949	1955
États-Unis	Doctrine Truman Plan Marshall	OTAN (Organisation du Traité de l'Atlantique Nord), alliance militaire	
URSS	Doctrine Jdanov	Comecon ou CAEM (Conseil d'aide économique mutuelle) : extension du modèle économique soviétique dans le bloc communiste	Pacte de Varsovie (alliance militaire)

Chronologie de la construction des blocs soviétique et américain

■ Les relations Ouest-Est passent par des phases de **tensions** et de **rapprochements**. Plusieurs crises perturbent les relations américano-soviétiques. En 1948-1949 et en 1961, les deux superpuissances s'opposent au sujet de l'**Allemagne** et de **Berlin** en particulier. L'URSS souhaite faire partir les Occidentaux de Berlin Ouest et soutient en 1961 la **construction du mur de Berlin** par les autorités est-allemandes.

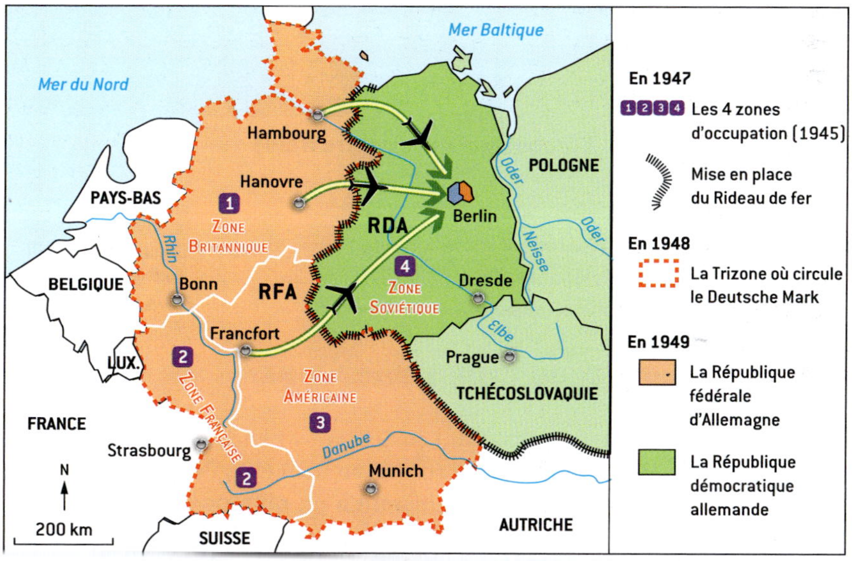

L'évolution de l'Allemagne de 1947 à 1949

■ En 1962, l'URSS cherche à disposer ses missiles atomiques à **Cuba**. Le président américain Kennedy menace Moscou de représailles nucléaires. L'URSS recule.

 # vidéo
La crise de Cuba
foucherconnect.fr/23tersti2d38

■ Les deux supergrands se lancent dans une **compétition technologique** (domaine spatial) et dans la **course aux armements.** Ils s'affrontent indirectement dans des conflits « périphériques » liés à l'expansion du communisme et à la volonté américaine d'y remédier (politique du « **roll back** » ou **refoulement**). Les États-Unis s'engagent dans la **guerre de Corée (1950-1953)** et dans celle du **Vietnam (1963-1973)**. Ils soutiennent la résistance afghane lors de l'invasion du pays par l'URSS en 1979.

DÉFINITION

Course aux armements : désigne la dynamique qui pousse deux États à créer des forces armées les plus puissantes et à obtenir des armements les plus performants.

HISTOIRE

■ La bipartition du monde fait constamment peser le **danger d'une guerre atomique**, notamment lors de la **crise des euromissiles**, en Europe, entre 1977 et 1987. Cependant, la détention d'un arsenal nucléaire par les deux adversaires les oblige à la prudence, c'est **l'équilibre de la terreur**. Au nom de leur sécurité, de la défense de leurs valeurs jugées universelles et de leurs intérêts stratégiques, les deux superpuissances plongent le monde dans la bipartition pendant une quarantaine d'années.

DÉFINITIONS

- **Crise des euromissiles** (1977-1987) : épisode de tensions entre l'URSS, qui déploie en Europe de l'Est ses missiles nucléaires, et les États-Unis qui répliquent de la même manière à l'Ouest.
- **Équilibre de la terreur** : expression qui désigne la menace nucléaire mais aussi l'impossibilité pour les deux supergrands de s'affronter compte tenu du risque à se détruire mutuellement.

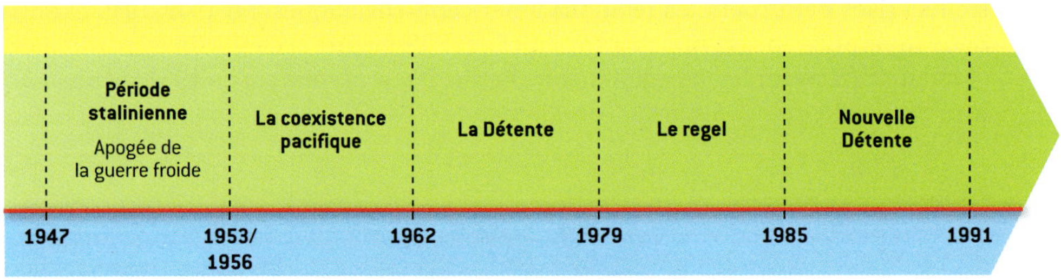

Chronologie de la guerre froide

À SAVOIR

La **Détente** est une période marquant l'amélioration des relations américano-soviétiques de 1962 à 1979.

 # synthèse
La guerre froide, conflit idéologique et de puissances
foucherconnect.fr/23tersti2d39

C L'effondrement du bloc soviétique

■ À partir de 1991, le nouveau dirigeant soviétique, Mikhaïl Gorbatchev, entreprend une double réforme de l'URSS. La **Glasnost** (transparence) et la **Perestroïka** (restructuration) réforment profondément le pays et aboutissent à un rapprochement avec les États-Unis. Gorbatchev cherche à réduire les dépenses militaires qui pénalisent très lourdement l'économie soviétique. Il conclut avec le président Reagan une série d'accords de désarmement et met un terme à la crise des euromissiles. Il n'empêche pas la chute des dictatures communistes d'Europe de l'Est en 1989 et retire l'Armée rouge d'Afghanistan.

■ En URSS, Gorbatchev fait face à la **montée des nationalismes**. Une grande partie de l'opinion publique cherche à obtenir **l'indépendance des républiques qui composent l'URSS**. Pour mettre fin aux réformes gorbatchéviennes, les communistes conservateurs tentent un **coup d'État contre Gorbatchev en août 1991**. Ce coup de force échoue mais fragilise le pouvoir du dirigeant de l'URSS. Grâce aux efforts de Boris Eltsine, président élu de la République de Russie, l'URSS est remplacée en décembre 1991 par la **CEI (Communauté des États indépendants)**. Gorbatchev démissionne de son poste. L'URSS n'existe plus.

■ **La disparition de l'URSS met fin à la guerre froide**. Les États-Unis la remportent donc. La disparition de la bipolarisation leur laisse le champ libre. La disparition du communisme multiplie les tensions et les risques de conflit. Le monde de l'après-guerre froide n'est pas synonyme de paix et de stabilité.

2 Les relations internationales depuis 1991

A Une nouvelle donne internationale post-guerre froide

■ La **fin du soviétisme** et l'**échec du communisme** débouchent sur de nombreuses **revendications nationalistes** et sur la naissance de nouveaux États en Europe et en Asie centrale. La quête d'indépendance conduit parfois à des conflits meurtriers, comme en ex-Yougoslavie (1991-1995). L'éclatement de l'URSS déstabilise des régions entières comme le Caucase. La nouvelle Russie tente de s'affirmer sur son espace proche et emploie des moyens militaires pour garantir son unité, comme lors de la **guerre en Tchétchénie** dans les années 1990.

■ Le « nouveau désordre mondial » des années 1990-2000 engendre le développement d'un **terrorisme international** (Al-Qaïda) et débouche le 11 septembre 2001 sur l'**hyperterrorisme** lors des attentats de New York qui tuent environ 3 000 personnes. Le Moyen-Orient demeure une zone instable et le processus de paix entre Israël et l'Autorité palestinienne échoue finalement. Le Moyen-Orient devient un **foyer du terrorisme islamiste**.

DÉFINITIONS

- **Hyperterrorisme** : terrorisme dont les dégâts humains et matériels mais aussi l'impact psychologique s'avèrent particulièrement importants et impactants.
- **Islamisme** : doctrine religieuse qui veut faire de l'islam un outil violent de conquête du pouvoir politique et de domination de la société.
- **Nationalisme** : volonté politique de construire une nation au détriment des autres peuples.

B Le maintien du leadership des États-Unis

■ Dans les années 1990, les États-Unis maintiennent leur **interventionnisme**. Le président George Bush (père) prend la tête d'une coalition internationale pour libérer le Koweït de l'invasion irakienne en 1990-1991 (opération « Tempête du désert »). Qualifiés de « **gendarmes du monde** », les États-Unis prônent la politique de « l'**enlargement** » sous la présidence de Bill Clinton qui souhaite généraliser le libre-échange, le libéralisme et la démocratie dans un monde post-communiste.

DÉFINITION

Enlargement : politique extérieure du président Bill Clinton (1993-2001) qui consiste à diffuser (élargir) le capitalisme libéral et la démocratie dans le monde.

■ Victimes des terribles **attentats du 11 septembre 2001** (notamment contre le World Trade Center de New-York), les États-Unis répliquent par deux guerres contre l'Afghanistan des Talibans (qui abritent O. Ben Laden, responsable de cette vague terroriste) et contre l'Irak de Saddam Hussein accusé de détenir des armes de destruction massive. Dès lors, la puissance américaine conduite par George W. Bush entre dans une logique d'**unilatéralisme** consistant à défendre ses intérêts stratégiques indépendamment de l'opinion de ses alliés et de l'ONU. L'intervention américaine en Irak contribue à déstabiliser la région qui doit faire face de 2006 à 2019 à la menace de l'État islamique d'inspiration salafiste et djihadiste. Les présidences de Barack Obama et de Donald Trump privilégient les intérêts stratégiques américains tout en amorçant un retrait significatif des États-Unis. Cela ne les empêche pas d'aider financièrement et militairement l'Ukraine agresée par la Russie en 2022.

HISTOIRE

■ Le leadership des États-Unis est enfin limité par **l'émergence du géant chinois** engagé dans une politique d'influence mondiale fondée sur sa prospérité économique. L'arrivée sur la scène internationale des puissances émergentes telles que le Brésil et l'Inde bouleverse la hiérarchie mondiale tandis que la Russie de Vladimir Poutine demeure plus que jamais un adversaire.

3 La décolonisation et l'émergence du tiers-monde

A Les processus de la décolonisation

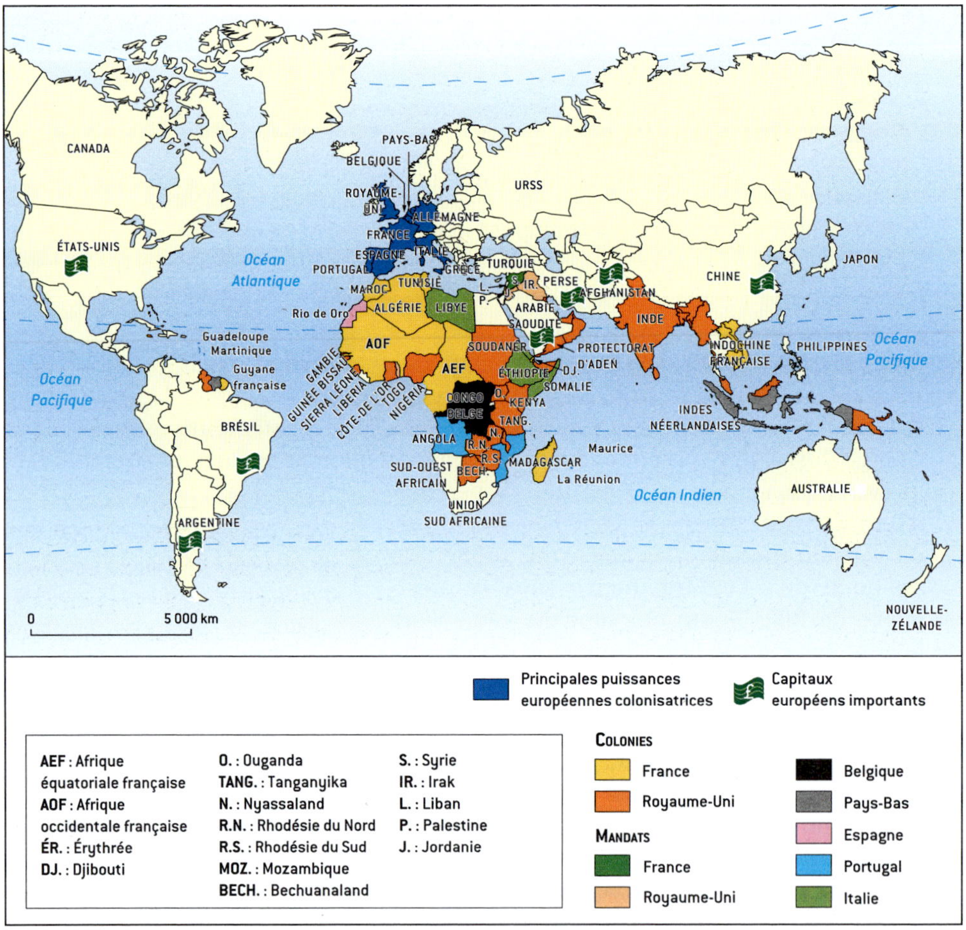

Les empires coloniaux en 1945

■ L'accès des colonies à leur indépendance s'effectue en deux principales vagues. Dans un premier temps, **les pays asiatiques accèdent à leur indépendance à partir de 1945-1947** : l'Indonésie, les Philippines, la Birmanie et l'Inde inaugurent ce processus de **décolonisation**. Ce dernier est le plus souvent négocié à l'exception de l'Indochine française. De 1946 à 1954, un conflit oppose la France aux Vietnamiens dirigés par le leader indépendantiste et communiste Hô Chi Minh. La Chine aide celui-ci à obtenir la victoire contre la métropole.

La signature des **accords de Genève en mai 1954** clôt ce premier conflit de la décolonisation. De grandes personnalités émergent telles que Nehru et Gandhi en Inde ou Soekarno en Indonésie. Les nouvelles élites asiatiques prennent en mains le destin de leur pays.

■ Dans un second temps, **l'Afrique accède aux indépendances**. Le Maghreb ouvre la voie avec le Maroc et la Tunisie en 1956. Cependant, le cas algérien reste problématique. Les Français sont très implantés sur ce territoire et le considèrent comme un prolongement de la France en Afrique du Nord. La guerre d'Algérie dure de 1954 à 1962. Elle s'avère particulièrement meurtrière et engendre bien des traumatismes visibles jusqu'à aujourd'hui. La plupart des pays d'Afrique subsaharienne parviennent pacifiquement à leur indépendance. La situation au Congo belge oblige néanmoins les colons à partir dans l'urgence. Le Kenya est traversé par des violences raciales et l'Afrique du Sud évolue vers un régime d'**apartheid**. Les colonies portugaises (Guinée-Bissau, Angola et Mozambique) n'obtiennent leur indépendance qu'en 1975. Le processus de décolonisation a été rendu possible par la formation des élites africaines qui dénoncent le colonialisme européen. **Léopold Sedar Senghor (Sénégal)** et **Félix Houphouët-Boigny (Côte-d'Ivoire)** incarnent ce mouvement.

DÉFINITION

Apartheid : expression désignant la politique officielle de ségrégation raciale pratiquée en République sud-africaine de 1948 à 1991 au bénéfice de la population blanche et au détriment de la majorité noire.

B La naissance du tiers-monde

■ Les nouveaux États afro-asiatiques sont immédiatement confrontés à des défis intérieurs et extérieurs. Ils cherchent à sortir du **sous-développement** et de la **sous-industrialisation**. Leur population est le plus souvent analphabète et victime de sous-nutrition ou de malnutrition.

À SAVOIR

Le tiers-monde désigne donc les pays les plus pauvres, les plus peuplés et les moins puissants de la planète.

■ Mais le tiers-monde recouvre aussi une dimension politique. En 1955, 29 États d'Afrique et d'Asie se retrouvent en Indonésie pour la **conférence de Bandoung**. À cette occasion, ils proclament leur refus de la bipolarisation du monde engendrée par la guerre froide. Ils affichent leur neutralité et leur choix du **non-alignement** : leur souhait est de n'appartenir ni au bloc américain ni à son rival soviétique. En 1961, se tient à Belgrade, en Yougoslavie, la **première conférence internationale des non-alignés**.

DÉFINITION

Tiers-monde : l'expression provient du démographe et économiste français Alfred Sauvy. En 1952, il reprend à son compte l'expression de « tiers état » pour désigner la frange de la population la plus nombreuse et la plus défavorisée.

■ La recherche d'une « **troisième voie** » incite les pays à se regrouper dans des organisations internationales telles que l'**Organisation de l'unité africaine (OUA)** créée en 1963. À l'ONU, les anciennes colonies se prononcent pour un nouvel ordre international plus équitable, c'est-à-dire davantage fondé sur la reconnaissance de leur identité culturelle et de leurs **intérêts stratégiques et économiques**. Cette revendication débouche en 1964 sur la **Conférence des Nations unies sur le commerce et le développement (CNUCED)**.

■ L'affirmation des pays africains sur la scène mondiale débouche sur le **panafricanisme** qui encourage les États à se montrer solidaires. En Égypte, le président Nasser agit dès 1958 en faveur du **panarabisme** qui vise à regrouper politiquement tous les peuples arabes.

■ L'unité du tiers-monde prend fin dans les années 1970. Ce vaste ensemble commence à se diversifier. Certains pays s'allient finalement à l'un des deux supergrands à l'image de Fidel Castro qui place Cuba dans le camp soviétique. De nouvelles puissances industrielles émergent en Asie (les quatre « dragons ») alors que l'Afrique subsaharienne compte un très grand nombre de **PMA (pays les moins avancés)**. Le tiers-monde laisse la place aux « Suds ».

DÉFINITION

Supranationalité : terme qui désigne la mise en place d'institutions européennes qui bénéficient d'un transfert de souveraineté des États décidés à agir ensemble.

4 Le projet de la construction européenne

A Les débuts de la construction européenne

■ Le projet d'une Europe unie est une ambition ancienne. Cependant, il faut attendre les lendemains de la Seconde Guerre mondiale pour que les bonnes volontés européennes engagent la partie occidentale du vieux continent dans la voie de l'unification. Par rejet de l'ordre nazi et de sa volonté guerrière pour restaurer le rang de l'Europe sur la scène internationale et de manière à ramener la prospérité, les « pères fondateurs » de l'Europe entament le processus communautaire en 1948.

■ **L'OECE (Organisation européenne de coopération économique)**, qui sert à répartir **l'aide financière du plan Marshall**, initie une première forme de coopération entre certains pays européens. La même année, le congrès de La Haye est l'occasion d'afficher la fidélité commune des Européens aux valeurs de la **démocratie** et des **droits de l'homme**. Le **Conseil de l'Europe** qui en découle proclame en 1949 l'adhésion aux libertés fondamentales. La construction européenne commence donc sur le plan politique par l'affirmation de principes opposés à ceux de l'URSS et de ses pays satellites. La guerre froide et sa bipolarisation profitent à l'union des Européens de l'Ouest.

B Une Europe en construction des années 1940 aux années 1980

■ En 1951, 6 États (France, Belgique, Pays-Bas, Luxembourg, Italie, RFA) procèdent à des échanges d'acier et de charbon dans le cadre de la **CECA (Communauté européenne du charbon et de l'acier)**. Cette mise en commun des ressources fondamentales à l'essor économique est pensée par Robert Schuman et Jean Monnet. Un pas fondamental est franchi : pour la première fois, une institution supranationale (la Haute Autorité de la CECA) décide dans l'intérêt collectif.

■ En 1957, la création par les **traités de Rome** de la **CEE (Communauté économique européenne)** vise à mettre en place un **marché commun** entre les six pays de la CECA et une stratégie commune autour de l'énergie atomique (naissance d'**Euratom**). L'intégration communautaire se poursuit dans les années 1960 avec la mise en place de la **politique agricole commune** (**PAC**). Ses objectifs sont de permettre la modernisation de l'agriculture dans les pays membres, d'accéder à l'autosuffisance alimentaire et de libéraliser les échanges.

DÉFINITION

Euratom : La communauté européenne de l'énergie atomique instituée par les traités de Rome en 1957 vise l'indépendance énergétique des pays membres de la CEE. Il met en place une coopération dans le secteur du nucléaire civil (et non pas militaire).

■ Dans les années 1970 et 1980, la CEE s'élargit. **L'Europe des neuf** (avec le Royaume-Uni, l'Irlande et le Danemark) devient **l'Europe des quinze en 1986** (avec l'arrivée de la Grèce en 1981 puis du Portugal et de l'Espagne). L'**Acte unique** (1987) harmonise davantage les législations nationales.

C De la CEE à l'Union européenne

■ Les **accords de Schengen** suppriment à partir de 1995 les contrôles systématiques des personnes aux frontières des États signataires. Le **traité de Maastricht de 1992** instaure **l'Union européenne** ainsi qu'une **Union économique et monétaire** qui aboutit en 1999 à la naissance d'une **monnaie commune**, l'**euro**, et à la naissance de la **Banque centrale européenne** (**BCE**). Les coopérations entre Européens se confirment dans les domaines industriels, des transports et des études universitaires (**Erasmus**).

DÉFINITIONS

- **BCE** : la Banque centrale européenne est installée depuis 1998 à Francfort, en Allemagne. Cette institution supranationale détient le monopole d'émission de l'euro. Elle fixe la politique monétaire de la zone euro. Celle-ci ne s'étend pas à tous les États membres de l'UE.
- **Erasmus** : programme d'échanges d'étudiants et d'enseignants entre les universités européennes à partir de 1987.

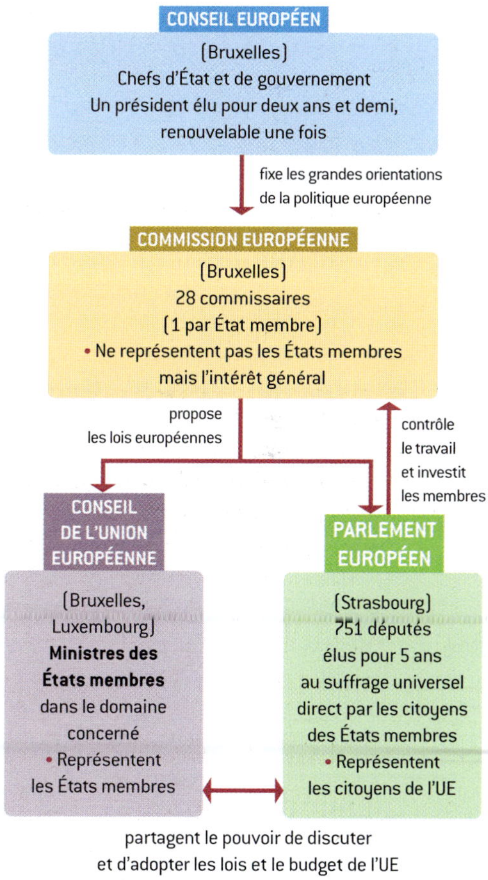

Les institutions européennes

■ De nouveaux élargissements conduisent des nations d'Europe de l'Est à entrer dans l'UE. En 2004, 10 nouveaux pays intègrent l'espace communautaire. Celui-ci atteint les 28 États membres à partir de 2013. La réforme des institutions européennes devient dès lors une nécessité. Le **traité de Lisbonne** y pourvoit en 2007.

HISTOIRE

■ Autour de 2010-2020, l'Union européenne reste confrontée à des problèmes et doit relever d'importants défis. Elle demeure sous la protection militaire des États-Unis mais doit gérer la crise financière et économique qui touche notamment la Grèce. L'UE se divise sur la question des migrants à partir de 2017 et doit accepter le **Brexit** (départ du Royaume-Uni). L'invasion du territoire ukrainien par la Russie en 2022 a pour effet de réaffirmer l'unité des pays membres de l'UE solidaires avec l'Ukraine.

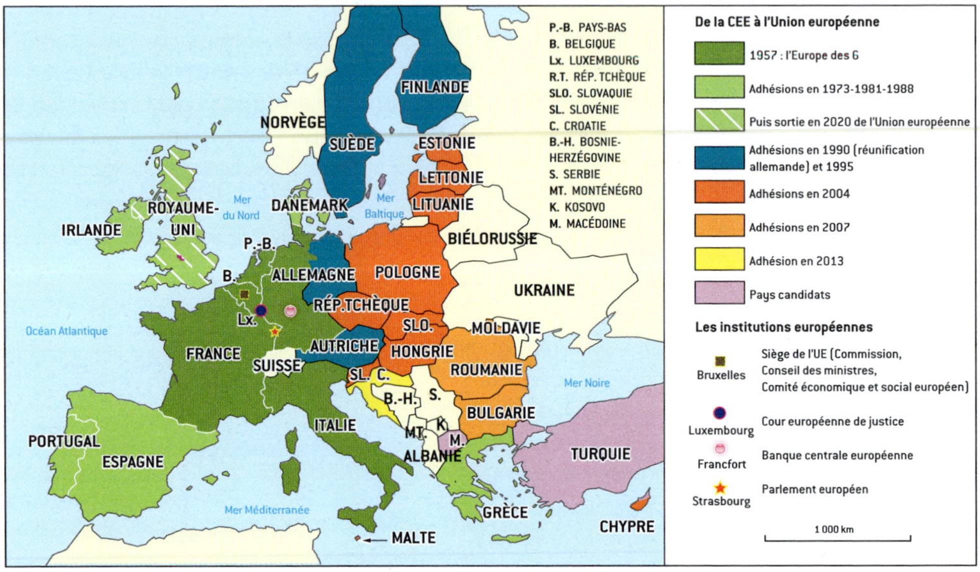

La construction européenne depuis 1957

5 Je mémorise autrement

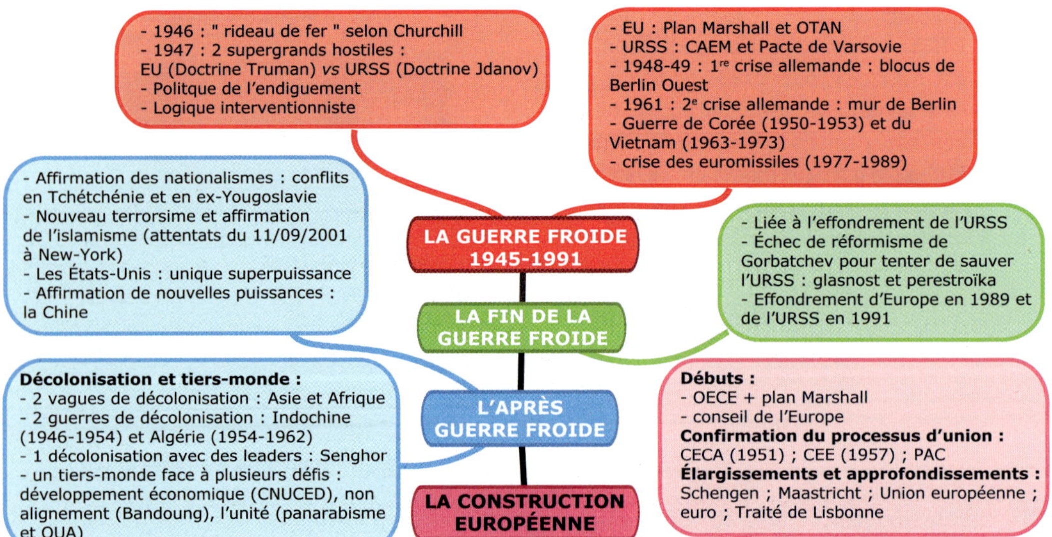

Sujet d'étude n°1 : de Youri Gagarine à la guerre des étoiles

La guerre froide engendre une **compétition spatiale** entre l'URSS et les États-Unis. La **course à l'espace** semble dans un premier temps remportée par l'URSS qui envoie le **premier satellite artificiel** dans l'espace, **Spoutnik 1**, le 4 octobre 1957. Un mois plus tard, les Soviétiques mettent en orbite la chienne **Laïka**. Ce double événement astronautique convainc la puissance américaine de rattraper son retard. Elle parvient dès 1958 (année de naissance de la **NASA**) à envoyer dans l'espace le premier satellite de communication.

DÉFINITION

NASA (National Aeronautics and Space Administration) : agence gouvernementale en charge du programme spatial civil des États-Unis et de la recherche aéronautique.

La compétition gagne en intensité en 1961. Le soviétique **Youri Gagarine** réalise le premier vol spatial habité. Il devient un héros national et le symbole de l'avancée technologique soviétique. Du côté étatsunien, le **programme Apollo** se fixe pour mission d'emmener des hommes sur la surface de la lune. L'objectif est atteint le **20 juillet 1969**. Ce premier **alunissage** est un événement mondial très largement relayé par les médias et bien préparé par les membres d'équipage comme Neil Armstrong qui pose le module lunaire. La compétition se poursuit dans l'envoi de sondes spatiales, dans l'élaboration d'outils astronomiques et dans l'exploration du système solaire. Dans le cadre de la Détente (amélioration des relations américano-soviétiques de 1962 à 1979), cette course se meut en une collaboration scientifique à partir de 1975.

Capsule Apollo

La compétition spatiale n'échappe pas à la logique militaire. La rivalité américano-soviétique aboutit sous la présidence de Ronald Reagan en 1983-1984 au projet « **guerre des étoiles** ». L'**Initiative de défense stratégique (IDS)** consiste à élaborer un **bouclier spatial antinucléaire** dans le contexte de crise des euromissiles. Les moyens technologiques et financiers réclamés par un tel projet le rendent irréalisable. Par ce biais, les États-Unis parviennent cependant à exercer sur l'URSS une pression qui contribue à sa chute en 1991.

L'espace figure donc comme l'un des terrains de guerre visés par le complexe militaro-industriel des États-Unis. L'ambition de maîtriser et de sécuriser le cosmos se retrouve aux États-Unis. En août 2019, le président Trump officialise le commandement militaire de l'espace pour devancer les ambitions russe et chinoise. Le « Spacecom » devient le 11e commandement militaire du Pentagone. La course à l'espace se militarise et n'est pas près de s'arrêter.

HISTOIRE

■ La **modernisation de l'économie** transforme les appareils productifs et change la structure de la population active. Les agriculteurs poursuivent leur lent déclin (disparition d'un tiers des exploitations) ; le monde ouvrier grossit jusqu'aux années 1960 et finit par diminuer. Les employés et salariés dans les services s'avèrent de plus en plus nombreux. La France entre dans la **tertiarisation**. La conscience de classe diminue.

DÉFINITION
Tertiarisation : importance de plus en plus grande du secteur tertiaire (les services) dans la structure économique et sociale d'un pays.

■ Le retournement de la conjoncture économique à partir des années 1970 limite un certain nombre de progrès. Les **chocs pétroliers** de 1973 et 1979, la **fin du système monétaire international** et la **forte diminution des croissances annuelles du PIB** font basculer l'économie dans une nouvelle ère. La pauvreté se développe, l'ascenseur social fonctionne moins bien et les risques du chômage augmentent très largement. Un sentiment d'inquiétude pousse de nombreux Français à s'abstenir de voter ou à porter leurs suffrages sur des mouvements extrémistes. La cohésion sociale est mise à rude épreuve en raison d'un individualisme et d'une difficulté à proposer un projet collectif suffisamment rassembleur. De nouvelles craintes liées au communautarisme, au terrorisme confessionnel et aux problèmes écologiques font craindre l'avenir.

2 La place de la France dans le monde

A Un rayonnement mondial assuré par les territoires ultramarins

■ Le rayonnement international de la France provient de son passé. À la tête du deuxième plus grand empire colonial jusqu'aux années 1960, la France a conservé de cette époque de nombreuses traces de son influence. Les **DROM-COM** (anciennement DOM-TOM), respectivement départements, régions et collectivités d'outre-mer se présentent comme des territoires ultramarins ou ultrapériphériques qui procurent des bases militaires et des **ZEE** à la métropole.

SIGLES
- **DROM-COM** : départements, régions et collectivités d'outre-mer (ces dernières disposent d'une autonomie)
- **ZEE** : zones d'économie exclusive

■ La présence mondiale de la France s'appuie donc sur un ensemble de territoires pour la plupart insulaires en bordure de tous les océans du monde. Cela lui procure le **monopole de l'exploitation des ressources halieutiques** sur trois millions de km^2. La révision de la Constitution en 2003 procure à chaque territoire un **statut administratif particulier** qui lui confère plus ou moins d'autonomie. Depuis 2011, Mayotte a adopté son statut de département français et en 2018, la Nouvelle-Calédonie a manifesté par référendum son souhait de rester française.

DÉFINITION
Ressources halieutiques : elles désignent les ressources provenant de la mer.

B Un rayonnement culturel et linguistique de premier plan

■ L'ancien contexte colonial procure à la France un **rayonnement culturel et linguistique** remarquable. Créée en 1970, **l'Organisation internationale de la francophonie (OIF)** regroupe 57 États et environ 300 millions de francophones (700 millions en 2050). La langue française demeure en vigueur au sein d'institutions internationales telles que l'ONU et le CIO (Comité international olympique). La **diffusion de la langue française** apparaît comme un vecteur de rayonnement des valeurs républicaines fondées sur la **défense des Droits de l'homme**. Elle facilite les accords de coopération interétatiques et contribue à faire de la France une **puissance de premier rang**.

■ L'**Alliance française** diffuse l'enseignement de la langue française et se distingue comme le **premier réseau culturel mondial**. Elle se fonde sur 1 040 implantations dans 136 pays. 646 000 personnes apprennent chaque année le français. Le pays entretient donc des liens privilégiés avec la partie francophone du monde et dispose à cet effet du deuxième plus vaste réseau diplomatique international après les États-Unis. TV5 Monde et RFI (Radio France International) diffusent l'information à 250 millions de personnes à travers le monde.

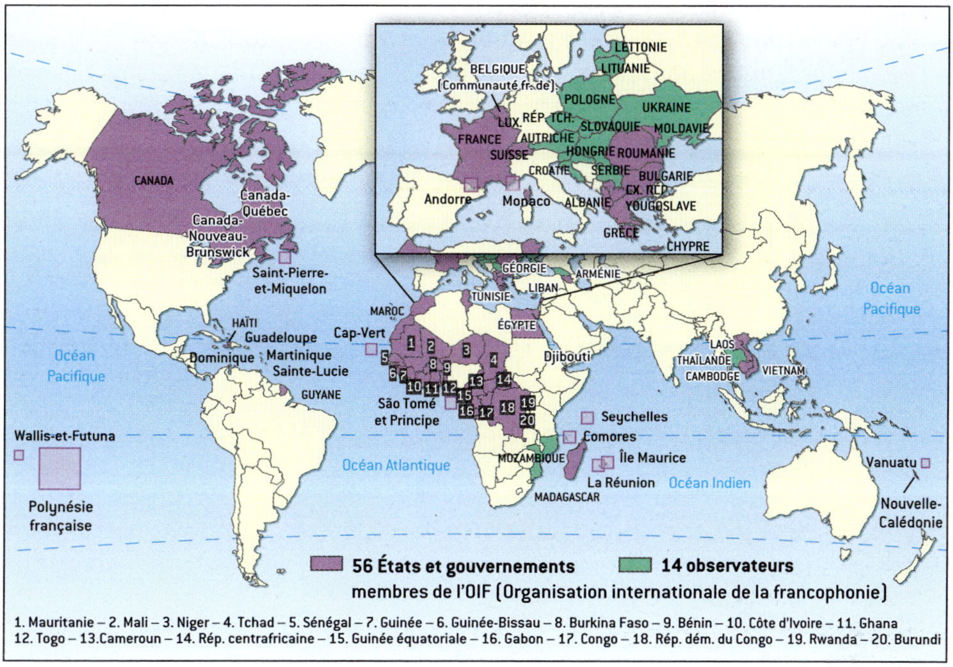

La francophonie dans le monde

 # site internet
L'Organisation internationale de la francophonie
fouchergonnect.fr/23tersti2d42

C Un rayonnement diplomatique et stratégique mondial

Les 163 ambassades et les 98 consulats œuvrent en faveur des **intérêts stratégiques de la France**. L'influence de celle-ci s'exerce en premier lieu dans son espace proche, c'est-à-dire au sein de l'Union européenne. Avec l'Allemagne, la France a joué depuis les années 1950 un rôle primordial dans la construction européenne dont elle est l'un des piliers. À l'échelle mondiale, le siège permanent qu'elle occupe au Conseil de sécurité de l'ONU lui attribue le **droit de veto**, ce qui la met au même plan que les États-Unis, la Chine, la Russie et le Royaume-Uni. La France fait partie du « club nucléaire », c'est-à-dire du groupe des très rares États qui possèdent officiellement l'**arme atomique**. Cette caractéristique lui permet de figurer parmi les **plus grandes puissances militaires mondiales**.

HISTOIRE

3 Je mémorise autrement

LA FRANCE DEPUIS 1945

Une société qui change :
- du babyboom au papy-boom ;
- des flux migratoires importants avec l'arrivée de travailleurs, puis regroupement familial ;
- libération de la femme et libération sexuelle ;
- hausse du niveau de vie ;
- une tertiarisation de l'économie
- des 30 glorieuses au ralentissement de la croissance ;
- une modernisation de l'économie.

Une puissance qui s'affirme dans le monde

Territoires ultramarins (DOM-TOM devenus DROM-COM) et ZEE très vaste

Un rayonnement culturel et linguistique :
- OIF ;
- alliance française ;
- médias internationaux.

Une diplomatie mondiale et un rôle stratégique :
- réseau diplomatique étendu ;
- conseil de sécurité de l'ONU ;
- « club nucléaire ».

Les changements politiques :
- 1944-1946 : GPRF ;
- 1946-1958 : IVe République ;
- 1958-nos jours : Ve République ;
- une confirmation des droits : vote des femmes ; pluralisme ; libertés fondamentales ; Droits de l'homme ;
- une politique sociale : Sécurité sociale ; allocations familiales ; État-providence.

La Ve République, un régime semi-présidentiel :
- pouvoir du président très étendus : référendum ; domaine réservé ; dissolution de l'Assemblée nationale ;
- un régime parlementaire : système bicaméral (2 assemblées) → régime mixte ;
- un régime qui s'adapte : 14 révisions de la Constitution (ex : du septennat au quinquennat).

Sujet d'étude n°1 : la guerre d'Algérie

A Aux origines de la guerre d'indépendance

L'Algérie dispose d'une place particulière dans l'Empire colonial français. Conquise à partir de 1830, elle devient dès le dernier tiers du XIXe siècle une **colonie de peuplement** qui accueille de nombreux Français et des Européens. L'Algérie est considérée comme un **prolongement du territoire français**. Dès le début du XXe siècle, se développe un **nationalisme algérien** qui conteste l'ordre colonial en place.

B Un pays en guerre

SIGLES
- **ALN** : armée de libération nationale.
- **FLN** : front de libération nationale.

■ De 1954 à 1962, le conflit oppose les autorités françaises de métropole et d'Algérie au **FLN**. Ce mouvement indépendantiste entame la lutte armée contre l'État français en novembre 1954 et dispose à cet effet de l'**ALN**. La violence s'empare du pays tout entier dès 1955. En 1956, le **contingent** (jeunes Français effectuant leur service militaire) fait face à une guérilla urbaine et rurale généralisée. La brutalisation du conflit se traduit dans les deux camps par l'usage généralisé de la torture.

■ Les communautés en présence se divisent. Les **Français d'Algérie (pieds-noirs)** se heurtent à la volonté de la métropole de conduire l'Algérie vers l'indépendance à partir de 1959. Une minorité de Français se radicalise et fonde l'**OAS** (Organisation de l'armée secrète) en 1961 pour conserver l'Algérie française. La fidélité d'une partie des Algériens musulmans à la France (**les harkis**) scinde la population en deux camps. Le FLN recourt à la terreur pour convaincre une partie des Algériens de sortir de leur neutralité et emploie la violence à l'égard des mouvements indépendantistes concurrents comme le **Mouvement national algérien** de Messali Hadj. La **guerre d'indépendance** devient donc une **guerre civile**. Le rapatriement d'environ 900 000 pieds-noirs s'ajoute à la tragédie qui se joue en Algérie.

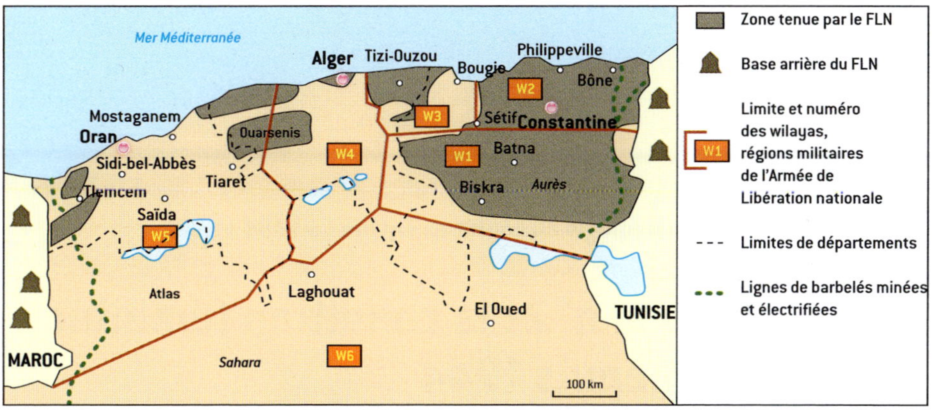

La guerre sur le territoire algérien

C L'impact du conflit

■ Les répercussions politiques de la guerre d'Algérie sont immenses. L'après-guerre se prépare du côté algérien dès 1958 lorsqu'est créé le **GPRA** (Gouvernement provisoire de la République algérienne). Le FLN se présente comme le principal artisan de la lutte pour l'indépendance et s'apprête à diriger le pays.

■ En France, les « événements d'Algérie » conduisent à une **très grave crise politique** qui risque de dégénérer en une guerre civile. L'impuissance de la IVe République à rétablir la paix conduit à une **instabilité ministérielle** inquiétante. En mai 1958, craignant un coup d'État militaire à Alger en pleine insurrection, le président de la République René Coty fait appel au **général de Gaulle**. Chargé des pleins pouvoirs, il a la double mission de trouver une solution à la crise algérienne et de proposer une nouvelle Constitution. **La guerre d'Algérie met ainsi un terme à la IVe République** et aboutit à la **naissance de la Ve République en octobre 1958**. De Gaulle entame des négociations et se heurte en avril 1961 à un putsch des généraux français d'Alger. Après l'échec de ce dernier, il met un terme au conflit le **18 mars 1962** par les **accords d'Évian** qui reconnaissent **l'indépendance de l'État algérien**. Le 5 juillet 1962, l'Algérie célèbre officiellement son indépendance.

D Bilan et perspectives

La lourdeur du bilan humain (environ 400 000 Algériens tués et plus de 25 000 Français), la question des harkis et du rapatriement des pieds-noirs, l'embarras provoqué par la question de la torture et la difficulté à revenir sur certaines pages du passé colonial rendent les **relations franco-algériennes difficiles depuis 1962**. La mémoire de la guerre d'Algérie oppose des souvenirs et des interprétations contradictoires entre les deux rives de la Méditerranée.

HISTOIRE

Malgré cela, les deux pays ont maintenu leurs échanges. La France est devenue le principal pays d'émigration des Algériens. Des **accords de coopération** ont aidé au développement de l'Algérie qui fournit aujourd'hui à la France son gaz naturel alors que cette dernière est son deuxième fournisseur commercial. Depuis les années 1990-2000, les différents présidents de la République française ont traduit à l'occasion de voyages (Emmanuel Macron à Alger en février 2017) la nécessité à taire les ressentiments et à envisager la réconciliation. L'avenir des relations franco-algériennes reste donc prometteur malgré le poids du passé.

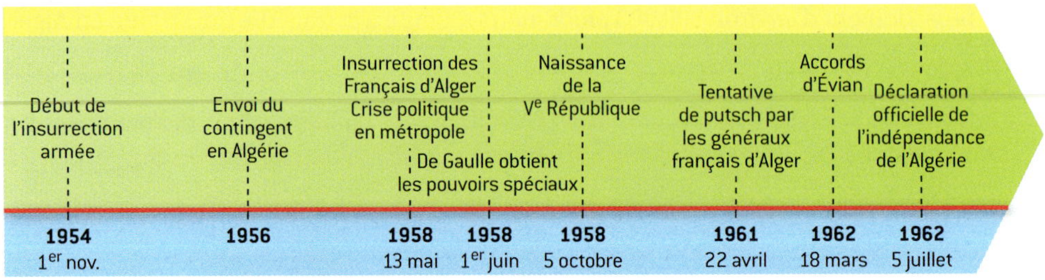

Chronologie du conflit en Algérie de 1954 à 1962

Sujet d'étude n°2 : la condition féminine en France depuis 1944

A De nouveaux droits politiques

■ Depuis 1944, l'histoire des femmes en France est rythmée par un certain nombre d'avancées et de progrès qui leur assurent une **meilleure intégration** et un **plus grand rôle économique, politique, social et culturel**. Leur participation à l'effort de guerre et à la Résistance de 1939 à 1945 leur confère le **droit de vote le 21 avril 1944** conformément au projet constitutionnel élaboré en janvier 1944. En avril et en octobre 1945, les femmes françaises exercent pour la première fois ce droit fondamental qui établit une égalité historique entre les sexes.

■ Le droit à élire procure celui d'être élue. 33 femmes sont élues députées en octobre 1945. En 1947, **Germaine Poinso-Chapuis** devient la première femme ministre. La condition féminine est alors un enjeu essentiel du rétablissement de la démocratie en France après la Seconde Guerre mondiale.

B La conquête de nouveaux droits

■ Les années 1960-1970 constituent une étape essentielle. Le féminisme connaît un nouvel essor sous l'influence des sociétés anglo-saxonnes qui tentent de combattre les discriminations faites aux femmes. Le **mouvement de libération des femmes (MLF)** milite en faveur de l'égalité complète des droits et pour la légalisation de la contraception et de l'avortement. Le **Mouvement français pour le planning familial**, créé en 1960, lutte en faveur du droit au contrôle des naissances. La **loi Neuwirth de 1967** légalise la contraception qui était interdite depuis 1920. Sous la pression des revendications, le pouvoir politique instaure en 1974 le premier Secrétariat d'État à la condition féminine et autorise le remboursement par la Sécurité sociale des moyens de contraception. Arlette Laguiller est la première femme candidate à l'élection présidentielle en 1974. L'année même où l'ONU proclame l'année internationale de la femme, en 1975, la **loi Veil dépénalise l'avortement** sous certaines conditions (loi sur l'**IVG** : interruption volontaire de grossesse). L'émancipation des femmes passe par leur libération sexuelle et par l'affirmation de leur droit à contrôler leur corps.

■ Les plus grandes libertés proposées aux femmes témoignent d'une **révolution sexuelle** qui s'accompagne indissociablement d'une révolution du droit et des mœurs. Le droit garantit aux femmes à partir des années 1970 une vie sexuelle non reproductive qui ne les soumet plus à l'autorité masculine et aux règles sociales en vigueur. La force des normes, de la morale et le poids de la religion reculent. L'image même de la femme change. Le retournement de la conjoncture économique dans les années 1970 engendre la **féminisation de la population active**. L'arrivée massive des femmes sur le marché du travail apparaît comme une solution économique mais aussi comme l'aboutissement d'une **lutte en faveur de leurs droits**.

■ Les années 1990 marquent une nouvelle étape dans l'histoire des femmes en France. **Édith Cresson** est la première d'entre elles à accéder au poste de **Premier ministre en 1991**. La question de la **parité** occupe une place centrale dans le débat politique. Dès 1995, le président de la République Jacques Chirac met en place un Observatoire sur la parité. En 1999, une loi proclame « l'égalité entre les hommes et les femmes ». Une loi de l'an 2000 oblige les partis politiques à présenter un nombre égal de candidats des deux sexes et les soumet à une amende en cas de refus. 19 femmes entrent au gouvernement sous la présidence de Nicolas Sarkozy. Le gouvernement d'Élisabeth Borne atteint en 2022 la parité (21 hommes et 21 femmes).

■ Malgré des avancées politiques certaines, les femmes restent victimes de **fortes discriminations**. Elles ne représentent en 2017 que 32 % des sénateurs et 38 % des députés (contre 5 % en 1945). Elles réalisent encore 80 % des tâches domestiques, sont davantage victimes du chômage, du travail précaire et gagnent en moyenne 20 % de moins que les hommes. Le combat contre l'**inégalité salariale et professionnelle** s'annonce donc comme l'un des grands chantiers sociaux à venir. Les femmes sont enfin bien plus victimes de violences, de viols, voire d'assassinats qualifiés de « féminicides » dès lors qu'elles succombent sous les coups de leur partenaire ou ancien partenaire. Le mouvement #MeToo encourage à la dénonciation des violences faites aux femmes et contribue largement depuis 2017 à la libération de la parole. La protection des femmes devient un sujet de société et une question de justice largement médiatisés.

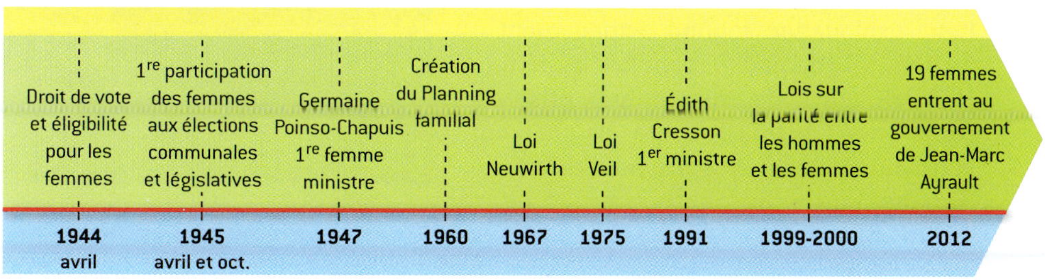

Chronologie de l'histoire des femmes en France depuis la Libération

 # quiz
Des questions pour réviser
foucherconnect.fr/23tersti2d37

4 Mers et océans : vecteurs essentiels de la mondialisation

Parce qu'ils recouvrent 71 % de la surface de la planète, les espaces maritimes sont devenus essentiels à la mondialisation. Ils contribuent pour une très grande part aux échanges et sont devenus des espaces stratégiques en cours de militarisation.

1 La maritimisation des économies et des échanges

A Des espaces maritimes riches de ressources

■ Les **ressources halieutiques** sont un élément essentiel à la survie de l'humanité. La pêche fait vivre plus de 400 000 personnes dans l'Union européenne. Ses capacités mondiales ont été multipliées par 5 depuis 1950. Les navires français remontent chaque année plus de 400 000 tonnes de poissons qui entrent dans l'alimentation quotidienne. À l'échelle mondiale, le volume annuel des remontées s'élève à plus de 170 millions de tonnes. La **généralisation de la pêche** et les besoins grandissants d'une humanité en croissance démographique compromettent le renouvellement des espèces marines. La **surexploitation** est aujourd'hui une menace globale. Elle incite à appliquer des **politiques durables** (de quotas) et à envisager d'autres formes d'exploitation comme l'**élevage** (**fermes marines**).

■ Le sous-sol marin regorge de richesses naturelles. Il recèle au moins **un quart des réserves d'hydrocarbures dans le monde**. Cette exploitation répond actuellement à un tiers de la demande mondiale de pétrole et de gaz grâce aux **installations offshore** (plateformes au large) qui captent un pétrole de plus en plus profond et éloigné des côtes.

Plateforme offshore

DÉFINITIONS

- **Maritimisation** : augmentation et concentration des échanges par voie maritime.
- **Ressources halieutiques** : elles désignent les ressources provenant de la mer.

B Des espaces maritimes qui permettent les échanges

■ Au moins 80 % des échanges de marchandises dans le monde sont réalisés à l'aide des **cargos**. Leur nombre a été multiplié par 4 en 40 ans et le volume de marchandises transportées a triplé. Les océans sont ainsi devenus des espaces de mise en relation des sociétés et des continents rendus interdépendants par la globalisation. 50 000 navires de commerce et plus d'un million de marins assurent les échanges internationaux. Parmi eux on compte plus de 5 000 porte-conteneurs et plus de 11 000 pétroliers et chimiquiers.

■ L'explosion du trafic maritime mondial assure principalement le **transport des hydrocarbures, des produits pondéreux** (minerais, charbon) **et des marchandises**. Les câbles sous-marins relient les continents et permettent le transit d'un volume d'informations. Ils assurent donc des échanges immatériels qui facilitent la communication et les transferts financiers.

 # info
Visualisation en direct du trafic maritime mondial
foucherconnect.fr/23tersti2d43

Porte-conteneurs à quai

2 Des espaces maritimes stratégiques

A Des espaces mis en valeur

■ Les **routes maritimes (autoroutes de la mer)** débouchent sur des **hubs portuaires**, voire sur des **façades maritimes**. Les plus importantes d'entre elles se localisent sur les littoraux des États-Unis, au Nord de l'Europe (Northern Range) et au sein du corridor est-asiatique. Les **canaux interocéaniques** de Suez et de Panama ont doublé leur largeur et raccourcissent les trajets maritimes d'un grand nombre de navires marchands.

 # schémas
Les façades maritimes mondiales
foucherconnect.fr/23tersti2d44

■ Les phénomènes de **maritimisation** et de **littoralisation** conduisent les États à développer leurs littoraux. Les ports concentrent des **ZIP** (zones industrialo-portuaires) où se mêlent les unités industrielles de production et les activités commerciales et de transport. Dans cette perspective, la Chine commence à déployer sa **stratégie du « collier de perles »** qui consiste à construire et à prendre le contrôle de dizaines de grands ports de commerce en Asie méridionale, au Moyen-Orient et en Méditerranée. Son projet d'une nouvelle route de la soie est contesté par l'Inde qui y voit une forme d'encerclement.

GÉOGRAPHIE

DÉFINITIONS

- **Hub portuaire** : port de grande dimension, en lien avec un réseau international et qui travaille avec des ports proches et de moindre importance.
- **Façade maritime** : aménagement d'un littoral à l'aide d'un alignement de ports qui assurent l'interface entre les espaces maritimes et terrestres.
- **Littoralisation** : concentration des hommes et de leurs activités sur les littoraux.

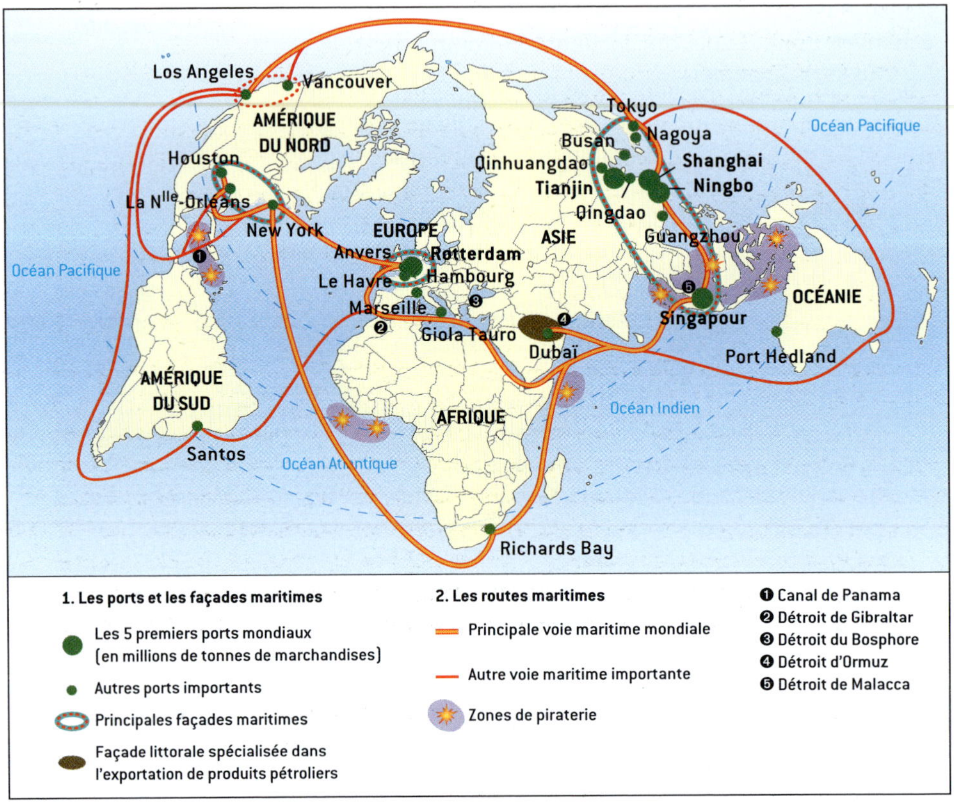

Les principaux ports et les routes maritimes

B Des espaces sous surveillance

■ La **sécurisation des mers et océans** est devenue un enjeu géopolitique fondamental. Les raisons en sont :
- la nécessité à contrôler les points de passage tels que les **détroits** (comme celui de Malacca) ;
- la lutte contre les différentes formes de **piraterie** au large de l'Afrique et en Asie du Sud-Est ;
- la répression de la mondialisation des **trafics** de drogue, d'armes et d'êtres humains qui empruntent les espaces navigables ;
- la nécessité à faire appliquer le **droit international** afin de protéger les ressources, l'environnement et les réserves naturelles marines. La convention des Nations Unies sur le droit de la mer signée à **Montego Bay** en 1982 fixe un code juridique suivi par 157 pays.

 # article
Courrier international : Piraterie dans le Golfe de Guinée
foucherconnect.fr/23tersti2d45

■ Les grandes puissances navales telles que les États-Unis, la Chine, la France ou le Royaume-Uni déploient leurs flottes militaires à travers les océans. L'essentiel de la flotte militaire mondiale appartient à une quarantaine d'États. La possession d'une flotte de guerre devient une preuve de puissance et un atout essentiel dans le contexte de la mondialisation. Les États-Unis sont ainsi qualifiés de « **thalassocratie** » (exerçant un pouvoir sur les mers).

 # carte
La présence militaire française dans le monde
foucherconnect.fr/23tersti2d46

C Des espaces convoités

■ Beaucoup d'États essaient d'étendre la superficie de leur **ZEE** (**zone économique exclusive**) qui va jusqu'à 370 km en mer. Le monopole de l'exploitation des ressources par les entreprises du pays propriétaire des eaux contribue à la « **course à la mer** ». La délimitation des ZEE est source de tensions, comme le montrent les exemples du Venezuela contre la Colombie, du Canada contre les États-Unis.

 # vidéo
Russie : Arctique, la nouvelle frontière
foucherconnect.fr/23tersti2d47

■ Cette compétition pour la maîtrise des mers est particulièrement visible dans l'océan glacial Arctique. Les six pays riverains (États-Unis grâce à l'Alaska, Canada, Russie, Islande, Norvège et Danemark, en raison du Groenland) revendiquent le contrôle de l'Arctique afin d'en exploiter les ressources naturelles. Ils cherchent à le **militariser** (multiplication des bases militaires) et à **contrôler les nouvelles routes maritimes** que sont les passages du Nord-Est et du Nord-Ouest. Cette intégration de l'Arctique à la mondialisation constitue une **menace environnementale**. L'Arctique témoigne de la fragilisation des espaces maritimes.

DÉFINITION
ZEE : zone économique exclusive qui correspond aux eaux territoriales d'un État qui possède sur ce territoire marin le monopole de l'exploitation des ressources.

 # article
Tensions dans l'Arctique
foucherconnect.fr/23tersti2d48

3 Je mémorise autrement

LES MERS ET OCÉANS

Des ressources nombreuses
- Ressources halieutiques
- Ressources naturelles : hydrocarbures

Des espaces au cœur des échanges
- 80 % du commerce de marchandises
- Explosion du trafic maritime mondial

Des espaces stratégiques
- routes maritimes
- hubs portuaires et ZIP
- façades maritimes
- canaux interocéaniques
- détroits

Des espaces surveillés
- Piraterie et trafics
- Convention de Montego Bay pour un droit de la mer
- Des puissances maritimes EU = thalassocratie
- Une compétition : la « course à la mer »
- Une militarisation

GÉOGRAPHIE

Sujet d'étude n°1 : les réseaux de câbles sous-marins : des infrastructures essentielles de la mondialisation

98 % des **liaisons téléphoniques et internet** entre les continents passent par les 448 câbles sous-marins qui s'étendent sur une longueur totale d'1,3 million de kilomètres. Simplement posés sur le sol marin ou bien enfouis (technique de l'**ensouillage**), les câbles transportés par des **navires câbliers** servent à la télécommunication. Cette pratique remonte aux années 1850 lors de la mise en place d'un réseau télégraphique puis téléphonique (années 1920) intercontinental. Les câbles sont soumis à certains aléas d'origine animale, humaine ou géologique (séismes et éruptions volcaniques). Leur durée moyenne de vie est de 25 ans.

 # vidéo
Internet : des câbles sous-marins pour faire transiter les données
foucherconnect.fr/23tersti2d49

Les **lignes de fibres optiques** sont devenues des infrastructures de communication stratégiques à l'échelle mondiale. Lors de conflits, elles peuvent être visées de manière à couper les communications de l'adversaire. Les câbles peuvent faire l'objet d'un véritable espionnage entre nations. Les zones d'**atterrage**, c'est-à-dire d'arrivée des câbles sur le littoral, sont particulièrement surveillées. En 2020, des agents russes ont été repérés autour des installations de télécommunications reliant l'Europe à l'Amérique du Nord.

Le marché du câble sous-marin est détenu par une minorité de pays : la **France**, la **Chine**, les **États-Unis** et le **Japon**. Les GAFAM (Google, Apple, Facebook, Amazon et Microsoft) américaines investissent la moitié des sommes. Certaines sociétés collaborent comme les groupes Orange (France) et Telxius (Espagne) pour la pose des 6 600 km du câble transatlantique Dunant en 2020. L'activité est lucrative puisqu'un câble coûte de 30 à 700 millions d'euros selon sa longueur. La géographie du réseau mondial des câbles témoigne d'une **domination technologique, économique et stratégique des pôles majeurs** sur le reste du monde.

 # vidéo
Les dessous des cartes : câbles sous-marins, la guerre invisible
foucherconnect.fr/23tersti2d50

Sujet d'étude n°2 : le détroit de Malacca : un point de passage majeur et stratégique

A Un couloir maritime majeur…

Situé entre la Malaisie (Myanmar) et l'Indonésie (île de Sumatra), le **couloir maritime** de Malacca est la porte de sortie des navires qui partent d'Asie pour rejoindre l'océan Indien et le point de passage obligé des pétroliers qui approvisionnent la Chine et le Japon, gros consommateurs énergétiques. Sur une distance d'environ 700 kilomètres et une largeur allant de 35 à 350 kilomètres, ce « **corridor énergétique** » est l'une des zones maritimes les plus fréquentées au monde.

DÉFINITION
Couloir maritime : voie de circulation maritime plus ou moins longue et étroite par laquelle transitent de nombreux navires.

■ « **Porte océane** » de l'océan Indien avec le Pacifique, le détroit est donc un axe maritime majeur pour le transport mondial et une artère vitale pour les pays de la région, dont le Japon et la Chine qui y réalise 90 % de ses échanges maritimes avec le monde. Environ 75 000 navires y transitent chaque année. Il met en relation l'Europe, le Moyen-Orient avec l'Asie orientale (trafic interrégional) mais il est aussi un outil de liaison entre les pays asiatiques (trafic intrarégional) membres de l'**ANSEA**. Le détroit est également traversé par de nombreux flux transversaux qui relient l'Indonésie, la Malaisie et Singapour. La **littoralisation** qui en découle contribue au développement économique des littoraux. De nombreux ports à conteneurs sont apparus sur les rives du détroit depuis 20 ans.

DÉFINITION

ANSEA (ou ASEAN) : l'association des nations du Sud-Est asiatique est un ensemble économique régional élaboré en 1967. Il regroupe 10 pays asiatiques (Indonésie, Malaisie, Philippines, Singapour, Thaïlande, Brunei, Viêt Nam, Laos, Birmanie, Cambodge).

B ... et un passage stratégique au niveau mondial

■ Le détroit de Malacca est un point de passage particulièrement stratégique. La Malaisie et l'Indonésie se montrent rivales dans le contrôle qu'elles tentent d'exercer sur le détroit. La convention de Montego Bay décrète en 1982 la liberté d'accès au détroit et elle en fait un « **passage en transit** », c'est-à-dire une **voie navigable internationale**. Elle donne toutefois aux deux États riverains des garanties en matière de sécurité et d'environnement.

■ Depuis les années 1980, la Chine déploie sur place un **dispositif militaire**. Aujourd'hui, elle contrôle partiellement les deux rives du détroit. Sa flotte militaire dispose des moyens de stopper la navigation. En contrepoids à la présence chinoise, une force navale américano-indienne surveille le détroit. Celui-ci apparaît donc comme un espace commun, où se jouent des **intérêts partagés** (**les flux commerciaux**) mais aussi comme un **espace de rivalités** déterminé par des rapports de force entre les puissances locales et des puissances périphériques comme les États-Unis.

■ La sécurisation du détroit de Malacca explique en partie sa **militarisation**. Cette voie de passage est en effet devenue une **zone grise**. Les trafics de contrebande et les passages illégaux de populations clandestines s'y multiplient ainsi que les activités de piraterie.

DÉFINITION

Zone grise : zone de non-droit.

■ La Chine cherche des **voies de transit alternatives** (nouvelle route terrestre de la soie et nouveaux passages en Arctique). Le projet du canal de Kra en Thaïlande demeure une éventualité qui permettrait de détourner une partie du trafic vers le Nord. Victime de son succès, le détroit de Malacca (aux eaux peu profondes) est devenu un goulot d'étranglement sous tension.

 # quiz
Des questions pour réviser
foucherconnect.fr/23tersti2d37

GÉOGRAPHIE

5 Des dynamiques territoriales contrastées au sein de la mondialisation

La mondialisation aide au développement d'une grande portion de la planète mais hiérarchise les territoires. Certains se placent au cœur des processus de commandement et d'échanges tandis que d'autres sont en retard. La mondialisation aboutit à des contrastes qui opposent ses centres-moteurs aux périphéries en marge. Or, ces différences d'intégration s'observent à toutes les échelles.

1 Des accès à la mondialisation très inégaux

A Les cœurs de la mondialisation

a Vers une multipolarité

■ L'intensification de la mondialisation conduit à la **multipolarité**, c'est-à-dire à la **multiplication des pôles créateurs de richesses**. Aux trois pôles majeurs hérités de l'**ancienne Triade** (Amérique du Nord, Union européenne et Asie orientale) s'ajoutent des **pôles émergents** confirmés tels que les **BRICS (Brésil, Russie, Inde, Chine et Afrique du Sud)** et des **pôles secondaires** plus récents comme la Turquie ou les monarchies arabes du Golfe persique. L'Occident doit davantage partager les richesses et n'a plus le monopole du développement. Son poids encore fort est contrebalancé par l'affirmation « des Suds ».

DÉFINITION

Sud et Suds : l'utilisation du mot au singulier a désigné jusqu'aux années 1990 l'ancien tiers-monde alors disparu. La diversification des pays et des situations de développement conduit à employer le mot au pluriel depuis les années 2000.

vidéo
Les BRICS
foucherconnect.fr/23tersti2d51

■ Les pôles les plus dynamiques concentrent les trois quarts des échanges commerciaux, accueillent les deux tiers des **firmes transnationales (FTN)**, détiennent les capacités d'innovation les plus importantes et possèdent les **places boursières** les plus actives de la planète. Ils maîtrisent l'essentiel des **flux d'information** et les **flux financiers**. Ils sont les principaux acteurs et bénéficiaires de la **mondialisation**.

b L'importance des villes mondiales et des mégalopoles

■ Les moteurs de la globalisation se retrouvent à l'échelle d'une quarantaine de **villes mondiales**. Véritables concentrations de pouvoirs économiques, politiques et culturels, elles sont les **centres décisionnels de la mondialisation**. Ces espaces urbains en réseau constituent parfois de grandes régions urbaines d'au moins 10 millions d'habitants où plusieurs métropoles s'interconnectent. Ce sont

vidéo
Londres, une ville mondiale
foucherconnect.fr/23tersti2d52

les **mégalopoles** telles que celle du **Nord-Est des États-Unis**, de la **dorsale européenne** (de Londres à Milan) ou encore la **mégalopole japonaise** et plus largement le **corridor est-asiatique**.

DÉFINITION

Corridor est-asiatique : bande littorale en fort développement et qui met en relation les principaux hubs portuaires de l'Asie orientale entre eux et avec le monde.

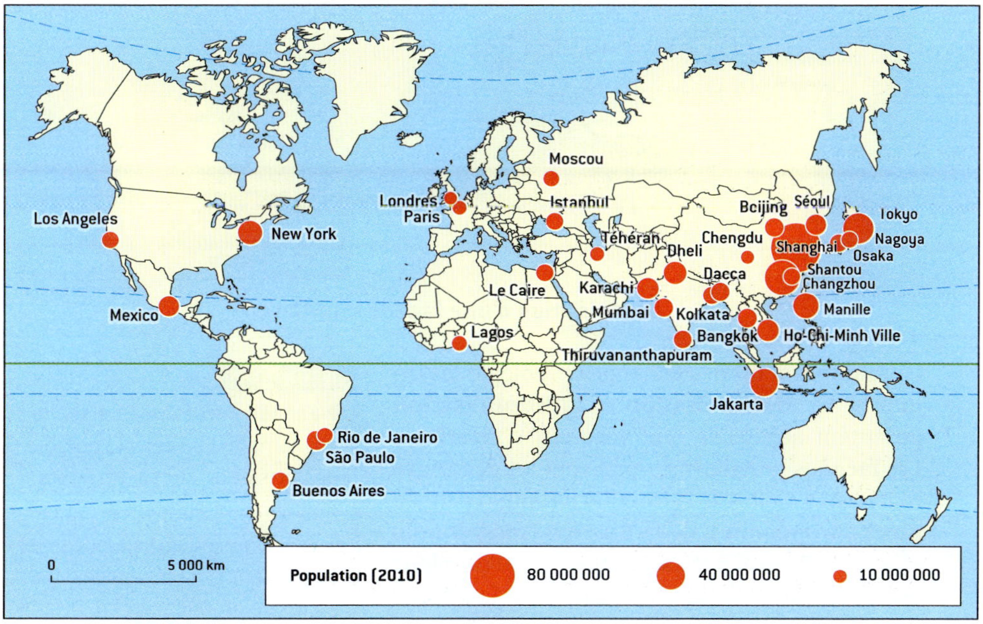

Les agglomérations urbaines de plus de 10 millions d'habitants

Les métropoles mondiales sont des **espaces de circulation et de convergence des flux migratoires**. Elles sont les lieux d'habitation des populations les plus aisées et captent l'essentiel du trafic aérien (70 %) grâce à des **hubs**. Leurs activités économiques sont internationalisées et largement tertiarisées. La métropolisation se confirme dans les capitales des pays émergents (São Paulo, Bombay, Istanbul) et en développement. Les métropoles mondiales sont enfin marquées par une forte **ségrégation socio-spatiale**, par des problèmes de **saturation du trafic routier** et par des **phénomènes de pollution** plus accentués dans les Suds.

DÉFINITIONS

- **Hub** : plateforme aérienne ou portuaire mise en réseau. Les hubs rassemblent des lignes de correspondance entre les principaux ports ou aéroports mondiaux.
- **Métropolisation** : généralisation des métropoles dans le monde. Ce phénomène renforce la concentration des hommes et des activités dans de vastes ensembles urbains.

GÉOGRAPHIE

C Le rôle grandissant des littoraux et des façades maritimes

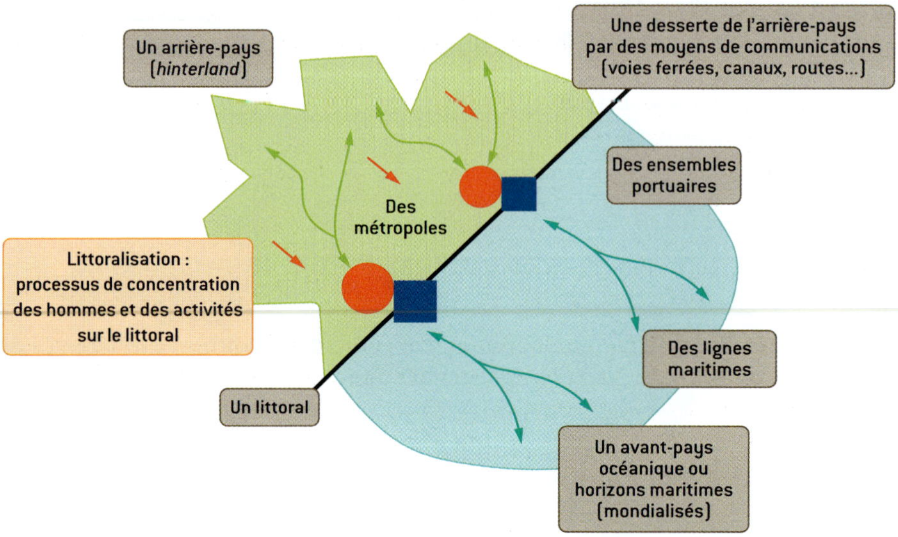

Organisation d'une façade maritime

La multiplication des échanges privilégie les littoraux. La **maritimisation** et la **littoralisation** procurent aux côtes une vocation d'**interface**. Les **façades portuaires** organisent les **échanges maritimes**. Celles de la **Northern Range (rangée nord-européenne)**, de la **Bosrich (mégalopole allant de Boston à Washington)** et du **corridor est-asiatique** polarisent l'essentiel des flux maritimes intercontinentaux. Elles mettent en relation les espaces maritimes avec les ensembles portuaires et l'**arrière-pays (hinterland)**.

DÉFINITIONS

- **Façade portuaire ou maritime** : alignement d'un certain nombre de ports et de ZIP sur un littoral fonctionnant en réseau.
- **ZIP** : zone industrialo-portuaire où se concentrent un espace urbain, des zones de production et d'échanges commerciaux.

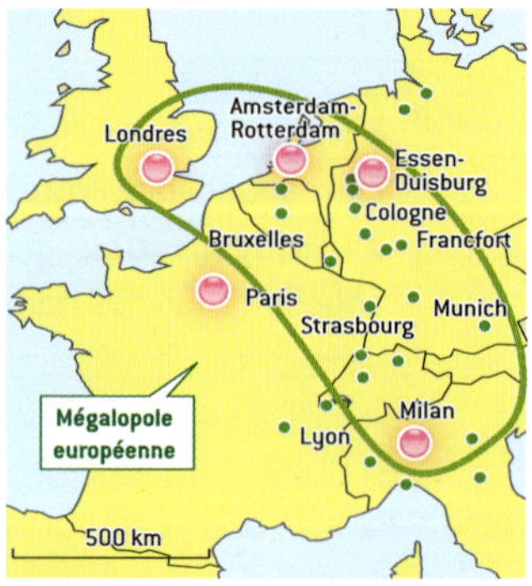

Les trois principales mégalopoles dans le monde

B Les espaces en marge de la mondialisation

■ Une large partie du monde n'est pas encore bien intégrée à la mondialisation. 46 nations forment l'ensemble des **pays les moins avancés** (**PMA**), catégorie élaborée par l'ONU depuis 1971 dans le cadre de la Conférence des Nations unies sur le commerce et le développement. 33 sont en Afrique, 9 en Asie, 3 en Océanie et 1 aux Antilles. Ces pays se caractérisent par un **faible niveau de participation au libre-échange mondial**, par un **IDH très bas** (alphabétisation insuffisante, sous-nutrition et mortalité infantile élevée) et par une **vulnérabilité économique** (endettement et dépendance à l'égard de l'extérieur).

> SIGLE
> **IDH** : indice de développement humain.

■ La faible intégration à la mondialisation concerne des territoires à différentes échelles. Les quartiers défavorisés des métropoles mondiales constituent des poches de pauvreté exclues des dynamiques du libre-échange : c'est le cas des **bidonvilles** en Amérique latine (les **favelas**) ou en Inde (les **slums**). La mondialisation favorise les villes sur les campagnes.

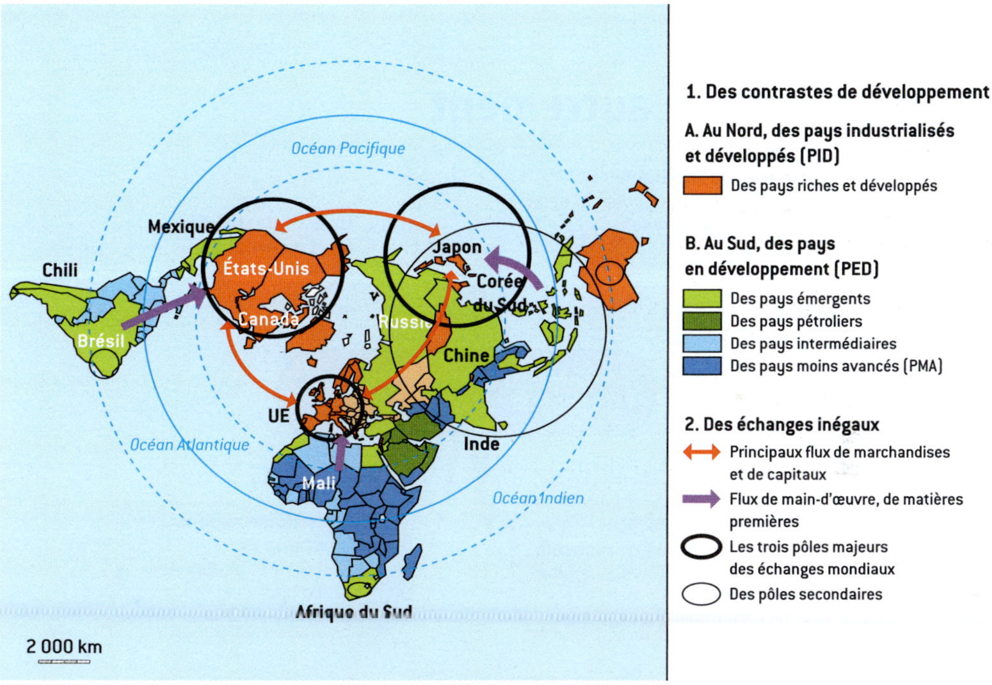

Les inégalités de développement à l'échelle mondiale

2 Des facteurs qui limitent les échanges

A Les facteurs idéologiques et géopolitiques

L'exclusion de la mondialisation est une conséquence du mal-développement. Moins un État est développé, moins il s'intègre aux circuits mondiaux. Moins il participe à la mondialisation, moins il se développe consécutivement. Ce cercle vicieux qualifié de **dynamique négative** s'explique par la déstabilisation engendrée par les **conflits intérieurs** (guerres

GÉOGRAPHIE

civiles comme en Syrie), par le **développement de l'insécurité** (zones grises) et par le **positionnement idéologique de dictatures** qui se marginalisent sur la scène internationale (Corée du Nord, Iran).

DÉFINITION

Zone grise : zone de non-droit, c'est-à-dire territoire de trafics et d'insécurité où l'autorité de l'État ne s'exerce pas.

B Les facteurs géo-économiques

L'effet d'**enclavement** (isolement) parfois lié à l'**absence de débouché maritime** pénalise les États les plus continentaux (Afrique et Asie centrales). L'exposition à des **aléas naturels** (séismes, cyclones…) ou **sanitaires** (épidémie du sida) freine la croissance économique comme en Afrique subsaharienne. « Angles morts » de la mondialisation, les territoires les plus marginalisés n'attirent pas suffisamment les **investissements directs à l'étranger (IDE)**. La **faiblesse des infrastructures** (transports, hôpitaux, écoles) limite l'implantation des firmes transnationales. Un milliard d'êtres humains vivent dans cette situation qui les maintient dans l'économie informelle faite de trafics, de corruption, de misère et de survie.

3 Je mémorise autrement

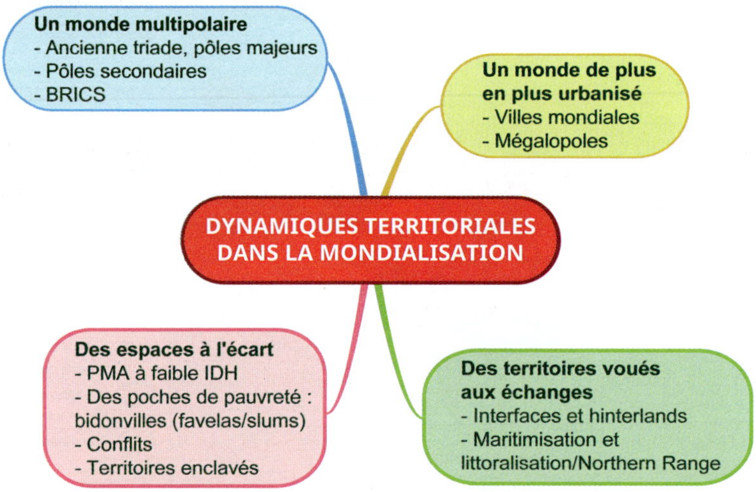

Sujet d'étude n°1 : New York, un centre de la mondialisation

A Un centre décisionnel majeur pour le monde

■ Capitale économique et culturelle du monde, New York n'est plus spécialisée dans les fonctions de production mais dans les activités tertiaires et dans les fonctions de commandement :

– la **bourse de Wall Street** (**NYSE** et **NASDAQ**) capitalise 30 000 milliards de dollars et représente plus d'un tiers de la richesse produite à New York ;
– la **ville dispose de plusieurs CBD à Manhattan** où siègent 22 des 500 plus grandes FTN mondiales (Ralph Loren, Warnermedia, Pfizer) ;
– la **Silicon Alley est le cœur technologique de la ville** où se développent plus de 2 200 start-up. Technopole mondiale spécialisée dans l'Internet et les nouveaux médias, elle est la seconde **tec hub** des États-Unis après la Silicon Valley californienne ;
– la présence de l'ONU fait de New York un **centre de commandement institutionnel** à l'échelle mondiale.

SIGLES

- **NYSE : New York Stock Exchange.** Bourse new-yorkaise de Wall Street qui permet les échanges d'actions.
- **NASDAQ : National Association of Securities Dealers Automated Quotations.** C'est la seconde bourse de New York et le plus grand marché électronique d'actions au monde spécialisé dans les entreprises des hautes technologies.
- **CBD : Central Business District.** Quartier central des affaires.

■ **Septième puissance économique mondiale** à elle seule, New York est une ville cosmopolite (Little Italy ou Chinatown) qui a longtemps été la principale porte d'immigration aux États-Unis (Ellis Island). On y recense 150 nationalités (phénomène du **brain drain**). Sa **skyline** (plus de 50 immeubles ou *skyscrapers* dont la hauteur dépasse les 200 mètres) révèle aux yeux du monde son dynamisme économique.

DÉFINITIONS

- **Brain drain** : « drainage des cerveaux ». Capacité d'un pays à attirer à lui les travailleurs étrangers les plus qualifiés.
- **Skyline** : ligne d'horizon faite par les gratte-ciel (**skyscrapers**) dont la hauteur est signe de puissance.
- **Tec hub** : un hub (une concentration) d'entreprises de hautes technologies.

#vidéo
New-York, une métropole globale
foucherconnect.fr/23tersti2d53

Skyline new-yorkaise vue depuis l'océan

B Une ville qui attire le monde mais qui reste ségréguée

■ Le rayonnement de New York se fonde sur la **présence d'institutions de rang mondial** telles que le **Metropolitain Museum of Arts** ou le **Guggenheim Museum**. La ville possède un patrimoine mondialement reconnu (statue de la Liberté) et qui attire chaque année plus de 12 millions de touristes étrangers et 55 millions de visiteurs américains. L'**industrie du divertissement** (Broadway connue pour ses comédies musicales) et du **spectacle** (*entertainment*) procure à New York une renommée internationale (salle de concert de Carnegie

GÉOGRAPHIE

Hall). Elle est l'une des c**apitales mondiales de la mode, de l'édition, de l'art contemporain et du luxe**. Les **centres universitaires** proches de New York comptent parmi les plus **prestigieux au monde** : Columbia, Princetown et Yale en sont les fleurons.

■ New York demeure une ville marquée par des **contrastes socio-spatiaux** importants. On parle d'une ville « duale », c'est-à-dire à la fois peuplée de gens riches (*upper class*) et de personnes dans la grande pauvreté (*homeless*/sans domicile fixe). Des poches de pauvreté correspondent aux quartiers marqués par une homogénéité ethnique (population afro-américaine du Bronx). Ces espaces de relégation (**ghettos**) sont les plus pollués et les plus exposés aux nuisances et aux risques. Inversement, la **gentrification**, visible sur les **fronts d'eau** (portions urbaines en bordure d'un rivage bien aménagé) touche des zones comme le quartier de Williamsburg.

DÉFINITION

Gentrification : conquête d'un quartier par des classes sociales supérieures (embourgeoisement) dont la présence engendre une hausse des prix immobiliers.

C Une mégapole au cœur des échanges

New York rassemble 8,4 millions d'habitants dans sa limite administrative et 22 millions au total avec sa proche périphérie. Elle est l'**hypercentre** de la mégalopole qui compte environ **50 millions d'habitants**. Ce foyer de peuplement majeur est structuré par un vaste réseau de transports à l'échelle régionale et mondiale :

– New York se présente comme un **hub aérien mondial** qui rassemble 3 aéroports (JFK, La Guardia et Nework) connectés à Manhattan par un réseau ferroviaire et routier très développé. JFK comptabilise 60 millions de passagers annuels ;

– le **bassin portuaire** de New York lui garantit une activité commerciale et touristique qui renforce sa vocation d'interface. Le port new-yorkais est le 3ᵉ du pays et a fait l'objet de travaux importants afin d'accueillir les plus gros navires de commerce et de croisière.

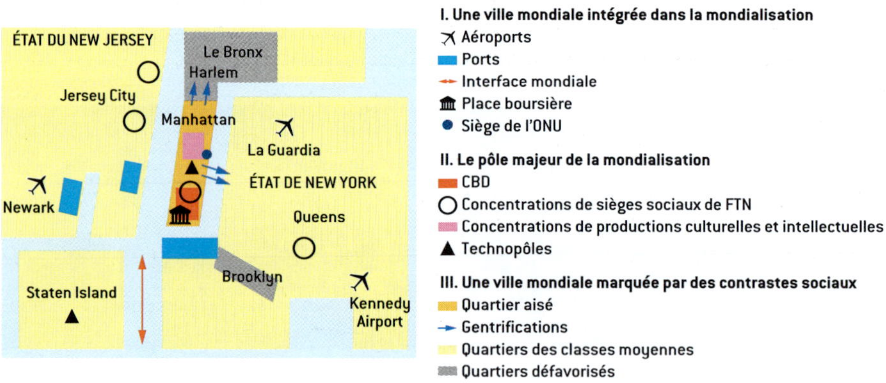

Sujet d'étude n°2 : l'aéroport de Paris-Roissy-Charles de Gaulle : un hub au cœur des échanges européens et mondiaux

A Un hub stratégique et une plate-forme multimodale en mutation

■ Inauguré en 1974, l'aéroport Roissy-Charles de Gaulle (Roissy-CDG) est le 10e pôle aéroportuaire mondial et le 2e en Europe. En 2018, 72,2 millions de passagers ont transité par ce **hub**. 148 compagnies aériennes sont hébergées et assurent 1 300 vols quotidiens. Parmi elles, Air France-KLM occupe une place centrale en tant que 5e transporteur aérien européen.

■ Au transport des personnes s'ajoute le **trafic de marchandises (le fret)** qui atteint 2 millions de tonnes annuelles permettant à ce pôle logistique d'être le premier en Europe. L'entreprise américaine de courrier aérien FedEx a d'ailleurs choisi Roissy-CDG pour y implanter son principal centre européen.

 # vidéo
Le hub de FedEx de Paris-Roissy-CDG
foucherconnect.fr/23tersti2d54

■ Les infrastructures aéroportuaires comprennent 4 pistes et 3 aérogares. Le réseau aérien couvert par la compagnie nationale Air France s'étend au monde entier et permet de relier Paris à environ 325 métropoles européennes, américaines, africaines et asiatiques. Roissy-CDG aide donc la France à intégrer les circuits du libre-échange. Il est un atout majeur pour l'intégration du pays à la globalisation.

■ Le vaste ensemble aéroportuaire de Roissy-CDG permet la connexion de réseaux de transports de plusieurs natures et à différentes échelles. Les autoroutes A1 (Lille-Paris) et A104 (Francilienne) convergent à la hauteur de Roissy. Le RER B stationne dans l'aéroport. La ligne TGV dispose d'une gare en plein aéroport pour relier Lille, Londres, Bruxelles, Lyon, Marseille, Nantes et Bordeaux. Roissy-CDG apparaît donc comme un **véritable point de jonction entre l'Europe du Nord et l'Europe du Sud**. Il assure une **intermodalité** qui met donc en réseau les axes de communication régionaux, nationaux, européens et mondiaux.

DÉFINITION

Intermodalité : Possibilité offerte en un même lieu d'emprunter des transports différents et reliés à des réseaux à différentes échelles.

GÉOGRAPHIE

Vue aérienne de l'aéroport Roissy-Charles de Gaulle

■ La construction d'une ligne ferroviaire vers 2025, le **CDG Express,** afin de relier l'aéroport à la gare de l'Est ainsi que le projet du Grand Paris (ligne 17 du métro) vont davantage insérer Roissy-CDG au réseau des transports régionaux centrés sur la capitale. Le prolongement de la Francilienne devrait en faciliter l'accès. Le projet d'un 4e terminal géant devrait permettre d'accueillir 40 millions de passagers supplémentaires à partir de 2037, c'est-à-dire l'équivalent du trafic annuel d'Orly (500 vols supplémentaires par jour). **Roissy CDG ambitionne donc de devenir le premier aéroport d'Europe**, devant Londres.

B Un hub qui réaménage son territoire proche

■ L'essor de l'aéroport a transformé son espace proche en pôle économique où travaillent 86 000 employés. Bassin d'emplois majeur en Île-de-France, la zone aéroportuaire représente plus de 4 % du PIB francilien, environ 6 % de l'emploi régional, 1,2 % de la richesse nationale et 1,5 % des emplois en France.

■ Roissy-CDG capte donc la main-d'œuvre d'un territoire périurbain habité par 600 000 personnes du Val-d'Oise, de la Seine-Saint-Denis et de la Seine-et-Marne.

■ L'espace logistique et aéroportuaire est entouré d'une **périphérie de zones d'activités** telles que **Roissy Tech**, **Paris Nord II**, **Paris Nord Villepinte**. Ces espaces comprennent le plus grand parc des expositions en France, le troisième plus grand centre commercial français (Aéroville), un parc d'activités international où l'on trouve des entreprises spécialisées dans les services, la recherche-développement, les hautes technologies, les activités d'entreposage, la grande distribution et l'hôtellerie (présence d'une trentaine d'hôtels avec une capacité de 8 000 chambres). Roissy CDG a donc beaucoup transformé et considérablement développé son espace proche.

 # quiz
Des questions pour réviser
foucherconnect.fr/23tersti2d37

6 Les lieux de l'influence française dans la mondialisation

La France dispose d'un rayonnement international ancien et renouvelé. Cette influence est renforcée par l'Union européenne et par la mondialisation. La puissance française s'affirme en un certain nombre de lieux où se joue le destin mondial du pays.

1 Un rayonnement hérité de l'histoire

A Un rayonnement linguistique et culturel essentiel

■ L'ancien contexte colonial procure à la France un rayonnement qui s'ancre en premier lieu dans ses **DROM-COM** (anciennement DOM-TOM). Ces territoires ultramarins ou ultrapériphériques procurent à la France une présence mondiale, sur presque tous les océans du globe. La détention de la 2e plus grande **ZEE** (**Zone d'économie exclusive**) au monde procure des avantages économiques et stratégiques. Mayotte est le dernier territoire devenu français en 2011 tandis que la Nouvelle-Calédonie a fait démocratiquement le choix de rester française.

■ La langue française est la 5e langue la plus parlée dans le monde. Créée en 1970, l'**Organisation Internationale de la Francophonie** (**OIF**) regroupe presque 300 millions de francophones dans 54 États (avec 7 États associés et 27 pays observateurs). Langue officielle à l'ONU (qui siège à New York), à l'OTAN (Organisation du traité de l'Atlantique Nord), dans l'Union européenne et au CIO (Comité International Olympique), le français apparaît comme un vecteur de diffusion culturelle qui facilite les accords de coopération et qui renforce l'attractivité de la France à l'échelle internationale.
L'**Alliance française** se charge de l'enseignement du français dans 136 pays et permet à environ un demi-million de personnes d'apprendre la langue française chaque année. 500 établissements scolaires français à l'étranger enseignent à plus de 330 000 élèves. La stratégie mondiale de médias francophones tels que France 24 et RFI (Radio France International) diffuse l'information en français dans 130 pays.

 # vidéo
Le tour du monde de la francophonie
foucherconnect.fr/23tersti2d55

■ La France bénéficie d'une image positive en raison de l'importance accordée à sa culture. Le prestige de ses institutions culturelles (musées), l'attractivité exercée par son patrimoine (44 000 monuments historiques et 49 sites classés au patrimoine mondial), l'importance de ses universités et Grandes Écoles procurent au pays une renommée internationale. Les 98 **instituts français** à l'étranger déploient une action culturelle de grande ampleur. Le Louvre s'exporte depuis 2006 à Atlanta et depuis 2017 à Abou Dabi où la prestigieuse université de la Sorbonne enseigne à 500 étudiants. Le centre Pompidou a ouvert une annexe à Shanghai et à Malaga (Espagne).

■ La France se place en 9e position des nations scientifiques dans le monde (en nombre de publications). Les articles de ses chercheurs représentent 2,4 % des publications scientifiques mondiales. L'affirmation des pays émergents renforce la compétition scientifique mondiale. Le classement de la France dans la productivité scientifque a tendande à reculer légèrement. 60 % des travaux scientifiques français se réalisent désormais au sein d'une coopération internationale. La science française a bien intégré la communauté scientifique mondiale. Les Mathématiques demeurent la discipline où la France brille le plus. Elle a cependant besoin de la coopération européenne pour rester leader en physique, en astronomie et en technologies spatiales.

B Un rayonnement diplomatique et humanitaire

■ Avec 163 ambassades et 98 consulats, la France dispose du 3e plus grand **réseau diplomatique** mondial après les États-Unis et la Chine. L'influence diplomatique s'exerce prioritairement au sein de l'espace communautaire européen dont la France est l'un des piliers. Son siège permanent au Conseil de Sécurité de l'ONU lui attribue le droit de veto, ce qui met la France sur le même plan que les plus grandes puissances mondiales. Le pays appartient au « **club nucléaire** » qui rassemble les 5 États détenteurs officiels de l'arme atomique.

■ La **présence humanitaire** de la France est l'une des plus importantes au monde. L'État français et les **ONG** (organisations non gouvernementales comme Médecins sans frontières) répondent à un certain nombre de situations d'urgence. Le **Centre de crise et de soutien** rattaché au ministère des Affaires étrangères insère les problématiques humanitaires à la diplomatie française.

 # vidéo
Les ONG, des acteurs incontournables de la solidarité internationale
foucherconnect.fr/23tersti2d56

C Un rayonnement militaire

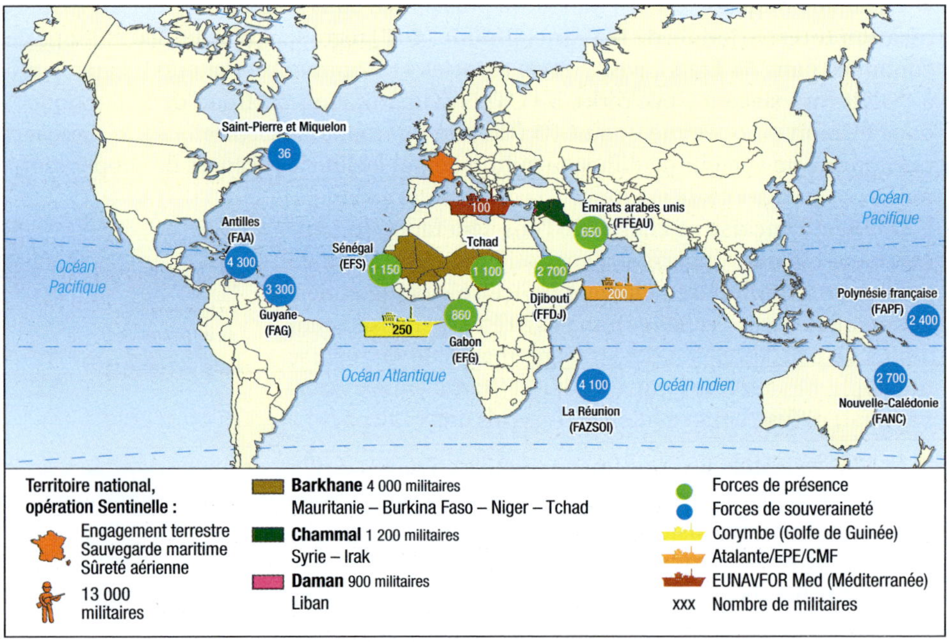

Le déploiement opérationnel des forces armées françaises

La **présence militaire** française dans le monde contribue à la sécurisation des « zones grises », à la lutte contre le terrorisme, à la protection des Français expatriés et au maintien de la paix dans des États menacés d'éclatement. Ce déploiement de forces s'effectue au nom de l'État français ou bien dans le cadre de l'ONU (casques bleus), de l'OTAN ou de l'Union européenne. En 2022, 36 600 soldats sont déployés sur le territoire national et à l'étranger dans le cadre de missions spéciales. Les deux principales d'entre elles sont les **opérations Barkhane** et **Chammal** (armée de l'air au Moyen-Orient, notamment en Syrie). 2 700 militaires stationnent à Djibouti, véritable place forte africaine internationale qui sécurise les routes maritimes stratégiques régionales. Les opérations militaires extérieures sont ainsi devenues un élément structurel de l'activité militaire française. Depuis 1995, 106 opérations militaires ont été effectuées à l'étranger.

 # vidéo
L'opération Chammal, quand les forces françaises luttent contre Daech
foucherconnect.fr/23tersti2d57

D Des entreprises françaises de plus en plus actives à l'étranger

La diaspora française à l'étranger se compose d'environ 1,5 million d'expatriés. Ils aident les 30 000 entreprises françaises positionnées à l'étranger à conquérir des parts de marché. Les start-up françaises localisées en dehors des frontières nationales ont vu leur nombre augmenter de 25 % en 2018. Ce succès de la « french tech » témoigne de l'importance des investissements réalisés dans le cadre d'une économie de plus en plus internationalisée. Les entrepreneurs français privilégient les pays les plus développés tels que les États-Unis et l'Europe. 6e plus gros investisseur mondial, la France connaît des succès importants. Ses FTN (Areva, Orange, Bouygues, Axa, Danone, L'Oréal) figurent parmi les groupes les plus performants au monde. Spécialisé dans le luxe, LVMH possède ainsi 5 500 boutiques sur tous les continents et emploie 150 500 personnes pour un chiffre d'affaires de 64,2 milliards d'euros en 2021.

2 Un rayonnement français qui rend le territoire national attractif

A Un pays qui héberge de nombreuses organisations internationales

■ La place que la France occupe dans le monde la destine à accueillir le **siège d'organisations internationales** de premier ordre. C'est à Paris qu'elles se localisent le plus souvent :
- l'**UNESCO** : Organisation des Nations Unies pour l'éducation, la science et la culture ;
- l'**OCDE** : Organisation de coopération et de développement économiques ;
- l'**OIF** : Organisation internationale de la Francophonie ;
- l'**ASE** : Agence spatiale européenne ;
- l'**AEMF** : Autorité européenne des marchés financiers.

■ Lyon est la métropole française la mieux placée après Paris (1er rang en Europe). Elle accueille notamment les sièges d'Interpol (Organisation internationale de police criminelle) et du CIRC (Centre international de recherche sur le cancer) tandis que Strasbourg abrite le siège d'une dizaine d'organisations européennes (dont le Conseil de l'Europe, la Cour européenne des droits de l'homme ou l'Eurocorps).

B Un pays qui attire les investissements étrangers

■ En 2019, la France confirme son attractivité en devenant le 5e pays qui reçoit le plus d'investissements directs étrangers. Le pays attire pour son marché intérieur, ses infrastructures de communication et de transport, sa tradition et son tissu industriels, enfin pour ses capacités d'innovation.

GÉOGRAPHIE

■ 28 600 entreprises étrangères se sont installées en France. Elles emploient 2,1 millions de personnes. En 2021, 1 222 nouveaux projets témoignent de l'attractivité de la France (461 000 emplois grâce aux entreprises américaines). L'implantation des compagnies étrangères sur le territoire national profite aux grandes villes et accentue l'internationalisation de l'économie française en 2020 et 2021.

C Un pays acteur des événements mondiaux et du tourisme

■ De 2015 à 2025, la France organise **9 événements mondiaux** dont la **COP 21 (en 2015)**, l'**Euro de football (en 2016)**, la **Ryder Cup (en 2018)**, la **coupe du monde de rugby à XV (en 2023)** et les **Jeux Olympiques d'été (en 2024)** qui mobilisera une douzaine de villes. En mesure d'héberger 1 million de touristes, le pays dispose des infrastructures hôtelières, sportives et de communication pour la tenue d'événements d'une telle importance.

■ La France reçoit un peu moins de **90 millions de touristes** et se présente comme la **première destination touristique mondiale**. Cette activité engendre 56 milliards d'euros de recettes en 2018, ce qui place le pays en **3e position mondiale (derrière les États-Unis et l'Espagne)**. Ce poids touristique ne doit pas faire oublier que la France est seulement un pays de transit pour beaucoup d'Européens qui traversent le territoire national afin de rejoindre un autre État. Le tourisme bénéficie prioritairement à la capitale, à sa région et à certains littoraux, notamment méditerranéens. L'activité touristique demeure par ailleurs soumise à certains aléas tels que le risque terroriste ou l'épidémie de Covid 19 qui prive le pays de ses millions de visiteurs étrangers en 2020.

 # synthèse
Le tourisme en France
foucherconnect.fr/23tersti2d58

Les principaux lieux du tourisme en France

3 Je mémorise autrement

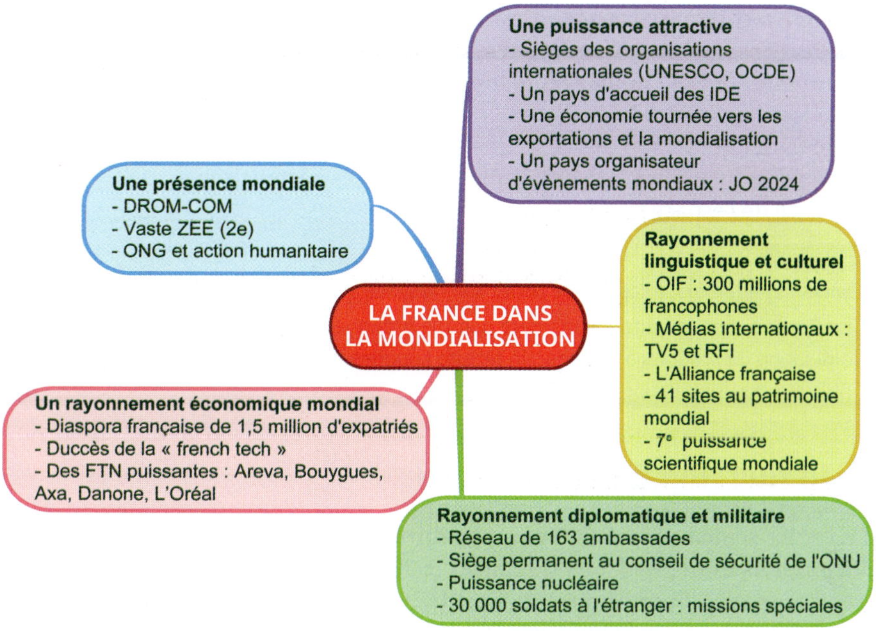

Sujet d'étude n°1 : le centre spatial guyanais de Kourou

A Un territoire ultramarin ancré dans la compétition spatiale internationale

■ La Guyane abrite l'unique **port spatial** européen à Kourou : le **centre spatial guyanais (CSG)**, composé d'un **centre de recherche spatiale** et d'une **base de lancement** pour la France et l'Union européenne. Ce site, créé en 1964, est géré conjointement par le **CNES**, le groupe **Arianespace** et l'**ASE**. La Guyane offre l'avantage de se situer assez proche de l'équateur, ce qui facilite le **lancement des fusées** et la **mise en orbite** des satellites. Territoire français suffisamment grand, stable, peu exposé aux aléas et peu peuplé, le site de Kourou offre un avantage stratégique et succède au site de Hammaguir, en Algérie, devenue indépendante. Kourou a servi depuis 1968 à lancer les **fusées Diamant** (années 1960), **250 fusées Ariane** (de Ariane 1 à sa 6e version à partir de 2020), des **fusées russes Soyouz** et des **petits lanceurs Vega.**

 # vidéo
Le centre spatial de Kourou
foucherconnect.fr/23tersti2d59

SIGLES
- **ASE** : agence spatiale européenne.
- **CSG** : centre spatial guyanais.
- **CNES** : centre national d'études spatiales.

■ Le CNES possède 65 000 hectares nécessaires à son activité. Un nouveau plan d'investissement de 180 millions d'euros prévoit la **modernisation des infrastructures** de manière à procéder à un **lancement tous les 5 jours** au lieu de deux semaines pour le moment. Le CSG doit notamment faire face à la concurrence améri-

caine. Ses installations placées sous la surveillance de l'armée française (forces armées en Guyane) comprennent :
- un centre technique et un aérodrome ;
- plusieurs ensembles de lancement avec divers bâtiments ;
- le centre de contrôle Jupiter qui pilote les opérations de lancement et qui assure la communication avec les médias ;
- les zones de production des lanceurs ;
- des zones industrielles Seveso pour les entreprises partenaires ;
- un musée de l'espace.

DÉFINITIONS

- **Lanceur spatial** : fusée capable de porter dans l'espace et de mettre en orbite un ou plusieurs satellites.
- **Site Seveso** : site industriel considéré comme potentiellement dangereux en raison de la manipulation de produits à risques. Un tel site suppose des mesures de sécurité importantes à l'intérieur des installations et autour.

B Un fort impact sur la Guyane

■ Le centre spatial génère **800 emplois directs** (CNES, Arianespace, forces de sécurité), **2 500 emplois indirects** (sous-traitance), **1 320 emplois induits** chez les entreprises liées au secteur spatial (EuroPropulsion, Regulus et Air Liquide) et quelques centaines de missions temporaires. Ce gisement assure **15 % du PIB guyanais**, garantit **58 millions d'euros de recettes fiscales** et représente **80 % des exportations guyanaises.** Le centre spatial est donc un **atout considérable pour le développement du territoire guyanais** et la diversification de son économie. Le CNES contribue à la formation d'étudiants grâce à un partenariat avec l'université de Guyane et aide au développement numérique du territoire.

■ Le centre spatial guyanais constitue un élément fort de l'aménagement du territoire régional mais aux yeux des Guyanais, sa contribution en faveur du développement n'est pas jugée suffisante. La population souhaite que le CSG aide davantage à la modernisation des infrastructures de communication et qu'il fasse travailler un plus grand nombre de PME locales (taux de chômage de 22 %).

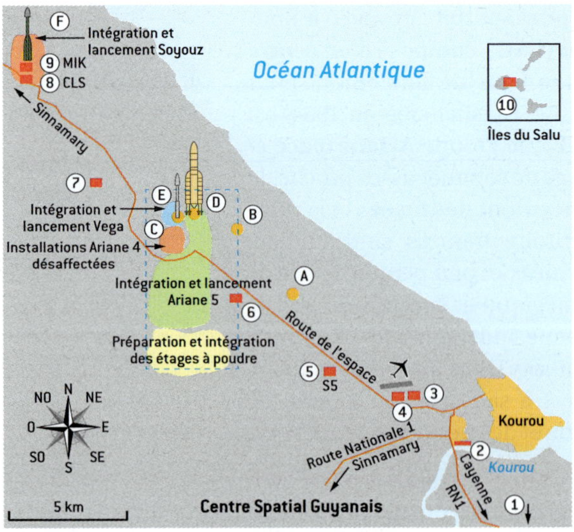

Installations de Kourou :
1 Station de poursuite de la montagne des Pères
2 Appontement de Pariacabo
3 Centre de contrôle des lancements
4 Services centraux CNES
5 Préparation des satellites (EPCU)
6 Station météo et de poursuite
7 Station de poursuite des satellites (ESA)
8 Centre de lancement Soyouz
9 Montagne fusée Soyouz
10 Cinéthéodolite de l'Île Royale

Pas de tir :
A Fusées-sonde
B Diamant (désaffecté)
C Ariane 4 (ELA-2) (désaffecté)
D Ariane 5 (ELA-3)
E Vega (ELV ex ELA-1 Ariane)
F Soyouz (ELS)

● Pas de tir ■ MIK Installations — Route principale — Route secondaire -- Voie ferrée

Les installations du centre spatial guyanais

Sujet d'étude n°2 : Disneyland Paris, un marqueur de l'intégration de la France dans la mondialisation

A Le premier parc de loisirs européen devenu un pôle économique majeur

■ Depuis son ouverture en 1992, le **parc d'attractions Disneyland Paris** a accueilli plus de **375 millions de visiteurs**. 44 % d'entre eux sont français et 56 % viennent d'Europe (17 % de Britanniques, 9 % d'Espagnols...). 16 millions de visiteurs ont fréquenté le site en 2021. Cette zone est devenue l'un des **principaux atouts touristiques régionaux, nationaux et européens**. Presque 8 milliards d'euros ont été investis, dont 9 % à partir de fonds publics. La fiscalité a rapporté plus de 7 milliards d'euros. 3 000 fournisseurs (dont 490 d'origine européenne) alimentent le parc en produits et matériaux. Le développement spectaculaire de Disneyland Paris en fait aujourd'hui le **5e pôle hôtelier français (8 500 chambres)**. 55 restaurants et 13 cafés permettent de servir chaque année 21 millions de repas. Avec 16 000 emplois locaux directs et 40 000 emplois indirects, **Disneyland Paris est le premier employeur de France sur un seul site**.

■ Les deux parcs à thèmes (Disneyland et Walt Disney Studios) ont largement aidé au **développement des activités tertiaires** environnantes. 2 centres de congrès organisent chaque année 850 événements. Disney Village se présente comme une zone commerciale et de divertissement à proximité immédiate du premier parc. Celui-ci a agi comme un **moteur économique régional et national**. Il a permis la sortie de terre d'un centre commercial de grandes dimensions (Val d'Europe) dans une agglomération dont la population a été multipliée par 30 en 10 ans.

 # info
25 ans d'Euro Disney : avant, il y avait des champs
foucherconnect.fr/23tersti2d60

Vue aérienne de Disneyland Paris

GÉOGRAPHIE

B La construction d'un nouveau réseau d'axes de transport

L'arrivée du parc Disneyland Paris a largement contribué au **développement des transports**. 3 accès à l'autoroute A4 ont été réalisés ainsi qu'une gare RER et une gare TGV reliée à une cinquantaine de villes européennes et à l'aéroport de Roissy-Charles de Gaulle. La gare de Marne-la-Vallée-Chessy assure l'interconnexion entre la ligne du RER A et le réseau TGV parcouru par les trains Thalys (vers l'Europe du Nord), Eurostar (vers Londres) et par les TGV à destination des grandes villes françaises (dont les TGV à bas coût Ouigo). Au centre d'un réseau de lignes de bus et de gares routières, le parc Disneyland Paris assure une **intermodalité digne d'une métropole française**.

Le réseau des transports autour du parc Disneyland Paris

 # quiz
Des questions pour réviser
foucherconnect.fr/23tersti2d37

1 L'AFFIRMATION DES TOTALITARISMES ET LA GUERRE

1. Dites à quelle personnalité est lié chacun des trois régimes totalitaires :
- Fascisme :
- Stalinisme :
- Nazisme :

2. Donnez trois caractéristiques d'un régime totalitaire.
3. Qu'entend-on par « parti unique » ? Donnez deux exemples.
4. Reconstituez les événements liés au rôle de l'Allemagne dans la Seconde Guerre mondiale :
- Août 1939
- Septembre 1939
- Juin 1940
- Juin 1941

5. Attribuez le terme qui correspond aux points suivants :
- Génocide à l'encontre des Juifs :
- Enfermement des populations juives dans des quartiers réservés et à l'écart :
- Unités mobiles d'extermination des Juifs en URSS envahie :
- Déplacement des populations civiles françaises au début de l'invasion allemande :
- Renoncement par la France à poursuivre la guerre en 1940 :

6. Pourquoi peut-on dire que la France perd sa souveraineté à partir de juin 1940 ?

2 LE MONDE DE 1945 À NOS JOURS

1. Rédigez deux ou trois phrases d'explications qui comprennent les termes suivants : « rideau de fer », bloc, supergrands, doctrine Jdanov.
2. Identifiez les grands événements de la guerre froide en lien avec l'Allemagne :
- 1945 :
- 1948-49 :
- 1961 :
- 1989 :
- 1990 :

3. Trouvez le terme correspondant à chacune des explications ci-dessous :
- Volonté américaine de refouler le communisme dans le monde :
- Coupure du monde en deux au temps de la guerre froide :
- Les 2 volets de la politique réformiste de Gorbatchev :
- La structure internationale qui succède à l'URSS après 1991 :
- L'état du monde après les bouleversements post-guerre froide :
- Politique extérieure américaine en faveur de l'expansion de la démocratie et des Droits de l'homme :

4. Datez les événements suivants :
- Indépendances du Maroc et de la Tunisie :
- Début et fin de la guerre d'Algérie :
- Conférence de Bandoung :
- Création de l'OUA :

5. Question de réflexion : À quels défis les anciennes colonies se retrouvent-elles confrontées au moment de leur indépendance ?
6. Identifier les sigles suivants : CECA, CEE, PAC, BCE.

3 LA FRANCE DEPUIS 1945 : POLITIQUE ET SOCIÉTÉ

1. Identifiez les sigles suivants : GPRF, CNR.
2. Quels sont les phases politiques qui correspondent aux périodes suivantes en France ?
- 1944-1946 :
- 1946-1958 :
- 1958 à nos jours :
3. Donnez deux événements socio-politiques qui prennent place en France de :
- 1944 à 1946 :
- 1958 à 1962 :
4. Du temps de la Ve République, qui compose :
- Le pouvoir législatif ?
- Le pouvoir exécutif ?
5. Sous la Ve République, comment sont désignés ou élus :
- Les députés :
- Les sénateurs :
- Le Premier ministre :
6. Question de réflexion : Pourquoi peut-on dire de la Ve République qu'elle instaure un régime semi-présidentiel ?

 # corrigé
foucherconnect.fr/23tersti2d61

ENTRAÎNEMENT AU CONTRÔLE CONTINU

Première partie : Questions

1. Citez le nom de deux personnalités historiques et de leur régime politique à l'origine des totalitarismes.
2. Justifiez cette phrase : Les régimes totalitaires sont à la fois partenaires et adversaires.
3. Définissez la bipolarisation dans le contexte de la guerre froide.
4. Reconstituez la chronologie de la guerre froide en attribuant un événement à chaque date mentionnée.
- 1947 :
- 1949 :
- 1955 :
- 1961 :
- 1962 :
5. Quels sont les pouvoirs du président en France sous la Ve République ?
6. Donnez deux outils au service du rayonnement culturel de la France dans le monde.

Deuxième partie : Analyse de documents

Document 1

Affiche du mouvement « Paix et liberté », association anticommuniste et antisoviétique française. Années 1950. « Jo-Jo » fait référence au prénom de Joseph Staline.

Document 2

Boris Efimovic, lithographie « Washington's dove of peace », 1953.
Traduction : « La colombe de la paix de Washington. Bien qu'ils la déguisent sournoisement, ils ne cacheront pas ses tripes sordides. »

1. Relevez dans chacun des deux documents les symboles permettant d'identifier les deux pays visés par ces images.
2. De quoi la colombe est-elle normalement le symbole ? Pourquoi devient-elle ici symbole de mensonge ?
3. Pourquoi peut-on dire de ces deux documents qu'ils sont des supports de propagande ?

 # corrigé
Corrigés des entraînements au contrôle continu
foucherconnect.fr/23tersti2d62

4 MERS ET OCÉANS : VECTEURS ESSENTIELS DE LA MONDIALISATION

1. Donnez un exemple de :
- Façade maritime :
- Hub portuaire :
- Canal interocéanique :
- Détroit :

2. Pourquoi les mers et océans peuvent constituer des « zones grises », c'est-à-dire des espaces où le droit ne s'exerce pas ?

3. Télécharger le planisphère en scannant le QR code suivant et identifiez les océans, localisez les principales façades maritimes, 2 hubs portuaires mondiaux et les principales routes maritimes.

doc
Planisphère
foucherconnect.fr/23tersti2d76

4. Comment se nomme :
- La tentative de fixer un droit international sur les mers et océans ?
- La stratégie chinoise de développement de routes maritimes commerciales ?
- La puissance des États-Unis sur les mers et océans ?

5. Définissez les sigles suivants : ZEE, ZIP.

6. Question de réflexion : Pourquoi les mers et océans sont-ils des espaces très convoités aujourd'hui ?

5 DES TERRITOIRES INÉGALEMENT INTÉGRÉS DANS LA MONDIALISATION

OBJECTIF BAC

1. Téléchargez le planisphère en scannant le QR code suivant et complétez le avec les notions suivantes : BRICS, pôles majeurs, 3 mégalopoles, 3 villes mondiales.

doc
Planisphère
foucherconnect.fr/23tersti2d76

2. Définissez les sigles suivants : BRICS, FTN, PMA, IDH, IDE.

3. Donnez un exemple de mégalopole.

4. Donnez deux termes synonymes de bidonville.

5. Fixez le bon nombre ou pourcentage à chacun des phénomènes suivants :
- Nombre minimum d'habitants d'une ville mondiale :
- Pourcentage du trafic aérien réalisé par les villes mondiales :
- Nombre de personnes vivant d'un travail informel dans le monde :

6. Pourquoi parle-t-on de multipolarité pour désigner le monde d'aujourd'hui ?

6 LES LIEUX DE L'INFLUENCE FRANÇAISE DANS LA MONDIALISATION

1. Situez les éléments suivants : un DROM, un COM, un pays francophone, un territoire de déploiement de l'armée française à l'étranger.

2. Donnez la signification des sigles suivants : OIF, ONU, CIO, RFI, ONG.

3. Identifiez 3 événements sportifs mondiaux tenus en France depuis 2016.

4. Apprenez la carte des principaux lieux touristiques en France. Fournissez les renseignements suivants :

- Nom d'une région avec un fort tourisme international :
- Un exemple de région avec un tourisme patrimonial :
- Un exemple de parc national :
- Un aéroport essentiel pour le tourisme régional (en dehors de la région parisienne) :

5. Quelle est l'organisation culturelle mondiale dont le siège se trouve à Paris :

6. Question de réflexion : Pourquoi peut-on dire que la France dispose d'un certain rayonnement économique à l'échelle internationale ?

corrigé
foucherconnect.fr/23tersti2d61

ENTRAÎNEMENT À L'ÉPREUVE FINALE

Première partie : Questions

1. Téléchargez le planisphère en scannant le GR code suivant. Localisez et identifiez : un port d'importance mondiale, une voie maritime de première importance, un canal interocéanique, une façade maritime majeure.

doc
Planisphère
foucherconnect.fr/23tersti2d76

2. Qu'est-ce qu'une ZEE ? En quoi est-elle stratégique pour un État ?

3. Quel terme désigne la définition suivante : plateforme aérienne ou portuaire d'importance mondiale et mise en réseau ?

4. Donnez trois types d'espaces en marge de la mondialisation aux échelles locale, nationale et internationale.

5. Pourquoi la francophonie assure-t-elle à la France un rayonnement international ?

6. Sur la carte de la France accessible via le QR code suivant, localiser : une région où le tourisme international est très développé, un littoral balnéaire aménagé par un plan de l'État, une région avec un tourisme liés au patrimoine ou à la gastronomie et les zones de forte concentration de stations de ski.

doc
Carte de la France
foucherconnect.fr/23tersti2d79

Deuxième partie : Analyse d'un document

1. Montrez que le parc d'attraction Disneyland Paris est bien intégré au réseau des transports régionaux.

2. Montrez que le parc est également bien intégré à des réseaux de transports nationaux, voire internationaux.

3. En dehors des transports, quel impact le parc a-t-il eu sur l'aménagement de son territoire périphérique ?

GÉOGRAPHIE

L'évaluation de l'Anglais au bac

L'anglais est évalué au cours d'épreuves de contrôle continu en Première et en Terminale, ainsi que par les notes des bulletins scolaires, qui comptent pour 40 % de la note finale. Ces évaluations portent sur cinq compétences : la compréhension de l'oral et de l'écrit, l'expression écrite et l'expression orale en continu et en interaction.

1 Les épreuves de contrôle continu en Terminale

1er temps	2e temps
Épreuve écrite : – compréhension de l'oral – compréhension de l'écrit – expression écrite	**Expression orale**
1 h 30 hors temps d'écoute du document audio ou vidéo	10 minutes sans préparation

2 Premier temps : l'épreuve écrite

A La compréhension de l'oral

Vous effectuez trois écoutes espacées d'une minute d'un ou de deux documents audio ou vidéo d'une durée totale d'une minute et trente secondes.

a La première écoute

- Lisez le **titre** de l'enregistrement écrit au tableau avant d'écouter le document audio ou vidéo.

- Identifiez le **type de document** : audio (a recording) ou vidéo (a video).

the news *les informations*
a news item *une nouvelle*
a report *un reportage*
a testimony *un témoignage*
an interview *un entretien*
a conversation *une conversation*
a dialogue *un dialogue*
a speech *un discours*
a passage from a radio show *un extrait d'une émission de radio*

- Définissez le **thème général** du document.

The main topic of the video is... *Le sujet principal de la vidéo est...*
The recording deals with/is about... *L'enregistrement parle de...*

- Soyez attentif aux **indices sonores** : musique, bruits, etc.

- Repérez le **nombre de voix** : masculine (a man/men), féminine (a woman/women), d'enfant (a child/children), d'adolescent (a teenager).

■ Prenez des **notes** pendant l'écoute, mais attendez la **fin** de la première écoute pour commencer à remplir le questionnaire.

■ Il faut accepter de ne pas comprendre tous les mots. Notez les **mots et expressions accentués** qui sont les mots-clés.

■ Vous avez un **laps de temps** après la première écoute pour essayer de reconstituer le sens général du document à partir des mots et groupes de mots que vous avez notés.

■ Cela vous permet d'**anticiper** des mots que vous connaissez déjà. Par exemple, si la conversation porte sur le cinéma**,** vous allez sans doute entendre : director, film, script, premiere, actor, actress…

REMARQUE

Pendant la vidéo, il faut regarder l'écran, car les images permettent souvent de comprendre des éléments de la narration en voix off ou d'un entretien. En revanche, il ne s'agit pas de décrire les images.

b La deuxième écoute

■ Elle permet de compléter les informations rassemblées lors de la première écoute.

■ Prêtez attention aux noms, dates, chiffres, lieux…

■ Commencez à remplir le questionnaire.

c La troisième écoute

À l'issue de la troisième écoute, vous utilisez l'heure et demie dont vous disposez comme vous le souhaitez pour rendre compte du document oral, en français, de manière libre ou guidée, puis pour traiter la compréhension de l'écrit et le sujet d'expression écrite en anglais.

REMARQUE

Pour progresser en compréhension de l'oral, il faut vraiment une pratique régulière. Ces sites vous seront très utiles :
- Elllo (English Listening Lesson Library Online) avec les scripts ;
- News in levels : les informations en trois niveaux de difficulté ;
- et bien sûr : BBC, Voice of America, toutes les séries et les talkshows.

B La compréhension de l'écrit

La compréhension de l'écrit est évaluée à partir d'un ou deux textes écrits. Vous en rendez compte en français ou en anglais, selon la consigne indiquée, de manière libre ou guidée. Pour réussir, suivez ces étapes.

a Anticipez le contenu

■ Lisez les informations fournies avec le texte pour déterminer :
– le **titre** du texte, pour anticiper son contenu ;
– la **date de publication**, afin de situer l'article dans le temps ou de le mettre en rapport avec un événement que vous connaissez ;
– la **source** : roman, site internet, journal à sensations, journal de qualité, hebdomadaire d'information.

■ **Lisez l'article crayon en main** pour répondre aux 4 questions en WH- : who? (*de qui parle-t-on ?*), where? (*où cela se passe-t-il ?*), when? (*quand cela a-t-il lieu ?*), what? (*de quoi parle-t-on ?*).

b Analysez les consignes

■ Vérifiez que vous comprenez bien ce qu'il convient de faire.
Answer the following questions. *Répondez aux questions suivantes.*
Choose the major theme. *Choisissez le thème principal.*
Which arguments are put forward? *Quels sont les arguments mis en avant ?*
True or false? Right or wrong? *Vrai ou faux ?*
Pick out a sentence which indicates that... *Relevez une phrase qui indique que...*
Complete the following table. *Complétez la grille suivante.*
Explain in your own words. *Expliquez avec vos propres mots.*
Choose the correct ending. *Choisissez la fin qui convient.*
Match each sentence on the left with an element on the right. *Associez chaque phrase à gauche avec un élément à droite.*

■ Si vous devez **citer le texte,** repérez les passages pertinents, soulignez-les et notez le numéro de la ligne.
Justify by quoting the text. *Justifiez en citant le texte.*

c Répondez aux questions de compréhension détaillée

Les questions qui portent sur le lexique vous demandent de trouver des équivalents ou des synonymes dans le texte.
Find equivalents of these words or groups of words in the text. *Trouvez les équivalents de ces mots ou groupes de mots dans le texte.*
Pick out phrases from the text that show... *Trouvez des expressions dans le texte qui montrent...*
Match the words and their equivalents. *Associez les mots à leurs équivalents.*
Fill in the gaps with words taken from the text. *Remplissez les trous avec des mots tirés du texte.*

REMARQUES

- Respectez l'ordre des questions.
- Reportez les repères : numéro de l'exercice et, le cas échéant, la lettre repère. Exemple : 1. a.
- Faites précéder les citations du numéro de la ligne.
- Réécrivez intégralement les phrases à compléter dans un exercice type texte à trous et soulignez l'élément introduit.

C L'expression écrite

Votre capacité à rédiger en langue anglaise est évaluée dans cet exercice. Il peut être demandé de rédiger un récit qui fait suite au texte ou un dialogue, ou bien de répondre à une question.

a Analysez la consigne

■ S'agit-il d'écrire un **récit** ?
Imagine a continuation to the story. *Imaginez une suite à l'histoire.*
The narrator reports what happened to him. *Le narrateur rapporte ce qui lui est arrivé.*

■ Ou bien faut-il rédiger un **dialogue** ?
Imagine the conversation. *Imaginez la conversation.*
Write the dialogue between the two characters. *Écrivez le dialogue entre les deux personnages.*

■ Est-ce pour un **journal** ?
Write an article to be published on your school website. *Écrivez un article qui doit être publié sur le site de votre école.*
You are a journalist interviewing Thomas about his actions, his hopes for the future and his feelings. Write the interview. *Vous êtes un journaliste réalisant un entretien avec Thomas concernant ses actions, ses espoirs pour l'avenir et ses sentiments. Écrivez l'entretien.*

■ S'agit-il de répondre à une **question** ?
Explain the following sentence. *Expliquez la phrase suivante.*
Comment on the statement. *Commentez l'affirmation.*
What kind of life would you like to have in the future? *Quel genre de vie aimeriez-vous avoir à l'avenir ?*
In your opinion, *À votre avis,*
What are the advantages and disadvantages of...? *Quels sont les avantages et désavantages de... ?*

b Choisissez les éléments à prendre en compte

■ À quelle **personne** devez-vous écrire : première ou troisième ?

■ Quel **temps** faut-il utiliser ?

■ Quels **éléments du contexte** faut-il prendre en compte : lieu, époque, psychologie des personnages, sentiments et émotions, etc. ?

REMARQUE
Faites une relecture attentive pour contrôler l'orthographe, les pluriels, les accords, les temps, etc. Assurez-vous que vous avez respecté le nombre de mots demandé. Tout dépassement de plus ou moins 10 % du nombre de mots demandé est sanctionné.

3 Second temps : l'évaluation de l'enseignement technologique en langue vivante (ETLV)

Cette évaluation mesure votre capacité à communiquer en anglais sur des travaux effectués au cours du cycle terminal en ETLV, en lien avec votre enseignement de spécialité. Le jury est composé de deux enseignants, l'un pour l'enseignement technologique, l'autre pour l'anglais.

A Prise de parole en continu pour une durée de 5 minutes

■ Vous apportez un **dossier** constitué pendant l'année en ETLV en fonction de votre spécialité, portant sur des projets technologiques ou scientifiques conduits en enseignement de spécialité.

■ Annoncez le sujet.
First of all/to start with/to begin with, I'd like to present the subject of my work. *Tout d'abord/pour commencer, j'aimerais présenter le sujet de mon travail.*

2 Useful words

to belong *appartenir*
a challenge *un défi*
citizenship *la citoyenneté*
a claim *une revendication*
a culture shock *un choc culturel*
a departure *un départ*
to deprive of *priver de*
developed countries *les pays développés*
developing countries *les pays en voie de développement*
diversity *la diversité*
expectations *des attentes*
to fit in *s'intégrer*
to impact *influer*
an incentive *une incitation*
to inherit *hériter*
the loss *la perte*
political asylum *l'asile politique*
a rate *un taux*
recognition *la reconnaissance*
to settle down *s'installer*
to shift *changer*
to struggle *lutter*

3 Improve your grammar

POINT GRAMMATICAL

Le prétérit simple

◗ Formation

Verbes réguliers : **Did** they struggle? They **struggled**. They **didn't/did not** struggle.

Verbes irréguliers : Did she lose it? She lost it. She didn't/did not lose it.

◗ Emploi : le **prétérit simple** indique qu'une action a eu lieu à un moment précis du passé, coupé du présent. C'est l'**aspect ponctuel** de l'action qui est important.

They **migrated** in 2019. *Ils ont migré en 2019.*

Le present perfect

◗ Formation : le **present perfect** se forme avec **have/has** suivi du verbe au participe passé.

They **have already** requested asylum. *Ils ont déjà demandé l'asile.*

◗ Emploi : avec le **present perfect**, celui qui parle fait un bilan. C'est le résultat de l'action qui importe.

After discussion, the migrants **have decided** to settle down. *Après discussion, les migrants ont décidé de s'installer.*

Le **present perfect** s'emploie donc avec already, just, recently, ever, never, not... yet, for + durée, since + point de départ.

How long have you struggled? I **have** struggled **for** ten years. *Depuis combien de temps luttes-tu ? Je lutte depuis dix ans.*

Since when has he denounced the system? He **has denounced** the system **since** it started. *Depuis quand dénonce-t-il le système ? Il le dénonce depuis qu'il s'est installé.*

EXERCICES CORRIGÉS

EXERCISE 1

Put the verbs in the right form.

a. They (show) signs of discontent since the end of last week.
b. The government (not change) policy for ages!
c. They (wait) for so many years before deciding to leave.
d. They (migrate) a few years ago.
e. When they (arrive) in 2000, they (find) it difficult to adjust.

EXERCISE 2

Translate the sentences into English.

a. Les nouveaux venus ont quitté leur pays à cause de la guerre.
b. Les migrants ont éprouvé beaucoup de difficultés depuis leur arrivée.
c. Il y a quelques mois, un grand nombre de migrants ont péri en traversant la mer.
d. Depuis que leur situation s'est améliorée, ils ont opté pour plus de sérénité.

CORRIGÉ

Exercise 1

a. have shown b. has not changed c. have waited/have been waiting d. migrated e. arrived … found

Exercise 2

a. The newcomers left their country because of the war. b. The migrants have experienced a lot of difficulties since their arrival. c. A few months ago a great number of migrants died while crossing the sea. d. Since their situation changed, they have opted for more serenity.

 # exo corrigé
Exercices corrigés supplémentaires d'anglais
foucherconnect.fr/23tersti2d73

 # quiz
Des questions pour réviser
foucherconnect.fr/23tersti2d18

4 Learning with mind map

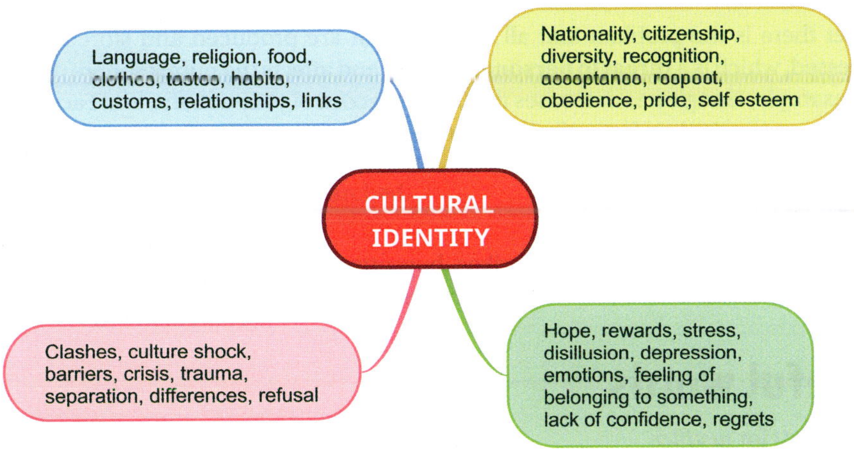

ANGLAIS

© Éditions Foucher

EXERCISE 2

Translate the sentences into English.

A. Y a-t-il quelqu'un qui pense que les manifestations sont inutiles ?
b. Avez-vous quelque chose à dire contre les mouvements sociaux ?
c. N'importe qui peut mettre en cause une décision impopulaire.
d. Tu ne devrais pas dire n'importe quoi sur l'efficacité de ces méthodes.
e. Quelqu'un veut investir dans le projet.
f. Il ne reste rien des revendications du mois dernier.
g. Ne dis rien de tout cela à personne.
h. La solution doit se trouver quelque part.
i. On peut trouver des conflits n'importe où.

CORRIGÉ

Exercise 1

a. There is no obstacle to the approach. b. No activist finds it easy to demonstrate. c. No report has been published. d. No investment has materialised.

Exercise 2

a. Is there anyone who thinks that demonstrations are useless? b. Do you have anything to say against social movements? c. Anybody can challenge a decision that is not popular. d. You should not say anything about the efficiency of these methods. e. Someone wants to invest into the project. f. There is nothing left of last month's claims. g. Say nothing about all this to anyone. h. The solution must be found somewhere. i. Conflicts can be found anywhere.

 # quiz
Des questions pour réviser
foucherconnect.fr/23tersti2d18

4 Learning with mind map

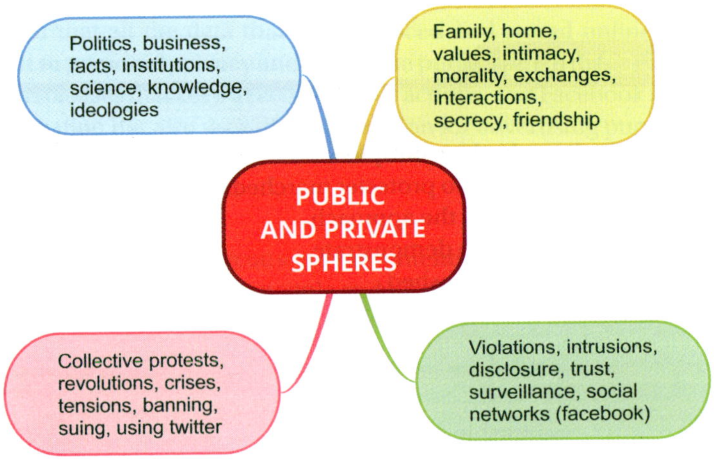

3 Art and power

All of the arts contribute to a society: music, theatre, literature, poetry, dance, cinema, as well as the visual arts, such as painting, sculpture and photography. This contribution depends on the social context, the artist's goal, the genre and subject matter, and the public.

1 First steps

A Art reflects a society

- Each **artistic period** reflects the moral, political, intellectual, and religious feelings of the society of the times. It is a window into the society which produced it.
- For instance, the paintings on the walls of the Lascaux caves indicate that man's relationship to animals was very important. The Egyptians told their complete history through their hieroglyphic writing. The gothic art works of the Middle Ages show the Western World at the time was predominately Christian, etc.

B Art has always been appropriated

- **Patronage** of musicians, painters, architects and sculptors has always existed. For kings, popes and very wealthy people, it was a way to endorse their political ambitions, social positions, and prestige. The Roman Catholic Church in France and Italy, and Protestant groups in England and Holland sponsored art and architecture, as seen in churches, cathedrals and temples.
- **Official portraits** elevate the subject by putting it in an elaborate setting, sitting on a throne with a sceptre or mounted on a horse. Today, portrait paintings are still commissioned by governments, corporations, groups, clubs, and individuals.

C Artists can also use art as a political tool

- Some artists choose to respond to the events of their time through art and, by doing so, they hope to influence or help **change their society**.
- Art can contribute to **social change** through the imagery it gives and the ways it can be used to communicate deep feelings and needs.
- **Public art** – artwork that is placed in public areas and accessible for public appreciation – promotes a sense of community.

2 Useful words

aesthetics *l'esthétique*
an artist *un(e) artiste*
an art gallery *une galerie d'art*
to capture *capturer*
to carry out *mener à bien*
censorship *la censure*

to challenge *défier*
a commission *une commande*
to create *créer*
dance *la danse*
to endorse *cautionner*
to express oneself *s'exprimer*
to focus on *se concentrer sur*
freedom of expression *la liberté d'expression*
a glimpse of hope *une lueur d'espoir*
involved in *impliqué(e) dans*
large scale *à grande échelle*
literature *la littérature*
a mural *une peinture murale*
a museum *un musée*
an oil painting *une peinture à l'huile*
to paint *peindre*
a piece of music *un morceau de musique*
a photograph *une photographie*
a patron *un(e) mécène*
patronage *le mécénat*
politically committed *engagé(e) politiquement*
to produce *produire*
rewarding *gratifiant(e)*
a sculpture *une sculpture*
self-esteem *la confiance en soi*
the setting *le décor*
to sponsor *sponsoriser*
to spread a message *répandre un message*
a studio *un atelier*
a visual means *un moyen visuel*
a work of art *une œuvre d'art*

3 Improve your grammar

POINT GRAMMATICAL

Les constructions verbe + verbe

En français, lorsque deux verbes se suivent, le second est à l'infinitif. En anglais, il y a trois possibilités selon la nature du premier verbe.

- **La base verbale** se trouve après :

– **les auxiliaires de modalité : can/could, may/might, must, will/would, shall/should.**

Artists can **influence** society. *Les artistes peuvent influencer la société.*

– make, let, would rather, had better.

The painting makes people **feel** the cruelty of war. *Cette peinture fait ressentir aux gens la cruauté de la guerre.*

Let me **dance** with you! *Laisse-moi danser avec toi !*

I would rather not **see** this play. *Je préférerais ne pas voir cette pièce.*

You had better **do** it right. *Tu ferais mieux de bien le faire.*

- **L'infinitif** s'emploie après les **verbes indiquant une pression sur autrui** comme **ask, want, order, expect, require, tell, urge, force, I'd like you...**

I'd like/want/expect him **to paint** my portrait. *J'aimerais/je veux/je m'attends à ce qu'il peigne mon portrait.*

- La forme ***V-ing*** *se trouve après :*

– les verbes de goût et de préférence comme like, love, enjoy, prefer, hate...

I like **singing**. *J'aime chanter.*

– certains verbes et expressions :

I can't stand/bear **feeling** underestimated. *Je ne supporte pas de me sentir sous-estimé(e).*

I don't care/mind **stopping** work. *Cela m'est égal d'arrêter le travail.*

I can't help **challenging** rules. *Je ne peux m'empêcher de défier les règles.*

It is worth **fighting** for. *Cela vaut la peine de se battre pour cela.*

EXERCICES CORRIGÉS

EXERCISE 1

Rewrite the sentences using *can('t), may(n't)* or *must(n't)*.

a. He knows how to attract interest.
b. Are you incapable of accepting the situation?
c. It is impossible for me to help them.
d. It is important that you don't give up now.
e. It is necessary for him to follow the rules.
f. It is forbidden to cross the border.
g. I don't want you to say so.

EXERCISE 2

Put the verb between brackets into the right form.

a. The patron asked the artist (paint) his portrait.
b. The sculptors cannot bear (be) exploited.
c. They were required (gather) and (make) their demands.
d. The architect did not want (run) the risk of being dismissed.
e. They knew it was worth (challenge) the decision.
f. They thought it would enable them (reach) their goals.

EXERCISE 3

Choose the right answer.

1. They refused ... the wall.
a. to build **b.** building **c.** build **d.** to building
2. They were ready ... the project.
a. supporting **b.** to support **c.** to supporting **d.** support
3. They couldn't help ... .
a. protest **b.** protests **c.** protesting **d.** to protest
4. They were accused of ... all the volunteers.
a. mobilise **b.** mobilised **c.** to mobilise **d.** mobilising
5. They would like the government ... their policy.
a. supporting **b.** to support **c.** to be supporting **d.** support
6. They made him ... his portrait.
a. to paint **b.** painting **c.** paint **d.** to painting
7. They were encouraged ... themselves.
a. to express **b.** express **c.** to expressing **d.** expressing
8. It isn't worth ... if you're not going to act.
a. complain **b.** to complain **c.** complained **d.** complaignant

ANGLAIS

CORRIGÉ

Exercise 1

a. He can attract interest. b. Can't you accept the situation? c. I can't help them. d. You mustn't give up now. e. He must follow the rules. f. You mustn't cross the border. g. You mayn't say so.

Exercise 2

a. to paint b. being c. to gather ... to make d. to run e. challenging f. to reach.

Exercise 3

1. **a.** to build 2. **b.** to support 3. **c.** protesting 4. **d.** mobilising 5. **b.** to support 6. **c.** paint 7. **a.** to express 8. **d.** complaining.

 # quiz
Des questions pour réviser
foucherconnect.fr/23tersti2d18

4 Learning with mind map

ART AND POWER

Artists can be committed to securing:
- empowerment
- education
- a sense of community
- a glimpse of hope
- inclusion
- comprehension
- peace
- freedom of expression

Art can be a counter power:
- to bring change
- to denounce
- to challenge
- to involve
- to spread a message
- to protest
- to resist
- to push boundaries

Powerful people endorse artists through:
- patronage
- sponsoring
- commissions
- subsidies
- endorsements
- artist residencies

Official art is a means for power to:
- legitimate itself
- elevate itself
- celebrate itself
- make propaganda

4 Citizenship and virtual worlds

The political landscape has changed in the last decades due to the role played by the Internet. Social media has reshaped political communication by influencing the way politicians interact with citizens and each other. However, its role in increasing political commitment and electoral participation is neither clear nor simple.

1 First steps

A Campaigning online

There are infinite possibilities for politicians to campaign in the virtual world:
- **social media platforms**, such as Twitter, Facebook and YouTube, provide new ways to stimulate citizen engagement in electoral campaigns and elections. Politicians and parties can communicate faster and reach citizens in a more targeted manner;
- **websites and blogs** allow voters to stay informed about politicians' electoral platforms and interact with each other;
- **the Internet** enables candidates to raise money and send out their messages, which are multiplied when shared, so that new audiences can be reached.

B Raising awareness

- **Digital citizens** understand their roles and responsibilities in digital society, have intelligent technology behaviour, and make appropriate choices when using technology. It means that they respect themselves and others, protect private information, stay safe online, limit the time they spend online, manage their digital footprints, respect intellectual property and report cyberbullying.

- **Citizen journalism** was made possible by the development of the Internet, new technologies, social platforms and grass-roots media: they allow anyone to gather news and share their personal experience of an event in real time. It usually comes from people who are in the heart of the story and are tell it through their own eyes and experience. A famous example was when the death by immolation of Mohamed Bouazizi in Sidi Bouzid, Tunisia, in December 2010 went viral on the Internet and became the trigger element of the Arab Spring.

C Online activism

- **Internet activism** is the use of electronic communication technologies by citizen movements to deliver information to large or specific audiences. Social media, e-mail, and podcasts are used to spread awareness of a social cause, raise funds, or organizing a campaign. It is meant to increase users' engagement and maximize the numbers of views of campaign pages.

- **Clicktivism** is the word used to point out the fact that political activism's reduced to a mouse-click with little or no real commitment to the cause.

■ **Crowdfunding** is a way to raise small amounts of money from a large number of people *via* social media and crowdfunding sites. It is often used for disaster relief, community-oriented social projects and medical expenses. Experts expect crowdfunding to become a $300 billion industry by 2025. Yet, its use has been criticised for funding frauds, especially costly and fake medical treatments.

2 Useful words

accurate *exact(e), précis(e)*
to campaign *faire campagne*
to check *vérifier*
citizen journalism *le journalisme citoyen*
clicktivism *l'activisme en ligne*
crowdfunding *le financement participatif*
a digital citizen *un citoyen numérique*
the digital footprint *l'empreinte numérique*
content *le contenu*
cyberbullying *la cyberintimidation*
evidence *des preuves*
fake news *l'infox, les fausses nouvelles*
a follower *un(e) adepte*
to go viral *se propager*
harmful *dommageable, dangereux(se)*
identity theft *le vol d'identité*
inappropriate *inapproprié(e)*
an influencer *un(e) influenceur(se)*
misinformation *la désinformation*
online activism *le militantisme en ligne*
personal data *les données personnelles*
political commitment *l'engagement politique*
to raise awareness *susciter une prise de conscience*
to rely on *faire confiance à*
safe *sauf(ve), sûr(e)*
to share information *partager des informations*
to spread, spread, spread *répandre*
to target *cibler*
a user *un(e) utilisateur(rice)*
a voter *un(e) électeur(rice)*
a whistleblower *un(e) lanceur(se) d'alerte*

3 Improve your grammar

POINT GRAMMATICAL

Choisir un pronom relatif

Les pronoms relatifs servent à relier deux propositions. Le choix du pronom dépend de l'antécédent (le nom qui le précède).

Humain

– **Sujet : who.**

Citizen journalism comes from people who are in the heart of the story. *Le journalism citoyen provient des gens qui sont au cœur de l'histoire.*

– **Complément : that/Ø**. Le pronom relatif en position de complément d'objet direct peut être supprimé.

She is the voter that/Ø I met. *C'est l'électrice que j'ai rencontrée.*

– **Complément prépositionnel : that/Ø.**

The people Ø you are sending a message to are my friends. *Les gens à qui tu envoies un message sont mes amis.*

– **Complément de nom : whose.**

He is an activist whose posts have many followers. *C'est un activiste dont les messages ont de nombreux adeptes.*

Non- humain

– **Sujet : which/that.**

She has deleted personal data **that** could prove inappropriate. *Elle a effacé des données personnelles qui pourraient s'avérer inappropriées.*

– **Complément : which/that/Ø.**

I saw the video **which/that/Ø** the activists posted. *J'ai vu la vidéo que les militants ont publiée.*

– **Complément prépositionnel : that/Ø.** Le pronom relatif est sous-entendu quand le verbe est suivi d'une préposition.

This is the book **that/Ø** I heard so much about. *C'est le livre dont j'ai tant entendu parler.*

– **Complément de nom : whose.**

The party **whose** campaign is the most efficient wins the elections. *Le parti dont la campagne est la plus efficace gagne les élections.*

That se trouve après :

– un superlatif : It's the worst event **that** I have ever witnessed. *C'est le pire événement que j'aie jamais vu.*

– **only** : The only thing **that** counts is raising awareness. *La seule chose qui compte est de susciter une prise de conscience.*

– **no** : It's no surprise **that** they use TikTok. *Ce n'est pas étonnant qu'ils utilisent TikTok.*

– **all** : All **that** I know is written here. *Tout ce que je sais est écrit ici.*

Where, **when**, **why** s'emploient si l'antécédent est :

– un lieu : This is the site **where** young people are encouraged to register to vote. *C'est le site où l'on encourage les jeunes à s'inscrire pour voter.*

– un moment : That was the time **when** I read the post. *C'est le moment où j'ai lu le message.*

– une cause : That is the reason **why** they shared the information. *C'est la raison pour laquelle ils ont partagé l'information.*

EXERCICES CORRIGÉS

EXERCISE 1

Choose the right answer.

1. Citizens ... rights are not respected should be protected.
a. who **b.** whose **c.** whom **d.** that
2. The campaign ... he referred to was primordial.
a. ø **b.** who **c.** whose **d.** whom
3. I remember the time ... women could not vote.
a. where **b.** why **c.** when **d.** whose
4. All ... he's telling you is to read his message.
a. who **b.** which **c.** that **d.** what
5. He is somebody ... you can rely on.
a. what **b.** whose **c.** whom **d.** ø
6. The laws ... strengthen protection for citizens improve their lives.
a. who **b.** which **c.** that **d.** what

ANGLAIS

harsh *dur(e), rude*
to identify oneself to *s'identifier à*
to injure *blesser*
to live in a fantasy world *vivre dans un monde imaginaire*
to lure into *attirer dans*
promising *prometteur(se)*
to provide *fournir*
a trap *un piège*
a would-be model *un soi-disant modèle*

3 Improve your grammar

POINT GRAMMATICAL

Exprimer une éventualité avec un auxiliaire de modalité

Les auxiliaires de modalité permettent d'exprimer différents degrés de certitude quant à la réalisation d'une action.

- **Must** exprime une quasi-certitude.

Parents **must** be aware of the dangers. *Les parents doivent être conscients des dangers.*

- **Can** évoque une possibilité.

He **can** make false promises. *Il est probable qu'il fasse de fausses promesses.*

- **May** renvoie à une probabilité de 50/50.

It **may** prove wrong. *Cela peut se révéler faux.*

- **Could** indique une incertitude.

It **could** be a difficult task. *Cela pourrait être une tâche difficile.*

- **Might** suggère que c'est presque impossible, très incertain.

He **might** devise a new reality. *Il pourrait concevoir une nouvelle réalité.*

- **Would** s'emploie pour une supposition irréelle.

That **would** threaten the child. *Cela menacerait l'enfant.*

- **Should** indique que c'est invraisemblable.

In case it **should** happen. *Au cas où cela devrait se produire.*

EXERCICES CORRIGÉS

EXERCISE 1

Translate the sentences into French.

a. He should be able to read all these novels
b. Don't tell them. It would make them feel bad.
c. They must be aware of the dangers.
d. What you maintain may prove wrong.
e. That can be the worst thing to do.
f. This might cause them to regret it.
g. That could account for the difficulties.
h. He can be telling the truth! You never can tell.

EXERCISE 2

Fill in the blanks with a modal.

a. I'm pleased you don't believe it. You ... be so disappointed.
b. Why don't you give it a try. You ... be surprised. Who knows?
c. The story is so true to life, she ... very well believe it is real.
d. It is so extraordinary that they won the prize that they ... be delighted.
e. They don't know what to do next: they ... take the risk if they feel like it.
f. Due to their age, it ... be difficult to advise them.

CORRIGÉ

Exercise 1

a. Il devrait être capable de lire tous ces romans. b. Ne leur dites pas. Cela les ferait se sentir mal. c. Ils doivent être au courant des dangers. d. Ce que vous soutenez peut s'avérer faux. e. Il se peut que cela soit la pire chose à faire. f. Il se pourrait que cela les fasse le regretter. g. Cela pourrait expliquer les difficultés. h. Il se peut qu'il dise la vérité ! Vous ne pouvez pas savoir.

Exercise 2

a. would b. could/might c. could d. must e. can f. may/might/could.

 # quiz
Des questions pour réviser
foucherconnect.fr/23tersti2d18

4 Learning with mind map

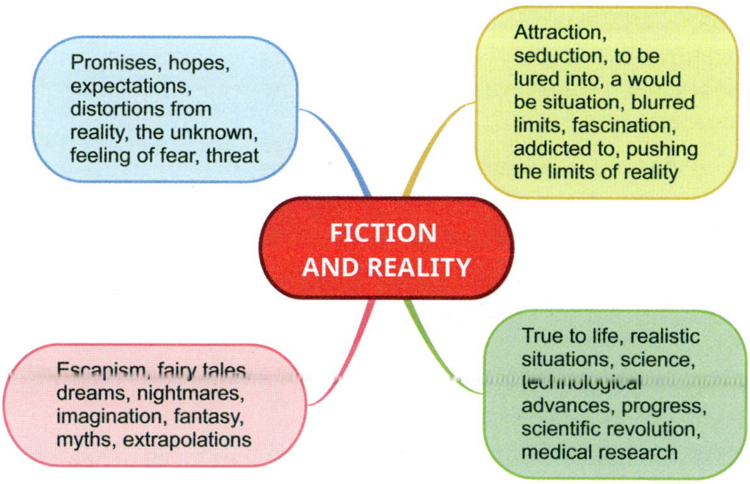

ANGLAIS

6 Scientific innovations and responsibility

The various advances in technology and science produce an improvement in the human condition. People become happier in terms of quality of life through the application of the scientific and technological breakthroughs. However, many people worry about the ethical issues raised by some innovations.

1 First steps

A Scientific breakthroughs contribute to improving people's lives

- **Medical research** has made it possible to eradicate some major diseases, find treatments against illnesses and lengthen life expectancy.
- **Broadband connectivity** gives people access to learning resources that allow them to gain education and improve their skills.
- **Information technology** is a means to increase democratic participation, strengthen political community, boost economic development and provide people with resources and opportunities.
- **Space exploration** has many benefits that have largely contributed to expand the human frontiers of science. Man has gained knowledge and realised that theories regarding the universe are true.
- **The global navigation system** (GPS) helps delivery of food grains, fossil fuels or metal ores, using networks of satellites that also enable satellite Internet and satellite phones.
- **Nuclear power** is a deterrent that secures peace.

B Advances raise numerous ethical questions

- Many people are questioning the benefits of scientific progress because some discoveries have been destructive and deadly.
- In the field of **genetics**, people will have to decide how much they wish to use the huge knowledge that the deciphering of genes brings.
- **Genetically modified organisms** are used in biological and medical research, the production of pharmaceutical drugs, experimental medicine and agriculture, but we may worry about their effects.
- **Pollution** generated by industrial waste, car fumes and planes destroys our environment.
- **Space exploration** is very costly and the money could better be used to solve earthly problems.
- **Nuclear and chemical weapons** are a threat to humanity's survival.

2 Useful words

advances *des avancées*
to alter *modifier*
available *disponible*
to ban *interdire*
to boost *donner de l'élan à*
to breach a right *violer un droit*
a breakthrough *une percée*
a cell/mobile phone *un téléphone portable*
to charge with *accuser de*
cloning *le clonage*
concerns *des préoccupations*
to connect/link to *relier à*
a deterrent *un moyen de dissuasion*
digital footprint *l'empreinte numérique*
to empower *donner du pouvoir à*
to gather data *collecter des données*
Genetically Modified Organisms (GMOs) *les organismes génétiquement modifiés (OGM)*
to improve skills *améliorer des compétences*
to infringe on a right *enfreindre un droit*
an innovation *une innovation*
a means to *un moyen de*
to monitor *contrôler, surveiller*
opportunities *des chances, occasions*
to raise ethical issues *soulever des problèmes éthiques*
to question *mettre en cause*
reckless *imprudent(e)*
to rely on *se reposer sur*
right to privacy *droit à la vie privée*
to run the risk *courir le risque*
security *la sécurité*
a smart speaker *une enceinte intelligente*
to stem from *provenir de*
to store records *conserver des enregistrements*
to strengthen *renforcer*
to subscribe to *s'abonner à*
surveillance *la surveillance*
to update *mettre à jour*
an upgrade *une amélioration*

3 Improve your grammar

POINT GRAMMATICAL

Exprimer une condition

Dans les subordonnées conditionnelles introduites par **if** (si), **even if/even though** (même si), **whether** (si oui ou non) ou **unless** (à moins que), la concordance des temps se fait comme en français.

- ***If* + présent … *will* + verbe :** le présent indique que la condition est réalisable et que l'événement peut se produire.

<u>If</u> they **install** a facial recognition system, residents **will file** a complaint. *S'ils installent un système de reconnaissance faciale, les résidents porteront plainte.*

- ***If* + prétérit modal … *would* + verbe** : le prétérit ne renvoie pas à des événements passés, mais indique que des faits sont soumis à une condition irréelle.

<u>If</u> they **installed** a facial recognition system, residents **would file** a complaint. *S'ils installaient un système de reconnaissance faciale, les résidents porteraient plainte.*

- ***If* + *pluperfect* … *would have* + participe passé** : le *pluperfect* indique que la condition ne s'est pas réalisée dans le passé.

<u>If</u> they **had installed** a facial recognition system, residents **would have filed** a complaint. *S'ils avaient installé un système de reconnaissance faciale, les résidents auraient porté plainte.*

ANGLAIS

EXERCICES CORRIGÉS

EXERCISE 1

Choose the right answer.

1. If a new online service ... available, I will use it.
a. is **b.** was **c.** had been
2. The economy will change, if technology ... .
a. develops **b.** will develop **c.** has developed
3. If citizens had easier access to services, it ... communication.
a. favoured **b.** will favour **c.** would favour
4. The Earth will disappear if scientists ... developing hazardous technologies.
a. keep **b.** kept **c.** had kept
5. If there was no technological progress, people's lives ... not improve.
a. will **b.** would **c.** would have
6. People would not question progress if there ... not so many problems.
a. was **b.** would be **c.** were
7. If doctors didn't eradicate diseases, more people ... every year.
a. will die **b.** would die **c.** would have died
8. If he had access, he ... the files.
a. had destroyed **b.** will destroy **c.** would destroy
9. I would have been surprised if he ... the information.
a. will update **b.** had updated **c.** updated
10. If I could afford a computer, I ... one.
a. will buy **b.** had bought **c.** would buy

EXERCISE 2

Match each condition and the appropriate ending.

a. If you hurry,
b. If you work enough,
c. If he didn't download spam,
d. If you surfed more on the Net,
e. If I wasn't so poor,
f. If you had told me,
g. If he hadn't bought a smartphone,
h. If they hadn't had access to the files,

1. you would be better informed.
2. I would buy a Blackberry.
3. I would have given him one.
4. they would have been depressed.
5. he wouldn't have viruses.
6. you'll catch up with progress.
7. I would have helped you.
8. you'll be a computer wizard.

EXERCISE 3

Translate the sentences into English.

a. S'il passait moins de temps sur les réseaux sociaux, il se porterait mieux.
b. S'il n'était pas si timide, il aurait plus d'amis.
c. Si j'étais toi, je n'utiliserais pas cette technologie.
d. Si vous aviez besoin d'un ordinateur, je vous prêterais le mien.
e. Que ferait-il s'il n'avait pas de connexion internet ?
f. Quels conseils lui donneriez-vous si vous étiez à ma place ?
g. Si ces étudiants parvenaient à se connecter, ils pourraient mettre à jour les fichiers.

CORRIGÉ

Exercise 1

1. a. is **2. a.** develops **3. c.** would favour **4. a.** keep **5. b.** would **6. c.** were **7. b.** would die **8. c.** would destroy **9. b.** had updated **10. c.** would buy

Exercise 2

a6. – b8. – c5. – d1. – e2. – f7. – g3. – h4.

Exercise 3

a. If he spent less time on the social media, he would be better off. **b.** If he was not so shy, he would have more friends. **c.** If I were you, I wouldn't use this technology. **d.** If you needed a computer, I would lend you mine. **e.** What would he do if he had no Internet connection? **f.** What advice would you give him if you were in my place? **g.** If these students managed to log on, they would be able to update the files.

quiz
Des questions pour réviser
foucherconnect.fr/23tersti2d18

4 Learning with mind map

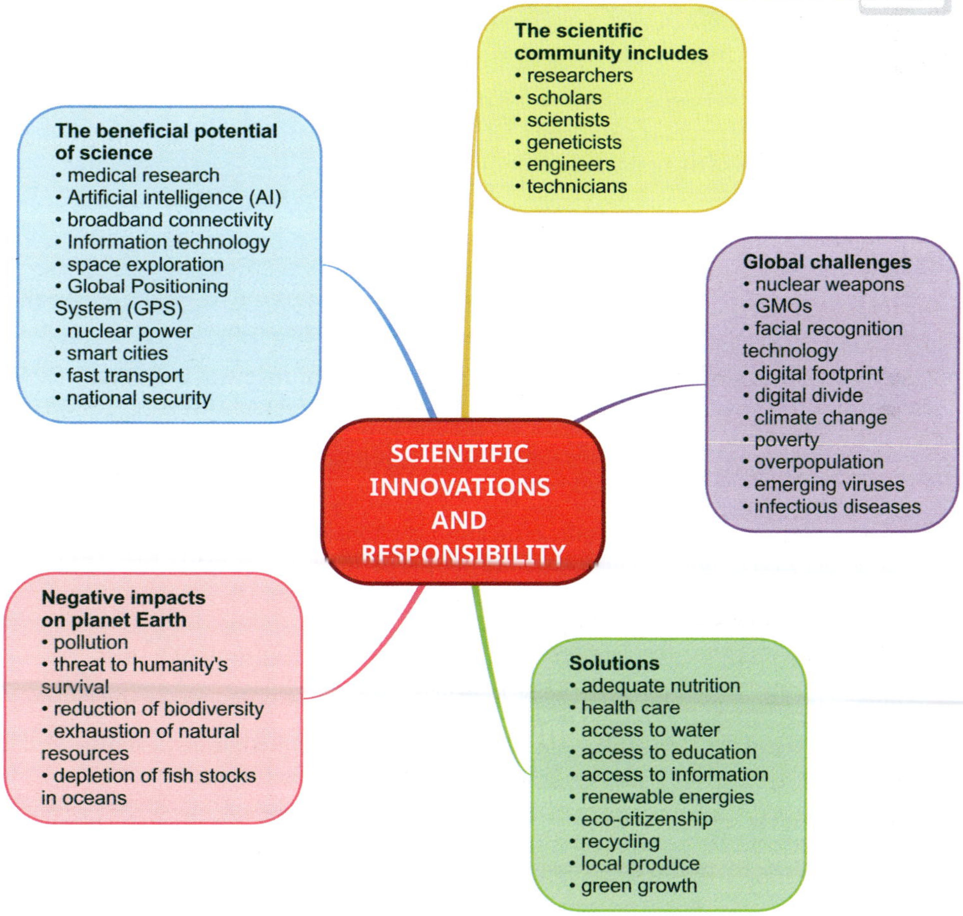

ANGLAIS

7 Diversity and inclusion

On December 10th, 1948, the United Nations voted the International Declaration of Human Rights to secure fundamental rights for all human beings on planet Earth: the right to life, liberty, personal security, freedom from discrimination, slavery and torture, and freedom of belief and religion, of speech and of the press.

1 First steps

A Definitions

- **Diversity** means understanding and accepting differences between people, including race, ethnicity, gender, age, religion or disability.
- **Inclusion** means creating a collaborative, supportive and respectful environment that increases the participation and contribution of all.
- Diversity exists everywhere, however it does not mean that inclusion follows. Acceptance of each other's differences is a starting point, but **true inclusion** only occurs when the benefits and advantages of diversity are recognised and valued.

B What has been done so far

- In **schools**, kids are encouraged to be inclusive by reaching out to others, as social exclusion can impact emotional wellbeing and academic achievements.
- Many **universities** have developed programmes to improve the inclusion of minority students.
- **Companies** pay attention to diversity and inclusion because it is a way to attract the right employees with the best minds and skills.
- In the **European Union**, diversity education is offered to small and medium-sized businesses to develop their capacity to include people of different countries and cultures.

C What still needs to be done

- **Gaps** in health, education and wages between men and women need to be closed.
- **Disadvantaged communities** should have access to adequate transportation and housing.
- **Sport** should be more inclusive and understand the benefits that diversity brings.
- **Disabled people** should be given easier access to public places.
- **Migrants** should be more readily accepted because they are key drivers in economic growth across the world.

2 Useful words

a bias *un préjugé*
abuse *la maltraitance*
affirmative action *des mesures antidiscriminatoires*
to bring about change *apporter des changements*
a charity *une organisation caritative*
broad-minded *large d'esprit*
compulsory *obligatoire*
defenceless *sans défense*
disabled people *les handicapé(e)s*
discriminatory *discriminatoire*
to empower *donner du pouvoir à*
entitled to *qui a droit à*
excluded *exclu(e)*
to exploit *exploiter*
the gender gap *le fossé entre les sexes*
the glass ceiling *le plafond de verre*
grass roots *de base, de terrain*
to harm *faire du mal à*
heavy labour *du travail pénible*
illiteracy *l'illettrisme*
inequality *l'inégalité*
to lodge a complaint *porter plainte*
to look up to a role model *admirer un modèle*
a low-income family *une famille aux revenus modestes*
marginalised *marginalisé(e)*
a plight *une situation désespérée*
poorly-paid *peu payé(e)*
poverty *la pauvreté, la misère*
a preconceived idea *une idée préconçue*
a prejudice *un préjugé*
to raise awareness *rendre conscient(e) de*
to segregate against *mettre à part*
to voice demands *exprimer des revendications*
a volunteer *un(e) bénévole*

3 Improve your grammar

POINT GRAMMATICAL

Comment relier deux noms

- On utilise **of** lorsque deux noms entretiennent des relations de :
– contenant/contenu : **a glass of water** *un verre d'eau* ;
– partie/tout : **part of the problem** *une partie du problème* ;
– activité/objet : **conditions of employment** *les conditions d'emploi* ;
– quantité : **the majority of the time** *la plupart du temps*, **a lot of players** *beaucoup de joueurs* ;
- On forme un **mot composé** quand **le premier nom qualifie le deuxième** à la manière d'un adjectif. Le premier nom est toujours au singulier. Ils sont très nombreux en anglais. L'identification se fait par :
– le lieu : **the US team** *l'équipe des États-Unis* ;
– le moment : **a daydream** *un rêve éveillé*, **a night shift** *une équipe de nuit* ;
– la matière : **leather shoes** *des chaussures en cuir* ;
– la valeur : **a million-dollar player** *un joueur valant un million de dollars* ;
– le type : **gender discrimination** *la discrimination entre les sexes*, **the labour code** *le Code du travail*, **human rights violations** *les violations des droits de l'homme*, **a sport event** *un événement sportif*, **the soccer league** *la fédération de football*.
- On utilise un **cas possessif** (ou génitif ou **'s**) si le premier nom est :
– une personne : **the volunteers' opinion** *l'opinion des bénévoles* ;
– un groupe de gens : **the world's population** *la population du monde* ;
– une unité de temps : **today's paper** *le journal d'aujourd'hui*, **a day's work** *une journée de travail*.

ANGLAIS

EXERCICES CORRIGÉS

EXERCISE 1

Translate into English using *of* or *'s*.

a. les conséquences de leur action b. la déclaration du porte-parole c. le pouvoir de solidarité d. la vie des joueuses e. l'augmentation du nombre de bénévoles f. un voyage de six jours g. le sens de la vie h. les demandes des entraineurs i. un avenir de changement j. la nécessité d'une vision commune k. un certain nombre de gens l. le respect des Droits de l'Homme

EXERCISE 2

Make compound nouns.

a. ethics in sports b. aid for development c. leaders of a club d. organisations that are anti-globalisation e. a project for development f. a style of life g. a conference for the press h. issues of health

EXERCISE 3

Choose the right answer.

1. The ... has increased fast.
a. support's fans **b.** support of fans' **c.** fans' support **d.** fans support
2. The ... on women players has increased.
a. proportion of spending **b.** spending proportion **c.** spend proportion **d.** proportion's spend
3. Megan Rapinoe is ... .
a. the best soccer player the world **b.** the world best soccer player **c.** world best soccer player **d.** the world's best soccer player
4. Money will begin flowing before ... .
a. end of year **b.** the end of year **c.** the end-year **d.** the year's end
5. Was the ... commitment genuine?
a. volunteers's **b.** volunteers **c.** volunteer **d.** volunteers'
6. The ... can do much to solve problems.
a. creative information use **b.** information creative use **c.** creative use of information **d.** information use creative.
7. The ... is quite different from other countries.
a. development American soccer system **b.** Americans soccer development system **c.** American development system soccer **d.** development of the system of American soccer

CORRIGÉ

Exercise 1

a. the consequences of their action b. the spokesperson's announcement c. the power of solidarity d. women players' lives e. the increase of the number of volunteers f. a six days' travel g. the meaning of life h. coaches' demands i. a future of change j. the necessity of a common vision k. a certain number of people l. respect of Human Rights

Exercise 2

a. sports ethics b. development aid c. club leaders d. anti-globalisation organisations e. a development project f. a lifestyle g. a press conference h. health issues

Exercise 3

1. **c.** fans' support 2. **a.** proportion of spending 3. **d.** the world's best soccer player 4. **d.** the year's end 5. **d.** volunteers' 6. **c.** creative use of information 7. **d.** development of the system of American soccer

4 Learning with mind map

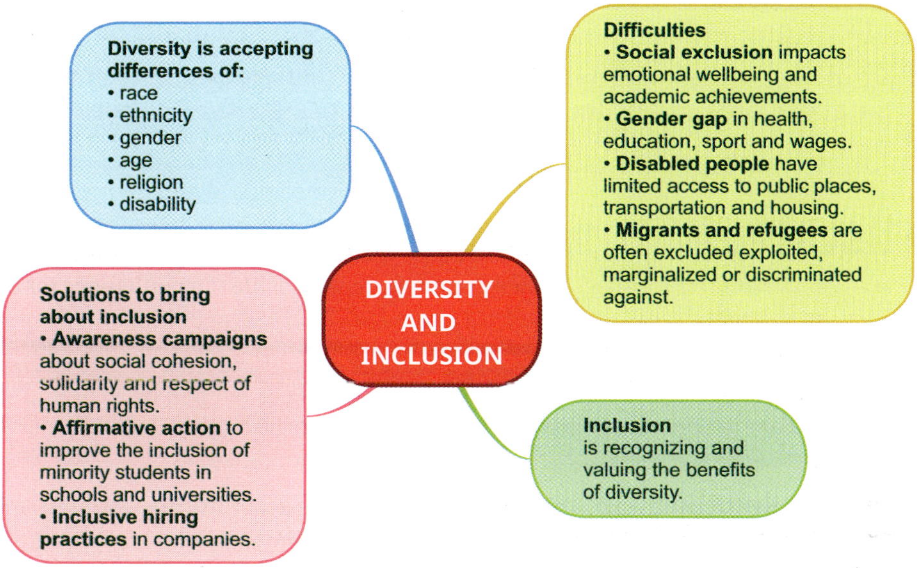

 # quiz
Des questions pour réviser
foucherconnect.fr/23tersti2d18

8 Territory and memory

What does it mean to identify with a particular place or nation and have a sense of belonging in an increasingly globalised world? When a group has lived and died on a particular area of land for years, decades, or centuries, it is easy to imagine that their essence is passed into the land.

1 First steps

A Cultural heritage

- **Cultural heritage** is an expression of the ways of living developed by a community and passed on from generation to generation. It includes customs, practices, places, objects, artistic expressions and values
- **Each society chooses** what is worthy of being preserved for future generations and what is not for both cultural and political reasons. So, cultural heritage is the result of a process of memory and oblivion that characterizes every human society.
- **All cultural heritages** must be respected and safeguarded because all peoples contribute to the culture of the world.

B Individual memory is part of collective history

- **Basic historical documents** are useful to write history, but they cannot give it a flow and an emotional meaning. What matters is the memory of how events and their consequences have impacted personal individual or collective lives.
- Even if **individual memory** or **family memory** do not feature historical facts and characters, they present accounts that capture a historical period and context.

2 Useful words

an Aborigine *un(e) Aborigène*
an account *un compte-rendu*
an ancestor *un(e) ancêtre*
an ancient site *un site antique*
to belong *appartenir*
a bond *un lien*
collective memory *la mémoire collective*
concern *l'inquiétude*
cultural heritage *le patrimoine culturel*
a disease *une maladie*
disrespect *le manque de respect*
to impact *frapper*
knowledge *la connaissance*
a phenomenon(a) *un (des) phénomène(s)*
to preserve *conserver*
recognition *la reconnaissance*
remembrance *le souvenir*
to retain *garder*
to safeguard *sauvegarder*
scorn *le mépris*
a tribe *une tribu*
unrest *l'agitation*
values *les valeurs*
to voice *exprimer, faire savoir*

3 Improve your grammar

POINT GRAMMATICAL

La forme interrogative

- Une **question fermée** commence par un auxiliaire. On ne peut y répondre que par **yes** ou **no**. L'intonation est montante.

Do they preserve the rainforest? *Préservent-ils la forêt tropicale ?*

- Une **question ouverte** commence par un pronom interrogatif. La réponse comporte une précision de lieu, date, âge, nom... L'intonation est descendante.
- Pronoms interrogatifs :

What does it mean? *Qu'est-ce que cela veut dire ?*
What did he want it for? *Pour quelle raison l'a-t-il voulu ?*
When will they preserve the forest? *Quand préserveront-ils la forêt ?*
Where were you born? *Où es-tu né ?*
Which generation do you prefer? *Quelle génération préfères-tu ?*
Who is threatening you? *Qui vous menace ?*
Whose turn is it? *À qui le tour ?*
Why is he concerned? *Pourquoi est-il inquiet ?*
How are you? *Comment allez-vous ?*
How far is the reservation? *À quelle distance se trouve la réserve ?*
How deep is the crisis? *Quelle est la profondeur de cette crise ?*
How long have they lived here? *Depuis combien de temps habitent-ils ici ?*
How many residents are there? *Combien de résidents y a-t-il ?*
How much is it? *Combien cela coûte-t-il ?*
How often do they meet? *À quelle fréquence se rencontrent-ils ?*
How old are you? *Quel âge avez-vous ?*

EXERCICES CORRIGÉS

EXERCISE 1

Ask someone questions about...

a. his name **b.** his age **c.** his place of residence **d.** his job **e.** his working hours **f.** his place of work **g.** his salary

EXERCISE 2

Write the questions to get these answers.

a. This celebration occurs once a year.
b. They're going to share the event.
c. We only stayed a few hours.
d. It was their community.
e. It was a ten o'clock when they started.
f. The one with white and blue stars.
g. Their cultural heritage was recognised years ago.
h. They have lived in the rainforest for years.
i. Millions of people came.

ANGLAIS

CORRIGÉ

Exercise 1

a. What's your name? **b.** How old are you? **c.** Where do you live? **d.** What's your job/what do you do? **e.** How many hours do you work? **f.** Where do you work? **g.** How much do you earn?

Exercise 2

a. How often does the celebration occur? **b.** What are they going to share? **c.** How long did you stay? **d.** Whose community was it? **e.** What time was it when they started? **f.** Which one was it? **g.** When was their cultural heritage recognised? **h.** How long have they lived in the rainforest? **i.** How many people were there?

4 Learning with mind map

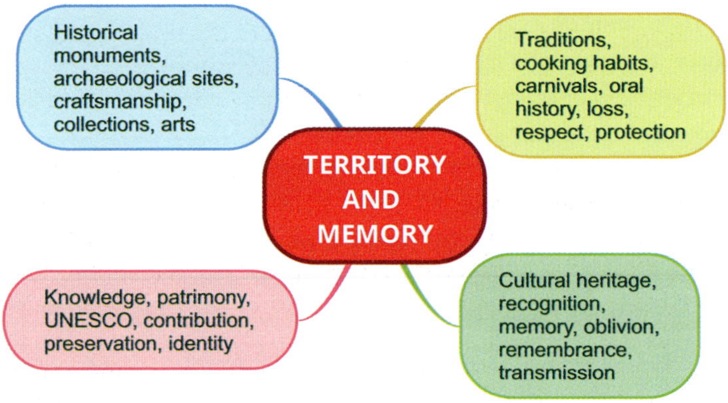

 # quiz
Des questions pour réviser
foucherconnect.fr/23tersti2d18

1 IDENTITIES AND EXCHANGES

COMPRÉHENSION DE L'ÉCRIT

Read the text and answer the questions in your own words.

The Perspective of Home and Identity

In 2008, The Pew Research Center conducted a survey of 2,260 American adults. They asked participants to identify "the place in your heart you consider to be home." Thirty-eight percent of the respondents did not identify the place that they were currently living to be "home"; 26 percent reported that "home" was where they were born or raised; 22 percent said that it was where they lived now; 18 percent identified home as the place that they had lived the longest; 15 percent felt that it was where their family had come from, and 4 percent said that home was where they had gone to high school.

The researchers concluded that home is "the place closest to their heart, the place where they can maintain their identity, integrity, and way of living." It sheds some light on the connection between "home" and "identity." Since elderly immigrants are more likely to depend on memories rather than thoughts of the future for comfort, their perceptions of home are quite important to their wellbeing. Although ideas about what constitutes a home tend to be formed in early childhood, culture and changes to life circumstances in adulthood affect its ultimate perceptions.

Other factors influencing assimilation can be religion, level of education, language fluency, receiving some sort of education in the new society, and forming memories shared with members of the new community, and of course, the flexibility of the new community in absorbing new members. The more an individual has in common with the population of their host country, the higher the chances of assimilation, therefore the higher the likelihood of considering the new community home.

Some immigrants do not get the chance to visit their place of origin for several decades, if they do at all. Their memory of what this early "home" feels like, tends to be tied in nostalgia, stuck in time, and connected only to the memories of the last time they had contact with it. However, since communities are dynamic, they never stay the same. When the opportunity to visit arises, those individuals often discover, to their shock, that the picture of "home" they have in their memory is never the same when they return.

Often this triggers a significant sense of loss. Suddenly, those individuals lose what they hold on to as a reference for their identity and become, what can feel like, emotionally homeless. This inner crisis can have a significant impact on one's wellbeing and can manifest itself with mood changes that range from subtle, mild, but persistent low mood to clinical depression.

The Perspective of Home and Identity, by Angelina Rodriguez, August 17, 2020
© 2023 Evaluations for Immigration: Angelina H. Rodriguez, LPCS/AT, ATR-BC

1. What is the main idea of the text?
2. What are the best chances for a migrant to be quickly assimilated?
3. Do migrants always feel that going back to their native country is a positive experience?
4. How can you explain a feeling of "loss" experienced sometimes?

EXPRESSION ÉCRITE

What would you say the positive and negative aspects of migration are. You can illustrate with a few examples if you want. (200 words)

USEFUL PHRASES

It enables to share experiences. *Cela permet de partager des expériences.*
It can be a rewarding experience. *Cela peut être une expérience enrichissante.*
Diversity is an asset. *La diversité est un atout.*

COMPRÉHENSION DE L'ORAL

Listen to the video *Life in Europe not as expected: hundreds of Iraqis return home* and answer the questions.

1. Which country are these Iraqis leaving?
2. Quote the reasons for their departure.
3. What did Iraqi airways have to do?
4. What are the consequences for these people?
5. What is offered to those who cannot afford the airfare?

vidéo
Life in Europe not as expected: hundreds of Iraqis return home
foucherconnect.fr/23tersti2d74

EXPRESSION ORALE

What are your reactions after reading the following passage?

A thread that often runs through discrimination against migrants is the idea that people of other cultures threaten one's own cultural identity Not only Arab Americans but even Sikhs (who wear turbans) were harshly discriminated against culturally after 9/11. People of Italian, German, and Japanese descent suffered in the first half of the 20th century. Asian Americans and Pacific Islanders were attacked during the COVID pandemic because of their perceived association with China.

Cultural Effects of Migration © StudySmarter

2 PUBLIC AND PRIVATE SPHERES

COMPRÉHENSION DE L'ÉCRIT

Read the text and answer the questions in your own words.

Thousands gather worldwide for annual march against Monsanto

Since 2013, environmental activists and other protesters have organised the annual March Against Monsanto in cities in France and across the world, demanding an agriculture free of pesticides and toxic agrochemicals. The "bee rebellion against Bayer-Monsanto", as signs read, took to the streets of Hamburg and Basel (Germany), Porto (Portugal), Toronto (Canada), Austin (Texas), San Diego (California), Santiago (Chile), Perth (Australia) and in some 30 cities in France on Saturday, urging governments for a greener and healthier agriculture. The protests seem to have gained momentum[1] lately as Monsanto faces a wave of lawsuits worldwide over its glyphosate-based weed killers and pesticides, which have been widely used for years. [...]

In April, the chemicals giant lost a third-round appeal in France over the poisoning of Paul François, a farmer who suffered neurological damaged after inhaling fumes from the now-banned weed killer Lasso in 2004. In 2012, a first ruling of the farmer's case marked the first time Monsanto was found guilty. In January, France also banned Roundup weed killer.

As for the United States, the group lost its third lawsuit over the harmful effects of Roundup on Monday. A jury found the pesticide to be carcinogenic, awarding almost €2 billion to a couple who used the chemical on their property, making it the largest glyphosate litigation to date. By owning Monsanto, Bayer faces lawsuits from over 13,400 plaintiffs in the US.

Around a hundred local and international NGO's organised the Parisian march against Bayer-Monsanto, including Greenpeace, Good Planet Foundation and Climate Action Network, as protestors walked with signs reading "No to Monsanto, yes to my health."

NGOs seem somewhat sceptical on the politician's speech. "We've been hearing a lot about environment during this EU parliament campaign, but there is no time for promises any more, we want action. What we are denouncing is the commodification of living species, the ecological genocide by agrochemicals and shady lobbying policies. Victims must be compensated, we demand a new kind of agriculture."

"Thousands gather in France, worldwide for annual march against Monsanto",
by Aude Mazoué, france24.com, May 19th, 2019.

1. monter en puissance

1. What are the claims against Monsanto?
2. What happened to Paul François and why?
3. What did NGOs organise in Paris and why?
4. What do NGOs demand?

EXPRESSION ÉCRITE

Bob Marley wrote and sang a song that said "Get up, stand up, stand up for your rights". Comment on these lyrics and say to what extent NGOs' role is dedicated to this purpose. Try to name a few NGOs. (150 words)

USEFUL PHRASES

They put pressure on... *Ils mettent la pression sur...*
They fight against the violation of human rights. *Ils se battent contre la violation des droits de l'homme.*
They provide humanitarian assistance. *Ils offrent de l'assistance humanitaire.*

COMPRÉHENSION DE L'ORAL

Watch the video *An NGO rescues children in a sweatshop* and answer the questions.

1. What did members of the NGO do?
2. How old were the children?
3. What does the man say about the children's living conditions?
4. How much did the children earn?
5. Where is their boss?
6. Will anybody be arrested?
7. What big brand's name can you hear at the end of the video?

vidéo
An NGO rescues children in a sweatshop
foucherconnect.fr/23tersti2d27

EXPRESSION ORALE

If specific protection (Basic Human Rights) is valid for all persons, some people are more in need of protection against violations than other. Discuss. Quote a few examples.

3 ART AND POWER

COMPRÉHENSION DE L'ÉCRIT

Read the text and answer the questions in your own words.

Challenging Trump's idea of a "big, beautiful wall"

Ever since he started campaigning for the United States presidency in 2016, Donald Trump has been promising to build a "big, beautiful wall" along the US-Mexico border. In response to this pledge[1], Enrique Chiu, a Mexican artist and a former immigrant to the US, embarked on a large-scale mural project on the existing border fence to challenge Trump's notion of a "beautiful wall".

Since Election Day in the US in December 2016, Chiu has been working with more than 3,800 volunteers to paint uplifting[2] messages of peace and togetherness along the Mexico-facing side of the US-owned border fence. Once completed, the "Mural of Brotherhood" will stretch for a mile in Tijuana in the West of Mexico, and will continue through shorter segments across Tecate, Mexicali, Ciudad Juarez, and Nacozari, to finally reach Reynosa in the south.

"The murals spread messages of peace to people crossing the border by car or on foot", Chiu wrote in an email. "They're also intended to be a final glimpse of hope for migrants risking danger as they cross northward." The existing fence and proposed wall "are a sign of rejection and exclusion. The Mexican people, the Hispanics and Latinos are the ones that hit that wall. A wall of incomprehension".

Chiu speaks out of his own personal experience as an immigrant. Born in Guadalajara, Mexico, he crossed the border with the US with his mother when he was eight. The two lived in Los Angeles without legal status for one year before returning to Mexico. Later in his life, Chiu returned to the US to attend California State University, Long Beach, on a student visa and remained in the country for 12 years. "When I was living in California, I was living the American dream. I went to school, I had my business, I had my house, my gallery, my studio, three cars. I had everything there", he said.

In 2009, he decided to return to Mexico to become part of Tijuana's flourishing arts scene. "You can live the American dream in Mexico, too, and you can do whatever you want", he said.

"3,800 Volunteers Have Joined an Artist to Challenge Trump's Idea of a 'Big, Beautiful Wall' on the US-Mexico Border",
by Hakim Bishara, hyperallergic.com, June 24th, 2019.

1. promesse, serment 2. stimulants

1. Say who Enrique Chiu is and describe his project.
2. What is Enrique Chiu's goal?
3. According to Enrique Chiu, what messages does the mural bring?
4. What do we learn about Enrique Chiu's personal experience as an immigrant?
5. Which elements of the American dream does Enrique Chiu refer to?
6. Why did Enrique Chiu return to Mexico?
7. Why is Enrique Chiu happy with his move?

CIVILISATION

In 2017, the Trump administration tested eight wall prototypes in San Diego, California. They were graded by their effectiveness and their aesthetics on their side facing the US. Yet none of these prototypes passed the US military's penetrability test. In 2018, eight improved models finally passed the penetrability tests. However, a battle between Trump and the Democrats in Congress over money for the wall stopped the President from carrying out his plan.

EXPRESSION ÉCRITE

Do you agree with Enrique Chiu when he says that art can bring peace and togetherness? Quote specific examples. (180 words)

USEFUL PHRASES

to be a testimony to *témoigner de*
the savagery and misery of war *la sauvagerie et le malheur de la guerre*
a tool to foster social change *un outil pour créer le changement social*

COMPRÉHENSION DE L'ORAL

Watch the video "New mural in Boyle Heights honors groundbreaking women" and answer the questions.

1. When did Isabel Peinado start painting the mural "Empowerment" in Boyle Heights, Los Angeles?
2. What does Isabel's mural celebrate?
3. Name some of the 16 role models that Isabel chose to represent.
4. What does Richelle Huizar say the mural is a tribute to?
5. According to Council member José Huizar, where did the mural movement start?
6. Why was the mural movement stopped?
7. When was the ban lifted?
8. How long did it take Isabel to complete the mural?

 # vidéo
New Mural In Boyle Heights Honors Groundbreaking Women
foucherconnect.fr/23tersti2d20

EXPRESSION ORALE

Look at the official portraits of two famous American presidents: President Franklin Delano Roosevelt and President Barack Obama. Describe the paintings and say what differences you can notice between the two.

 # picture
President Franklin Delano Roosevelt by Frank O. Salisbury
foucherconnect.fr/23tersti2d21

 # picture
President Barack Obama by Kehinde Wiley
foucherconnect.fr/23tersti2d22

4 CITIZENSHIP AND VIRTUAL WORLDS

COMPRÉHENSION DE L'ÉCRIT

Read the text and answer the questions in your own words.

How Gen Z and TikTok are shaping politics

As the war in Ukraine escalated, many Gen-Zers[1] used TikTok to learn about what was going on. It became a key news source, even offering some of the first glimpses of the Russian invasion, as young Ukrainian creators documented what was happening in their hometowns. However, Russian sympathisers have also used TikTok to spread harmful misinformation. This is why Joe Biden's government identified top content creators who would then be able to share accurate information with their millions of followers. TikTok influencers have the power to educate swiftly en masse, which is vitally important as events move quickly. [...]

In 2020, after the murder of George Floyd, many young people took to TikTok to spread awareness of the Black Lives Matter protests. There was an outpouring[2] of support for the Black community on TikTok, and the #BlackLivesMatter hashtag now has over 30 billion views. Content creators posted videos highlighting protests, running through the history of the Black Lives Matter movement, and explaining effective allyship[3]. It led to CNN declaring TikTok a "hub[4] for #blacklivesmatter activism". [...]

Political activism surrounding the climate crisis and sustainability is a hot topic for young people on TikTok. This topic appears across all micro-communities on the app – from fashion accounts recommending sustainable clothes lines, to makeup gurus sharing ethical products. Climate change is a big concern for Gen Z, with one survey finding that 83% of them are concerned about the health of the planet. With that in mind, it's no surprise that there are some users leveraging[5] TikTok to educate and advocate for greener policies – and their audiences are engaged, educated, and growing. [...]

Ahead of a Trump rally in Tulsa, K-pop fans took to TikTok to deliver a masterclass on registering for the event and selling out tickets – with no intention of ever showing up to see President Trump. The result? A million ticket reservations, but only 6,200 actual attendees, (less than half the 19,000 venue capacity). "Political Tiktok" made its views visible through empty seats. Naturally it also led to a series of high-profile news articles underlining this powerful show of online activism.

Another organisation using TikTok to enact direct action in the political sphere is Tok the Vote. This group was described as a "creator-led effort" to get Gen Z registered to vote for the US presidential elections in November 2020 and, according to the campaign group, its TikTok-specific tool had been used by around 3,500 TikTokers "to register, check their status or request an absentee ballot". Voter registration continues to be a lively topic on TikTok, where #registertovote has over 62 million views, and popular content creators can be relied on to encourage their followers to register to vote whenever elections roll around. Perhaps consequently, Gen Z voter turnout was at an all-time high...

TikTok Politics & Activism: How Gen-Z and TikTok are Shaping Politics © fanbytes.co.uk. D.R.

1. nés entre 1997 et 2010 2. déluge 3. soutien aux communautés 4. centre d'activité 5. profitant de

1. Give the reason why Joe Biden's administration identified the most prominent influencers on TikTok.

2. Say why the American news channel CNN declared TikTok a "hub for #blacklivesmatter activism".

3. List the forms of political activism surrounding the climate crisis and sustainability on TikTok.

4. What were the results of the anti-Trump action launched by K-pop fans on TikTok?
5. What are the aim and the results of the group Tok the Vote?

EXPRESSION ÉCRITE

Do you believe TikTok is an appropriate platform for political activism? (200 words)

USEFUL PHRASES

to foster open discussions *engendrer des discussions ouvertes*
It goes to prove how... *Cela tend à prouver à fuel point...*
It just happens to be... *C'est tout simplement...*
It remains to be seen if. *Il reste à voir si...*

COMPRÉHENSION DE L'ORAL

Watch the video "Digital Literacy: Digital Citizenship" and answer the questions.

vidéo
Digital Literacy: Digital Citizenship
foucherconnect.fr/23tersti2d23

1. According to Alma, why do young people need to control the negative aspects of technology? (0.00 to 0.16)
2. What did Alma realise when she looked up herself in Google? (0.26 to 0.44)
3. Say what the danger is of letting so much information about you on social media. (0.44 to 1.03)
4. Describe Alma's reaction after she attended a digital citizenship class? (1.03 to 1.12)
5. Why is cyberbullying especially dangerous for young people? (1.12 to 1.50)
6. Mention Alma's advice to young people when they are the victims of cyberbullying. (1.50 to 2.13)

EXPRESSION ORALE

As you see it, what are the main benefits of digital education?

5 FICTION AND REALITY

COMPRÉHENSION DE L'ÉCRIT

Read the text and answer the questions in your own words.

How *Star Wars*' Jedi were inspired by the Knights[1] Templar

What many might not know is the idea of the Jedi was heavily influenced by the real history of the Knights Templar. The Knights Templar were a medieval religious order of knights created in the early 12th century following the First Crusade. The Order was created in 1119 by French knight Hugh de Payne but would consist of knights from all over Europe. The Templar knights originally patrolled the roads and protected pilgrims in the newly created Christian states in the Holy Land but became rich and powerful over the next two centuries. The Templars' sudden downfall[2] in the early 14th century at the hands of a French King who sought[3] their riches fuelled[4] popular imagination for centuries – including, it seems, Star Wars. The Jedi are an ancient order of guardians who protect the peace and justice in the Galactic Republic in *Star*

ANGLAIS

EXPRESSION ÉCRITE

Do you agree that new technologies are a tool of empowerment for people around the world or do you see them as a threat to their privacy? (160 words)

USEFUL PHRASES

to look forward to + V-ing *attendre avec impatience de*
it can help make their lives easier *cela peut aider à rendre leurs vies plus faciles.*
to breach the right to privacy *enfreindre le droit à la vie privée*

COMPRÉHENSION DE L'ORAL

Watch the video on CBC news and answer the questions.

vidéo
Toronto's waterfront could show the future of data collection
foucherconnect.fr/23tersti2d25

1. What does Sidewalk Labs (owned by Google's parent company Alphabet) intend to do in Toronto?
2. What kind of data would be collected in this smart city?
3. What is the question raised by the collection of data?
4. What argument does Rohit Aggarwaia of Sidewalk Labs oppose to citizens' concerns?
5. What is the project's greatest challenge?
6. Name the three cities that have similar projects of using AI (artificial intelligence).

EXPRESSION ORALE

Comment on this quote by Esther Harold, CEO of the consulting firm Privacy Professor: "The rise of connected smart speakers means that we are now handing over more data than ever before about our daily lives to technology companies."

7 DIVERSITY AND INCLUSION

COMPRÉHENSION DE L'ÉCRIT

Read the text and answer the questions in your own words.

Equal pay lawsuit

The United States Soccer Federation (USSF) is a not-for-profit entity that employs more than 500 people, current and former members of the men's and women's national teams. The players depict the USSF as engaged in gender discrimination on the basis of pay and other conditions of employment, including allegedly substandard travel accommodations and training conditions. Although the magnitude of pay disparity depends on method of calculation and context of the data, United States Women's National Team (USWNT) players have been paid less than male counterparts on the United States Men's National Team (USMNT). In certain situations, the complaints contends[1], USWNT players earn just 38% of what USMNT players earn. [...]

As the case develops, USSF will raise a number of defences. One defence will be that, even if the pay disparities between the USWNT and USMNT are morally or societally "unfair", their unfairness was accepted as part of a larger employment deal where both sides give and take.

A second defence will be that any disparity in pay reflects market realities and consumer preferences rather than USSF discrimination. While the USWNT is undoubtedly more successful than the USMNT as a team, the global market for men's soccer is more lucrative and thus, arguably, warrants[2] higher wages. The USSF could acknowledge that this disparity might reflect sexism on the part of soccer fans, but it could also contend that it is not responsible for such sexism. Instead, the USSF could explain, it is simply responding to the market *as it is*, rather than as it ought to be.

Don't expect the players to accept such a defence. In the complaint they appear to anticipate it by claiming, "the USSF admits to such purposeful gender discrimination even during times when the USWNT earned more profit, played more games, won more games, earned more championships, and/or garnered higher television audiences."

"Inside USWNT's New Equal Pay Lawsuit vs. U.S. Soccer and How CBA, EEOC Relate",
by Michael McCann, www.si.com, March 8th, 2019.

1. soutenir 2. garantit

1. What do women soccer players accuse the United States Soccer Federation (USSF) of?
2. What are the two arguments that USSF will use for its defence?
3. Say why is it particularly difficult to understand why female soccer players are less paid than their male counterparts.

EXPRESSION ÉCRITE

Do you agree that diversity in sport is important? How could sports be made more inclusive? (180 words)

USEFUL PHRASES

to respect one another *se respecter les uns les autres*
to break down barriers *faire tomber les barrières*
to focus on educating players and fans *se concentrer sur l'éducation des joueurs et des supporters*

COMPRÉHENSION DE L'ORAL

Watch the interview with Taylor Twellman, a retired American international soccer player.

1. What does a report advise US soccer to do with its $100 million surplus?
2. Why does Taylor Twellman criticise the pay-to play system of US soccer?
3. What does he advise to do with the $100 million surplus?
4. What is the second important point according to Taylor Twellman?
5. How much can it cost to go through coaching education?

 # vidéo
Twellman: U.S. Soccer Needs To Address 'Pay-To-Play' System
foucherconnect.fr/23tersti2d26

EXPRESSION ORALE

As you see it, how can you promote inclusion in the workplace?

ANGLAIS

COMPRÉHENSION DE L'ÉCRIT

Read the text and answer the questions in your own words.

The Amazon rainforest was once a human success story

A season of intense, human-caused wildfires in the Amazon rainforest has scorched[1] thousands of square miles of forest, blackened the skies over São Paulo, and sparked international concern about the fate of the most biodiverse landscape on the planet.

Tens of thousands of independent wildfires have been deliberately set by humans in the Amazon this summer, making the destruction of the rainforest a purely anthropogenic phenomenon egged on[2] by the far-right regime of Brazilian President Jair Bolsonaro. [...]

Amazonian tribes were decimated by diseases and genocide in the wake of[3] European colonization. Some populations have begun to recover in recent decades, and roughly one million Indigenous people live in the Brazilian Amazon today.

Many of the crops[4] favored by Indigenous populations are particularly adept at sucking carbon out of the atmosphere. "The Amazon forest can be considered a natural-cultural heritage site of global importance. We have a lot to learn from Indigenous societies who have developed such sophisticated practices of fire management without causing large-scale deforestation."

It is an amazing example of local traditions producing global benefits. Sadly, many of the ancient sites that show strong signs of Indigenous influence are clustered[5] in the southern Amazon, which is now undergoing a very different type of anthropogenic transformation: rapid deforestation and harsh wildfires.

Bolsonaro ran a campaign that was openly hostile to the rights of tribes and communities that live in the rainforest. "Bolsonaro has this terrible reputation across the world and he deserves to have it because he's a terrible person", said Eduardo Góes Neves, an archeologist at the University of São Paulo.

"We say no to mining in our lands, no to deforestation", said O-É Kaiapo Paiakan, a member of the Xinguan Indigenous group. "No more invasions and disrespect. No more pesticides in our rivers and foods. No more criminal fires in the forest. We are with you, standing for the Amazon."

Neves had just returned from the field and had seen the harrowing effects of the deforestation and wildfires up close. However, he also felt encouraged by how the disaster has galvanized Brazilians to support the natural and cultural preservation of the rainforest. "I see a lot of destruction and fire, mostly in the southwest Amazon, but also you see a lot of people doing wonderful things like agroforestry, or Indigenous people getting politically stronger and having their voices heard", Neves noted. "Indigenous people are the ones who can show us the way to have this wonderful forest back", he said. "I think there is hope."

"The Amazon Rainforest Was Once a Human Success Story. It Could Be Again",
by Becky Ferreira, vice.com, September 9th, 2019.

1. brûlé 2. exacerbé 3. à la suite de 4. cultures 5. rassemblés

1. Who is to be held responsible for the wildfires in the rainforest?
2. What impact do wildfires have on Indigenous tribes living in the rainforest?
3. How did Indigenous tribes living in the rainforest react?
4. What was the reaction of Brazilians?

EXPRESSION ÉCRITE

How important is the preservation of the rainforest and other places in the world inhabited by local tribes? Give examples to illustrate your point of view. (150 words)

USEFUL PHRASES

To question ourselves *Nous interroger*
How can we preserve and treasure this cultural heritage? *Comment pouvons-nous préserver et chérir ce patrimoine culturel ?*
We have so much to learn. *Nous avons tant à apprendre.*

COMPRÉHENSION DE L'ORAL

Watch the video "I'm Aboriginal but I am not..." and answer the questions

1. What is Alice Springs?
2. What are the living conditions of the 40.0000 Aborigines?
3. What is the reality of Aborigines' life compared with?
4. What are the most severe evils Aborigines suffer from?
5. What is the life expectancy of the Indigenous population compared with that of white Australians?

vidéo
I'm Aboriginal, But I'm Not...
foucherconnect.fr/23tersti2d71

CIVILISATION

Aboriginal Australians have a special bond to the land and country. A current theory holds that they came out of Africa about 70,000 years ago, which would make Aboriginal Australians the oldest population of humans living outside Africa. Today, about three per cent of Australia's population has Aboriginal heritage. Aboriginal Australians still struggle to retain their ancient culture and fight for recognition—and restitution—from the Australian government.

EXPRESSION ORALE

Would you say that cultural heritage is in crises because of wars, trafficking, natural disasters, climate change and tourism? Discuss and illustrate with examples.

corrigé
foucherconnect.fr/23tersti2d19

ANGLAIS

GRAND ORAL

GRAND ORAL

1 Présentation de l'épreuve du Grand Oral 496
2 Se préparer à l'épreuve du Grand Oral 497

1 Présentation de l'épreuve du Grand Oral

Le Grand Oral fait partie des épreuves finales du baccalauréat. Il est noté sur 20 points et son coefficient est 14.

1 Les objectifs

■ Conformément au *BO* spécial n°2 du 13 février 2020, on attend de l'élève des qualités d'expression orale, d'argumentation et de synthèse.

■ L'élève doit être capable de s'exprimer en public, debout, de convaincre et d'interagir avec son jury. Celui-ci est composé de deux professeurs, dont un de spécialité et un de l'enseignement général. Durant l'épreuve du Grand oral, il doit être capable de proposer au jury les solutions à deux problématiques en lien avec l'enseignement de spécialité pour lequel le programme prévoit la réalisation d'une étude approfondie.

 # doc
BO n °2 du 13 février 2020
foucherconnect.fr/23tersti2d09

2 L'organisation de l'épreuve

■ Le candidat devra choisir au cours de l'année deux questions qui portent sur ses enseignements de spécialité. Le jour de l'épreuve, il sera interrogé par le jury sur l'une des deux questions.

■ Le candidat a alors 20 minutes de préparation. Il dispose de brouillons qu'il remettra au jury pour lui exposer un schéma ou encore le plan de l'exposé s'il le désire.

■ L'épreuve se présente en trois parties :
– **première partie** : 5 minutes d'exposé oral ininterrompu ;
– **deuxième partie** : 10 minutes de questionnement et d'échanges entre le candidat et le jury. Les questions portent sur des connaissances liées au sujet traité dans le cadre de ses enseignements de spécialité ;
– **troisième partie** : 5 minutes d'échanges avec le jury afin de souligner la cohérence entre l'exposé fourni et le projet d'études supérieures du candidat envisagé via la procédure *Parcoursup*, voire son projet professionnel.

 # grand oral
Vidéos pour préparer l'épreuve
foucherconnect.fr/23tersti2d78

2 Se préparer à l'épreuve du Grand Oral

Durant l'épreuve du Grand Oral, l'étudiant sera interrogé sur l'une des deux questions portant sur les enseignements de spécialité. Il devra les choisir durant son année de terminale pour préparer au mieux sa présentation.

1 Se préparer à l'épreuve au cours de l'année

A Bien définir ses questions

L'étudiant dispose de l'année pour déterminer ses deux questions, distinctes l'une de l'autre. Pour bien les choisir, ces dernières doivent :
- éclairer l'un des grands enjeux du programme de spécialité ;
- être suffisamment claires pour pouvoir apporter une explication aisée et riche ;
- amener à une réflexion autour du projet d'orientation et/ou professionnel du candidat.

B La structure de l'exposé oral

■ Il est conseillé aux élèves de présenter un exposé structuré à l'aide d'un raisonnement logique. L'exposé se compose de trois parties : l'**introduction**, le **développement** et la **conclusion**.

■ L'introduction présente le sujet. Elle comprend une accroche, la question et le plan de l'exposé.

■ La conclusion fournit des pistes de réflexion autour du sujet abordé.

C Les conseils pour préparer l'épreuve

■ Pour chacun des deux questionnements, choisissez un sujet qui vous plaît, qui attise votre curiosité.

■ Fournissez un travail personnel régulier pour acquérir suffisamment de connaissances et de recul sur vos sujets en accord avec votre professeur encadrant. Prenez le temps de travailler au CDI, dans une bibliothèque et bien sûr grâce aux outils numériques dont vous disposez.

■ Organisez vos idées au fur et à mesure de vos recherches en vue d'un exposé structuré.

■ Entraînez-vous à l'oral, si possible à plusieurs, et chronométrez-vous pour atteindre les 5 minutes réglementaires d'exposé.

■ N'oubliez pas que les meilleurs exposés sont ceux qui ont été préparés suffisamment tôt et qui ont occasionné un travail approfondi. L'élève doit être en mesure de bien répondre aux questions et de montrer qu'il maîtrise son sujet.

D Exemples de questions en terminale STMG

- La qualité de vie au travail (QVT) est-elle compatible avec la performance globale de l'entreprise ?
- En quoi le big data permet-il d'améliorer la fidélisation des clients ?
- Est-il nécessaire d'optimiser la trésorerie d'une entreprise ?
- Est-il nécessaire d'optimiser la trésorerie d'une entreprise ?
- Est-il nécessaire d'optimiser la trésorerie d'une entreprise ?

2 Le jour J

A Le temps de préparation

Le candidat dispose de 20 minutes pour se préparer. Durant ce temps, il est important de ne pas tout écrire sur les brouillons. Il est conseillé d'indiquer l'introduction, la conclusion et les notions clés. Ces dernières doivent être rédigées de manière organisée.

B L'exposé

- Lors de l'exposé, il est important d'adopter une attitude convenable devant le jury. En effet, maîtriser son sujet ne suffit pas, l'attitude est primordiale pour faire bonne impression. Pour cela :
  - parlez distinctement et utilisez un vocabulaire précis et éviter le registre familier ;
  - n'hésitez pas à faire des pauses pour rythmer votre exposé et ainsi le rendre dynamique afin d'éviter la monotonie, ce qui peut ennuyer le jury.
- Évitez de réciter par cœur les contenus appris. Adoptez une démarche orale de réflexion, d'analyse.
- N'essayez pas non plus de tout expliquer, tout dire. Le temps à disposition vous oblige à être synthétique. Parler durant 5 minutes équivaut à 3 000 ou 4 000 signes, ce qui correspond à une page et demie seulement.

C Les questions du jury

- Dans un premier temps, le jury peut revenir sur ce qui a été dit lors de la présentation. Il est alors possible pour le candidat d'anticiper quelques questions lors de l'élaboration de l'exposé afin d'éviter toute surprise.
- Lors de l'échange avec le jury, il est important de montrer que vous êtes à l'écoute lorsqu'il vous pose une question. Aussi, n'hésitez pas à signaler lorsqu'une question n'est pas claire ou si vous désirez davantage de précision afin d'éviter le hors sujet.
- Les questions du jury peuvent également porter sur l'ensemble du programme de terminale.

D Les critères d'évaluation

Lors de l'épreuve, différents critères seront pris en compte pour évaluer le candidat. En effet, le jury portera une attention particulière à :
- sa qualité à s'exprimer ;
- sa prise de parole en continu ;
- ses connaissances sur son sujet ;
- sa capacité à interagir avec le jury ;
- sa capacité à construire une argumentation.

E Perfectionnez votre préparation

Scannez le QR code et consultez les vidéos suivantes pour préparer votre épreuve du Grand Oral :
- 1. Travailler sa voix
- 2. Travailler sa posture et sa gestuelle
- 3. Prendre conscience de l'importance du regard
- 4. Faire une bonne première impression
- 5. Se préparer à deux pour gagner en détermination
- 6. Parler sans notes avec naturel
- 7. Savoir attirer l'attention
- 8. Savoir écouter pour bien argumenter
- 9. Se préparer physiquement
- 10. Se préparer mentalement
- 11. Se préparer par la respiration
- 12. Faire le calme en soi
- 13. Apprendre à réguler ses émotions

grand oral
Vidéos pour préparer l'épreuve
foucherconnect.fr/23tersti2d78

Crédits

p. 61 : ph ©LIGHTFIELD STUDIOS - stock.adobe.com
p. 110 : ph © Groupe Laisné
p. 112 : ph © Denyshutter - stock.adobe.com
p. 124 : ph © Tomoko Ikegai IKG Inc, Tokyo
p. 128 h : ph © Heorshe - stock.adobe.com
p. 128 b : ph © KLAUDIA www.ledrugstoreparisien.com
p. 139 : ph © IWC
p. 140 : ph h © SIXT SE
p. 140 : ph b © Ikea Tokyo
p. 349 : ph © Vera & Arturo Schwarz Collection of Dada and Surrealist Art / Bridgeman Images © Association Marcel Duchamp / Adagp, Paris 2020
p. 351 : ph © Christie's Images / Bridgeman Images © Succession Brancusi - All rights reserved / Adagp Paris 2020
p. 378 : ph © commons.wikimedia.org
p. 393 : ph © SPPS/Rue des Archives
p. 397 : ph © Keystone-France/Gamma Rapho
p. 407 : ph © Matty Symons - stock.adobe.com
p. 418 : ph © Yurii - stock.adobe.com
p. 419 : ph © Suphanat - stock.adobe.com
p. 429 : ph © Karel Miragaya - stock.adobe.com
p. 432 : ph © Andrea Izzotti - stock.adobe.com
p. 439 : ph © Yann Arthus-Bertrand/hemis.fr
p. 443 g : coll. Archives Hatier
p. 443 d : coll. Blavatnik archives

IMPRIM'VERT
Votre imprimeur agit pour l'environnement.

PAPIER À BASE DE FIBRES CERTIFIÉES

FOUCHER s'engage pour l'environnement en réduisant l'empreinte carbone de ses livres. Celle de cet exemplaire est de :
2.1 kg éq. CO_2
Rendez-vous sur www.editions-foucher-durable.fr

Achevé d'imprimer en Italie par L.E.G.O. S.p.A. - Lavis (TN)
Dépôt légal : 16999-3/01 - Juin 2023